현대 한국어 형성기의
새 국한혼용문의 등장과 그 변전

한영균 韓榮均 / Han Young-gyun

서울대학교 인문대학 국어국문학과를 졸업하고 같은 학교 대학원에서 석사·박사학위를 받았다. 울산대학교 교수를 거쳐 현재 연세대학교 문과대학 교수로 재임 중이다. 한국정신문화연구원(현 한국학중앙연구원) 방언 조사원, 대한민국학술원 전문위원, 한국정신문화연구원 초빙교수, 동경 외국어대학 초빙연구원, 대만 국립정치대학 교환교수 등을 역임하였다. 국어사, 국어정보학, 사전 학 등에 관심을 두고 연구하다가 최근 10여 년은 근대 계몽기의 국한혼용문 및 현대 한국어 형성 과정을 살피고 있다.

「후기중세국어의 모음조화 연구」(박사논문, 1994), 『국어 정보학 입문』(공저, 1999), 『한창기 선생이 수집한 고문헌 자료의 가치와 인식』(공저, 2014), 『우리말 연구의 첫 걸음』(공저, 2015), 『학습용 기본 명사 연어 빈도 사전』(2016), 『韓國語敎育論講座』3(공저, 2018) 등의 저서와 국어 음운사, 방언, 사전학, 현대 한국어 형성기의 국한혼용문 등에 관한 70여 편의 논문을 발표하였다.

현대 한국어 형성기의 새 국한혼용문의 등장과 그 변전

초판 1쇄 발행 2021년 6월 30일
초판 2쇄 발행 2022년 9월 30일
지은이 한영균 **펴낸이** 박성모 **펴낸곳** 소명출판 **출판등록** 제13-522호
주소 서울시 서초구 서초중앙로6길 15, 2층
전화 02-585-7840 **팩스** 02-585-7848 **전자우편** somyungbooks@daum.net **홈페이지** www.somyong.co.kr

값 35,000원 ⓒ 한영균, 2021
ISBN 979-11-5905-622-2 93810

현대 한국어 형성기의
새 국한혼용문의 등장과 그 변전

The Emergence and Development of the Mixed-Scripts
in the Formation Periods of the Modern Korean

한영균

일러두기

이 책에 나오는 인용문 내 모든 강조 표시, 음영 표시, 띄어쓰기는 인용자에 의한 것이다.

오늘날 우리는 거의 모든 분야에서 글을 쓸 때 한글만 사용하는 것이 일반적이다. 이러한 상황을 가리켜 한글 전용 문화가 정착되었다고 이야기한다. 그러나 불과 30년 전만 해도 우리의 문자 생활은 한글과 한자를 섞어 쓰는 방식이 주로 사용되었다. 소설 등 일부를 제외하고는 국한혼용문이 문어文語의 주류였던 것이다. 1990년대의 대학 교육에서 학생들이 한자가 섞인 전공 서적을 제대로 읽어 내지 못하는 것이 큰 문제로 지적되고, 대학의 국어 교육에서 한자 교육이 차지하는 비중이 적지 않았던 것도 그러한 까닭이다. 120여 년을 거슬러 올라가는 대한제국기에도, 일부 예외적인 경우가 있었지만, 지식인들이 글을 쓸 때는 국한혼용문을 사용하는 것이 일반적이었다. 1900년대에 유행처럼 쏟아져 나온 학회지의 기사는 대부분 한문 아니면 국한혼용문이었던 것이다.

그런데 이 대한제국기에 널리 쓰인 국한혼용문은 오늘날 국어학을 연구하는 이들에게는 낯선 것이었다. 조선 시대 언해문에 쓰인 국한혼용문과는 전혀 다른 생소한 것이기도 하고, 20세기 말의 국한혼용문과도 비슷한 부분이 없는 것이었기 때문이다. 그리하여 이 새로운 국한혼용문을 한문을 구절 단위로 나누고 토吐를 붙인 데에 지나지 않는 것이라고 이야기하기도 했고, 구결문口訣文이나 이두문吏讀文과 연관이 있는 것으로 보기도 했으며, 심지어는 국어와는 동떨어진 기형적 문장이라고 비판하기도 했던 것이다. 이 새 국한혼용문의 형성을 한문의 해체와 연관지으려 했던 것이나, 그러한 접근 방법에 바탕을 두고 이 시기 국한혼용문의 유형을 구분하는 것이 연구자들의 관심을 끌었던 데에는 이 새로운 국한혼용문에서 느끼는 생경함이 한몫했다고 이야기할 수 있을 것이다. 문제는, 이런 관점을 견지堅持하는 경우 20세기 말까지 문어의 주류였던 현대 국한혼용문의 형성 과정 혹은 문어 문체의 현대화를 살피려 할 때 이 새로운 국한혼용문은 아예 논외로 하게 된다는 데에 있다.

국어사적 관점에서 현대 국어의 위상을 설정하려 할 때에 이러한 태도가 야기惹起하는 중요한 문제가 드러난다. 저자와 비슷한 연배의 국어국문학 연구자라면 국문학사를 연구하는 영역에서는 1970년대 중반 현대 문학의 출발점에 대한 논의가 집중적으로 일었던 것을 기억할 것이다. 한국 현대문학의 정체성을 확인하기 위한 과정이었다고 이야기할 수 있을 것이다. 그런데 국어사를 다루는 영역에서는 현대 국어의 성립 과정이나 성립 시기에 대한 치열한 논의는 보기 어렵다. 논의하지 않아도 자명한 일이어서가 아니라 국어 문체의 현대화와 관련된 문제를 논의하기 위한 분석 대상과 방법론을 선택하는 데에 편협한 자세를 가졌기 때문이라고 할 수 있다. 한마디로 대한제국기에 널리 사용된 새로운 국한혼용문과 20세기의 국한혼용문의 상관성을 살피는 데에는 전혀 무관심했기 때문에, 이전 시기의 국어가 현대 국어로 이행하는 과정에서 대한제국기 및 그 이후의 국한혼용문이 국어 문체의 현대화에서 어떤 역할을 했는가에 대한 논의는 기대할 수도 없는 상황이었던 것이다.

19세기 후반까지의 우리의 문자 생활은 사용자의 한문 문식력文識力에 따라 한문 혹은 한글만을 사용하는 이중 언어적 양상을 띠고 있었다. 그러던 것이 국어(국문)에 대한 인식이 새로워지면서 1900년대에는 국한혼용문이 한문이 차지했던 자리를 대신하게 된다. 이때의 국한혼용문은 앞에서 이야기한 새로운 국한혼용문이다. 한편 모두冒頭에 이야기했듯이 20세기 말까지의 문자 생활은 현대 국한혼용문이 주류였고, 오늘날에는 한글 전용 문화가 정착되었다. 그렇다면 대한제국기에 문어의 주류였던 새로운 국한혼용문과 20세기 말의 문어의 주류였던 현대 국한혼용문은 과연 무관한 것일까? 그리고 1980·90년대 현대 국한혼용문이 문어 생활의 중심이었던 것은 한글 전용 문화의 정착과는 어떤 상관성을 지니고 있는 것일까?

이 책은 현대 국어의 문체 형성과 관련된 이러한 의문을 풀어 보려는 저자 나름의 노력을 정리한 일차 결과물이다. 현대 국한혼용문의 음성隆盛과 한글 전용 문화의 정착의 상관성에 대해서는 손도 대지 못했으니 완결과는 거리가 멀다고 하겠지만, 1890년대에 등장하여 대한제국기 문어의 주류가 된 새 국한혼용문이 현대의 국한혼용문으로 변전하는 양상을 살펴 현대적 국한혼용문이 성립된 과정과 시기를 확인했으니 현대 국어 문체 형성 과정의 일단一端은 밝혔다고 할 수 있을 것이다.

이 책은 크게 3부로 나뉘어 있다.

제1부에서는 현대 국어가 형성된 시기의 문체 변화를 살피는 데에 축軸이 될 만한 요소를 살핀 것이다. 현대 한국어 형성기의 설정(제1장), 언문일치에 대한 인식의 변화와 국한혼용문의 현대화(제2장), 국한 혼용과 순한글이라는 서사방식書寫方式과 문체 현대화의 상관성(제3장), 단음절 한자어 용언의 사용 양상을 통해 본 문체 변화(제4장) 등 문체 현대

화를 관찰하는 데에 각각이 축軸이 될 수 있다고 판단되는 것에는 어떤 것이 있는지를 확인하고, 그것을 실제 자료 분석에 적용해 구체적 양상을 살폈다.

제2부에서는 새 국한혼용문을 사용한 대표적인 저작인 『서유견문』을 중심으로 대한제국기 국한혼용문의 특성을 살피는 한편, 대한제국기에 쓰인 여러 유형의 국한혼용문이 궁극적으로 하나로 통합되어 현대의 국한혼용문으로 변전하는 토대를 마련하였음을 확인하였다.

『서유견문』의 문체 분석(제5장), 대한제국기 국한혼용문의 유형별 특징(제6장), 새 국한혼용문의 용언구 구성 방식(제7장)을 다룬 부분이 한 덩어리를 이룬다고 할 수 있을 것이고, 태동기와 환태기 초기의 큰 특징이라고 할 수 있는 국한혼용문 텍스트와 순한글 텍스트의 공존을 보여주는 자료에 대한 검토(제8장)는 국한혼용문과 순한글이 대한제국기까지는 각각 서로 다른 사용자를 대상으로 하고 있었음을 확인한 것이고, 국한혼용문의 문체 통합(제9장)은 대한제국 말기에 이르러 새 국한혼용문이 현대의 국한혼용문으로 변전할 수 있는 토대를 마련한 것을 『대한매일신보』 사설을 분석하여 확인한 것이다.

제3부에서는 대한제국기에 문어의 주류였던 새로운 형식의 국한혼용문이 현대의 국한혼용문으로 변전되는 과정을 살폈다. 현대화 과정에 대한 가설을 세우고 실제 신문 사설을 바탕으로 그 가설을 확인했고(제10장), 1920년의 신문 사설이 1910년부터 1920년까지의 공백에도 불구하고 1910년의 신문 사설이 보여주는 문체 특성을 전승하면서 문체 현대화를 위한 방향성을 확보하고 있음을 확인하는 한편(제11장), 창간후 20여 년 사이의 『동아일보』 사설 전체를 대상으로 현대적 국한혼용

문이 등장한 시기를 확인하고 그 함의를 살폈다(제12장). 마지막으로 1910년, 1920년, 1935년의 신문 사설에서 보조용언 구성이 현대화하는 과정을 살펴 국한혼용문의 현대화가 환태기(일제강점기) 전반에 걸쳐 점진적으로 진행된 것을 확인하였다(13장).

이 책에서의 논의는 국한혼용문의 현대화 과정을 살핀 것이지만, 아직 미진한 부분이 적지 않다. 문체의 현대화가 어휘와 구문의 현대화를 통해 진전되는 것이기는 하지만, 이와 함께 다양한 문법형태소의 현대화가 수반되는 것이며 그것은 순한글 텍스트와 국한 혼용 텍스트가 상호 영향을 주고받는 것을 통해서 진행되는 것인데, 그 구체적 양상을 살피지 못했고, 여기에 더해 머리말의 첫머리에서 언급했듯 21세기는 한글 전용 문화가 정착한 시대다. 당연히 국한혼용문의 현대화가 한글 전용 문화의 정착과 어떻게 연계되는가 하는 의문이 제기되지 않을 수 없다. 이런 것들이 앞으로의 연구 과제로 남는 것이다.

올해로 교수 생활이 35년이다. 그동안 음운론, 국어사, 방언 연구, 사전학, 국어 정보학 등 국어학의 여러 영역을 오가며 연구와 강의를 병행했으니 '우물을 파려면 한 우물을 파라'는 옛말과는 거리가 먼 도정道程이었다고 할 수도 있다. 그렇지만 어떤 영역이든 국어학이라는 큰 범주에 드는 것이니 나는 여전히 한 우물을 파고 있다고 이야기할 수 있지 않을까? 얼마나 더 계속할 수 있을지 알 수 없지만 건강이 허락하는 한 그저 우물을 파고 있을 것이다.

이 책을 내면서 여러 분들께 신세를 졌다. 김영민 선생님께서는 한국학 총서로 출판할 수 있도록 주선해 주셨고, 노혜경 선생님께서는 2년여 원고를 기다리셨다. 연세근대한국학총서로 출판할 수 있어 기쁘다는 말씀으로 감사를 표한다.

소명출판 편집부 덕에 책이 이러한 모습으로 나올 수 있게 되었다. 또한 감사를 표하지 않을 수 없다.

모내기가 끝난 지 얼마 되지 않지만 그래도 바람결에 넘실대는 김제 평야의 벼들을 바라보면서 올해도 풍년이 들기를 기원한다. 곁들여 내 연구도 좀 더 성숙해지기를 바라면서.

2021년 6월

한영균

차례

제2부 태동기 국한혼용문의 문체

제1부
현대 한국어 형성기 문체 분석의 틀

제1장

현대 한국어 형성기의 설정과 하위 구분

1. 현대 한국어 형성기의 언어문화사적 특징

1) 개항 이후 90년 사이의 언어문화사적 변혁

1876년 개항 이후 약 90년간 한국 사회가 겪은 정치·사회·문화적 변혁은 격동이라는 말로는 표현하기 부족할 정도로 극심한 것이었다. 갑오경장, 대한제국의 성립과 멸망, 일제 강점, 광복, 미군정, 남북 분단, 독립국가로의 출범, 6·25, 4·19, 5·16 등 국내의 정치·사회적 사건만해도 그 하나하나가 한국 현대사의 전환점 혹은 변혁기를 표상한다고 이야기할 수 있는 것이면서, 현대사를 구성하는 중요한 요소가 된다. 필연적이라고 할 수는 없겠지만, 이 시기에는 현대 한국어 문체 형성사라는 측면에서도 정치사적 주요 사건의 발생과 비슷한 시점에 언어문화사적 전환을 가져오는 일들이 일어난다.

개항을 기점으로 한 외국·외국어와의 접촉을 통해 촉발된 국문·국어에 대한 인식은 문자 생활의 변화를 가져오는 계기가 되고,[1] 1894년의 공문식公文式 공포는 현대 한국어 문체 형성사에 한 획을 긋는다.[2] 이 공문식의 공포는 중세적 문자 생활의 중심이자 당대 동양의 공통 문어였던 한문을 조선의 공적 문자 생활에서 배제하고, 고유의 문자(국문·한글)의 자존을 국가적으로 공식화한 한국 문자 생활사의 코페르니쿠스적 전환을 보여주는 일이었다. 이 이후 십 수년간은 공적 문자로서의 자격을 획득한 국문 사용의 확산과 함께, 경전적 문자로서의 진서眞書에서 보통 표기 수단의 하나로 격하된 한자와, 국가 고유의 문자(국문)로 재인식된 한글을 섞어 쓰는 국한혼용문의 사용이 다양한 방식으로 시도된 시기였다고 이야기할 수 있는 것이다.

그러나, 순한글과 국한혼용이라는 서사방식書寫方式의 조합를 통해 한국어 문체의 현대적 맹아를 싹틔우고 키울 기회를 본격적으로 누릴 수 있었던 기간은 대한제국기 십수 년에 불과했다. 대한제국의 멸망으로 조선어는 국어로서의 자격을 잃었고, 그에 따라 국문·한글의 사용은 위축될 수밖에 없는 상황에 놓이게 되는 것이다.

그러나 이러한 일제 강점으로 겪게 된 위상의 변화에도 불구하고 한국어 문체의 현대화 과정은 한 단계 더 나아갔다. 후기 근대국어 시기 이후 민중의 일반적 서사방식이었던 순한글과, 한글과 한자를 섞어 쓴 이 시기의 새로운 서사방식[3]인 국한혼용문의 통합을 위한 다양한 모색과 함께, 이 시기 조선어 연구자들은 식민지 지배하에서 고유 문자를 이용한 표기법의 표준화와 보급이라는 세계 문자사상 전무후무한 업적을

---

1 외국·외국어와의 접촉이 당대 지식인의 국문·국어에 대한 인식과 문자 생활의 변화을 가져온 데에 대한 논의는 황호덕(2002) 2장 및 4장 2절 참조.
2 공문식의 내용과 실제 적용에 대해서는 김주필(2007:195~205) 참조.
3 이 시기에 쓰인 국한혼용문을 새롭다고 이야기하는 까닭에 대해서는 이 장의 3절의 2) 참조.

이룬 것이다. 부분적 수정은 있었지만 이 때 정해진 맞춤법은 80년 이상 그대로 통용되고 있다. 1930년대의 맞춤법의 제정과 보급은 1894년 공문식의 공포를 토대로 배태된 현대 한국어 문체가 제자리를 잡아가는 데에 또 한 번의 전환점이 되었다고 이야기할 수 있는 것이다.

독립국가로의 대한민국의 출범과 함께 한국어는 대한민국의 공용어가 되었다. 이후 남북은 분단되었지만 앞서 제정되고 보급된 맞춤법 덕분에 남북의 문어는 당분간 같은 모습을 유지할 수 있었다. 한편 독립 직후 발발한 6·25는 당시 인구의 1/4 이상이 원거지를 떠나 새로운 지역에 터잡게 하는 민족의 대이동을 가져왔고, 이러한 민족의 대이동은 맞춤법에서 규범적 한국어의 바탕이 된 서울말과 지역 방언의 대대적 교섭을 가져왔다. 이 책에서 다루는 문체 형성과 직접적인 관련을 가지는 것은 아니지만, 현대 한국어의 형성에 간과할 수 없는 영향을 남기게 된 것이다. 다른 한편으로 6·25를 전후하여 『조선말큰사전』이라는 현대 한국어의 (어휘적) 틀을 종합적으로 담은 단일어 대사전이 간행된다.[4] 언어문화적으로 한국어라는 개별 언어의 객관적 실체를 확인할 토대가 되고, 어문규범과 사전을 바탕으로 한 '규범적 국어 교육'[5]을 시행할 수 있는 근간이 마련된 것이다. 1960년대 이후의 문체가 오늘날 우리가 사용하고 있는 문체와 크게 다르지 않을 수 있는 것은 이러한 근간적 요소

---

4 『조선말큰사전』은 조선어학회라는 이름으로 간행된 제1권의 명칭이고 제2권부터는 한글학회라는 이름을 사용하면서 그 이름이 『큰사전』으로 바뀐다. 1권이 1947년 간행되었고 마지막 6권이 1957년 간행되었다.

5 '규범적 국어교육'이란 이전 시기의 국어/조선어 교육과의 차이점을 강조하기 위해 사용한 용어다. 이전의 국어/조선어 교육이 문식력(literacy)의 신장에 일차적 목표를 둔 것이었다면 독립 이후의 국어교육은 문식력의 신장과 함께 맞춤법과 사전에 바탕을 둔 어문 규범의 학습이 중요해졌다고 보아야 할 것이기 때문이다.

의 확립과 그를 바탕으로 한 '국어 교육'과 무관하지 않다고 할 것이다.

2) 왜 현대 한국어 형성기의 설정이 필요한가

앞의 1)에서 논의한 바와 같이, 개항 이후의 약 90년에 걸치는 시기는 일련의 언어사적 변혁을 통해서 문자 생활 및 문어의 변화를 가져온 격변기였던 한편 오늘날 우리가 사용하고 있는 문체가 싹이 트고 뿌리를 내린 시기였다. 그러나 한국어사의 시대 구분에서 이 시기를 어떻게 다룰 것인지에 대한 본격적인 논의는 아직 없었던 듯하다. 흔히 후기 근대국어라 지칭해 온 18세기~19세기의 한국어와 개항 이후 시기의 한국어를 구분한다면 무엇을 근거로 할 것인지나, 약 90년에 걸치는 이 시기의 한국어를 동질적인 것으로 보아도 좋은 것인지 아니면 좀더 세분할 필요가 있는지 등에 대해서 국어학적 합의에 도달했다고 할 만한 논의를 찾아보기 어려운 것이다. 여기에 더해서 이 시기의 언어 사용에 대한 국어사적 연구에서는 개항 이후 대한제국의 멸망까지를 다루는 데에 그치는 경우가 많았고, 그 이후의 일제 강점기나 대한민국의 독립을 전후한 시기의 한국어에 대한 연구는 그리 많지 않다.[6] 반드시 그래서라고는 할 수 없겠지만 이 시기를 포괄해 가리킬 수 있는 국어사적 관점의 용어조차 아직 정해지지 않았다. 다만 개항 이후 대한제국의 멸망까지를 개화기, 근대 계몽기, 혹은 최근세라 하여 후기 근대국어 시기 및 일제 강점기와 구분하는 정도에 그치고 있다.[7]

---

6   국어학적 연구로는 이병근 외(2007), 송철의 외(2007), 안예리(2012; 2013a; 2013b; 2019) 등이 있고, 문학 연구에서 1910년대 이후의 문체를 다룬 것으로 권용선(2004), 문혜윤(2006), 박진영(2008), 김영민(2010), 김민섭(2010), 황지영(2010), 정한나(2011) 등을 들 수 있다.

현대 한국어의 출발점을 어디에 둘 것인지를 결정하기는 쉽지 않지만, 개항기부터 대한제국기를 관통하는 시기(이른바 근대 계몽기)의 한국어 문어와 일제 강점에 의해 일본어의 영향이 본격적으로 나타나는 반면 역설적으로 현대 한국어 문체가 자리 잡아가는 양상을 보여주는 1920~30년대의 한국어 문어, 그리고 광복 이후 6·25, 4·19, 5·16를 거쳐 한국어가 일본어의 영향에서 벗어난 1960년대 이후의 한국어 문어를 같은 것으로 보기 어렵다는 데 대해서는 대체로 동의할 수 있을 것이다. 여기에 1960년대 이후의 한국어 문체가 오늘날 우리가 사용하는 문체와 거의 같아진 것으로 보아도 크게 잘못이 없다고 한다면, 개항 이후 약 90년에 걸쳐 형성된 문체가 오늘날 우리가 사용하는 문체에 직접 이어진다고 이야기할 수 있을 것이다.

그런데 이 시기의 문체는 그 이전 시기(후기 근대국어 시기)의 한국어 문체와 다르고, 또 하위 시기별로 차이가 있기는 하지만 오늘날의 한국어와도 상당한 차이를 보인다. 따라서 이 90년에 걸친 시기에 겪은 한국어 문체의 변화 과정이야말로 오늘날 우리가 사용하는 문체의 형성 과정이라고 이야기할 수 있을 것이다. 이를 고려하여 저자는 이 시기를 이전 및 이후 시기와 구분할 수 있게 해 주는 동시에 이 시기의 국어사적 특징을 드러낼 수 있는 '현대 한국어 형성기'라는 용어를 개항 이후 약 90년을 가리키는 데에 사용하려 한다.

---

7 이들 용어 이외에 이병근 외(2005), 송철의 외(2008)에서는 이 시기를 가리켜 '근대 초기'라 했고, 홍종선 외(2000)에서는 이 시기를 아예 '현대 국어'라고 지칭하고 있다. 그러나 근대 초기란 역사학의 시대 구분을 차용한 것일 뿐 한국어의 특징을 바탕으로 한 용어가 아니고, 이 시기를 '현대 국어'로 보는 것은 지나치게 포괄적이어서 받아들이기 힘들다.

한편 이 시기의 문어 사용 양상을 살펴보면 약 90년에 걸치는 '현대 한국어 형성기'의 한국어를 동질적인 것으로 보기는 어렵다. 언어 사용 상의 특징을 바탕으로 좀더 세분화할 필요가 있는 것이다. 언어 사용 상의 특징이라고 해도 여러가지 기준을 세울 수 있을 것인데, 이 글에서는 현대 한국어 문체의 형성 및 정착과 관련된 특징적 양상을 하위 시대 구분의 일차적 기준으로 삼는다. 결론부터 이야기하자면, 이 시기는 크게 태동기(개항 이후~대한제국의 멸망), 환태기(일제강점기),[8] 정착기(광복~『큰 사전』의 완간)의 세 시기로 구분할 수 있을 것으로 생각되는데, 이러한 구분이 단순히 정치적 사건을 바탕으로 한 것이 아니라 현대 한국어의 문체 형성 과정에서 일어난 언어적 변화를 바탕으로 한 것임을 보이는 한편, 각 시기별 문체 특성을 검토하고 각 시기별 문체 특성이 현대 한국어의 문체 형성 및 정착이라는 관점에서 어떤 의미를 지니는가에 대한 논의가 이 이후의 주된 내용이 된다. 다만 여기서는 태동기와 환태기의 구분에 초점을 두기로 한다.

2. 한국어 문체의 현대화 과정을 검토하기 위한 두 축

저자는 이 글에서 현대 한국어 형성기의 문체 특성을 검토하는 데에

---

8 '환태기'란 일제강점기 중기에 이후의 국한혼용문이 근대계몽기의 국한혼용문과 비교할 때 완전히 탈바꿈해서 현대 한국어 문체와 가까워진다는 것을 드러내기 위해 택한 용어이다. 이에 대해서는 이 책의 3부에서 구체적으로 다룰 것인데, 본서의 내용은 태동기에 등장한 새로운 형식의 국한혼용문이 환태기의 변천을 거쳐 현대의 국한혼용문으로 이어지는 과정과 방향을 다룬 것이다.

크게 두 가지 요소를 축으로 삼는다. 서사방식書寫方式과 사용역register이 그것이다. 이 장에서는 현대 한국어 형성기의 문체를 검토하는 데에 왜 이들 두 요소를 축으로 삼아야 하는지를 정리하기로 한다. 앞으로의 논의에 토대가 되기 때문이다.

1) 서사방식書寫方式과 한국어 문체의 현대화

서사방식이란 글을 쓸 때 어떤 문자를 사용하는가를 가리킨다. 그런데 한국어 문체의 현대화와 관련해서는 그 의미가 좀더 함축적이다. 특히 현대적 국한혼용문의 형성과 관련해서 이 시기 국한혼용문 텍스트에 대한 문체사적 관점에서의 검토가 필요한 것이다.

지금까지의 이 시기 국한혼용문에 대한 연구는 국한혼용문의 구조적 특성, 유형, 형성 과정, 위상 등이 주된 논의의 대상이었다. 그러나 여기에 더해서 고려해야 할 것이 있다. 서사방식과 문체 현대화의 상관성이다. 특히 태동기 및 환태기에는 순한글인가 국한혼용인가 하는 서사방식에 따라 문체의 차이가 뚜렷히 드러나기 때문에 문체 변화의 관점에서 순한글을 사용한 경우와 대조가 필요한 것이다. 이 문제를 다룰 때에는 특히 다음 세 가지에 초점이 놓여야 할 것으로 판단된다.

① 하위 시기별로 문체 현대화의 정도가 다른데 어떤 기준으로 현대화 정도를 측정하고 기술할 것인가 하는 문제.

② '순한글'과 '국한혼용'이라는 두 가지 서사방식이 공존 및 병존하게 된 까닭과 그것이 한국어 문체형성사에서 지니는 의미는 무엇인가 하는 문제.

③ 공존내지 병존하던 두 서사방식은 어떤 과정을 거쳐 현대 한국어 문체
로 변전되는가 하는 문제.

①의 국한혼용문과 순한글 텍스트가 보여주는 문체 현대화의 정도가
다르다는 사실은 부분적이나마 밝혀져 있다. 순한글 텍스트의 현대화 정
도가 국한혼용문 텍스트에 비해 빠르며 그것은 어휘와 구문 두 측면에서
확인되는 것이다(제1부 2장 및 3장). 그러나 사용역에 따른 문체 현대성의
차이나 어휘적 변화 등에 대해서는 아직 검토된 적이 없다. 또한 이러한
관점에서의 형성기 전반의 변화에 대한 검토도 과제로 남아 있다.

②의 두 서사방식이 공존하게 된 배경에 대해서는 글의 주제나 독자
계층과 밀접한 관계를 가지고 있다는 사실이 밝혀졌다(한영균 2008; 2014b;
김영민 2010; 김재영 2010 등). 아울러 이 시기의 국한혼용문의 위상에 대한
논의를 통해서 국한혼용문이 이전 시기의 한문이 담당하던 역할을 이은
것으로 이야기되기도 했다. 문제는 이런 관점을 견지하는 경우 자칫 순
한글 텍스트와 국한혼용문 텍스트의 양립을 당연한 것으로 여기기 쉽다
는 점이다. 그러나 현대 한국어 환태기에 들어서면 순한글 텍스트와 국
한혼용문 텍스트는 통합의 길을 걷는다. 따라서 순한글 텍스트와 국한혼
용문 텍스트를 병렬적으로 사용하는 것을 이 시기 문어 사용상의 특성으
로 볼 수 있다는 사실을 인식하고[9] 그 배경에 대한 언어문화사적 의미를
밝히는 일, 그리고 순한글 텍스트와 국한혼용문 텍스트에서 나타나는 어

---

9 오늘날에도 순한글 텍스트와 국한혼용문 텍스트가 함께 사용된다. 그러나 이 시기에 순
한글 텍스트와 국한혼용문 텍스트를 병렬적으로 사용하는 방식은 오늘날의 공용과 전
혀 다르다. 이 장의 3절 3) 참조.

휘, 문법 요소의 대응 양상에 대한 분석 등이 앞으로 고구되어야 할 과제라고 할 수 있을 것이다.

③은 현대 한국어 형성기에 순한글 텍스트와 국한혼용문 텍스트가 어떻게 통합되는가 하는 말 그대로 한국어 문체 현대화의 구체적 과정을 밝히는 문제와 연관된 것이다.

현대 한국어의 문체를 다룰 때 국한혼용문체란 한자를 섞어 쓴 글을 가리킨다. 한자어가 아무리 많이 섞여 있어도 한자를 사용하지 않으면 국한혼용문체라고 하지 않는다. 「기미독립선언문」을 예로 살피기로 한다.

①

가. 吾等은 玆에 我 朝鮮의 獨立國임과 朝鮮人의 自主民임을 宣言하노라 此로 써 世界 萬邦에 告하야 人類 平等의 大義를 克明하며 此로써 子孫 萬代에 誥하야 民族 自存의 正權을 永有케 하노라 半萬年 歷史의 權威를 仗하야 此를 宣言함이며 二千萬 民衆의 誠忠을 合하야 此를 佈明함이며 民族의 恒久如一한 自由 發展을 爲하야 此를 主張함이며 人類的 良心의 發露에 基 因한 世界 改造의 大機運에 順應幷進하기 爲하야 此를 提起함이니 是ㅣ 天의 明命이며 時代의 大勢ㅣ며 全人類 共存 同生權의 正當한 發動이라 天 下 何物이던지 此를 沮止抑制치 못할지니라

나. 우리는 이에 우리 조선이 독립한 나라임과 조선 사람이 자주적인 민족임을 선언한다. 이로써 세계 만국에 알리어 인류 평등의 큰 도의를 분명히 하는 바이며, 이로써 자손 만대에 깨우쳐 일러 민족의 독자적 생존의 정당한 권리를 영원히 누려 가지게 하는 바이다. 5천 년 역사의 권위를 의지하여 이를 선언함이며, 2천만 민중의 충성을 합하여 이를 두루 펴서

밝힘이며, 영원히 한결같은 민족의 자유 발전을 위하여 이를 주장함이며, 인류가 가진 양심의 발로에 뿌리박은 세계 개조의 큰 기회와 시운에 맞추어 함께 나아가기 위하여 이 문제를 내세워 일으킴이니, 이는 하늘의 지시이며 시대의 큰 추세이며, 전 인류 공동 생존권의 정당한 발동이기에, 천하의 어떤 힘이라도 이를 막고 억누르지 못할 것이다.

나'. 우리는 이에 우리 朝鮮이 獨立한 나라임과 朝鮮 사람이 自主的인 民族임을 宣言한다. 이로써 世界 萬國에 알리어 人類 平等의 큰 道義를 分明히 하는 바이며, 이로써 子孫 萬代에 깨우쳐 일러 民族의 獨自的 生存의 正當한 權利를 永遠히 누려 가지게 하는 바이다. 5千 年 歷史의 權威를 依支하여 이를 宣言함이며, 2千萬 民衆의 忠誠을 合하여 이를 두루 펴서 밝힘이며, 永遠히 한결같은 民族의 自由 發展을 위하여 이를 主張함이며, 人類가 가진 良心의 發露에 뿌리박은 世界 改造의 큰 機會와 時運에 맞추어 함께 나아가기 위하여 이 問題를 내세워 일으킴이니, 이는 하늘의 指示이며 時代의 큰 趨勢이며, 全 人類 公同 生存權의 正當한 發動이기에, 天下의 어떤 힘이라도 이를 막고 억누르지 못할 것이다.

①-나는 ①-가를 이희승 선생이 번역한 것으로 고등학교 국어교과서에 실린 것이다. 그런데 일반적으로 ①-나의 문체를 국한혼용문체라고 하지는 않는다. ①-나의 고딕체로 강조한 부분(한자어)을 한자로 바꾼 ①-나'를 국한혼용문체라고 한다. 한편 ①-나와 ①-나'는 사용하는 문자만 달라졌을 뿐, 글을 구성하는 언어 단위는 동일하다. 이에 비해 ①-가와 ①-나는 전달하는 내용은 같지만 글을 구성하는 언어 단위가 다르다. 심지어 ①-나를 ①-가의 번역이라고 하는 것이다.

현대 한국어 태동기에는 ①-가와 ①-나의 관계처럼 같은 내용을 전달하는데 텍스트를 구성하는 언어 단위가 다른 국한혼용 텍스트와 순한글 텍스트가 '병존'하는 예가 다수 존재한다.[10] 그리고 이들 두 서사방식을 사용한 텍스트는 문체의 현대화 정도에서 상당한 차이가 있다. 동일한 내용을 전하면서도 서사방식에 따라 텍스트를 구성하는 언어 단위가 다른 텍스트가 병존한다는 것이 현대 한국어 문체의 형성 과정 안에서 어떤 의미를 지니는 것인지, 어떠한 과정을 거쳐서 ①-가와 같은 국한혼용문이 ①-나'와 같은 현대 한국어의 국한혼용문으로 변전되는지, 그리고 그러한 변전에서 어느 쪽이 중심이 되는지 등이 밝혀져야 한국어 문체의 현대화 과정을 제대로 파악할 수 있을 것으로 생각되는 것이다.

이러한 것들이 서사방식에 따른 문체의 차이에 대한 분석이 이 시기 문체 연구의 한 축이 되어야 하는 까닭이다.

2) 현대 한국어 형성기의 사용역

사용역register이란 코퍼스언어학에서 전달 매체의 차이(문어 / 구어, 인쇄물 / 비인쇄물, 정기간행물 / 비정기간행물 등), 저자 / 화자가 상정하는 독자 / 청자와의 관계(격식 / 비격식, 공적 / 사적 등), 전달하는 주제와 내용(정보 / 상상, 학술 / 비학술 등) 등에 따라서 텍스트 혹은 발화를 구성하는 요소(언어 단위)의 용법이 달라지는 것을 분석 결과의 해석에 반영할 필요가 있

---

10 '병존'이라는 용어는 단순히 두 서사방식을 사용한 텍스트가 '공존'하는 것이 아니라, 동일한 내용을 국한혼용문과 순한글 두 서사방식을 이용해 표현하는데, 각 텍스트를 이루는 언어 단위가 다르고, 또한 양자의 문체 현대화 정도도 다르다는 점을 나타내기 위해 사용한 것이다. 한영균(2014b)에서 살핀 '다중 번역 서사물'의 경우가 대표적인 것이다. 이에 대해서는 이 책의 제2부 4장 참조.

다는 사실을 고려한 분석 대상 자료의 하위 구분 방법의 하나다. 텍스트 장르와 유사하지만 그보다는 좀 넓은 개념이라고 할 수 있다.

저자는 이 시기에 출판된 텍스트의 문어를 대중매체어, 문학어, 교육어, 행정·법률어, 학술어, 종교어의 여섯 가지 사용역으로 나누어 살필 필요가 있다고 판단하고 있다.[11] 그 필요성은 크게 세 가지로 이야기할 수 있다. 첫째는 현대 언어학의 문체 연구에서는 사용역에 따른 언어 사용의 차이를 살피는 것이 일반적인 바, 통시적으로 현대 한국어 문어의 형성과 정착이 어떻게 진행되었는가에 밝히려 할 때에도 사용역별 분석이 필요할 것이기 때문이고, 둘째는 사용역에 따라서 현대적 국한혼용 문체의 형성 과정과 사용 양상이 다른 것을 확인할 수 있다는 점이며, 셋째는 현대 한국어 환태기(일제강점기) 일제에 의해 강제된 조선어 사용의 제한이 사용역별로 달리 적용되었기 때문이다. 태동기와 환태기의 문체 특성을 대조하기 위해서는 일차적으로 대조가 가능한 사용역을 구분할 필요가 있는 것이다. 이 문제는 사용역별 언어 특성 및 현대 한국어 문체 형성과 관련된 문제를 정리하면서 다시 언급할 것이다.

대중매체어는 간단히 말해 신문·잡지의 언어다. 대중매체어는 잘 알려진 바와 같이 이 시기 글쓰기 방식, 국문 / 한글의 보급, 국한혼용문의 확산 등에 큰 영향을 주었다. 그런데 현대 한국어 형성기의 대중매체어에 대한 검토는 1910년 대한제국의 멸망으로 조금 복잡한 양상을 띠게

---

11 '언간, 일기, 수기' 등 개인적 기록(필사 자료)은 사용역 구분에 포함하지 않았다. 이들이 국어사적으로 중요하지 않아서가 아니라 공적으로 간행되지 않은 까닭에 이 시대 문체의 변화에 크게 영향을 주지 않았다고 판단했기 때문이다. 그러나 태동기 및 환태기 필사 자료를 검토해 보면 필사 자료가 간본 자료에 비해서 문체의 변화를 앞서 반영하는 경우가 있다. 이러한 예들은 시대별 문체 특성을 다루면서 함께 검토하기로 한다.

된다. 일제 강점기 초기에는 조선인에 의한 한반도 안에서의 대중매체 발간이 극히 제한되고,[12] 1920년에 이르러야 다시 대중매체의 간행이 어느 정도 허용되기 때문에 태동기~환태기 사이의 문체의 변화를 관찰하는 데에 연속성을 확보하기 어렵다는 점이 문제로 제기된다. 시간적으로 그리 길지 않은 1910년~1920년 사이에 현대 한국어 문체 형성과 관련된 중요한 변화가 일어나기 때문이다. 문체 관찰의 연속성을 이야기하는 것은 이 때문이다. 이에 대해서는 각 시기의 문체 특성을 논의하는 부분에서 다시 다루기로 한다.

문학어는 문학적 서사물敍事物에 쓰인 언어를 가리킨다. 현대 한국어 형성기의 문학적 서사물은 같은 시대에 간행된 것이라 해도 내용, 형식, 문체에 큰 차이가 있지만, 대체로 단형서사에서 출발해서 신소설을 거쳐 현대소설로 이어진 것으로 이야기된다(김영민 1997 / 2003). 그러나 고전문학에서 현대문학으로의 전환이 일어난 시기였기 때문에 어떤 텍스트를 현대 한국어 형성기의 문학어 자료로 포함할 것인가에는 이견이 있을 수 있다. 대표적인 예가 현대 문학의 형성과는 무관한 것으로 여겨져서 이 시기의 문학적 글쓰기와 관련한 논의에 포함되지 않았던 필사본, 구활자본 고소설류를 들 수 있다. 이들은 후기 근대국어 시기의 한글 고전소설을 전승한 것이어서 현대 문학 텍스트로 다루어지지 않는

---

12 신문의 경우는 종교 관련 신문을 제외하고는 조선총독부 기관지인 『每日申報』가 유일하며, 잡지의 경우는 신문보다는 규제가 덜 심해서, 한반도 안에서의 잡지 간행도 어느 정도 허용되었던 것으로 보인다(신중진 2011:119 · 122~123). 1910년대의 신문 잡지에 대해서는 신중진(2011)에서 정리한 바 있지만, 자료가 현재 전하는 것과 이름만 전해지는 것을 구분하지 않고 목록만 제시한 것이어서 국어사 자료로서의 활용 가능성을 확인하기 어렵고, 기술 내용의 오류 및 목록상의 누락도 있어서 좀더 정밀한 정리가 필요한 것으로 보인다.

다. 그런데 현대 한국어의 문체 형성이라는 관점에서는 이들 자료가 태동기와 환태기 사이의 문체 변화 과정을 이해하는 데에 중요한 고리가 된다. 후기 근대국어 시기의 고전 소설이 '순한글'이라는 서사방식을 사용하는 데에 비해서 1910년대에 간행된 구활자본 고소설 중에는 순한글로 된 것 이외에 한자를 병기한 자료들이 다수 나타난다(이윤석 2011). 이렇게 한자를 병기한 구활자본 고소설 중에서 현대 한국어 문체로의 연결 고리가 되는 방식을 보여 주는 예를 확인할 수 있는 것이다(4절 1) 참조). 이와 함께 1910년대가 문학작품의 번역과 번안이 활발히 이루어진 시기인 한편(박진영 2008·2011), 현대 소설이 등장한 시기라는 점도 고려할 필요가 있다. 1910년대의 문학어 텍스트는 태동기와 환태기 사이의 한국어 문체의 차이를 직접 관찰할 수 있는 자료라는 점에서 주목에 값하는 것이다.

교육어는 기본적으로 보통교육의 실시와 함께 도입된 교과서류에 사용된 언어를 가리킨다. 1895년~1899년 사이에 학부에서 출판된 교재류가 대표적이다.[13] 그런데 현대 한국어 태동기는 시대적 특성상 교과용 도서와 계몽용 도서를 구분하기 힘든 경우가 적지 않고, 서구 분과학문의 수입 초창기였던 까닭에 보통·중등 교육용 교재와 분과학문의 개설적 내용을 다룬 학술서와의 구분도 쉽지 않다는 문제가 있다. 교육어 텍스트는 문체라는 면에서는 일부의 자료를 제외하고는 대부분 국한혼용문으로 만들어진다. 한편 교과용·계몽용 도서류는 일제 강점기에 들

---

13 학부 간행 도서에 대한 포괄적 검토로는 이철찬(2008) 참조. 이 시기의 교과서 검정에 관한 자료 분석도 포함되어 있어서 사찬본(私撰本)이 교재로 사용되는 양상을 살필 수 있다. 다만 이철찬(2008)에서 정리한 학부 도서 목록에는 누락된 것이 있다. 이 책의 6장 각주 27 참조.

어서면서 대중매체의 경우와 마찬가지로 그 보급과 사용이 크게 위축된다. 조선어 독본과 수신서류를 제외한 교과용 도서는 극히 드문 것이다.[14] 따라서 현대 한국어 문체의 형성 과정을 관찰하는 데에는 한계가 있다.

학술어는 서구 분과학문의 도입을 목적으로 만들어진 도서류에 사용된 언어를 가리킨다. 앞에서 이야기한 바와 같이 교과용 도서와의 구분이 쉽지 않기 때문에 학술어 영역을 설정해도 좋은가 하는 의문이 제기될 수 있으나, 전문성이 높은 분야의 개설서들은 학술어 자료로 다룰 수 있을 것이다. 의학·약학(해부학, 산과학, 약물학 등), 자연과학·이학(물리, 생물, 화학, 수학 등), 법학·행정학, 경제학·상학 교재를 그러한 예로 들수 있다. 한국어의 현대화와 관련해서는 특히 학술용어의 수입과 번역 방식을 파악할 수 있다는 점에서 중요하다고 이야기할 수 있을 것이다. 이들 역시 일제 강점기에 들어서면 대부분이 일어본을 사용하게 되어이 사용역의 자료들도 단절되는 유형으로 볼 수 있다.

법률·행정어란 갑오경장 이후 만들어진 『地方調査案』(內部, 1895), 『法規類編』(내각기록국, 1896) 등의 법률·규정, 『大朝鮮日本留學生親睦會規則』(1896), 『紳商會社章程』(1897), 『증남포목포각국조계장정』(1897) 등 장정·규칙, 『開國五百四年八月事變報告書』(1896), 『間島案』(1907~1909) 등 공문서에 사용된 언어를 가리킨다. 이 시기의 법률·행정어 자료는 일부를 제외하고는

---

14 교과용 도서는 아닐지라도 일반인을 대상으로 한 실용적 목적의 도서는 1900년대에 비해 그 수는 줄지만 1910년대에도 지속적으로 간행된다. 특히 簡牘類, 『時文讀本』『(實例)書式大全』『現行書式大全』 등의 글쓰기 혹은 서식에 관한 서적과 『말의 소리』『조선 말본』 등의 한국어 문법서, 『(最新 通俗)衛生大鑑』『朝鮮 衛生要義』『醫方綱要』『通俗家庭衛生學』 등 위생 관련 서적 등을 대표적인 것으로 들 수 있다. 그러나 이들을 교육어 자료로 볼 수 있을지에 대해서는 검토가 필요하다.

거의 국한혼용문으로 되어 있다. 이 법률·행정 관련 텍스트 역시 일제 강점기에 들어서면 거의 만들어지지 않는다.[15]

종교어는 기독교, 불교, 천도교, 시천교 등의 경전, 교리서, 가사 등에 쓰인 언어를 가리킨다. 특히 현대 한국어의 문체 형성 및 정착과 관련해서는 기독교(천주교, 개신교, 성공회, 러시아 정교회)의 텍스트에 쓰인 언어에 대한 논의가 중심이었다. 현대 한국어의 문체 형성 과정을 검토하는 데 종교어를 개별 사용역으로 설정할 수 있는가 하는 의문이 제기될 수 있지만, 한역韓譯 성경이 한글의 보급을 비롯해서 이 시기의 언어문화에 미친 영향이 컸다는 사실은 잘 알려진 것이기도 하고, 태동기와 환태기 사이에 일어난 현대적 국한혼용문체의 등장 및 보급에 개신교의 국한혼용문 성경도 일정 부분 영향을 준 것이 확인된다는 점과 일제의 조선어 출판물 제한에도 불구하고 종교어 영역의 자료는 상대적으로 1910년대의 자료가 많이 남아 있어 태동기와 환태기 사이의 문체 변화를 살필 수 있다는 점도 종교어 영역을 별도로 설정하는 까닭이 된다.

3. 태동기 문어 사용 양상의 특징

현대 한국어의 문체 형성이라는 관점에서 볼 때 1890년대의 중·후반부터 1900년대에 걸친 시기는 이전 시기(후기 근대국어 시기)와 분명히

---

15 『最新朝鮮大法典』(1912), 『朝鮮民事刑事令』(1912), 『朝鮮民籍要覽』(1915) 등의 법률서가 총독 정치 초기의 필요성에 따라 만들어지기도 했다. 그러나 중기, 후기에는 거의 조선어로 만들어지지 않는다.

구분되는 특성을 보여준다. 근대적 행정 및 교육 제도의 도입, 대중매체의 등장과 보급, 기독교의 전파, 새로운 문학 장르의 대두, 외국 서적의 번역·번안을 통한 새로운 지식의 확산 등이 이 시대의 중요한 사회적·문화적 변화라고 한다면, 이에 부응하기 위한 언어적 대응이 시작되고 본격화한 시기인 것이다. 1절에서 개괄적으로 살폈듯, 이 시기의 언어적 대응은 특히 문어 사용에서 두드러진다. 이전 시기에는 계층에 따라 사용하는 문어가 한문과 한글로 나뉘어 있었고, 공식적인 문어로는 한문이 사용되었던 데에 비해서, 이 시기에 이르러서는 한글이 공식적인 문어로서도 전면에 나설 수 있게 된 한편, '국한혼용'이라는 이 시기 특유의 서사방식이 새로이 등장하고, 국문 및 국한혼용문의 사용이 '공문식'이라는 국가적 시책으로 시행되기에 이른다. 이러한 언어적 대응이 현대 한국어 문체의 형성이라는 국어사적 변혁을 촉발하는 것이다.[16] 이러한 관점에서 태동기의 문어 사용상의 특징을 문체 변화에 초점을 두어 요약하면 다음 네 가지를 들 수 있을 것이다.

① 한글의 위상 변화와 한글 사용의 확산.
② 다양한 유형의 국한혼용문 사용.
③ 순한글 텍스트와 국한혼용문 텍스트의 공존 및 병존.
④ 한글과 한자 병기 방식의 등장.

각각의 경우를 나누어 정리하기로 한다.

---

16 이러한 이 시기 문어 사용에 대해 권보드래(2000:131~144)에서는 '이중의 기획'이라는 표현을 쓰고 있다.

1) 한글의 위상 변화와 한글 사용의 확산

이 시기의 한글은 공문식의 공포를 통해 국문으로서의 자격을 지니게 된다. 이전 시기와는 문자생활에서의 위상이 달라진 것이다. 이와 함께 그 사용역이 확대된다. 후기 근대국어 시기에도 다양한 유형의 한글 필사자료들을 확인할 수 있다.[17] 그러나 대개 여성 내지 한문 문식력을 가지지 못한 이들을 독자로 상정하며, 사용역도 한정되어 있었다. 그러나 태동기에 들어서면 대중매체어, 학술어 등 그 이전에 존재하지 않았던 영역을 포함해서 문학어, 교육어, 법률·행정어, 종교어 등 모든 사용역으로 사용 범위가 확대된다. 한글은 이 시기에 이른바 내방內房의 문자에서 국민의 문자로 그 기능이 확대된다고 이야기할 수 있는 것이다.

2) 다양한 유형의 국한혼용문 사용

이 시기의 국한혼용문은 앞선 연구에서 지적하고 있는 것처럼 훈민정음 창제 이후의 구결문, 이두문, 언해문과 밀접한 관련을 가지고 있는 것으로 새로울 것이 없다고 생각할 수도 있다.[18] 15~16세기의 국어사 언해 자료는 대부분이 한글과 한자를 섞어 쓴 국한혼용문이기 때문이다. 그러나 17세기에 들어서면 상황이 좀 달라진다. 17세기 이후의 국어사 자료는 후기 중세국어 시기에 만들어진 문헌의 복각이나 중간인 경우, 시가류라는 향유층이 다른 문학 자료, 역학서류·한자 학습서 등

---

17 한영균(2015b:30)에서는 ① 고문서류, ② 고소설류, ③ 교화·교육서(여성교육서)류, ④ 기행문류, ⑤ 실기(實記:실기·전기)류, ⑥ 언간류, ⑦ 역사서류, ⑧ 연행록류, ⑨ 일기류, ⑩ 제문류, ⑪ 조리서류, ⑫ 종교서류, ⑬ 필기(筆記:야담·설화)류, ⑭ 행장(行狀)류의 열 네 가지 유형을 들고 있다.
18 이러한 관점을 보이는 연구로는 김상대(1985), 심재기(1992; 1999), 민현식(1994) 등을 들 수 있다.

외국어 학습과 관련된 자료를 제외하고는 순한글로 된 것만 전해진다 (이호권 2008). 17세기 이후에도 한문 해득력이 없는 이들을 위해서 소설, 기행문, 기술서, 교화서, 종교서 등 많은 문헌들이 번역(언해)되었지만, 이들 문헌에는 한글만 사용한다. 한자와 한글을 섞어쓰는 국한혼용이라는 서사방식은 18, 19세기에는 일반적인 것이 아니었다고 할 수 있는 것이다. 읽고 쓰는 데에 한문 문식성을 지닌 이들은 한문을, 그렇지 못한 이들은 한글을 사용하는 이중적 문자생활이 일반적이었던 것이다 (안대회 2006; 정병설 2008). 이것이 19세기 말에 다시 등장한 국한혼용이라는 서사방식을 새롭다고 이야기하게 되는 까닭이다.[19]

그런데 새로이 등장한 국한혼용문이 모두 같은 것은 아니었다. 한영균(2013a)에 의하면 이 시기 국한혼용문은 한문 문법과의 혼효성 정도에 따라서 '① 한문의 요소를 그대로 사용하는 경우 ② 한문 문법의 간섭 결과가 체언구에 반영된 경우 ③ 한문 문법의 간섭 결과가 용언구에 반영된 경우 ④ 기타'로 정리할 수 있고, 이러한 한문 문법의 영향 정도에 따라 최소한 네 가지 이상의 유형으로 나뉘는 것이다.[20]

순한글과 국한혼용이라는 두 가지 서사방식이 그 나름의 영역을 가지고 같은 시기에 사용되었다는 사실이 이 시기 사회적·문화적 변화에 대응한 문어 사용 상의 변화가 복선적이었음을 보여주는 것이라고 한다면, 다양한 유형의 국한혼용문이 같은 시기에 병렬적으로 사용되는 것

---

19 이러한 시대적 상황에 대해서는 『서유견문』 서문에 나오는 『서유견문』의 문체에 대한 유길준의 친구의 반응을 참고할 수 있을 것이다. '我文과 漢字를 混用'한 『西遊見聞』의 문체가 '文家의 軌度를 越'한 것이어서 '譏笑를 未免'할 것이라고 지적하고 있는 것이다. 태동기 초기 식자층의 인물이 국한혼용문에 대해 어떻게 생각하고 있는지를 잘 보여준다.
20 태동기 국한혼용문의 유형에 대해서는 2부의 5장 참조.

은(김홍수 1994; 홍종선 2000; 임상석 2008; 한영균 2013a 등 참조) 현대 한국어 문체의 형성이 선조적線條的이면서 순차적順次的으로 이루어진 것이 아님을 말해 주는 한 방증이라 할 수 있을 것이다.

3) 순한글 텍스트와 국한혼용문 텍스트의 공존 및 병존

2절 1)에서 간단히 언급한 바 있지만, 이 시기에는 국한혼용문 텍스트와 순한글 텍스트가 2절 2)에서 구분한 여섯 사용역 중 교육어를 제외한 모든 영역에서 공존하는 것이 확인된다. 독자를 어떤 계층으로 상정하느냐에 따라서 서사방식을 택했기 때문이다. 순한글로 간행한『帝國新聞』과 국한혼용문으로 간행한『皇城新聞』이 십여 년간 공존했다는 사실이 이러한 상황을 단적으로 보여준다고 할 것이다. 중요한 것은 '공존'에 그치는 것이 아니라, 동일한 내용을 전달하면서 텍스트를 구성하는 언어 단위가 다른 텍스트가 국한혼용과 순한글이라는 두 가지 서사방식으로 만들어지는 경우가 적지 않았다는 점이다. 저자는 이런 경우를 가리켜 '병존'이라고 부르려고 하는데, 이렇게 국한혼용 텍스트와 순한글 텍스트가 '병존'하는 것은 태동기 문어 사용의 가장 큰 특성 중 하나라고 할 수 있다. 태동기 이전에나 이후에는 이런 유형의 자료가 없기 때문이다.[21]

---

21 이와 유사한 것으로 태동기 이전의 자료로 '한중록(閑中錄)'이 있고, 환태기 자료로는 『신정육아법(新訂育兒法)』(김연배 편술, 1912, 보급서관)을 들 수 있다. '한중록'의 경우 18세기 말부터 19세기 초에 만들어진 순한글본, 한문본, 국한혼용본이 공존하는 것으로 알려져 있는데(홍기원 2009), 한문본과 국한혼용본의 생성 시기에 대해서는 검토가 필요한 것으로 보인다. 또『신정육아법』은 하나의 텍스트 안에 두 서사방식을 사용한 글을 대조해 보인다는 점이 별도의 텍스트로 존재하는 태동기 자료와 조금 다르다. 1920년대에도 홍난파 축약역의『애사(哀史)』(1922)와『장발장의 설움』(1923)이 있다. 그러나 그 성격이 태동기 자료와는 다른 것으로 지적되고 있다(박진영 2008).

②

가. 〈裵說氏의 公判 顚末〉第一日 本月 十五日 朝에 韓淸間 大英國 皇帝 陛下의 高等裁判所에 京城 日人 事官 三浦彌五郎氏가 告訴홈에 基ᄒ야 本社 前社長 裵說氏의 對흔 公判을 京城에 在흔 英國 總領事館內에셔 開庭ᄒ얏ᄂ디 上海에 駐在흔 에푸, 에쓰, 에이, 쏜온 判事 閣下가 裁判官으로 執權ᄒ야 坐定ᄒ고 英國 皇帝 陛下의 頭等 辯護士 에취, 피, 윌킨손씨가 出訴ᄒ고 神戶에 在흔 英人 씨, 엔, 크로쓰 씨가 裵說氏의 委托을 受ᄒ야 辯護ᄒᄂ디 公判홀 동안에 裵說氏ᄂ 其側에 坐홈을 許ᄒ고

—『大韓每日申報』別報, 1908.6.20.

나. 〈비셜씨의 공판 뎐말〉 뎨일일 본월 십오일 아츰에 한국과 쳥국간에 잇ᄂ 대영국 황뎨 폐하의 고등ᄌ판소에 경셩 일본 리ᄉ관 삼포미오랑씨가 고소홈을 인ᄒ야 본샤 젼샤쟝 비셜씨의 되흔 공판을 경셩에 잇ᄂ 영국 총령ᄉ관에셔 시작ᄒ엿ᄂ디 샹히에 주ᄌ흔 에푸, 에쓰, 예이, 쏜온 판ᄉ 각하가 ᄌ판관으로 권셰를 가지고 좌뎡ᄒ엿고 영국 황뎨폐하의 일등 변호ᄉ 에취, 피, 일킨손 씨가 숑뎡에 공소ᄒ고 일본 신호에 잇ᄂ 영국인, 씨, 엔, 크로쓰 씨가 비셜씨의 위탁을 밧아 변호ᄒᄂ디 공판홀 동안에 비셜씨ᄂ 그 겻헤 안기를 허ᄒ고

—『대한민일신보』별보, 1908.6.20.

③

가. 悲夫라 我韓 數百年來 對外의 歷史여 東方에 一流 寇만 入ᄒ야도 擧國이 蒼黃ᄒ고 西隣에 一噴言만 來ᄒ야도 盈庭이 瞠惶ᄒ야 依違苟活에 恥辱이 紛加ᄒ니 我民族의 劣弱은 果天性이라 不可變歟아 無涯生이 曰否々라 不

然ᄒᆞ다

— 장지연, 『乙支文德』, 광학서포, 1908, 1면.

나. 슯ᄒᆞ다 우리 한국의 수빅년 이뤽에 외국을 디흔 력ᄉᆞ를 볼진되 동방에셔 흔 적은 무리의 도적만 드러와도 전국이 창황망조ᄒᆞ며 셔편에셔 흔 마디 ᄭᅮ지람만 와도 온죠뎡이 당황실식ᄒᆞ다가 그렁뎌렁 구ᄎᆞ로이 지닉여 붓그러옴과 욕이 날노 더ᄒᆞ여도 조곰도 괴이히 넉일 줄을 알지 못ᄒᆞ니 우리 민족은 뎐셩으로 용렬ᄒᆞ고 약ᄒᆞ야 능히 변화치 못ᄒᆞᆯ가 무애싱이 ᄀᆞᆯ오디 아니라 그럿치 안타

— 김연창 역, 『을지문덕젼』, 광학서포, 1908, 1면.

④

가. 兒童을 敎育흠은 맛치 園丁의 花草와 如ᄒᆞ야 培養이 宜를 得흔則 風姿를 具保ᄒᆞ고 否흔則 珍草 奇花라도 坐흔 荒敗에 歸ᄒᆞ야 橫枝亂葉의 長흠이 天然흔 佳麗를 損흠은 初에 善히 栽植치 못흠이오

— 현공렴 · 박영무 역, 『新編家政學』, 일한서적, 1907, 10면.

나. 아해를 길으는 법은 동산에 ᄭᅩᆺ나무 심으는 것과 갓ᄒᆞ야 배양ᄒᆞ는 법을 적당케 ᄒᆞ면 변변치 못흔 화초라도 쏘흔 금병에 채화보담 화려ᄒᆞᆯ지오 배양을 적당히 ᄒᆞ지 못ᄒᆞᆯ지면 비록 향긔 만흔 난초라도 말나셔 이울지니라

— 박정동, 『녀ᄌᆞ보통 신찬가졍학』, 일한도서인쇄, 1907, 8면.

⑤

가. 乙未 八月 二十日 事變에 犯闕흔 事와 王后 陛下의 遭弑ᄒᆞ신 事와 其他 被殺

흔 事에 關흔 前後事實을 詳查報告도 호고 此次에 就捉흔 干連諸人을 查覈
成案호라 호신 貴大臣의 命令을 承흔지라 當日 事變에 關흔 諸證參人을 訊
問호고 同人等의 一切書類를 考閱흔 後에 其事實은 槪知홀지라

―『開國五百四年八月事變報告書』, 法部, 1896, 1면.

나. 을미 팔월 이십일 ᄉ변에 대궐 범흔 일과 왕후 폐하의 피히ᄒ신 일과 그
다른 이들 피슐흔 일에 관계흔 전후 ᄉ실을 자셰히 사실ᄒ야 보ᄒ기도 ᄒ
고 이번에 잡힌 샹관된 모든 사ᄅᆷ을 힉실ᄒ야 책을 ᄆᆫ들나 ᄒ신 귀 대신의
명령을 밧든지라 그 날 ᄉ변에 관계흔 모든 증참흔 사ᄅᆷ을 신문ᄒ고 그 사
ᄅᆷ들의 일톄 셔류를 상고흔 후에 그 ᄉ실은 대강 알지라

―『을미사변기록』[22], 1896, 1면.

⑥

가. 大槩 諸人이 筆을 擧ᄒ야 我等 中에 成흔 事로 書를 著述흔 거슨 初로브터
親히 見ᄒ고 道의 일군된 者들이 我等의게 傳授흔 거시라 我로 仔細히 根
源을 推察홈으로 次例로 書ᄒ야 데오빌노 閣下의게 遺ᄒᄂ 거시 宜흔 줄
노 知ᄒ노니 此는 爾로 ᄒ여곰 學흔 바에 確實홈을 知케 홈이로라

―『新約全書 국한문』누가 1장 1절~4절, 1906.

나. 대개 여러히 붓을 들어 우리 중에 일운 일노 글을 져슐흔 거슨 처음브
터 친히 보고 도의 일군된 쟈들이 우리의게 전ᄒ야 준 거시라 나도 ᄌ
셰히 근원을 밀위여 슬핌으로 ᄎ례로 써셔 데오빌노 각하의게 보내ᄂ

---

22 국한혼용문본의 책명은 원래의 것으로 보이지만, 한글본의 표지 제명은 나중에 써넣은
것으로 보인다. 디지털 한글 박물관 소장 순한글 필사본의 표지 제명은『乙未八月二十日
ᄉ변보고셔』로 되어 있다.

거시 맛당흔 줄노 아노니 이는 너로 흐여곰 비혼 바의 확실홈을 알게

흠이로라

—『신약젼서』 누가 1장 1절~4절, 1906.

②는 대중매체어, ③은 문학어, ④는 학술어, ⑤는 법률·행정어, ⑥
은 종교어 영역의 예를 든 것이다. 대조의 편의를 위해서 대응되는 부분
을 고딕체로 강조했다. ④-가의 국한혼용문 텍스트와 ④-나의 순한글
텍스트는 대응되지 않는 경우가 많아서, ⑥-가와 ⑥-나는 모든 실사實辭
가 대응하기 때문에 대응 부분을 표시하지 않았다. ④의 경우는 ④-나
가 의역이 많기 때문이고, ⑥의 예는 축자역이기 때문이다. 다만 이 시
기 국한혼용문 텍스트와 순한글 텍스트가 병존하는 양상이 다양하다는
것을 보이기 위해서 차이가 큰 텍스트들을 함께 예로 들었다.

이들 병존 자료는 두 가지 면에서 이중적 양상을 보인다고 할 수 있다.
첫째는 사용 문자가 다르다는 점이다. 그런데 앞에서 언급했듯이 사
용 문자가 다른 것이 문체에 큰 영향을 주었다. 예를 통해 알 수 있듯이
순한글 텍스트의 대응 부분이 국한혼용문의 대응 부분보다 현대 한국어
에 훨씬 가깝다. 문체 현대화에서 순한글 텍스트가 앞섬을 분명히 확인
할 수 있는 것이다. 여기서 주목할 것은 국한혼용문 텍스트의 문체 특성
이다. ②~⑤의 예는 국한혼용문을 국문으로 번역한 것이고, ⑥의 예는
국문을 국한혼용문으로 옮긴 것인데, ②-가~⑥-가의 예들을 ①-나의
예와 비교해 보면 현대 한국어의 국한혼용문의 문장과 태동기의 국한혼
용문이 근본적으로 다른 것을 확인할 수 있다. ②-가~⑥-가의 국한혼
용문은 모든 어휘적 요소[實辭]를 한자로 적은 반면, 현대의 국한혼용문

인 ①-나'에서는 고유어가 어휘적 요소로 등장하는 것이다. 국한혼용문 텍스트에서 어휘적 요소로 고유어를 사용하는 예는 태동기의 끝 무렵에 확대되며,[23] 환태기에 들어서서 본격적으로 세력을 넓히는데, 이러한 변화가 왜 일어나는가 그리고 그 과정은 어떤 것인가가 논의의 초점이 되어야 할 것이다.

둘째는 이들이 별개 텍스트로 존재한다는 점이다. 같은 내용을 전달하는 데에 두 개의 텍스트가 필요했던 것이다. 이러한 순한글본과 국한혼용문본의 병존은 독자 계층을 고려한 것이라고 이야기할 수 있겠지만, 이러한 방식의 병렬적 문어 사용은 몇 가지 문제를 안고 있다. 우선 우리말을 우리글로 적는다는 명제를 실천하기 위한 것임에도 불구하고 병존하는 텍스트가 문체상 그리고 어휘적으로 큰 차이를 가진 것이라는 점이 문제가 된다. 이른바 언문일치라는 목표의 달성과는 상당한 거리가 있는 것이다.[24] 또 다른 문제는 텍스트를 생산하는 이로서는 두 개의 텍스트를 만드는 것이 번거롭기도 하고 비경제적인 일이었다는 점이다. 같은 내용을 두 번 생산해야 하고, 이는 두 배 혹은 그 이상의 노력을 필

---

23 고유어가 어휘적 요소로 나타나는 이른 예는 1895년~1899년 사이에 간행된 학부 교과서류다. 한영균(2013)에서는 이것을 '국민소학독본류' 국한혼용문으로 구분하였는데, 보통학교의 교재로 쓰인 텍스트에서 확인된다. 그런데 1900년대의 말기의 한글과 한자의 병기를 보여주는 텍스트는 어휘적 요소에 고유어가 쓰인다는 점에서는 국민소학독본류의 국한혼용문과 비슷하지만 실제 고유어로 표기되는 어휘적 요소의 성격이 조금 다르다. 2절 4) 참조.

24 병존 텍스트 중 성경의 경우는 같은 내용이 전혀 다른 어휘로 표현된다는 것이 가장 큰 문제였다. 중국어[漢譯] 성경의 번역에서는 별개의 문자로 만들어진 성경까지는 용납할 수 있지만, 동일한 내용을 다른 어휘로 전달하는 상황은 바람직하지 않다는 것이 선교사들의 일관된 생각이었고, 이의 극복을 위해 만들어진 것이 화합본(和合本) 성경이다. 한국어 성경 번역에서도 환태기 초기에 들어서면 순한글 성경과 국한혼용문 성경의 (어휘적) 단일성 확보를 위한 노력이 이루어진다. 4절 2) 참조.

요로 하는 것이었기 때문이다. 가장 큰 문제는 독자의 확보라는 측면에 있었다. 『제국신문帝國新聞』과 『황성신문皇城新聞』의 경우처럼 어느 한 계층의 독자를 포기하든가 아니면 두 계층의 독자를 모두 포섭할 수 있는 방안을 강구할 필요성이 제기되는 것이다. 태동기의 이중적 문자 사용 및 이중적 문자 사용에 따른 텍스트의 이중성은 문어 생활의 통합을 위해서나 경제성을 위해서는 반드시 극복해야 할 문제였고, 이러한 필요성에 따라서 문자 및 텍스트의 통합을 위한 방법론적 모색이 이루어졌다. 이 시기에는 그것이 한자와 한글의 병기를 통한 텍스트의 통합으로 나타난다.

4) 한글과 한자 병기 방식의 등장

태동기 끝 무렵, 태동기 국한혼용문이 현대적 국한혼용문으로 전환되는 과정의 연결 고리 역할을 하는 새로운 표기 방식이 나타난다. 한글과 한자의 병기가 그것이다. 이 시기의 한글과 한자 병기에는 '부속국문체' 혹은 '한자 훈독 표기'로 일컬었던 방식과 '부속한문체'라고 일컬어진 방식 두 가지가 있다.

부속국문체 혹은 한자 훈독 표기란 본문을 한자로 적고 그 옆에 한글을 병기하는 방식을 가리킨다. ⑦-가~⑦-다가 그 예다. 부속한문체는 본문을 한글로 적고 그 중 한자어에 한자를 병기하는 표기 방식이다. ⑦-라가 그 예다. 부속국문체 및 부속한문체의 등장은 3절 3)에서 다룬 순한글 텍스트 및 국한혼용문 텍스트의 병존에 뒤이은 문체의 변화인 한편, 현대적 국한혼용문의 형성 과정을 살필 수 있는 고리가 된다는 점에서 중요하다. 한문 중심의 문자 사용에서 한 단계 더 벗어나는 과정을 보여주는 것이기 때문이다.

⑦

가. 萬世報라 名稱흔 新聞은 何를 爲호야 作홈이뇨 我韓人民의 智識啓發키를 爲호야 作홈이라 噫라 社會를 組織호야 國家를 形成홈이 時代의 變遷을 隨호야 人民智識을 啓發호야 野昧흔 見聞으로 文明에 進케 호며 幼稚흔 知覺으로 老成에 達케 홈은 新聞敎育의 神聖홈에 無過호다 謂할지라 是로 以호야 環球萬邦에 流通호는 近世風潮가 人民의 智識 啓發호기를 第一主義로 認定호야 新聞社를 廣設호고 文壇에 牛耳를 執호고 袞鉞의 責任을 擔荷호야 已啓已發흔 人民의 智識도 益益進步키를 企圖호거든 況此 未啓未發흔 人民의 敎育이야 엇지 一刻一抄를 遲緩홈이 可호리오

——「사설」, 『萬歲報』, 1906.6.17.

나. 汗을 쏘려 雨가 되고 氣운을 吐호야 雲이 되도록 人 만흔 곳은 長安路라 廟洞도 都城이언마는 何其 그리 쓸쓸호던지 廟洞으로 드러가자 호면 何如흔 夾路이 此 曲져지고 彼 曲부러져셔 行看則窮路이 오가셔 보면 또 通路이라 其路에는 畫에 사룸이 잇스락업스락 흔 故로 狗가 人을 보면 짓거나 走라 느거나 호는 寂寂흔 處라

——이인직, 「단편」, 『萬歲報』 6호, 1906.7.3.

다. 사람의 도리는 곳 사람의 行實이니 父母가 子女를 자애홈과 자녀

가 부모에게 孝^{효도}홈이며 부부의 셔로 和^화順^슌홈과 兄^형弟^뎨의 셔로 우애

홈은 此^이曰^{갈온}家^가族^족의 倫^륜紀^긔니라 君^{님금}이 님금의 事^일을 행^{ᄒᆞ}고 신하와

백성이 님금을 사랑^{ᄒᆞ}며 님금에게 忠^{츙셩}ᄒᆞ야 각기 其^그 일을 일홈은 이

갈온 國^국家^가의 倫^륜紀^긔니라 사람이 셔로 信^{밋불}이 잇셔 貴^귀賤^쳔이 등분 잇

심과 上^샹下^하가 차례 잇슴은 이 갈온 社^샤會^회의 倫^륜紀^긔니라 그러한 고로

가족의 륜긔가 亂^{어지러울}운 즉 그 집이 敗^패ᄒᆞ고 국가의 륜긔가 어지러

운즉 그 國^{나라}가 亡^망ᄒᆞ며 사회의 륜긔가 어지러운즉 그 人^인民^민이 衰^쇠ᄒᆞ

나니라 집을 興^{이르키}는 쟈는 사람의 도리를 修^{닥글}며 나라를 사랑ᄒᆞ는 者^쟈

는 사람의 도리를 守^{직힐}며 샤회를 正^{밧흘}ᄒᆞ는 쟈는 사람의 도리를 扶^{붓들}나니

진실로 이러ᄒᆞ면 家^집에 在^잇셔는 良^{어진} 아달 되고 나라에 잇셔는 어진 民

^{백셩} 되고 샤회에 잇셔는 어진 人^{사람} 되나니라

—유길준, 『勞動夜學讀本』, 경성일보사, 1908.

라. 녀ᄌᆞ는 나라 빅^百셩^姓된 쟈의 어머니될 사름이라 녀ᄌᆞ의 교^敎육^育이 발^發

달^達된 후에 그 ᄌᆞ녀로 ᄒᆞ여곰 착ᄒᆞᆫ 사름을 일울지라 그런고로 녀ᄌᆞ를

ᄀᆞᄅ침이 곳 가^家뎡^庭 교육을 발달ᄒᆞ야 국^國민^民의 지^智식^識을 인^引도^導ᄒᆞᄂᆞᆫ

모^模범^範이 되ᄂᆞ니라

—장지연, 『녀ᄌᆞ독본』 샹 뎨일과, 광학서포, 1908.

㉠-가는 『만세보萬歲報』 창간호에 실린 사설이다. 본문은 한자로 표기

하고 한자 하나하나에 대해 한글로 당시의 한자음을 병기하였다. 경서

언해류의 표기 방식과 유사한 것이다. 그러나 국한혼용문 본문의 구성

은 경서언해류와 전혀 다르다. 어휘적 요소를 모두 한자어로 표기하고

있어서 경서언해류의 문장과 큰 차이가 있는 것이다. 본문만 보면 태동

기 국한혼용문 중 서유견문류西遊見聞類 국한혼용문과 같은 방식인데 한글로 한자음을 병기하고 있는 것이 다르다.[25] 그런데 이러한 한자음 병기 방식은 이 시기 국한혼용문에서는 예외적이다. 한문 문식력을 가진 이들이 이런 글의 독자가 될 것이므로 이런 방식의 한자음의 한글 병기는 큰 의미를 지니지 못하기 때문이다.

　⑦-나는 「혈의누」로 잘 알려진 이인직의 최초의 소설 「단편」이다. 역시 『만세보』에 실린 글인데, 한자에 대해 한자음이 아닌 훈을 부기한 예들이 나타나는 점과, 고유어 실사가 쓰인 점(샐려, 되고, 만흔, 쓸쓸하던지 등)이 ⑦-가와 다른 점이다.

　⑦-다는 유길준의 『노동야학독본勞動夜學讀本』의 「제2과 人사람의 道도理리」를 단락 구분을 없애고 옮긴 것이다. ⑦-가, ⑦-나의 표기 방식이 복합적으로 사용되었다고 할 수 있다. 한자를 훈독하기도 하고 음독하기도 하는 양상을 보이는 것이다.

　이러한 부속국문체 내지 한자 훈독 표기 방식이 지니는 의미에 대해서는 사에구사(2000), 김영민(2008; 2009), 김병문(2014) 등에서 구체적인 검토가 이루어졌는데, 일본의 후리가나 표기와의 차이, 일차적 표기가 한글인지 한자인지, 그리고 이런 표기 방식의 의의 등이 논의 대상이었으며, 1900년대에 시험적으로 쓰이다가 사라진 것으로 보고 있다. 그러나 부속국문체 내지 한자 훈독 표기 방식은 1910년대~1920년대에도 사용된 것을 확인할 수 있다. 1918년~1923년 사이에 게일의 주관 하에 조선기독교서회에서 발행된 『성경잡지聖經雜誌』도 이러한 방식의

---

25 경서언해류와 『서유견문』의 한자어 및 고유어 사용의 차이에 대해서는 이 책의 5장 각주 15 참조.

표기법을 전면적으로 사용하고 있다.[26]

⑦-가~⑦-라와 같은 표기 방식은 모두 3절 3항에서 다루었던 바 이 시기에 공존 혹은 병존하던 순한글 텍스트와 국한혼용문 텍스트를 통합하려는 노력의 결과라고 할 수 있다. 이에 대해서 김영민(2008:449)에서는 "독자의 신분과 계층에 따라 결정되던 문자 '분리分離'라는 상황을 문자 '통합統合'으로 이끌기 위한 당시대 지식인들의 힘겨운 노력과 연관된 것"이었고, "훗날 단일한 문자 표기 체계를 활용한 독서 통합의 시대가 열리는 것이 가능해질 수 있었"다고 이야기하고 있는데, 저자는 문자의 통합에 텍스트의 통합이라는 요소가 더해지는 것으로 본다. 이렇게 텍스트의 통합이 진행되는 것과 동시적으로 텍스트의 생산 목적에 따른 사용역의 분화 및 그에 따른 서사방식의 선택이라는 현대 한국어의 문체 선택 방식이 맹아를 보이게 된다. 사용역에 따라서 순한글과 국한혼용이라는 서사방식을 선택하게 되는 양상을 확인할 수 있는 것이다.

⑦-가~⑦-다와 비슷해 보이지만 문체 현대화와 관련해서 주목해야 할 것이 ⑦-라와 같은 표기방식이다. 이와 같은 방식을 김영민(2008:449)에서는 '부속한문체'라고 불렀는데, 본문을 순한글로 적고, 본문 중의 한자어 오른쪽에 한자를 붙이는 방식이다. ⑦-라와 같은 표기 방식의 출현은 특히 주목해야 할 것인데,[27] 환태기 초기에 나타나는 현대적 국한혼용

---

26 『성경잡지』는 매호 100면 안팎의 분량으로 격월간으로 간행되었으며, 『The Bible Magazine』이라는 제호로 책 마지막에 붙어 있는 영문 판권지를 통해서 중국과 한국에서 동시에 간행된 것을 확인할 수 있다. 『국회도서관』(1권 1호~3권 6호)과 연세대학교 국학자료실(1권 1호~6권 6호)에 전한다.

27 태동기의 자료에서 한자를 병기한 최초의 예는 『태극학보(太極學報)』 7호에 실린 尹貞媛(윤정원)의 글이다. 윤정원의 글은 부속한문체가 아니라 한글 다음에 괄호 안에 한자를 병기하는 방식이다. 간단히 예를 들어 둔다.
대뎌、 문명뎡도(文明程度)가 극도에 달흔 금일、 이십셰긔(二十世紀)ᄂᆞᆫ 무슴세계인고、

문의 맹아적 모습을 보여주는 것이기 때문이다. 이에 대해서는 4절 1)에서 다시 논의할 것이다.

4. 환태기[28] 초기의 문어 사용 양상

국권을 상실했기 때문에 조선어나 한글의 위상이 이 이전이나 이후와 다르다는 공통점을 가지고 있어 하나로 묶었지만, 이 시기는 1910년대, 1920년대, 1930년대 이후 등 약 10년을 주기로 문체 특성이 달라지는 것을 볼 수 있다. 이 시기의 문체에 대한 좀더 정밀한 검토가 필요하겠지만, 환태기의 문체도 초기, 중기, 후기의 문체로 나눌 수 있을 것으로 생각되는 것이다. 이 글에서는 환태기의 초기 즉 1910년대의 문체를 태동기의 것과 비교하는 데에 초점을 두기로 한다. 태동기와 환태기를 구분할 문체사적 근거를 확인하기 위해서다.

환태기 초기의 문체는 한편으로는 2절에서 태동기의 문체 특성으로 다루었던 것을 이어받는다. 그러나 다음의 두 가지 면에서 태동기의 문체와 구분되는 특징을 지니고 있다.

하나는 문어 사용에서 2절 4)에서 이야기한 문자와 텍스트의 이중성

훌 디경이면、일편으로、석탄세계(石炭世界)라、흥여도 됴흘지라、금일문명의 데일、리긔(利器)로 치는、긔챠긔션(滊車滊船)과、긔타허다흔 공쟝회샤(工場會社)애、혹셕탄 이업슬디경이면、일촌일분(一寸一分)을 움즉일수업슬지라、(尹貞媛、「獻身的精神」、『태극학보』 7호、1907.2.24)

28 현대 한국어 환태기란 일제 강점기 36년 사이에 일어나는 문체의 변화, 즉 태동기 국한혼용문이 현대적 국한혼용문으로 변전하는 과정이 마치 곤충이 유충에서 성충에 이르는 과정에서 겪는 변태(變態)(metamorphosis)의 과정처럼 태동기 국한혼용문이 지니고 있는 한문문법적 영향을 벗어 버린다는 점을 분명히 하기 위해 사용한 용어이다.

극복을 위한 노력이 본격적으로 나타난다는 점이다. 이는 한글 및 한자 병기 방식의 확산을 통해 구체화된다고 할 수 있다. 또다른 특징으로는 현대적 국한혼용문이 처음으로 등장한다는 점이다.[29] 이런 점을 고려하여 이 글에서는 환태기 초기의 문체 특성을 다음 두 가지를 중심으로 정리하기로 한다.

① 한글 및 한자 병기 방식의 확산
② 현대적 국한혼용문의 등장

1) 한글 및 한자 병기 방식의 확산

환태기 초기의 문체에서 두드러진 특징 중의 하나는 김영민(2010)에서 '부속한문체'라고 지칭했던 병기 방식이 크게 확산되는 점이다. '부속국문체'가 본문을 한자로 적고 한글을 병기하는 방식이었던 데에 비해, 부속한문체는 본문을 한글로 적고 한자를 병기한다는 점이 문체상의 큰 변화라고 할 수 있다. '부속국문체'에서는 한자(어)를 어떻게 읽느냐에 따라 음독과 훈독 병기 두 가지가 사용되지만, '부속한문체'는 어떻게 한자를 병기하는가 하는 차이가 있을 뿐, 한글로 표기된 한자어에 한자를 병기하는 방식이기 때문이다.[30] 이런 양상은 한글 고전소설을

---

29 이 두 가지 변화는 특히 문학어 영역의 자료에서 두드러지는데, 문학어의 언어 사용 방식이 독자성을 확보해 가는 모습을 보이는 것으로 파악할 수 있다. 따라서 이 시기의 문체 특성은 문학어와 그 이외의 경우로 구분해서 살필 필요가 있다. 후술 참조.

30 예외적으로 『선한쌍문셔샹긔(鮮漢雙文西廂記)』(1916, 회동서관)와 같이 한글 본문의 구절 단위로 한문구를 병기하는 형식도 있다. 예시에서는 한글 본문 구절 다음에 [   ] 안에 한문구를 넣었는데, 이런 유형은 극히 드물 뿐 아니라, 엄밀한 의미에서 '부속한문체'로 보기 어렵다. 일반적인 부속한문체가 한글 본문의 한자어에 한자를 병기하는 데에 비해 한문 원문을 구절 단위로 한글 구절에 병기한 것이기 때문이다. 다음과 같은 방

활자화해 출판하는 구활자본 고소설에서 볼 수 있는데, 한글 옆에 한자를 병기하는 방식이 여러 가지인 것도 태동기의 한글 및 한자 병기 방식과 다른 점이다. ⑧에 대표적인 예를 들어 둔다.

⑧

가. 명(明)나라 가정(嘉靖) 년간에 북경순텬부(北京順天府)에 일위명환이
　이시니 셩은 류(劉)오 명은 급(級)이니 쇼년등과ᄒ여 벼슬이 태ᄌ쇼
　ᄉ(太子少師)에 니르고 위인이 공검인후ᄒ며 박학다지ᄒ더라 일즉 부
　인졍씨(夫人鄭氏)로 금슬우지ᄒ고 종고락지ᄒ나 ᄌ셩(子姓)이 느짐을
　근심ᄒ더니 부인이 즁년에 ᄒ 남ᄌ를 나으니 츌류비범ᄒ지라
　　　　　　　　　　　　　　　　　　　—『사씨남졍긔』상, 영풍서관, 1913.

나. 뎐ᄒ라ᄛ도道 남ᄒ원原부府는 남ᄒ즁中에 일홈는 되大읍邑이라 산山도 명名산山이
　업고 사름도 드러는 냥ᄒ반班이 업스나 뎐라도 흔복판에셔 사四통通오ᄒ달
　ᄐᄒ고 시時화和년年풍豊ᄒ여 민民심心이 슌淳박朴ᄒ고 물物싴色이 화華려麗ᄒ니
　이럼으로 셔울 냥반들이 남ᄒ즁中으로 슈ᄒ령令을 살랴면 미양 남ᄒ원原부府
　사使ᄒ기를 원願ᄒ더라 남ᄒ원原 쌍 넓은 들이 북北은 젼ᄒ쥬州오 셔西남ᄒ은

식이다.
"혹이 셩탄의게 무러 갈오되[問於聖歎曰] 셔상긔는 엇지ᄒ야 비평ᄒ고 싴엿ᄂ뇨[西廂記何爲而批之刻之也] 셩탄이 초연이 얼골을 곳치고[聖歎悄然動容] 이러셔 되답ᄒ야 갈오되[起立而對曰] 차홉다[嗟乎] 나도 쏘흔 그러홈을 아지 못ᄒ나[我亦不知其然] 그러ᄒ나 닉 마음에 진실로 능히 써 스스로 마지 못ᄒ노라[然而於我心則誠不能以自己也] 이졔 호탕흔 되겁이[今夫浩蕩大劫] 쳐음붓터 이졔밋쳐[自初迄今] 닉 그 긔만ᄼ년월을 아지 못ᄒ되[我則不知其有幾萬萬年月也] 긔만ᄼ년월이[幾萬萬年月] 다 물 가고 구름 것치고 바람 달니고 번기 쌍기듯ᄒ야[皆如水逝雲卷風馳電掣] 다 가지 아니미 업고[無不盡去] 금년 금월에 이르러 잠간 닉 잇스되[而至於今年今月而暫有我] 이 잠간 잇는 나도[此暫有之我] 쏘 일즉이 물 가고 구름 것치고 바람 달리고 번기 쌍기듯 쌜니 가지 아니치 못홀지라[又未甞不水逝雲卷風馳電掣而疾去也]"

고^高부^阜운^雲봉^峰 신지 셋쳐 가다가 그 중에 지쳐리 흔복판 갓치 도도록흐

게 되고 사^四면^面은 자지라지게 곱고 적은 토산이 돌녀 싸엿는듸 그 속

은 남원 쌍에셔도 가쟝 번화흔 남^南원^原부^府즁^中이라

―이용한, 『션한문츈향뎐(鮮漢文春香傳)』, 동미서시, 1913.

다. 湖^호南^남左^좌道^도 南^남原^원府^부는 東^동으로 地^지異^이山^산、西^셔으로 赤^젹城^셩 江^강山^산水

^슈 精^졍神^신 어리여셔 春^츈香^향이가 삼겨잇다 春^츈香^향母^모 退^퇴妓^기로셔 三^삼十^십

이 넘은 後^후에 春^츈香^향을 쳐음 밸 졔 꿈 가온듸 엇던 仙^션女^녀、李^리花^화 桃^도

花^화 두 가지를 兩^량손에 갈노 쥐고 하늘노 느려와셔 桃^도花^화를 내여 쥬며

이 곳을 잘 갓구어 李^리花^화接^졉을 붓쳣스면 오는 行^행樂^락 조흐리라 李^리花^화

갓다 傳^젼흘 곳이 時^시刻^각이 急^급흐기로 忽^홀々^々히 쩌느노라 꿈 씬 後^후에 孕

^잉胎^티흐야 十^십朔^삭만에 쌀 하느를 느앗스니 桃^도花^화는 봄香^향氣^긔라 일홈을

春^츈香^향이라 흐얏더라

―이해조, 『訂正六刊 獄^옥中^즁花^화(春香歌演訂)』, 1911 初版 / 보급서관, 1914 六刊.

⑧-가는 각주 27에 보였던 윤정원의 글처럼 한자어 다음의 괄호 안에

한자를 병기하는 방식이다. 그러나 모든 한자어에 한자를 병기하지는 않

는다. 예로 든 구활자본 고소설보다는 1910년대에 간행된 신소설 텍스

트 중에서 이런 방식의 한자 병기를 보이는 텍스트가 많은데, 경우에 따

라서는 한자를 병기한 예가 한 작품에 수십 개가 되지 않는 것도 있다.

이런 방식의 한자 병기는 『강상련』(이해조, 1911, 광동서국), 『劍中化(검중

화)』(지동욱, 1911, 신구서림), 『斷髮嶺(단발녕)』(1913, 신구서림), 『신츌귀

몰』(황갑수, 1912, 동양서원) 등 1910년대 초반부터 본격적으로 나타난다.

⑧-나는 '션한문^{鮮漢文}'이라는 관형어를 붙인 춘향전의 이본이다. 원칙

적으로 한글 본문에 나타나는 한자어에는 모두 한자를 병기한다.[31] 한글과 한자를 병기한 구활자본 고소설 중에는 이런 형식의 한자 병기를 보이는 텍스트가 많다. 저자가 확인할 수 있었던 것으로 『고본춘향전』(1913, 신문관), 『금산사몽유록』(1915, 회동서관), 『독파삼국산양전기』(1918, 보급서관), 『몽결초한송』(1914, 신구서림), 『별삼설긔』(1913, 조선서관), 『별주부전』(1913, 신구서림), 『소딕셩젼』(1914 동미서시), 『언한문서유기』(1913, 조선서관, 박문서관), 『창선감의록』(1913, 조선서관), 『홍경래실긔』(1916, 신문관) 등이 있고, 소설 이외의 것으로 『금강산실기金剛山實記』(1915, 유일서관), 『죠선유람록朝鮮遊覽錄』(1917, 광학서포) 등이 있다.

⑧-나와 비슷해 보이지만 현대적 국한혼용문의 좀더 밀접한 관련을 보여주는 예가 ⑧-다의 것이다. ⑧-다는 이해조가 춘향가를 바탕으로 재창작한 『옥중화獄中花』의 6판의 첫부분인데,[32] 본문의 표기가 특징적이다. 고유어는 그대로 한글로 적고, 한자어는 한자로 적되 한글로 한자음을 병기하는 방식을 사용하는 것이다.[33] 한자어만 한자로 적음으로써 한자어를 한글로 적을 때 일어날 수 있는 가독성 문제를 극복함과 동시에 한문을 선호한 계층의 욕구를 부분적이나마 충족시킨 것이다. 태동기 국한혼용문과 다른 점이라면 고유어로 적는 것이 나은 어휘들은 그

---

31 예에서는 '토산, 남원, 번화' 세 단어에는 한자를 병기하지 않았지만 의식적으로 한자를 병기하지 않은 것이 아니라 병기를 누락한 것으로 보아야 할 것으로 판단된다.

32 예로 든 것은 표제에는 『春香傳』으로 내제 및 판권에는 『獄中花』로 되어 있는 국립중앙도서관 소장본인데(청구번호 3634-2-104(2)), 판권지에 초판이 1911년으로 되어 있다. 이해조의 『獄中花』는 1912년 『每日申報』에 처음 연재되었다는 것이 통설인데 그보다 1년 앞서 구활자본으로 간행되었을 가능성이 있음을 보여준다는 점에서 앞으로 보완 연구가 필요한 부분이라고 할 것이다.

33 이러한 방식은 근대계몽기 지식인의 언문일치를 구현하는 방식에 대한 인식의 변화를 떠올리게 한다. 이 책의 2장 참조.

대로 고유어로 적어서 불필요한 훈독 병기를 없앴다는 점이고, 한자 문식력이 없는 이들을 위해서는 한자로 표기한 한자어에 한글로 음을 병기해 줌으로써 또한 한자 문식력이 없어도 작품을 향유할 수 있도록 했다. 이러한 한글 병기문에서 한글로 병기한 한자음을 삭제하면 바로 현대적 국한혼용문과 같은 형태가 된다. 따라서 ⑧-다의 예는 현대적 국한혼용문 등장의 전단계를 보여 주는 것이라고 할 수 있는 것이다.[34]

2) 현대적 국한혼용문체의 등장

앞에서 이야기한 바와 같이 ⑧-다와 같은 한글 병기에서 병기된 한글을 삭제하면 ⑨의 예와 같은 형태가 된다. 이들은 조사나 어미의 용법은 아직 현대의 것과 많은 차이가 있지만, 텍스트의 형태는 오늘날의 국한혼용문과 크게 다르지 않다. 이러한 유형의 국한혼용문 텍스트는 1910년대의 문학어 영역과 종교어 영역의 텍스트에서만 확인된다.

⑨

가. 德宗 時節에 江南 日驛에 安陽 安平王[35] 안날이 이스되 地方이 數千里오 南北에 큰 바다이 이스니 六十二州라 安平王의 姓은 德氏오 德文風의 十四代손이라 王事을 極키 다슬이니 堯舜적 시졀이라 歲和年豊ㅎ니 萬民而含哺鼓腹ㅎ고 擊壤歌을 불우더라 此時에 國王이 두 아들을 두윗스되 長子의 名은 向이오 次子의 名은 成이라 또흔 셩이 孝誠이 至極ㅎ기로 王

---

34 1980년대 이전 한자 교육의 찬반과 관련한 중·고등학교 국어 교과서의 한자 병기 방식에 대한 논의도 결국은 ⑧-나의 방식을 택할 것인가 ⑧-다의 방식을 택할 것인가를 둘러싼 것이었던 점을 상기하게 한다.
35 원문에는 '旺'으로 되어 있음.

과 王妃 더옥 살앙ᄒ니 向의난 시긔ᄒ여 미양 히코져 ᄒ되 틈을 엇지 못ᄒ여 한ᄒ더라 각셜이라 王이 成으로 ᄒ여금 長子 世子을 봉할려 ᄒ거늘 諸臣이 伏直주曰 殿下은 셩덕이 놋프싸오니 ᄎ셔을 복구디 마옵쇼셔 ᄒ된 王이 卽時 싱각ᄒ다가 마지 못ᄒ여 向으로 世子을 뎡ᄒ시니 諸臣이 크게 즐겨 ᄉ은ᄒ고 믈너 나오니 向의가 世子예 참어ᄒ엇더라

가. 화셜 강남의 안평국이 잇스니 산천이 슈려ᄒ고 옥야쳘니며 보화 마는 고로 국부민강ᄒ며 의관 문물이 번셩ᄒ여 남방의 유명ᄒ더라 국왕의 셩은 젹이니 젹문공의 후예라 치국지되 요순을 효측ᄒ미 인심이 순박ᄒ며 국퇴민안ᄒ여 도불습유ᄒ고 야불폐문이러라 국왕이 왕비로 동쥬 이십여년의 두 아들을 두엇스니 쟝ᄌ의 명은 향의오 ᄎᄌ의 명은 셩의라 셩의의 쳔품이 순후ᄒ고 긔골이 쥰슈ᄒ미 왕의 부뷔 과익ᄒ고 일국이 흠양ᄒ니 향의 미양 불측ᄒ 마음으로 셩의의 인효를 싀기ᄒ여 음히홀 ᄯᆞᆺ을 두더라

— 동양문고 소장본, 『적성의전』.

나. 大槪 여러히 붓을 들어 우리 中에 일운 일노 글을 著述ᄒ 거슨 처음브터 親히 보고 道의 일軍된 者들이 우리의게 傳ᄒ야 준 거시라 나도 仔細히 根源을 밀위여 슬핌으로 ᄎ례로 써셔 데오빌노 閣下의게 보내ᄂ 거시 맛당ᄒ 줄노 아노니 이는 너로 ᄒ여곰 빈혼 바의 確實ᄒᆷ을 알게 ᄒᆷ이로라

— 『簡易鮮漢文 新約聖書』 누가 1장 1절~4절, 1913 / 1936.

나'. 대개 여러히 붓을 들어 우리 중에 일운 일노 글을 져술ᄒ 거슨 처음브터 친히 보고 도의 일군 된 쟈들이 우리의게 전ᄒ야 준 거시라 나도 ᄌ셰히 근원을 밀위여 슬핌으로 ᄎ례로 써셔 데오빌노 각하의게 보내ᄂ 거시 맛당ᄒ 줄노 아노니 이는 너로 ᄒ여곰 빈혼 바의 확실ᄒᆷ을 알

게 흠이로라

─『신약젼셔』 누가 1장 1절~4절, 1906.

⑨-가는 순천시립 뿌리깊은나무 박물관에 소장된 필사본 『德成義傳』의 첫부분이다. 『적성의전』의 이본으로 새로 추가되는 것인데,[36] 자료 마지막에 '庚戌元月二十三日絶筆'이라는 필사기가 있어 1910년에 필사된 것임을 알 수 있다(한영균 2014c:204). 이 자료는 지금까지 저자가 확인한 현대적 국한혼용문 형식을 보여주는 고전 소설 텍스트 중에서 필사 연대가 분명하면서 한자어의 한자화가 비교적 정제된 것이어서 예로 들었다. 이 『德成義傳』 이외에 같은 방식의 국한혼용문을 사용한 고전 소설 텍스트로 『초한전楚漢傳』[37], 『유충렬전』[38], 『홍길동전洪吉童傳』[39], 『서상기西廂記』[40], 『심청전』[41] 등을 확인할 수 있다.

⑨-나의 예는 홍순탁 목사가 만든 것으로 알려져 있는 『간이션한문

---

36 이 『德成義傳』은 기존의 방각본이나 필사본과 비교할 때 서술 내용이 많이 다르다. 새로운 계열의 자료로 보아야 할 것이다. 대비를 위해 경판본 31장본의 첫 부분을 ⑨-가에 예로 들었다.

37 연세대학교 국학자료실 소장본으로 (청구번호 고서(Ⅱ) 811.93 75) 드문드문 한자어를 한자로 적었다. 표지 안쪽에 "大韓隆熙二年歲次戊申"이라는 기록이 있어 늦어도 1908년 이전에 필사된 것임을 알 수 있다. 필사연대로는 가장 이른 것인데, 한자어의 한자화가 소략해서 완전한 형태의 국한혼용문으로 보기 어렵다.

38 국립중앙도서관 소장의 필사본인데(청구번호 한古朝48-240), 연세대 소장의 『초한전』과 마찬가지로 드문드문 한자어를 한자로 적은 자료이다. 필사 연대는 미상이다.

39 김동욱 소장본이었던 필사본 89장본으로 필사본 고소설 총서 78에 실려있다. 필사연대는 미상이다. 권영철·이윤석(1991) 참조.

40 『서상기』는 4종의 국한혼용문 필사본이 현전하는 것으로 알려져 있다. 양승민 소장본, 규장각본, 국민대본, 단국대본 등이 그것이다. 이중 국민대본이 완전한 형태의 현대적 국한혼용문으로 표기된 것을 확인하였다. 필사연대는 미상이다.

41 저자가 최근에 입수한 필사본으로 앞뒤의 낙장이 있어 필사기 등을 확인할 수 없다. 그러나 지질, 표기법 등으로 보아 19세기 말~20세기 초의 자료로 보인다.

신약성서簡易鮮漢文 新約聖書』(1913)의 누가복음 첫부분이다.[42] ⑨-나'의 순한
글『신약젼셔』(1906)의 해당 부분과 대비해 보면 국한혼용문의 형식이
현대의 국한혼용문과 다르지 않은 것을 확인할 수 있다. 본문 중의 한자
어만 한자로 표기하는 방식으로 실제 ⑨-가의 예와 동일한 방식을 사용
하는 것이다. 유경민(2011; 2014)에서는 이『간이선한문 신약성서』가
현대적 국한혼용문의 뿌리가 되었다고 보고 있다. 그러나 3절 1)에서
살핀 한글 고전 소설의 한글 및 한자 병기 방식, ⑨-가와 같은 국한혼용
문 고전 소설의 존재가 확인되고 그 간행 시기가『간이선한문 신약성
서』보다 앞서는 것이 확인되는 점을 고려하면『간이선한문 신약성
서』의 국한혼용문을 현대적 국한혼용문의 뿌리로 보기는 어렵다.『간
이선한문 신약성서』의 표기법은 홍순탁 목사의 창안이라기보다는 그
시절에 고전 소설의 표기 방식 중의 하나로 통용되던 ⑨-가와 같은 국
한혼용문화 방식을 따른 것이라고 이야기할 수 있기 때문이다.

5. 마무리

이 장은 현대 한국어 문체의 성립 과정을 살피기 위한 기초 작업의 하
나로 후기 근대국어 시기와 현대 한국어 사이에 '현대 한국어 형성기'를
설정할 필요성이 있음과, '현대 한국어 형성기'를 태동기, 환태기, 정착
기의 세 시기로 하위 구분할 것을 제안하고, 각 시기의 문체 상의 특성

---

42 『간이선한문 신약성서』의 서지 사항과 국한혼용문의 특성에 대해서는 유경민(2011,
2014) 참조.

을 밝혀 제안의 근거로 삼는 것을 목적으로 하였다. 이를 위한 논의의 내용은 다음과 같이 요약할 수 있다.

1절에서는 개항 이후 약 90년 사이에 일어난 언어문화사적 변혁이 지니는 의의를 정리하고, 그를 바탕으로 현대 한국어 형성기를 설정할 필요성이 있음을 논하였고, 2절에서는 후기 근대 국어 시기와 현대 한국어 태동기를 구분해 주는 문체 특성으로 ① 한글의 위상 변화와 한글 사용의 확산, ② 다양한 유형의 국한혼용문 사용, ③ 순한글 텍스트와 국한혼용문 텍스트의 공존 및 병존, ④ 한글과 한자 병기 방식의 등장이라는 네 가지를 들어 정리하였고, 3절에서는 태동기와 초기 환태기를 구분해 주는 문체 특성으로 ① 한글 및 한자 병기 방식의 확산, ② 현대적 국한혼용문체의 등장이라는 두 가지를 확인하였다.

이러한 논의의 진행 과정에서 현대적 국한혼용문체의 형성과 관련된 새로운 유형의 자료를 확인할 수 있었다. 한글과 한자를 섞어 쓰면서 병기倂記라는 방식을 사용한 텍스트는 이미 알려진 것이지만, 특히 본문의 한자어만을 한자로 쓰면서 한글을 병기하는 새로운 병기 방식을 보여주는 소설 텍스트와 순한글 고전 소설의 본문에 나타나는 한자어만을 한자로 표기하면서 한글을 병기하지 않은 새로운 유형의 국한혼용문을 보여주는 예가 그것이다(예문 ⑧-다 및 ⑨-가, ⑨-나 참조). 이들 자료는 지금까지의 국한혼용문체의 형성과 관련한 연구에서 언급된 적이 없는 새로운 유형의 것들로 이들 자료를 통해서 현대적 국한혼용문의 형성 과정과 관련된 두 가지 중요한 사실을 밝힐 수 있었다. 첫째는 태동기의 국한혼용문이 어떤 과정을 거쳐서 현대적 국한혼용문으로 전환되는지를 설명할 수 있었다는 점이고, 다른 하나는 현대적 국한혼용문의 등장이 문학어 영역 그것도 한글 고전 소설의 국한혼용문화를 통해서 이루어졌다는 점을 구체적 자료를 통해 확인한 것이다. 이 글을 통해 밝힌 이 두 가지 사실이 현대 한국어 문체 형성사라는 관점에서 가지는 의의를 정리하는 것으로 글을 마무리하기로 한다.

지금까지의 한국어의 현대화에 대한 연구에서는 현대 한국어 문체의 성립이 '현토체 〉 직역언해체 〉 의역언해체 〉 국문체'(심재기 1992:192~194) 혹은 '구절현토체 〉 어절현토체 〉 전통국한문체'(민현식 1994:122~131) '한문체 〉 한문구체 〉 한문어체 〉 한자어체'(홍종선 2000) 등의 단계를 순차적으로 거치는 것으로 보았다. 이러한 관점은 기본적으로 한문의 해체 과정이 현대 한국어 문체 형성 과정이라고 파악한 결과인데, 이러한 관점을 따르는 경우, 현대적 국한혼용문의 형성과 관련해서 두 가지 문제를 설명하기 어렵다.

첫째는 이러한 관점을 따르면 한국어 문어의 현대화 과정이 순차적으로 진행된 것으로 보아야 한다는 점이다. 그러나 태동기 국한혼용문의 사용 양상을 보면 그렇게 보기 어려운 것이 어렵다. 2절 2)에서 살핀 것과 같이 태동기에 쓰인 국한혼용문은 아주 다양하다. 다양한 유형의 국한혼용문이 동시적으로 사용된다는 것은 문어 현대화가 순차적인 과정을 거치는 것이 아니라는 방증이라고 할 수 있을 것이다.

둘째 문제는 이러한 설명을 따를 경우 태동기 국한혼용문이 현대적 국한혼용문으로 변전하는 과정을 제대로 설명할 수 없다는 점이다. 특히 의역언해체 혹은 한문어체에 쓰인 한자어 중에는 현대적 국한혼용문에서 다른 한자어 혹은 고유어로 나타나는가 예들이 많은데, 왜 그러한 양상을 보이는지를 합리적으로 설명할 수 없는 것이다.[43]

태동기의 말기에 이르러 등장하는 현대적 국한혼용문은 기존의 관점처럼 한문의 해체 과정을 통해서 나타나는 것이 아니다. 2절에서 논의한 바와 같이 국한혼용문과 순한글이라는 두 가지 서사방식으로 만들어지던 텍스트를 통합하기 위한 수단으로 등장한 다양한 유형의 한글과 한자의 병기 방식 중에서 본문에 나타나는 한자어만 한자로 적으면서 해당 한자에 한글을 병기하지 않는다는 발상의 전환을 통해 산출된 것으로 볼 수 있는 것이다. 이렇게 보면 태동기 국한혼용문에 쓰인 한자어 중에서 당대 사람들이 일상적 문어에 사용하지 않았을 것으로 보이는 부자연스러운 한자어들이 현대적 국한혼용문에서 고유어 혹은 다른 한자어로 대치되는 까닭을 자연스럽게 설명할 수 있다. 현대적 국한혼용문에서는, 순한글 텍스트라면 쓰이지 않을 법한, 한문 문법의 영향으로 만들어진 한자어는 자연히 도태되고, 전통적 순한글 텍스트에서도 나타나는 한자어들만이 한자로 표기될 것이기 때문이다.

이 장에서의 검토를 통해 확인할 수 있었던 것처럼 현대적 국한혼용문의 맹아가 문학어, 그것도 한글 고전 소설의 국한혼용문화를 통해 등장하고, 다른 한편으로 동일한 방식으로 만들어지는 국한혼용문 성경의 보급을 통해 확산된다는 사실은 한국어의 근대화가 문학어 및 종교어 영역의 텍스트를 통해 시발되고 확산되어 갔음을 보여준다. 이러한 자료적 사실은 영국, 독일, 이탈리아, 일본등 여타 언어의 근대화가 문학

---

43 예를 들어 안예리(2013a:123~129)의 분석 결과는 국한혼용문 텍스트에 나타나는 '단음절 한자+하다' 형 한자어가 순한글 텍스트에서는 그대로 쓰이기도 하고, 고유어 용언으로 대치되기도 하며 2음절 한자어로 대치되기도 하는데, 그러한 대치에서 규칙성을 찾을 수 없는 것이다. 한편 현대적 국한혼용문에서는 대부분 순한글 텍스트의 어휘가 그대로 반영된다.

어 혹은 종교어에서 출발한다는 것과 평형을 이루는 것으로, 한국어의 문어도 일반적인 현대적 문어의 형성 과정에서 벗어나지 않음을 확인할 수 있었다는 데에 의의를 찾을 수 있을 것이다.

제2장

언문일치에 대한 인식의 변화와 그 구현

1. 언문일치와 문체 현대화의 상관성

1) 논의의 목적

근대 계몽기부터 일제 강점기 사이의 지식인들이 언문일치를 이룬 문장이라고 인식한 텍스트의 문체는 오늘날의 관점과는 상당한 거리가 있었다. 그 배경으로는 두 가지를 생각할 수 있다. 하나는 '언문일치'라는 개념에 대한 인식에 차이가 있었다는 점이고, 다른 하나는 '언문일치'를 실현하는 방법에 차이가 있었다는 점이다. 이 글은 이러한 점에 주목하여 근대 계몽기부터 일제 강점기에 이르는 시기의 '언문일치'에 대한 인식 내지 이해가 어떻게 달라졌는가를 검토하는 한편, 인식의 구현 양상을 살펴서 궁극적으로 국한혼용문의 현대화 과정을 살피는 것을 목적으로 한다. 이를 위하여 ① 근대 계몽기~일제 강점기~현대의 국한혼용문에서 보이는 문체의 차이가 어떤 방식으로 글을 쓸 것인가에 대한 인식이 다른 데에서 비롯된 것이라는 사실을 확인하고, ② 근대 계몽기~일제 강점기 사이의 국한혼용문의 문체 변화가 '언문일치'에 대한 인식 혹은 이해가 달라짐에 따라서 문장 구성 방식을 바꾼 데에서 온 것임을 확인하는 한편, ③ 일제 강점기의 신문 사설에서의 한자어(구)의 교체 양상의 통시적 변화 양상을 분석하여 '언문일치'를 실현하기 위한 국한혼용문의 문체의 변화가 어휘의 점진적 교체에 의해 실현되는 것임을 확인한다. 이를 통해서 현대 한국어의 문체 형성 과정의 일면을 밝히는 데에 논의의 초점을 둔다. 따라서 오늘날의 연구자들이 근대 계몽기 혹은 그 이후의 '언문일치'를 현대적 관점에서 어떻게 이해하고 있는가는 다루지 않는다. 이 문제는 백채원(2014)에서 일차적으로 정리되었다.

류준필(2003), 김미형(2004), 박성란(2004), 배개화(2005), 허재영(2011), 백채원(2014), 송민호(2016), 홍종선(2016a; 2016b) 등에서도 이 글의 주제와 비슷한 문제를 다루고 있다. 그런데 그들의 논의는 검토 대상이 된 시기 혹은 자료에서의 '언문일치'가 무엇을 가리키는가에 혹은 문체의 의의가 무엇인지를 밝히는 데에 초점을 둔 것이었고, 언문일치에 대한 인식의 변화가 어떻게 국한혼용문 현대화에 관여하는가에는 관심을 두지 않았다. '개념'의 문제를 다루는 경우에는 실제 당대의 텍스트에서 그러한 개념이 어떻게 구현되고 있는가에는 관심을 두지 않았다는 점이 문제이고(김미형 2004, 허재영 2011, 백채원 2014 등), 텍스트의 분석에 초점을 두는 경우는 대상 문헌의 표기법이 지닌 공시적 의의를 밝히는 데에 초점을 두어, 언문일치에 대한 인식도 통시적으로 변화를 겪는다는 사실이나 문체의 통시적 변화에 언문일치에 대한 인식의 변화가 개재되어 있다는 사실을 파악하는 데에까지는 이르지 못한 것으로 보인다(류준필 2003; 박성란 2004; 송민호 2016; 홍종선 2016a; 2016b 등).

2) 왜 언문일치에 대한 인식을 다루는가

근대 계몽기의 지식인들이 지니고 있었던 언문일치에 대한 인식과 오늘날 우리가 가지고 있는 언문일치에 대한 인식 사이에 차이가 있는 것은 당연한 일이라고 생각할 수 있지만, 문제는 근대 계몽기부터 일제 강점기에 걸치는 시기 사이에도 언문일치에 대한 인식에는 상당한 차이가 있었다는 점이다. 이와 함께 이 시기 지식인들이 개념적으로 언문일치를 어떻게 인식하는가와 실제 글쓰기에서 언문일치를 실현하기 위해 택한 문체 사이에 상당한 거리가 있었다는 점도 유념해야 할 문제다.

이를 극명하게 보여주는 것이 이윤재(1926)의 기술이다. 그 중요한 부분을 소개하면 다음과 같다.

> 현금에 우리 조선 사람의 행용하는 글은 여러가지 법이 있다. (가) 맨 한문으로 쓰는 순한문법 (나) 구결(口訣)이나 국문으로써 한문 아래에 토를 달아 쓰는 현토법 (다) 한문과 국문을 섞어 쓰는 국한문혼용법 (라) 조선말로 쓰면서도 한문으로 된 말에만 한ㅅ자로 쓰는 소위 언문일치법 (마) 순전히 조선말로만 쓰는 순국문법 들이다
>
> ─『신민(新民)』, 1926.5, 42면.

저자가 이 글에 주목하는 이유는 두 가지다.

하나는 1920년대 중반의 조선 사회에서 글쓰기에 쓰인 문체(書寫方式)을 간명하면서도 적확하게 기술하고 있기 때문이다. 그 당시 크게 '순한문법, 현토법, 국한문혼용법, 언문일치법, 순국문법' 다섯 유형의 문체가 사용되고 있음을 언급하면서, 각각의 문체가 지니고 있는 특징

을 평이한 표현이지만 적확하게 설명하고 있다. 이러한 분류는 오늘날의 국어학자 등에도 이윤재(1926)에서의 현토법과 국한문혼용법을 구분하지 못하는 이들이 적지 않은 것을 감안하면 근대 계몽기 이후의 서사방식에 대한 이해라는 측면에서 상당히 앞선 인식을 보여주는 기술이라고 할 수 있는 것이다.

둘째는 '국한문혼용법'과 '언문일치법'이라는 용어가 가리키는 대상이 오늘날 우리가 일반적으로 이해하고 있는 것과 다르다는 점 때문이다. 즉 '국한문혼용법'이라고 지칭하고 있는 한문과 국문을 섞어쓰는 경우는 "국한문혼용법은 지금도 어떠한 데든지 많이들 쓰나 가장 우습게 된 문체다. 가령 '봄에 꽃이 열다'라는 말을 한문음에 좇아서 '춘에 화가 개한다'라 읽으면 이는 조선말도 아니요 중국말도 아니니……"라는 기술을 통해 볼 때 한영균(2015a)에서의 '태동기 국한혼용문'의 서사방식 書寫方式을 가리키는 것이고, '언문일치법'이라고 한 것은 한영균(2015a)에서 현대적 국한혼용문이라고 지칭한 것을 가리킨다.[1] 즉 조선말로 쓰면서도 한문으로 된 말(한자어)만 한자로 쓰는 것을 가리켜 '언문일치법'이라고 하고 있는 것이다. 이는 이 시기 지식인들이 지니고 있었던 '언문일치'에 대한 인식의 일단을 보여준다는 점에서 주목할 만한 것이다.

언문일치에 대한 인식의 변화와 그에 따른 구현 양상의 변화를 관찰하려는 본고의 입장에서는 국한혼용문의 현대화라는 관점에서 전혀 다른 문체라고 할 수 있는 '국한문혼용법'과 '언문일치법'이 다른 '문법[2]

---

1   한영균(2015a, 이 책의 1장)에서의 태동기 국한혼용문은 기본적으로 글 안에 나타나는 모든 실사를 한자로 바꾸는 방식으로 만들어진 문장을 가리키고 현대적 국한혼용문은 글 안의 실사 중 한자어만 한자로 표기하는 방식으로 만들어진 문장을 가리킨다.
2   여기서 사용한 '문법'이라는 용어는 신채호(1908)의 글 '文法을 宜統一'에서 빌린 것이다.

(글을 쓰는 방식)'이라는 인식이 언제부터 비롯된 것이며, 그렇게 인식하게 된 배경은 무엇인가를 확인하는 것이 우선적으로 해결해야 할 과제의 하나가 된다.

하동호(1985)에 실린 1896년~1910년까지의 '국문론'류에서는 이러한 구분을 볼 수 없다. 글을 쓸 때 한문 문법을 따르느냐 그렇지 않으냐가 문체 구분의 첫째 기준이 되고, 한자를 섞어쓰느냐 그렇지 않으냐가 그 둘째 기준이 될 뿐, "조선말로 쓰면서도 한문으로 된 말에만 한ㅅ자로 쓰는 언문일치"에 대한 인식은 보이지 않는 것이다. 그도 그럴 법한 것이 "조선말로 쓰면서도 한문으로 된 말에만 한ㅅ자로 쓰는 언문일치"를 사용하는 것은 1910년대에 들어서서야 본격화되기 때문이다(유경민 2011; 2014; 한영균 2015a; 한영균·유춘동 2016).

그렇다면 대부분의 국한혼용문이 이윤재(1926)의 분류에 따를 때 '국한문혼용법'에 속하는 표기법을 보이는 근대 계몽기의 국한혼용문 필자들은 그들이 사용하고 있는 '국한혼용문'이 언문일치를 실현한 것이라고 생각하고 있었을까 아니면 언문일치와는 거리가 있지만 시대 상황 때문에 그러한 문체의 사용이 불가피하다고 생각했던 것일까?

앞으로의 논의를 미리 요약하자면 근대 계몽기의 국한혼용문의 출현 및 일제 강점기에 일어난 국한혼용문의 변화는 '언문일치'에 대한 인식의 변화와 무관하지 않다. 다음에서 그것이 구체적으로 어떻게 반영되는지에 대한 검토를 통해서 현대 한국어 국한혼용문의 성립 과정의 한 측면을 확인하려는 것이다.

2. 근대 계몽기 지식인들의
언문일치에 대한 인식과 그 구현

지금까지의 연구에서 근대계몽기의 어문 운동에 대해 논의할 때에, 1890년대의 저작과 1900년대, 특히 1906년 이후의 저작들을 같은 층위에서 다루는 경우가 대부분이었다. 그러나 이러한 접근 방법은 바람직하지 않다. 불과 10여 년을 상거(相距)한 시기지만, 이 10년 사이 문체 혹은 문자 사용에 대한 인식이 급격히 달라지는 것을 확인할 수 있기 때문이다. 여기에는 '광무개혁'이라는 유례없는 변혁을 겪으면서 국문 혹은 국어에 대한 인식이 강화된 시기라는 점, 일본의 언문일치 운동 및 중국 백화운동의 영향 등으로 언문일치에 대한 이해가 강화된 점, 현대문학의 태동에 따른 다양한 문체의 실험이 이루어진 시기라는 점 등이 작용했을 것이다. 게다가 1906년 이후부터 1920년대 초반에 이르는 시기에는 글쓰기에 있어서 사용역에 따른 문체의 차이가 드러나는 시기이다. 특히 현대 소설의 등장과 함께 문학적 글쓰기와 비문학적 글쓰기 사이의 문체의 차이가 확연해지는 시기인 것이다. 이러한 점을 고려하여 이 장에서는 근대 계몽기~일제 강점기의 언문일치에 대한 인식을 검토하는 대상을 크게 1905년 이전, 1905년~1920년대 초반, 1920년대 중반 이후의 세 시기로 나누어 살피되, 각 시기별로 대표적인 인물의 저작에 나타난 언문일치와 관련된 기술 내용을 검토하면서, 동일 인물의 저작은 함께 묶어 검토하기로 한다. 언문일치에 대한 인식은 시간의 흐름에 따라 달라질 수 있으므로 변화 여부를 확인하기 위해서는 동일 인물의 저작은 함께 묶어 검토하는 것이 바람직하기 때문이다.

1) 한문의 배제와 언문일치 – 유길준, 주시경의 경우

근대 계몽기 초기 즉 1890년대의 문자 사용과 관련된 인식의 변화는 문자 생활에서 한문을 배제하자는 데에서 출발한다. 물론 잘 알려진 것처럼 한문을 배제하는 경우 순국문을 사용할 것인가 아니면 한자 혼용(교용)을 허용할 것인가 하는 문제가 논의의 초점이 되며, 문어와 구어의 일치 혹은 구어체의 도입을 '언문일치'로 보는 이후의 인식과는 거리가 있다.

이 시기의 문자 사용과 관련한 논의에서 가장 주목받아 온 것이 유길준과 주시경이다. 유길준은 국문과 한자의 교용交用을, 주시경은 순국문의 사용을 주장한 대표적 인물이라 할 것이기 때문이다.

근대 계몽기 국한혼용문의 사용 및 확산을 이야기할 때에 그 대표적인 예로 언급되는 것이 『한성순보漢城旬報』와 『서유견문西遊見聞』이다. 전자는 유길준이 깊이 관여하여 만들어진 것이고, 후자는 유길준의 저작이므로 결국 근대계몽기의 국한혼용문의 공과功過를 이야기할 때에 유길준의 인식과 저작이 주된 언급의 대상이 되며, 이 유길준과 대척적인 태도를 취한 것으로 언급되는 대표적 인물이 주시경이다.

유길준은 국문만 사용하는 것이 바람직하다고 이야기했으면서도 실제로 국문만 사용한 글은 한 편도 남긴 적이 없다는 점에서 언문일치에 대한 인식이나 실현에 부족한 부분이 있다는 평가를 받고(이기문 1970; 1984; 민현식 1999; 이병근 2000; 홍종선 2016a; 2016b 등), 주시경은 실제 저작 중에 국한혼용문으로 된 것이 적지 않음에도 불구하고 언문일치를 실현한 순국문 사용의 선구자이며 대표적 인물로 평가받는다(이병근 1978; 1985; 정승철 2003 등).

그렇다면 순국문(我文)을 사용하는 것이 바람직하다고 이야기하면서도 실제 자신의 저작에서는 국한혼용문을 사용한 유길준은 말과 글의 관계를 어떻게 인식하고 있었을까. 유길준의 말과 글의 관계에 대한 인식을 보여주는 글은 『서유견문』 서序, 『조선문전』 서序, 『대한문전』 자서自序, 「小學敎育에 對ᄒᆞᄂᆞᆫ 意見」 등을 들 수 있다.[3]

우선 각 저작에서 유길준이 가졌던 말과 글의 관계에 대한 생각을 보여주는 부분을 보인 후 논의를 진행한다.

①

가. "一은 語意의 平順홈을 取ᄒᆞ야 文字를 略解ᄒᆞᄂᆞᆫ 者라도 易知ᄒᆞ기를 爲홈이오 二ᄂᆞᆫ 余가 書를 讀홈이 少ᄒᆞ야 作文ᄒᆞᄂᆞᆫ 法에 未熟ᄒᆞᆫ 故로 記寫의 便易홈을 爲홈이오 三은 我邦 七書諺解의 法을 大略 倣則ᄒᆞ야 詳明홈을 爲홈이라 (…중략…) 是以로 ㉠言語와 文字ᄂᆞᆫ 分ᄒᆞᆫ 則 二며 合ᄒᆞᆫ 則 一이니 我文은 卽 我 先王朝의 創造ᄒᆞ신 人文이오 漢字ᄂᆞᆫ 中國과 通用ᄒᆞᄂᆞᆫ 者라 余ᄂᆞᆫ ㉡猶且 我文을 純用ᄒᆞ기 不能홈을 是歎ᄒᆞ노니"

— 『서유견문』 서, 1895.

나. ㉢吾人의 言語ᄂᆞᆫ 卽 吾人의 日用常行ᄒᆞᄂᆞᆫ 間에 萬般 思想을 發現ᄒᆞᄂᆞᆫ 聲音이며 吾人의 文字ᄂᆞᆫ 卽 吾 國文의 簡易精妙ᄒᆞᆫ 狀體니[俗所謂諺文이 是라] 吾人이 旣 此 一種 言語를 自有ᄒᆞ고 又 此 一種 文字를 自有ᄒᆞᆫ 則 亦 其 應用ᄒᆞᄂᆞᆫ

---

3 앞선 연구들에서는 유길준의 말과 글의 관계에 대한 인식을 살피면서 『서유견문』 서(序), 『대한문전』의 자서(自序)만 살피는 경우가 많다. 그러나 『조선문전』의 서(序)는 『대한문전』의 것과 전혀 다른데, 『대한문전』은 1909년에 간행되었고 현전하는 두 가지 『조선문전』은 늦어도 1905년 이전에 필사된 것이므로(한재영 2004) 유길준의 초기 인식을 확인하려면 함께 살필 필요가 있고, 「小學敎育에 對ᄒᆞᄂᆞᆫ 意見」은 유길준이 『노동야학독본』에서 부속국문체를 사용한 배경을 이해할 수 있게 하는 글이어서 함께 다룬다.

一種 文典이 不有ᄒᆞ면 不可ᄒᆞ도다 (…중략…) 國語가 漢文의 影響을 受ᄒᆞ야 言語의 獨立을 幾失ᄒᆞ나 語法의 變化ᄂᆞᆫ 不起ᄒᆞᆫ 故로 文典은 別立ᄒᆞᆫ 門戶를 保守ᄒᆞ야 外來 文字의 侵蝕을 不被ᄒᆞᆫ 則 ㉣若吾 文典을 著ᄒᆞ야ᄡᅥ 朝鮮의 固有 言語를 表出ᄒᆞᆯ진디 國文 漢文의 區別이 自劃ᄒᆞᆯ분더러 漢文이 國文의 範圍 內에 入ᄒᆞ야 我의 利用될 ᄯᅡ람이니 (…중략…) 今以後ᄂᆞᆫ 天下 列國의 交通을 隨ᄒᆞ야 自然 其 混合 言文이 益多ᄒᆞᆯ진이 則 文典의 成立이 有ᄒᆞᆯ진디 其 採用이 亦何妨ᄒᆞ리요 (…중략…) ㉣′大方諸家에 向ᄒᆞ야 願ᄒᆞᄂᆞᆫ 者ᄂᆞᆫ 純然ᄒᆞᆫ 我國 文字로 我國 言語의 字典을 著ᄒᆞ야ᄡᅥ 我國民의 思想 聲音을 世界 上에 表出ᄒᆞᆷ에 在ᄒᆞ노라

— 필사본 『조선문전』서, 光武9年.

다. 읽을지어다 우리 大韓文典을 읽을지어다, 우리 大韓同胞여, 우리 民族이 檀君의 靈秀ᄒᆞᆫ 後裔로, ㉤固有ᄒᆞᆫ 言語가 有ᄒᆞ며, 特有ᄒᆞᆫ 文字가 有ᄒᆞ야, 其 思想과 意志를 發音으로 發表ᄒᆞ고, 記錄으로 展示ᄒᆞ매, 言文一致의 精神이, 四千餘의 星霜을 貫ᄒᆞ야 歷史의 眞面을 保ᄒᆞ고, 習慣의 實情을 証ᄒᆞ도다. (…중략…) ㉥歲月의 經ᄒᆞᆷ이 久ᄒᆞ매, 其 行用이 愈慣ᄒᆞᆷ으로 國人의 耳目에 稍熱ᄒᆞ야 語言間 援入ᄒᆞᄂᆞᆫ 例가 生ᄒᆞᆫ즉, 自然 同化ᄒᆞᄂᆞᆫ 法이 我 國語의 一部를 成하니, 是 其 古代 希臘及羅馬의 死語가, 現 英吉利 佛蘭西 諸國의 活用字로, 轉化한 理와 一轍이로다. ㉦純然ᄒᆞᆫ 漢字로 編綴ᄒᆞᆫ 文章을, 表面으로 觀ᄒᆞᄂᆞᆫ 時ᄂᆞᆫ 我의 國文 아니라도 其 意味의 解釋은 我의 國語를 必資ᄒᆞᄂᆞᆫ지라 故로, 我國에는, ㉧漢字의 用은 有호대, 漢文은 其 用이 無ᄒᆞ야, 我의 一 補助物이며 附屬品 되기에 止ᄒᆞᄂᆞᆫ 者인즉, ㉨其 讀法은, 音讀을 由ᄒᆞ든지, 訓讀을 主ᄒᆞ든지, 我의 文典에 依ᄒᆞ야 成立ᄒᆞᄂᆞᆫ 外에는, 他道가 無ᄒᆞ고녀.

— 『대한문전』자서, 1909.

라. 近來 行用ᄒᆞᄂᆞᆫ 小學書籍을 觀ᄒᆞ건ᄃᆡ 國漢字를 混用ᄒᆞ야시나 ㉢漢字를 主
位에 寘ᄒᆞ야 音讀ᄒᆞᄂᆞᆫ 法을 取ᄒᆞ고 國字ᄂᆞᆫ 附屬이되야 小學用으로ᄂᆞᆫ 國文도
아니며 漢文도 아닌 一種 蝙蝠 書籍을 成ᄒᆞᆫ지라 ㉠是以로 滿堂ᄒᆞᆫ 小兒가 敎
師의 口를 隨ᄒᆞ야 高聲蛙鳴ᄒᆞ고 或 其 文意를 叩ᄒᆞᆫ 則 茫然히 雲霧 中에 坐ᄒᆞ
야 其 方向에 迷ᄒᆞᆫ 者가 十의 八九에 是居ᄒᆞ니 (…중략…) ㉤假定한 三者
中 二者ᄂᆞᆫ 이믜 否定되얏스니 不可不 第三을 採用하리로다

— 「小學敎育에 對ᄒᆞᄂᆞᆫ 意見」, 『황성신문』 2799호, 1908.6.10.

　　그동안 자주 언급된 것이 ①-가의 ㉠ "말과 글자를 나누어 보면 둘이
지만 합하면 하나가 되는 것"이라는 부분과 ㉡ "우리 글자만을 순수하
게 쓰지 못한 것을 불만스럽게 생각한다."는 부분이다. ㉠은 직접 '언문
일치'라는 용어를 사용하지는 않았으나 그러한 의미를 담고 있는 것으
로 해석하고 있는데(고영근 2004:409), 실제 유길준의 생각이 그러했던
가에는 의문이 남는다. 유길준이 '언문일치'에 대해 언급하는 것은
1909년의 『대한문전』 자서가 유일하기 때문이다. ㉡ "순수하게 우리 글
자만을 쓰지 못하는"까닭을 『서유견문』 서에서는 구체적으로 밝히지
않았는데 한자를 사용하지 않을 수 없는 시대 상황과 관련이 있는 것으
로 보인다. 이와 관련해서는 ①-나의 ㉣과 ①-다의 ㉥, ㉦, ㉧를 참조할
수 있을 것이다. 즉 ①-나의 ㉣에서는 문법이 정비되면 한문과 국문은
자연히 구분될 것이며, 한문이 국문의 범위 내에 들어 이용될 뿐이라고
이야기하고 있고, ㉥에서는 한문은 버리되 한자는 사용할 것인데, 그것
은 한자가 이미 국어의 한 부분이 되었기 때문이라고 하면서, 로마의 죽
은 말이 영어나 프랑스어에서 현재 쓰이는 것과 같다고 하고 있다. ①-

다 ⑦은『서유견문』과 같은 국한혼용문 표기를 택한 까닭을 기술한 것으로 이해할 수 있는데, 한자를 사용한 표기가 겉으로 보기에는 국문이 아니지만 그 '의미의 해석'은 반드시 국어를 통해야 하는 것이라고 하면서, 나아가 한자를 훈독할 것인지 음독할 것인지는 '문전文典'에 따를 것이라고 하고 있는 것이다(①-다-ⓩ).

유길준의 문자 사용에 대한 생각에서 특히 주목되는 것은 ①-라의 아동 대상의 교육에서 한자를 사용하는 문제에 대한 언급이다. 즉 ①-라-㉠에서 한자를 주로 한 문장을 음독하면서 국문을 보조적으로 사용하는 경우에 대해 국문도 니고 한문도 아닌 '박쥐'같은 책을 만든 것이라고 지적한 후, ①-라-㉡에서는 결론적으로 아동 교육은 순국문으로 이루어져야 함을 주장한 것이다. 이 글에서 특히 주목하여야 할 부분은 ㉠ 是以로 滿堂ᄒ 小兒가 敎師의 口를 隨ᄒ야 高聲蛙鳴ᄒ고[4] 라고 한 부분이다. ①-다의 ㉧에서 "한자를 사용한 표기가 겉으로 보기에는 국문이 아니지만 그 '의미의 해석'은 반드시 국어를 통해야 한다."고 한 부분과는 서로 배치되는 주장인 듯 보이기 때문이다. 문제는 이 「小學敎育에 對ᄒᄂ 意見書」의 집필 시기가 『大韓文典』이 출판되기 불과 8개월 전이라는 점이다. 출판에 걸리는 시간을 고려하면 거의 같은 시기라고 할 수 있는 것이다. 그렇다면 유길준은 왜 이렇게 서로 배치되는 주장을 같은 시기에 하고 있는 것인가?

여기서 ㉧의'表面으로 觀ᄒᄂ 時'라는 표현과 ㉠의'高聲蛙鳴'이라는

4　"이 때문에 교실에 가득한 아이가 교사의 입을 따라 높은 소리로 개구리 울듯 왁자지껄 외우고는 혹 그 글의 뜻을 물으면 멍하니 뜻을 모르고 헤매는 자가 십중팔구니"(『풀어 쓰는 국문론』269).

표현의 차이에 주목할 필요가 있는 것으로 생각된다. 지금까지의 연구에서는 근대 계몽기의 국한혼용문 사용에 대해서 주로 독자의 구분을 전제로 한 것으로 이해해 왔는데, ⊗의 표현은 묵독默讀을 ㉠의 표현은 음독音讀의 경우를 이야기하는 것으로 이해되는 것이다.[5]

아울러 ①-나의 ㉣'에서 국어 사전 편찬에 대해 언급하고 있는 점도 주목되는 부분이다. 문법이 다듬어지면 국문과 한문이 저절로 구별될 것인데, 국문을 바탕으로 사전을 편찬되기를 기대한다고 이야기한 것이다. 여기서 다시 ㉽의 "語言間 援入ᄒᆞ는 例가 生ᄒᆞ즉, 自然 同化ᄒᆞ는 法이 我 國語의 一部를 成하니"라는 기술을 돌이켜보게 된다. 한자로 적는 경우라고 하더라도 '國語의 一部를 成'한 것이 있으므로 그것을 사전에 포함할 것을 제안한 것으로 이해해야 할 것이다.

주시경은 주상호라는 이름으로 1890년대에 두 개의 국문론을 발표했다.[6] 두 글의 내용은 대체로 표음문자인 국문을 사용하는 것이 옳다는 주장인데, 이 중에서 후자인 『독립신문』 1897년 9월 28자에 실린 글 중에서 사전(옥편)에 실을 단어로 문門, 음식飮食, 강江, 산山 등의 한자어의 예를 들면서 "다 한문 글ᄌᆞ의 음이나 ᄯᅩ한 죠션말이니 이런 말들은 다 쓰ᄂᆞᆫ 것이 무방홀 ᄲᅮᆫ더러 뭇당"하다고 하면서 "한문을 몰ᄋᆞᆫ 사름들이

---

5 여기서 이각종의 『실용작문법』에서 부속국문체의 한자 표기를 "언자의 사상을 표하는 참고용"이라고 한 점도 『서유견문』과 같은 국한혼용문과 『노동야학독본』과 같은 부속국문체의 차이가 의미의 해석에 초점을 두는가 음독을 통한 교육에 초점을 두는가를 가리키는 것으로 볼 수 있기 때문이다.

6 「국문론」(『독립신문』 47호~48호, 1897.4.22~1897.4.24); 「국문론」(『독립신문』 134~135호, 1897. 9.25~1897.9.28). 1907년에도 두 편의 글을 발표했는데, 국어 국문의 중요성을 강조하면서, 자전, 문전, 독본을 만들어 말과 글을 다듬을 것을 주장하고 있으며, '언문일치'에 대한 인식은 보이지 않는다. 「국어와 국문의 필요」, 『西友』 2호, 1907.1.1; 「必尙自國言文」, 『황성신문』 2442호~2447호, 1907.4.1~1907.4.6.

한문의 음으로 써셔 노은 글ᄌ의 ᄯᆺ을 몰을 ""한문 글ᄌ의 음이 죠션말이 되지 아니흔 것은 쓰지 말아야 올을 것"이라는 주장이 보인다. 이는 순국문으로 글을 쓸 때에 국어화하지 않은 한자 내지 한문구는 사용하지 말자는 주장이어서, 직접적으로 '언문일치'에 대해 직접 언급하지는 않았지만 문어 사용에 있어서 '언문일치'를 구현하기 위한 구체적인 기준을 제시한 것이라고 볼 수 있다.

유길준과 주시경의 글 중에서 언문일치와 관련이 있다고 판단되는 글들을 보면 학계의 평가와는 달리 두 사람의 주장에는 공통점이 있다는 것을 알 수 있다. 두 사람이 모두 '언문일치'가 무엇인지 직접 언급한 바가 없다는 점이 공통적인데, 한편 문자 사용에 있어서 ㉠ 한문은 버리고 국문을 사용하는 것이 옳으며, ㉡ 우리말로 굳어진 한자어는 사용하되 사전을 만들 때에 그 기준을 정할 것이며(주시경), ㉢ 한자는 사용하되 그 독법은 문법에 따른다고 이야기한 것이다(유길준).

뿐만 아니라 두 사람은 본인의 의도와 상관없이 후대의 글쓰기 방식에 지대한 영향을 미친다. 유길준이 『서유견문』에서 시도한 국한혼용문은 이후 그 쓰임이 널리 확산된다.[7] 1894년의 공문식公文式에서는 순국문 사용이 국가의 시책이었던 것이 1905년 이후에는 국한혼용문 사용이 국가의 시책이 되고,[8] 국한혼용문을 중심으로 한 작문법을 다룬 교재

---

7   홍종선(2016b)에서는"유길준의 '한자 이용'에는 우리말에서 수용할 수 없는 한문어 성격의 단어가 많고 한자의 훈을 이용토록 하는, 우리글 표현에 이용될 수 없는 용법까지 포함되어 있"어서 "불구적 국한문 표현"이 되었는데, 이것이 역설적이게도 이후 "수많은 지식인들의 국한문체 전범"이 되었다고 이야기했다.
8   국한혼용문 사용이 국가의 시책이 되었다는 것은 1905년 이후 학부의 다양한 교육기관 (법관양성소(法官養成所)), 한성사범학교교원입시양성과(漢城師範學校敎員臨時養成科) 학원모집(學員募集), 대한의원교육부학원모집(大韓醫院 敎育部 學員 募集), 관립한성외국어학교(官立漢城外國語學校) 학원모집(學員募集), 관립한성고등학교(官立漢城高等學

가 발간되기에 이르는 것이다.[9] 한편 주시경의 생각은 최남선, 이광수의 『청년靑年』의 현상문예를 통한 시문체時文體 보급의 바탕이 된다. 시문체가 지칭하는 문체가 어떤 것인가에 대해서는 어디에도 구체적인 언급이 없지만, 대체로 '글을 쓸 때에 국어화하지 않은 한자 내지 한문구는 사용하지 말자'는 주시경의 주장이 그 토대가 된 것임을 볼 수 있다(2절 3) 참조).

2) 언문일치의 구현으로서의 부속국문체 – 이능화, 박승빈, 이각종의 경우

1900년대의 글쓰기 방식을 논의할 때 항상 언급되는 것이 『만세보』에 연재된 이인직의 작품에서 비롯되었다고 이야기되는 이른바 부속국문체[10]라고 지칭되는 글쓰기 방식이다.[11] 이 문체가 일본의 영향을 받은 것인지 그렇지 않은지, 구체적으로 이 문체가 지니는 국어 문체 변화사에서의 의의가 무엇인지 등이 논의의 대상이었다고 할 것이다. 그

校) 學員募集(學員募集) 등)의 학생 모집 조건의 시험과목에 국한혼용문 시험이 포함되는 것을 통해 유추할 수 있고(남궁원(2006:192)), 실제 1908년 2월 6일자 관보(官報)의 휘보(彙報)에 실린 관청사항(官廳事項)의 기사에서 "一. 各官廳의 公文書類는 一切히 國漢文을 交用ᄒ고 純漢文이나 吏讀나 外國文字의 混用홈을 不得홈"을 "閣議에 決定ᄒ야 內閣總理大臣이 各部에 照會를 發(隆熙 2年 一月 二十五日)"했다는 기사를 통해 확인할 수 있다. 공문서에서의 국한혼용문 사용 원칙에 대해서는 이 책의 9장 참조.

9 최재학의 『실지응용작문법(實地應用作文法)』(1908), 이각종의 『실용작문법(實用作文法)』(1912)이 대표적 예이고, 1910년대에 유행한 척독류도 그 한 유형이라고 할 수 있다.

10 부속국문체라는 용어는 그리 적절하지 않다는 것이 저자의 생각이다. '부속국문체'란 한자 표기가 주가 되고 그 한자를 읽는 방식을 나타낸 것이라는 느낌을 강하게 주는데, 실제로는 한글 표기가 주가 되고 그 중 실사 부분의 의미를 한자로 표기한 것이 이런 방식의 문체가 만들어진 과정이라는 것이 텍스트롤 통해 확인할 수 있기 때문이다. 후술 참조.

11 백채원(2014)에서는 이러한 표기방식을 한문훈독법으로 지칭하고 있다. 그러나 한문훈독법 또한 적절한 용어가 아니다. 이런 문체에서 부기된 한글은 '한문 훈독'에 한정되는 것이 아니기 때문이다(고영근 2004). 여기서는 일반적으로 '부속국문체'라는 용어를 사용하므로 그에 따른다.

런데 이렇게 한자에 한글을 부기하는 방식을 '언문일치'를 실현하는 방안이라고 명시적으로 언급한 것은 이능화의 「국문일정법 의견서國文一定法意見書」(1906)에서부터다.

②

唯我國文國語之組成이 幸與日文日語로 大體相似而但國漢文混用之法이 止於語尾ᄒ야 遂使俗者로仍然不能讀書ᄒ니何不效附書假名之例ᄒ야 務使言文一致ᄒ야 雅俗共讀乎아 今擧其例하야 開列于左ᄒ노라.[12]

一 天地之間萬物之中唯人最貴：純漢文 惟雅者讀

二 텬디ᄉ이 만물가운듸 오직 사람이 가장 귀ᄒ니：純國文 俗者讀

三 天地之間萬物之中에 唯人이 最貴ᄒ니：今之 國漢文交用法 俗者仍不能讀

四 天地之 間 萬物 之 中에 唯 人이 最 貴ᄒ니：漢字側附書諺文 雅俗共讀
　　텬디　ᄉ이 만물　가운듸 오직 사름　가장 귀

　　　　　　　　　　　　　　　　　　　—『황성신문』 2615호~2616호, 1906.6.1~6.2.

일본의 표기법을 본떠 한자 옆에 한글을 부서하면 언문일치를 실현할 수 있다고 본 것인데, 예문의 四에서 그 예를 보이고 있다. 결국 이능화(1906)은 순한문을 제외한 이 시기의 문체로 순국문純國文, 국한문교용법國漢文交用法, 한자측부서언문漢字側附書諺文 셋을 제시하고 이 중 '한자측부서언문'을 언문일치를 구현하는 방식으로 본 것이다.

12　"우리의 국문과 국어의 조성(組成)이 다행히 일문, 일어와 대체로 유사하나 국문을 한문에 붙여 쓰는 법이 어미(語尾)에 그치고 있어서 일반인들이 결국 책을 읽어낼 수가 없게 되는 것이다. 그러니 어찌 가나를 한자에 붙여쓰는 예를 본받아 언문일치에 힘쓰고 식자층과 일반인이 함께 읽어야 하지않겠는가? 이제 그 예를 들어 아래에 열거해 보겠다 (『풀어쓰는 국문론집성』, 91면)."

<그림 1> 박승빈 역 『商法』 표지　　　　　　<그림 2> 『商法』 판권

부속국문체를 '언문일치'를 구현하는 방법으로 본 계몽기 지식인들의 생각을 잘 보여주는 것이 박승빈이 번역하여 신문관^{新文館}에서 간행한 『言文一致 日本國 六法全書 分冊 第三 商法』(1908년(융희 2년))이다(〈그림 1〉, 〈그림 2〉, 〈그림 3〉).[13]

저자는 다음 세 가지 이유에서 이 책의 표기법이 주목에 값한다고 보고 있다.

첫째는 법률서를 번역한 것이라는 점이다. '법률서의 번역'이라는 이 책의 특징은 두 가지 의미를 가진다. 하나는 지금까지 부속국문체를 사용한 예로 언급된 것은 소설 혹은 독본 교재에 한정된 것임에 비해 '상

13　연세대학교 도서관 국학자료실에 소장되어 있는 자료이다. 처음 소개되는 자료이므로 도판으로 제시한다.

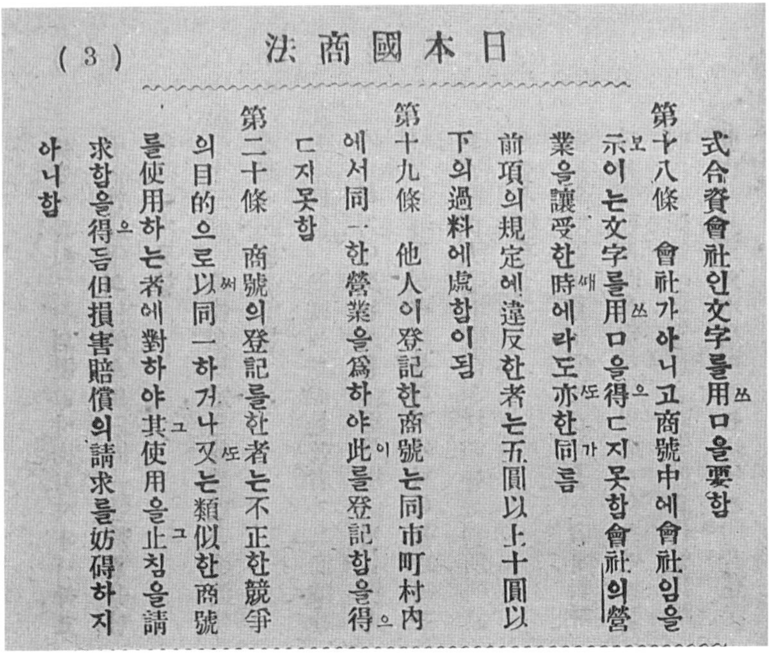

（３）　日本國商法

式合資會社인文字를用ㅁ을要함

第十八條　會社가아니고商號中에會社임을示이는文字를用ㅁ을得ㄷ지못함會社의營業을讓受한時에라도亦한同름

前項의規定에違反한者는五圓以上十圓以下의過料에處함이됨

第十九條　他人이登記한商號는同市町村內에서同一한營業을爲하야此를登記함을得ㄷ지못함

第二十條　商號의登記를한者는不正한競爭의目的으로써同一하거나꼿는類似한商號를使用하는者에對하야其使用을止침을請求함을得음但損害賠償의請求를妨碍하지아니함

〈그림 3〉『商法』條文(부분)

법'이라는 법률서에 이러한 표기법을 사용했다는 것이고, 다른 하나는 일본어 원전을 번역한 것이라는 점이다. 기존 연구에서 근대 계몽기의 국한혼용문이 한문의 해체에서 비롯되었다고 보았는데, 이 책은 일본서를 번역한 것이므로 '한문漢文'과는 근본적으로 무관한 것이라고 할 수 있는 것이다. 거기에 한글이 주가 되고 한자는 의미의 전달에 한정된 부속국문체를 사용한 번역이라는 점은 근대 계몽기의 국한혼용문이 화한혼용문을 본뜬 것이라는 주장과도 거리가 있는 것이다.

둘째는 제목에 '言文一致'를 표방하고 있다는 점이다(〈그림 1〉). 이는 박승빈이 이 책의 문체가 언문일치를 이룬 것이라고 생각하고 있었음을 보여준다. 1908년이라는 간행 연대를 고려하면 1900년대의 지식인들이 생각하고 있었던 언문일치가 어떤 것이었는지를 보여주는 한 예라고 할 수 있는 것이다.

셋째는 부속국문체가 '순한글 =〉 국한혼용'[14]이라는 절차를 거쳐 만들어진 것임을 가장 극명하게 보여주는 예라는 점이다. 앞의 이윤재의 분류에서 국한혼용문법이라고 지칭한 '春에 花가 開한다'라는 표기법만 볼 때에는 이 문장이 '봄에 꽃이 열다'라는 우리말을 바탕으로 문어화한 것이라고 분명히 이야기하기 어려운데, 이 '상법'의 표기법은 우리말 문장을 국한혼용문으로 전환했음을 분명히 보여주는 것이다. 간단히 한 조문만 예로 들어 둔다.

③ 會社가 아니고 商號 中에 會社임을 示이는 文字를 用ㅁ을 得ㄷ지 못함 會社의 營業을 讓受한 時에라도 亦한 同틈.

―「商業登記」第十八條, 『商法』第三章.

한자어 용어류는 모두 한자로 표기하되 독법讀法을 따로 제시하지 않지만, '보이-(示), 쓰-(用), 얻-(得), 때(時), 또(亦), 같-(同)'은 조문條文 안에 한자를 사용하면서 한글을 병기하여 훈으로 읽을 것을 지시하고 있다.

중요한 것은 부속국문체가 이 시기 글쓰기 방식의 한 유형으로 받아들여졌을 뿐 아니라, 언문일치를 구현한 문체로 받아들여졌다는 사실이다. 이를 잘 보여주는 것이 이각종의 『실용작문법』(1912)(유일서관唯一

---

14 '순한글 =〉 국한혼용'이라는 절차를 거친다는 것은, 일단 순국문으로 구상하거나 실제 만들어진 순국문 문장에서 필요한 부분을 한자어화하여 국한혼용문으로 바꾼다는 의미이다.

書館)이다.[15]

상편 문장통론의 제1장 총론에서 당시의 문체를 크게 '한문漢文, 언문
諺文, 신체문新體文'의 셋으로 나누고, 다음과 같이 네 가지 실제 문장의 예
를 들고 있다.

一. 學而時習之不亦悅乎.

二. 學而時習之면 不亦悅乎아.

三. 學ᄒ야 此를 時로 習ᄒ면 ᄯᅩᄒᆫ 悅치 아니ᄒᆫ가.

四. 學와셔 此를 時로 習키면 亦ᄒᆫ 悅지 ᄃᆞ니ᄒᆫ가

一은 한문漢文, 三은 신체문新體文, 二는 한글이 섞여 있으나 한글 부분을
삭제하면 원문으로 돌아가므로 한문의 한 종류라고 하면서 四는 언자諺字
와 한자漢字 교용交用하였으되 그 한자는 "諺字의 思想을 表하는 參考用"이
라고 하면서 언문방주문諺文傍註文 또는 언문일치체言文一致體라 한다고 기술
하고 있다.

이능화(1906), 박승빈(1908), 이각종(1912) 등의 저술을 통해 보면,
1900년대 중반~1910년대 중반까지 '부속국문체=언문일치체'라는
인식이 보편적인 것이었음을 확인할 수 있는 것이다.

15 허재영(2011:455)에서는 『실용작문법』의 초판이 1911년에 간행된 것으로 보고 있으
나 이는 초판을 확인하지 않은 데에서 온 오류이다. 디지털한글박물관의 『실용작문법』
해제(이지영) 참조.
http://archives.hangeul.go.kr/scholarship/studyingMaterials/view/407.

3) 시문체의 등장과 보급 - 이광수, 최남선의 경우

"시문체時文體"라는 용어는 1914년에 창간된 『청춘靑春』의 현상 문예 공모 사고에 통해 등장하는 용어이다. 『청춘』의 8호의 「每號 懸賞文藝 爭先應募하시오」라는 사고에서, 단편소설 부문의 응모요령에 '漢字 약간 석근 時文體'를 사용할 것을 요구하고 있다. 그러나 시문체가 무엇인지를 구체적으로 설명하지 않아서 그 실체가 어떤 것인지를 알기 어렵다. 시문체가 어떤 문체를 가리키는가를 좀더 구체적으로 확인할 수 있는 것이 이광수의 "현상소설고선여언懸賞小說考選餘言"(『청춘』 12호, 1918년 3월, 97면)인데, 시문時文을 제대로 구사한 예로 '구절을 규칙적으로 뗀 것, 문장부호를 올바로 쓴 것, 본문과 회화가 구별된 것' 등을 들고 있다. 이를 바탕으로 하면 '시문체'란 현대화된 글쓰기 방식을 총체적으로 가리키는 것이며, 국한혼용문의 문체를 가리키는 것은 아니라고 할 수 있다.

그런데 시문체의 글들을 모은 최남선의 『시문독본時文讀本』(초판 1916, 정정합편 1918)이 있어 시문체가 지향하는 국한혼용문이 어떤 것인지 대략적으로나마 알 수 있다. 『시문독본』의 초판과 정정합편의 구성과 문체 상의 특성에 대해서는 임상석(2009)가 한문학의 전통과의 연관 속에서 분석한 바 있고, 또 안예리(2012)가 국어학적으로 검토한 있어서, 국한혼용문으로서의 특성을 확인할 수 있다.

임상석(2009)에서는 『시문독본』의 초판(1916)과 정정합편(1918)이 적지 않은 차이를 지니고 있음을 밝혔으며, 정정합편 예문의 문장이 근대 계몽기의 국한혼용문과 비슷한 것이 많아진다고 하였고, 안예리 (2012)는 『시문독본』 정정합편의 예문 중에서 설명문, 연설문, 수필의 세 장르의 자료를 분석하여 설명문의 경우는 대체로 근대 계몽기의 국한혼용문과 유사한 양상을 보이고, 연설문, 수필의 경우에는 현대적 국한혼용문에 가까운 모습을 보이는 것으로 파악하였다.

그런데 이 시문체에 대한 논의가 나타나기 전에 이광수는 「今日我韓用文에 對하야」(『황성신문』 3,430~3,432호, 1910.7.24~1910.7.27)에서 국한혼용문에 대하여 상당히 앞선 주장을 펼친다.

④
今日에 通用하는 文體는 名은 비록 國漢文幷用이나 其實은 純漢文으로 懸吐한 것에 지나지 못하는 것이라, 今에 余가 主張하는 것은, 이것과는 名同實異하니, 무엇이뇨, 固有名詞나, 漢文에셔 온 名詞, 形容詞, 動詞等 國文으로 쓰지 못홀 것만, 아직, 漢文으로 쓰고, 그 밧근 모다 國文으로 하쟈흠이라

국문과 한문(한자)를 섞어 쓰되 국문으로 쓰지 못할 것만 한문(한자)로 쓰고, 그 밖의 것들은 모두 국문으로 쓰자는 주장을 펼치고 있는 것이다. 이는 2절 1)에서 살핀 주시경의 주장 중에서 국어화한 한자어만 사용하자는 주장을 한 단계 더 발전시킨 것으로 국한혼용문을 사용하되 국어로 바꿀 수 있는 것은 모두 국문으로 표기하고, 그렇지 않은 것들만 한자로 표기한다는 원칙을 제시한 것이다. "현상소설고선여언"에서 나타나는 제대로 쓴 '시문체'의 모습을 떠올릴 수 있게 하는 부분이며, 이윤재(1926)가 '언문일치법'이라 지칭한 문체가 바로 이 주장과 통하는 것이라고 할 수 있을 것이다.

3. 어휘 사용의 변화와 현대적 국한혼용문의 구현
─신문 사설의 경우

1) 언문일치체의 형성

2절 1)에서 살핀 '부속국문체'를 언문일치를 이룬 것으로 인식하는 것과, 이윤재(1926)에서의 '언문일치법'을 이룬 국한혼용문은 질적으로 다르다. 이는 1910년대 중반에서 1920년대 중반에 이르는 시기 사이에 '언문일치'에 대한 인식이 바뀌었음을 의미한다. 이러한 인식의 변화는 국한혼용문 문장에서 한자로 표기할 대상에 대한 인식이 바뀐 것을 의미한다. 주시경이 이야기한 '우리말로 굳어진 한자어'를 선별하여, 이광수가 이야기한 '국문으로 쓰지 못할 것만 한문(한자)로 적는' 방식을 적용한 것이 '언문일치'를 이루는 방안이라고 인식한 것이다.

이를 실제로 구현하기 위해서는 한자어 및 한문구 중에서 국어화하지 못한 것들을 걸러 내고, 그것을 국문으로 표기할 수 있어야 한다. 이러한 과정에서 특히 주목되는 것이 어휘 및 한문구가 고유어로 교체되는 과정이라고 할 수 있다. '국문으로 쓰지 못할 것'이 가리키는 것은 바로 고유어로 표현할 수 없는 것이라는 의미이므로, 어휘 및 한문구가 고유어로 교체되는 과정은 고유어로 표현할 수 있는 것을 고유어화 하는 과정이라고 할 수 있기 때문이다. 또한 이렇게 고유어화하여야 할 대상은 부속국문체의 한글 표기가 한자의 훈을 나타내는 부분이다. 즉 이윤재(1926)의 '언문일치법'은 부속국문체에서 억지로 한자로 표기한 부분을 버리고 국문 표기를 문장의 중심으로 옮김으로써 구현되는 것이다.

2) 어휘 선택과 언문일치의 구현 혹은 국한혼용문의 현대화

한영균(2009)에서는 문체 현대성 판별을 위한 어휘적 준거로 ① 한자어 대명사류漢字語 代名詞類, ② 한자어 관형사류冠形詞類, ③ 한자어 부사류副詞類, ④ 단음절 한자+하(ᄒ)-형 용언, ⑤ 단음절 한자어 명사, ⑥ 2음절 한자+하(ᄒ)-형 용언, ⑦ 2음절 한자어 명사, ⑧ 한자어 감탄사感歎詞, ⑨ 한문구漢文句 등 9개 어휘 범주를 검토하여 특히 ① 한자어 대명사, ② 한자어 관형사, ④ 단음절 한자어 용언 ⑤ 단음절 한자어 체언 ⑨ 한문구 등이 문체 현대화 판별의 준거가 될 수 있을 것으로 보았다. 여기서는 이를 바탕으로 한자어 대명사 중 '吾等', 단음절 한자어 용언 중 '問ᄒ(하)-'한문구 중 '何故'가 1920년대~1950년대 사이의 신문 사설에서 고유어와 교체되는 양상을 분석한 결과를 살피기로 한다. 〈표 1〉이 분석 결과이다.

한자어 대명사는 문체 현대화의 어휘적 준거 중에서 가장 먼저 교체를 보이는 예라고 할 수 있다. 1920년대의 사설 3,323건에서 '吾等'이 17건 밖에 쓰이지 않으며, 대부분 고유어 대명사 '우리'로 교체된 것을 확

〈표 1〉『동아일보』 사설의 어휘 교체 양상

	1920년대		1930년대		1940년대		1950년대	
	3,323건 중		3,260건 중		1,868건 중		3,233건 중	
1	吾等	우리	吾等	우리	吾等	우리	吾等	우리
	17	6,734	26	4,654	0	3,983	0	6,449
2	問하-	뭇-	問하-	뭇~묻	問하-	뭇~묻	問하-	뭇~묻
	132	116	13	98	0	24	0	135
3	何故오	何故이-	何故오	何故이-	何故오	何故이-	何故오	何故이-
	166	51	61	12	1	1	0	0

인할 수 있다. 1930년대에도 한자어 '吾等'이 쓰이기는 하지만 그 비중은 미미하며, 1940년대부터는 모두 사라진다. 한편 단음절 한자어 용언 '間ㅎ(하)-'가 '못-'으로 교체되는 것은 1920년대에 시작되는데, 1930년대에는 한자어 용언을 사용하는 비율이 전체 용례의 10% 남짓하며, 1940년대에 들어서면 쓰이지 않게 된다. 한문구 '何故'는 1920년대에는 '何故'라는 한문구의 용례가 217개인데 '何故오 : 何故이뇨'의 비율이 77 : 23이지만,[16] 1930년대에는 何故 자체의 용례가 대폭 줄어드는 것을 볼 수 있다. 실제 1940년대 이후에는 거의 쓰이지 않는다.

　불과 세 가지 예를 살핀 것이지만, 1920년대 중반에 어휘 및 한문구를 고유어로 교체함으로써 언문일치를 실현할 수 있다는 인식에는 도달했지만, 실제로 언문일치를 구현한 국한혼용문을 사용할 수 있기까지는 상당한 시간이 소요되었으며, 어휘 범주에 따라 현대화 과정에서의 한자어(한문구)가 고유어로 교체되는 속도가 상당히 다른 것을 확인할 수 있다.

　여기에서의 분식은 한국어 국한혼용문의 현내화에서 언문일치의 구현 양상에 대한 시험적 연구의 성격을 지니는 것이어서, 국한혼용문에서의 한자어(한문구)와 고유어의 교체 양상을 충분히 보여주었다고는 이야기할 수 없지만, 한국어 문체의 현대화 과정을 이해하기 위해서는 유사한 방법의 검토가 필요하다는 사실을 증명하는 데에는 충분하다고 할 수 있을 것이다.

16　'何故오 : 何故이뇨'의 비율은 의문첨사 '오'가 계사 '-이-'로 바뀌는 비율을 확인하기 위한 것이다.

4. 마무리

지금까지의 한국어 문체의 현대화에 대한 연구에서는 현대 한국어 문체의 성립이 '현토체 〉 직역언해체 〉 의역언해체 〉 국문체'(심재기 1992:192~194) 혹은 '구절현토체 〉 어절현토체 〉 전통국한문체'(민현식 1994:122~131) '한문체 〉 한문구체 〉 한문어체 〉 한자어체'(홍종선 2000)[17] 등의 단계를 순차적으로 거치는 것으로 보았다. 이러한 관점은 기본적으로 한문의 해체 과정이 현대 한국어 문체 형성 과정이라고 파악한 결과이다. 한편 한영균(2015), 한영균·유춘동(2016)에서는 현대적 국한혼용문의 맹아가 문학어, 특히 한글 고전 소설의 국한혼용문화를 통해 등장하고, 다른 한편으로 동일한 방식으로 만들어지는 국한혼용문 성경의 보급을 통해 확산된다는 사실을 확인했다. 결국 현대적 국한혼용문의 형성 과정에 대해 '한문의 해체'을 통한 것이라는 견해와 '한글 소설의 국한혼용문화'라는 견해 두 가지로 갈라진 것이다.

그러나 현대 한국어 문체 형성 과정에 대한 이러한 상반된 견해는 서로 대립적인 것이 아니라 현대 한국어 문체 형성의 두 흐름을 제대로 파악한 것이었다고 본다. 이러한 판단은 다음과 같은 데에 근거하고 있다.

계몽기 국한혼용문이 한문의 해체를 통해 형성되었다는 견해는 주로 비문학어 영역의 텍스트를 분석한 결과였다고 이야기할 수 있다. 그 대표적인 것이 배수찬(2008), 임상석(2008)이다.[18] 한편 현대적 국한혼용

17　홍종선(2016a)에서는 이러한 관점을 수정하고 있다. 단계적 발전이 아니라 전통적 국한혼용문체로의 회귀로 보고 있는 것이다. 그러나 이러한 견해 역시 1920년대 이후의 국한혼용문의 변화를 구체적으로 검토하지 않은 데에서 온 오류라고 할 수 있다. 3절 참조.
18　앞에서 언급한 심재기, 민현식, 홍종선 등의 연구는 전체 텍스트를 분석한 것이 아니라

문의 맹아가 '한글 고전 소설의 국한혼용문화'라는 과정을 통해 생성되고 국한혼용문 성경의 보급을 통해 확산되었다는 견해는 문학어 및 종교어 영역의 텍스트를 바탕으로 한 것이었다. 이는 연구 대상 텍스트의 사용역에 따라서 현대적 국한혼용문의 형성 과정이 다를 수 있음을 의미하는데, 이 글은 부분적이나마 비문학어 영역이라고 할 수 있는 '논설문' 범주에서의 현대적 국한혼용문의 확산을 어휘 및 한문구의 고유어화를 통해 확인할 수 있음을 보인 것이라고 할 수 있다.

개별 문장을 관찰한 결과이지만, 배수찬(2008), 임상석(2008)은 1900년대의 텍스트를 분석한 결과여서 대표적인 것으로 들었다.

제3장

문체 현대화의 한 변인

한글 전용과 국한 혼용

1. 서사방식書寫方式과 문체의 상관성

1) 문체 현대화에 영향을 주는 요소

현대 한국어 형성기, 특히 현대 한국어 태동기의 문체는 글쓰기 목적이나 서사 방식[1]의 변화, 글의 전달 매체, 대상 독자 등에 따라서 상당히 달라지는 양상을 보인다. 그 이전까지의 글쓰기가 대부분 개인적 차원에 머무른 것이었다면, 신문과 잡지[학회지]라는 대중적 매체를 통해 이루어진 현대 한국어 태동기의 글쓰기는 독자의 존재를 전제로 하는 것들이었기 때문이다. 독자를 의식할 때 저자는 독자의 취향과 문식성 literacy을 고려하지 않을 수 없었고, 그것은 필연적으로 문체에 영향을 주었던 것이며, 나아가 현대 한국어 태동기에 비롯된 새로운 한국어 문체

---

1 현대 한국어 태동기의 서사 방식의 선택은 저자가 지향하는 문어의 모델을 반영하는 것이면서, 저자가 상정하는 대상 독자층의 문식성과도 관련이 있는 것이기 때문에 단순히 표기 수단을 어떤 것으로 하느냐는 것과는 의미가 다르다. 이를 중시하여 글의 양식적 측면과 관련이 있는 표기 수단을 가리키는 용어로 이 글에서는 '서사 방식'이라는 용어를 사용하기로 한다.

의 등장으로 외현되었던 것이다.

그렇지만 현대 한국어 태동기의 한국어 문체는, 독자를 전제로 하는 글이라고는 해도, 현대 한국어의 문체와는 상당한 거리가 있다. 이 글은 그렇게 거리를 느끼게 하는 요소 중에서 문장을 구성하는 기본 단위로서의 어휘 단위를 주된 검토 대상으로 하는데, 특히 두 가지 면에 주안점을 둔다. 우선은 개별 텍스트를 꼼꼼히 분석하여 문체 현대성을 판단하는 데에 준거가 될 만한 어휘적 요소에는 어떤 것들이 있는지를 귀납적으로 찾아내는 일이고, 다른 한편으로는 텍스트 산출 시기에 따라서 이들 문체 현대성 판별 준거의 적용 대상이 되는 어휘적 요소(앞으로는 이를 '준거 요소'로 줄여 부르기로 한다)가 얼마나 그리고 어떻게 다른 양상을 보이는가를 정리하는 것이다. 이러한 작업을 통해서 이들 준거 요소의 변화 양상이 대체로 시간적 계기성을 보이기는 하지만 그 구체적 변화의 내용에는 상당한 편차가 있음을 확인할 수 있을 것이다.

이 글은 현대 한국어 형성기의 문체 변화에 관여하는 어휘적 요소에는 어떤 것들이 있으며 그들 어휘적 요소의 분포 및 출현 양상이 시간의 흐름에 따라 어떻게 달라지는가를 이 시기 신문의 논설문 기사를 대상으로 확인하면서, 국한혼용과 한글 전용이라는 서사 방식의 차이가 이러한 어휘적 준거의 변화에 미치는 영향을 검토하는 것을 목적으로 한다. 이 시기에 있었던 문체 변화는 문어에서의 한문의 배제와 함께 한국어 문어 구사에 있어서 한문 구문법의 영향을 극복해 가는 과정이라고 요약할 수 있는데, 이는 궁극적으로 어휘와 구문의 변화로 나타난다. 이 글은 이 중에서 어떤 어휘적 요소들이 현대 한국어 형성기의 문체 변화에 관여하며 그것들이 시간의 흐름에 따라 어떻게 변하는가를 살펴, 현대 한국어 국한혼용문체의 정착 과정의 한 부분을 밝히려는 것이다.

현대 한국어 형성기란 개항 이후 일제 강점기를 거치면서 오늘날의 한국어와 같은 모습을 갖추게 되는 시기 전반를 가리킨다. 이는 대개 19세기 후반에서 20세기 전반에 걸친 약 60~70년간이 될 것인데, 저자는 이를 크게 현대 한국어 태동기와 환태기 두 시기로 구분하고자 한다.[2] 현대 한국어 태동기는 개항 이후 1910년 조선어가 국어로서의 지위를 상실할 때까지를, 현대 한국어 환태기는 일제 강점 36년간을 가리킨다. 이렇게 현대 한국어 형성기를 전후 두 시기로 나누는 것은 조선어가 국어의 위치를 잃게 된 것이 비록 정치적 사건에 배경을 둔 것이기는 하지만 국어사적으로 아주 중요한 의미를 갖는다고 판단했기 때문이다.

근대 이전의 문자 생활은 한문의 학습과 밀접한 관계를 가지고 있었기 때문에, 태동기 한국어 문장은 한문 문법의 영향에 의한 혼효적 요소를 많이 내포하고 있었다. 그러나 일제 강점이 본격화된 이후에는 사상 유례없을 정도로 강력하게 일본어의 영향을 받은 까닭에 한문과의 혼효적 요소는 줄고 일본어와의 혼효적 요소들이 등장한다. 태동기와 환태기의 구분은 이러한 사실을 중시한 것이다(이러한 사실은 이 글에서 다루고 있는 어휘론적 특성을 통해서도 뒷받침된다. 2절 2) 및 3절 참조). 지금 널리 쓰이는 근대 계몽기나 일제 강점기라는 용어를 사용하지 않으려는 것은 국어사의 시대 구분에는 국어의 내적 변화를 반영할 수 있는 용어를 쓰는 편이 좋다고 생각하기 때문이다. 물론 이 용어는 잠정적인 것이며, 국어

---

2 광복 이후 미군정과 6·25를 거치면서, 일본어 사용의 금기시나 대규모의 남북한간 인구 이동에 따른 언어 질서의 변화 등의 혼돈을 정리하고 한국어가 오늘날과 같은 모습을 갖추어 가는 시기는 현대 한국어 확립기라고 부르기로 한다. 그 시기는 대체로 1945~1960년대 초가 될 것이다.

사적 시대 구분 및 관련 용어에 대한 별도의 논의가 필요할 것이다.

2) 서사 방식과 현대 한국어 문체 정착의 상관성

서사 방식이란 기본적으로 글의 표기 수단을 가리키는 것이지만, 태동기 글쓰기에서의 서사 방식의 선택은 한편으로는 저자가 지향하는 문어의 모델을 반영하는 것이며, 다른 한편으로는 저자가 선택하는 글의 전달 매체 및 그 매체가 상정하는 대상 독자층과 관련이 있다. 당연하다고도 할 수 있겠지만, 서사 방식이야말로 근대 계몽기 문체 개혁의 주요 변인 중 하나였던 것이다. 주로 신문과 잡지[학회지]라는 대중적 매체를 통해 이루어진 근대 계몽기의 글쓰기는 '애국'과 '계몽'이라는 당시 매체 담론의 특성상 독자의 존재를 전제로 하지 않을 수 없는 것이었고, 이러한 독자의 존재를 전제로 한 글쓰기에서 저자는 독자의 문식성 literacy[3]과 문자 생활 방식의 취향을 고려하지 않을 수 없었던 것이다. 이러한 독자에 대한 고려가 문체에 영향을 준 결과가 새로운 국한혼용문의 등장으로 외현되었던 것이다.

그 대표적 예로 언급되는 것이 『제국신문帝國新聞』과 『황성신문皇城新聞』의 서사 방식의 차이다. 부녀자층을 주된 독자로 상정했던 『제국신문』은 『독립신문』의 뒤를 이은 대표적 순한글 신문이었고, 지식인층을 주된 독자로 삼았던 『황성신문』은 국한혼용을 주된 서사 방식으로 택했다. 그러나 독자에 따른 서사 방식의 선택은 이들 두 신문에 한정된 것

---

3   문식성(literacy)은 문맹(illiteracy)에 대응되는 용어이지만 한자 및 한자어에 관해서 이야기할 때에는 중의적이다. 한글은 알더라도 한자를 모르면 한자 문식성이 없다고 하겠지만, 한자를 모르더라도 일상적으로 널리 쓰이는 한자어 및 한문구를 이해하는 경우도 존재할 수 있다. 한자 문식성 여부와는 무관하게 습득할 수 있기 때문이다.

은 아니다. 1886년에 간행된 『한성주보漢城周報』에도 이미 일반 대중이 널리 읽었으면 하는 기사들은 순한글로, 그렇지 않은 경우에는 한문 혹은 국한혼용문으로 된 기사들이 실렸던 것이다. 1900년대의 『대한민일신보』는 하나의 신문이 국문판과 국한문판을 별도로 간행했고,[4] 1920년대에 간행된 신문들도 기사의 유형에 따라서 국한혼용과 한글 전용 두 방식을 병용하고 있는 것이다.[5]

근대 계몽기 이후의 한국어 문자 생활에서의 지향점이 이른바 '언문일치言文一致'였다면, 한자와 '한글'이라는 두 서사 도구 중 어떤 것을 선택하는가에 따라서 '언문일치'를 향한 변화의 속도가 달랐을까 아니면 서사 방식에만 차이가 있었을까 하는 점과, 달랐다면 어느 정도나 달랐을까는 현대 한국어 문체의 성립 과정을 다루는 입장에서 궁금한 일이 아닐 수 없다. 그러나 정작 근대 계몽기 문체를 다룬 글 중에는 서사 방식의 차이가 문체에 주는 영향을 다룬 글들은 보기 어렵다. 이 글은 이러한 사실에 대한 반성에서 출발한다.

이 글에서는 '주장하는 글(논설문)'이 국한혼용문을 사용해 온 대표적 장르임을 고려하여 근대 계몽기 이후의 신문에 실린 '주장하는 글'을 대상으로 현대 한국어 문체 정착과 관련된 언어 단위들의 유형, 빈도, 분포를 추출하고 그들의 통시적 변화 양상을 계량적으로 비교·분석함으로써, 한국어 문체의 현대성을 판단하는 준거가 되는 요소들이 국한혼용

---

4 이를 이은 것이 총독부 기관지 『미일신보』인데, 이것도 국한문판과 한글판을 따로 발행하다가 1912년 3월부터는 한글판 발행을 중단하고, 그 대신 국한문판 제3면을 한글 전용으로 제작하였다.

5 이 시기 신문 사회면에 실리는 글들은 제목은 한자를 사용해 적으면서 실제 기사의 내용에는 한글만을 사용하는 경우가 많다. 경우에 따라서는 한글 옆에 한자를 병기하기도 한다. 독자의 한자어 문식성을 고려한 방법일 것이다.

논설문 및 순한글 논설문 사이에 어떻게 다른 양상을 보이는가를 밝히는 것을 목적으로 한다.

3) 검토 대상 자료의 범위

현대 한국어 태동기에 간행된 신문·잡지의 글들은 양식적으로 특화되지 않은 것들이 많다는 것이 중요한 특징의 하나다. 그럼에도 불구하고 필자는 현대 국한혼용 문체의 정착과 관련된 문제를 다룰 때, 현대 한국어 태동기 이후 간행되는 신문과 잡지의 기사를 크게 '주장하는 글' '설명하는 글' '전달하는 글' 그리고 '소설' '역사·전기물'이라는 다섯 가지 유형[6]으로 나누어 검토하려 한다. 현대 한국어의 문체가 장르 혹은 텍스트의 유형에 따라 다르기 때문에 문체의 정착 과정을 다룰 때에도 이를 구분할 필요가 있다고 판단했기 때문이다. 이 글에서는 이 중에서 '주장하는 글'을 검토 대상으로 한다.

'주장하는 글'이란 현대 한국어 태동기 신문·잡지에서는 대체로 '논설' 내지 '연단' 범주에 포함되고, 현대적 관점에서의 분류에 따르면 논설문에 해당한다. 그런데 이 '주장하는 글'도 크게 두 유형으로 나누어 생각할 수 있다. 하나는 현대 신문의 사설 혹은 칼럼처럼 필자 자신의 생각 내지 주장이 글의 바탕이 되는 것이고, 다른 하나는 시사 평론이나 예술 평론 같이 어떤 평가 대상을 두고 필자의 생각을 펼쳐 나가는 글이다. 그러나 이 글에서는 양자를 구분하지 않고 묶어서 다루기로 한다.

---

6 물론 이 시기의 신문·잡지의 글 중에는 이 다섯 범주에 속하지 않는 것들도 있다. '가사' '잡가' 등 문예물 중 운문류와 광고문 등이 대표적 예다. 그러나 글갈래에 따른 언어 변이를 다루는 것이 이 글의 목적이 아니므로 여기서는 이 문제를 구체적으로 다루지 않는다.

현대 한국어 태동기의 신문, 예를 들어 『독립신문』의 경우, 그 지면은 대체로 '논설' '관보' '잡보' '외국 통신' '광고' 등으로 구성된다.[7] 그 이후의 신문들은 독자 투고를 싣기 위해서 '기서寄書' 등 별도의 지면을 할애하기도 하고, '소설'이라는 문학적 서사를 위한 별도의 장을 만들기도 한다.[8] 한편 1890년대~1900년대의 학회지(잡지)는 대개 '연단演壇', '학해學海', '사전史傳', '문원文苑', '사조詞藻', '잡찬雜纂'의 여섯 가지 유형의 기사로 구성되었다(김지영 2006:339~342).[9] 이 글에서 검토 대상으로 삼는 '주장하는 글'은 이러한 기사 유형 분류 중 '논설'에 실리는 것이 많지만, 경우에 따라서는 '잡보(잡찬)'이나 '기서寄書'에 실리기도 한다. '(문학적) 서사'도 '소설'란에 실리는 것이 원칙이지만, '논설' '잡보' '기서' 등에도 '서사'적 글들이 실린다. 이 시기의 글들은 양식적으로 제대로 분화되지 않은 상태였기 때문이다. 이 글에서는 분석 대상 자료를 주로 '논설' 범주에서 선택하되, 그 안에 섞여 있는 문학적 글쓰기에 속한다고 판단되는 자료들은 기존의 연구 결과를 참조하여 제외하였다.[10]

이 글에서는 검토 대상으로 삼은 자료는 1890년대 후반부터 1930년대 후반에 걸친 시기에 간행된 신문 기사 중 논설문을 약 10년을 주기로 각 시기별로 약 5,000 어절 가량[11]의 기사를 추출한 것이다. 그 대강은 다음과 같다.

7　경우에 따라서는 기사 유형을 구분하지 않고 제1면에 독자가 투고한 글이나 단형 서사 작품, 연설 및 상소문의 내용 요약 등이 실리는 경우도 있다.

8　물론 이 시기의 '소설'이라는 용어는 오늘날의 것과는 그 개념에 차이가 있다. 김영민 (2005) 및 권보드래(2006) 참조.

9　학회지의 기사 유형 검토는 김지영(2006:338~339)에 자세하다.

10　특히 김영민(2005)의 부록으로 실린 목록에 크게 의존하였고, 아울러 정선태(1999), 권보드래(2000), 배수찬(2006) 등의 논의를 참조했다.

11　이 어절 수는 각각의 자료를 현대 맞춤법의 규정에 따라 필자가 띄어 쓴 결과이다.

① 제1기 : 1890년대 『황성신문』과 『독립신문』의 '논설' 기사

② 제2기 : 1909년 『대한미일신보』의 국한혼용판과 국문판의 '논설' 기사

③ 제3기 : 1920년대 『동아일보』. 『시대일보』의 '사설' 및 『시대일보』 시사평론 '오늘일 래일일'

1930년대 이후의 자료는 검토 대상에 포함하지 않았는데, 이 시기 순한글로 된 논설문을 찾기 어려웠다는 것이 가장 큰 이유이지만, 실제 1924년의 기사만 보아도 몇몇 단어의 의미 용법에서 차이가 있을 뿐 오늘날의 순한글 논설문과 크게 다르지 않아서 이 시기에 이르면 순한글 논설문의 문체가 확립되었다고 볼 수 있어 굳이 분석의 필요성을 느끼지 않았기 때문이기도 하다.

2. 서사 방식, 글갈래, 독자와 문체 변이

이 글은 현대 한국어 형성기의 글 중에서 주장하는 글을 대상으로 문체의 현대성을 판별하는 데에 이용할 수 있는 어휘적 준거를 찾아 내는 데에 목적을 두는데, 이 때 일반적인 문체 분석에서는 크게 문제가 되지 않을 수도 있지만, 현대 한국어 태동기 및 이후 시기의 일부 자료를 다룰 때에는 간과해서는 안될 몇 가지 주목할 만한 특성이 있다. 이 절에서는 그것들을 정리해 두기로 한다.

1) 독자와 서사방식에 따른 문체의 차이

현대 한국어 태동기의 텍스트들은 그 문체가 텍스트에 쓰인 표기 문자에 크게 영향을 받는다. 물론 오늘날의 문어 텍스트도 그러한 경향이 없지 않지만, 이 시기의 텍스트에서는 그 경향이 상대적으로 뚜렷하다. 사회 구성원의 한자 문식성^{literacy}에 크게 차이가 있었던 시대적 특성상, 표기에 한글만을 사용하느냐 아니면 한자와 한글을 섞어 쓰느냐에 따라서 문체가 아주 달라질 수밖에 없었던 것이다. 이는 현대 한국어 정착 시기의 획정이라는 면에서 생각할 때 단순치 않은 문제를 제기한다. 상대적으로 늦은 시기에 만들어진 텍스트라 하더라도 국한혼용 문체의 텍스트는 현대 한국어의 국한혼용 문체와 상당한 거리를 보이는 경우가 적지 않지만, 상대적으로 이른 시기에 만들어진 것이라도 순한글 텍스트의 경우 현대 한국어의 문체에 가까운 것들도 적지 않기 때문이다.

①

가. 이다리 국왕 안베르도 졔일셰가 일즉 인자ᄒᆞᆫ 일홈이 잇셔 내외 신민이
  다 어진 인군이라 칭ᄒᆞ더니 작년에 그 나라 레브르란 고을에 호열ᄌᆞ라
  ᄒᆞᄂᆞᆫ 병이 젼염ᄒᆞ여 빅셩 죽ᄂᆞᆫ 쟤 심히 만은지라 국왕이 그 고을에 틴
  림ᄒᆞ야 그 질고를 위문ᄒᆞ엿더니

— 『漢城周報』 제1호 15면, 1886.1.25.

나. 우리가 독닙신문을 오늘 처음으로 출판ᄒᆞᄂᆞᆫᄃᆡ 죠션 속에 잇ᄂᆞᆫ ᄂᆡ외국
  인민의게 우리 쥬의를 미리 말ᄉᆞᆷᄒᆞ여 아시게 ᄒᆞ노라 우리는 첫지 편벽
  되지 아니ᄒᆞᆫ 고로 무ᄉᆞᆷ 당에도 상관이 업고 샹하 귀쳔을 달니 ᄃᆡ졉 아
  니ᄒᆞ고 모도 죠션 사름으로만 알고 죠션만 위ᄒᆞ며 공평이 인민의게 말

홀 터인딕 우리가 셔울 빅셩만 위홀 게 아니라 죠션 전국 인민을 위흐
여 무슴 일이든지 딕언흐여 주랴 홈

— 「논셜」, 『독립신문』 제1호, 1896.4.7.

다. 噫噫라 家長權의 萬能 下에 族屬을 專制하고 拜官熱의 極熾 下에 子侄을
强壓하였으며 拜金心의 極誠 下에 守虜行을 敢作하였으며 또 保守 思想
이 彌滿하여 解放 運動을 蛇蝎視하였으며 恐怖心이 自長하여 新銳氣를 危
險視하였을 뿐이니 果然 그 運轉手의 努를 盡하였다 할까? 이에 朝鮮 父
老 卽 우리의 先輩에게 對하여 愚見을 論하여 그 覺醒을 促하고 社會의
輿論을 喚起코자 하노라.

— 「社說」, 『東亞日報』, 1920.5.4.

다'. 희희라 가장권의 만능 하에 족속을 전제하고 배관열의 극치 하에 자
질을 강압하였으며 배금심의 극성 하에 수로행을 감작하였으며 또 보
수 사상이 미만하여 해방 운동을 사갈시하였으며 공포심이 자장하여
신예기를 위험시하였을 뿐이니 과연 그 운전수의 노를 진하였다 할
까? 이에 조선 부모 즉 우리의 선배에게 대하여 우견을 논하여 그 각
성을 촉하고 사회의 여론을 환기코자 하노라.

②

가. 唯我 韓國이 神聖흔 種族과 三千里 靈明흔 江山으로 可히 不足之歎이 無흐
거늘 今에 國이 亡흐고 民이 滅흐는 悲境에 至흔 者는 其 源이 何에 在하뇨
余는 비록 微弱흔 女子로 學識이 薄흐며 聞見이 淺흐며 思想이 昧흐며 技量
이 短흐나 此에 對흐야 斷言흐여 曰 女子를 敎育치 못흠에 在흐다 흐노라

— 『대한민일신보』 국한문판 1908.8.11.

나. 우리 한국은 신셩흔 민족이 이쳔만이오 명랑흔 산쳔이 삼쳔리가 되니 부죡흘 것이 업거늘 이제 나라ᄂᆞᆫ 망ᄒᆞ고 빅셩은 멸ᄒᆞᄂᆞ 슯흔 디경을 당흔 거슨 그 신돍이 어ᄃᆡ 잇다 ᄒᆞ겟ᄂᆞ뇨 나ᄂᆞᆫ 비록 쳠약흔 녀자로 학식이 젹으며 문견이 낫고 ᄉᆞ샹이 어두우며 지됴가 업스나 이 문뎨에 ᄃᆡᄒᆞ야 ᄃᆡ답흘 바ᄂᆞᆫ 녀ᄌᆞ를 교육지 못흔 ᄃᆡ 잇다 ᄒᆞ겟노라

— 국문판 1908.8.11.

①-가, ①-나, ①-다 사이에는 30년 이상의 시간적 차이가 있다. 그러나 문장 구성 양식이라는 면에서 본다면 ①-가, ①-나의 글이 ①-다의 글보다 더 현대 한국어의 문체에 가깝다고 할 수 있을 것이다. 물론 비교의 초점을 어디에 두느냐에 따라서 판단이 달라질 수 있지만, 전체적인 글의 해독 가능성이라는 면을 중시할 때 이렇게 이야기할 수 있는 것이다. 이는 ①-다에 한자가 섞여 있어서가 아니다. 그것은 ①-다'를 보면 알 수 있다. 한자를 모두 한글로 바꾸어도 ①-가, ①-나처럼 그 의미를 파악하기 쉽지 않은 것이다. 또 ②-가, ②-나는 독자가 투고한 글을 신문에 게재할 때 국한혼용문과 순한글 두 가지로 실은 것이다. 국문판은 주로 부녀자를 대상으로 하는 것이었고, 국한문판이 지식인 계층을 독자로 상정하고 있었던 것이어서, 독자의 한자에 대한 문식성에 따라 서사 방식과 문체가 달라짐을 보여주는 좋은 예가 된다. 이러한 사실들을 고려하여 이 글에서는 검토 대상을 우선 국한혼용문 기사에 한정한다.

2) 장르와 문체

이 시기의 텍스트 중에는 비슷한 시기에 생산되고, 서사 방식이 같은

텍스트라 하더라도 글의 갈래에 따라서 그 문체가 전혀 다른 경우가 많다. 그런데 이는 이 시기에 한정된 것이 아니다. 현대 한국어 문어도 비슷한 양상을 보인다. 유사한 갈래에 속하는 텍스트들끼리 대비해 검토할 필요가 있는 것이다.

③

가. 우리 대한이 구미 각국과 통샹흔 후 삼십 년에 오히려 진보가 지완ᄒ야 국민이 이ᄀ치 심흔 도탄에 ᄲᅡ지고 린국의 속박을 당ᄒ니 나라 형셰가 이 디경에 니름은 무슴 연고ㅣ뇨 ᄒ면 국가를 위ᄒ야 부국강병ᄒᄂ 방법을 베프ᄂ 쟈ㅣ 충이흔 ᄆᄋᆷ을 셔로 합ᄒ고 진보ᄒᄂ 뜻을 흔 가지 ᄒ야 국가 ᄉ샹을 극진히 ᄒ지 못흠이로다

—「긔셔」,『대한믹일신보』178호, 1908.1.5.

나. 평양성 외 모란봉에 ᄶᅥ러지ᄂ 져녁 볏은 누엿누엿 너머 가ᄂ디 져 히빗을 붓드러 믹고 시푼마음에 붓드러 믹지ᄂ 못ᄒ고 숨이 턱에 단드시 갈팡질풍ᄒᄂ 흔 부인이 나히 삼십이 되락밀락ᄒ고 일골은 분을 ᄲᅡᄭᅩ 넌드시 흰 얼골이ᄂ 인정 업시 ᄶᅳ겁게 ᄂ리 쏘히ᄂ 가을 볏에 얼골이 익어셔 션잉으 빗이 되고 거름거리ᄂ 허동지동ᄒᄂ디 옷은 흘러 ᄂ려셔 젓가슴이 다 드러 ᄂ고 치마ᄶᅩ락은 ᄯᅡ헤 질ᄶ 썰려셔 거름을 건ᄂ 디로 치마가 발피니 그 부인은 아무리 급흔 거름거리를 ᄒ더릭도 멀리 가지도 못ᄒ고 허동거리기만 흔다

—「혈의루(血의 淚)」단행본, 1907, 1면.

④

가. 噫라 月變日改하는 世界의 局面을 살펴보고, 落々無際한 吾儕의 旅程을 헤아려 보아라. 一日도 幾番式 來傳하는 民族 競爭의 行進曲을 諸君은 듯지 못하는가, 此將奈何 前途墨暗하는 말은 임의 閑暇한 酬酢이 되엿고, 飯食水飮이 末由흔 生如不生에 關한 問題가 頭上에 迫在함을 諸君은 不察하는가,

—玄相允,「求하는 靑年이 그 누구냐?」, 『학지광(學之光)』 제3호, 5면.

나. 學校에 잇는 동안에 무엇을 어덧는지, 나는 이를 스사로 알 수 업다. 내의 學修한 專門이 史學과 社會學이니 남으로서 나를 觀察하여 보면 나는 史學이란 엇던 것임을 알앗을 듯하고, 쏘한 社會學이란 엇던 것임을 알앗을 듯도 할 것이다. 그러나 나는 이것들을 仔細히 모른다ー아니 남이 만일 이것들에 對하야 나를 試驗하여 본다 하면, 그들은 반드시 失望과 意外에, 버렷든 입을 다시 담으지 못하리만큼 놀낼 것이다.

—玄相允,「卒業證書를 밧는 날에(日記에서)」, 『학지광』 제17호, 72면.

③, ④의 예문은 서사 방식과는 관계없이 글의 장르에 따라 문체가 달라짐을 보여주는 예들이다. ③-가와 ③-나는 같은 시기에 간행된 순한글 텍스트이지만 '주장하는 글'과 '신소설'이라는 서로 다른 장르의 글로, 그 문체가 크게 다름을 볼 수 있다. 또한 ④-가와 ④-나는 글의 제목에서 볼 수 있듯이 동일 필자가 주장하는 글을 쓸 때와 일기를 쓸 때 다른 문체를 사용할 수 있음을 보여 주는 예이다. 이러한 점을 고려하여 이 글에서는 논의의 대상을 '주장하는 글'로 한정한다.

3) 동일 텍스트 내 여러 문체의 혼재

현대 한국어 태동기의 텍스트들은 하나의 텍스트 안에서도 다양한 서사 방식을 사용하는 것이 많다. 일반적으로 국한혼용 문체를 사용한 것으로 알려진 『한성주보』에도 ⑤-가, ⑤-나, ⑤-다과 같은 세 가지 서사 방식의 텍스트가 섞여 있는데, 이 중 ⑤-다의 순한글 텍스트는 1919년에 만들어 진 「기미독립선언서」나 1920년에 만들어진 『동아일보』 창간사 텍스트보다도 더 오늘날의 문체에 가깝다고 할 수 있다. 또, ⑥의 『소년』 창간호 소재 「한문교실」 면의 기사도 현대 국한혼용 문체와는 거리가 있지만, 십년 뒤에 같은 필자가 쓴 「기미독립선언서」의 글에 비할 때는 우리에게 더 익숙한 글이라고 볼 수 있다. 그만큼 현대의 국한혼용문에 가깝다고 이야기할 수 있는 것이다.

⑤

가. 同月二十九日交涉衙門草記司果閔建鎬司勇■在衡兪公煥尹秉秀鄭顯哲朴義秉本 衙門主事加差下令該曹口[]傳下[]批事[]傳曰允又草記仁川港既設警察官釜山元山港亦宜一體設置釜山警察官以該僉使崔錫弘兼帶元山港警察官以書記官朴義秉兼帶令該曹■[]傳下[]批事[]傳曰允

— 「交涉衙門草記」, 『한성주보』1호, 6면.12

나. 對馬島는 古者의 我國 所屬이라 地辟俗陋ᄒᆞᆫ 故로 歷世의 棄而不治러니 맛춤내 日本 管轄이 된지 數百 年에 人口와 物産이 至今토록 繁盛치 못ᄒᆞ나 그 地利를 議論ᄒᆞ면 海軍 屯營處는 深宜ᄒᆞ다 ᄒᆞ고 ᄯᅩ 該島 南北은 ■長ᄒᆞ고 東

---

12 ■는 판독할 수 없었던 부분이고, []는 原文의 空格을 나타낸다. 이하의 인용문의 경우에도 같다.

西는 最狹호되 西北은 朝鮮 釜山으로 相對호야 人烟을 가히 通홀너라

─ 對馬島 紀事, 「외보(外報)」, 『한성주보』1호, 9면.

다. 디형 둥굴미 구술 갓탄고로 일홈을 디구라 호니 바다와 뉵디와 산과 닌물은 다 흔 가지로 쌍을 일운 배니 쌍 널비를 모도 회계호면 일억 구천 구십 스만 이천 방영리니

─ 「뉵주총논」, 『한성주보』1호, 14면.

⑥

漢文은 泰東 文化를 産出한 重要한 思想과 事件을 記錄한 것이오 쏘 將來에도 多大히 人文에 貢獻 司命을 가던 것인데 더욱 우리나라와는 密接한 關繫가 잇서 可히 第二의 國語라도 할 만하고 쏘 可히 歸化한 文字라도 할 것이니 我國의 新文化도 쏘한 此에 假手할 者ㅣ 多한 디라 此ㅣ 本誌의 小幅을 割하야 漢文 敎室을 特設한 所以라 然이나 工夫로 言하면 每朔 兩面이 大裨益은 업슬 쯧하되 階梯을 循하고 精粹을 選하야 逐月 揭載하면 一年 二年 사이에 쏘한 少補가 업다 못할 디니라

─ 「한문교실」, 『소년』1호, 5면.

문제는 후대에도 이렇게 하나의 텍스트 안에 여러 문체의 글이 혼재하는 경우가 많다는 점이다. 따라서 어떤 특정 문헌이 어떤 문체를 사용한다든가, 어느 시기에 이르러 어떤 문체가 정착하였다든가 하는 기술은 정확한 것이 될 수 없다. 서사적 특성, 서사 갈래, 대상 독자층 등 문체에 영향을 주는 것으로 판단되는 텍스트 자질을 바탕으로 텍스트를 구분하

고, 각각에 대해서 언어학적 측면에서의 문체 특성을 유형별로 검토한 후에야 현대 한국어 문체 정착 과정을 제대로 기술했다고 할 수 있는 것이다. 이러한 방법론을 코퍼스 언어학에서는 장르에 따른 언어 변이에 대한 연구register variation로 다룬다. 이 글은 이 방법론을 원용해 현대 한국어 형성기의 한국어 텍스트를 텍스트 유형 및 장르에 따라 구분하고, 각각에서 나타나는 문체의 특성을 검토한 연구의 한 부분이다.

3. 태동기 한국어 문장의 혼효성 극복과 어휘의 변화

1) 태동기 한국어 문장의 혼효성 극복 방식

태동기의 한국어 문장은 국한혼용문이든 순한글이든 오늘날의 문장과는 상당히 다른 모습을 지니고 있었다. 이 시기 국한혼용문의 유형이 얼마나 다양했으며 그 중에서 현대의 국한혼용문체가 정착되기 이전의 국한혼용문의 특성을 살피는 대상이 되는 텍스트들이 어떤 것인가에 대해서는 기존의 연구들을 통해서 상당히 구체적으로 정리된 바 있으므로 여기서는 다시 논의하지 않는다. 중요한 것은 이들 '현대 국한혼용문체'가 정착되기 이전의 국한혼용문의 특성을 살피는 데에 포함할 수 있는 문장들이 한문 구문법의 영향을 벗어나지 못한 요소를 다양하게 포함하고 있다는 점이다. 한영균(2008)에서는 이를 혼효어적 특성이라고 지칭한 바 있는데, 조사·어미·접사 등 문법 형태소의 유형과 분포 그리고 용법에서 한문과의 혼효를 반영하는 사항들이 없는 것은 아니지만, 여기서는 문장 구조상 혼효성을 보이는 예를 간단히 살펴보기로 한다. 이러한 혼효를 반영하는 구문의 변전이 이 글에서 검토하고자 하는 어휘적 준거의 출현과 밀접한 관련을 지니고 있기 때문이다.

한문과 한국어의 혼효에 따른 구문의 변전을 보여주는 좋은 예로 한문의 '問曰~' 구문을 들 수 있다. 태동기 신문·잡지 자료에서 확인한 예들을 보이고 논의를 계속하기로 한다.

①

가. 又 問曰 政治 方策을 何如라야 政府와 人民이 和合ᄒᆞ야 君德이 普洽ᄒᆞ고 民情이 無隱ᄒᆞ야 天下 文明ᄒᆞ 一等國이 되겟ᄂᆞ냐

　　　　　　　　　　　　　　　　　　　　—『황성신문』, 1898.10.15.

나. 其妻ㅣ 問曰 破産 宣告를 受ᄒᆞ 者ᄂᆞᆫ 妻子ᄭᅡ지 競賣되나니가 答曰 不然타 ᄒᆞ니

　　　　　　　　　　　　　　—『대한흥학보(大韓興學報)』2, 1909.4.20.

다. 客이 余다려 問ᄒᆞ여 曰 開化라 ᄒᆞᄂᆞᆫ 者ᄂᆞᆫ 何物을 指홈이며 何事를 謂홈이뇨

　　　　　　　　　　　　　　　　　　　　—『황성신문』, 1898.9.23.

라. 諸氏이 萬一 我等에게 問ᄒᆞ기를 汝가 能히 偉大ᄒᆞᆫ 事業家와 非常ᄒᆞᆫ 成功者가 되깃ᄂᆞ냐 ᄒᆞ면

　　　　　　　　　　　　　　　　　　—『대한흥학보』1, 1909.3.20.

마. 余가 該 嶋에 在홀 時에 三子를 有ᄒᆞᆫ 韓人을 逢着ᄒᆞ야 問ᄒᆞ되 本國에 還歸ᄒᆞ기를 希望ᄒᆞᄂᆞ냐 ᄒᆞ니 其 所答에 余의 三子를 大學校 卒業 식히기를 目的을 숨고

　　　　　　　　　　—『대한매일신보(大韓每日申報)』, 1907.2.1.

바. 某 大官이 昨年에 日本을 觀察ᄒᆞ고 還來커날 一 舊 儒生이 往見ᄒᆞ고 其 所得ᄒᆞᆫ 바 知識이 何이뇨 問ᄒᆞᆫ즉 該 大官이 口角이 津津토록 日本을 讚美홀ᄉᆡ

　　　　　　　　　　　　　　　　—『대한매일신보』, 1910.3.30.

①의 예들은 한문과 한국어 구문법의 혼효를 보여 주는 국한혼용문의 예를 한국어 구문법에 가까워지는 차례로 정리한 것이다. 한문의 '[주어] 問 [於○○] 曰XXX' 구문에 토만 붙이는 경우(예. 客이 問於稷下生 曰 請論當世之事ᄒ라)를 제외하면, ①-가, ①-나의 예가 한문 구문법의 영향을 가장 많이 반영하는 것이다. 여기에 점차 한국어 문법 형태소의 첨가가 늘거나 그 형태가 바뀌면서 한국어 구문에 가까워지다가, 마지막 단계에 이르러서는 상위문 동사와 인용절의 순서가 한국어의 어순으로 바뀐 모습을 볼 수 있다. [問ᄒ- XXX + '의문법 어미' 인용동사 'ᄒ-']의 구조에서 [XXX + '의문법 어미' 問ᄒ-]의 구조로 전환된 것이다. 그런데 이렇게 구문 구조가 달라지는 순서는 글이 만들어진 시기와 일치하지는 않는다는 점에 유의하여야 한다. 현대 한국어 태동기 및 환태기 초기에는 필자가 택하는 글쓰기 방식이 문장의 형식을 결정짓는 가장 큰 요인이 되며, 우리말로 글쓰기에 익숙한 필자일수록 현대 한국어 문장에 가까운 표현이 가능했기 때문이라고 할 수 있을 것이다. 물론 이렇게 어순이 바뀌어도 국한혼용문에서는 상위문 동사로 ①-마, ①-바에서처럼 '단음절 한자+하(ᄒ)-'형 용언('問ᄒ-')를 사용하는 경우가 많다. 태동기 국한혼용문의 중요한 특성의 하나인 것이다.

그러나 순한글 문장이라고 해서 이러한 한문 구문법의 영향에서 자유로운 것은 아니다. ②의 예들이 이러한 사실을 잘 보여 준다. '무러 왈 〉무러 ᄀᆞᆯ으듸 〉뭇기를'과 같은 변화를 통해 한문 구문의 인용사 '曰'의 대역어 'ᄀᆞᆯ으-'를 사용하지 않게 되는 문장에서는 '묻(뭇)-'이 직접 상위문 동사로 사용되기에 이르지만, [뭇(묻) XXX + '의문법 어미' 인용동사 'ᄒ-']의 구조로 이루어져 있는 것은 국한혼용문과 마찬가지다. 순한글 문장이지만 ②-가~②-마 문장의 어순은 한문 구문법의 영향을 벗어나지 못한 것이다. ②-바, ②-사의 문장처럼 인용절이 동사의 앞에 오는 경우만이 정상적인 한국어 구문법에 의한 문장이기 때문이다.

②

가. 흔 신랑이 쟝가을 가셔 음식상에 연시 노흔 거슬 먹어 본즉 ᄆ음의 민우 됴화 밤에 신부ᄃ려 무러 왈 그 둥글고 무르고 단 거시 무어시며 어디셔 낫ᄂ뇨 신부의 디답이 뒤ㅅ겻 담밋헤 감나무가 잇셔 그 감을 싸셔 노흔 거시라 흔디

—『대한매일신보』, 1908.7.23.

나. 그 즁에 흔 쇼년이 나를 향ᄒ여 무러 골ᄋ디 그ᄃ의 모양을 보매 동양 인물 ᄀᆺᄒ니 어ᄂ 나라 빅셩인고 ᄒ거눌

—『대한매일신보』, 1907.9.10.

다. 근일에 내가 엇던 한국 사름을 맛나셔 무러 골ᄋ디 한국 사름은 엇지ᄒ여 광산업을 확쟝치 아니ᄒᄂ뇨 ᄒ니

—『대한매일신보』, 1908.12.5.

라. 첫날밤에 신랑이 신부ᄃ려 뭇기를 글을 엇더케 ᄒᄂ 거시냐 ᄒ니

—『대한매일신보』, 1908.8.5.

마. 수풀 속에셔 흔 둑거비가 나와 뭇기를 그ᄃ네가 엇지ᄒ야 시비ᄒᄂ냐 흔즉

—『대한매일신보』, 1908.6.5.

바. 작일에 뎨국 신문 긔쟈가 드러 갓더니 죠씨가 보고 신문 긔쟈ㅣ냐 뭇거눌 그럿타 ᄒ엿더니

―『대한매일신보』, 1908.1.10.

사. 어제 아츰 닐곱 시쯤에 종로 슌포막의 일 슌사가 내 집에 와셔 대한미

일신보를 구람ᄒᆞᄂᆞᆫ가 뭇거놀 아니본다 딕답ᄒᆞᆫ즉

―『대한매일신보』, 1908.5.16.

여기서 주목할 것은 국한혼용문에서는 문장의 서술어가 '단음절 한
자+ᄒᆞ-'의 형식으로 나타나는 것이 많은 반면 순한글 문장에서는 그들
'단음절 한자+ᄒᆞ-'의 형식의 용언이 고유어로 전환되는 것이 적지 않다
는 점이다. 이는 구문상의 혼효성 극복의 결과가 궁극적으로는 어휘의
대체로 이어지는 경우가 적지 않음을 의미한다. 물론 모든 경우에 그러
한 교체를 보이는 것은 아니지만 문장을 구성하는 어휘적 단위의 용법
과 종류를 관찰함으로써 해당 문장의 현대성을 판별할 수 있음을 시사
해 주는 것이다. ①, ②의 예에서의 '問曰 〉 問ᄒᆞ- 〉 뭇(묻)-'처럼 한자어
가 한문과 한국어 구문법의 혼효를 반영하는 요소라는 관점에서 한자어
의 빈도와 분포상의 변화를 통시적으로 관찰함으로써 문체 현대화 정도
를 알 수 있을 것으로 판단되는 것이다.

2) 현대화와 어휘의 변화 - 유형과 특징

2절 1)에서 예시한 바 어휘적 단위의 용법에 반영된 한문과 한국어의
혼효어적 요소의 극복은 궁극적으로 한국어의 문체가 그 현대성을 확보
하는 과정에서 나타나는 어휘적 변화라고 할 수 있을 것이다. 이러한 어
휘적 변화를 구체적으로 밝히기 위해서는 각 텍스트에 쓰인 혼효적 요
소에는 어떤 것이 있는가를 확인하고 그것들이 한국어 형성기 전반에

걸쳐 어떠한 변화 양상을 보이는가를 살피는 방법이 최선일 것이다. 한 영균(2008)에서는 이러한 관점에서 국한혼용 문체의 현대성을 판별할 수 있는 어휘적 준거로 여섯 가지를 든 바 있다. 이 글에서는 그것들을 좀더 세분하여 아홉 가지로 나누고 각각의 어휘적 요소들의 시기별 사용 양상을 정리하여 그 변화 양상을 확인해 보기로 한다. 물론 자료의 확대에 따라 다른 어휘적 요소들이 추가될 수도 있고, 유형별로도 좀더 구체적인 하위 구분이 필요한 경우도 있겠지만, 이 글에서는 분석 대상이 된 코퍼스의 규모가 그리 크지 않아서 주로 어휘의 측면에서 중요하다고 판단한 것들을 중심으로 정리하였다.

(1) 대명사代名詞의 교체

현대 한국어에서는 '自己, 當身' 등을 제외하고는 대명사는 대부분 고유어다.[13] 그러나 태동기 및 환태기의 국한혼용 논설문에서는 많은 한자어 대명사들이 확인된다.[14] 이것들이 형성기에 있었던 표현 방식 선택의 변화를 통해 고유어로 교체되는 것이다. 이러한 한자어 대명사와 고유어 대명사의 교체는 문어와 구어의 차이에서 온 것일 가능성이 크다. 즉 이른바 언문일치를 향한 문어 사용에서의 한문 영향 극복의 결과가 대명사의 교체로 나타난 것으로 판단되는 것이다. 따라서 어떤 텍스

---

13 『표준국어대사전』에 대명사로 등재된 표제항은 600여 개인데, 대부분 지칭어 및 호칭어를 대명사로 다룬 것이다. 여기서는 『표준국어대사전』의 처리 방식은 무시하고, 학교문법에서 대명사를 다루는 기준에 의해 대명사를 판단하였다. 남풍현(1973a)에서도 '객, 공, 랑, 형' 등을 호칭 대명사로 다루었다. 이 글에서는 이들 호칭어를 대명사로 다루지 않고 단음절 체언으로 처리하였다.

14 그런데 한자어 대명사도 시기에 따라 목록이 달라지는 경향을 보인다. 다른 요소의 경우도 같다. 후술 참조.

트에 쓰인 대명사의 유형과 그 구체적인 목록은 해당 텍스트의 문체 현대성 판별의 준거가 될 수 있다.

분석 대상이 된 제1기 순한글 논설문에서 나타나는 한자어 대명사는 '피츳(피차)' 단 하나다. 이에 비해서 같은 제1기 국한혼용 논설문에서는 其, 某某, 不佞,[15] 是, 我, 余, 吾, 吾儕, 爾, 此, 此等, 此輩, 彼, 互相, 或 등이 사용되는 것을 확인할 수 있다. 이들 한자어는 현대 한국어에서는 고유어로 대치되거나 사어가 되었다. 제2기 및 3기 순한글 논설문에서는 한자어 대명사는 확인되지 않았다. 이에 비해 같은 시기 국한혼용 논설문에서는 앞에서 든 예 이외에 君輩, 今子, 己, 誰, 吾人, 愚, 彼輩, 何가 추가된다. 이렇게 제2기 국한혼용 논설문에서 한자어 대명사의 가짓수와 빈도가 늘어나는 데에는(3절의 표 참조) 두 가지 이유가 있는 것으로 판단된다. 첫째는 제1기의 국한혼용 논설문 자료가 『황성신문』의 논설문 중에서 어휘론적 분석이 가능한 텍스트를 선별한 것인 바 한문구 중심의 텍스트를 제외한 까닭이고, 둘째는 본 연구에서 활용한 코퍼스의 규모가 한자어 대명사류의 전반적인 사용 양상을 파악하기에는 부족했기 때문인 것으로 보인다. 향후 보완되어야 할 부분이다. 제3기 국한혼용 논설문에서는 自己, 玆, 他, 彼等, 何者 등이 추가된다. 그런데 이 중에서 他, 何者 등은 이전 시기의 자료에서는 찾아보기 어려운 대명사이다. 전통적으로 타인을 가리키는 한자 어휘는 人ᄉ이었으며, 하자何者는 이전에는 쓰이지 않았던 어휘로 일본어 'なにもの何者'의 차용인 것으로 판단된다. 이 시기에 이르면 대명사 체계에도 일본어의 영향이 반영되고 있

---

15 편지글에서 재주가 없는 사람이라는 뜻으로, 말하는 이가 대등한 관계에 있는 사람에게 자기를 문어적으로 낮추어 이르는 일인칭 대명사(『표준국어대사전』).

음을 보여주는 예인 것이다. 제4기 국한혼용 논설에서 확인할 수 있었던 한자어 대명사는 지금도 사용되는 自己 뿐이다.

이러한 한자어 대명사의 출현 양상만 보아도 서사 방식과 한자어의 사용 양상 사이의 연관성 및 현대 한국어 형성기에 미친 일본어의 영향을 알 수 있다. 이러한 사실은 여타의 준거 요소 분석을 통해서 잘 뒷받침된다.

(2) 관형사冠形詞의 교체

현대국어 문법에서도 그러하지만, 형성기 특히 태동기(제1기 및 제2기) 한국어 문장에서 한자어 관형사는 관형사로만 쓰이는 예들은 그리 많지 않다. 대명사와 통용되는 것(其, 是, 我, 彼 등)이나 한자어 수사 등이 많은 것이다. 또한 태동기 국한혼용 논설문에서 확인되는 한자어 관형사들은 한문 수사법에서의 용법을 그대로 답습한 것들이 적지 않다. 이렇게 한문 구문의 영향으로 사용되던 관형사들은 환태기(제3기) 국한혼용 논설문에서도 이어 사용되는 경향을 보이지만, 궁극적으로는 일부를 제외하고는 현대 한국어에서는 대부분 고유어로 대치됨을 확인할 수 있다.

한자어 관형사의 종류 및 분포와 관련해서는 한자어의 차용과 관련된 또다른 문제가 제기된다. 환태기의 한자어 관형사는 태동기 논설문에서의 한자어 관형사와는 큰 차이를 보이는 것이다. 간단히 말해 접미사接尾辭 '-的' 파생 관형사의 차용에 따라서 한자어 관형사의 종류가 대폭 늘어나는 대신, 앞에서 언급한 대명사를 포함해서 한문의 영향을 받아 사용된 한자어 관형사는 수사와 통용되는 것을 제외하고는 대부분 고유어로 교체되는 것이다. 현대 한국어에서 사용되는 한자어의 연원과 관련해서 작지 않은 문제를 제기해 주는 것이다. 우선 자료 분석 결과 추출된 목록을 제시한다.

순한글 논설문 제1기 : 각(各), 각식(各色)

순한글 논설문 제2기 : 각(各), 대쇼(大小), 제(諸)

순한글 논설문 제3기 : 각(各), 단(單), 동(同), 략(約), 비교뎍(比較的)

국한혼용 논설문 제1기 : 各, 其, 幾, 其餘, 當塗, 每, 某, 數, 是, 我, 約, 伊, 一大, 此, 此等, 他, 彼, 何, 該

국한혼용 논설문 제2기 : 各, 皆, 近, 其, 幾, 老大, 每, 某, 普, 小, 是, 我, 此, 他, 彼, 被, 何

국한혼용 논설문 제3기

① -的 접미 관형사(74)[16] : 經濟的, 階級的, 功利的, 公的, 觀念的, 國家的, 國際的, 軍國的, 急進的, 男兒的, 內的, 獨占的, 武力的, 文明的, 物理的, 物質的, 物體的, 民族的, 反動的, 木然的, 附加的, 浮動的, 不法的, 比較的, 社會的, 先行的, 世界的, 消極的, 外的, 理想的, 一時的, 低級的, 積極的, 政治的, 地理的, 進取的, 特權的, 協動的, 形式的

② 기타 : 各, 强大, 某, 無數, 絶大,[17] 諸, 此, 何, 現

---

16 숫자는 빈도를 가리킨다. 중복되는 것이 있어 목록과 일치하지는 않는다. 이하 같다.

17 이 예는 『표준국어대사전』에서 '絶大하다 : 견줄 바가 없이 크다'로 쓰이는 것으로 다루어지고 있다. 그러나 형성기의 글에서는 이 예처럼 한자어 어근이 관형적 혹은 부사적 용법으로 쓰이는 예가 적지 않다. '猛然 襲來하는 外來의 勢力에 收拾할 餘暇도 업시 그의 絶大 貴重한 生存權을 公然 쏘 寂然히 占奪되게 된' 한자어의 분포 변화와 관련해서 정리할 필요가 있는 것이다.

우선 태동기 순한글 논설문에서 확인된 한자어 관형사는 대부분 현대 한국어에서도 그대로 사용된다는 점을 지적할 필요가 있을 것이다. 국한혼용 논설문에서 확인된 관형사 중에서는 순한글 논설문에서도 함께 확인된 것을 제외하고는 대부분 고유어로 대체된 것과는 대조적이다. 이는 태동기 및 환태기에 있어서의 순한글인가 국한혼용인가 하는 서사 방식의 선택이 독자의 한자어에 대한 문식성에 대한 고려에서 출발한 것이지만, 실제 문어 구사에서의 어휘의 선택에도 영향을 미쳤음을 의미하는 것으로 보인다. 관형사의 선택은 용언의 경우와는 달리 문장 구성을 위한 문법에 직접 영향을 받는 것은 아니다. 어떤 관형사를 택하는가는 문법적인 선택이라기보다는 수사법의 선택에 따른 것이라고 할 수 있다. 이렇게 보면, 국한혼용 논설문에서의 한자어 관형사의 선택은 한문의 수사법 영향에 따른 것이었는데, 그것이 현대 한국어 문어의 확립 과정에서 한국어 문법과의 괴리 혹은 수사법의 차이에 대한 인식에 따라서 궁극적으로 '間 曰'이 '묻기를'로 교체되는 것처럼 고유어로 교체되지 않을 수 없었음을 의미하는 것으로 해석할 수 있다.

또한 제시된 목록에서 분명히 드러나듯이, 제2기 자료에서 전혀 나타나지 않던 '-的' 접미 관형사의 종류와 빈도가 제3기에 들어서 대폭 늘어나며, 그 대부분은 오늘날 사용되는 것과 크게 다르지 않다는 점도 주목된다(목록 중에서 강조한 것들만 현대 국어에서 흔히 사용되지 않는 것이다). 이러한 양상은 제2기와 제3기 사이의 구분 즉 태동기와 환태기 구분의 타당성을 뒷받침하는 한 예라 할 수 있다. 동일하게 한자로 표기되는 한자어라 하더라도 형성기에 들어서면 일본어의 영향을 반영한 것들이 대폭 늘어남을 분명히 보여주는 예인 것이다. 이는 순한글 논설문과 국한혼용 논설문 사이에 빈도상의 차이는 있을지라도 유사한 양상을 보인다고 할 수 있다. 따라서 관형사의 경우는 대명사의 경우와는 달리 빈도만을 관찰해서는 그 변화의 실상을 파악할 수 없으며, 구체적 목록을 검토할 필요가 있다고 할 것이다.

(3) 부사류副詞類의 교체

부사류는 문장 안에서의 기능상 한문과 한국어의 혼효를 가장 잘 반영하는 어휘 범주의 하나로 알려져 있다.[18] 이러한 한자어 부사는 형성기 한국어 문장에서는 아주 다양하게 나타난다. '大凡, 大抵, 凡, 夫'와 같은 문장 도입부에 쓰이는 상용구常用句나 양보·조건을 나타내는 한문 허사虛辭의 기능을 그대로 지니고 있는 '假令, 假使, 萬若' 등의 부사류는 한문에서의 형태 그대로 구문 차원에서의 혼효를 보여주는 예이지만, '距今, 當今, 乃今, 方今, 尚今, 于今, 至今, 只今, 現今' 같은 시간 부사류, '可히, 故로, 實로, 或은' 등과 같이 조사나 접사를 첨가해 부사로 사용하는 것들, '區區, 僅僅, 汲汲, 堂堂, 滔滔, 洋洋, 往往, 益益, 漸漸' 등 첩어疊語 형식[19]의 한자어 의성의태어는 어휘 차원에서의 혼효를 보여주는 것이라 할 수 있

---

18 남풍현(1971a; 1971b; 1971c; 1971d; 1972; 1973a; 1973b; 1975)의 일련의 연구는 한문 허사의 기능이 한국어 문장에 수용되는 과정이 이른바 부사와 한국어 어미의 기능 확대를 통한 것임과 그로 인해 빚어진 다양한 구문론적·어휘적 문제를 다룬 것이다. 한국어와 한문의 혼효가 15세기 당시에도 상당한 정도로 진전되었음을 구체적인 자료 검토를 통해 증명한 것이라고 할 수 있는 바, 그 후 400년 이상 계속된 한문의 학습과 한문 중심의 문자 생활을 통해 한문 구문법과 한국어 문법의 혼효를 통해 일어 났어 한국어의 구문론적·어휘적 변형의 구체적 내용이 어떤 것인가는 현재로서는 짐작조차 하기 어렵다.

19 이미 알려진 대로 한자어와 고유어는 첩어 생성 방식이 다르다. 이 시기의 한자어 첩어의 사용 양상은 어휘적 관점에서 한문과 한국어의 혼효를 보여주는 것이라고 할 수 있을 것이다. 여기서는 구체적으로 그 형성과 관련된 문제를 다루지는 않는다.

을 것이다. 이들 한자어 부사류의 텍스트 점유율은 현대에 와서는 상대적으로 줄어 들지만, 적지 않은 것들이 한자어라는 인식없이 그대로 쓰이기도 한다.[20] 그러나 문도입 부사나 의성의태어는 환태기에 이르면 많은 것들이 쓰이지 않게 된다. 이 역시 ② 관형사의 교체의 경우와 마찬가지로 한문 수사법의 영향과 그 극복에 따른 것으로 설명할 수 있는데, 한자어 부사류의 구체적 목록 역시 관형사의 경우와 그 내용은 다를지라도 태동기 텍스트와 환태기 텍스트를 구분하는 중요한 기준이 될 수 있다. 분석 결과 추출된 목록을 통해서도 그것을 확인할 수 있다.

국한혼용 논설문 제1기 : 가령,[21] 假令, 可謂, 가히, 可히, 各其, 各히, 敢히, 盖, 擧皆, 距今, 決然히, 更히, 고로, 故로, 公平히, 果然, 區區, 僅僅, 近日, 今, 今에, 今에야, 及, 年年히, 能히, 다힝이,[22] 但, 當今, 堂堂, 當初, 大凡, 大抵, 獨히, 萬若, 萬一, 每日, 無端히,[23] 方今, 凡, 別노히, 幷, 夫, 不可不, 不過, 分明이, 非但, 事事, 事事이, 尙今, 尙今것, 設令, 昭然, 所謂, 雖, 實노, 實은, 晏然

---

20 한자어 부사류의 잔존 양상은 어휘적 측면에서도 한문 구문법의 영향을 극복하는 과정과 현대 한국어 정착 과정을 밝히는 데에 중요한 요소가 된다고 할 수 있다. 여기서는 자세히 다루지 않는다.
21 동일한 한자어일지라도 한글로 표기된 경우 별도로 제시했다. 이하 같다.
22 '다힝이, 分明이'의 경우는 현대어에서 '다행히, 分明히'로 쓰인다. '-이-히'의 교체를 보여주는 예인 것이다. 또 '往往히, 全然히'는 '-히' 없이 '往往, 全然'만으로 부사로 쓰인다. 한편 '尊重히, 汲汲히, 如此히, 反히'는 '-하다'와 결합한 용언형(존중하다, 급급하다, 여차하다, 반하다)으로만 사용될 뿐 부사로는 사용되지 않는다. 한자어의 용법의 변화라 할 것인데, 이러한 한자어 용법의 변화 역시 국어 문체 현대성 판별의 한 준거가 될 수 있을 것이다. 자료의 부족으로 여기서는 구체적으로 언급하지 못한다. 또하나의 해결해야 할 과제로 남는 것이다.
23 이 예는 오늘날 '無斷히'로 쓰인다(本會에서 通同 管轄ᄒ야 物價 時勢를 無端히 高低치 못ᄒ게 詳探ᄒ다 ᄒ니). 표기 한자의 교체를 보여 주는 예인 것이다. 이렇게 태동기 혹은 환태기의 한자어 중에는 그 표기가 변화한 예들이 적지 않지만 그 구체적 양상은 밝혀진 것이 없다. 한자어 변화와 관련하여 검토할 문제로 남는 것이다.

히, 若此, 於是焉에, 言必曰, 如千, 如此, 如此히, 亦, 然이나, 然則, 然하나, 于今, 爲先, 惟, 依例이, 日노, 一切, 一體, 自來, 自然, 專혀, 轉히, 漸漸, 終乃, 卽, 至今, 至於, 次次, 處處이, 遞然이, 最, 妥當히, 透徹히, 彼, 畢竟, 必是, 必然, 懈怠히, 現今, 現今에, 或, 況, 況

국한혼용 논설문 제2기 : 假令, 可謂, 可히, 各히, 懇切히, 盖, 居然히, 故로, 古昔, 共히, 果然, 瞿然히, 近者, 今, 今日, 及, 汲汲, 汲汲히, 急히, 旣, 旣히, 乃, 乃今, 乃者, 乃至, 年年, 年來, 年이나, 屢屢히, 能히, 但, 但只, 大槪, 大抵, 滔滔, 徒然히, 到底히, 得得, 挽近에, 萬若, 萬一, 每朔, 面況, 冥然히, 反히, 夫, 不過, 不幸히, 不得已, 常, 設或, 所謂, 雖, 實, 實노, 實로, 甚至於, 甚히, 暗然히, 若, 洋洋, 於是乎, 抑又, 嚴密히, 如, 如斯히, 如是히, 如此히, 如何히, 如히, 亦, 亦是, 然이나, 然則, 完全히, 曰, 往往, 又, 尤, 偶然히, 爲先, 喟然히, 惟, 愈, 猶, 已, 已往, 益, 益益, 日, 日로, 一切히, 一嘆, 將, 正當히, 早早히, 卽, 只今, 直接, 但, 但只, 且, 嗟, 蚩蚩히, 則, 特, 必, 畢竟, 何如히, 何必, 幸히, 或, 況, 況, 況此, 洽然히

국한혼용 논설문 제3기 : 可히, 各各, 艱辛히, 敢히, 結局, 決코, 公然히, 果然, 廣히, 及, 能히, 斷然히, 大槪, 大히, 到底히, 萬一, 猛然, 明確히, 勿論, 悶憐히, 三思히, 相當히, 盛히, 소위, 所謂, 少히, 速히, 遂히, 實로, 實際, 深히, 抑, 如實히, 如何히, 亦是, 然則, 永遠히, 完全히, 往昔, 往往히, 外로, 要컨대, 容易히, 圓滿히, 陰然히, 一齊히, 장차, 將次, 寂然히, 全然히, 峴然히, 整然히, 猝然히, 卽, 超然히, 總히, 特히, 畢竟, 恒常, 或, 或은, 渾然히, 忽然이, 確實히, 恰似히

순한글 논설문 제1기 : 가량, 가히, 각각, 각박히, 간간이, 간단히, 간절이, 감샤히, 감히, 결단코, 고로, 공평이, 과히, 근일, 당당히, 당쟝, 대강, 대져, 만일, 무단이, 본릐, 분명히, 불과, 셔령, 셜령, 속히, 시방, 심지어, 어언간에, 여구이, 자세이, 자셰이, 자셰히, 졈졈, 정당히, 종시, 지금, 쳔히, 친밀이, 친밀히, 친이, 친히, 태평이, 편히, 필경, 확실이, ᄌ연, ᄌ연이, ᄌ연히, ᄎᄎ

순한글 논설문 제2기 : 기긍, 가히, 각각, 개개히, 결단코, 고로, 공연히, 과연, 극진히, ᄀ절히, 당연히, 대강, 대개, 대뎌, 뎨일, 만일, 망연히, 무수, 별노, 부득이, 분분히, 불가히, 셜혹, 소위, 실노, 심히, 영영, 완전히, 왕왕히, 우심히, 의례히, 이왕, 이석히, ᄌ연, ᄌ릭로, 죡히, 즁히, 쳔히, ᄎᄎ, 특별히, 필경, 한가히, 혹, 황황급급히, 흥샹

순한글 논설문 제3기 : 간절히, 과연, 년년이, 다소간, 당연히, 대관절, 대뎌, 대톄로, 루차, 만일, 무심히, 무참히, 물론, 사사로의, 새로히, 소위, 실로, 심지어, 용이히, 원래, 원만히, 위선, 의례히, 정확히, 제일, 지금, 직접, 특히, 한층, 혹은, 확실히

제시된 목록에서 고딕체로 보인 것들이 오늘날 사용하지 않게 된 것들로 판단되는 것들이다(『표준국어대사전』에도 등재되지 않았다). 한편 음영으로 표시한 것은 실제 거의 사용되지 않는 것으로 보이지만 『표준국어대사전』에는 표제항으로 등재되어 있는 것들이다. 여기서 주목할 것은 순한글 논설문에서도 오늘날 그대로 사용되는 한자어 부사들이 쓰임을 확인할 수 있는 점이다. 특히 1920년대 자료인 순한글 논설 제3기의 목

록에 보인 예들은 대부분 오늘날 그대로 사용되는 것인데, 원래 한문 구문 안에서의 기능은 사라지고 국어 문법에 따른 용법을 지니게 된 것들이라는 사실이 중요하다고 할 것이다.

(4) '단음절 한자+하-'형 용언

형성기 한국어 문장에서는 고유어와 대응하는 많은 '단음절 한자+하(ㅎ)-'형 용언이 쓰인다. 그중 일부를 제외하고는 환태기를 거치면서 많은 것들이 고유어 용언으로 대치된다. 한영균(2008, 이 글의 4장)은 이 '단음절 한자+하(ㅎ)-'형 용언의 출현 빈도와 그 구체적 목록의 변화가 현대 한국어 문체 정착을 확인하는 준거가 될 수 있음을 밝힌 것이었는데, 이 글에서는 통시적 관찰을 통해서 그러한 사실을 좀더 분명하게 확인할 수 있다.

국한혼용 논설문 제1기 : 假ㅎ-, 加ㅎ-, 可ㅎ-, 揀ㅎ-, 感ㅎ-, 敢ㅎ-, 減ㅎ-, 開ㅎ-, 擧ㅎ-, 見ㅎ-, 遣ㅎ-, 輕ㅎ-, 計ㅎ-, 告ㅎ-, 過ㅎ-, 觀ㅎ-, 關ㅎ-, 廣ㅎ-, 狂ㅎ-, 掛ㅎ-, 攪ㅎ-, 敎ㅎ-, 久ㅎ-, 懼ㅎ-, 究ㅎ-, 驅ㅎ-, 勸ㅎ-, 歸ㅎ-, 窺ㅎ-, 近ㅎ-, 禁ㅎ-, 及ㅎ-, 嗜ㅎ-, 寄ㅎ-, 期ㅎ-, 棄ㅎ-, 難ㅎ-, 納ㅎ-, 綠ㅎ-, 論ㅎ-, 泥ㅎ-, 多ㅎ-, 短ㅎ-, 擔ㅎ-, 當ㅎ-, 大ㅎ-, 對ㅎ-, 待ㅎ-, 逃ㅎ-, 毒ㅎ-, 讀ㅎ-, 同ㅎ-, 杜ㅎ-, 得ㅎ-, 慮ㅎ-, 逞ㅎ-, 論ㅎ-, 料ㅎ-, 罹ㅎ-, 立ㅎ-, 亡ㅎ-, 望ㅎ-, 免ㅎ-, 明ㅎ-, 謀ㅎ-, 務ㅎ-, 無ㅎ-, 問ㅎ-, 聞ㅎ-, 悶ㅎ-, 伴ㅎ-, 拔ㅎ-, 撥ㅎ-, 背ㅎ-, 罰ㅎ-, 變ㅎ-, 辨ㅎ-, 病ㅎ-, 並ㅎ-, 逢ㅎ-, 富ㅎ-, 分ㅎ-, 備ㅎ-, 卑ㅎ-, 比ㅎ-, 譬ㅎ-, 費ㅎ-, 貧ㅎ-, 侔ㅎ-, 思ㅎ-, 竢ㅎ-, 傷ㅎ-, 塞ㅎ-, 生ㅎ-, 誓ㅎ-, 惜ㅎ-, 善ㅎ-, 羨ㅎ-, 設ㅎ-, 成ㅎ

-盛ᄒ-, 少ᄒ-, 屬ᄒ-, 送ᄒ-, 守ᄒ-, 收ᄒ-, 數ᄒ-, 隨ᄒ-, 崇ᄒ-, 習ᄒ-, 襲ᄒ-, 乘ᄒ-, 施ᄒ-, 視ᄒ-, 試ᄒ-, 植ᄒ-, 信ᄒ-, 新ᄒ-, 失ᄒ-, 甚ᄒ-, 按ᄒ-, 洋ᄒ-, 言ᄒ-, 如ᄒ-, 與ᄒ-, 延ᄒ-, 然ᄒ-, 盈ᄒ-, 臥ᄒ-, 完ᄒ-, 曰ᄒ-, 畏ᄒ-, 容ᄒ-, 湧ᄒ-, 用ᄒ-, 憂ᄒ-, 遇ᄒ-, 云ᄒ-, 云ᄒ-, 遠ᄒ-, 願ᄒ-, 危ᄒ-, 爲ᄒ-, 謂ᄒ-, 有ᄒ-, 由ᄒ-, 諭ᄒ-, 逾ᄒ-, 育ᄒ-, 依ᄒ-, 意ᄒ-, 易ᄒ-, 異ᄒ-, 因ᄒ-, 認ᄒ-, 任ᄒ-, 入ᄒ-, 藉ᄒ-, 資ᄒ-, 作ᄒ-, 藏ᄒ-, 長ᄒ-, 在ᄒ-, 著ᄒ-, 適ᄒ-, 占ᄒ-, 亭ᄒ-, 定ᄒ-, 除ᄒ-, 造ᄒ-, 足ᄒ-, 從ᄒ-, 種ᄒ-, 縱ᄒ-, 坐ᄒ-, 籌ᄒ-, 持ᄒ-, 止ᄒ-, 知ᄒ-, 至ᄒ-, 遲ᄒ-, 盡ᄒ-, 執ᄒ-, 借ᄒ-, 責ᄒ-, 請ᄒ-, 招ᄒ-, 墜ᄒ-, 推ᄒ-, 出ᄒ-, 充ᄒ-, 取ᄒ-, 醉ᄒ-, 置ᄒ-, 致ᄒ-, 馳ᄒ-, 稱ᄒ-, 奪ᄒ-, 擇ᄒ-, 通ᄒ-, 辦ᄒ-, 佩ᄒ-, 敗ᄒ-, 廢ᄒ-, 蔽ᄒ-, 表ᄒ-, 乏ᄒ-, 下ᄒ-, 學ᄒ-, 含ᄒ-, 合ᄒ-, 行ᄒ-, 享ᄒ-, 向ᄒ-, 許ᄒ-, 獻ᄒ-, 現ᄒ-, 護ᄒ-, 嫌ᄒ-, 換ᄒ-, 獲ᄒ-, 吸ᄒ-, 狃ᄒ-

국한혼용 논설문 제2기 : 加ᄒ-, 可ᄒ-, 呵ᄒ-, 歌ᄒ-, 渴ᄒ-, 竭ᄒ-, 酣ᄒ-, 講ᄒ-, 開ᄒ-, 去ᄒ-, 居ᄒ-, 擧ᄒ-, 建ᄒ-, 乞ᄒ-, 見ᄒ-, 決ᄒ-, 傾ᄒ-, 輕ᄒ-, 畊ᄒ-, 係ᄒ-, 告ᄒ-, 苦ᄒ-, 哭ᄒ-, 供ᄒ-, 誇ᄒ-, 過ᄒ-, 觀ᄒ-, 關ᄒ-, 敎ᄒ-, 較ᄒ-, 懼ᄒ-, 求ᄒ-, 究ᄒ-, 購ᄒ-, 驅ᄒ-, 窘ᄒ-, 窮ᄒ-, 勸ᄒ-, 歸ᄒ-, 近ᄒ-, 禁ᄒ-, 棄ᄒ-, 記ᄒ-, 起ᄒ-, 樂ᄒ-, 落ᄒ-, 難ᄒ-, 納ᄒ-, 念ᄒ-, 論ᄒ-, 弄ᄒ-, 能ᄒ-, 多ᄒ-, 達ᄒ-, 擔ᄒ-, 當ᄒ-, 大ᄒ-, 對ᄒ-, 帶ᄒ-, 戴ᄒ-, 圖ᄒ-, 挑ᄒ-, 睹ᄒ-, 道ᄒ-, 讀ᄒ-, 得ᄒ-, 登ᄒ-, 樂ᄒ-, 來ᄒ-, 諒ᄒ-, 勵ᄒ-, 論ᄒ-, 利ᄒ-, 立ᄒ-, 滿ᄒ-, 亡ᄒ-, 忘ᄒ-, 忙ᄒ-, 望ᄒ-, 覓ᄒ-, 免ᄒ-, 勉ᄒ-, 名되-, 鳴ᄒ-, 侮ᄒ-, 謀ᄒ-, 夢ᄒ-, 務ᄒ-, 無ᄒ-, 舞ᄒ-, 問ᄒ-, 聞ᄒ-, 微ᄒ-, 剝ᄒ-, 迫ᄒ-, 發ᄒ-, 排ᄒ-, 飜ᄒ-, 犯ᄒ-, 保ᄒ

-, 覆ᄒ-, 逢ᄒ-, 負ᄒ-, 奮ᄒ-, 備ᄒ-, 卑ᄒ-, 比ᄒ-, 肥ᄒ-, 費ᄒ-, 事ᄒ-, 思ᄒ-, 捨ᄒ-, 死ᄒ-, 肆ᄒ-, 酸ᄒ-, 殺ᄒ-, 想ᄒ-, 生ᄒ-, 敍ᄒ-, 鋤ᄒ-, 惜ᄒ-, 設ᄒ-, 雪ᄒ-, 閃ᄒ-, 盛ᄒ-, 洗ᄒ-, 損ᄒ-, 頌ᄒ-, 灑ᄒ-, 鎖ᄒ-, 衰ᄒ-, 受ᄒ-, 垂ᄒ-, 守ᄒ-, 收ᄒ-, 數ᄒ-, 樹ᄒ-, 遂ᄒ-, 酬ᄒ-, 習ᄒ-, 襲ᄒ-, 勝ᄒ-, 施ᄒ-, 示ᄒ-, 視ᄒ-, 試ᄒ-, 食ᄒ-, 失ᄒ-, 尋ᄒ-, 甚ᄒ-, 惡ᄒ-, 哀ᄒ-, 愛ᄒ-, 扼ᄒ-, 釀ᄒ-, 漁ᄒ-, 語ᄒ-, 如ᄒ-, 與ᄒ-, 沿ᄒ-, 劣ᄒ-, 厭ᄒ-, 迎ᄒ-, 刈ᄒ-, 曳ᄒ-, 往ᄒ-, 要ᄒ-, 浴ᄒ-, 用ᄒ-, 優ᄒ-, 憂ᄒ-, 遇ᄒ-, 云-, 云ᄒ-, 怨ᄒ-, 爲ᄒ-, 有ᄒ-, 由ᄒ-, 遊-, 以ᄒ-, 利ᄒ-, 已ᄒ-, 易ᄒ-, 因ᄒ-, 溢ᄒ-, 入ᄒ-, 作ᄒ-, 殘ᄒ-, 將ᄒ-, 張ᄒ-, 粧ᄒ-, 葬ᄒ-, 長ᄒ-, 在ᄒ-, 載ᄒ-, 爭ᄒ-, 儲ᄒ-, 積ᄒ-, 籍ᄒ-, 赤ᄒ-, 適ᄒ-, 典ᄒ-, 戰ᄒ-, 接ᄒ-, 呈ᄒ-, 製ᄒ-, 際ᄒ-, 助ᄒ-, 照ᄒ-, 造ᄒ-, 遭-, 存ᄒ-, 從ᄒ-, 坐ᄒ-, 做ᄒ-, 重ᄒ-, 持ᄒ-, 知ᄒ-, 至ᄒ-, 盡ᄒ-, 進ᄒ-, 震ᄒ-, 執ᄒ-, 借ᄒ-, 捉ᄒ-, 着ᄒ-, 斬ᄒ-, 唱ᄒ-, 處ᄒ-, 擲ᄒ-, 請ᄒ-, 觸ᄒ-, 催ᄒ-, 趨ᄒ-, 祝ᄒ-, 出ᄒ-, 取ᄒ-, 層되-, 蟄ᄒ-, 墮ᄒ-, 嘆ᄒ-, 殫ᄒ-, 痛ᄒ-, 投ᄒ-, 敗ᄒ-, 遍ᄒ-, 廢ᄒ-, 布ᄒ-, 抱ᄒ-, 被ᄒ-, 乏ᄒ-, 下ᄒ-, 罕ᄒ-, 陷ᄒ-, 害되-, 害ᄒ-, 海ᄒ-, 行ᄒ-, 享ᄒ-, 向ᄒ-, 獻ᄒ-, 狹ᄒ-, 戶되-, 荒ᄒ-, 孝ᄒ-, 揮ᄒ-, 興ᄒ-, 煽ᄒ-

국한혼용 논설문 제3기 : 가하-, 加하-, **覺**하-, 感하-, 居하-, **擧**하-, 揭하-, 見하-, 過하-, 觀하-, 關하-, 求하-, 禁하-, 及하-, 亘하-, 期하-, 起하-, 念하-, 論하-, 多하-, 達하-, 當하-, 대하-, 對하-, 帶하-, 戴하-, 圖하-, 動하-, 鈍하-, 得하-, 來하-, 逞하-, 弄하-, **賴**하-, **望**하-, 免하-, 無하-, 聞하-, 反하-, 發하-, **放**하-, 拜하-, 變하-, **負**하-, 比하-, 非하-, 司

하-, 思하-, 死하-, 生하-, 涉하-, 成하-, 醒하-, 小하-, 屬하-, 灑하-, 數하
-, 遂하-, 始하-, 試하-, 失하-, 深하-, 弱하-, 語하-, 與하-, 然하-, 外하-,
要하-, 容하-, 右하-, 爲하-, 有하-, 由하-, 蹴하-, 遊하-, 泣하-, 應하-,
依하-, 移하-, 因하-, 立하-, 長하-, 在하-, 絶하-, 占하-, 接하-, 制하-,
除하-, 際하-, 弔하-, 足하-, 存하-, 終하-, 左하-, 至하-, 盡하-, 進하-,
借하-, 處하-, 穿하-, 添하-, 請하-, 促하-, 築하-, 出하-, 取하-, 致하-,
探하-, 通하-, 退하-, 投하-, 偏하-, 表하-, 乏하-, 限하-, 抗하-, 向하-,
許하-, 革하-, 化하-

순한글 논설문 제1기 : 가하-, 간ᄒ-, 강ᄒ-, 고ᄒ-, 곤ᄒ-, 권ᄒ-, 귀ᄒ
-, 급ᄒ-, 능ᄒ-, 당ᄒ-, 리롭-, 망ᄒ-, 범ᄒ-, 병ᄒ-, 보ᄒ-, 분ᄒ-, 순ᄒ
-, 약ᄒ-, 약히지-, 욕ᄒ-, 위ᄒ-, 인ᄒ-, 견ᄒ-, 졍ᄒ-, 졍히지-, 즁ᄒ-,
쳔ᄒ-, 쳥ᄒ-, 취ᄒ-, 패ᄒ-, 편ᄒ-, 폐ᄒ-, 홍ᄒ-, 듸ᄒ-, 히롭-, 히ᄒ-,
힝ᄒ-

순한글 논설문 제2기 : 가ᄒ-, 강ᄒ, 겸ᄒ-, 고ᄒ-, 과ᄒ-, 구ᄒ-, 금ᄒ, 급
ᄒ-, 긴ᄒ-, 당ᄒ-, 독ᄒ-, 리롭-, 망ᄒ-, 면ᄒ-, 멸ᄒ-, 변ᄒ-, 보ᄒ-, 속
ᄒ-, 쇠ᄒ-, 심ᄒ-, 약ᄒ-, 위ᄒ-, 인ᄒ-, 견ᄒ-, 쳠ᄒ-, 쳔ᄒ-, 칭ᄒ-, 패
ᄒ-, 해롭-, 향ᄒ-, 험ᄒ-, 홍ᄒ-, 듸ᄒ-, 취ᄒ-, 힝ᄒ-

순한글 논설문 제3기 순한글 : 관하-, 금하-, 달하-, 당하-, 대하-, 망
하-, 속하-, 쇠하-, 심하-, 원하-, 위하-, 의하-, 졍하-, 취하-, 표하
-, 홍하-

우선 지적할 수 있는 것은 이들 '단음절 한자+하(ㅎ)'형 용언의 종류가 상당히 다양하며, 그 중에서 현대 한국어에서도 그대로 쓰이는 예들이 적지 않다는 점이다. 이 문제에 대해서는 한영균(2008)에서 거칠게나마 다룬 바 있어 여기서는 다시 논의하지 않는다. 다만 여기에서 지적해 둘 것은 앞에 제시한 예들 중 국한혼용 논설문에서 추출한 목록 중에서 음영으로 표시한 것들만이 현대 한국어에서 사용되는 것이고, 강조한 것들은 『표준국어대사전』에 등재되지 않은 것이며, 순한글 논설문에서 확인된 목록 중에서는 강조한 것들만이 현대 한국어에서 쓰이지 않는 것들이라는 점이다. 현대 한국어에서 쓰이지 않게 된 예들 중에는 2절의 1)에서 언급했던 구문론적 원인에 의한 고유어 교체를 보이는 예들도 있지만, 단순한 고유어로의 교체를 겪은 예들이 더 많다고 할 수 있다. 바꾸어 말하면, 오늘날도 그대로 쓰이는 '단음절 한자+하(ㅎ)'형 용언은 고유어 대응어가 없는 경우가 대부분인 것이다. 이는 국한혼용 논설문 제1기, 제2기의 예 중에서 음영으로 표시한 현대 한국어에서도 그대로 쓰이는 '단음절 한자+하(ㅎ)'형 용언 목록을 검토해 보면 쉬 알 수 있다. 그에 대응하는 고유어 용언을 찾아내기가 쉽지 않은 예들이 대부분인 것이다.

(5) 단음절 한자어 체언

남풍현(1973a)에서 밝혀진 바와 같이 단음절 한자어 체언이 한국어 문장 안에 섞여 쓰인 역사는 길다. 태동기 문장에서도 그 용례가 상당하다. 중요한 것은 이들 중에서 현대 한국어 문장에서는 쓰이지 않게 된 것들이 적지 않다는 점이다. 환태기를 거치면서 단음절 한자어 체언 중 많은 것들이 2음절 한자어 혹은 고유어로 대치되는 것이다. 이러한 변화의 구체적 양상에 대한 이해는 현대 한국어 정착 과정을 파악하는 데에 필수적이라고 할 것인데,[24] 태동기 및 환태기 한국어 문장에 쓰인 단음절 한자어 체언의 목록을 작성하고, 그것 중에서 근대 이전부터 쓰인 것과 그렇지 않은 것을 구분하는 작업과, 환태기를 거치면서 고유어 혹은 2음절 한자어로 교체되는 것들을 정리할 필요가 있을 것이다. 이 글에서는 일단 이들 단음절 한자어 체언의 텍스트 안에서의 점유율과 목록을 확인하는 데에 그치기로 한다.[25]

> 국한혼용 논설문 제1기 단음절 한자어 체언 : 價, 家, 駕, 奸, 間, 個, 境, 界, 故, 功, 工, 官, 巧, 校, 求, 國, 君, 郡, 卷, 權, 貴, 隙, 斤, 金, 南, 內, 年, 農, 屢, 能, 茶, 答, 唐, 德, 道, 東, 頭, 等, 慮, 力, 論, 類, 利, 霖, 望, 名, 某, 木, 目, 夢, 文, 門, 物, 民, 磅, 倍, 輩, 法, 癖, 兵, 病, 福, 本, 棒, 府, 北, 分, 貧, 事, 絲, 邪, 朔, 蔘, 上, 商, 書, 西, 舌, 省, 歲, 稅, 笑, 松, 手, 數, 舜, 習, 始, 時, 身, 心, 氏, 俄, 兒, 惡, 欽, 藥, 魚, 言, 餘, 力, 逆, 英, 禮, 屋, 外, 用, 元, 源, 位, 危, 銀, 音, 宜, 意, 義, 李, 理, 人, 仁, 日, 子, 者, 張, 載, 著, 跡, 前, 塵, 錢, 庭, 情, 政, 正, 劑, 足, 從, 種, 終, 罪, 酒, 中, 地, 職, 債, 冊, 處, 轍, 貼, 淸, 秋, 春, 忠, 歎, 台,

---

24 남풍현(1973a)에서는 15세기 자료에 나타나는 단음절 한자어 체언들을 유형별로 꼼꼼히 분석하고, 나아가 그것들이 한국어에 동화되는 과정을 밝혔다. 현대 한국어 형성기의 자료를 대상으로 해서도 그와 같은 작업이 이루어져야 한다. 그를 통해서 한문과 한국어의 혼효성 극복 과정을 좀더 구체적으로 확인할 수 있을 것이고, 그것은 바로 현대 한국어의 성립 과정을 밝히는 일이기 때문이다.

25 실제 이들 목록은 문맥을 확인하지 않고서는 그 의미를 알기 어려운 경우가 적지 않다. 특히 순한글 논설문에서의 단음절 한자어의 경우 더욱 그러하다. 여기서 목록을 제시하는 것은 태동기의 순한글 논설문에서의 단음절 한자어 체언의 목록을 환태기의 국한혼용 논설문에서의 단음절 한자어 체언의 목록과 비교할 수 있도록 하는 데에 의미를 둔다.

判, 樊, 暴, 下, 學, 旱, 漢, 限, 合, 害, 幸, 嫌, 兄, 形, 效, 後

국한혼용 논설문 제2기 단음절 한자어 체언 : 價, 家, 脚, 間, 個, 簡, 客, 居, 件, 怠, 劍, 缺, 鯨, 畊, 戒, 鷄, 庫, 故, 苦, 高, 橐, 穀, 骨, 公, 功, 工, 過, 官, 光, 怪, 敎, 口, 句, 國, 君, 郡, 弓, 權, 今, 級, 旗, 期, 棋, 金, 南, 男, 內, 女, 年, 老, 農, 腦, 團, 端, 畓, 隊, 德, 度, 徒, 道, 獨, 東, 洞, 頭, 等, 卵, 來, 力, 路, 論, 淚, 隣, 亡, 面, 名, 母, 目, 夢, 舞, 物, 媚, 尾, 美, 民, 班, 白, 百, 法, 福, 棒, 否, 佛, 肥, 事, 死, 私, 産, 上, 商, 生, 說, 誠, 勢, 少, 衰, 手, 水, 首, 時, 視, 食, 薪, 身, 實, 心, 氏, 惡, 眼, 愛, 羊, 魚, 言, 諺, 業, 役, 英, 禮, 腕, 外, 憂, 圓, 儒, 有, 銀, 飮, 義, 衣, 利, 耳, 益, 人, 日, 子, 者, 載, 敵, 前, 戰, 田, 錢, 情, 政, 際, 潮, 足, 種, 罪, 中, 衆, 知, 紙, 織, 眞, 策, 妻, 處, 隻, 轍, 淸, 涕, 體, 村, 秋, 忠, 齒, 態, 波, 筆, 下, 漢, 韓, 行, 血, 刑, 戶, 火, 禍, 貨, 患, 黃, 孝, 後, 喙, 胸, 礦

국한혼용 논설문 제3기 단음절 한자어 체언 : 間, 感, 個, 去, 桀, 劍, 苦, 冠, 光, 君, 群, 今, 內, 年, 淚, 代, 度, 途, 動, 同, 等, 來, 涙, 萬, 夢, 武, 米, 藩, 寶, 步, 本, 否, 分, 死, 邪, 山, 上, 生, 西, 說, 聲, 數, 誰, 時, 食, 新, 心, 氏, 愛, 野, 陽, 語, 力, 念, 獵, 英, 外, 威, 義, 人, 者, 載, 前, 點, 情, 釣, 罪, 中, 陳, 天, 鐵, 側, 恥, 平, 布, 下, 何, 河, 限, 海, 血, 後

순한글 논설문 제1기 단음절 한자어 체언 : 간, 군, 권, 글, 금, 난, 년, 도, 란, 량, 례, 리, 명, 번, 벌, 법, 변, 병, 보, 산, 세, 옥, 원, 위, 은, 의, 인, 쟈, 쟝, 젹, 젼, 졍, 죄, 죵, 즁, 쳡, 츙, 편, 표, 푼, 한, 화, 후, 훈, 기, 비, 칙, 히 순한글 논설문 제2기 단음절 한자어 체언 : 공, 과, 관, 광, 권, 긔, 난, 남, 년, 동, 락, 량, 록, 리, 면, 문, 번, 변, 산, 셔, 셕, 씨, 열, 인, 쟈, 젼, 죄, 즁, 창, 쳑, 패, 폐, 해, 후, 홍, 듸, 칙

순한글 논설문 제3기 단음절 한자어 체언 : 간, 개, 군, 담, 면, 명, 번, 벌, 수, 씨, 원, 인, 자, 잔, 전, 정, 중, 차, 책, 통, 포, 활, 회

(6) '2음절 한자＋하-'형 용언

태동기 2음절 용언의 기본적 특성은 각각의 한자의 의미를 그대로 지니고 있는 것들이 많다는 점이다. '논설ᄒ-'라는 동사가 '논ᄒ-'와 '설ᄒ-'의 의미를 그대로 지닌 채 사용되는 것이다. 이른바 의미론적 투명성을 지닌 한자어 합성어라 할 수 있는 것이다. 이는 용언에 한정되는 것은 아니다. 체언의 경우에도 이러한 양상을 보이는 것들이 많으며, 나아가서 이들은 '두음절 단어+두음절 단어'의 형식을 통해 사자성구로 확장되거나, '단음절+두음절' '두음절+단음절'이라는 형식으로 세음절 한자어로 확장된다. 이러한 어휘 구조의 확장은 2음절 어휘가 단음절 한자어의 의미가 표백되고 2음절어로 굳어진 이후에 일어나는 경향을 보인다. 따라서 정확히 형성기의 어느 시기에 이러한 변화가 일어났는가를 확인하는 일은 또다른 측면에서 현대 한국어 성립 과정을 밝히는 데에 도움을 줄 것이다. 그러나 이들을 구별하지 않고 모두 2음절 용언으로 분류하였다. 지면 관계상 여기서는 분석의 기준만 제시하고 구체적인 목록과 그 분석은 생략하기로 한다. 이는 다음 장에서 각각의 빈도 및 사용율의 변화를 검토하는 것으로 대신하기로 한다. 다음 (7), (8), (9)의 경우도 같다.

(7) 2음절 한자어 체언

형성기 한국어 문장에 쓰인 2음절 한자어는 한문에서 차용된 것, 근대 일본어에서 차용된 것, 이 시기 글을 쓰던 이들이 만들어 낸 것의 3가지 유형으로 나눌 수 있다. 여기서는 이것들을 구분하지 않고 모두 2음절 체언으로 다루었다.[26]

(8) 한자어 감탄사

한자어 감탄사라 했으나 한자만으로 이루어지는 것은 아니다. '희라, 차홉다' 등과 같이 문법 형태소와 결합한 형태로 쓰이는 것이다. 여기서는 이 시기 어휘 단위의 용법을 고려하여 각각을 분석하지 않고 전체를 한자어 감탄사로 다루었다.

(9) 한문구漢文句(성구)

현대 한국어 태동기 자료에서는 한문의 구문법을 그대로 지닌 한자구만이 아니라 순한글 문장에서도 한문 허사가 결합된 어구가 문장 구성 단위로 사용된 예들이 적지 않다.[27] 또 한국어의 단어 형성적 요소와 결

---

26 태동기 및 정착기를 통해 수입 혹은 형성된 한자어 문제는 이 글의 주제가 아니어서 자세히 논의하지 않지만 한국 한자어 연구에서는 이러한 문제를 고려하지 않을 수 없다. 한자어 조어법을 다룬 대부분의 글들은 한문 문법의 영향을 전제로 하고 있지만, 실제로 현대 한국어 형성기에 수입된 두음절 한자어 중에는 그 기본적인 구성이 한문 문법과 무관한 것들이 적지 않다.

27 간단히 몇 예만 들어둔다.
지우금 팔구 삭에 소입이 몃천 원이 드럿스나 직정이 날 곳슨 전혀 업고 (『제국신문』 1899.5.1 논설).
결박하여 들어와셔 문초흔즉 불하일장에 긔긔승복ᄒᆞᄂᆞᆫ지라 (『제국신문』 1906.10.19 '犬馬忠義').

합해서 쓰이는 경우도 있다. 즉 현대 한국어의 어휘 범주를 살필 때의 이른바 혼종어적 범주에 속하는 예들이 적지 않은 것이다. 본 연구를 위한 분석에서는 그러한 것들을 모두 한문구라는 범주 안에 넣어 다루었다. 이러한 한문구 구성에 참여하는 일부 허사는 현대 한국어에서 접사의 기능을 획득하기도 하는데, 환태기를 거치면서 성구成句로 다루어지는 일부 한문구를 제외하고는 대부분 한국어의 문장 구성 단위로 대치된다.

4. 서사 방식에 따른 어휘적 준거 사용 양상 대조 분석

제1기부터 제3기까지의 신문 기사 논설문에 쓰인 어휘적 준거의 출현 양상을 정리해 보면 다음 표와 같다.

3절의 논의를 통해 짐작할 수 있었던 것이지만, 표를 통해서 보면 순한글 논설문과 국한혼용 논설문 사이에는 문체 현대성 판별의 준거가 될 수 있으리라고 본 어휘적 요소들의 사용 양상이 상당한 차이가 있음을 확인할 수 있다.

우선 첫째로 눈에 띄는 것은 음영으로 표시한 ① 한자어 대명사, ② 한자어 관형사, ④ 단음절 한자어 용언 ⑤ 단음절 한자어 체언 ⑨ 한문구 등에서의 어휘적 준거 요소의 사용율의 변화다. 이들 범주는 태동기(1, 2기)에는 순한글 논설문과 국한혼용 논설문 사이의 사용율의 차이가 상대적으로 크던 것이 형성기(3기)에 이르면 그 차이가 좁혀지면서 사용율이 비슷해지는 부류이다. 이는 국한혼용 논설문에서 태동기와 형성기 사이에 상당한 사용율의 변화를 보이기 때문으로, 단적으로 말하면

<표 2> 세 시기 어휘적 준거의 사용양상

		순한글 논설문			국한혼용 논설문		
		제1기	제2기	제3기	제1기	제2기	제3기
총 어절수		5,225	6,518	5,950	5,059	5,839	5,202
① 한자어 대명사류	절대빈도	2	0	0	103	217	77
	점유율(%)	0.04	0	0	2.04	3.71	1.48
② 한자어 관형사류	절대빈도	35	22	46	187	307	146
	점유율(%)	0.67	0.34	0.77	3.70	5.25	2.81
③ 한자어 부사류	절대빈도	339	196	124	265	465	152
	점유율(%)	6.49	3.01	2.08	5.24	7.96	2.92
④ 단음절 한자+하(ㅎ)-형 용언	절대빈도	149	130	114	547	704	269
	점유율(%)	2.85	1.99	1.92	10.81	12.05	5.17
⑤ 단음절 한자어 명사	절대빈도	213	224	126	598	532	178
	점유율(%)	4.08	3.44	2.12	11.82	9.11	3.42
⑥ 2음절 한자+하(ㅎ)-형 용언	절대빈도	225	494	362	709	668	651
	점유율(%)	4.31	7.58	6.08	14.01	11.44	12.51
⑦ 2음절 한자어 명사	절대빈도	1,107	1,386	1,422	1,655	1,988	1,876
	점유율(%)	21.19	21.26	23.90	32.71	34.05	36.06
⑧ 한자어 감탄사	절대빈도	0	12	0	8	41	2
	점유율(%)	0	0.18	0	0.16	0.70	0.04
⑨ 한문구	절대빈도	15	32	4	279	162	43
	점유율(%)	0.29	0.49	0.07	5.51	2.77	0.83

국한혼용 논설문에서의 사용율이 순한글 논설문의 사용율에 가까워지는 경우라고 할 수 있는 것이다.

이러한 통계 결과가 의미하는 바를 2절에서의 검토 결과를 참조하여 정리하면 다음과 같이 요약할 수 있다.

첫째, 이들 범주에서는 제1기 즉 처음 대중 매체가 등장하던 시기부터 이미 서사 방식에 따른 준거 요소의 출현 비율의 차이가 두드러진다는 점을 확인할 수 있다. 이는 앞에서 언급한 바와 같이 대중 매체에서의 서사 방식의 선택이 독자의 문식성을 고려한 것이기는 하지만, 선택한 서사 방식은 필연적으로 어휘의 선택에도 영향을 주어, 한자어의 비율이 상대적으로 국한혼용 논설문에서 크게 높았다.

둘째, 이러한 서사 방식에 따른 어휘 선택에 있어서의 한자어의 선호는 두 가지 유형으로 나누어 생각할 수 있다. ① 한문 수사법의 영향을 받기 쉬운 부류, 즉 대명사, 관형사, 부사의 경우, ② 구문 구조의 영향을 받는 부류이다. 즉 용언류이다.

①의 경우 고유어로 대치되는 것과 한자어가 현대 한국어에서도 그대로 쓰이는 경우가 있는데, 구어의 영향을 크게 받는 범주 즉 대명사류는 대부분 고유어로 대치된다. 관형사와 부사의 경우에도 그 사용이 수사법적인 것인 경우에는 많은 경우 고유어로 대치되지만, 한문 구문에서의 기능을 완전히 상실하고 국어 문법 안으로 수용되면서 그대로 쓰이는 경우도 적지 않다. 또한 관형사의 경우 제3기에 들어서서 -的 파생관형사의 대폭적인 증가라는 일본어의 영향이 본격화됨을 보여준다.

②의 용언의 경우에는 고유어와 한자어의 대응 여부에 따라서 교체가 결정되는 경향을 보인다. 즉 '단음절 한자+하(ㅎ)'형 용언에 대응되는 고유어 용언이 존재하는 경우에는 대부분의 한자어 용언이 고유어로 교체되지만 그렇지 않은 경우에는 한자어 용언이 그대로 쓰이게 되는 경향을 보인다. 물론 단음절 한자어 용언에 대응되는 고유어 용언이 존재하는 경우에도 양자가 함께 현대 한국어에서 쓰이는 경우도 없지 않은데, 양자는 그 분포와 의미에서 상당한 차이를 보이게 된다(더하-~加하-, 빼-~減하-, 차-~冷하- 등).

참고로 현대 한국어의 300만 어절 균형 코퍼스를 분석한 결과 얻어진

'단음절 한자+하'형 용언의 목록은 다음과 같다(한영균 2008에서 인용).

加하[01]-/동,[28] 諫하[03]-/동, 減하[02]-/동, 剛하[01]-/형, 强하[02]-/형, 居하[02]-/동, 隔하[01]-/동, 激하[02]-/형, 缺하[02]-/동, 兼하-/동, 輕하-/형, 告하[01]-/동, 哭하[02]-/동, 困하[01]-/형, 過하[02]-/형, 貫하[01]-/동, 關하[02]-/동, 求하[01]-/동, 救하[03]-/동, 屈하-/동, 窮하-/형, 勸하-/동, 貴하-/형, 極하[02]-/동, 禁하[02]-/동, 急하-/형, 基하[04]-/동, 期하[05]-/동, 緊하-/형, 吉하-/형, 冷하[01]-/형, 怒하[01]-/동, 論하-/동, 弄하[01]-/동, 濃하[02]-/형, 能하-/형, 達하[01]-/동, 答하-/동, 當하[01]-/동, 當하[01]-/형, 代하[01]-/동, 對하[02]-/동, 圖하-/동, 毒하-/형, 動하-/동, 鈍하-/형, 得하[02]-/동, 亡하-/동, 免하[01]-/동, 面하[02]-/동, 滅하-/동, 命하[02]-/동, 模하[01]-/동, 妙하-/형, 薄하-/형, 反하[03]-/동, 發하[01]-/동, 犯하-/동, 變하-/동, 補하[02]-/동, 補하[03]-/동, 封하[01]-/동, 封하[02]-/동, 富하-/형, 付하[80]-/동, 扮하[02]-/동, 憤하[03]-/형, 比하-/동, 死하[02]-/동, 赦하[03]-/동, 寫하[06]-/동, 傷하[02]-/동, 傷하[02]-/형, 善하[04]-/형, 說하[03]-/동, 盛하[03]-/동, 盛하[03]-/형, 訴하[80]-/동, 屬하[02]-/동, 誦하[02]-/동, 順하[02]-/형, 濕하[01]-/형, 實하-/동, 實하-/형, 甚하-/형, 惡하-/형, 治하[01]-/형, 野하[02]-/형, 弱하[01]-/형, 嚴하-/형, 逆하[01]-/동, 逆하[02]-/형, 軟하[01]-/형, 連하[02]-/동, 殮하[03]-/동, 要하-/동, 辱하-/동, 怨하[01]-/동, 願하[02]-/동, 爲하[01]-/동, 委하[02]-/동, 有하[01]-/형, 柔하[02]-/형, 揖하-/동, 應하-/동, 依하[01]-/동, 因하[01]-/동, 任하[01]-/동, 臨하[02]-/동, 壯하[01]-/형, 傳하-/동, 切하[02]-/동, 占하[03]-/동, 接하[01]-/동, 正

---

28 어깨 번호는 『표준국어대사전』의 동음이의어 구분 번호이다.

하[01]-/동, 몰하[02]-/동, 定하[03]-/동, 淨하[04]-/형, 制하[01]-/동, 除하[03]-/동, 足하-/동, 足하-/형, 卒하[01]-/동, 準하[03]-/동, 重하-/형, 卽하-/동, 贈하[80]-/동, 津하[01]-/동, 津하[01]-/형, 處하-/동, 賤하[01]-/형, 綴하[01]-/동, 請하-/동, 滯하[02]-/동, 草하[03]-/동, 醜하[01]-/동, 醜하[01]-/형, 衝하-/동, 取하[01]-/동, 娶하[02]-/동, 醉하[03]-/동, 親하-/형, 漆하-/동, 稱하-/동, 濁하[01]-/형, 貪하-/동, 擇하-/동, 擇하-/형, 吐하-/동, 通하-/동, 破하[02]-/동, 罷하[03]-/동, 敗하-/동, 便하-/형, 貶하-/동, 評하-/동, 廢하-/동, 表하[01]-/동, 標하[02]-/동, 避하-/동, 限하[02]-/동, 合하-/동, 抗하-/동, 害하[02]-/동, 行하-/동, 向하-/동, 虛하[02]-/형, 歇하-/형, 險하-/형, 化하[03]-/동, 和하[06]-/형, 厚하-/형, 凶하-/형, 興하-/동

5. 마무리

이 장에서의 논의는 한국어 형성기의 문체 변화에 관여하는 어휘적 요소의 분포 및 출현 양상을 이 시기 신문의 논설문 기사를 대상으로 분석하는 한편, 국한 혼용과 한글 전용이라는 서사 방식의 차이가 이러한 어휘적 준거의 변화에 미치는 영향을 밝히는 데에 초점을 두었다.

여기서는 논의를 통해 얻은 결론 중에서 중요한 것들을 정리하면서, 이 글에서 미처 다루지 못했거나 자료 분석 결과 새로이 제기된 문제를 바탕으로 앞으로 형성기 한국어 연구에서 다루어야 할 문제들을 정리하기로 한다.

첫째, 현대 한국어 형성기의 시기별 자료의 구체적 검토가 필요하다.

3절 및 4절의 분석을 통해서 알 수 있었지만, 태동기 즉 1910년까지의 자료가 보여주는 양상과 그 이후의 자료가 보여주는 어휘적 특성은 상당히 다르다. 이 글에서는 검토 대상이 된 자료의 시간적 간격이 약 10년이었는데, 환태기에 이르러 일어나는 제반 변화는 그 변화의 속도가 훨씬 빠른 바, 좀더 구체적으로 변화의 시점을 파악하기 위해서는 이보다는 간격을 좁혀서 검토할 필요가 있는 것으로 판단된다.

둘째, 검토 자료 확대가 필요하다.

이 글에서 분석 대상으로 삼은 코퍼스는 대체로 5,000어절 안팎이었다. 그러나 분석 결과 그 규모가 충분치 않음을 알 수 있었다. 분석 대상 코퍼스의 규모가 어느 정도여야 할 것인지는 구체적으로 이야기하기 어렵지만, 가능하다면 시기별로 상당 규모의 균형 잡힌 코퍼스를 구축하고 그를 대상으로 꼼꼼한 주석과 분석이 이루어져야 현대 한국어 형성기의 어휘적 변화를 구체적으로 기술할 수 있을 것으로 판단된다.

셋째, 이 시기 한자어의 연구와 관련해서는 동일 한자어의 이표기, 한자어의 문장내 분포 상의 변화, 조어법 상의 차이 등에 관한 미시적 관찰이 필요하다. 아울러, 한문 문법과 한국어 문법의 혼효적 특성을 보여주는 어휘들에 대한 개별적 분석 역시 필수적이다. 그런데 이를 위해서는 앞에서 언급한 바와 같이 상당 규모의 코퍼스를 구축하고 계량적으로 분석할 필요가 있다. 2절의 1)에서 보인 예와 같이 직관만을 바탕으로 하거나, 단어 수준의 분석을 통해서는 한문 문법과 한국어 문법의 혼효 양상에 대한 검토가 불가능하기 때문이다.

넷째, 이 글에서의 검토 대상은 주장하는 글(논설문)에 한정된 것이었다. 그러나 서론에서 언급한 바와 같이 현대 한국어 환태기의 문체는 그

글갈래에 따라서도 상당히 다른 양상을 보이는 경우가 적지 않다. 따라서 '설명하는 글(설명문)', '전달하는 글(보도문)', '소설' '역사 · 전기물' 등 근대 계몽기의 사용역에 따른 언어 변이 양상에 대해서도 구체적 미시적 연구가 필요하다. 이러한 연구가 종합되어야 현대 한국어 문체 정착 과정에 대한 구체적 기술이 가능할 것이기 때문이다.

제4장

국한혼용문의 현대화와
단음절 한자 용언의 사용 양상 변화

1. 논의를 시작하면서

이 장에서의 논의는 현대 한국어 문체의 한 유형으로서의 국한혼용
문체의 정착[1]과 관련해서, '단음절 한자+하(ㅎ)-'형 용언의 사용 양상
이 문체의 현대성을 판단하는 중요한 준거의 하나임을 밝히는 데에 초
점을 두기로 한다. 이는 기존의 연구들이 근대 계몽기 이후의 문체 변화

---

[1] 저자는 '국한혼용문'과 '국한혼용문체'라는 용어를 구분해 사용하려 한다. 그 까닭은 2
절 참조. 국한혼용문체가 현대 한국어의 대표적 문체의 하나로 정착했다는 사실은 다음
과 같은 김완진(1983)의 언급을 통해서 간접적으로 확인할 수 있다.
"대중성을 생명으로 하는 대중매체로서의 신문 잡지의 대부분까지가 그 실제적인 구독
자의 기호에 순응하며 혼용에 머물러 있는 것도 발행자 쪽의 아집이나 독선이라고 만은
말할 수 없다."(김완진 1983:243)
"멀리 「독립신문」이 한글 전용의 선구자 노릇을 했음에도 불구하고 그 뒤의 신문들이
그 본보기를 따르지 않고 혼용의 체재를 택했던 것은 말할 것도 없거니와, 해방 뒤 오랫
동안 외로이 한글 전용을 고수해 오던 「서울신문」이 혼용으로 돌아서게 된 것을 지적할
수 있다"(김완진 1983:243), 각주 5.
한자가 섞여 있으면 기피 대상이 되는 오늘날과는 달리 1980년대 전반까지만 해도 독자
들이 국한혼용문을 선호했음을 증거하는 기술이라고 할 수 있을 것이다.

를 논의하면서 주로 어미의 유형이나 문장의 길이 등을 다루었던 것과는 달리 어휘적 요소의 사용 양상을 꼼꼼히 분석하는 것이 문체 현대성 판별에 중요한 몫을 차지한다는 것을 확인한다는 의미를 갖는다.

지금까지의 연구 성과에 기댈 때, 한국어가 오늘날과 비슷한 모습을 지니게 된 것은 시기적으로 보아 대체로 19세기 말에서 20세기 중반에 걸쳐서였고, 이 시기에 한국어가 겪은 변화는 문체의 변화와 어휘 목록의 정비가 그 중심이었다고 정리할 수 있으며, 다른 한편으로 이러한 문체의 변화와 어휘 목록의 정비는 이른바 언문일치 즉 문자 생활의 현대화를 지향한 것이었다고 이야기할 수 있을 것이다.[2] 그러나 이 시기를 구체적으로 규정하기는 어렵다. 대체로 개항 이후 새로운 국한혼용문이 등장한 시기부터 현대 한국어와 같은 모습을 갖추게 되기까지의 시기라고 이야기할 수 있지만, 무엇을 현대 한국어 문체 정착의 판단 준거로 삼는가에 따라서 여기에 속하는 시기의 시간적 폭이 상당히 달라질 수 있기 때문이다. 게다가 텍스트 장르, 누구를 독자로 상정하느냐, 글이 실리는 매체, 필자가 어떤 문장 모델을 지향하는가 등에 따라서 같은 시기의 동일 필자라도 전혀 다른 문체를 사용하는 경우가 있기 때문에 현대 한국어 문체가 정착된 연대를 구체적으로 특정하기는 쉽지 않은 것이다. 이와 함께 현대 한국어 문체가 정착한 이후의 변화도 문제가 될 수 있다. 현대 한국어 성립 시기를 아주 늦추어 잡아 1950년대라 보더라도 그 후 근 70년이 경과했고, 그 사이 적지 않은 변화가 있었기에 어

---

2 당연한 일이라고도 할 수 있지만, 한국어 문체의 변화와 어휘 목록의 정비는 따로 떼어 이야기하기 어려운 면이 있다. 특히 이 글에서 다루는 '단음절 한자+하-'형 용언은 문장 구조에 영향을 주는 경우가 많고, 그것은 바로 문체의 차이로 나타난다. 여기서의 표현은 글의 주제를 보다 분명히 드러내기 위한 것일 뿐이다.

느 시기의 것을 국한혼용문체 정착의 표본으로 볼 것인가 하는 의문을 제기할 수 있다. 그러나 이 글에서는 이러한 문제는 다루지 않기로 한다. 근대 계몽기를 거치면서 겪은 변화와 현대 한국어의 모습을 갖추게 된 이후의 변화는 질적으로 다른 것이기 때문이다.

한편 근대 계몽기 한국어에 대한 지금까지의 연구는 주로 이 시기의 언어 자료가 보여주는 모습이 이전의 것들과 무엇이 어떻게 다른가에 관심을 두었고, 현대 한국어와 어떻게 이어지는가를 밝히는 데에는 크게 관심을 두지 않았다고 이야기할 수 있다. 좀더 정확히 이야기하자면 근대 계몽기의 문체 변화를 다룬 글들은 한문 사용의 극복 내지 한글 사용의 확대라는 관점에 치우친 것이 많고,[3] 주로 ① 접속 어미의 과다 사용과 그에 따른 문장의 길이 ② 어미(특히 종결 어미)의 변화 ③ 접속의 방식 ④ 문장 구조의 이상성 등을 논의의 대상으로 삼고 있다. 근대 계몽기 국어의 특성에 대한 인식은 이 시기 국어에 대한 가장 포괄적 연구의 하나라고 할 수 있는 김형철(1997)의 다음과 같은 머릿말에 잘 요약되어 있다. 근대 계몽기 연구가 현대 한국어의 본질을 파악하는 데에 중요하다는 사실은 인식하고 있지만, 현대 한국어 문체 정착 시기의 문제[4]나, 무엇을 기준으로 현대 한국어 문체의 정착 여부를 판단할 것인가 하는 판단의 준거 등은 관심의 영역 밖에 있었음을 보여준다고 할 수 있는 것이다.

---

3 이는 한국어 자료가 보여주는 역사적 사실과 다르다. 김완진(1983)의 지적과 같이 언해문 중에도 상정하는 독자에 따라 다른 문체를 택하는 양상을 보이는 예들이 있을 뿐 아니라, 언간이나 일기와 같은 순한글 텍스트와 언해문의 문체 상의 차이, 한자음 병기 여부에 따른 문체의 차이 등 후기 중세 국어 및 근대 국어 시기에 있어서도 표기 방식에 따른 문체의 차이가 드러나고 있기 때문이다.
4 이에 대해서는 1930년대의 소설조차 제대로 읽어 내지 못하는 학생들의 존재를 지적하면서 현대 국어 성립 시기의 문제를 언급한 이현희(2005)의 글이 시사적이다.

개화기 국어는 각 부분마다 특징을 지니고 있다고 할 수 있다. 즉, 표기면은 혼란의 모습이 가장 뚜렷하고, 어휘면은 새로운 요소의 등장이 두드러지며, 문체면은 신·구 요소의 갈등의 측면이 두드러지고, 문법면은 전통적인 요소의 보존이 두드러지게 나타난다. 이런 점으로 볼 때, 개화기의 국어에 나타나는 여러 가지 현상은 근대국어와 현대국어의 본질을 파악하는 데에 중요한 관건이 된다고 할 수 있다.

　　　　　　　　　　　　　　　　　　　　　　　　　　　　—김형철(1997:3)

이러한 인식은 10여 년이 지난 지금도 크게 달라지지 않았다고 이야기할 수 있을 것이다. 그러나 한국어가 구체적으로 어떤 과정을 거쳐서 오늘날과 같은 모습을 지니게 되었는가를 구명하는 일은 역사적 측면에서만이 아니라 한국어의 공시적 특성에 대한 연구라는 면에서도 중요한 과제의 하나라고 이야기할 수 있다. 그것은 이른바 언문일치의 과정에서 나타나는 문법적·어휘적 변화의 구체적 내용과 과정을 밝히는 작업이 될 것이며, 그것은 현대 한국어 문장의 구조적 특성을 밝히는 데에 기여할 것이기 때문이다. 그럼에도 불구하고 근대 계몽기의 한국어와 현대 한국어가 구체적으로 어떤 점이 얼마나 다르며, 하나의 글이 어떤 모습을 지니게 되었을 때 현대 한국어 문체에 도달했다고 이야기할 수 있는가에 대한 연구는 찾아보기 쉽지 않다. 이 글은 이러한 문제 의식에서 출발한 것이다.

2. 검토 대상 국한혼용문의 범위 한정

대부분의 앞선 연구들을 보면 1890년대에서 1920년대에 걸친 시기의 한국어 문체의 중요한 특징의 하나로 다양성을 든다. 크게는 지식인 계층이 사용한 한문과 함께, 『한성주보』『독립신문』『제국신문』 등 몇몇 이른 시기 출판물에서 볼 수 있는 한글 전용 표기, 그리고 이 시기 문체의 중요한 특징으로 이야기되는 국한혼용문체 등 세 가지로 나눌 수 있다는 것이다. 그러나 한마디로 국한혼용문체라 해도 이 시기의 자료가 보여 주는 표기법과 문체는 여러 요인의 영향을 받는다. 특히 어휘·통사적 측면에서 보면 한문 구문법의 영향 정도에 따라 몇 단계로 나눌 수 있는데, 이 중에서 현대 한국어로 이어지는 것은 일부이다.

근대 계몽기의 국한혼용문의 문체를 국어학적 관점에서 다룬 글로는 김흥수(2004), 민현식(1994a; 1994b), 홍종선(1996; 2000) 등을 들 수 있다. 김흥수(2004)에서는 이 시기의 국한혼용문체를 ① 국한문혼용체國漢文混用体 ② 국한자 혼용체國漢字 混用体 ③ 구결식 한문체口訣式 漢文体의 세 가지로 구분하였고, 민현식(1994a; 1994b)에서는 ① 이두문식 국한문체吏讀文式 國漢文体[5] ② 구결문식 국한문체口訣文式 國漢文体[6]의 두 가지로, 홍종선(1996; 2000)에서는 ① 한문체漢文体 ② 한문구체漢文句体 ③ 한문어체漢文語体 ④ 한자어체漢字語体의 네 가지로 구분하였다. 여기서는 김흥수(2004)에서 인용된 예를 빌어 이 글에서의 논의 대상으로 삼는 국한혼용문체가 어떤 유형의 글을 가리키는가를 분명히 하기로 한다. 이는 앞에서 요약한 대로 근대 계몽

---

5   이를 구절 현토식 국한문체(句節 懸吐式 國漢文体)라고도 하였다.
6   이들 어절 현토식 국한문체(語節 懸吐式 國漢文体)라고도 하였다.

기의 문체를 다룬 글들이 나름대로의 분류 체계와 용어를 사용하고 있는 데다가, 글마다 인용례가 달라 각 용어가 구체적으로 지시하는 것에 대한 오해가 빚어질 가능성이 있다는 점과, 실제 자료에서는 하나의 텍스트에 둘 이상의 문체가 섞여 있는 경우가 적지 않기 때문에 각각의 경우를 어떻게 다룰 것인가를 분명히 할 필요가 있기 때문이다. 앞서 언급한 바와 같이 이 글은 근대 계몽기의 대표적 문체로 자리잡지만 현대의 것과는 상당히 다른 모습을 보이는 국한혼용문체가, 현대 국한혼용문체로 정착하는 과정에서 겪는 어휘의 변화 양상을 검토 대상으로 하는 것이므로 구체적으로 이 글에서 논의 대상이 되는 근대 계몽기의 '국한혼용문체'란 어떤 것을 가리키는가 분명히 할 필요가 있는 것이다.

　토ᄯᅡ가 붙지 않은 한문을 제외하면, 가장 한문 구문법적 요소를 많이 가지고 있는 것이 다음 ①-가~①-라와 같은 문장이다. ①-가와 ①-나는 한문에 토만 붙인 것이므로 말할 나위가 없고, ①-다와 ①-라도 한문 구절의 배열을 국어 어순으로 바꾸었을 뿐 ①-가 ①-나의 예들과 크게 다르지 않다. 물론 ①-다의 '腐敗를 攻擊ᄒ되' 같은 표현은 근대적인 것이지만 이런 예들은 이런 류의 글에서는 드물다. 또 ①-라의 '慷慨의 淚를 難禁ᄒ려던'과 같은 부분은 ②-가의 문장과 크게 달라 보이지 않지만, 이는 '難禁慷慨淚'로 바로 전환할 수 있을 뿐 아니라 뒤에 나오는 '而況身親當之者呼아'와 이어지는 구이므로 한문구를 어절 단위로 나누고 어순을 재배열하면서 토를 붙인 데 지나지 않는다. 즉 ①-다와 ①-라는 민현식(1994)의 분류에 따르면 이두문식 국한문체와 구결문식 국한문체가 섞인 것이고, 홍종선(1996)의 분류를 따르면 한문구체와 한문어체가 섞인 것이지만, 구결문식 국한문체나 한문어체라 할 만한 부분은 드물게 나타난다. 기본적으로는 한문 구문법을 바탕으로 만들어진 것으로 판단할 수 있는 것이다. 이러한 예들은 4절에서 다룰 어휘적 준거들을 적용한 분석이 불가능하다. 그만큼 현대적 국한혼용문의 문체 형성과는 직접적인 관련을 짓기 어려운 문장인 것이다. 따라서 이런 류의 글들은 검토에 포함하지 않는다.

①

가. 客이 有問於主人曰 子之讀新刊文字라가 必於同胞之說에 黙然不語者ᄂ 何也오

cf. 盖自剖判以後로 有國則有民ᄒ고 有民則有業ᄒ니 業은 曰 士農工商이라 士民의 天授ᄒᆫ 職權이 各有ᄒ야 遽奪之難ᄒ니 士者ᄂ 天下의 大本이라 人皆以士農으로 爲貴ᄒ고 工商으로 煩賤이라 ᄒ나 吾ᄂ 獨히 不然타 ᄒ노니 何者오

—『황성신문』, 1899:1.

나. 天無二天ᄒ고 道無二道ᄒ니 今天之一月星辰이 則古之天이라

—『천도교월보(天道敎月報)』, 1:8.

다. 抑或形式上으로 腐敗를 攻擊ᄒ되 實地 情衷은 徒藉美名ᄒ고 終無事行之可能結局者를 是云歟아 於此三者에 有一焉이면 其已强者도 必衰弱乃己어늘 況如今菱 微懦弱之吾人이 奚暇에 有自强之希望哉아

—『대한자강회월보(大韓自强會月報)』, 1:7.

라. 哀哉라 無國之民이여 後世讀史者도 慷慨의 淚를 難禁ᄒ려던 而況身親當之者呼아

—『이태리건국삼걸전(伊太利建國三傑傳)』, 5.

②-가~②-라의 예들은 한문 구문법^{漢文 構文法}에서 어느 정도 벗어난 모습을 보여 준다. 우선 ②-다 ②-라의 예는 대부분의 어절에 4절에서 다룬 문체 현대성 판별의 준거를 적용해 문체 특성을 분석할 수 있을 정도로 국어화한 문장이다. 문제는 ②-가 ②-나를 어찌 다룰 것인가 하는 점인데, ②-다의 '焚書坑儒에 遽至二世而亡하니'나 ②-나의 '之'의 용법 등에서 부분적으로 한문 구문법의 영향을 볼 수 있지만, 문장 자체는 국어 문장을 기록하려 한 것이라고 볼 수 있다. 이 예들도 4절에서 다룰 문체 현대성 판별의 준거를 적용해 문체적 특성을 분석할 수 있기 때문이다. 따라서 이들도 근대 계몽기 국한혼용문의 특성을 살피는 데에 포함한다.

②

가. 其實은 民으로 ᄒᆞ여곰 四業이 一時 均興케 ᄒᆞ므로 其 國祚를 永享ᄒᆞ더니 降及于秦ᄒᆞ야 閉井開阡에 雖 七國의 最雄ᄒᆞ나 焚書 坑儒에 遽至二世而亡 하니 此ᄂᆞᆫ 四業을 均施치 못흠이라

— 『황성신문』, 1898.1.25.

나. 믈읏 農業之大義ᄂᆞᆫ 天地化育之理를 바다 人生必受之資를 供ᄒᆞᄂᆞᆫ 緊要라 엇지 疎忽이 홀 빈리오 大抵 寒溫之中和를 어더 土地가 肥沃ᄒᆞ며

— 『농정촬요』 上1

다. 兵勇을 練習하며 器用이 便利하야 退守進功에 必勝不敗라야 軍政이 可以 無誤하깃고 理學 氣學이며 化學 光學等 許多 學術의 普通 專門을 次第 設始 라야 敎育之効가 全國에 擴張하깃고

— 「論說」, 『황성신문』, 1899.2.20.

라. 大抵 人이 世間에 處호즉 其 生活호기에 三條 大綱領이 有호니 日 飮食과 衣服과 宮室이라 古를 仰하며 今을 俯호야 賢愚 貴賤의 經營호는 바와 周 施호는 者를 考察호건딕 其 是非와 曲直이 實狀은 此 三條에 不脫호나 然 호나

―「생애를 구하는 방법」, 『서유견문』 제11편.

③-가~③-바의 예들은 문체 현대화 과정의 분석과 직접 관련되는 것들이다. 4절에서 다룰 문체 현대성 판별의 준거를 적용해 보면 ①-가~①-라, ②-가~②-라의 예들과의 차이점이 뚜렷이 드러난다. ③-마 ③-바의 예들은 몇몇 단어가 보이는 이상성을 제외하면 현대적 국한혼용문의 다르지 않다. 어휘의 내적 변화로 볼 수 있을 정도인 것이다.

③

가. 吾人이 決코 靈魂을 無視치 아니호느 쏘흔 現生을 泛看치 아니호노니 試 問호노라 身體는 極히 等閒케 호고 靈魂만 僅히 快樂케 흠은 果然 何種의 奇癖인가

―『기호흥학회월보(畿湖興學會月報)』, 1:30.

나. 官立英語學敎에서 昨年에 新學制를 依호야 舊規는 一切 廢止호고 新規則 으로 一一 施行호는 故로 該校 五學年이 短縮호야 三學年이 된 結果로 今 年 春期에 五年, 四年, 三年生을 一幷 卒業호기로 確定호얏더니

―『만세보』, 1907.3.17.

다. 昨年에 法國 흐란스에서 이 公使를 緬甸에 派遣호야 緬甸으로 더부러 密 約 五條를 定호니 다 英人의게 不利흔지라 英人이 이를 듯고 大怒호여 印

度에 잇는 者가 印度 政府에 알게 ᄒ니 印度 政府는 곳 英國의 둔 배라

—『한성주보』, 1886.1.25, 13면.

라. 바람은 순이든 역이든 快走駛行할 수 잇슴을 듯고 크게 깃거하야 이것
을 본밧어 小艇 두어 隻을 디어 江물에도 씌워 보고 못물에도 씌워 보아
여긔 滋味를 얻은 故로 하야 이 마음이 漸漸 댜라셔 終乃 海上에 雄飛할
壯志를 일희켯더라

—『소년』, 2:52, 1908.12.

마. 무지개는 아참 혹 저녁에 비가 개인 뒤에 희와 相向處 구름 ᄉ이에 쌧
침ᄂ이다

—『신정심상소학』 17b, 1896.

바. 房안이 캄캄ᄒ야 아모 것도 分辨ᄒ기 極難ᄒ고 쏘 衛生에 미오 맛당치
못ᄒ지라. 그런 故로 門을 내고 窓을 열어 日光을 인도ᄒ야 드리ᄂ니라

—『국어독본』, 2:16, 1906.

정리하자면, 이 글에서 현대 국한혼용문체에 이어지는 것으로 보아
검토 대상으로 삼는 것은 ②-가~②-라 및 ③-가~③-바의 예와 같은
문장이다. 태동기 텍스트 중에서 한문에 토만 단 ①-가 ①-나와 같은
문장으로 이루어진 텍스트나 한문의 구절 단위에 조사와 어미를 붙이는
방식으로 이루어진 ①-다 ①-라와 같은 문장으로 이루어 진 텍스트는
검토 대상에서 제외하기로 한다.

3. 문체 현대성 판별 준거의 추출

현대 한국어 문법에서는 단어와 형태소를 문장을 구성하는 기본 단위로 본다. 그러나 문장을 구성하는 기본 단위는 그 문장이 지향하는 모델에 따라서 달라질 수 있다. '毋論上下貴賤하고 이 말을 들으면 天國에 가리니'와 같은 문장의 '毋論上下貴賤하고'는 현대 한국어 문법의 구문 분석 방법으로는 다룰 길이 없다. '上, 下, 貴, 賤' 각각이 하나의 명사로 '論'의 목적어가 되고, '毋'가 '論'의 부정으로 쓰이는 한문 구문법에 따르는 구절인데, 여기에 '하니'라는 한국어 문법형태소를 첨가함으로써 한국어 구문에 포함할 수 있게 바꾼 것이기 때문이다. 일종의 혼효어인 셈인데, 근대 계몽기 한국어 문체의 특성 중 하나가 다양한 혼효어적 요소가 포함된다는 점이다. 따라서 이 시기 텍스트의 현대 한국어 문체와의 거리를 이야기할 때에 빠뜨릴 수 없는 요소의 하나가 바로 이러한 혼효어적 요소다. 어떤 혼효어적 요소가 어느 정도 포함되어 있는가가 그 텍스트의 문체가 지니고 있는 현대성을 판별하는 준거가 되기 때문이다.

1) 어휘적 준거들

자료의 검토를 통해 얻은 결론부터 이야기하자면, 다음 몇 가지가 어휘적 측면에서의 문체 현대성 판별의 준거가 된다고 이야기할 수 있다.[7]

7　물론 자료의 확대에 따라 다른 특징들이 추가될 수 있을 것이다. 여기서는 주로 어휘의 측면에서 중요하다고 판단한 것들을 중심으로 정리한다. 지면의 제약 때문에 이러한 준거들을 추출하게 된 자료 분석 과정은 생략한다.

① 대명사의 교체 : 대명사가 한자어에서 고유어로 교체된다. 현대 한국어에서는 '나, 너, 우리' 등의 인칭대명사나 '이, 그, 저' 등의 지시대명사가 모두 고유어로 전환되는 데 비해, 근대 계몽기 자료에서는 한자어가 그대로 사용되는 경우가 많다. 따라서 대명사가 한자어인가 고유어인가는 바로 문체 현대성 판별의 기준으로 적용될 수 있다.

② 부사(어)의 교체 : 근대 계몽기 자료에서는 부사(어) 특히 문장의 도입이나 전환을 나타내는 부사나 시간을 나타내는 부사어로 한자어가 쓰이는 경우가 많지만, 현대 한국어에서는 대부분 다른 형태로 전환된다.[8]

③ '단음절 한자+하-'형 용언의 빈도와 유형 : 일부 현대 한국어 텍스트에서 쓰이는 것들을 제외하고는 대부분의 '단음절 한자+하(ᄒ)-'형 용언은 고유어 용언으로 대치된다.

④ '2음절 한자+하-'형 용언의 빈도와 유형 : '단음절 한자+ᄒ(ᄒ)-'형 용언과 유사하다. 다만 근대 계몽기 자료에서 '하(ᄒ)-'와 결합하는 2음절 한자는 2음절 한자어가 연이어 나와 4음절 한자성구와 구분하기 어려운 경우가 많고, 또 현대 한국어에서 다른 한자어로 대치되는 경우도 적지 않다.

⑤ 한문구의 유형과 빈도 : 근대 계몽기 자료에서는 한문의 구문법에 의해 구성된 한문구가 많이 쓰이지만, 현대 한국어에서는 일부 (사자)성구를 제외하고는 모두 한국어 구문으로 대치된다.

---

8 부사어에는 몇 가지 유형이 있다. 이 글에서는 자세히 논의하지 않는다.

⑥ 한자어 명사의 빈도와 유형 : 현대 한국어에서 쓰이지 않는 단음절 한자어가 많다. 이는 후대에 오면 대부분 2음절 한자어로 대치된다. 2음절 명사류의 경우에도 새로운 단어로 바뀌는 것들이 많다.

2) 어휘적 준거의 검토

3절 1)에 제시한 어휘적 준거들이 근대 계몽기의 문체 변화를 다루는 근거가 될 수 있다는 점을 분명히 하기 위해 여기서는 두 개의 예문을 분석한 결과를 제시한다. 하나는 「기미독립선언서」의 원문 한 문단과 그 글에 대한 이희승 선생의 풀이를 대비한 것이고, 다른 하나는 유길준의 「신문창간사」이다.[9] 전자는 우리가 접할 수 있는 근대 계몽기 국한혼용문을 현대 한국어로 옮긴 몇 안 되는 예 중의 하나고, 후자는 가장 이른 시기에 만들어 진 국한혼용문의 하나다. 분석 결과를 보면 앞에서 설명한 기준들이 무엇을 가리키는가를 알 수 있을 것이다. 전자는 원문과 풀이글을 대역 형식으로 제시하고 차이가 있는 부분에 강조해 보이며, 후자는 앞에서 예시한 준거의 번호를 이용해서 주석한 결과를 나타내 보이기로 한다.

「己未獨立宣言書」

㉠ 吾等은 玆에 我 朝鮮의 獨立國임과 朝鮮人의 自主民임을 宣言하노라

㉠ 우리는 이에 우리 조선이 독립한 나라임과 조선 사람이 자주적인 민족임을 선언한다.

---

9 이 신문창간사는 『유길준전집』 4권에 실린 필사본이다. 박영효, 강위 등의 글로도 알려져 있다.

ⓒ 此로써 世界 萬邦에 告하야 人類 平等의 大義를 克明하며 此로써 子孫 萬代에 誥하야 民族 自存의 正權을 永有케 하노라

ⓒ′ 이로써 세계 만국에 알리어 인류 평등의 큰 도의를 분명히 하는 바이며, 이로써 자손 만대에 깨우쳐 일러 민족의 독자적 생존의 정당한 권리를 영원히 누려 가지게 하는 바이다.

ⓒ 半萬年 歷史의 權威를 仗하야 此를 宣言함이며

ⓒ′ 5천 년 역사의 권위를 의지하여 이를 선언함이며,

ⓡ 二千萬 民衆의 誠忠을 合하야 此를 佈明함이며

ⓡ′ 2천만 민중의 충성을 합하여 이를 두루 펴서 밝힘이며,

ⓜ 民族의 恒久如一한 自由 發展을 爲하야 此를 主張함이며

ⓜ′ 영원히 한결같은 민족의 자유 발전을 위하여 이를 주장함이며,

ⓗ 人類的 良心의 發露에 基因한 世界 改造의 大機運에 順應并進하기 <爲하야> 此를 提起함이니

ⓗ′ 인류가 가진 양심의 발로에 뿌리박은 세계 개조의 큰 기회와 시운에 맞추어 함께 나아가기 위하여 이 문제를 내세워 일으킴이니,

ⓢ 是ㅣ 天의 明命이며 時代의 大勢ㅣ며 全人類 共存 同生權의 正當한 發動이라

ⓢ′ 이는 하늘의 지시이며 시대의 큰 추세이며, 전 인류 공동 생존권의 정당한 발동이기에,

ⓞ 天下 何物이던지 此를 沮止抑制치 못할지니라

ⓞ′ 천하의 어떤 힘이라도 이를 막고 억누르지 못할 것이다.

준거 ①에 해당 하는 예는 ㄱ～ⓞ 전체에서 확인할 수 있다. '玆, 是, 此' 등이 모두 '이'로, '吾等, 我'가 '우리'로 바뀐 것이다. 준거 ②에 해당

하는 예는 여기에는 없고, 준거 ③에 해당하는 예는 ⓛ~ⓗ에서 확인할
수 있는데, 그 중에는 '告하-, 合하-, 爲하-'는 현대 국어에서도 그대
로 쓰이지만, '諮하-, 仗하-'는 다른 동사로 대치되었다. 준거 ④에 해
당하는 예도 매 문장마다 나오는데, 그 중 '克明하-, 永有하-, 佈明하-'
등은 역시 다른 동사로 대치되었다. ⓜ의 '恒久如一하-'는 오늘날도 쓰
이는 표현이고, ⓗ의 '順應幷進하-'와 ⓞ '沮止抑制하-'는 두 음절씩으
로 분리하여 쓰이거나 다른 동사로 대치되었다. 준거 ⑤에 해당하는 예
는 인용문에서는 나타나지 않았고, 준거 ⑥에 해당하는 예인 ⓢ의 '天'
은 '하늘'로 대치되었다.

「兪吉濬 新聞 創刊辭 일부」

②⑥今 ②夫 ⑥新聞紙라 ③稱ᄒᆞᆫᄂᆞ ①者ᄂᆞ 文明 諸國에 ④盛行ᄒᆞ야 ①其 ⑥功
效을 ⑤不遑枚擧로되 ①其 ⑥大槪을 ④論辨ᄒᆞᆫ 則 ⑤殆無涯際ᄒᆞᄂᆞ 그러ᄒᆞ나
①其 ⑥要領은 一國 ⑥人民의 ⑥智見을 ④擴大ᄒᆞᄂᆞ 데 ③過치 아니ᄒᆞ니 大則
萬國 政治 ⑥事理로붓터 小則 一身 一家의 ⑥修齊에 이르히 ⑤一新又新ᄒᆞ야
①其 ④卑陋ᄒᆞᆫ ⑥習俗을 ③脫ᄒᆞ여 ④開明ᄒᆞᆫ ⑥化運에 ③向ᄒᆞ야 ⑥弊害을 ③
除ᄒᆞ고 ⑥正理에 ③歸ᄒᆞ며 ⑥不便을 ③捨ᄒᆞ고 ⑥有益(益)에 ③就ᄒᆞ야 ①其
國의 文化을 ④增進ᄒᆞ게 ᄒᆞᄂᆞ데 ④不出ᄒᆞᄂᆞ니 ⑤何爲其然고 ⑥新聞紙ᄂᆞ 內
外 國政 事項을 ⑥細大 업시 ④記載論辨ᄒᆞ고 民間 事情을 遠近 업시 ④搜聞傳
播ᄒᆞᄂᆞ 故로 ④勸善懲惡ᄒᆞᄂᆞ 道가 ④流行ᄒᆞ며 또 ⑥人民이 恒常 政治 得失을
④辨知ᄒᆞ야 ①其 ⑤弊害除袪(去)事을 ④希望ᄒᆞ며 政府도 또ᄒᆞᆫ ⑥時勢의 ⑥
變遷과 民心의 向背을 ④觀察ᄒᆞ야 ①其 政治을 ④適宜ᄒᆞ게 ④改良ᄒᆞᄂᆞ 事을
③得ᄒᆞ며 또 ⑥新聞紙ᄂᆞ 各地 ⑥物産의 多少와 商業의 ⑥盛衰와 物價의 ④低

昻이며 ②又 或 ⑥器械 器具의 ⑥創造 ⑥便否 等 ②大凡 農 工 商 ⑥萬般 ⑥業 務에 ④關係ㅎ 事件을 ⑥記錄 ④報道ㅎᄂ니 ⑥商賈가 ①②以是로 賣買 ⑥時 機를 ④推察ㅎ며 農民이 ①②以是로 耕作 方法을 ④修良ㅎ며 ⑥工人이 ①② 以是로 ⑥便利 ⑥器械를 ④採用ㅎ야 ⑥製産 ⑥氣力을 ④發達ㅎ게 ㅎ야 ⑥泉 의 ④始達홈과 갓트며 ⑥火의 ⑥始燃홈과 갓타서 ①其 事業을 ④盛大ㅎ게 ㅎ니 一國 ⑥文明이 엇지 ④增進치 아니ㅎ리오

분석 결과를 보면 알 수 있듯이 거의 모든 어절이 앞에 설명한 준거 ①~⑥에 해당하는 예가 된다. 「신문창간사」가 근대 계몽기 자료 중에 서도 아주 이른 시기의 글이기 때문이다. 이 중 이 글에서의 검토 대상 인 준거 ③에 해당하는 예만 정리하면, '過치, 歸ㅎ며, 得ㅎ며, 捨ㅎ고, 除ㅎ고, 就ㅎ야, 稱ㅎᄂ, 脫ㅎ여, 向ㅎ야' 등이 있다. 이 중 '得하-, 除하 -, 稱하-, 向하-' 등은 현대 국어에서도 사용되지만 의미가 바뀐 예들 이 있고, '過ㅎ-, 歸ㅎ-, 脫ㅎ-'는 다른 동사로 대치되었다. 적은 양이지 만 위의 분석 예를 통해, ①~⑥이 문체 현대성 판별의 준거가 될 수 있 음을 확인할 수 있는 것이다.

4. '단음절 한자+하(ㅎ)-'형 용언 사용 양상의 변화

1) '단음절 한자+하(ㅎ)-'형 용언의 출현 양상

인용이 좀 길기는 하지만, 우선 네 편의 글을 예시하고 논의를 진행하 기로 한다.

④

가. 〈寄書 女子教育論 女士 張敬主〉唯 我 韓國이 神聖흔 種族과 三千里 靈明흔 江山으로 可히 不足之歎이 無ᄒᆞ거늘 今에 國이 亡ᄒᆞ고 民이 滅ᄒᆞᄂᆞᆫ 悲境에 至흔 者ᄂᆞᆫ 其 源이 何에 在하뇨 余ᄂᆞᆫ 비록 微弱흔 女子로 學識이 薄ᄒᆞ며 聞見이 淺ᄒᆞ며 思想이 昧ᄒᆞ며 技量이 短ᄒᆞ나 此에 對ᄒᆞ야 斷言ᄒᆞ여 曰 女子를 敎育치 못홈에 在ᄒᆞ다 ᄒᆞ노라 大抵 國이라 稱홈은 民族과 土地가 有흔 然後에야 國家라 稱ᄒᆞ기 容易흘지나 是도 文明과 未開의 分別이 有ᄒᆞ야 文明흔 國은 泰平의 福樂을 享有ᄒᆞ며 未開흔 國은 奴隸의 軛을 甘受홈은 有志 君子의 悉ᄒᆞᄂᆞᆫ 바에 不言可想이오 不見自鑑이로다 嗟呼嗟呼라 文明과 未開가 寧有本乎아 曰 否라 敎育이 文明을 生ᄒᆞ며 非敎育이 未開를 生ᄒᆞᄂᆞᆫ도다 然則樂莫樂於敎育이오 非莫悲於非敎育일ᄉᆡ 敎育의 先務와 遠因을 探思黙量ᄒᆞ니 家庭敎育이 先務오 女子敎育이 遠因이라 女子ᄂᆞᆫ 國民된 者의 어머니될 사ᄅᆞᆷ이오 家庭敎育에 主張될 사ᄅᆞᆷ인즉 不可不 敎育이 發達된 後에야 其子로 ᄒᆞ야금 文明흔 國民의 知識을 引導흘 模範이 될지니 엇지 女子敎育이 急先務가 아니리오

—『대한믹일신보』국한문판, 1908.8.11.

나. 〈긔서 녀ᄌᆞ 교육 쟝경쥬〉우리 한국은 신셩흔 민족이 이쳔만이오 명랑흔 산쳔이 삼쳔리가 되니 부죡흘 것이 업거늘 이제 나라ᄂᆞᆫ 망ᄒᆞ고 빅셩은 멸ᄒᆞᄂᆞᆫ 슯흔 디경을 당흔 거슨 그 신돍이 어듸 잇다 ᄒᆞ겟ᄂᆞ뇨 나ᄂᆞᆫ 비록 쳠약흔 녀자로 학식이 젹으며 문견이 눗고 ᄉᆞᆼ이 어두우며 지됴가 업스나 이 문뎨에 디ᄒᆞ야 딕답흘 바ᄂᆞᆫ 녀ᄌᆞ를 교육지 못흔 딕 잇다 ᄒᆞ겟노라 대뎌 국가라 칭홈은 민족과 토디만 잇스면 국가ㅣ라 칭ᄒᆞ기 용이ᄒᆞ나 이에 문명과 미기의 분별이 잇셔셔 문명흔 나라ᄂᆞᆫ 태평흔 복

락을 누리고 미개흔 나라는 노례의 졀졔를 밧는 거슨 유지 군즈의 깁히 아시는 바ㅣ라 말을 아니ᄒ여도 스스로 싱각홀 바ㅣ로다 슯흐다 문명과 미개는 근본이 잇ᄂ뇨 굴ᄋ되 아니라 교육이 잇스면 문명을 싱ᄒ고 교육이 업스면 미개를 싱ᄒᄂ니라 그런즉 교육이 잇는 것보다 더 즐거운 거시 업고 교육이 업는 것보다 더 슯흔 거시 업ᄂ니 교육의 급션무와 쟝원흔 근본될 거슬 깁히 싱각ᄒ고 헤아려 볼진뒤 무엇에 잇는가 가뎡교육이 급션무가 되고 녀즈 교육이 쟝원흔 근본이 되리로다 녀즈는 국민될 쟈의 어미될 사롬이오 가뎡교육의 쥬쟝될 사롬인즉 불가불 교육에 한슉ᄒ여야 그 즈녀로 ᄒ여곰 문명흔 국민의 지식을 기도홀 모범이 될지니 엇지 녀즈 교육이 급션무가 아니리오

—『대한민일신보』국문판, 1908.8.11.

⑤

가. 〈現實을 正觀하라〉 現下의 朝鮮이 物質的으로나 精神的으로 보와서 一大危機에 處하얏슴은 누구나 다 否認치 못할 事實이다. 物質的 生活이 極度의 窮迫에 當面하엿는지라, 그 物質的 生活을 反映하는, 思想 그것이 또한 混沌에 빠지게 되어슴은, 돌이어 當然한 일이라 할 것이다. 그리하야 그 原因에 對한 見解와, 對策에 關한 觀察이, 자못 區區하야 或은 民族的 見地에 立脚하야써 自說과 相符치 아니하는 者에 對하야는 그를 非難, 排斥하기를 말지 아니하며, 또 或은 階級的 見地에 서서, 모든 다른 主張을 異端視하야 서로 容闊함을 즐겨 하지 아니하는 傾向도 업지 안타. 그러나 오늘날 弱小民族이 經濟的 窮迫을 免치 못하게 된 眞因과 밋 大衆의 自覺의 過程을 考究할진대, 그 觀察이, 前者는 너무도 觀念的 皮相에 流함이라 아늘 수 업고, 후자는 理想的 潔癖에 偏함이라 할 수 밧게 업다.

―『시대일보(時代日報)』제3호, 1924.4.2, 2면.

나. 〈오늘일·래일일-래일이 오늘 갓지 마라〉 오늘이 어제 갓고 래일이 오늘과 다를 것이 업다 하면 우리는 인생의 근본 쯧을 의심치 안을 수 없다 오늘이 어제보다, 래일이 오늘보다, 소극적으로 다를진대 이는 우리의 생활이 타락하여 간다는 유일의 증거다 그러면 이러한 것은 누구에게든지 드러 맛는 말이지만 더욱이 학창(學窓)에 잇는 여러분에게 특히 부치랴고 한다. ◇ 신학년(新學年)은 어제로써 시작되엇다 일년에 한 번식 맛는 정월 초하로날이나 자긔의 생일과 가티 반갑고 깃븐 일이다. 새 정신 새 긔분으로 새 교실에서 새 책을 펼 제 쏘는 유치원으로부터 대학에 이르기까지 수만의 학동 학생이 새로히 입학을 하야 각각 분수에 짜라서 한 목 가는 학생 생도가 되는 이째에 여러분은 얼마나 깁버 하고 얼마나 서로 치하하얏는가 과연 궁금하고 알고 십다 더구나 이번 학년에는 이러쿵 저러쿵 말이 만핫다 할지라도 어써튼지 간에 조선에서는 처음 되는 조선 제국대학이 새로 생기엇슬 쑨 아니라 그 첫싸움 첫길에서 우리 조선 사람이 첫재로 입격이 되고 쏘 리과(理科)에서 두과(兩科)에서도 그리 부스럽지 안혼 성적을 어덧다는 의미로 한층 더 우리 학생계의 경하할 날이라 하겟다

―『시대일보』제3호, 1924.4.2, 1면.

④, ⑤는 각각 『대한민일신보』와 『시대일보』에 실린 글이다. 강조한 것들이 이 글에서의 논의의 초점인 '단음절 한자+하'형 용언인데, 일별 해도 국한혼용문보다 한글로만 되어 있을 때 '단음절 한자+하'형 용언이 적게 사용된다는 사실과, 글의 표기 방식이 어떤 것인가와 관계 없이 16

년 후의 글에서 '단음절 한자+하'형 용언의 사용이 훨씬 줄어 들었음을 알 수 있고, 그만큼 직관적으로 느낄 수 있는 현대 한국어와의 거리도 가까워졌다고 이야기할 수 있을 것이다. 결국 3절 1)에서 열거한 문체 현대성 판별의 준거 여섯 가지 중에서 ③ '단음절 한자+하'형 용언의 사용 양상이 중요한 척도의 하나임을 알 수 있는 것이다. 각 기사에서의 '단음절 한자+하-'형 용언의 빈도와 텍스트 점유율은 다음 〈표 3〉과 같다.

〈표 3〉'단음절 한자 + 하-'형 용언의 빈도 및 텍스트 점유율 대비

	기사 전체 어절수	빈도	텍스트 점유율(%)
1908 국한혼용 기사	121	18	14.87
1908 순한글 기사	158	8	5.06
1924 국한혼용 기사	106	7	6.60
1924 순한글 기사	145	0	0

2) 현대 국어 자료와 태동기 자료의 비교

국한혼용문 문체의 정착과 어휘의 변화가 지니는 상관성을 검토함에 있어서 반드시 필요한 것이 궁극적으로 그러한 어휘의 변화가 현대 한국어에 어떻게 반영되어 있는가 하는 점일 것이다. 이를 확인하기 위해 여기서는 300만 어절 규모의 현대 한국어 균형 코퍼스의 분석 결과를 정리해서 보이기로 한다.

이 글에서 현대 한국어 텍스트 안에서의 '단음절 한자+하-'형 용언의 출현 양상을 검토하는 데에 사용한 자료는 김한샘(2004)의 현대 국어 어휘 빈도 조사를 위해 정리된 300만 어절 규모의 균형 코퍼스다. 그 구성은 〈표 3〉과 같다.

코퍼스 분석 결과 얻어진 '단음절 한자+하-'형 용언의 사용 양상을 요약하면 다음과 같다.

〈표 4〉『현대국어 사용빈도조사 2』 코퍼스의 장르 구성과 어절수

장르	비율(%)	하위 장르	장르별 어절수	하위장르별 어절수
구어	9.16	순구어	274,662	190,501
		준구어		84,161
문학	25.94	동화	778,255	73,515
		소설		550,338
		희곡 / 대본		154,402
신문	19.13	기타 / 대화 / 인터뷰	573,954	36,058
		문화 / 매체 / 과학		119,600
		사설 / 칼럼		109,029
		스포츠 / 연예 / 취미 / 생활		93,512
		정치 / 사회 / 경제 / 외신 / 북한 / 종합		215,755
잡지	9.65	잡지	289,558	289,558
정보	36.12	교육 자료	1,083,571	101,992
		사회		162,984
		예술 / 취미 / 생활		164,857
		인문		254,166
		자연		134,905
		체험기술		146,929
		총류		117,738
합계			3,000,000	

전체 코퍼스에서 '단음절 한자+하-'형 용언의 빈도는 총 40,255이다. 코퍼스 분석을 통해 얻어진 전체 어절수가 3,086,031개이므로,[10] '단음절 한자+하-'형 용언의 텍스트 점유율은 1.3044%가 된다. 또한

---

10 원시 코퍼스의 어절 수는 300만이었는데 어절 수가 달라진 것은 띄어쓰기 문제, 기호 및 숫자의 처리, 오류의 수정 등에 의한 것이다.

'단음절 한자+하-'형 용언은 모두 174종이고(목록은 ⑥에 제시한다), 빈도가 40,255인데, 분석 대상 코퍼스에 나타나는 용언의 빈도 합계가 854,686, 용언 종수가 16,703이므로, 용언 용례 중 '단음절 한자+하-'형의 비율은 4.7099%이고, 용언 중 '단음절 한자+하-'형의 비율은 1.0417%이다.

⑥[11] 加하01-/동, 諫하03-/동, 減하02-/동, 剛하01-/형, 强하02-/형, 居하02-/동, 隔하01-/동, 激하02-/형, 缺하02-/동, 兼하-/동, 輕하-/형, 告하01-/동, 哭하02-/동, 困하01-/형, 過하02-/형, 貫하01-/동, 關하02-/동, 求하01-/동, 救하03-/동, 屈하-/동, 窮하-/형, 勸하-/동, 貴하-/형, 極하02-/동, 禁하02-/동, 急하-/형, 基하04-/동, 期하05-/동, 繁하-/형, 吉하-/형, 冷하01-/형, 怒하01-/동, 論하-/동, 弄하01-/동, 濃하02-/형, 能하-/형, 達하01-/동, 答하-/동, 當하01-/동, 當하01-/형, 代하01-/동, 對하02-/동, 圖하-/동, 毒하-/형, 動하-/동, 鈍하-/형, 得하02-/동, 亡하-/동, 免하01-/동, 面하02-/동, 滅하-/동, 命하02-/동, 模하01-/동, 妙하-/형, 薄하-/형, 反하03-/동, 發하01-/동, 犯하-/동, 變하-/동, 補하02-/동, 補하03-/동, 封하01-/동, 封하02-/동, 富하-/형, 付하80-/동, 扮하02-/동, 憤하03-/형, 比하-/동, 死하02-/동, 敕하03-/동, 瀉하06-/동, 傷하02-/동, 傷하02-/형, 善하04-/형, 說하03-/동, 盛하03-/동, 盛하03-/형, 訴하80-/동, 屬하02-/동, 誦하02-/동, 順하02-/형, 濕하

---

11 어깨 번호는 『표준국어대사전』의 동음이의어 구분 번호이다.

⁰¹-/형, 實하-/동, 實하-/형, 甚하-/형, 惡하-/형, 冶하[01]-/형, 野하[02]-/형, 弱하[01]-/형, 嚴하-/형, 逆하[01]-/동, 逆하[02]-/형, 軟하[01]-/형, 連하[02]-/동, 殮하[03]-/동, 要하-/동, 辱하-/동, 怨하[01]-/동, 願하[02]-/동, 爲하[01]-/동, 委하[02]-/동, 有하[01]-/형, 柔하[02]-/형, 揖하-/동, 應하-/동, 依하[01]-/동, 因하[01]-/동, 任하[01]-/동, 臨하[02]-/동, 壯하[01]-/형, 傳하-/동, 切하[02]-/동, 占하[03]-/동, 接하[01]-/동, 正하[01]-/동, 呈하[02]-/동, 定하[03]-/동, 淨하[04]-/형, 制하[01]-/동, 除하[03]-/동, 足하-/동, 足하-/형, 卒하[01]-/동, 準하[03]-/동, 重하-/형, 卽하-/동, 贈하[80]-/동, 津하[01]-/동, 津하[01]-/형, 處하-/동, 賤하[01]-/형, 綴하[01]-/동, 請하-/동, 滯하[02]-/동, 草하[03]-/동, 醜하[01]-/동, 醜하[01]-/형, 衝하-/동, 取하[01]-/동, 娶하[02]-/동, 醉하[03]-/동, 親하-/형, 漆하-/동, 稱하-/동, 濁하[01]-/형, 貪하-/동, 擇하-/동, 擇하-/형, 吐하-/동, 通하-/동, 破하[02]-/동, 罷하[03]-/동, 敗하-/동, 便하-/형, 貶하-/동, 評하-/동, 廢하-/동, 表하[01]-/동, 標하[02]-/동, 避하-/동, 限하[02]-/동, 合하-/동, 抗하-/동, 害하[02]-/동, 行하-/동, 向하-/동, 虛하[02]-/형, 歇하-/형, 險하-/형, 化하[03]-/동, 和하[06]-/형, 厚하-/형, 凶하-/형, 興하-/동

이러한 분석 결과를 앞에서 예를 든 「기미독립선언서」과 「신문창간사」를 같은 기준에 의해 분석한 결과와 비교한 것이 〈표 5〉이다.

「기미독립선언서」는 총 595 어절인데, 그 중 '단음절 한자+하-'형 용언의 용례가 모두 45개이므로 '단음절 한자+하-'형 용언의 텍스트 점유율은 7.56%이다. 앞에서 본 『현대 국어 사용 빈도 조사 2』코퍼스

<表 5> 태동기 텍스트와 현대국어 텍스트에서의 '단음절 한자+하-'형 용언 사용 양상 대비

	총 어절수	단음절 용례수	점유율 (%)	용언 용례수	단음절 용례수	용례중 비율(%)	용언 종수	단음절 종수	종수중 비율(%)
己未獨立宣言書 (1919년)	595	45	7.56	171	45	26.32	127	36	28.35
新聞創刊辭 (1880년대)	916	46	5.02	243	46	18.93	152	30	19.74
현대국어 코퍼스 (1990년대)	3,086,031	40,255	1.30	854,686	40,255	4.71	16,703	174	1.04

에서의 '단음절 한자+하-'형 용언의 텍스트 점유율 1.30%와 비교할 때 근 6배에 달하는 비율이다. 그만큼 '단음절 한자+하-'형 용언이 많이 쓰인 것이다. 용언 용례 중 '단음절 한자+하-'형 용언의 비율은 이보다 더 큰 차이를 보인다. 「기미독립선언서」의 용언 용례는 171개인데, 그 중 '단음절 한자+하-' 용언류의 용례가 45개이므로 그 비율이 26.32%이다. 이를『현대 국어 사용 빈도 조사 2』코퍼스에서의 '단음절 한자+하-'형 용언류의 용언 용례 중 비율이 4.71%이었던 것과 비교하면 5.5배에 달한다. 또한『현대 국어 사용 빈도 조사 2』코퍼스에서 용언 16,703개 중 '단음절 한자+하-'의 용언이 174종 1.04%였던데에 비해서, 「기미독립선언서」에서는 용언 전체 종수 127개 중 '단음절 한자 +하-' 용언이 36종이므로(그 목록과 각각의 빈도는 ⑦에 제시한다), 그 비율이 28.35%에 달한다. 용언 중 '단음절 한자+하-' 용언의 비율에서는 「기미독립선언서」의 경우가 현대 한국어 코퍼스의 경우에 비해서 근 27배가 되는 것이다. 그만큼 「기미독립선언서」에서 '단음절 한자+하 -'형 용언의 비중이 높은 것이다.

「신문창간사」는 916 어절인데, 그 중 '단음절 한자+하-'형 용언의 용례가 모두 46개이므로 '단음절 한자+하-'형 용언의 텍스트 점유율은 5.02%이다. 『현대 국어 사용 빈도 조사 2』코퍼스에서의 '단음절 한자+하-'형 용언의 텍스트 점유율 1.30%와 비교해서는 약 4배이지만, 『기미독립선언서』와 비교할 때는 약간 낮아진다. 용언 용례 중 '단음절 한자+하-'형 용언의 비율도 이와 비슷한 양상을 보인다. 「신문창간사」의 용언 용례는 243개인데, 그 중 '단음절 한자+하-' 용언류의 용례가 46개이므로 그 비율이 18.93%이다. 『현대 국어 사용 빈도 조사 2』코퍼스에서는 4.71%이므로 약 4배가 되지만, 「기미독립선언서」에서는 26.32%이므로 비율이 약 2/3로 줄어든다. 용언 전체 종수 중 비율도 비슷하다. 전체 용언 종수가 152개이고, '단음절 한자+하-' 용언이 30종이므로(목록과 빈도는 ⑧에 제시한다) 19.74%다.

이러한 결과를 4절 1)에서 1908년의 신문기사 및 1924년의 신문기사를 분석한 결과(⟨표 2⟩)와 함께 대비해 보면 자못 흥미로운 사실을 확인할 수 있다. 1908년 국한 혼용 기사에서의 '단음절 한자+하-'형 용언의 텍스트 점유율이 14.87%였고, 1924년 국한 혼용 기사에서의 '단음절 한자+하-'형 용언의 텍스트 점유율이 6.60%였다. 따라서 유길준의 「신문창간사」는 '단음절 한자+하-'형 용언의 텍스트 점유율이라는 면에서 「기미독립선언서」나 1924년 국한 혼용 기사보다도 더 근대적인 모습을 보이며, 1908년의 순한글 기사와 유사한 양상을 보인다고 할 수 있는 것이다. 물론 텍스트의 양이 너무 작아서 일반화하기에는 무리가 있지만, '단음절 한자+하-'형 용언의 텍스트 점유율만으로도 어느 정도 문체의 현대성을 측정할 수 있으리라는 가설을 세울 수 있는 것이다.

또한 ⑥의 목록과 ⑦ ⑧의 목록을 비교하면, 중요한 사실을 확인할 수 있다. ⑥의 목록은 300만 어절 규모의 코퍼스를 분석한 결과 얻어진 '단음절 한자+하-' 용언 174종이고, ⑦은 불과 595어절의 「기미독립선언서」를 분석해 얻어진 '단음절 한자+하-' 용언 36종인데, ⑦의 목록에는 들어 있으나 ⑥의 목록에는 들어 있지 않은 단음절 한자+하-' 형 용언이 무려 25개이고(목록의 강조한 것들. 이는 69.4%에 달한다), ⑧의 목록에서는 30개 중 17개가 ⑥의 목록에 들어 있지 않은 것을 확인할 수 있다(이는 56.7%이다). 그만큼 '단음절 한자+하-' 형 용언의 변화가 우심했음을 의미하는 것이다.

⑦ 暇하-(2), 去하-(1), 決하-(1), 誥하-(1), 告하-(1), 過하-(1), 觀하-(1), 急하-(2), 來하-(2), 對하-(1), 免하-(1), 明하-(1), 甞하-(1), 逐하-(2), 乘하-(1), 始하-(1), 食하-(1), 爲하-(3), 有하-(1), 因하-(1), 作하-(2), 仗하-(1), 在하-(1), 展하-(1), 全하-(1), 際하-(1), 挫하-(1), 罪하-(1), 進하-(1), 責하-(1), 出하-(2), 取하-(1), 貪하-(1), 退하-(1), 合하-(1), 懷하-(1)

⑧ 可ᄒ-(2), 開ᄒ-(1), 結ᄒ-(1), 計ᄒ-(1), 過ᄒ-(1), 歸ᄒ-(1), 達ᄒ-(1), 當ᄒ-(1), 待ᄒ-(1), 得ᄒ-(4), 捨ᄒ-(1), 設ᄒ-(1), 盛ᄒ-(1), 成ᄒ-(1), 云ᄒ-(1), 爲ᄒ-(2), 壯ᄒ-(1), 接ᄒ-(1), 除ᄒ-(1), 從ᄒ-(3), 止ᄒ-(2), 至ᄒ-(8), 進ᄒ-(1), 察ᄒ-(1), 就ᄒ-(1), 致ᄒ-(1), 稱ᄒ-(2), 脫ᄒ-(1), 行ᄒ-(1), 向ᄒ-(1)

4절에서의 분석을 통해 우리는 '단음절 한자+하-' 형 용언이 국한혼용문체의 현대성을 판단하는 중요한 준거의 하나가 될 수 있음을 확인할 수 있었다. 그것은 '단음절 한자+하-' 형 용언의 텍스트 안에서의 빈도와 텍스트 점유율, 그 종류 등이 몇 가지 기준을 통해서 드러나는 것이었다.

5. 마무리

이 장에서는 현대 한국어의 문체 정착과 관련해서, '단음절 한자+하(ㅎ)-' 형 용언의 사용 양상이 문체의 현대성을 판단하는 중요한 준거의 하나가 될 수 있음을 밝히는 것을 목적으로 했다. 이는 한편으로는 어휘적 요소의 사용 양상을 바탕으로 해서 한국어 문체 현대성을 판별하는 것의 가능함을 보이기 위한 것이기도 하다. 검토 결과를 요약함으로써 이 장을 마무리하기로 한다.

2절에서는 태동기에 사용된 여러 유형의 국한혼용문 중에서 현대 한국어 문체 성립 과정을 검토할 때 그 대상이 될 텍스트가 어떤 유형의 것인가를 정리하였다. 이는 태동기 자료들이 한문과 한국어의 혼효어적 특성을 지니고 있음을 고려한 것이었다. 3절에서는 한문과 한국어의 혼효어적 특성을 반영하는 어휘적인 요소는 ① 대명사 ② 부사(어) ③ '단음절 한자+하(ㅎ)-형 용언 ④ '2음절 한자+하(ㅎ)-'형 용언 ⑤ 한자어구(성구) ⑥ 한자어 명사 등으로 정리될 수 있음과 이들 여섯 가지 어휘적 준거가 구체적으로 근대 계몽기 텍스트에서 어떻게 나타나는가를 정리했다. 4절에서는 여섯 가지 어휘적 준거 중에서 '단음절 한자+하(ㅎ)-형 용언의 사용 양상이 어떻게 변화하는가를 국한 혼용 텍스트와 순한글 텍스트의 경우로 나누어 계량적으로 분석한 후, 그 결과를 현대 한국어 코퍼스의 분석 결과와 대비했다. 그 결과 '단음절 한자+하(ㆆ)-형 용언의 빈도 및 텍스트 점유율, '단음절 한자+하(ㆆ)-형 용언의 종류가 시간의 흐름에 따라 크게 줄어든다는 사실을 확인하였으며, 아울러 '단음절 한자+하(ㆆ)-형 용언 목록에 있어서도 변화를 보인다는 사실을 확인할 수 있었다.

제2부
태동기 국한혼용문의 문체

제5장

『서유견문』의 문체 특성과
태동기 국한혼용문 문체 연구의 방향

1. 태동기 국한혼용문 연구의 방향성

이 장에서는 『서유견문』의 문체 특징을 분석하고, 『서유견문』의 문체 특징을 드러내는 요소를 태동기 국한혼용문 전반에 대한 분석 준거로 삼을 수 있도록 한다. 태동기 국한혼용문에 대한 분석에서 『서유견문西遊見聞』을 일차적인 검토 대상으로 삼은 까닭은 크게 두 가지다. 하나는 『서유견문』이 태동기 국한혼용문의 중요한 특성의 하나인 구조적 변형[1]을 보여주는 전형적 텍스트의 하나라는 사실을 확인할 수 있었기 때문이고, 다른 하나는 환태기에 들어서서 급격히 진행되는 국한혼용문의

---

[1] 구조적 변형이란 한자가 개재함으로써 문장의 구성 요소와 그 배열이 한국어 문법을 따를 때와 달라지는 것을 가리킨다. 태동기 국한혼용문이 지닌 중요한 특징의 하나이지만 어떤 것들이 구조적 변형을 가져오며, 그것이 태동기 국한혼용문의 하위 유형에 따라 어떻게 달라지는가에 대해서는 밝혀진 것이 많지 않다. 태동기 국한혼용문 전반의 어휘와 문법을 체계적으로 기술하기 위해서는 구조적 변형을 가져오는 요소에는 어떤 것들이 있으며 그 빈도와 분포가 국한혼용문의 하위 유형에 따라 어떻게 달라지는가를 파악할 필요가 있다. 그 구체적 유형에 대해서는 3절 1) 참조.

현대화에서『서유견문』의 문체가 기본이 된다는 사실을 확인할 수 있었기 때문이다.[2]

『서유견문』은 당시의 일반적인 서사방식과는 달리 '我文과 漢字를 混用'하고 '我邦七書諺解의 法을 大略 倣則ᄒ야 詳明'하려 함으로써 국어 문체의 전환을 가져왔다는 평가를 받았다. 그러나 다른 한편으로는 '일본 문체를 흉내낸 타락한 문체'라는 극단적으로 부정적인 평가를 받기도 한다(2절 3) 참조). 이렇게『서유견문』의 문체에 대해 긍정적인 평가와 부정적인 평가가 공존한다는 것은『서유견문』의 문체가 지니고 있는 국어사적·언어문화사적 의의가 무엇인지에 대해 학계 전체가 공감할 만한 연구 결과가 없다는 것을 뜻하지만, 한편으로는『서유견문』의 문체 나아가 태동기 국한혼용문의 문체에 대한 연구 방법론이 확립되지 않았다는 것을 의미한다고도 할 수 있다. 국한혼용문의 유형 분류를 위한 객관적 척도조차 마련되지 않았다는 것이 이를 방증한다(4절 2) 참조).『서유견문』류 국한혼용문에 대한 문체 연구사를 검토하면서 연구 방향성 설정을 위한 논의를 택한 것은 이를 고려한 것인데,『서유견문』류 국한혼용문에 대한 연구사 정리가 태동기 국한혼용문 연구사의 정리를 겸하는 것이라고 해도 좋을 정도로『서유견문』텍스트에 대한 연구가 태동기 국한혼용문에 관한 연구 중에서 차지하는 비중이 크다는 것도 중요한 이유의 하나다.

『서유견문』에 대해 다양한 관점에서의 논의가 있었던 만큼『서유견문』을 다룬 글은 단일 문헌에 관한 것치고는 상당히 많다. 태동기의 서사

---

2 『서유견문』의 문체가 환태기에 급격히 진행된 국한혼용문의 현대화에서 기본이 된다는 사실은 이 책의 9장 참조.

방식을 다룬 글이라면『서유견문』에 대해 언급하지 않은 연구가 없다고 해도 과언이 아닐 정도인 것이다. 이러한 점을 고려하여 이 글에서의 연구사 정리에서『서유견문』의 문체 및 기타 문제에 관련된 연구를 유형별로 나누고, 향후의 연구와 관련된 영역에 대해서 검토하기로 한다.

『서유견문』의 국한혼용문에 대한 연구는 대체로 다음 네 유형으로 나눌 수 있다.

첫째,『서유견문』문체에 대한 국어학적 평가이다. 이 유형의 연구는 대체로『서유견문』의 서사방식이 지니고 있는 국어사적 의의를 다룬 것이 많다. 당대 최고 지식인의 한 사람인 유길준이 그 시대의 일반적 서사방식인 한문이 아닌 새로운 형식의 글을 썼다는 데에 초점을 두어, 그러한 서사방식이 지니고 있는 국어사적 의의를 평가한 것이다.

둘째, 태동기 국한혼용문의 연원과 관련된 연구이다.『서유견문』의 문체에 대한 평가가 긍정적인 것과 부정적인 것으로 양분되는 것도『서유견문』국한혼용문의 연원을 어디에 두느냐에 따라 좌우되기 때문에 국한혼용문의 연원에 관한 연구는『서유견문』문체 연구의 중요한 부분을 차지한다. 또『서유견문』이 태동기 국한혼용문 사용에서 차지하는 상징적 위상 때문에 국한혼용문의 연원에 관한 연구에서는『서유견문』이 언급되는 경우가 적지 않다.

셋째, 태동기 국한혼용문의 유형과 관련된 연구이다. 태동기는 다양한 서사방식이 공존한 시기다. 한문과 한글전용이라는 두 서사방식과 달리[3] 국한혼용문은 그 하위유형을 분류하는 일이 간단치 않다. 이른바

---

3 그렇다고 해서 태동기 순한글 텍스트의 문체가 단순하다는 의미는 아니다. 여기서의 서술은 표기 수단이라는 면에서 구분이 쉽다는 의미이다.

구결문과 유사한 문장 구성을 보이는 유형부터 현대의 국한혼용문과 비교해도 별 차이가 없는 유형까지 그 변이의 폭이 아주 크기 때문이다. 이는 국한혼용이라는 서사방식이 새로이 도입된 것인데다가 그러한 서사방식을 이용한 문장의 전범이 확립되지 않은 시기였기 때문이라고 할 수 있을 것이다. 그런만큼 태동기 국한혼용문의 유형에 대한 연구에도 국어학적 평가나 연원에 관련된 연구 못지 않게 다양한 논의가 있었다.

넷째 유형은 문화사적 접근이다. 이 유형의 연구는 태동기 국한혼용문의 출현과 그 사용이 지니는 사회적, 어문생활사적 의의를 다룬 것으로 이른바 '어문민족주의'와 '언문일치'라는 관점에서 접근한 경우가 많다.

이 글의 연구사 정리에서는 첫째 문제와 둘째 문제만을 묶어서 검토한다.『서유견문』의 문체에 대한 국어학적 평가는 그 문체의 연원이 어디에 있는가에 따라 좌우된다고 보아도 무방할 것으로 생각되는 한편, 태동기 국한혼용문의 유형론은 그것만으로도 한 편의 논문에서 다루기 힘들 정도로 여러 문제가 얽혀 있기 때문에 별도의 연구가 필요하다고 판단되고, 문화사적 접근은『서유견문』텍스트의 분석을 통해 태동기 국한혼용문의 어휘와 문법에 대한 연구의 기초를 마련한다는 필자 나름의 전체적 연구 목적과 크게 관련이 없다고 판단했기 때문이다.

2.『서유견문』문체 연구사 검토

『서유견문』의 문체에 대한 국어학적 평가 및 태동기 국한혼용문의 연원와 관련된 연구는 관점에 따라 크게 둘로 갈린다고 할 수 있다. 하나는『서유견문』서문의 '我文과 漢字를 混用'하고 '我邦七書諺解의 法을 大略 倣則ᄒ야 詳明홈을 爲홈이라"는 기술처럼『서유견문』의 문체가 경서언해의 문체와 관련이 있다고 본 김완진(1983), 김주필(2007) 등이고, 다른 하나는『서유견문』의 문체가 근대 초기 일본(명치기) 문체를 본뜬 비정상적인 문체라고 보는 조규태(1991), 민현식(1994a; 1994b), 이병근(2000) 등의 연구이다. 개항 이후 국한혼용문의 발생이 한문 해독 방식과 관련이 있다고 본 김상대(1985), 심재기(1992)는 전자의 연장선 상에 놓인다고 할 수 있으며, 국한혼용문의 연원을 일본 속문에서 찾는 황호덕(2002), 배수찬(2008) 등은 후자의 견해를 좀더 확대한 연구라고 할 수 있다.

1) 경서언해 및 한문 독법과 연관된다는 견해

김완진(1983)은 한국어 문체 발달사를 정리하는 과정에서 경서언해 및『서유견문』의 한 부분을 예문으로 들고 "그의 문체는 경서의 언해들에서 흔히 볼 수 있었던 문체라는 것을 확인하기 어렵지 않게 되어 있다(김완진 1983:264)"고 간단히만 언급하였다.『서유견문』서문의 칠서언해의 법을 본받았다는 기록을 참조했던 것으로 보인다. 그런데 이 서술에 뒤이어『서유견문』의 문체가 국한문 성서, 교과서의 문체와 같은 배경을 가진 것으로 설명하면서, "문체라는 것이 반드시 글쓰는 사람 쪽에서만 이끌어가는 것이 아니라 읽는 사람 쪽에서 글쓰는 사람의 문체에 견제를 가하는 일면이 있음을 우리는 생각해야 할 것이다"라고 지적하고 있다(김완진 1983:248). 구체적인 분석은 없지만, 태동기 국한혼용문의 사용 배경을 처음 언급한 것이다.

19세기 말 국한혼용문의 연원을 우리 고유의 한문 해독 방식 및 그를 응용한 우리말 문장 구성에 있다는 견해는 김상대(1985)가 처음 명시적으로 언급한 것으로 보인다. 즉 태동기의 국한혼용문을 순한문에 한글로 현결한 식의 제일형第一型 국한문체와 한문을 국어의 구조로 풀어서 거기에 한글로 현결한 식의 제이형第二型 국한문체로 나누고, 전자는 구결문口訣文을, 후자는 이두문吏讀文을 이어받은 것이라고 기술한 것이다(김상대 1985:8~10). 김상대(1985)는 『서유견문』에 대해 직접 언급한 적도 없고, 『서유견문』의 문체와 당대 국한혼용문의 상관성에 대해서도 언급한 적은 없지만, 구결문과 이두문이 보이는 문장 구성 양식상의 차이에 주목해서 태동기 국한혼용문의 연원이 한문의 학습 방법 및 그의 활용과 관련된 것이라는 견해를 처음 내놓았다는 점에 의의를 둘 수 있다.[4]

심재기(1992)는 국어 문체를 한문체, 언해체, 한글체로 구분하고, 이 중 한글과 한자를 섞어쓴 언해체가 태동기 국한혼용문의 연원이라는 견해를 처음 밝혔다(심재기 1992:183). 나아가 '국한문체의 발단이 경서를 비롯한 고전한문의 언해과정에서 생성된 것인 까닭에, 언해의 전단계였던 현토체, 직역의 언해체, 그리고 우리말에 가까운 의역의 언해체의 세 유형으로 상정할 수 있다'고 하면서(심재기 1992:192), 국한혼용문의 생성이 한문의 해체를 통한 것이라고 보았다(심재기 1992:192~194).

『서유견문』의 문체를 경서언해와 관련시킨 김완진(1983)의 견해는

---

4 김상대(1985)의 구결문 및 이두문의 구분, 양자가 국한혼용문의 연원이 되었다는 주장은 두시언해 주석문의 문법적 특성을 다룬 남풍현(1971a; 1971b; 1972; 1973) 등 일련의 논문과 관련이 있는 것으로 보인다. 국한혼용문의 유형에 대해 언급하지 않아서 연구사 검토에 포함하지는 않지만, 한문 학습 과정에서의 습득한 한문의 분절과 문장 구성 요소의 재배열 방식이 한국어 문장 구성에 영향을 주어 혼효적 문장을 만들어 낸다는 사실을 지적한 것은 남풍현(1971a)이 최초라고 할 수 있다.

한동안 그 뒤를 이은 연구가 없었는데, 김주필(2007)에서 음독구결을 이용한 경서 학습법을 보여주는 자료의 분석과 함께 칠서언해[七書諺解] 언해문의 형성 원리가 19세기 말 국한혼용문의 형성 원리와 같다는 주장으로 이어졌다. 김주필(2007)은 19세기 말 국한혼용문이 한문과 국문의 절충적 성격을 가진다고 보고, 그것을 당대의 자료를 바탕으로 나름대로 논증한 뒤,『석보상절』류의 언해문과 칠서언해의 언해문이 지니고 있는 차이점에 주목하여, "칠서언해의 언해문은 한문을 일반 언해문으로 전환하는 중간 단계에 위치하며, 19세기 말의 국한문은 한문을 국문으로 전환하는 중간 단계에 위치한다"는 결론을 내렸다(김주필 2007:211). 나아가 음독구결을 활용하여 한문 텍스트를 이해하는 방법은 원문을 우리말 문장 구조에 맞추되 추상적인 개념어를 원문대로 사용하는 방법이 효과적인 방법이었을 것이라고 추정하고, 19세기 말 국한문의 연원은 이러한 방식의 한문 학습 방법에 있다고 주장하고 있다(김주필 2007:212).

국한혼용문의 연원에 대한 이들의 견해는 비슷한 것 같지만 조금씩 다르다. 김상대(1985)는 구결문과 이두문, 심재기(1992)는 언해체, 김주필(2007)은 음독구결을 이용한 한문 학습 방법, 혹은 학습 대상으로서의 칠서언해가 태동기 국한혼용문의 연원이라고 보는 것이다. 한편 공통점도 있다. 세 연구 모두 '한문－국한혼용문－국문(한글)'이라는 관계 속에서 이 시기 국한혼용문이 한문의 해독 방법 혹은 그 결과물에 영향을 받아 생기는 것으로 파악한다는 점이다. 전통 국한혼용문의 연원이 한문의 해독(학습) 방법 및 그 결과물과 관련이 있는 것은 부정할 수 없다. 문제는 태동기의 국한혼용문도 이와 동일한 관점에서 다루어도 좋은가 하는 점이다. 세 연구가 전제로 하는 바는 한문 원문의 해독 방법 혹은 그 결과물인데, 태동기의 국한혼용문은 한문 원문이 없는 것이 많고,[5] 역으로 순한글로 쓰여진 텍스트를 바탕으로 만들어지는 경우도 확인되기 때문이다.[6]

2) 경서언해와의 연관이 있다는 견해에 대한 비판적 검토

2절 1)에서 정리한 『서유견문』의 문체에 대한 국어학적 연구들은 대체로 『서유견문』 텍스트가 지닌 문체 특성의 실체에 제대로 다가서지 못한 것이었다는 지적이 가능할 듯하다. 연구사 정리 부분의 기술 내용에서 확인할 수 있듯이, 『서유견문』 본문 전체를 대상으로 문체를 분석한 연구가 한 편도 없다는 점이나, 단락 단위의 인상적인 평가가 아닌 문체의 구체적 분석을 보인 연구가 없다는 점, 『서유견문』 텍스트가 동시대의 혹은 후대의 유사한 국한혼용문 텍스트와 문체 상으로 얼마나 유사하고 얼마나 차이가 있는지를 구체적 대비를 통해 검토한 연구는 찾아 보기 어렵다는 점[7] 등도 이러한 생각을 가지게 하지만, 구체적으로

5 　학회지에 실린 글 중의 일부와 교과서류의 일부는 번역이다. 그런데 그 번역 저본은 일본어인 경우도 있고 한문인 경우도 있다. 한문도 전통적인 고문이 아닌 신문체인 경우가 적지 않다.

6 　태동기에 순한글 텍스트를 바탕으로 국한혼용문이 만들어진 예로는 『대한미일신보』 논설 및 기서류의 일부와 『신약젼셔(1906)』을 바탕으로 만들어진 『신약젼셔 국한문(1906)』을 들 수 있다(류대영 외 1994:82~89). 선행 한글 텍스트를 확인할 수 있으면 양자를 대비하여 국한혼용문의 생성 과정을 알 수 있을 것이다. 그러나 『서유견문』을 비롯한 대부분의 태동기 국한혼용문은 선행 한글 텍스트가 있는 것이 아니다. 따라서 이러한 국한혼용문의 형성 과정은 국한혼용문 텍스트를 구성하는 요소들의 분석을 통해 확인할 수밖에 없다.

7 　물론 『서유견문』 이후에 간행된 교과서류들의 문체를 검토한 연구는 있다(조규태 1992; 심재기 1992 등). 그러나 그 내용은 『서유견문』 본문 문체와의 구체적 대비를 통한 것이었다기 문체의 인상적 분석을 바탕으로 한 것으로, 구성 요소들의 기능과 그것이 반영하는 한문이나 일본어의 영향이라는 관점에서의 분석이 결여되어 있다.

는 경서언해류의 문체와 『서유견문』의 문체는 근본적으로 다를 수밖에 없는 배경을 가지고 있고, 그것이 실제 문체 분석 결과에서도 확인되기 때문이다. 다음에 그러한 사실을 간단히 정리한다.

경서언해류는 한문 / 한자를 학습하는 이들을 위해 만들어진 것이다. 따라서 경서언해의 문체는 한문 / 한자를 잘 알지 못하는 이들이 이해할 수 있는 문체를 택할 수밖에 없다. 그러나 『서유견문』은 한문 / 한자에 대한 문식성을 지닌 이들을 대상 독자로 상정하고 있다. 이는 『서유견문』의 서문의 "語意의 平順홈을 取ᄒ야 文字를 略解ᄒᄂ 者라도 易知ᄒ기를 爲홈이오"[8]라는 표현에서도 드러난다. 고급의 한문 지식은 지니지 못했지만 어느 정도의 한문 / 한자 문식력을 지니고 있는 이들이라면 읽을 수 있게 해서 글의 내용을 널리 알리는 것이 『서유견문』에서 국한혼용문을 쓰게 된 까닭인 것이다.[9] 이런 대상 독자의 차이는 결국 문체의 차이로 나타난다. 한 가지만 예로 들어 둔다.

『서유견문』에서는 보조용언 구성을 거의 사용하지 않는다. 『서유견문』에 쓰인 보조용언 구성은 '-게 ᄒ-, -코져 ᄒ-, -지 / 치 아니ᄒ-, -지 / 치 못ᄒ-, -지 말게 ᄒ-, -ㄴ/ㄹ 듯 / 듯(ᄒ)-'가 그 전부로, 용례도 모두 합해 300개 남짓에 불과하다. 이 중 일반 부정을 나타내는 '-지 / 치 아니ᄒ-'의 예는 겨우 9개다. 반면 '-지 / 치 아니ᄒ-' 대신 쓰인 '不Xᄒ-' 구조의 한문구 용언[10] 용례는 약 2,000개이고 종수로는 360

---

8 이의 현대어 역은 다음과 같다.
   "말하고자 하는 뜻을 평이하게 전하는 것을 위주로 하였으니, 글자를 조금만 아는 자라도 쉽게 알 수 있도록 하기 위해서이다."허경진(2004:26).
9 유길준이 출판한 『서유견문』 1,000권을 모두 기증 형식으로 관리와 유력자에게 배포했다는 후손의 말을 인용한 이광린(1981:67)의 기술도 이를 방증한다고 할 수 있다.
10 일반적으로 문장 구성에서 용언이 이루는 구를 술어구 혹은 용언구라고 한다. 그런데 태

여 개다. 용언의 용례가 한글로 표기된 것과 한자로 표기된 것을 합해 25,000여 개이므로 보조용언 구성 '-지/치 아니ㅎ-'의 비율은 0.03% 정도에 불과하지만, 그 대신 사용된 '不X호-'형 한문구 용언은 전체 용례의 약 8%를 차지한다. 그런데 김완진(1983)에서 『서유견문』과 같은 문체를 지닌 것으로 예시된 『주역언해』의 경우에는, '不X호-' 구조의 한문구 용언은 단 두 개인 반면 '-디/티 아니ㅎ-'로 표현된 것이 145개이다. 『주역언해』의 언해문에 쓰인 용언 용례의 수가 한자 표기 용언과 한글 표기 용언을 합해 5,700여 개이므로, '不X호-' 구성의 한문구 용언의 비율이 0.03%를 넘지 못하고, '-디/티 아니ㅎ-'로 표현된 것이 용언 전체의 2.54% 정도이다. 일반 부정 표현에 사용할 수 있는 두 방법 중에서 어떤 것을 선택하는가 하는가를 기준으로 하면 『서유견문』과 『주역언해』는 정반대의 경향을 보인다고 해도 좋을 정도이다. 이것이 『서유견문』의 문체가 경서언해류의 문체와 비슷하다거나, 경서언해문의 형성 원리가 『서유견문』 국한혼용문의 형성 원리와 같다는 주장에 동의하기 어려운 이유이다. 형성 원리가 같다면 보조용언 구성의 사용 양상이 이렇게 큰 차이를 보일 수는 없을 것이기 때문이다.[11]

---

11 동기 국한혼용문의 용언류는 현대 한국어에서 구로 보아야 할 만한 것들이 한 단어처럼 쓰인 예들이 많다. 여기서의 '不X호-'가 그 예 중의 하나다. 이러한 구들은 현대 한국어의 용언이 이루는 술어구 / 용언구와 구분할 필요가 있다. '한문구 용언'이라는 용어는 이를 고려하여 사용한 것이다. 한문구 용언의 형성 방식에 대해서는 2절 4) 및 3절 1) 참조. 형성 원리가 다르다고 해서 『서유견문』의 국한혼용문이 경서언해류의 언해문과 무관하다는 의미는 아니다. 『서유견문』의 문체 특성 중 한문구의 해체 방식에서 경서언해의 영향을 일부 확인할 수 있다. 3절의 2) 참조.

3) 일본 속문俗文과 연관이 있다는 견해

태동기 국한혼용문의 연원이 명치기 일본 속문에 있다고 보는 견해는 앞에서 언급한 대로 조규태(1991), 민현식(1994a; 1994b), 이병근(2000), 황호덕(2002), 배수찬(2008) 등에서 볼 수 있다.

조규태(1991)는 『서유견문』 '서문'을 분석해 본 결과 어휘나 통사 구조라는 측면에서는 경서류의 언해문과 유사하지만, ① 경서의 언해문은 한문을 원전으로 한 번역문인 데 비해 『서유견문』에는 그러한 원전이 없다는 것과 ② 언해문은 후대로 전승되지 않았다는 이유로 『서유견문』 서문의 서술을 받아들일 수 없다고 한 후, 유길준의 행적, 문체에 대한 견해, 동시대인들의 증언 등 상황 증거를 바탕으로 『서유견문』은 일본 글을 본받아 그 문체를 수립한 것이라는 결론을 내리고 있다(조규태 1991:759). 민현식(1994a)도 "국한문체라 하지만 이는 오늘날의 국한문체와도 다르며 한문을 풀어 한글로 토를 단 정도에 불과하다"는 이기문 (1970:17)의 기술에 기대어,[12] 우리의 "전통 언해체의 국한문체와는 현토 원리에서 부분적으로 비슷할 뿐 전체적으로는 그 성격이 다르다"고 하면서 국한문체를 전통 언해체와 현토식 국한문체로 나누고, 『서유견문』의 문장은 토만 한글로 바꾼 국한문체 즉 '현토식 국한문체'이며, 특히 이 시기의 국한문체를 '개화기 국한문체'로 구분해야 한다고 주장하였다. 특히 『서유견문』의 문체에 대해서는 상당한 부분을 할애하여 논의한 후, 『서유견문』이 집필되던 당시 일본의 문체 개혁을 주창한 후쿠

---

12 이기문(1970:17)의 지적은 『서유견문』의 문체에 대한 것이 아니라 개화기 국한문체 전반에 대한 개략적인 서술이다. 그런데 민현식(1994:125)은 이기문(1970:17)의 기술이 『서유견문』의 문체에 대한 평가인 것으로 바꾸어 놓았다.

사와 유키치福澤諭吉의『서양사정西洋事情』의 문체를 본뜬 것이라고 단언하고 있다(민현식 1994a:41~46). 이병근(2000)은 국한혼용문의 사용과 관련하여 유길준 전집의 글들을 서사방식에 따라 분류·검토한 후 유길준이 『서유견문』이후에도 '以國文爲本'한 적이 없다는 사실을 지적하고(이병근 2000:316), 『서양사정』의 내용과 거의 같은 '瓦妬의 略傳' 부분을 인용하여 대조한 후『서유견문』의 국한혼용문은 대체적으로『서양사정』의 그것에 영향을 받았다고 볼 수밖에 없다고 결론짓고 있다(이병근 2000:317).[13] 황호덕(2002)은 국한혼용문의 사용과 관련된 사료를 정리하여 태동기 국한혼용문의 연원을 밝히는 과정에서, 많은 부분을 할애해서 유길준이 후쿠사와 유키치福澤諭吉의 문자론의 영향을 받았다는 사실을 일본의 자료를 바탕으로 논증하려 애썼고(황호덕 2002:190~240), 배수찬(2008)은 국한혼용문의 형성 과정을 논하면서 한문 원전이 존재하는『서유견문』제3편 '邦國의 權利'의 한 단락을 명치기 일본의 한문 읽기 방식인 요미구다시読み下だし를 붙인 가상의 텍스트까지 제시해 가면서『서유견문』의 문체가 '한문 =〉 요미구다시문 =〉 서유견문의 문체'라는 과정을 거쳐 만들어진 것이라고 단정하고 있다(배수찬 138~142).

4) 일본 속문과 연관이 있다는 견해에 대한 비판적 검토

『서유견문』의 문체가 명치기 일본 속문을 본뜬 것이라는 평가도『서유견문』의 문체를 구체적으로 관찰한 결과라고 하기 어렵다. 『서양사정西洋事情』의 것과 글의 내용이 일치하는 부분이나(이광린 1981:70~73; 이

---

13 이병근(2000)의 견해에 대해서는 이 장의 각주 30 참조.

한섭 1989:89), 일부 일본어 차용어가 확인되기는 하지만(이한섭 1989:92),
『서유견문』의 문체는 일본 속문의 문체와 같지 않다.『서유견문』의 용언
은 2절 2)에서 예를 든 것처럼 한국어와 한문 문법의 혼효를 보이는 것
들이 많다.[14] 그러나 일본 속문의 술어구는 당대 일본 구어를 반영하고
있는 것이기 때문에『서유견문』의 용언과는 구성 방식이 다를 수밖에
없다. ①, ②의 예들이 이를 분명히 보여준다.

①

가. 外交는 國家와 國家의 關係를 ㉠處理ᄒᆞᄂᆞᆫ 術이라 故로 外交 觀念의 要素ᄂᆞᆫ
二國 以上의 國家가 互相 ㉡交通홈에 ㉢必要ᄒᆞ니 各邦이 鎖國主義를 ㉣執
ᄒᆞ야 ㉤孤立ᄒᆞ거ᄂᆞ 或 一國이 天下를 ㉥倂有ᄒᆞ야 統一 帝國을 ㉦形成ᄒᆞ면
外交가 自然히 ㉧無ᄒᆞ거니와

—安國善,『外交通義上』, 1907, 1면.

가´. 外交ハ國家相互ノ關係ヲ㉠´處理スル術ナリ故ニ外交ナル觀念ノ要素ト
シテ第一二國以上ノ國家互ニ相㉡´交通スルコト㉢´必要ナリ各邦鎖國
ノ主義ヲ㉣´トリテ㉤´孤立スルカ或ハ一國天下ヲ㉥´倂セヲ所謂統一帝
國ヲ㉦´形成スルニ於テハ外交ハ㉧´アル可キノ理ナシ

—長岡春一,『外交通義』, 1901, 1면.

②

가. 冠은 冬夏의 用이 各有ᄒᆞ니 毛로 作ᄒᆞᆫ 者ᄂᆞᆫ 禦寒ᄒᆞᄂᆞᆫ 意를 取홈이오 麥藁

---

14 한문 문법과의 혼효는 용언에서만 나타나는 것이 아니다.『서유견문』의 구문에서 보이
는 한문 문법과의 혼효에 대해서는 3절에서 정리한다.

로 作흔 者는 退熱ᄒᆞᆫ 性을 用홈이라 其形이 略同ᄒᆞ나 或 全異흔 者도 亦

有ᄒᆞ디 楕圓흔 貌樣으로 頭顱를 覆ᄒᆞ기는 同一홈이라

　　　　　　　　　　　　　—兪吉濬, 『西遊見聞』, 「第16編 衣服 飮食 及 宮室의 制度」中.

　나. 敎育은 智育과 體育으로 爲用ᄒᆞ고 德育으로 爲基ᄒᆞᄂᆞ니 凡敎育을 事ᄒᆞᄂᆞ

　　者ㅣ 皆以此로 模範을 作爲ᄒᆞ되 女學의 德育이 爲尤要ᄒᆞ니 何則고

　　　　　　　　　　　—李源兢, 『初等女學讀本』序言, 隆熙二年(1908), 1면.

　다. 釜山港 西方에 西平浦와 多大浦가 有ᄒᆞ니 昔日에 水軍 諸鎭營의 設이 有ᄒᆞ

　　엿더니 今에 廢止ᄒᆞ고 漁舟의 繫泊이 甚盛ᄒᆞ니라

　　　　　　　　　　—玄采, 『大韓地誌』卷二, 光武10年(1906), 139면.

　①-가는 명치기의 속문체로 쓰여진 나가오카 하루이치長岡春一의 『외교
통의外交通義(1901)』를 『금수회의록』의 작가로 잘 알려진 안국선이 번역한
것이고, ①-가'는 그 원문이다. 안국선의 글에서 강조한 부분은 원문의
용언을 그대로 옮긴 것임을 번호에 따라 대응시켜 보면 확인할 수 있다.
예외적인 것이라면 '있을 까닭이 없거니와' 정도로 옮길 수 있는 '◎ ア
ル可キノ理ナシ'를 '◎ 自然히 無ᄒᆞ거니와'로 옮긴 부분 정도이다.

　『서유견문』이 명치기 일본 속문을 본떴다면 『서유견문』의 문장도 ①
-가와 유사한 문장이 될 것이다. 그러나 ②의 예들을 보면 그렇지 않음
을 확인할 수 있다.

　②의 예들은 『서유견문』 제16편 〈衣服 飮食 及 宮室의 制度〉 중의 '모
자帽'를 설명한 부분과 1900년대에 간행된 국한혼용문 교과서들의 일
부인데, 『서유견문』의 한 부분인 ②-가의 한문구 용언은 ①-가 예문의
용언과 그 구조가 다른 것들이 많은 점이 주목된다. 단음절 어간 용언에

대해서는 지금으로서는 일본 속문을 번역한 것과 『서유견문』의 것과의 차이를 이야기하기 어렵지만,[15] 2음절 용언의 경우에는 『서유견문』의 한문구 용언리 일본 속문을 번역한 ①-가 예문에서 보이는 용언들과는 달리 한문 문법의 영향을 받은 것임을 구체적으로 지적할 수 있다. '禦寒ᄒ-(추위를 막-), 退熱ᄒ-(더위를 물리치-)'는 동빈구성動賓構成의 한문에 'ᄒ-'가 결합한 것이고, '楕圓ᄒ-(길둥글하-), 同一ᄒ-(같-)'는 용언의 병치라는 한어 조어법에 의해 만들어진 한문구에 'ᄒ-'가 결합한 것이다. 또 '各有ᄒ-(따로 있-), 略同ᄒ-(대개 같-) 全異ᄒ-(전혀 다르-) 亦有ᄒ-(~도 있-)'은 '부사+용언' 구성의 한문구에 'ᄒ-'가 결합한 것이다. 부사가 용언 앞에 오는 구성은 한문과 한국어의 어순이 같기 때문에 이를 한문의 영향이라고 할 수 있는가 하는 의문을 제기할 수 있지만, '亦有ᄒ-'의 경우를 참조하면 이들 구성 역시 한문의 문법을 따른 것이라고 이야기 할 수 있을 것이다.

②-나, ②-다의 예문들에서도 그 구성이 ②-가와 같은 방식으로 이루어진 것이 많다는 점도 주목할 만하다. ①-가와는 대조적으로 일본어 교재를 번역한 것이 아닌 창작 교재에서 확인되는 것이기 때문이다. ②

---

15 『서유견문』의 문체에 대해, 단음절 한자 용언의 사용 빈도가 높고 종수도 많은 것이 기형적이라는 지적이 있다. 그러나 유길준이 본받았다고 한 경서언해류의 단음절 한자 용언 사용을 검토해 보면 기형적이라는 평가는 재고할 필요가 있다. 사서언해 전체의 어절 수는 41,900여 개인데, 그 중 한자어 용언의 용례는 9,200개가 조금 안된다. 그런데 한자어 용언 중 단음절 한자 용언의 용례가 8,600여 개에 달한다. 한자어 용언 중 단음절 한자 용언 용례의 비율이 93%가 넘고, 전체 어절 대비 단음절 한자 용언 용례의 비율이 20%가 넘는다. 이에 비해 『서유견문』의 경우는 전체 어절 수가 78,700여 개, 단음절 한자 용언의 종수는 870개, 그 용례는 9,670여 개다. 용언의 전체 종수가 6,890여 개, 용례의 수가 25,300여 개이므로 종수로는 약 9%, 용언 대비 용례의 비율로는 38.5%이고, 전체 어절 대비 단음절 한자 용언 용례의 비율로는 12% 남짓하다. 『서유견문』의 단음절 한자 용언 사용이 결코 전통과 동떨어진 기형적인 것이 아님을 보여준다.

-나의 '爲用ᄒ-, 爲基ᄒ-, 爲尤要ᄒ-'은 ②-가의 '禦寒ᄒ-, 退熱ᄒ-'와 같은 방식으로 만들어진 것이고, ②-다의 '甚盛ᄒ-(아주 성하-)'는 ②-가의 '各有ᄒ-(따로 있-)'나 '略同ᄒ-(대개 비슷하-)'과 같이 '부사+용언' 구성에 'ᄒ-'가 결합한 것이다.

이러한 예들을 볼 때, 『서유견문』의 '한문구 용언'은 한국어 문장의 술부 구성 요소를 한문 문법에 따라 한문구로 바꾸고 거기에 'ᄒ-'를 결합하는 방식으로 만들어 진 것이라고 이야기할 수 있다. 『서유견문』의 문체가 명치기 일본 속문을 본뜬 것이라면 이런 유형의 한문구 용언은 나타나지 않아야 한다. 속문의 배경이 된 요미구다시読み下だし는 문장을 구성하는 통사단위가 둘 이상의 한자 구성 요소의 결합으로 만들어진 것일 때 그것을 분할하고 배열하는 방식을 정하는 것이고, 속문은 그것을 반영하여 구성 요소에 대응하는 당대의 일본 구어 표현으로 옮긴 것인 바 『서유견문』의 문체가 일본 속문을 본뜬 것이라면 예로 든 한문구 용언은 모두 괄호 속에 풀이한 현대어에 대응하는 단음절 한자어로 대치되는 정도에 머물렀어야 할 것이기 때문이다. 『서유견문』의 문체가 명치기 일본 속문을 본뜬 것이라는 관점으로는 이러한 한문구 용언의 존재를 설명할 수 없고, 따라서 『서유견문』의 문체가 일본 속문의 문체를 본떴다는 견해는 받아들이기 힘든 것이다.

여기서 태동기 국한혼용문의 형성에 대한 배수찬(2008)의 논의에 대해 검토할 필요가 있을 듯하다. 실제 태동기 국한혼용문에 대해서 많은 논의가 있었음에도 배수찬(2008)만큼 구체적으로 그 국한혼용문의 형성 과정을 설명하려 한 연구가 없었기 때문이기도 하지만, 다른 한편으로는 배수찬(2008:138~142)에서의 『서유견문』 문체에 대한 논의가 크게 두 가지 문제를 안고 있기 때문이다.

하나는 국한혼용문의 형성에 대한 기본 전제에 문제가 있다는 점이다. 즉 유길준이 요미구다시読み下だし를 알고 있었고, 그것을 이용해 한문을 해체하는 방식을 거쳐 『서유견문』을 완성했으리라는 것이 배수찬 (2008:138~142)에서의 논의의 기본 전제다. 그런데 잘 알려진 바와 같이 우리는 이미 15세기 이전부터 '강講'과 '독讀'이라는 두 방식을 이용해 한문을 학습해왔다.[16] 이 '강講'은 한문 원문에 구결토를 붙이고 한문 원문을 우리 한자음으로 읽는 것인데, 이때의 구결토口訣吐는 요미구다시読み下だし와 마찬가지로 한문을 끊어 읽으면서, 우리말 분법 형태소를 붙이는 것이다. 한편 '독讀'은 원문을 우리말로 번역하여 읽는 것으로, 이는 요미구다시読み下だし를 바탕으로 번역한 속문에 비견할 수 있다.[17]

한편, 유길준이 일본에서 요미구다시読み下だし에 접할 수 있었던 기간은 일년이 채 안 된다. 그러나 일본에 가기 전에 전통적 학습 방법에 따라 한문을 학습한 기간은 최소 10년이 넘는다.[18] 어떤 것이 『서유견문』의 국한혼용문에 더 큰 영향을 주었을지 짐작할 수 있는 부분이다. 당연히 자신의 한문 해독력을 길러 주었던 전통적인 한문 해독(학습) 방법인 것이다.[19] 유길준이 『서유견문』 서문序文에서 '七書諺解의 方式을 大

---

16 고려시대의 자료에서 발견되는 석독구결, 음독구결, 점토구결은 이러한 학습 방법의 전통이 결코 짧지 않음을 말해 준다.

17 이러한 전통적 한문 학습 방법에 대해서는 안병희(1977:21~34)에 자세히 설명되어 있다. 또한 김주필(2007:210~213)에서도 음독구결을 이용한 한문 학습 방법에 대해 구체적인 자료와 함께 정리하고 있다.

18 유길준은 1856년생으로 일본에 건너간 것은 만 24세일 때인 1881년이다. 그런데 『유길준 전』에 의하면 유길준은 14세에 한학(漢學)을 시작해서 16세에 이미 사서삼경(四書三經)에 통달했다 한다(유동준 1987:12).

19 이 부분의 서술에 대해 2절 2)에서의 논의와 배치되는 것이 아닌가 하는 의문을 품을 수도 있다. 그러나 그렇지 않다. 필자가 2절 2)에서 논의한 것은 경서언해과 『서유견문』의 국한

略 儆則'했다고 서술했던 것도 이를 뒷받침한다. 그런데 배수찬(2008:138~142)의 논의는 일본 속문의 영향이라는 전제 위에서 접근하면서『서유견문』서문에 보이는 유길준 본인의 서술을 무시하고 전통 한문 학습 방법과의 관련 가능성은 아예 논의에서 배제하고 있다.

둘째는 배수찬(2008:138~142)에서의 논의의 중요한 논거가 단음절어가 다음절어(주로 2음절)화 한다는 것인데,『서유견문』국한혼용문에서의 명사류와 용언류의 다음절화의 배경이 다르다는 것을 알지 못했다는 점을 지적할 수 있다. 명사류의 다음절화(2음절화)는 주로 단어의 차용을 통해 이루어진다. 새로운 개념을 소개하기 위해서는 결국 그 개념을 나타내는 단어를 차용하는 수밖에 없기 때문이다.[20] 그러나 용언류의 다음절화는 그 배경이 다양하다. 그 중 ②에서 예시한 것과 같이 한문 문법의 영향으로 만들어지는 것이 많다고 할 수 있다. 따라서 명사류 차용어만를 토대로『서유견문』의 문체가 일본 속문을 본뜬 것이라고 보는 것은 타당하지 않다. 명사류가 문체에 영향을 주는 요소이기는 하지만, 그렇다고 해서 전체 글의 문체가 명사류에 의해서만 결정되는 것은 아니다. 한국어 문법의 특성상 한국어의 문법 범주를 나타내는 어휘와 문법형태소의 사용이 국한혼용문의 문체를 결정하는 데에 큰 영향을 미친다고 할 수 있다. 배수찬(2008:138~142)의 논의는 이를 간과하고 있다. 뿐만 아니라,『서유견문』에 쓰인 한문구 용언에 대해 제대로 분석하지 않아서[21]『서유견문』의

혼용문이 그 형성 배경과 원리가 다르다는 것이었지,『서유견문』의 국한혼용문이 경서언해류 및 한문 해독 및 학습 방법과 무관하다는 것이 아니었음을 다시 한번 밝혀둔다.

20 그러나 유길준이 새로운 개념을 나타내는 명사를 차용에만 의존한 것은 아니다. 스스로 만들어 쓰기도 했다. '遠語機'가 그 대표적 예이다. 차용의 경우에도 일본의 것만을 받아들인 것도 아니다. 중국의 용어를 차용한 것도 적지 않다. 이한섭(1989) 및 김병욱(2002) 참조.

문체에서 보이는 한문 문법의 영향을 파악하지 못하고 있다. 예를 들어 '外國의 交涉을 保守흠이라'를 '외국과 교섭을 준수해 나가'로 해석하고 있지만(배수찬 2008:140), 실제 이때의 '保守ㅎ-'는 '지키-'라는 의미를 가진 두 한자를 중복해서 만든 것일 뿐이다. 한문 조어법을 따른 것으로 일본 속문에서는 볼 수 없는 방식이다. 배수찬(2008)에서 인용한 「邦國의 權利」에 나오는 다른 '保守ㅎ-'의 용례를 보면 분명히 알 수 있다.[22] '其 政府룰 承順ㅎ야 一國의 體貌룰 保守ㅎ고(정부의 시책에 순응하여 한 나라의 체모를 지키고, 허경진 2004:103)'. 또한 '(一國의 主權은) 內外關係의 眞的흔 形象을 依據ㅎ야 斷定ㅎㄴ니'를 '내외 관계의 진정한 형상에 의거하여 단정하여야 한다'고 번역하고 있지만, 이때의 '斷定ㅎ-'도 현대어의 '斷定하-'와 다르다. '(한 나라의 주권은) 국내외 관계의 참된 모습에 따라 정해진다' 정도로 해석될 것이다. 이때의 '斷'도 '자르-'가 아니라 '定'과 마찬가지로 현대국어의 '정定하-'의 의미로 쓰인 것이다. 『西遊見聞』의 '斷定ㅎ-'도 앞의 '保守ㅎ-'와 마찬가지로 한문 조어법에 의해 만들어진 것으로, 현대국어의 '~이라고 잘라 판정한다'는 의미로 쓰이는 '斷定ㅎ-'와는 다른 것

---

21 배수찬(2008)이 한문구 용언을 제대로 이해하지 못하고 있음을 보여주는 예로 국한혼용문 형성의 주요 원리라고 하는 '구절현토에서 어절현토로 가는 길'을 서술하면서 단음절 한자 용언이 2음절 용언화 하는 예를 황성신문의 기사를 가상의 한문체, 구절 현토식 국한문체, 2음절 한자어 위주 어절현토식 국한문체를 만들어 제시하고 논의를 전개하는 부분을 들 수 있다. 황성신문 기사 원문 '度支者는 國家之財寶也라. 善度支者는 善計量調節ㅎ며'를 '度支는 國家의 財寶이니 度支를 善하는 者는 善計量, 調節하고'라는 단계를 거쳐 '度支는 國家의 財寶이니 度支를 改善하고 計量調節을 良好히 하며'라는 2음절 위주 어절 현토식 국한문체에 도달하는 것으로 이야기한다(배수찬 2008:241). 그러나 원문의 '善'은 2음절 한자어 '改善'이나 '良好'에 대응하는 것이 아니다. '잘 하-'의 의미를 가지는 동사일 뿐이다.
22 『서유견문』에 쓰인 '保守ㅎ-'의 용례는 32개다. 모두 '權利, 制度, 道理, 獨立, 自由, 國家' 등을 목적어로 하면서 '지키-'의 의미로 사용되었다.

이다.[23] 이것도 다른 용례를 보면 확인할 수 있다.[24]

결국 배수찬(2008:138~142)의 논의는 명사류를 중심으로 한『서유견문』문체 분석의 한계를 보여주면서『서유견문』전체 텍스트에서의 어휘 사용을 검토하지 않아 생긴 문제점을 보여준다.

3.『서유견문』의 문체 특성

『서유견문』국한혼용문의 특징은 크게 세 가지로 요약할 수 있다. 첫째, 한문을 주된 서사방식으로 하던 이들이 한자 위주의 국한혼용문을 새로운 서사방식으로 택했을 때 일어나는 현상으로서의 한국어와 한문 문법의 혼효가 발견된다. 이는 다양한 유형의 구조적 변형으로 나타난다. 둘째는 한문 문법과의 혼효로 만들어진 다양한 구조적 변형이 지니고 있는 한국어와의 괴리를 극복해 가는 과정에서 나타나는 구조의 변화이다. 도치 구성의 환원과 한문구의 해체가 그 대표적 예가 된다. 셋째는 한문 위주의 문어생활을 통해 익숙했던 한문 수사법의 빈번한 사

---

23 『서유견문』문체가 지니고 있는 한문 문법의 영향은 이들 두 용언보다는 다음 절에서 다룰 구조적 변형의 것들이 더 분명하다. 배수찬(2008:138~142)에서 언급된 부분에 한정해서 다루려한 까닭에 이들을 언급하게 되었을 뿐이다.

24 『서유견문』에 쓰인 '斷定ᄒ-'의 용례는 4개이다. 논의에 포함되지 않은 예는 다음과 같다. "人種의 始初를 推溯ᄒ건ᄃᆡ (…중략…) 猜度ᄒᄂᆞᆫ 論辨으로 斷定ᄒ기 不能혼 者니 02_04, 名譽ᄂᆞᆫ 人의 等品을 隨ᄒ야 其 才ᄅᆞᆫ 及 性質의 實像을 斷定ᄒᄂᆞᆫ 聲價인 則 04_01" 전자는 '정해서는 안된다' 정도로, 후자는 '정해진다' 정도로 해석할 수 있다. 이는 허경진의 번역을 통해서도 확인된다. "本國의 歲出ᄒᄂᆞᆫ 經費를 推檢ᄒ야 其歲入ᄒᄂᆞᆫ 賦頷을 斷定ᄒᄂᆞᆫ 者라. 『西遊見聞』19_03"(본국의 세출 경비를 조사하여 세입할 세금액을 결정짓는다. 허경진 2004:535). 예문에 붙인 번호는『서유견문』의 편, 장을 나타낸다. 이 장의 부록 참조

용이다. 이 장에서는 이러한 세 가지 특성을 정리하기로 한다.[25]

1) 한국어와 한문 문법의 혼효

『서유견문』 텍스트 분석을 통해 확인할 수 있었던 첫 번째 중요한 특징은 한국어와 한문 문법의 접촉 결과, 한문 문법의 영향에 의한 다양한 구조적 변형이 확인된다는 사실이다. 검토 대상 자료가 확대되면 구조적 변형의 유형과 그 구체적인 예도 더 늘어날 것이지만,[26] 여기서는 지금까지 확인할 수 있었던 것들을 중심으로 정리하기로 한다.

첫째는 보조용언 구성의 한문구 용언화이다. 『서유견문』에는 한국어 문장을 구성하는 데에 필요한 문법범주를 나타내는 문법적 단어들이 거의 나타나지 않는다.[27] 대신 그들의 의미를 대신할 수 있는 한자가 한문구 용언의 일부로 나타난다.

둘째는 도치 구성이다. 한문구 용언도 어절 내부의 도치를 보인다. 그러나 여기서 말하는 도치 구성은 문장 구성에서의 어순의 재배열을 말한다. 이와 관련해서는 한영균(2009:314~316)에서 '問曰 構文'을 대상으로 한문 문법의 영향에 의해 나타나는 문장 구조의 변이를 다룬 바 있다. 즉 태동기 자료에서는 ① 問曰 '인용절' 구성, ② 問ᄒ-曰 '인용절' 구성, ③ 問ᄒ-'인용절' ᄒ니 구성, ④ '인용절' + 問ᄒ-' 구성 등 한문 문

---

25 새로운 개념을 드러내거나 새로운 사물을 소개하기 위해 사용한 차용어류도 중요한 특징이 될 것이다. 여기서는 이에 대해서는 다루지 않는다.
26 여기서 주목되는 것은 이러한 구조적 변형의 대부분이 용언구와 관련된다는 점이다. 태동기 국한혼용문의 특성을 밝히는 데에 용언구에 대한 구체적인 분석이 필요함을 시사해 준다. 여기에서의 논의와는 직접 관련이 없으므로 자세히 다루지 않는다.
27 이에 예외적인 것으로 사동의 의미를 나타내는 '~게 ᄒ-' 구성을 들 수 있다. 이는 한문구로 나타나지 않는다.

법의 영향이 상대적으로 큰 것과, 그를 극복하고 한국어 어순과 같아진 구문이 병존함을 확인할 수 있었던 것이다. 『서유견문』에서는 이렇게 병존하는 문장의 도치가 여러 유형 확인된다.

셋째는 중첩 구성이다. 중첩 구성이란 한자가 지니고 있는 문법적 기능과 같은 기능을 가진 한국어 문법형태소가 중복되어 나타나는 구성을 가리킨다. '~나 然ᄒᆞ나(然이나 / 그러나), ~고 且 / ~고 又, ~과 及(밋), 萬若 / 萬一 / 若 ~면 / 則, 雖 ~나, ~도 亦X' 구성 등을 들 수 있다.

넷째는 고유어 부사 및 관형사의 부재이다. 『서유견문』에는 고유어 부사와 관형사가 거의 나타나지 않는다.[28] 대신 고유어 부사의 의미를 지닌 한자가 본용언과 결합한 '甚多ᄒᆞ-(매우 많-), 略同ᄒᆞ-(거의 같-), 各務ᄒᆞ-(각기 힘쓰-), 善修ᄒᆞ-(잘 닦-)' 등과 같은 용언류가 다수 사용되었다.[29] '若失ᄒᆞ면, 若是ᄒᆞ면' 등과 같이 중첩 구성을 이룰 것이 한문구 용언의 활용형으로 나타나는 경우도 있다.

다섯째는 한문 문법 및 수사에 토대를 둔 단어 형성이다. 여기에도 여러가지 유형이 있다. 용언의 조어법에서 확인되는 특이한 것 두 가지만 들어 둔다. 하나는 합성어 구성에 한문의 허사가 관여한 예들이고(均且精ᄒᆞ-, 大且凸ᄒᆞ-, 重且大ᄒᆞ-, 小且斜ᄒᆞ-, 深且大ᄒᆞ-, 富且貴ᄒᆞ- 등), 다른 하나는 유사하거나 대조적인 의미를 지니는 두 음절 용언을 결합하여 하나의 용언을 만드는 방식이다(貧弱不振ᄒᆞ-, 寬宏幽深ᄒᆞ-, 利用厚生ᄒᆞ-, 確斷善裁ᄒᆞ-, 東轉西曲ᄒᆞ-, 不文不明ᄒᆞ-, 不恥不惡ᄒᆞ- 或紫或玄ᄒᆞ-, 등).

---

28 부사로는 '먼져 / 만져(먼저)'가 쓰였을 뿐이고, 고유어 관형사는 예가 없다.
今 夫 世界의 江河를 欲論ᄒᆞᆯ딘딩 먼져 區別ᄒᆞᆯ 者ᄂᆞᆫ 江河의 種類라 02-02; 料量업ᄂᆞᆫ 事端이 必多ᄒᆞᆯ 故로 長者가 만져 其性을 順히 ᄒᆞ야 09-01.
29 이들 중 '甚多하-' 같은 일부 용언류는 현대국어로 전승된다.

이 장에서는 다음의 논의를 진행하는 데에 필요한 첫째와 둘째 경우만을 다루기로 한다.

(1) 보조용언 구성의 한문구 용언화

한국어의 보조용언 구성은 다양하지만, 한문구 용언으로 구조적 변형을 겪는 경우는 양태적 의미를 나타내는 경우에 한정되는 것으로 보인다. 즉 '가능 / 부가능, 의도 / 목적, 부정' 등을 나타내는 '~을 수 있 / 없-', '~으려 / 고자 ᄒᆞ-', '~지 않- / ~지 못ᄒᆞ- / ~지 말-' 등만이 구조적 변형을 보여주는 것이다. ③에 그 예를, ④에 ③의 예문을 현대어로 옮긴 것을 대비해 보인다.

③

가. 雖 拔山ᄒᆞᄂᆞ 勇力과 飛鳥 ᄀᆞᆺᄐᆞᆫ 疾速이라도 如是ᄒᆞᆫ 人作의 霹靂은 ㉠抵敵ᄒᆞ기 不能ᄒᆞ며 ㉡避免ᄒᆞ기 末由ᄒᆞᆫ지라 必然히 器械의 精利홈이 有ᄒᆞᆫ 然後에 ㉢其國을 可保니 09-02

나. 瓦妬ᄂᆞᆫ 英吉利國人이라 其父가 造船ᄒᆞᄂᆞ 業을 從ᄒᆞ야 家産이 甚饒ᄒᆞ더니 晚年에 及ᄒᆞ야 家業이 漸衰ᄒᆞᆫ 則 貧困이 滋甚ᄒᆞ야 其子ᄅᆞᆯ ㉣敎ᄒᆞ기 不能고 且 瓦妬의 天稟도 病이 多ᄒᆞ야 幼時로브터 ㉤嬉戱ᄅᆞᆯ 不好하고 一室內에 恒處ᄒᆞ야 書ᄅᆞᆯ 讀ᄒᆞ며 算術 及 器械의 學을 硏究ᄒᆞ야. 18-02[30]

---

[30] 이 부분은 『서양사정』의 'ワットの略伝'을 옮긴 것으로 이병근(2000:317)에서 일본 속문의 영향을 확인할 수 있는 예로 제시되었던 부분이다. 이 부분에 해당하는 『서양사정』의 문면은 다음과 같다. "ゼームス・ワットは千七百冊六年、英國のグリーノックに生まれ、(…중략…) 初めその父は富豪の造船家なりしが、晚年に及で産を破り、家貧してその子を敎育すること能わず。然るにワットは天稟多病にして㉦家を出るを好きまず、㉧常に一室中に居て書を讀み、算術、器械の學を硏究し"(『西洋事情』 外編:105).

④

가. 비록 산을 뽑을 만한 힘이 있고 나는 새처럼 빠르더라도, 이와 같이 사람이 만든 벼락을 ㉠대적할 수는 없으며 ㉡피할 수도 없게 되었다. 그러니 반드시 정밀하고도 날카로운 기계를 갖춘 후에야 ㉢그 나라를 지킬 수 있다

— 허경진 2004:269.

나. 와트는 영국사람이다. 아버지가 조선업을 하여 살림이 넉넉하였지만, 만년에 이르러 가업이 차츰 시들해지면서 아주 가난해지자 아들을 ㉣가르칠 수 없게 되었다. 와트는 체질적으로 병이 많아서 어릴 때부터 놀기를 ㉤좋아하지 않고 언제나 방안에 들어앉아 책을 읽거나 산수와 기계만 공부하였다.

— 허경진 2004:486.

이병근 (2000:317)에서는 이 부분을 대조하면서 "'瓦妬'와 'ワット'와 같은 외국어(내지 외래어) 표기상의 차이가 있고 전체적으로 보면 한자주위 국자부속과 한언혼용이라는 표현상의 차이는 있으나 같은 원칙에 따랐음을 알 수 있다"고 기술하고 있다. 여기서 '같은 원칙'이란 "국한혼용문의 세부적인 방식은 『서양사정』을 비롯한 일본의 방식을 따랐다고 보아야 할 듯하다"는 기술로 보아 한자를 위주로 하고 자국의 문자를 종속적으로 사용한다는 의미로 해석된다. 그러나 필자는 『서유견문』과 『서양사정』이 같은 원칙 하에 쓰여진 것이라는 데에 동의할 수 없다. '富豪の造船家なりしが'를 '造船ᄒᆞᄂᆞᆫ 業을 從ᄒᆞ야 家産이 甚饒ᄒᆞ더니'로 옮겨 '造船家'를 '조선ᄒᆞᄂᆞᆫ 업을 종ᄒᆞ야'로 풀고, '富豪'를 '家産이 甚饒ᄒᆞ더니'로 풀었다. 한편 '家貧して'는 '貧困이 滋甚ᄒᆞ야'로 옮겼다. '家産이 甚饒ᄒᆞ더니'와 댓구를 이룬 것이다. 어휘적으로 큰 차이가 있을 뿐 아니라, 『서유견문』에서는 한문 수사법의 차용을 보여준다. 게다가 '㉮教育すること能わず(가르치는 것이 가능하지 않아'를 '教ᄒᆞ기 不能ᄒᆞ고')로, '㉯家を出るを好きまず(집에서 나가는 것을 좋아하지 않아')를 '幼時로브터 嬉戲ᄅᆞᆯ 不好ᄒᆞ고'로, '㉰常に一室中に居て(늘 방안에 있고)'를 '一室內에 恒處ᄒᆞ야'로 옮겼는데, '能わず=〉不能ᄒᆞ-, 好きまず=〉不好ᄒᆞ-, 常に居て=〉恒處ᄒᆞ-'라는 전환에서 보이는 한문구 용언은 『서유견문』과 『서양사정』의 서사 원칙이 다른 것임을 말해준다. 우리의 보조용언에 해당하는 조동사를 그대로 사용하는 『서양사정』의 속문과 달리, 『서유견문』의 국한혼용문에서는 보조용언 구성을 한자로 바꾸고 본동사와 결합하여 '不能, 不好, 恒處'라는 한문구를 만들었다. 용언구의 형성 원리가 다름을 보여주는 예라 할 것이다. 한자와 한글을 섞어 썼다고 해서 태동기 국한혼용문과 1970~80년대 국한혼용문이 같다고 할 수 없는 것과 마찬가지로, 한자와 자국 문자를 섞어 썼다고 해서 『서유견문』과 『서양사정』의 서사 원칙이 같다고 할 수 없다는 것이 필자의 생각이다.

③-가 ③-나의 예문에서 ⑤의 '抵敵ᄒ기 不能ᄒ며' ⓛ의 '避免ᄒ기 未由ᄒ지라' ⓔ의 '敎ᄒ기 不能ᄒ고'는 ④-가에 각각 '대적할 수 없-' '피할 수 없-' '가르칠 수 없-'으로 번역되어 있듯이 '불가능함'을 나타내는 '~ㄹ 수 없-'으로 쓰일 것들이고, ⓒ의 '其國을 可保니'는 '지킬 수 있-'으로 번역되어 '가능함'을 나타내는 '~ㄹ 수 있-'으로 쓰일 것임을 확인할 수 있다. ⑤ⓛ의 예들은 '불가능함'을 나타내는 '~ㄹ 수 없-'이 '不能ᄒ-, 未由ᄒ-'라는 한문구 용언이 되고 본동사는 명사화소 '-기'와 결합한 다음 양태를 나타내는 한문구 용언과와 통합된다. 'V기 VP' 구성을 이루는 것이다. 또 동일하게 '불가능함'을 표현하는 VP의 위치에 들어가는 용언구가 '不能ᄒ-' '未由ᄒ-'로 여러 가지인 점도 주목되는 부분이다. 실제 '不, 未' 이외에도 '無, 莫, 非' 등 다양한 한자가 사용되는 것을 확인할 수 있다. ⑤-가의 예는 VP 위치에 나타나는 여러 가지 한문구 용언의 예를 보인 것인데, ⑤-나의 예와 같이 하나의 한문구 용언이 아닌 'X홈이 無ᄒ-'와 같이 나타나기도 한다.[31]

⑤

가. 誠 如是ᄒ면 生ᄒ야도 天地間에 無愧ᄒ고 死ᄒ야도 亦且 其 榮이 有ᄒ리니 愛國ᄒᄂᆞᆫ 人民의 美事가 此에 莫過ᄒ다 ᄒ노라 12-01

나. 票號를 定ᄒ야 次序의 紊亂홈이 無ᄒ고 家主의 姓名을 門面에 揭ᄒ야 尋訪의 差誤가 亦無ᄒ며 道路의 修築도 條理가 非然ᄒ야 18-18

---

31 필자는 이러한 것을 '한문구(漢文句) 해체'의 한 유형으로 보았다. 3절 2) 참조.

또 한 가지, '~ㄹ 수 있-'과 '~ㄹ 수 없-'이라는 현대 한국어에서 짝을 이루는 양태 표현의 표현 방식이 다른 것도 주목된다. '~ㄹ 수 없-'의 경우에는 'Xㅎ기 Yㅎ-'라는 용언구 연결 구성으로 표현하는 데에 반해, '~ㄹ 수 있-'의 경우에는 본동사에 대응하는 한자와 직접 결합하여 '可保니'라는 서술구를 이룬 것이다(ⓒ). 물론 '가능'을 나타내는 경우에도 '-ㅎ-'계 한문구 용언으로 나타내는 경우가 더 많다. '-이-'계 서술구의 쓰임이 점점 줄어드는 과정에 있음을 보여준다고 할 것이다.[32] 이 때는 ⑥의 예와 같은 문장 구조를 이룬다.

⑥

가. 新書의 著述과 新物의 發造가 人世의 裨益을 可助홀 者는 03_02

나. 此에 一少年이 有ㅎ야 其 稟質이 大事를 可成ㅎ며 03_02

다. 官舍와 學校는 各 其 地方 人民의 特別흔 賦稅로 用홈이 可호디 08_01

라. 人民에게 有益흔 公本된 事業을 起홈이 可ㅎ니 07_01

⑥-가와 ⑥-나의 예는 각각 한국어 용언 '돕-, 이루-'에 해당하는 한자 '助, 成'을 '~ㄹ 수 있-'의 의미로 쓰인 구可와 결합하여 한문구를 이루고, 거기에 'ㅎ-'를 결합해 서술어 역할을 하도록 한 것이다. 이때 물론 한자의 결합 순서는 한문 문법에 따른다. 이러한 것들도 필자는 한문구 용언으로 다룬다. 한국어의 어기로 존재하는 것이 아니라, 각각 '도

---

[32] 가능을 나타내는 '可Xㅎ-'형 한문구 용언의 용례는 38개이고, '可保니'와 같은 '-이-'계 술어구의 용례는 5개를 확인할 수 있었다. 나머지 예를 보이면 다음과 같다.
未鍊흔 者가 間有ㅎ야 致敗홈도 可慮라 11_02; 其生은 可奪이로딕 此名은 難奪이오 12_01; 其業은 可毀언뎡 此名은 難毀라 12_01; 其廣이 六人을 可容이라 20_02.

울 수 있-' '이룰 수 있-'을 한문 문법을 바탕으로 재구성한 것으로 보았기 때문이다.[33] ⑥-다와 ⑥-라의 예는 이렇게 만들어진 한문구 용언을 해체한 예이다. 즉 '可用ㅎ되' '可起ㅎ니'를 '用홈이 可ㅎ되', '起홈이 可ㅎ니'로 해체한 것이다. ⑤-나에서 '無'의 예를 보였듯이 이러한 한문구 용언의 해체는 다음에서 살필 도치 구성의 환원의 예들과 함께 당대 다른 국한혼용문에서보다 『서유견문』에서 빨리 나타난다. 이것도 『서유견문』 문체의 중요한 특성의 하나다(4절 2) 참조).

(2) 도치 구성

앞에서 예로 들었던 문법형태소 가능[可能] / 불가능[不可能], 의도[意圖] / 목적[目的], 부정[否定] 등도 한문구 용언이 되면서 각 양태를 나타내는 한자의 위치가 한국어에서와는 달리 본동사에 선행한다는 면에서는 일종의 도치라고 볼 수 있지만, 여기서 이야기하는 도치 구성은 이와는 조금 다르다. 문장 구성 요소의 배열이 달라지는 것이기 때문이다.

어순의 도치를 보이는 예로는 '問曰 / 對曰 引用節' 構成, '謂ㅎ- / 云ㅎ

---

33 이렇게 구성된 한문구 용언 중 일부는 현대 한국어로 계승된다. 『서유견문』 텍스트에 쓰인 '可X하-'형 漢文句 用言 26種 중 '可愛하-, 可憎하-*, 可憐하-*, 可戱하-, 可論하-(북한어), 可讚하-(북한어)' 여섯 개는 종이판 『표준국어대사전』에 표제항으로 등재되었는데, 개정판(웹사전)에서는 이 중 '可戱하-'를 표제어에서 삭제하였다. '可見하-, 可歸하-, 可矜하-, 可企하-, 可期하-, 可記하-, 可識하-, 可達하-, 可得하-, 可成하-, 可哀하-, 可容하-, 可謂하-, 可敵하-, 可助하-, 可知하-, 可至하-, 可招하-, 可惻하-, 可販하-' 등 20개는 처음부터 등재되지 않았다. 『서유견문』에서 확인되는 이들 예가 『서유견문』 필자가 한국어 표현을 자신의 한문 지식을 이용해서 만든 한문구 용언인지 아니면 그 당시의 한국어 어휘부에 등재되어 있던 하나의 단어인지 판단하는 것은 지금으로서는 불가능하다. 그러나 『표준국어대사전』에 등재된 것 중 '可憎하-, 可憐하-'의 경우 1920년대의 예문이 제시된 것처럼 그 전후 시기의 텍스트 분석을 통해 용례를 추가해 가면 실제 단어로 쓰인 것과 그렇지 않은 것을 어느 정도 구분해 낼 수는 있을 것이다.

- / 曰ᄒᆞ- 引用節' 구성, '勿論 / 莫論 / 毋論 / 無論 NP ᄒᆞ-' 구성, '不可X NP 이- / ᄒᆞ-' 구성, '欲X NP ᄒᆞ-' 구성 등이 있다.[34] 인용절 구성에 대해서는 한영균(2009:314~316)에서 다룬바 있으므로 여기서는 그 이외의 것들만 정리하기로 한다.[35]

'勿論 / 莫論 / 毋論 / 無論 NP ᄒᆞ-' 구성이란, ⑦의 예와 같은 것을 가리킨다.

⑦

가. 此ᄂᆞᆫ 勿論貴賤貧富ᄒᆞ고 一視ᄒᆞᄂᆞᆫ 公道ᄅᆞᆯ 行ᄒᆞ기에 不出ᄒᆞᆫ지라

나. 音樂을 嗜愛ᄒᆞᄂᆞᆫ 故로 無論男女老小ᄒᆞ고 歌ᄅᆞᆯ 學ᄒᆞ기에 從事ᄒᆞ야

가′. 此ᄂᆞᆫ 貴賤과 貧富ᄅᆞᆯ 勿論ᄒᆞ고 一視ᄒᆞᄂᆞᆫ 公道ᄅᆞᆯ 行ᄒᆞ기에 不出ᄒᆞᆫ지라

나′. 音樂을 嗜愛ᄒᆞᄂᆞᆫ 故로 男女와 老小ᄅᆞᆯ 無論ᄒᆞ고 歌ᄅᆞᆯ 學ᄒᆞ기에 從事ᄒᆞ야

⑦-가와 ⑦-가′를 비교해 보면, ⑦-가에서는 '勿論貴賤貧富ᄒᆞ-'라는 한문구의 구조는 '勿論+貴賤貧富'라는 동빈구성動賓構成 한문구에 'ᄒᆞ-'가

---

34 여기서 자세히 다루지는 못하지만, 이들 구성에서의 'Xᄒᆞ-'는 'X이-'로 나타나는 경우도 있다. '故로 國家ㅣ 欲立國家之目的ᄒᆞ고 國民이 欲盡國民之義務ᆫ된 必以殖産敎育으로 爲當先急務矣라'(「殖産敎育」, 『湖南學報』 제2호, 39면); '今日에 至ᄒᆞ야ᄂᆞᆫ 賣産鬻庄ᄒᆞ며 隣戚에 乞債ᄒᆞ더릭도 此時를 不可失이라 ᄒᆞ야'(李鍾一, 「各 觀察에 對ᄒᆞᆫ 觀念」, 『대한협회회보(大韓協會會報)』 제4호, 7면). 이 시기 국한혼용문에서의 이러한 '-이-'계 술어구의 사용은 구결문과 무관하지 않은 바, 한문 독법이 국한혼용문 문체 형성에 미친 영향의 한 예라 할 수 있다.

35 『서유견문』에서는 '問曰 / 對曰 引用節' 구성은 단 두 예가 있다. 대화체가 거의 쓰이지 않아서인데, 따라서 이 구성의 변화는 이야기하기 어렵다. 예는 결혼식 풍습을 설명하는 부분에서 주례자가 신랑 신부에게 묻는 장면이다. '新郎ᄃᆞ려 先問ᄒᆞ야 曰ᄒᆞ되' '其次에 新婦ᄃᆞ려 問ᄒᆞ야 曰ᄒᆞ되' 다음에 인용절이 나온다. '問曰' 구성의 ② 단계에 해당하는 것으로 볼 수 있다.

붙은 것인 데 비해, ⑦-가의 '貴賤과 貧富를 勿論ᄒ고'는 이를 한국어 어순으로 바꾼 것이다. ⑦-나의 '無論男女老小ᄒ고'와 '男女와 老小를 無論ᄒ고'도 마찬가지다.[36]

『서유견문』에서는 가, 나과 같은 '勿論 / 莫論 / 毋論 / 無論 NP ᄒ-' 구성은 쓰이지 않고, 가´ 나´와 같은 'NP 勿論 / 莫論 / 毋論 / 無論 ᄒ-'로 어순이 바뀐 예들만이 확인된다.[37] 그런데 1890년대의 다른 국한혼용문에서는 『서유견문』과는 달리 '勿論 NP ᄒ-' 구성이 상대적으로 많이 쓰였다. 한 예로 정병하鄭秉夏의 『농정촬요農政撮要』(1895)에서는 '勿論 NP ᄒ-' 구성의 용례는 5개이고, 'NP 勿論ᄒ-'는 한 개가 쓰였다. 다음은 그 용례 전부이다.

⑧

가. 六月은 季夏라 (…중략…) 勿論乾田水田ᄒ고 〈第二章 論年中行事與時候〉, 此等苗肥ᄂᆞᆫ 勿論春夏秋冬ᄒ고 〈第四章 論肥料效用〉, 糞苴ᄂᆞᆫ 乾鰮寄魚人馬糞汁과 勿論煤炭氣의 薰黑ᄒᆞᆫ 屋上萱草甚妙ᄒᆞ니라 〈第六章 論土性差別〉, 此土ᄂᆞᆫ 純壤에 腐墟가 混合ᄒᆞᆫ고로 勿論某色ᄒ고 다 下下之土品이라 〈第六章 論土性差別〉, 其種子을 取ᄒᆞᆯ 찐에 勿論實與根ᄒ고 極히 擇ᄒᆞ여, 〈第十三章 論選種〉

나. 元來 草莖 木葉 等이 腐朽ᄒᆞᆫ 거시요 眞土가 아닌 故로 脂油ᄂᆞᆫ 勿論ᄒ고 凝固之鹽氣와 揮發之鹽氣도 업고 〈第六章 論土性差別〉

---

36 '貴賤貧富'라는 한문구가 '貴賤' '貧富'로, '男女老小'가 '男女' '老小'로 나뉘는 것도 유의할 부분이다. 3절 2)에서 논의할 한문구 해체의 한 유형으로, 名詞만으로 구성된 한문구는 단음절 단위로 해체하지 않음을 보여 주는 예이기 때문이다. 3절 2)의 (1) 참조.

37 『서유견문』에는 '莫論'은 쓰이지 않았다. 태동기 국한혼용문에서 예가 나타나기 때문에 논의에 포함했다.

이에 비견되는 것이 '不可X NP ᄒ-' 구성이다. 태동기 국한혼용문에
서도 '不可欲犯國法ᄒ-'와 같은 '不可X NP ᄒ-' 구성이 확인되기는 하
지만, 그보다는 'NP 不可Xᄒ-' 구성이 훨씬 많다. '勿論 / 莫論 / 毋論 /
無論 NP ᄒ-' 構成과 달리 명사(구)를 한문구 내부에 포함하는 구조를
해체하고 한문구 용언 앞으로 그 위치를 바꿈으로써 도치 구성이 일차
환원된 모습을 보여주는 것이다.

그런데 『서유견문』에서는 도치 구성의 환원이 한 단계 더 진행된 모
습을 보인다. '不可'에 후행하는 본동사本動詞를 '不可'의 앞으로 옮긴 용
례가 더 많은 것이다. 즉 'NP 不可Xᄒ-' 구성보다 'NP X홈이 / X기 / X
ᄒ면 不可ᄒ-' 구성의 빈도가 높다. '不可' 구성의 전체 용례 160개 중
에서 'NP 不可Xᄒ-' 구성의 예는 ⑨의 8개가 전부고, 나머지 150여 개
는 'NP X홈이 / X기 / Xᄒ면 不可ᄒ-' 구성이다.

⑨
自由와 通義ᄂ 人生의 不可奪 不可撓 不可屈ᄒᄂ 權利나 然ᄒ나 04-01

亦 人生의 不可無ᄒ 要務니 04-01

夫 水ᄂ 人生의 不可無ᄒ 者라 06

又 一條의 不可無ᄒ 事ᄂ 如何ᄒ 官員이든지 屢年을 信實히 奉公ᄒ고 08-01

大槪 如何ᄒ 宗敎든지 衆人의 信依ᄒᄂ 者인 則 人의 不可行홀 者ᄂ 아니라
08-01

軍士의 需用ᄒᄂ 百物은 皆 不可無ᄒ 要件이라 09-02

'欲 V NP ᄒ-' 구성도 이와 비슷하다. '欲 V NP ᄒ-' 구성이란 ⑩-가

의 예와 같은 것을 가리킨다.

⑩

가. 水中에도 此 微生物의 多存홈을 可驚홀지로다 **欲試事實**ᄒ야 腐敗ᄒᄂ 汚

水의 一小滴을 取ᄒ야

—『태극학보』제2호, 1906, 33면.

金鎭初 黴菌論 中, 王이 **欲剖之호**디 不能破어ᄂᆯ 遂還其母ᄒ니

—장지연,「國朝故事荒詭辨」中,『대한자강회월보』7호, 1907, 43면.

나. 國法을 **欲犯**ᄒᄂ 者ᄅᆯ 隱密 中에 探索 警防ᄒᄂ 事 10-03

朝鮮人이라 稱ᄒᄂ 公名의 職責을 **欲守**홀딘디 12-01

年十八에 測量器 製造ᄒᄂ 術을 **欲學**ᄒ야 屈羅秀古府에 徃遊ᄒ야 18-02

다. 他處人이 其 形像을 矜憫ᄒ야 **雇役ᄒ기 欲**ᄒᄂ 者가 多ᄒ나 03-02

人其 德化와 恩澤의 公平홈을 一體 均被**ᄒ기ᄅᆯ 欲**홈인 則 05-01,

財費ᄂ 少用ᄒ고 金은 多採**ᄒ기ᄅᆯ 欲**ᄒ야 08-01

富饒ᄒ 者가 其 金을 放貸**ᄒ기 欲**ᄒ 則 10-01(4)

⑩-가의 예에서 확인할 수 있듯이 '欲X NP ᄒ-' 구성은 1900년대의 학술지에서도 쓰인 것인데, 『西遊見聞』에서는 '欲X NP ᄒ-' 구성은 사용되지 않고, 'NP를 欲Xᄒ-' 구성을 사용하는 것이 일반적이며, 여기서 한 단계 더 나가서, 'NP를 Xᄒ기 欲ᄒ-' 구성으로 바뀐 예들도 나타난다. ⑩-나는 『서유견문』에서 나타나는 'NP를 欲Xᄒ-' 구성의 예 중의 일부를, ⑩-다의 예는 'NP를 Xᄒ기 欲ᄒ-' 구성의 용례 전체를 보인 것이다. 1900년대 국한혼용문 텍스트에서도 'NP를 Xᄒ기 欲ᄒ-' 구성이 거의

나타나지 않는다는 점을 감안하면[38] ⑩-다의 것들은 문장 내의 어순 도치를 극복해가는 선단적 변화를 보여주는 예라고 할 수 있을 것이다.

2) 한문구의 해체

『서유견문』에서 확인할 수 있는 한문구의 해체에는 두 가지 유형이 있다. 하나는 한문 원전에서 기원한 것으로 판단되는 성구류들을 해체하여 한국어화 하는 과정을 보이는 것과 3절의 1)에서 기술한 구조적 변형의 한 유형으로 만들어진 한문구 용언을 해체하는 것이다.[39] 이 두 과정은 결국 한문 문법의 영향을 극복하는 과정이라는 공통점을 가지며, 궁극적으로 3절의 1)에서 서술한 도치倒置 구성의 환원과 함께 태동기 국한혼용문이 현대 한국어의 국한혼용문에 가까워지는 과정을 보여준다.

(1) 성구류成句類의 해체

한문 원전이 있는 것으로 판단되는 성구류를 해체한 예들은 ⑪과 같은 것들이다.

⑪

가. 此눈 木을 緣호야 魚롤 求홈이니 濟世호눈 君子의 深思홀 者라 12_02

---

38 지금까지 확인할 수 있었던 1890년대~1900년대에 간행된 학회지류 13종 텍스트에서 'NP X호기 欲호-'의 예는『서우(西友)』제11호, 1907.10.1;「兒童의 衛生」에서 쓰인 '夫 兒童은 家家有之오 兒童의 充壯호기 欲홈은 人人年常情이니' 가 유일하다.

39 이러한 예들을 한문구 용언화가 일어난 다음 그것을 해체하는 것으로 볼 것인지 아예 한문구 용언을 전제하지 않고 처음부터 해체된 형태로 쓰여진 것인지가 문제로 제기될 수 있다. 필자는 전자라고 생각하는데, 그 어느 쪽이든 태동기 국한혼용문이 지니고 있는 특성으로서 양자가 하나의 텍스트 안에 공존한다는 사실이 중요하다. 4절 2항 참조

나. **蜂**쳐름 **起**ㅎ며 **雲** 굿치 **集**ㅎ야 **法**도 **不畏**ㅎ며 **人**도 **不憚**ㅎ야 03_02

다. **世**롤 **惑**ㅎ고 **民**을 **誣**ㅎ는 **者**는 11_02

라. **理**롤 **窮**흠애 **性**을 **盡**ㅎ야 **人**의 **用**을 **利**ㅎ며 **人**의 **生**을 **厚**ㅎ며 11_01

마. **此 山**은 **衆山**이 合흔 **者**니 **谷**이 **深**ㅎ고 **塹**이 **長**흔지라 01_04

바. **其 長**을 **取**ㅎ고 **其 短**을 **捨**홈이 **開化**ㅎ는 **者**의 **大道**라 14_02

⑪-가~⑪-바의 예는 각각 '緣木求魚, 蜂起雲集, 惑世誣民, 窮理盡性, 利用厚生, 深谷長塹, 取長捨短'을 풀어서 쓴 것이다. '深谷長塹, 取長捨短'의 경우는 조금 낯설지만, '緣木求魚, 蜂起雲集, 惑世誣民, 窮理盡性, 利用厚生'의 경우는 현대인에게도 익숙한 표현이다. 그런데『서유견문』에서는 이렇게 한문 원전에서 기원한 성구류를 단음절 한자어로 해체해 표현하는 경우가 적지 않다. 필자는 이러한 부분이 '七書諺解의 법을 大略倣則'했다고 한 유길준의 서술이 전혀 근거 없는 기술이 아님을 보여주는 것으로 생각한다.

예를 들어『論語諺解』에서는 '溫故而知新'을 '故를 溫ㅎ야 新을 知ㅎ면(권1 13b)'으로, '飯疏食飲水'를 '疏食를 飯ㅎ며 水를 飲ㅎ고(권2 19b)'로, '巧言令色 鮮矣仁'을 '言을 巧히 ㅎ며 色을 令히 홀 이 仁홀 이 鮮ㅎ니라(권1 2b)'으로 번역하고 있다. 이미 우리에게도 익숙한『논어』를 원전으로 하는 성구를 구성 요소 단위로 해체한 것이다. 이러한 방식의 언해는 사서에 능통한 유길준에게는 익숙했을 것이며, ⑪-가~⑪-바의 예들은 그를 그대로 답습한 데에 지나지 않는다고 할 수 있는 것이다.

그런데 한문 성구의 해체는 단음절 한자어로만 이루어지는 것은 아니다. 2음절 단위로 해체하거나, 사자성어를 그대로, 혹은 어순을 뒤바꾸어 사용하기도 한다. ⑫~⑭의 예를 통해 성구류 해체의 다양한 방식을 확인할 수 있다.

⑫

가. 靑春으로 白首에 至ᄒᆞ도록 詩文의 工夫로 自娛호되 利用ᄒᆞᄂᆞ 策略과 厚生ᄒᆞᄂᆞ 方道ᄂᆞ 無홈이오 13_04

나. 厚生ᄒᆞᄂᆞ 材料와 利用ᄒᆞᄂᆞ 體質을 照然히 區別ᄒᆞ야 13_04

다. 便要富達ᄒᆞᆫ 景況을 助成ᄒᆞ야 利用厚生ᄒᆞᄂᆞ 道로 天下의 人이 其 福을 共享ᄒᆞ고 18_02

⑬

가. 法律이 大公至正ᄒᆞᆫ 原道를 失ᄒᆞ면 世間의 一 有害無益ᄒᆞᆫ 長物이라 05_01

나. 其 中에 公園의 排鋪ᄂᆞ 或 無益ᄒᆞᆫ 一件事라 06

다. 血氣가 衰敗ᄒᆞ야 身上에 有害ᄒᆞᆫ 事가 反多ᄒᆞᆫ지라 16_03

라. 當然ᄒᆞᆫ 道를 失ᄒᆞᆫ 則 害ᄂᆞ 有호되 利ᄂᆞ 無홀디라 06

⑭

가. 自然히 競勵ᄒᆞᄂᆞ 習慣이 成ᄒᆞ야 極善盡美ᄒᆞᆫ 境에 趨進홈을 致ᄒᆞ리니 04_02

나. 盡美極善ᄒᆞᆫ 境에 未達ᄒᆞᆫ 故로 此를 謂ᄒᆞ야 蠻夷의 自由라 04_01

다. 四通ᄒᆞᄂᆞ 道路가 碁局의 縱橫ᄒᆞᆫ 線勢를 成홈이 極善ᄒᆞ고 06

라. 日新ᄒᆞᄂᆞ 工用으로 盡美ᄒᆞᆫ 境에 趨ᄒᆞ기를 務ᄒᆞ니 16_02

⑪-라와 ⑫의 예는 '利用厚生'이라는 成句가 해체되어 사용되는 여러 모습을 보여준다. ⑪-라는 단음절 단위로 해체된 것이고, ⑫-가 ⑫-나는 2음절 단위로 해체되어 쓰이면서 어순이 뒤바뀐 것을, ⑫-다는 사자성어四字成語 그대로 쓰인 것이다. ⑬의 경우 '有害無益ㅎ-'가 '無益有害ㅎ-'로 쓰인 예는 확인되지 않지만 단음절 및 2음절 용언으로 해체되어 쓰인 예는 확인할 수 있다. 용례는 확인되지 않는다 해도 '無益有害ㅎ-'로도 쓰일 수 있었을 것이다. ⑭는 '極善盡美ㅎ-'가 '盡美極善ㅎ-'로도 쓰이면서 또한 '極善ㅎ-, 盡美ㅎ-'라는 두 음절 용언으로도 쓰인 예다.[40]

⑮

가. **富貴利達**을 致ㅎ는 者는 亦 他人의 **神益**을 成홈이라

나. 不文不明흔 世에 **富貴**ㅎ는 人을 見ㅎ미 04_02

다. **富貴**흔 者는 **富貴**룰 行ㅎ고 **貧賤**흔 者는 貧賤을 行ㅎ야 04_01

라. 自己의 利達을 求ㅎ는 者는 他人의 利達을 亦致ㅎ고 04_02

⑮의 경우는 사자성어의 구성 요소가 해체되었을 때 용언으로만 쓰이지는 않음을 보여 준다. '富貴'는 명사로도 쓰이고 용언으로도 쓰였지만, '利達'이 용언으로 쓰인 예는 『서유견문』에서는 확인되지 않는다.[41]

---

40 『표준국어대사전』에는 '極善하-'만이 등재되어 있고, '極善盡美하-'나 '盡美하-'는 등재되지 않았다.

41 『표준국어대사전』에는 '利達'이 명사와 동사파생어로 등재되어 있다.

⑯

가. 天文을 上通ᄒ고 地理를 下達ᄒ디 12_01

나. 此 法이 亦 不久ᄒ야 骨肉의 相爭을 起홈이 有ᄒ야

⑯은 성구 자체는 『서유견문』에서 확인되지 않는 예들이다. 그러나 '상통천문하달지리上通天文下達地理'나 '골육상쟁骨肉相爭'은 현대인들도 쉽게 인지할 수 있는 성구로『서유견문』집필 당시도 쓰였던 것으로 생각할 수 있다.

그런데 단음절 한자어로도 해체되는 ⑫, ⑬의 '利用厚生, 有害無益'은 성어의 구조가 'VNVN'인 점이 ⑪의 예에서 나타나는 성어와의 공통점인 반면, 여타의 성어와 다른 점이다. 이는 성구류의 해체에도 일정한 원칙이 있었음을 의미한다. 성구를 구성하는 구성 요소가 지니고 있는 한문 문법 체계 안에서의 기능 혹은 성구를 이루는 구성 요소가 한문 문법 체계에 따라 이루는 단위가 성구류의 해체 단위를 결정했던 것이다. 그것은 다음과 같이 정리할 수 있다.

사자 한자어가 단음절 단위로 해체되는 경우는 그 내부 구조가 ⑪의 예처럼 VNVN일 때에 한정된다.[42] '上通天文下達地理'는 8자가 하나의 성구를 이루지만 두 음절이 한 단위를 이루어 ⑪의 예와 같이 VNVN 구조가 된다. 그런 까닭에 '天文을 上通ᄒ고 地理를 下達ᄒ-'로 해체된 것이다. '利用厚生, 有害無益'이 2음절 단위로도 해체되는 것은 '利用,

---

[42] '蜂起雲集'의 경우는 NVNV 구성이다. 다른 예를『서유견문』에서는 확인할 수 없었다. 자료가 확대되면 사자성어가 VNVN 혹은 NVNV 구성일 때 단음절 단위로 해체되는 것으로 수정이 필요한지도 모른다.

厚生, 有害, 無益'이라는 각각의 단위들이 VN구성의 용언으로 기능할 수 있기 때문이다. 그 이외의 경우는 모두 2음절 단위로 해체된다. '極善盡美'의 경우는 '부사+용언' 구조를 가지는 요소('極善' '盡美')의 중복이고, '富貴利達'은 'NNNN' 혹은 'VVVV' 構造로 볼 수 있다. '骨肉相爭'은 두 음절이 한 단위를 이루어 'NN' 혹은 'NV' 구조를 이룬 것이라고 할 수 있다.

(2) '한문구 용언'의 해체

⑤, ⑥의 예를 통해 이미 언급한 바 있듯이 구조적 변형을 통해 만들어진 한문구 용언도 해체된다. 이는 앞에서 언급한 바와 같이 도치 구성의 환원과 함께 한문 문법의 영향을 극복해가는 과정으로 볼 수 있다. 이러한 한문구 용언의 해체는 '가능可能 / 불가능不可能' '의도意圖' '부정否定' 등 보조용언 구성의 세 유형 모두에서 확인할 수 있다. 그런데 이러한 '한문구 용언'의 해체에서도 경서언해의 영향을 확인할 수 있다. 간단히 '無Xᄒ-'의 해체를 보이는 예를 통해 그를 살펴보기로 한다.

⑰
가. 法律의 設홈이 無ᄒ고 能히 其 人民의 自由를 保守ᄒ야04_01

나. 斷코 威力을 恣홈이 無ᄒ고 謹愼을 加ᄒᄂ니 04_01

다. 故로 朝廷의 位로 人을 輕蔑히 視홈이 無ᄒ야 05_03

라. 此ᄂ 幼少時로 習慣의 成홈이 無ᄒ면 長成훈 後애 欲行ᄒ야도 不成ᄒᄂ 者며 12_02

⑰-가~⑰-라의 강조한 부분은 보조용언 구성의 한문구 용언화 방식에 따른다면 각각 '無設ᄒᆞ-, 無恣ᄒᆞ-, 無視ᄒᆞ-, 無成ᄒᆞ-' 정도가 될 것인데, 여기서는 모두 한문구를 해체해서 표현했다. 그런데 주목되는 것은 ⑰의 예에서의 '無'를 '없-'으로 해석할 수도 있고, '~지 않- / 말-'로 해석할 수도 있다는 점이다. 이는 예문의 현대어역을 통해서도 확인할 수 있다. 채훈(2003)과 허경진(2004)의 번역을 보이면 ⑱과 같다.

⑱

가. 법률의 설정 없이 국민들의 자유를 지켜주며

—채훈 2003:12.

가'. 법률을 정하지 않고 국민의 자유를 보전하며

—허경진 2004:135.

나. 절대로 위력을 행사하지 말아야 하고 삼가고 조심해야 하는 것이다.

—채훈 2003:132.

나'. 결코 위력을 행사하지 말아야 하며 삼가고 조신해야 하니

—허경진 2004:144.

다. 조정에서 차지하는 지위로써 사람을 업신여겨 보는 일이 없게 되어

—채훈 2003:163.

다'. 조정의 지위를 가지고 남을 경멸하지 않는다

—허경진 2004:179.

라. 이는 어린 시절부터 습관이 되지 않으면 큰 뒤에 하려고 해도 되지 않는 일이다

—채훈 2003:303.

라'. 이는 어린 시절에 습관이 되지 않으면 장성한 후에 습관을 들이려 해도
  이뤄지지 않는다

— 허경진 2004:336.

『서유견문』에서 ⑰의 예들을 풀어서 표현한 것은 번역이 두 가지로
될 수 있는 것과 무관하지 않은 한편, 경서언해의 언해 방식도 영향을
준 것으로 보인다.

  사서언해에서 확인할 수 있는 '無X' 한문구는 번역상의 차이가 있지
만 'X홈이 없-'으로 언해되는 경우가 많은데, 실제로는 보조용언 구문
으로 해석할 수도 있는 것이 많기 때문이다. 이렇게 '없-'으로도 해석할
수 있고, 보조용언 구성으로 해석할 수도 있는 구문의 특성이 ⑰의 예와
같이 한문구 용언이 아닌 단음절 한자어로 해체해서 표현하게 된 까닭
이라고 생각되는 것이다. ⑱의 예가 이러한 생각을 뒷받침해 준다.

⑱

가. 三年 無改於父之道 可謂孝矣(三年을 父의 道애 고티미 업세사 可히 孝ㅣ
  라 닐을이니라)

—『논어언해』 권1, 6a.

나. 子貢曰 貧而無諂 富而無驕(子貢이 글오되 貧ᄒ야도 諂홈이 업스며 富ᄒ
  야도 驕홈이 업소되)

—『논어언해』 권1, 7b~8a.

다. 孟懿子 問孝 子曰 無違(孟懿子ㅣ 孝를 묻ᄌ온대 子ㅣ 글ᄋ샤되 違홈이 업
  슴이니라)

3) 한문 수사법의 영향

『서유견문』의 문체 상의 중요한 특징 중의 하나로 추가할 수 있는 것
이 한문의 수사법을 사용하고 있는 점이다. 3절 1), 2)에서 검토한 것들
이 문법적 특성을 중심으로 한 것이었다면, 이 수사법이야말로『서유견
문』의 문체가『서양사정』류의 일본 속문의 문체를 본뜬 것이 아님을 보
여 주는 좋은 증거라 할 수 있다. 수사법이야말로 문체를 결정하는 중요
한 요소가 되기 때문이다.

⑲

가. 其心이 自暴自棄ᄒ고 其行이 放僻奢侈ᄒ되 04_01

氣運이 剛健ᄒ고 心力이 雄勇ᄒᆫ 者ᄂᆫ 05_01

國이 富饒ᄒ고 民이 蕃殖ᄒ면 07_01

人君에게 忠誠ᄒ고 朋輩에게 信實ᄒ며 09_02

是非ᄅᆞᆯ 互擊ᄒ고 曲直을 相駁ᄒ되 11_01

古今이 無異ᄒ고 彼此가 亦同ᄒ나 11_01

學問이 高明ᄒ고 知識이 宏博ᄒ야 11_02

天生ᄒᄂᆫ 者ᄂᆫ 無窮ᄒ고 人作ᄒᄂᆫ 者ᄂᆫ 有限ᄒ나 12_01

言語로 形容ᄒ고 毫墨으로 摸寫ᄒ기 12_02

人生의 道理ᄅᆞᆯ 不修ᄒ고 事物의 理致ᄅᆞᆯ 不究ᄒ면 14_02

風流가 爛漫ᄒ고 樂趣가 欵洽ᄒ되 15_03

高山流水 俯仰ᄒ고 奇花異草 蒐聚ᄒ야 16_03

綠陰芳草 戲弄ᄒ고 淸溪白石 玩賞ᄒ야 16_03

天氣가 蕭瑟ᄒ고 風勢ᄂ 栗烈ᄒ나 16_03

愚者ᄂ 自勵ᄒ고 智者ᄂ 自戒ᄒ야 17_08

土地가 曠濶ᄒ고 人民이 稀少ᄒ야 17_01

谷溪가 愈深ᄒ고 風景이 轉幽ᄒ다가 19_02

金碧으로 鏤飾ᄒ고 紋石으로 雕刻ᄒ야 20_05,

나. 其幼에 不學ᄒ고 及長에 無知ᄒ 則 03_02

邦國이 是가 無ᄒ면 亂ᄒ고 人類가 是가 無ᄒ면 悖ᄒᄂ지라 10_02

文學이 日加ᄒ고 智識이 年增ᄒ야 13_01,

다. 邦國을 各立ᄒ고 部落을 各成ᄒ 故로 02_04

國上에 國이 更無ᄒ고 國下에 國이 亦無ᄒ야 03_01

舊世界에 不存ᄒ고 今日에 始有ᄒ 者 아니오 14_02

古人의 成法을 離脫ᄒ고 今人의 新規를 刪出ᄒ기ᄂ 14_02

라. 國家의 最重大ᄒ고 又重大ᄒ 者라 08_01

工夫ᄒᄂ 性癖이 不堅ᄒ고 工夫ᄒᄂ 性癖이 不堅ᄒ면 13_04

⑲-가의 예들은 이른바 대구법對句法을 사용한 예들이다. 선행절과 후행절이 동일한 구조를 이루면서 주어와 술어가 서로 유사하거나 대립적인 의미를 지니는 것들이다. ⑲-나의 예들은 점층법漸層法을 사용하고 있다. '幼-〉長, 邦國-〉人類, 日加-〉年增'이 그것을 잘 보여준다. ⑲-다의 예들은 연쇄법連鎖法을 사용한 것들이다. '邦國 / 部落, 國上 / 國下, 舊世界 / 今日, 古人 / 今人'등 서로 유관한 것들을 꼬리를 물어 표현하는 방식이다. ⑲-라는 중첩법重疊法을 보여준다. 같은 표현을 중복해 사용하고

있는 것이다. 이렇게 보면, 한문 수사법의 대부분을 『서유견문』 문장에서 확인할 수 있다고 이야기할 수 있는 것이다.

4. 태동기 국한혼용문의 연구과 코퍼스 분석

서론에서 밝힌 바와 같이 이 장은 『서유견문』의 문체 특징을 드러내는 요소를 태동기 국한혼용문 전반에 대한 분석 준거로 삼으려는 일련의 연구 중 하나다. 이러한 관점에서 지금까지의 논의를 통해 확인한 『서유견문』의 문체 특성이 지니는 의미를 정리하고 구체적으로 그것을 태동기 국한혼용문 연구에 어떻게 원용될 수 있는가를 예시하는 것이 이 장의 목적이다.

1) 『서유견문』 문체 특성의 의미

본고는 다음 가설을 전제로 출발한 것이다.

3절 1)에서 다룬 '구조적 변형'이 한문 문법과의 혼효를 통해 한문구적 요소를 포함하는 국한혼용문을 생성하는 데에 관여하는 언어 현상이라고 한다면, 3절 2)에서 다룬 한문구의 해체는 그러한 '구조적 변형'의 결과로 만들어진 혼효적 성격을 지닌 단위들을 한국어 문법에 맞도록 재구성하는 언어 현상이다. 이는 한문 문법의 영향을 극복하기 위한 필연적 과정이라고 할 것이다. 따라서 태동기 국한혼용문에 한국어와 한문 문법의 혼효적 성격을 지니는 언어단위와 한문 문법의 영향을 극복해 가는 과정을 보여주는 구성이 함께 출현하는 것은 당연한 일이다.

그런데 이 두 가지 언어현상의 공존과 경쟁은 사실상 태동기 국한혼용문의 유형을 결정한다고 할 수 있다. 서로 배타적으로 하나의 텍스트 안에서 공존하기 때문에, 둘 중에서 어떤 것이 더 우세를 점하는가에 따라 해당 텍스트의 성격과 유형을 결정하는 것이다. 즉 전체 텍스트 안에서 구조적 변형을 겪은 단위들의 비중이 크면 클수록 한문구적 성격이 강한 국한혼용문이 될 것이고, 한문구의 해체가 많이 진행된 텍스트일수록 한국어에 가까운 모습을 지니게 될 것이라는 것이다.

예를 들어 한문구 용언화가 우세한 텍스트에서의 단음절 한자어 용언의 빈도와 도치 구성의 환원 및 한문구의 해체가 많이 신행된 텍스트에서의 단음절 한자어 용언의 빈도에 차이가 있을 것임은 짐작하기 어렵지 않다. 아울러 단음절 한자어형 용언의 비율이 증가하면 그에 비례하여 도치 구성과 한문구 용언의 빈도는 줄어들게 될 것이다. 또 한가지 중요한 사실은 이렇게 두 가지 현상 중에서 어떤 것이 우세한가에 따라 그 빈도가 달라지는 언어 단위가 '단음절한자+하(ㅎ)-'형 용언이나 한문구 용언 같은 어휘 단위에 한정된 것이 아니라는 점이다. 한국어적 성격이 강한 어휘 단위의 증가는 궁극적으로는 한국어 문법형태소의 빈도 증가로 이어질 것이기 때문이다.

이를 증명하기 위해서는 코퍼스 언어학적 접근이 필수적이다. 실제 태동기의 국한혼용문에서 나타나는 언어단위를 대상으로 한 계량적 분석 이외에 이를 검증할 수 있는 방법을 찾을 수 없기 때문이다.

2) 계량적 분석의 실제

이 절에서는 4절 1)에서의 가설을 검증하는 과정의 하나로 1890년대에 간행된 『황성신문』의 논설문과 『서유견문』 그리고 1900년대에 간행된 학회지 텍스트를 대상으로 한 계량적 분석 결과 중에서 '못' 부정에서 보조용언구성(~지 / 치 못ㅎ-)을 사용한 경우와 한문구 용언을 사용한 경우(不可X / 不能X 形), 그 해체형(X홈이 / X ㅎ기 不可 / 不能ㅎ-)을 사용한 경우의 빈도 분석 결과를 정리해 보이기로 한다. 물론 아직 완결된 연구가 아니기 때문에 형태 분석 및 통계에 전혀 오류가 없다고 장담할 수는 없지만, 계량적 분석 결과가 국한혼용문의 유형을 분류하는 데에 어떻게 원용될 수 있는가에 목적을 두고 간단히 정리해 보이기로 한다. 〈표 6〉이 그것이다.

〈표 6〉에서 1910년대 학회지라고 한 부분은 『대한자강회월보大韓自强會月報』, 『대한협회회보大韓協會會報』, 『서우西友』, 『서북학회월보西北學會月報』, 『기호흥학회월보畿湖興學會月報』, 『태극학보太極學報』, 『호남학보湖南學報』, 『대한학회월보大韓學會月報』, 대한흥학회보大韓興學會報』, 『대동학회월보大東學會月報』의 전체 텍스트 중에서 동사動詞 분석이 가능한 텍스트만을 선택하여[43] 전달문傳達文, 설명문說明文, 설명문說明文, 문하저 서사文學的 敍事의 네 부류로 나누어 검토한 것이며,[44] 『황성신문』은 1898년 및 1899년 논설문(사설류)만을 정리한 것이다.

텍스트별 코퍼스 크기가 다르기 때문에, 기초적으로 조사된 빈도를 10만 어절당 상대빈도로 바꾸어 수치만으로도 직접 대비가 가능하도록 했다. 표에서 음영으로 표시한 부분이다. 첫째 칼럼의 해체형 비율과 한

---

43 동사의 분석이 가능한 국한혼용문 텍스트는 한문구에 토만을 붙인 텍스트와 순한글 텍스트, 한문 텍스트를 제외한 것이다.

44 국한혼용문의 일차 분류 및 장르 구분은 일일이 각 기사를 읽으면서 확인하는 방식으로 정리하였다.

〈표 6〉 '못' 부정 빈도 대비 : 『황성신문』, 『서유견문』, 1900년대 학회지

	황성신문 논설문	서유견문	1900년대 학회지			
			전달문	설명문	논설문	문학적 서사
전체 어절수	17,864	78,670	98,341	285,376	264,928	46,050
'못' 부정의 전체 빈도	153	339	219	1,959	1,993	273
10만당 빈도	856.47	430.91	222.69	686.46	752.28	592.83
~지 / 치 못ᄒ- (보조용언구성)	122	11	104	1,059	993	164
10만당 빈도	682.94	13.97	105.75	371.09	374.82	356.13
못 부정 전체 대비 비율(%)	79.74	3.24	47.49	54.06	49.82	60.07
-X기 / 홈이不可 / 不能形(해체형)	3	320	79	704	625	41
10만당 빈도	16.79	406.30	80.33	246.69	235.91	89.03
못 부정 전체 대비 비율(%)	1.96	94.40	36.07	35.94	31.36	15.02
해체형 비율(%)	9.68	97.56	68.70	78.22	62.5	37.61
不可X / 不能X形 (한문구형)	28	8	36	196	375	68
10만당 빈도	156.74	10.16	36.61	68.68	141.55	147.67
못 부정 전체 대비 비율(%)	18.3	2.36	16.44	10.01	18.82	24.91
한문구형 비율(%)	90.32	2.44	31.30	21.78	37.5	62.39

문구형 비율은 한자로 표현된 한문구 용언과 한자어 용언형 부정표현의 합계에 대한 해당 형태의 비율을 나타낸다.

분석 결과는 예상과는 많이 달랐다. 우선 '못' 부정표현의 빈도 자체가 시기별로, 그리고 텍스트 및 장르별로 상당히 다른 것을 확인할 수 있었던 점이 개괄적 분석의 첫 번째 소득이다. 단순히 전체 텍스트를 대상으로 한 부정의 유형별 빈도만을 비교해서는 '못' 부정표현의 실현 양상이 제대로 드러나지 않았을 것이라고 할 수 있다. 『황성신문』논설문

에서의 '못' 부정표현의 빈도는『서유견문』텍스트의 '못' 부정표현의 빈도의 약 2배에 이른다. 이와 함께 1900년대 학술지의 논설문 영역에서의 빈도 역시『서유견문』의 약 1.7배이다. 논설문 영역에서의 부정표현의 빈도가 상대적으로 높음을 의미한다고 할 수 있을 것이다.『서유견문』의 전체 빈도는 설명문과 문학적 서사의 사이에 위치하는 바,『서유견문』텍스트가 지닌 문학적 성격과 설명문적 성격이 이를 통해서도 드러난다고 이야기할 수 있을 것이다.

두 번째로는 보조용언 구성(~지 / 치 못ᄒ-)과 구조적 변형을 반영하는 단위(한문구 용언형), 그리고 구조적 변형의 극복 과정을 보여주는 해체형의 빈도가 예상과는 다른 양상을 보였다는 점을 지적할 수 있다. 처음 예상으로는 1890년대의 대표적인 국한혼용문 신문인『황성신문』의 논설문에서의 한문구 내지 한자에 의한 부정 표현의 비율이 높을 것으로 기대했는데 실제로는 가장 낮은 비율을 보였다. 학회지 텍스트에서는 보조용언 구성이 차지하는 비율은 영역에 따라 다소 차이는 있지만 대개 비슷하다고 할 수 있는 반면, 한문구 용언형의 비율이 낮을 것이라고 예측했던 문학적 서사 영역에서 다른 영역에서의 한문구형이 차지하는 비율의 두 배 이상 높은 것을 확인할 수 있었다. 태동기의 국한혼용문이 그 간행 시기보다는 누구를 독자로 상정하는가와 필자가 어떤 태도로 글을 쓰느냐에 따라서 문체가 달라짐을 보여주는 것으로 해석할 수 있을 것이다.『황성신문』의 논설문에서 한문 / 한자에 의한 부정표현의 비율이 가장 낮은 것은 '신문'이라는 특성상 한문 문식성이 낮은 이들도 쉽게 이해할 수 있도록 배려한 것이라는 해석이 가능하고, 학회지 기사 중에서 문학적 서사 텍스트에서 한문 / 한자에 의한 부정표현의 비율이 높은 것은 그만큼 필자의 의식이 강하게 반영된 것으로 판단되는 것이다.

셋째로는『서유견문』의 문체 특성이 '못' 부정의 유형별 빈도 분포를 통해서도 그대로 드러난다는 사실을 확인할 수 있었다. 보조용언 구성의 비율이 3.24%에 불과한 것은『황성신문』이나 학회지 텍스트에서의 비율이 대개 50~70%에 이르는 것과 대조적이다. 이와 관련해서 한문구의 해체를 보여주는 '-X기 / 홈이 不可ᄒ- / 不能ᄒ-'形의 비율이 97.63%에 달한다는 사실도 주목되는 것이다. 한국어 부정표현에 사용되는 어미 '-지'의 빈도는 상대적으로 다른 텍스트에 비해 낮은 반면, '-기, -홈이'의 빈도가 높아지기 때문이다.

물론 현재로서는 〈표 6〉의 빈도 조사 결과가 의미하는 바를 충분히 알기 어렵다. 대비할 만한 다른 자료가 없기 때문이다. 이러한 계량적 분석 결과를 태동기 국한혼용문의 하위 유형 분류에 활용할 수 있으려면, 최소한 몇 단계의 선행 작업이 필요할 것이다.

우선, 국한혼용문의 유형에 대한 기존의 연구 결과를 참조하여 각 하위 유형에 속하는 대표적인 텍스트들을 선정하고 그것들이 지니고 있는 계량적 특성을 파악할 필요가 있다. 이때의 계량적 특성의 조사 대상은 3절의『서유견문』의 문체 특성에서 다룬 몇 가지 언어 현상이 일차적 분석 대상이 될 것이다. 이러한 하위 유형별 특성을 보여주는 분석 결과가 축적되면, 각각의 계량적 특성이 시기별로, 텍스트 장르별로 어떻게 달라지는가를 검토하는 후속 작업이 필요할 것이다.

5. 마무리

1절~4절에서의 논의를 통해서 『서유견문』 및 『서유견문』류 국한혼용문의 연구와 관련된 문제들을 검토하고 정리하였다. 여기서는 앞에서의 논의를 요약하는 것으로 이 장에서의 논의를 마무리하기로 한다.

1절에서는 『서유견문』과 관련된 연구들을 크게 네 가지로 나눌 수 있다고 보았다. ①『서유견문』의 문체에 대한 국어학적 평가 ② 태동기 국한혼용문의 연원과 관련된 연구 ③ 태동기 국한혼용문의 유형과 관련된 연구 ④ 문화사적 접근이 그것이었다. 이 글에서의 연구사 정리에서는 ①과 ②를 주제로 한 연구만 검토하였는데, ③에 대해서는 별도의 연구가 필요하다고 보았고, ④에 대해서는 국한혼용문의 어휘·문법적 연구와 직접적인 관련이 없다고 보았기 때문이다. 2절에서는 연구사적 검토와 함께 기존 연구의 문제점을 정리하였다. 특히 2절의 2)에서는 경서언해의 문체와 같다는 견해에 동의할 수 없는 이유를 『서유견문』 텍스트와 『주역언해』 텍스트에서의 보조용언 구성의 사용 빈도 대조를 통해 밝혔고, 2절 4)에서는 명치기 일본 속문으로 된 일문 교과서를 번역한 안국선의 『외교통의外交通義』 텍스트의 용언과 『서유견문』의 용언구의 비교를 통해 『서유견문』의 문체가 명치기 일본 속문의 문체를 본떴다는 견해 역시 따를 수 없는 것이라고 보았다. 3절에서는 『서유견문』의 문체 특성을 세 가지로 나누어 정리하였다. 3절 1)에서는 한문 문법의 영향으로 만들어지는 5가지 유형의 구조적 변형이 있음을 확인하고, 그 중에서 보조용언 구성의 '한문구 용언'화와 도치 구성의 유형을 정리하였으며, 3절 2)에서는 한문구의 해체를 성구류의 해체와 한문구의 해체로 나누어 정리하였고, 3절 3)에서는 한문 수사법의 사용이라는 문체 상의 특징을 정리하였다. 4절에서는 2절 및 3절에서의 분석을 바탕으로 해결하기 위해서는 코퍼스 언어학의 연구 방법론을 도입하여야 함을 이 시기 국한혼용문의 특성 중의 하나인 문장 구성 요소의 구조적 변형과 그 극복 과정을 보여주는 언어 현상의 빈도를 '못' 부정의 경우를 예로 분석한 결과를 통해서 보였다.

제6장

태동기 국한혼용문의
유형, 문체 특성, 사용 양상

1. 태동기 국한혼용문 연구의 방향성

이 장에서는 태동기 국한혼용문의 여러 유형이 지니고 있는 문체상의 특성을 확인하고, 그러한 특성들을 태동기 국한혼용문의 유형 분류에 적용하기 위한 방법론을 모색하기로 한다. 이와 함께 문체의 차이를 보여주는 여러 유형의 태동기 국한혼용문 텍스트가 그 출현 초기에 실제 어떻게 사용되었는가를 살펴 태동기 국한혼용문의 각 유형이 현대 한국어 문체의 성립과 어떻게 연계되는가도 간단히 살피려 한다. 현대 한국어 문체가 기본적으로 태동기 국한혼용문에 그 뿌리를 두고 있다는 사실에 동의한다면, 태동기 국한혼용문 중 어떤 유형이 현대 한국어 문체와 연계되는지를 확인하는 일 또한 현대 한국어 문체 성립 과정을 이해하는 데에 중요한 과제의 하나가 될 것이기 때문이다.

지금으로부터 50여 년 전, "언문일치言文一致와는 도시 거리가 먼, 한문漢文을 풀어서 거기에 토를 단 정도에 지나지 않는 것이었다(이기문 1970:17)"는 짤막한 언급에서 시작된 태동기 국한혼용문의 문체에 대한 연구는 김상대 (1985) 심재기(1992) 민현식(1994) 김형철(1994) 등 초기의 논의를 거쳐 홍종선(1996; 2000) 김흥수(2004) 임상석(2008) 김영민(2012) 등의 후속 연구를 통해 그 문체 유형을 서너 가지로 구분할 수 있다고 보기에 이르렀다.

그런데 홍종선(1996; 2000) 김흥수(2004) 임상석(2008) 등 태동기 국한혼용문의 유형을 다룬 연구에서 공통적으로 언급하고 있는 유형 분류상의 난점이 있다. 첫째는 국한혼용문의 유형을 어떻게 구분하더라도 항상 유형의 경계를 넘나드는 텍스트가 있다는 점이고, 둘째는 어떤 기준을 세워 유형을 나누든 해당 유형 안에 다양한 하위 유형의 문장들이 포함된다는 점이며, 셋째는 동일한 텍스트 안에도 여러 유형의 국한혼용문 문장이 뒤섞여 나타나는 경우가 적지 않다는 점이다(임상석2008:126~142).

태동기 국한혼용문 텍스트가 지니고 있는 이러한 특징은 국한혼용이라는 서사방식의 전범이 미처 확립되지 않았기 때문이라고 할 수도 있고,[1] 다양한 유형의 국한혼용문을 의도적으로 시험해 보려 한 데에서 온 것으로 볼 수도 있다(주승태 2004:302). 텍스트에 따라서 다양한 변이를 보이는 언어 현상이 정도성을 가지고 나타나면 그 정도성을 기준으로 텍스트의 유형성을 확인할 수 있으며, 이때 연구자의 주관을 배제한 객관적인 준거를 마련하는 데에 코퍼스 언어학적 분석이 상대적으로 효율적이라는 사실은 이미 국어를 대상으로 한 연구를 통해서도 입증된 바 있는데(민경모 2000; 2008; 최운호·김동건 2012 등), 중요한 것은 이러한 코

---

[1] 이 시기 국한혼용문이라는 서사방식의 전범이 확립되지 않았었다는 사실은 당대에도 이미 인식하고 있었다. 『대한매일신보』의 「文法을 宜統一」이라는 1908년 11월 7일자 논설이 그것을 잘 보여준다.

퍼스 언어학적 분석을 위해서는 유형 분류의 기준이 될 언어 특성을 구체적으로 시현하는 예들의 하위범주화가 필요하다는 점이다.

코퍼스의 문법 주석에 주석 대상 언어 단위의 범주화와 범주화된 문법 단위에 부가될 표지인 태그 세트를 설정하는 일이 선행되어야 하는 것과 마찬가지로, 태동기 국한혼용문의 문체 분석을 위해서도 대상 텍스트의 문체 특성의 드러내는 요소를 어휘, 형태, 구문 등의 범주별로 구분하고, 그것을 국한혼용문의 유형 분류에 적용할 방법론이 마련되어야 하는 것이다. 이 장에서의 논의는 이러한 코퍼스 언어학적 접근 방법을 태동기 국한혼용문의 유형 분류를 위한 준거를 확인하는 데에 초점을 둔다.

2. 국한혼용문의 유형별 문체 특성 분석을 위한 몇 가지 전제

1) 태동기 국한혼용문의 하위 유형

앞선 연구들을 통해 밝혀진 사실들과 필자가 검토한 이 시기 텍스트의 문체 특성을 종합할 때, 태동기의 국한혼용문은 크게 여섯 유형으로 구분할 수 있을 것으로 판단된다.[2] 그것은 다음과 같다.

---

2   이 글에서 논의의 대상으로 삼은 것은 1880년대~1900년대의 국한혼용문 자료들이다. 그런데 1910년대에 들어서면(구체적으로는 1912년부터) 고소설(한문소설 및 순한글소설)을 국한혼용문으로 바꾸어 연활자본으로 간행하는 예가 급증한다(이윤석 2011:372). 이들 1910년대의 구활자본 국한혼용문 소설은 그 표기 방식이 아주 다양한데, 그 국한혼용문은 그 생성 과정이나 국한혼용문의 유형론적 관점에서 현대 한국어 문체와 무관하지 않은 것으로 보인다. 1910년대 고소설의 국한혼용 문제에 대해서는 이 책의 1부 1장 4절 참조.

① 한문 구문법을 기반으로 하되 국어 문법의 간섭 결과가 섞인 경우
(『신단공안神斷公案』류)[3]

② 국어 구문법이 기본이지만 구문적으로나 어휘적으로 한문 문법의
간섭 결과가 개재되는 경우(『시일야방성대곡是日也放聲大哭』류)

③ 구문적으로는 한문 문법의 간섭이 해소되지만 어휘적으로 한문
문법의 간섭 결과가 남아 있는 경우(『서유견문西遊見聞』류)

④ ③에 속하는 텍스트와 유사한 문체이지만 한영균(2011)에서 한문
구 용언이라고 지칭한 예들이 쓰이지 않고, 고유어 혹은 한글 표기
한자어가 사용되는 경우(『국민소학독본國民小學讀本』류)

⑤ ④에 속하는 텍스트와 유사한 문체이지만 한국에서의 훈독법을
보여주는 두 가지 이상의 표기 방식이 함께 쓰인 경우(『노동야학독
본勞動夜學讀本』類)

⑥ 기타 : 텍스트별로 독자적 방식에 의한 국한혼용문을 보여주지만
그 방식을 사용한 다른 예들이 유형을 이룬다고 할 정도로 많지는
않은 경우

이 글에서의 논의의 초점은 이들 중 ①~④의 네 유형의 국한혼용문
이 보여주는 문체 특성을 밝히는 데에 둔다. ⑤, ⑥의 유형에 속하는 텍
스트는 별도의 하위 범주를 이룰 수는 있겠지만 실제 그 자료의 양이 많

3　①~⑤ 유형의 마지막에 괄호 안에 보인 'XXX류'라는 표현은 각 유형의 전형적인 문체
　를 지닌 것으로 판단되는 텍스트의 이름을 사용함으로써 각 유형의 특징을 이해하는 데
　에 도움을 주려 한 것이다.『신단공안(神斷公案)』,『시일야방성대곡(是日也放聲大哭)』,
　『서유견문(西遊見聞)』,『국민소학독본(國民小學讀本)』은 상대적으로 그 이름이 널리 알
　려져있는 텍스트이므로 이들 텍스트의 문체 특성을 바로 머리에 떠올릴 수 있을 것으로
　기대한 것이다.

지도 않고, 후대에 미친 영향이라는 관점에서도 ①~④의 것들과 구분되기 때문이다.

그런데 여기서 지적해 둘 것은(이 장의 3절 1)에서 구체적으로 설명하겠지만) ①의『신단공안』류 국한혼용문은 문장 구성 원리가 ②~④의 것과는 전혀 다르는 점이다. 결국 태동기 국한혼용문의 유형을 분류하고 그들 유형을 그들 유형을 구분할 준거를 확인하는 작업은 ②~④ 유형의 국한혼용문이 지니고 있는 문체 특성을 드러내는 요소에는 어떤 것들이 있는지를 밝히고, 그를 바탕으로 ②~④ 유형의 국한혼용문을 구분할 수 있는 언어 요소를 확인하는 데에 초점이 놓여야 할 것이다. ②~④ 유형의 국한혼용문은 국어 문법을 기반으로 문장을 구성하지만 문장 구성 단위에 한문 문법의 간섭 결과가 반영된다는 공통점을 지니고 있어서, 그 유형별 특성과 문체의 차이를 구체적으로 확인할 필요가 있는 것이다.

물론 ①~④의 유형 구분은 각 유형의 전형적인 텍스트를 상정할 때 앞에서 기술한 것과 같은 특성을 가진다는 것이고, 실제 태동기의 국한혼용문 텍스트에는 각 특성들이 복합적으로 나타나는 경우가 많다. 그렇기 때문에 각 유형의 특징을 상대적으로 잘 드러내주는 대표적인 텍스트를 분석해서, ①의 경우에는 국어 문법의 간섭을 반영하는 언어 요소가 무엇인지를, ②~④의 경우에는 구문적으로나 어휘적으로 한문 문법의 간섭이 어떤 방식으로 시현되는가를 정리하여, 태동기 국한혼용문 텍스트를 가능하면 적은 노력과 시간을 들여 유형별로 구분할 수 있는 방안을 모색하려는 것이다.

2) 유형별 문체 분석을 위한 준거의 확인

민현식(1994), 홍종선(2000), 김흥수(2004), 임상석(2008) 등 앞선 연구에서 태동기 국한혼용문의 유형을 구분하는 기준을 논의하기는 했지만, 실제 태동기의 국한혼용문 텍스트가 어떤 유형에 속하는가를 판별하기는 부족한 부분이 있다. 그것을 정리해보면 다음과 같다.

첫째, 지금까지의 태동기 국한혼용문의 유형을 다룬 연구에서는 구체적으로 어느 정도인지를 특정하기 힘든 주관적 표현으로 문체 특성을 기술해 왔다.[4] 둘째, 각 연구의 논의에서 유형을 나누는 데에 기준이 되는 용어가 지칭하는 대상이 어떤 것인지 충분한 예를 보이지 않았다.[5] 따라서 해당 용어가 가리키는 것이 어떤 것인지에 대한 해석이 달라질 수 있다. 셋째, 논자에 따라서는 동일한 용어를 다른 대상을 지시하는 데 사용하거나, 용어의 시대성 때문에 구체적으로 그 지시 대상을 이해하기 어려운 경우가 있다. 민현식(1994)의 '어절' 홍종선(2000)의 '한문어, 한자어'라는 용어를 그 예로 들 수 있다. 현대 한국어 문법에서의 '어절'은 띄어쓰기로 구분된다. 그러나 민현식(1994)에서의 '어절'은 구체적으로 무엇을 가리키는지 서술 내용만으로는 파악하기 어렵다. 태동기 국한혼용문은 띄어쓰기를 사용하지 않는 경우가 대부분이기 때문이기도 하고, 한문 문장을 어절 단위로 해체한다는 것이 어떤 과정을 가리키는지 분명하게 설명하지 않고 있기 때문이다. 홍종선(2000)의 '한문어, 한자어'는 당대 언어에 대한 직관이 없는 현대어 화자가 어떻게 한

---

4 '자주, 종종 나타난다든가(홍종선)', '조금씩' 달리 나타난다(김흥수), '조금, 어느 정도' 차별성이 있다(임상석)'는 등으로 표현해 왔다.
5 '구절, 어절'(민현식 1994), '한문구, 한문어, 한자어(홍종선 2000)', '한문투, 구절, 관용적 어구'(김흥수 2004) 등이 대표적이다.

문어와 한자어를 구분할 수 있느냐 하는 문제와 함께, 동일한 단어가 한문어도 될 수 있고 한자어도 될 수 있다는 점이 문제라고 할 것이다.

이러한 점을 고려하여, 이 글에서는 가능한 한 태동기 국한혼용문 자료중에서 각 유형의 문체 특성을 잘 보여준다고 판단되는 텍스트를 선정하여, 해당 텍스트에서 논의에 필요하다고 판단되는 예들을 들 수 있을 정도의 예문을 제시하고, 각 예문의 구문적·어휘적 특성을 분석한 후, 검토된 개별 특성을 종합하여 태동기 국한혼용문 텍스트의 유형을 구분하는 데에 적용할 준거로 원용될 수 있는 것들을 정리하기로 한다.

우선 다음에 ②~④류 태동기 국한혼용문에 나타나는 한문 문법의 간섭 결과가 어떤 언어 특성으로 반영되는가를 정리해 보인다. 그것은 크게 다음 네 가지로 나눌 수 있다.[6]

Ⅰ. 한문의 요소를 그대로 사용한 경우

㉮ 한문 문장을 그대로 사용한 경우

㉯ '有XX' 구문(존재문)의 사용

㉰ 한문 부사의 사용

㉱ 한문 감탄사의 사용

㉲ 한문 접속사의 사용

㉳ 한문 종결사의 사용

---

6 당연한 것이지만 ①의 『신단공안』류 국한혼용문에는 한문 문법의 간섭 결과가 아닌 국어 문법의 간섭 결과가 반영된다. 따라서 이들 한문 문법의 간섭 결과는 ②~④류 국한혼용문에만 적용되는 것이다.

Ⅱ. 한문 문법의 간섭 결과가 체언구 형태로 나타나는 경우

㉕ 한문 관형 구성이 국어의 관형 구성(용언의 관형사형, 속격조사) 대신 쓰인 경우

㉖ 한문 용언(구)에 국어 조사가 결합한 경우

㉗ '-이-'계 술어구述語句

Ⅲ. 한문 문법의 간섭 결과가 용언구 형태로 나타나는 경우

㉠ 동일(유사)한 의미를 가지는 한자의 중첩重疊으로 만들어진 2음절 용언

㉡ '2음절 한자+2음절 한자+ㅎ-'형 용언

㉢ '부사+한자+ㅎ-'형 용언

㉣ '술목述目 구성 한문구+ㅎ-'형 용언

㉤ 양태樣態 표현의 한문구 용언

㉥ '단음절 한자+ㅎ-'형 용언

Ⅳ. 기타

㉦ 이두식吏讀式 표현

㉧ 중복 표현

　이들 한문 문법의 간섭을 보여주는 예는 앞에서 구분한 국한혼용문의 유형에 따라 반영되는 양상이 다르다. 절을 달리하여 그 구체적인 문체 특성을 살피기로 한다.

3. 유형별 문체 특성

1) 『신단공안』류 국한혼용문의 문체 특성

『신단공안』류 국한혼용문이란 대체로 앞선 연구들에서 '순한문에 한글로 현결한 식의 국한문체國漢文體(第一形)'(김상대 1985), '현토체懸吐體'(심재기 1992), '구절현토식 국한문체(구결식 국한문체)'(민현식 1994), '한문체(홍종선 2000)'[7] '한문문장체'(임상석 2008) 등으로 지칭했던 유형과 비슷하다.[8] 문제는 지금까지의 연구에서는 구결문口訣文과 『신단공안』류 국한혼용문을 동일하거나 유사한 것으로 다루었다는 점이다. '현토식'이라는 용어에서 드러나듯 한문 원문에 한글로 토를 단 구결문과 같은 것으로 보아왔던 것이다. 그러나 필자는 구결문과 『신단공안』류 국한혼용문을 같은 것으로 다루지 않는다. 뒤에서 다시 언급하겠지만 『신단공안류』 국한혼용문은 구결문과는 분명히 구분되는 국어 문장으로서의 특징을 지니고 있기 때문이다.

필자가 이러한 유형의 국한혼용문을 『신단공안』류라고 지칭하는 데에는 세 가지 이유가 있다. 다음에 간단히 정리한다.

첫째, 『신단공안』이 이런 유형의 국한혼용문을 이용한 저작 중에서 상대적으로 잘 알려져 있는 작품이라는 점이다. 이른바 한문현토소설漢文懸吐小說[9]이라고 일컬어지는 일군의 국한혼용문 소설 중에서 가장 널리

---

7 홍종선은 '한문체'를 "사실상 한문 문장 구조에 우리말 토가 대개 잉여적으로 보충된 문체(홍종선 : 2000:13)"로 보며 "自近日學校蔚興以來로 筆術新編이 不過幾種이나 此亦博約不一ᄒ야 爲後學之指南者ㅣ 盖尠矣라"는 『황성신문』 기사를 예로 들고 있다(홍종선 2000:19).
8 김홍수(2004)에서는 『신단공안』류 국한혼용문은 태동기 국한혼용문에 들지 않는 것으로 다룬 것으로 판단된다. 3절 2) 참조.
9 '한문현토소설(漢文懸吐小說)'이라는 용어는 문학연구자들이 주로 사용하는 것으로

알려진 작품이면서 이를 대상으로 한 연구가 상당량 축적되어 있다. 역주본까지 출간되어 있는 것이다.[10] 둘째, 하나의 텍스트이면서 상대적으로 텍스트의 규모가 커서,[11] 『신단공안』 텍스트 하나만으로도 다른 유형의 텍스트에서 나타나는 구문적·어휘적 특성과 대조가 가능할 정도의 계량화가 가능하다는 점이다. 셋째, 『신단공안』 텍스트가 한문 원문에 토를 붙인 구결문과 차이점을 분명히 보여 준다는 점 때문이다. 여기에는 보완 설명이 필요할 것이다.

『신단공안』류 국한혼용문은 한문 원문에 토를 붙인 구결문과는 몇 가지 점에서 구분된다. 그 예가 많지는 않지만, 한문의 어순을 국어의 어순으로 바꾼 부분이 섞인다든가(①-가-㉠, ①-나-㉠~㉡),[12] 한문 접속

『신단공안』류 국한혼용문을 이용하여 창작되거나 번안된 것들을 가리키는데, 문학사적으로는 1906년에 처음 나타난 것으로 알려져있다(권영민 1997; 김형중 1998; 2011; 정환국 2003; 박소현 2010 등). 『일넘홍(一捻紅)』, 『용함옥(龍含玉)』, 『잠상태(岑上苔)』 『신단공안(神斷公案)』 등이 지금까지 확인된 1900년대에 출판된 작품인데, 이러한 『신단공안』류 국한혼용문에 의한 소설 창작이 후대로 이어지지는 않지만, 순한글 고소설을 다양한 유형의 국한혼용문으로 개작한 작품은 1910년대 이후에도 구활자본(舊活字本)으로 계속 출간된다(권순긍 1991; 이주영 1998; 이윤석 2011 등).

10 한기형·정환국(2007), 『역주 신단공안』, 창비.

11 박소현(2010)에 따르면 『신단공안』은 『황성신문』에 1906년 5월 19일부터 12월 31일까지 190회에 걸쳐 연재되었다. 필자가 확인한 『황성신문』 연재분은 총 182회로 약 20,000 구절 분량이다.

12 뒤의 예문①-가-㉠의 예는 어순 재배열을 이야기할 때 가장 먼저 이야기되는 술목구조(述目構造)가 아니라 '존재문(存在文)(有XX 구문)'이라는 점에도 유의할 필요가 있다. 술목구조가 목술구조로 바뀌는 어순의 국어문장화는 『신단공안』류 국한혼용문에서는 드물게 나타나며, '有XX' 구문을 'XX이 有ᄒ-'로 재배열하는 경우가 가장 흔하다. 이는 '有ᄒ-' 동사의 빈도가 유형 분류의 척도 중 하나가 될 수 있음을 시사한다. 아울러 ②의 ㉠~㉡에서 보이는 어순의 재배열 중 ㉠, ㉡만이 술목구조→목술구조의 어순 재배열을 보이는 예이고, ㉡은 '生於X→X에 生ᄒ-'은 '全昧於X→X에 全昧ᄒ-', ㉢는 '不勝激感於X→X에 不勝激感ᄒ-' ㉡은 '雖不及涓埃之補於巨大經費'를 재배열한 것이라는 점도 주목된다. 『신단공안』류 국한혼용문에서 대격 조사보다 처격 조사의 빈도가 클 것임을 시사하기 때문이다.

사接續詞를 국어 조사로 바꾼다든가(①-가-ⓛ)[13], 한문의 허사虛辭 대신 국어의 어미를 사용한다든가(①-가-ⓒ)[14]하는 부분들이 섞여 있다. 한문 문장 작법이 글쓰기의 기본이 되지만, 국어 문법이 간섭한 결과가 반영되는 것이다. 따라서 한글로 된 토만 없애면 그대로 한문이 된다는 기술은 이들『신단공안』류 국한혼용문에는 적용되지 않는다. 게다가 문장 형태 상으로는 구결문과 유사하지만, 개별 텍스트에 따라서는 당대의 시대적 상황을 반영한 새로운 어휘들을 포함하는 경우가 있기 때문에 (①-나 教育機關, 文明하-, 經費), 국어 어휘사적인 측면에서도 간과할 수 없는 부분이 있다.[15] 다만, 1900년대~1910년대에는 한문 원문이 있는 텍스트에 토만 붙여서『(漢文)懸吐XXX』라는 명칭으로 출판하는 경우가 적지 않은데, 이러한 텍스트는『신단공안』류 국한혼용문을 사용한 텍스트와 구분해야 할 것이다. ①-다의 경우가 그 한 예인데 1796년에 간행된『증수무원록대전增修無冤錄大典』의 대문大文에 토를 붙여 1907년 구활자본舊活字本으로 광학서포廣學書舖에서 간행한『증수무원록대전』의 첫부분이다. 이는 1792년 간행된『증수무원록언해增修無冤錄諺解』[16]의 구결문과는 구점이나 토가 달라진 부분이 있어 새로이 토를 붙인 자료로 보이는데, 본 연구에서는 이런 류의 텍스트는『신단공안』류 국한혼용문으로 다루지 않는다.[17]

---

13 구결문이라면 '許生之父母는' 정도가 될 것이다.

14 구결문이라면 '雖年近五旬이누'가 될 것이다.

15 『신단공안』류 국한혼용문을 사용한 후기의 저작 중 현대적 어휘를 많이 담고 있는 것으로 이능화의『조선기독교급외교사(朝鮮基督敎及外交史)』(1928)를 들 수 있다.

16 『증수무원록언해』의 간행 연대는 일반적으로 1792년으로 알려져 있는데, 장윤희(2001:2)에서는 1796년에『증수무원록대전』을 언해하여 간행한 것이라고 이야기하고 있다.

17 이 자료 이외에 한문본 고소설의 원문에 토를 붙여 간행한 것으로 보이는 구활자본이나

①

가. 却說 肅宗大王即位十六年에 慶尙道晉州府城內에 ㉠一個士族이 有ᄒ니 姓
은 許오 名은 憲이니 年方十八에 眉目이 淸秀ᄒ고 丰神이 俊雅ᄒ야 軒昻
風采를 人皆艶賞ᄒ고 兼且才藝夙成ᄒ야 文詞大噪라 以故로 城內城外에 養
成閨秀底人은 紛紛遣媒通婚이로딕 ㉡許生의 父母는 恒嫌早婚不利ᄒ야 倂
皆辭拒了ᄒ더라 其鄰家에 有一富戶ᄒ니 姓名은 河景漢이라 ㉢年近五旬이
ᄂ 膝下에 無充閭之丁ᄒ고 只有一個女息ᄒ니 名은 淑玉이오 年方二八에
姿色이 嬋娟이라 父母愛之를 如掌中珠玉ᄒ야 於後園에 搆一層小樓ᄒ고 繞
植名花異草ᄒ야 使淑娘으로 枕處樓中이러니

—「신단공안(神斷公案)」제일단, 『황성신문(皇城新聞)』1906.5.19.

나. 敬啓者 夫團合則成ᄒ고 渙散則敗은 理固然也라 故로 百川이 成海ᄒ며 群
蚊이 作雷은 何也오 川之發源이 初不過一線細流로딕 必須合派而後에 能就
其深ᄒ고 蚊之爲物이 卽不過極微最小로딕 必須作隊而後에 大放其聲者ᄂ
燎然可見이온 況乎人者은 以最靈最貴底物로 其心이 相契ᄒ고 其力이 相幷
則何患乎事不成功不遂也리오 竊惟貴會ᄂ 以忠君愛國之心으로 ㉠敎育機關
을 擴張ᄒ시니 卽我二千萬 團合홀 精神이오 三千里 文明할 基礎라 本會員
은 ㉡白屋貧窶에 生ᄒ야 ㉢時局觀念에 全昧ᄒ나 ㉣秉彝攸在에 不勝激感ᄒ
야 ㉤金三圜을 忘些仰呈ᄒ오니 ㉥其於巨大經費에 雖不及涓埃之補오나 勿
咎査納爲要

필사본들이 있다. 『현토사씨남정기(懸吐謝氏南征記)』(1914, 영풍서관), 『현토창선감의
록(懸吐彰善感義錄)』(1917, 한남서림), 『현토천군연의(懸吐天君演義)』(1917, 한남서
림), 『현토한문춘향전(懸吐漢文春香傳)』(1917, 동창서옥), 필사본 『한중만록(閑中漫
錄)』(버클리大 아사미(淺見) 문고본) 등이 그 예이다. 이들 소설류는 아직 그 문체를 구
체적으로 검토하지 못하였으므로 태동기 국한혼용문의 연구 자료에 포함할 수 있을 것
인가 하는 판단은 유보한다.

―「崔齊祥 崔齊三 兩氏가 各 參團式 義捐훈 公函」,

『서북학회월보(西北學會月報)』제14호, 1909.7.1.

다. 刑名之重이 莫最於殺人이라 獄情之初에 必先於檢驗이 蓋、 事體多端ㅎ고

情態萬狀ㅎ야 有、 同謀共毆로딕 而莫知、 誰是下手、 重者ㅎ며 有、 同謀

殺人이로딕 而莫定、 誰爲初造意者ㅎ며 有、 甲、 行凶、 而苦主、 與乙、

讎嫌ㅎ야 而妄執、 乙、 行凶者ㅎ며 有、 乙、 行凶、 而令、 在下之人으로

承當者ㅎ야 毫釐之差에 謬以千里니라

―『증수무원록대전(增修無冤錄大典)』1~2, 광학서포(廣學書舖) 간, 1907.

이러한 유형의 국한혼용문이 지니고 있는 구문적 수사적 특징 및 하
위 유형에 대해서는 임상석(2008:126~132)에서 예와 함께 상당히 구체
적으로 다루고 있다.[18] 그런데 임상석(2008:128)의 예문 중 하나가 본고
와의 분류 기준의 차를 보여주는 것으로 생각되어 여기에 다시 인용하
여 필자와 임상석(2008)의 분류 방식상의 차이를 분명히 드러내 보이기
로 한다.[19]

物은 人을 待ㅎ야 需用의 資롤 成ㅎ고 人은 物을 逐ㅎ야 欲望의 感이 生ㅎ나니

人與物의 相資相須가 切重焉ㅎ며 切繁焉ㅎ야 須臾도 不可相離홀 者라. (…중

---

18 거기에서의 논의를 정리하면 '구결문'과 같은 수준의 문장에서 '문구' 단위의 배열을 국
   어의 통사구조로 바꾸는 수준의 문장까지 나타난다는 것인데, '구결문'과 『신단공안』류
   국한혼용문을 같은 유형으로 다룬 점이 본고에서의 분류와 크게 다른 점이다.
19 굳이 이 예를 인용하여 대비하는 까닭은, 문학연구자들이 태동기의 국한혼용문 소설을
   다룰 때 임상석(2008)의 분류가 종종 원용되는데, 문장 형성 원리가 전혀 다르다고 할
   수 있는 『신단공안』류 국한혼용문과 『시일야방성대곡』류 국한혼용문을 통들어 현토체
   국한혼용문으로 지칭하는 경우가 많기 때문이다.

략…) 人界에 産業的 主義가 無ᄒ면 生活이 無路ᄒ고 産業界에 經濟的 實力이 無ᄒ면 生産이 無望ᄒᆯ 거시니 [人於經濟界活動이 若魚之游於江海ᄒ고 獸之捿於山林이니 可不注意處也아.](생략 부분은 임상석(2008)에 따른 것임)

—『대한협회회보(大韓協會會報)』7, 23~24.

위의 인용문을 임상석(2008:128)에서는 한문문장체의 하나로 보았다. 그러나 필자의 기준으로는 예문의 텍스트는 2절 2)에서 다룰 『시일야방성대곡』류 국한혼용문에 속한다. 임상석(2008)에서 위의 예문을 한문문장체에 속하는 것으로 본 까닭은 음영으로 표시한 '焉, 也' 등의 한문 종지사終止辭와 '之, 與'와 같은 한문 접속어가 쓰였다는 점 등 때문인데, 필자는 전체 글의 구성 원리가 『신단공안』류 국한혼용문과는 달리 국어 문법에 기반한 것으로 판단하기 때문에 『시일야방성대곡』류 국한혼용문에 속하는 것으로 본다. 강조한 부분과 같이 한문 구문을 국어 어순으로 재배열한 예들이 텍스트의 대부분을 차지하기 때문이다.[20]

『신단공안』류 국한혼용문 텍스트는 형태상 다른 유형의 국한혼용문과 분명히 구분되기 때문에 구결문 텍스트와 구분할 준거를 찾는 일이 중요한데, 앞에서 언급한 몇 가지 특징을 살펴보는 것만으로도 충분할 것으로 생각된다. 그것을 다시 정리하면 다음과 같다. ①'단음절 / 2음절 한자+ᄒ-'형 용언의 출현 유무, 종류, 결합관계, ②속격 조사 '의'와 결합한 명사구의 존재 유무와 그 용법, ③한글로 표기된 어미류가 포함

---

20 임상석(2008:130)에서도 예문 중 [ ] 안의 부분만이 한문문장체의 예이고, 그 앞부분은 한문구절체에 속하는 것으로 보고 있다. 그러나 이 예문이 문학연구자들이 『신단공안』류 국한혼용문과 『시일야방성대곡』류 국한혼용문을 구분하지 않는 데에 큰 영향을 주었다고 보아 여기에 예를 들었다.

된 어절 중 한문 허사의 기능과 중복되는 예들의 용법. 이 이외에 각주 12에서 언급한 것들도 고려할 수 있을 것이다.

2) 『시일야방성대곡』류 국한혼용문의 문체 특성

『시일야방성대곡』류 국한혼용문은 김상대(1985) 심재기(1992) 민현식(1994) 김형철(1994) 등 초기 국한혼용문 유형 연구에서는 따로 구분하지 않았다. 이런 류의 텍스트를 따로 한 유형으로 세운 것은 홍종선(1996, 2000)이다. 즉 이러한 유형의 텍스트를 '한문구 국한문체'라고 지칭하여 '한문체, 한문어체'와 구분되는 것으로 본 것이다. 김흥수(2004)에서는 '국한문 혼용체'의 하위 유형 중 "한문 구문의 어순, 구절, 표현이 국한문체 속에 부분적으로 나타나는 **구결문식 국한문체를 조금 벗어난 단계**"라고 기술하면서 구체적으로 구분하지는 않았다.[21] 임상석(2008)에서는 홍종선(2000)의 분류를 받아 들여 이러한 류의 텍스트를 '한문구절체'로 구분하여 '한문문장체'와 다른 것으로 다루었다. 또한 이런 류 국한혼용문의 구문적 특성으로 "한문 종결사와 접속사의 사용이 적어 한문 문장은 구절의 형태로 해체되어 나타난다"는 점을 들었으며, "4자 대구로 연결되는 한문구절에서 한문 특유의 수사법이 그대로 실현되는 것"을 수사법상의 중요한 특징으로 보았다.[22]

---

21 강조한 부분의 기술은 적절하지 않다. 『시일야방성대곡』류 국한혼용문은 구결문이나 구결문과 유사한 구조를 가진 『신단공안』류 국한혼용문과는 근본적으로 문장 구성 원리가 다르기 때문에 전혀 다른 유형의 글이라고 할 수 있다. 후술 참조.
22 임상석(2008)에서 지적하고 있는 한문 수사법의 특징은 『시일야방성대곡』류 국한혼용문만이 아니라 『서유견문』류 국한혼용문에서도 확인할 수 있다(이 책의 5장 참조). 한문 수사법의 영향은 국한혼용문의 유형과 함께 글이 발표된 시기와도 관련이 있는 것으로 보인다. 그러나 이 글에서는 수사법은 논의에 포함하지 않는다. 계량적 · 객관적 측정이 어려운 요소이기 때문이다.

우선 『시일야방성대곡』류 국한혼용문은 『신단공안』류 국한혼용문과는 전혀 다른 방식으로 만들어진다는 사실을 지적할 필요가 있을 것이다. 『신단공안』류 국한혼용문은 한문 문법에 따라 문장을 구성하는 것이 기본이지만, 『시일야방성대곡』류 국한혼용문은 국어의 통사 구조가 기본이다. 다만 국어의 문장 성분이 되는 요소 중 일부를 한문 문법에 따라 한문구로 만들고 거기에 국어의 문법형태소를 첨가하는 방식으로 형성된 체언구나 용언구가 섞인다는 점이 현대 한국어 문장과 다른 점이라고 할 수 있다.

다음 ②의 예문은 『시일야방성대곡』류 국한혼용문에서의 한문 문법의 간섭 결과를 보여주는 예들을 유형별로 주석한 결과이다. 각 예들이 태동기 국한혼용문의 유형 분류에 어떻게 적용될 수 있는지를 정리하기로 한다.

②

가. 曩日 伊藤侯가 韓國에 ⒝來홈이 ㉛愚我人民이 ㉠逐逐相謂 曰侯는 平日 東洋 三國의 鼎足安寧을 ㉡自擔周旋ᄒ던 人이라 今日 來韓홈이 ⒟⒝必也 我國獨立을 鞏固히 扶植할 方略을 勸告ᄒ리라 ᄒ야 自港至京에 官民上下가 歡迎홈을 ㉢不勝ᄒ얏더니 天下事가 ㉤難測者 l ⒝多ᄒ도다 千萬夢外에 五條件이 何로 ⒝自ᄒ야 提出ᄒ얏ᄂ고 此 條件은 ㉛非旦我韓이라 東洋 三國의 ㉠分裂ᄒᄂ 兆漸을 釀出 홈인즉 伊藤侯의 原初 主意가 何에 ⒝在ᄒ고 ㉦雖然이나 我 大皇帝陛下의 ㉠强硬ᄒ신 聖意로 ㉠拒絶홈을 ㉤不己ᄒ셧스니 該約의 ㉤不成立홈은 ㉠想像컨디 伊藤侯의 ㉡自知自破ᄒᆯ 바어ᄂᆯ ㉣噫 ㉦彼豚犬不若ᄒ ㉛所謂我政府大臣者가 營利를 ㉠希覬ᄒ고 假嚇를 ㉠恇劫

ᄒᆞ야 ㉢逡巡然 ㉣觳觫然 賣國의 賊을 ㉢甘作ᄒᆞ야 四千年 疆土와 五百年 宗

社를 他人에게 ㉠奉獻ᄒᆞ고 二千萬 生靈으로 他人의 奴隷를 ㉢敺作ᄒᆞ니 ㉦

彼等豚犬不若흔 外大 朴齊純 及 各大臣은 足히 ㉢深責홀 것이 ㉤無ᄒᆞ거니

와 ㉧名爲參政大臣者ᄂᆞᆫ 政府의 首揆라 ㉤但以否字로 ㉣塞責ᄒᆞ야 要名의 資

를 ㉤圖ᄒᆞ얏던가 金淸陰의 裂書哭도 ㉤不能ᄒᆞ고 鄭桐溪의 刃制腹도 ㉤不

能ᄒᆞ고 ㉣偃然 ㉠生存ᄒᆞ야 世上에 ㉢更立ᄒᆞ니 何面目으로 ㉠强硬ᄒᆞ신 皇上

陛下를 ㉢更對ᄒᆞ며 何面目으로 二千萬 同胞를 ㉢更對ᄒᆞ리오 ㉣嗚乎 ㉤痛

矣며 ㉣嗚乎 ㉤憤矣라 我 二千萬 ㉮㉧爲人奴隷之同胞여 ㉤生乎아 ㉤死乎

아 檀箕以來 四千年 國民精神이 一夜之間에 ㉣猝然 ㉤㉤㉠滅込而止乎아

㉤痛哉 ㉤痛哉라 同胞아 同胞아

─ 논설「是日也放聲大哭」,『황성신문(皇城新聞)』, 1905.11.20.

나. ㉤居ᄒᆞ지 四日에 ㉤忽 一老人이 ㉤被褐而來ᄒᆞ야 曰 此處ᄂᆞᆫ 毒虫과 猛獸

가 ㉤多ᄒᆞ니 ㉧可畏之地를 ㉧貴少年이 ㉮爰來獨處ᄂᆞᆫ ㉤何也오 庾信이 其

㉧非常人인 줄을 ㉤知ᄒᆞ고 再拜 曰 僕은 新羅人이라 國讐를 ㉤見ᄒᆞ고 ㉡痛

心疾首ᄒᆞ야 此에 ㉤來흔 거슨 ㉧所學이 ㉤有흠을 ㉠冀望흠이로이다 老人

이 ㉡黙然無言ᄒᆞ거늘 庾信이 ㉡垂涕懇請흔디 老人이 曰 子의 年이 ㉮尙幼

에 三國을 統合홀 志가 ㉤有ᄒᆞ니 ㉮不亦壯乎아 秘法으로써 ㉤授ᄒᆞ고 ㉤言

訖而去ᄒᆞ니 ㉮㉤進而望之에 ㉡不見ᄒᆞ고 ㉤山上에 有光ᄒᆞ야 ㉮㉡爛然若五

色이러라

─ 朴殷植,「金庾信傳」中,『西友』제4호, 1907.3.1.

다. ㉤今之伊太利ᄂᆞᆫ ㉤古之羅馬也니 歐洲 南部에 突出흔 ㉤半島國也라 船琶西

沙兒 以來로 阿卡士大帝의 時에 ㉤至ᄒᆞ기까지 歐羅巴 亞細亞 阿非利加의

三大陸을 倂呑ᄒᆞ고 大帝國을 建設ᄒᆞ야 宇宙文明의 宗主가 되던 羅馬로셔

一朝에 北狄의 蹂躪을 ㉥經흔 以後로 ㉡日削月蹙ㅎ야 今日에ㄴ 西班牙、明日에 法蘭西、又明日에ㄴ 日耳曼 等國의 前虎後狼이 ㉢彼退此進ㅎ고 左刀右鋸가 ㉣朝割暮剝ㅎ야 及十九世紀 初期에 ㉥至ㅎ야ㄴ ㉐山河破碎에 慘狀이 ㉢尤劇ㅎ니 伊太利 三字가 ㉤僅是 地理上의 名詞로 ⑦若存實亡者ㅣ ㉠㉮千餘年於玆矣라 加西土의 火燄을 ㉥望ㅎ며 法羅의 悼歌을 ㉥吟ㅎ믹 薤露가 蒼凉ㅎ고 劫灰가 零落ㅎ니 昔人 詩에 ㉥謂흔 바 ㉮卷中正有家山在어만 一片傷心畫不成이로다 ㉰哀哉라 ㉱㉠無國之民이여 後世 ㉠讀史者도 慷慨의 淚를 ㉤難禁ㅎ려던 ㉮㉰㉥而况' 身親當之者乎아

— 신채호 역, 『伊太利建國三傑傳』 第一節 中, 廣學書舖刊, 1907.

Ⅰ-㉮의 예로는 '卷中正有家山在어만 一片傷心畫不成이로다, 爲人奴隷之同胞여, 而况、身親當之者乎아, 若存實亡者ㅣ 千餘年於玆矣라' 등을 들 수 있다. 이렇게 한문 문장을 그대로 삽입하는 예는 『시일야방성대곡』류 국한혼용문에서 나타나는 것이 일반적이지만 이른 시기의 『서유견문』류 국한혼용문에서도 드물게 쓰이는 경우가 있다. 3절 3)의 예문 ③-나에 보인 '㉮請君은 試聽하라'의 경우가 그 한 예이다.

Ⅰ-㉯의 예는 그리 흔하지 않다. 각주 12에서 언급한 바와 같이 존재문은 'XX가 有ㅎ-'로 해체된 형태로 나타나는 경우가 많기 때문이다. 한편 ②-나의 '山上에 有光ㅎ야'의 예에서의 '有X ㅎ-'와 같이 단음절 명사와 결합한 형태는 현대국어에서 '有德하-, 有力하-, 有望하-, 有病하-, 有福하-, 有事하-, 有識하-, 有實하-, 有要하-, 有日하-, 有情하-, 有香하-'와 같이 하나의 용언으로 굳어져 사전에 등재된 예들도 적지 않다.[23] 이렇게 하나의 단어로 굳어진 경우는 이미 국어에 동화되어

한문 문법과는 무관한 단위가 된 것이라고 이야기할 수 있을 것인데, 그 동화 시기를 구체적으로 판정하기 어렵다는 점이 문제가 된다. 따라서 가-⑭의 예 중, 단음절 명사와 결합한 예들은 태동기 국한혼용문의 유형 분류에 준거로 사용하기 어려운 것으로 판단된다.

Ⅰ-ⓒ의 한문 부사는 『서유견문』류 국한혼용문이나 『국민소학독본』류 국한혼용문에서는 부사화 접사가 결합한 형태로 나타나는 것이 일반적이다. 3절 3항의 예문 ③-나의 '위연喟然이', ④-가의 '범연泛然이' 등이 그 예이다. 따라서 한자어 혹은 한문 부사의 부사화 접사의 출현 여부가 『시일야방성대곡』류 국한혼용문과 『서유견문』류 국한혼용문 / 『국민소학독본』류 국한혼용문을 구분해 주는 준거가 될 수 있음을 의미한다.[24]

Ⅰ-ⓓ(감탄사), Ⅰ-ⓔ(접속사), Ⅰ-ⓕ(종결사)의 사용은 임상석(2008:129~130)에서는 '한문 문장체'의 특성으로 지적한 것인데, 필자의 분석 결과에 따르면 임상석(2008)에서 '한문 문장체'라고 지칭했던 『신단공안』류 국한혼용문의 특징으로서 중요하기보다는 『시일야방성대곡』류 국한혼용문과 『서유견문』류 국한혼용문을 구분해 주는 중요한 지표 중 하나가 된다는 점이 중요하다. 『시일야방성대곡』류 국한혼용문에서는 그 종류도 다양하고 사용 빈도가 높지만, 『서유견문』류 국한혼용문에

---

23 예로 든 것들은 모두 『표준국어대사전』에 표제항으로 등재되어 있다.
24 한편 이러한 특성을 Ⅲ-ⓒ의 '한문 부사+단음절 한자+ㅎ-'형 용언의 형태 분석에도 참조할 수 있다. Ⅲ-ⓒ의 예는 『서유견문』류 국한혼용문과 『국민소학독본』류 국한혼용문에 많이 나타나는데, 그 형태 분석에서 부사와 후행 용언을 분리할 것인지 아니면 하나의 어기로 볼 것인지를 결정하기 쉽지 않다. 그러나 『서유견문』류 국한혼용문에서는 부사화 접사가 결합하지 않은 형태로 한문 부사가 쓰이는 경우가 없음을 감안하면 하나의 어기로 다룰 수 있는 것이다.

서는 쓰이지 않는 것이 일반적이기 때문이다.

Ⅱ-㉑ 한문 관형 구성이 국어의 관형 구성 대신 쓰인 예로는 '愚我人民이(어리석은), 難測者ㅣ(짐작하기 어려운), 讀史者도(사서를 읽는)' 등을 들수 있는데, '可畏之地를'과 같이 屬格助詞 '-의'가 쓰일 자리에 '之'를 사용하는 경우도 있다. 전자의 예는 『서유견문』류 국한혼용문에서는 한문구가 해체되어 'XX흔 / 홀' 구성으로 나타나며, '지'를 사용하는 구성은 '多聞博學의 士, 新見奇文의 書, 紅毛碧眼의 才藝見識'과 같이 국어 조사 '-의'가 사용되는 것이 일반적이다.

그런데 '한자 관형어+체언' 구성 중에서 '단음절+단음절' 형식일 때는 Ⅰ-㉴의 예 중 '有X흔-'형 용언과 마찬가지로 하나의 단어로 굳어지는 경우도 있다. ②-나의 '所學'이나 3절 3)의 예문 ③에 쓰인 '實境, 爾來, 諸邦, 長技, 蠻種, 狂夫, 傑士, 片舟, 閑情' 등이 그 예인데, 이들은 모두 『표준국어대사전』에 표제항으로 등재되어 있다. 따라서 '有X흔-'의 경우와 마찬가지로 '단음절+단음절' 형태의 '한자 관형어+체언' 구성은 출현 여부만으로 국한혼용문의 유형 분류의 준거로 활용하기 어렵다고 할 것이다.[25]

Ⅱ-㉒ 한문 용언(구)에 국어 조사가 결합하는 예로는 '爰來獨處는(여기 와 홀로 머묾은), 尙幼에(아직 어린데), 進而望之에(나아가 그것을 바라보니), 山河破碎에(산하가 무너져)' 등을 들 수 있다. 이렇게 어떤 한자가 용언으로서의 의미와 기능을 그대로 지니면서 구 혹은 절을 이루고 거기에 국

---

25 그렇다고 해서 이들을 태동기 국한혼용문의 유형 분류에 원용할 수 없다는 의미는 아니다. 이들의 경우는 정도성을 지니고 나타나는 언어 현상의 예로써, 이들은 다음에 이야기할 Ⅲ의 예들과 함께 태동기 국한혼용문의 유형 분류를 위한 계량적 분석에서 초점이 놓여야 할 언어 단위가 된다고 이야기할 수 있다. 후술 참조.

어의 조사가 결합하는 것은 구결문적 특성의 하나라고 할 수 있다.[26] 이러한 예는『시일야방성대곡』류 국한혼용문에서 주로 나타난다.『서유견문』류 국한혼용문에서는 이러한 경우 '無以爲償흠을, 囚之흠을, 發改흠을, 欺흠을 見하야' 등과 같이 '흠 / 하-'와 결합한 형태로 나타나는 것이 일반적이고,『국민소학독본』류 국한혼용문에서는 이런 구성이 나타나지 않는다. 따라서 Ⅱ-㉘은 세 유형의 국한혼용문을 구분해주는 중요한 지표가 된다.

Ⅱ-㉙의 '-이-'계 술어구도 구결문의 영향을 보여주는 예라고 할 수 있는데, '此 條件은 非旦我韓이라(한국만이 아니라), 爛然若五色이러라(오색으로 찬연하더라), 此事가 豈非遺憾이리오(어찌 유감이 아니리오)'처럼 용언구 자리에 쓰인 한문구에 계사가 결합하여 술어구를 이룬 것이다.『시일야방성대곡』류 국한혼용문에서 주로 확인되지만, 드물게『서유견문』류 국한혼용문에도 나타난다. 그러나『국민소학독본』류 국한혼용문에서는 나타나지 않는다. Ⅱ-⑧과 함께『시일야방성대곡』류,『서유견문』류,『국민소학독본』류 국한혼용문을 구분하는 척도가 될 수 있을 것이다.

Ⅲ-㉠~㉣의 예들은 그 어기語基 부분이 한문의 조어법에 따라 만들어진 용언인데, 그 방식이 조금씩 다르다.

예문에서 확인되는 Ⅲ-㉠의 예는 '夥多흐-, 廣闊흐-, 擯斥흐-, 蒐輯흐-, 繁殖흐-, 量度흐-, 抵當흐-, 採拾흐-, 便宜흐-, 浩大흐-'등이며,

---

26 『맹자언해(孟子諺解)』의 구결문과 언해문을 하나만 예로 들어 둔다.
東面而征에 西夷怨ᄒ며 南面而征에 北狄이 怨ᄒ야
東으로 面ᄒ야 征ᄒ심애 西夷ㅣ 怨ᄒ며 南으로 面ᄒ야 征ᄒ심애 北狄이 怨ᄒ야(권06:16b)

Ⅲ-ⓛ의 예는 '自擔周旋ᄒ-, 自知自破ᄒ-, 痛心疾首ᄒ-, 黙然無言ᄒ-, 垂涕懇請-, 日削月蹙ᄒ-, 彼退此進ᄒ-, 朝割暮剝ᄒ-, 論議唱酬ᄒ-, 反覆審究ᄒ-, 修好通商ᄒ-, 草衣木食ᄒ-, 夏巢多穴ᄒ-, 參互調査ᄒ-' 등이다.

Ⅲ-㉠의 경우는 단음절어의 2음절화라는 변화와 유관한 것인데, 모두 동일한(혹은 유사한) 의미를 가진 한자를 중첩하여 만들어 낸 것들이다. 한편 예로 든 것들은 모두 『표준국어대사전』에 등재되어 있어서 한문 문법의 영향이 현대 한국어에 잔존하고 있음을 보여주는 예가 된다.

Ⅲ-ⓛ의 경우는 의미적으로 유사하거나 대립적인 두 음절 한자어의 결합으로 4자 한자어를 이루고, 거기에 '-ᄒ-' 접사를 첨가하는 방식으로 만들어진 것이다. 대립對立과 중첩重疊이라는 한문 수사법을 바탕으로 만들어진 예라고 할 것이다. 한편 앞에서 본 Ⅲ-㉠의 예와는 달리 이들 4자 한자어는 대부분 사전에 등재되지 않는다. 그러나 그 구성요소가 되는 2음절 한자어는 사전에 등재되어 있는 것이 많다. '自擔, 周旋, 自知, 疾首, 黙然, 無言, 論議, 唱酬' 등이 그 예가 된다. 국어사전의 표제항 선정 방식과 유관할 것이다.

Ⅲ-ⓒ의 예는 '深責ᄒ-, 最要ᄒ-, 已久ᄒ-' 등이고, Ⅲ-ⓔ의 예는 '塞責ᄒ-, 爲君ᄒ-, 治病ᄒ-,' 등이다. 이 예들 중에는 Ⅰ-ⓑ의 예 중 '有Xᄒ-'형 용언이나 Ⅱ-ⓢ의 예 중 '단음절+단음절' 형태의 '한자 관형어+체언' 구성처럼 『표준국어대사전』에 표제항으로 등재된 것들도 있고, 당대에만 쓰이다가 사라진 것들도 있다. 따라서 이들 유형의 출현 여부를 바탕으로 태동기 국한혼용문의 유형을 분류하기는 어렵다. 그러나 이들은 텍스트의 유형에 따라 정도성의 차이를 보이는 단위이다. 태동기 국한혼용문의 유형에 따라 전체 텍스트 안에서의 출현 빈도 및 종

수와 점유율이 달라지는 경향을 보이기 때문이다. 앞의 ②의 예문과 3절 3)의 ③의 예문, 3절 4)의 ④의 예문의 주석 결과도 그러한 사실을 확인할 수 있게 해 준다. 예문이 충분치 않아서 단언할 수 없지만 Ⅲ-㉠~㉣의 예는 『서유견문』류 국한혼용문의 예문인 ③에서 가장 많이 나타나며 『국민소학독본』류 국한혼용문류, 『시일야방성대곡』류 국한혼용문의 순으로 빈도가 높다고 이야기할 수 있는 것이다. 유형 분류 대상이 되는 텍스트별로 이러한 용언류의 종수와 점유율을 확인하여 전형적인 텍스트의 분석 결과와 대조함으로써 텍스트의 유형을 결정할 수 있음을 시사하는 것이다.

Ⅲ-㉤은 예들은 한영균(2011:244)에서 양태 표현의 보조용언 구성의 구조를 바꾸어 한문구를 구성한 후, 거기에 '-ㅎ-'를 결합하여 생성된다고 한 한문구 용언이다. 不成立홈은(성립할 수 없음), 不可無ㅎ다(없을 수 없다), 不止홈이라(그치지 않음), 不勝ㅎ얏더니(이기지 못하였더니)가 그 예들이다. 이에 대한 구체적인 논의는 한영균(2011:244~246)에 미루기로 하는데, 이들 한문구 용언의 종류와 텍스트 점유율에 대한 계량적 분석이 필요하다는 사실만 지적해 두기로 한다. 『시일야방성대곡』류 국한혼용문과 『서유견문』류 국한혼용문의 계량적 특성의 차이를 보일 가능성이 높은 요소이기 때문이다.

Ⅲ-㉥의 예는 한영균(2008; 2009)에서 태동기 국한혼용문의 중요한 특성의 하나로 밝힌 바 있는 '단음절 한자+ㅎ-' 구성의 용언이다(이 책의 3장 및 4장 참조). 여기서 한 가지 지적해 둘 것은 『시일야방성대곡』류 국한혼용문에서 나타나는 '단음절 한자+ㅎ-' 구성 용언의 텍스트 점유율이 상대적으로 『서유견문』류 국한혼용문의 그것보다 낮다는 사실이

다. 한문구의 해체가 많이 이루어진 텍스트일수록 단음절 한자어 용언이 많이 쓰일 것임을 생각하면 당연한 일이다. 이 역시 『시일야방성대곡』류 국한혼용문과 『서유견문』류 국한혼용문의 계량적 차이를 보여줄 수 있는 언어 요소라고 판단된다.

Ⅳ-Ⓐ의 예는 그리 많지 않다. 『신단공안』류 국한혼용문의 경우에는 오히려 중국의 백화문적 요소가 많이 나타나는 것으로 알려져 있으며, 『시일야방성대곡』류 국한혼용문에서도 이두식 표현은 극히 드물게 나타난다고 할 수 있는 것이다. 따라서 Ⅳ-Ⓐ을 국한혼용문 유형 분류에 원용하기는 어려울 것으로 판단된다.

Ⅳ-Ⓒ은 『시일야방성대곡』류 국한혼용문이나 『서유견문』류 국한혼용문, 『국민소학독본』류 국한혼용문에서 모두 그 예를 확인할 수 있다. 이에 대해서는 심재기(1992)나 임상석(2000)에서도 언급된 바 있는데, 한영균(2011:243)에서는 "한자가 지니고 있는 문법적 기능과 같은 기능을 가진 한국어 문법형태소가 중복되어 나타나는 구성을 가리킨다. '～나 然ᄒ나(然이나 / 그러나), ～고 且 / ～고 又, ～과 及(밋), 萬若 / 萬一 / 若～ / 則, 雖～나, ～도 亦X' 構成 등을 들 수 있다"고 하였다. 그러나 그 구체적 목록과 출현 양상은 아직 정리되지 않은 것으로 보인다.

3) 『서유견문』류 국한혼용문의 문체 특성

『서유견문』류 국한혼용문이란 이 책의 5장에서 논의한 바와 같은 문체 특성을 지닌 것들을 가리킨다. 요약하면 한국어와 한문 문법의 혼효에 의해 만들어지는 다양한 유형의 구조적 변형과, 그 구조적 변형을 극복하는 과정으로서의 도치 구성의 환원과 한문구의 해체, 한문 위주의 문어생활을 통해 익숙했던 한문 수사법의 빈번한 사용 등을 보여주는 것이다. 중요한 점은 앞에서 논의한 한문 문법의 영향 중에서 『서유견문』류 국한혼용문에서는 주로 Ⅲ 유형의 것들이 나타난다는 점이다. 우선 예문과 그 주석 결과를 보이고 논의를 진행하기로 한다.

③

가. 聖上 御極ᄒ신 十八年 辛巳 春에 余가 東으로 日本에 ㉥遊ᄒ야 其 人民의 ㉠勤勵ᄒᆫ 習俗과 事物의 ㉠繁殖ᄒᆫ 景像을 ㉵見홈이 竊料ᄒᆮ 배 아니러니 ㉤及 其國中의 ㉦多聞博學의 士를 ㉥從ᄒ야 ㉡論議唱酬ᄒᆮ 際에 其 意를 ㉥掬ᄒ고 ㉦新見奇文의 書를 ㉥閱ᄒ야 ㉡反覆審究ᄒᄂ 間에 其事를 ㉥考ᄒ야 實境을 ㉠透解ᄒ며 眞界를 ㉠披開ᄒᆫ 則 其 施措規護이 泰西의 風을 ㉠摹倣ᄒᆫ 者가 十의 八九를 是居ᄒ니 盖 日本이 歐洲 和蘭國과 其交를 ㉥㉦通홈이 二百餘 年에 ㉥過ᄒ나 夷狄으로 ㉠擯斥ᄒ야 邊門의 關市를 ㉥許홀 ᄯᆞᆷ이러니 爾來 歐美 諸邦의 約을 訂結ᄒᆫ 後로브터 交誼의 ㉠㉵敦密홈을 ㉥隨ᄒ며 時機의 ㉵發改홈을 ㉥察ᄒ야 彼의 長技를 是取ᄒ며 規製를 是襲홈으로 三十年間에 如斯히 其富強을 ㉥㉵致홈이니 ⑤然則 ㉦紅毛碧眼의 才藝見識이 人에 ㉥過ᄒᆫ 者가 ㉡㉵必有홈이오 余의 舊日 ㉠量度ᄒᆫ 바 ᄀᆞᆺ치 純然ᄒᆫ 蠻種에 ㉤㉵不止홈이라 余의 此遊에 一記의 ㉥㉵無홈이 ㉤不可ᄒ다 ᄒ야 遂乃見聞을 ㉠蒐輯ᄒ며 亦或 書籍에 ㉠傍考ᄒ야 一部의 記를 ㉥作홀시 時ᄂ 壬午의 夏라

— 유길준 『서유견문』 서, 1895.

나. 漢北 木犀山 下에 ⑦一窮措大가 有ᄒ니 自稱은 狂夫오 人謂호ᄃ 傑士라 其 磊落ᄒᆫ 心을 世路에 ㉠牽碍치 아니하더니 一日은 其友人을 ㉥對ᄒ야 時事

ᄅᆞᆯ ㉢略評ᄒᆞ다가 ㉰´喟然이 ㉥起하야 書案을 ㉥擊ᄒᆞ야 曰 吾四十平生에 ⑦所經을 遡想ᄒᆞ니 一笑一歎이오 一快一樂이라 今에 其所然을 說明ᄒᆞ리니 ㉮´請君은 試聽하라 吾 十歲에 入學하야 二十四에 ㉥至토록 ㉥讀ᄒᆞᆫ 바ᄂᆞᆫ 經史오 ㉥作ᄒᆞᆫ 바ᄂᆞᆫ 科文이라 一代 儒林에 聲名을 ㉢敢恃하고 百試場屋에 風雨를 ㉤不避하엿드니 功名이 數가 ㉥㉵´有ᄒᆞᆷ으로 歲月에 ㉥㉵´欺ᄒᆞᆷ을 見하야 十年에 工夫가 一笑만 ㉥餘하엿도다 ㉧於是에 紅塵에 顔이 ㉥汗ᄒᆞ고 碧山이 夢에 ㉥甘하야 短簡敗篇을 片舟에 ㉥載ᄒᆞ고 白雲流水에 佳鄕을 ㉥尋하야 栖身이 ㉠㉵´便宜ᄒᆞᆷ을 ㉥㉵´得하ᄆᆡ 閑情을 ㉢傲遊ᄒᆞᄂᆞᆫᄃᆡ ㉥寄ᄒᆞ엿더니 ㉵奈之何로 世情이 忽地에 ㉥變ᄒᆞ야 人心이 潮ᄀᆞᆺ치 ㉥沸ᄒᆞ더니 八域東徒가 亂萌을 ㉥起ᄒᆞ야 一場化翁의 劇戱를 ㉥成ᄒᆞ니 餘生의 計活이 一歎을 ㉥作ᄒᆞ엿ᄂᆞᆫ지라 隻杖을 ㉢倒執ᄒᆞ고 洛城을 ㉢便尋ᄒᆞ니 此時ᄂᆞᆫ 卽 甲午十月也라

—「論說」, 『황성신문(皇城新聞)』 7호, 1898.9.13.

다. 此塔이 上三層은 該側 下地에 ㉥在ᄒᆞ니 文獻이 ㉤無徵ᄒᆞ야 其故를 ㉤不可知라 或云 日本人이 日本에 持去코져 ᄒᆞ야 此를 ㉥下ᄒᆞ엿다가 重量을 ㉤不堪ᄒᆞ야 其側에 ㉥置ᄒᆞ얏다 ᄒᆞ더라. 此塔이 何時 何人이 엇더케 ᄒᆞ야 此에 ㉥置ᄒᆞ엿다ᄂᆞᆫ지 其 由來에 ㉥至ᄒᆞ야ᄂᆞᆫ 塔도 ㉤不語ᄒᆞ고 石도 ㉤不言ᄒᆞ야 ㉲尙且世에 ㉠明著치 못ᄒᆞ니 此事가 ㉶豈非遺憾이리오. 此塔의 製作年代를 ㉥知ᄒᆞ면 此塔이 其時代의 藝術의 好標本이오 其文明의 程度도 推測ᄒᆞᆯ지라. ㉰㉳今也 內外國人의 此塔에 ㉥關ᄒᆞᆫ 記錄을 ㉠採拾ᄒᆞ야 左에 ㉥載ᄒᆞ노라

—「경성고탑(京城古塔)」 中, 『서우』 제11호, 1907.10.1.

예문의 주석 결과를 보기 쉽게 하기 위해서 Ⅰ, Ⅱ의 예들은 원문자
①~⑨를 앞에 붙이고 강조하였고, Ⅲ, Ⅳ의 예들은 원문자 ㉠~㉧을 앞
에 붙이고 강조했다. 예문 ②와 ③을 비교해 보면 일견해서 숫자가 붙은
굵은 글씨의 비율이 전혀 다른 것을 확인할 수 있을 것이다. 이는 2절의
2)에서 제시한 한문 문법의 간섭 결과를 보여주는 것들 중에서 『서유견
문』류 국한혼용문에는 Ⅰ, Ⅱ 유형의 것은 잘 나타나지 않고 Ⅲ 유형의
것들이 중심을 이룬다는 것을 보여 준다는 사실만 지적해 두기로 한다.

4)『국민소학독본』류 국한혼용문의 문체 특성

『국민소학독본』류 국한혼용문이란 1894년~1899년 사이에 학부가
주관하여 편찬·간행한 일련의 교과용 도서[27] 및 같은 시기 공문서 / 법

---

27 기존 연구에서도 학부 간행 도서를 다룬 것이 적지 않지만, 대한제국 시기 학부에서 간행
한 교과용 도서 목록은 제대로 정리된 적이 없는 것으로 보인다. 서지적 연구인 강윤호
(1973), 김봉희(1999)에서는 일부만 소개하고 있고, 태동기의 교과서를 다룬 허재영
(2011:192)에서는 1910년까지 학부에서 편찬한 교과용 도서가 13종 42책이라고 하고
있는데, 구체적인 목록은 제시하지 않았다. 박주원(2006:140)에서는 1894년~1899년
사이에 학부 주관으로 간행된 교과용 도서가 26종이라고 정리하였다. 그러나 박주원
(2006)의 목록도 연구 주제와의 관련성 때문에 제외한 것도 있고, 중복해서 나열한 것도
있어 필자가 확인한 것과는 목록에 차이가 있다. 필자가 확인한 바에 따르면 1894년~
1899년 사이에 학부 주관으로 간행된 교과용 도서는 모두 31종이다. 이 중에서 『동여지도
(東輿地圖) (간년미상)』, 『조선지도(朝鮮地圖) (간년미상)』, 『世界地圖 (간년미상)』, 『小地
球圖 (간년미상)』는 圖錄인 것으로 보이며(이들 4종은 실물을 확인하지는 못했다.『동여
지도』는『신정심상소학(新訂尋常小學)』3권의 말미에서 이름을 확인할 수 있으며, 나머
지 3종은『황성신문』1899년 1월 14일자 논설에서 확인한 것이다),『세계만국년계(世界
萬國年契, 1894)』,『태서신사람요(泰西新史攬要, 1895)』,『공법회통(公法會通, 1896)』,
『서례수지(西禮須知, 1896)』4종은 중국본을 다시 간행한 한문본,『여대활요(興載撮要,
1894)』,『조선역사사략(朝鮮歷代史略, 1895)』,『대한역대사략(大韓歷代史略, 1899)』,
『동국역대사략(東國歷代史略, 1899)』4종은 국내 저술의 한문본,『사민필지(士民必知,
1895)』는 한글본『스민필지(1889)』를 번역한 한문본,『틱셔신스(1897)』는 한문본『태
서신사람요(1895)』를 번역한 한글본,『지구약론(地璆畧論, 1896)』은 한자 병기본이다.
이들을 제외한 나머지가 국한혼용문으로 되어 있는 것인데, 대부분『국민소학독본』류

규류에 주로 쓰인 국한혼용문을 가리킨다. 우선 몇 텍스트를 예로 들고
논의를 진행하기로 한다.

④

가. 우리 大朝鮮國은 亞細亞洲 中의 一 王國이라 其形은 西北으로셔 東南에
ⓗ出흔 半島國이니 氣候가 西北은 寒氣 ⓗ甚ᄒ나 東南은 溫和ᄒ며 土地ᄂ
肥沃ᄒ고 物産이 饒足ᄒ니라 世界 萬國 中에 獨立國이 許多ᄒ니 우리 大
朝鮮國도 其中의 一國이라 檀箕衛와 三韓과 羅麗濟와 高麗를 지난 古國이
오 太祖大王이 開國ᄒ신 後 五百有餘 年에 王統이 連續흔 나라이라 吾等
은 如此흔 나라에 ⓗ生ᄒ야 今日에 와셔 世界 萬國과 ⓛ修好通商ᄒ야 富强
을 닷토ᄂ 쩌에 ⓗ當ᄒ얏시니 우리 王國에 사ᄂ 臣民의 最急務ᄂ 다만 學
業을 힘쓰기에 잇ᄂ니라 또흔 나라의 富强이며 貧弱은 一國 臣民의 學業
에 關係ᄒ니 汝等 學徒ᄂ ⓗ泛然이 알지 말며 學業은 다만 讀書와 習字와
算數 等 課業을 ⓗ修흘 쑌 아니오 平常 父母와 敎師와 長上의 敎訓을 조차
言行을 바르게 ᄒ미 ⓒ最要ᄒㅣ라
— 『국민소학독본(國民小學讀本)』 제1과, 學部, 1895.

나. 檀君紀 檀君은 東方에 쳐음에 君長이 ⓗ無ᄒ더니 神人이 ⓗ有ᄒ야 太白山
壇木下에 ⓗ降ᄒ거늘 國人이 奉立ᄒ야 ⓔ爲君ᄒ니 號를 檀君이라 ᄒ고 國

국한혼용문을 사용하고 있다. 총 16종으로, 그 목록과 간행 연대는 다음과 같다. 『간이사
칙문제집(簡易四則問題集, 1895)』 『국민소학독본(國民小學讀本, 1895)』, 『간이산술(近
易筭術, 1895)』, 『만국역사(萬國歷史, 1895)』, 『소학독본(小學讀本, 1895)』, 『소학만국
지지(小學萬國地誌, 1895)』, 『숙혜기략(夙慧記略, 1895)』, 『조선역사(朝鮮歷史, 1895)』,
『조선지지(朝鮮地誌, 1895)』, 『신정심상소학(新訂尋常小學, 1896)』, 『조선역사십과(朝
鮮歷史十課, 1896)』, 『유몽휘편(牖蒙彙編, 1896)』, 『중일약사합편(中日略史合編, 1897)』,
『아국약사(俄國略史, 1898)』, 『종두신편(種痘新書, 1898)』, 『보통교과동국역사(普通敎
科東國歷史, 1899)』.

가. 號를 朝鮮이라 ᄒ니 初에 平壤에 ㉥都ᄒ고 後에 白岳에 ㉥都ᄒ니라

—『조선역사(朝鮮歷史)』卷之— 1a, 學部, 1895.

나. 東方이 初에 君長이 ㉡無ᄒ야 人民이 ㉢草衣木食ᄒ며 ㉢夏巢冬穴ᄒ더니 神人이 太白山 壇木下에 ㉥降ᄒ야 聖德이 ㉥有ᄒ거늘 國人이 推尊ᄒ야 王을 숨고 ㉥號ᄒ야 曰 檀君이라 ᄒ니

—「단군조선기(檀君朝鮮記)」,『보통교과 동국역사(普通敎科 東國歷史)』권수(卷首), 學部, 1899.

나″. 東方初無君長、有九種夷。草衣木食夏巢冬穴會。 神人降于太白山壇木下、 國人立而爲君。 號曰檀君盖以其孕生於壇木下故也。國號朝鮮、初都平壤、 後都白岳。

—「단군기(檀君紀)」,『조선역대사략(朝鮮歷代史略)』卷之— 1a, 學部, 1895.

다. 地球의 表面은 水와 陸 二者로 된 거시니 水는 陸에 三倍가 되느니라 ㉲然이나 水陸의 大小廣狹을 ㉥因ᄒ야 數多ᄒᆫ 名이 ㉥有ᄒ니라

—『만국지지(萬國地誌)』1b, 學部, 1895.

라. 古者에 ㉮男子ㅣ 生에 桑弧와 蓬矢로 天地와 四方을 ㉥射홈은 男子의 立志가 上下와 四方의 ㉥有홈으로써 홈이니라 是故로 幼時에 學習은 愛親과 敬兄에 지남이 업고 ㉦長後에 事業은 愛君과 爲國에 더홈이 없느니라

—『小學讀本』1a, 學部, 1895.

마. 「地方制度 改正ᄒᄂ 議議書」全國을 ㉥分ᄒ야 區域을 ㉥定ᄒ고 管轄이 ㉥有ᄒᆷᄋ 行政上에 實施를 ㉥要ᄒ미라 開國 五百四年에 地方制度를 改正ᄒ야 從前 八道의 區域을 二十三府로 ㉥定ᄒ고 管轄區域을 分置ᄒᆷᄋ 八道의 區域이 ㉠廣闊ᄒ고 管轄이 ㉠浩大ᄒ야 政令의 宣布ᄒ미 均洽치 못ᄒᄆ로 道를 ㉥分ᄒ야 府를 置ᄒᆷᄋ 便宜를 ㉥從코져 ᄒ미러니 現今 實施가 ㉢已久

ᄒᆞ나 民情이 便利타 ᄒᆞ믄 ㉧小ᄒᆞ고 煩冗ᄒᆞᆫ 弊가 ㉧有ᄒᆞ며 國財의 歲入이
㉤不瞻ᄒᆞᆫ 際에 該地方 所出로 諸府 經費를 ㉠抵當치 못ᄒᆞᄂᆞᆫ 理由도 ㉡或有
ᄒᆞ며 ㉣且 各府에 人員數가 ㉠夥多ᄒᆞ야 事務上에 ㉠簡便치 못홈도 ㉧有ᄒᆞ
기로 得已치 못ᄒᆞ야 地方의 制度와 區域의 管轄과 人員의 增減과 經費의
槪筭를 ㉡參互調査ᄒᆞ야 說明을 ㉠添附ᄒᆞ고 改正ᄒᆞᄂᆞᆫ 勅令案을 閣議에 提
出홈 建陽 元年 八月 二日 內部大臣 朴定陽,

―지방조사안(地方調査案), 內部, 1895.

바. 今年 正月 二十五日에 總理衙門에셔 聖諭를 ㉧奉ᄒᆞ야 病院을 齋洞 西邊에
刱達ᄒᆞ고 院號는 濟衆이라 ᄒᆞ고 官員을 ㉧設ᄒᆞ며 學徒를 모와 院中의 두
고 美利堅 敎師 哉蘭과 憲論 兩人를 延請ᄒᆞ며 西國에 各種 藥水를 만이 ㉠
購貿ᄒᆞ여 本院에 두고 民間 各樣 病人를 자셔이 看■ᄒᆞ야 극진이 ㉠治療
ᄒᆞ니 每日 와셔 ㉣間病ᄒᆞ고 가는 스름이 或 二十人 或 三十人도 되고 院中
에 ㉢恒留ᄒᆞ여 ㉠治療ᄒᆞᄂᆞᆫ 스름이 或 十餘人 或 二十餘人도 되는ᄃᆡ 醫師의
㉢治病ᄒᆞᄂᆞᆫ 法은 機械로도 다ᄉᆞ리고 藥水도 먹이는ᄃᆡ ㉣大抵 遠骨과 腫
瘡等 症에는 效驗이 神通ᄒᆞᄂᆞ 이는 곳 國家예 ㉠發政施仁ᄒᆞᄂᆞᆫ 一端이요
ᄯᅩᄒᆞᆫ ㉠博施濟衆ᄒᆞᄂᆞᆫ 功德이니 그 院中 規則을 左에 記載ᄒᆞ노라

―「설제중원(設濟衆院)」,『한성주보(漢城周報)』2호, 1886.2.1.

　　지면 관계 상『국민소학독본』류 국한혼용문의 문체 특성을 전반적으
로 다루기를 어렵고,『서유견문』류 국한혼용문과의 변별성을 보여주는
특성 두 가지만을 지적해 두기로 한다.
　　우선 ④-가 예문에서 전체 99개 어절 중에서 19개가 한글로 표기된
점이 눈의 띈다. 워낙 예문이 짧아서 전형적이라고는 이야기할 수 없겠

지만, ④-바의 경우에도 84개 중 16개가 한글로 표기된 것과 함께 태동기 초기의 국한혼용문이 지니고 있는 문체 특성으로 한글 표기 실사^{實辭}의 존재를 들 수 있을 것이다.

이와 아울러 Ⅲ-ⓜ의 한문구 용언이 잘 쓰이지 않는다는 점도 『국민소학독본』류 국한혼용문의 중요한 특성이다. 이 책의 5장에서 구체적으로 분석한 한문구의 해체가 『국민소학독본』류 국한혼용문에서는 보다 적극적으로 진행되고 있음을 의미하는 것이기 때문이다. 『국민소학독본』류 국한혼용문과 『서유견문』류 국한혼용문과의 차이에 대해서는 계량적 대비가 필요한 것으로 보인다.

5) 태동기 국한혼용문 텍스트의 유형 분류를 위한 변별적 준거

여기서는 3절 1)~3절 4)에서의 검토 결과를 바탕으로 태동기의 국한혼용문 텍스트가 앞에서 구분한 ②~④ 중 어떤 유형에 속하는가를 판별하는 데에 원용할 수 있는 준거들을 정리하기로 한다.

첫째는 출현 여부만으로도 유형 분류에 적용할 수 있는 것들이다. 여기에 속하는 것으로 다음 다섯 가지를 들 수 있다.

Ⅰ-③의 한문 부사와 부사화 접사의 출현 여부 : 한자어 혹은 한문 부사의 부사화 접사의 출현 여부는 『시일야방성대곡』류 국한혼용문과 『서유견문』류 국한혼용문, 『국민소학독본』류 국한혼용문을 구분해 주는 준거가 될 수 있다.

Ⅰ-④(감탄사), Ⅰ-⑤(접속사), Ⅰ-⑥(종결사)의 사용 : 『시일야방성대곡』류 국한혼용문과 『서유견문』류 국한혼용문을 구분해 주는 중요한 지표가 될 수 있다.

Ⅱ-⑦ 한문 관형 구성 : 『시일야방성대곡』류 국한혼용문과 『서유견문』류 국한혼용문를 구분하는 지표가 될 수 있다. 다만 단음절+단음절 구성의 경우에는 계량적 분석이 필요하다.

Ⅱ-⑧ 한문 용언(구)에 국어 조사가 결합하는 경우 : 『시일야방성대곡』류 국한혼용문에서 주로 나타난다. 『서유견문』류 국한혼용문에서는 'ᄒ/하-'와 결합한 형태로 나타나는 것이 일반적이고, 『국민소학독본』류 국한혼용문에서는 나타나지 않는다.

Ⅱ-⑨의 '-이-'계 술어구 : 『시일야방성대곡』류 국한혼용문에서 주로 확인되지만, 드물게 『서유견문』류 국한혼용문에도 나타난다. 그러나 『국민소학독본』류 국한혼용문에서는 나타나지 않는다.

둘째, 계량적 분석이 필요한 경우.

1절에서 언급한 바와 같은 태동기 국한혼용문의 특성 상, 한 두 가지의 예만으로 텍스트의 유형을 결정하기 어려운 경우가 대부분이다. 앞에서 제시한 다섯 가지 유형이 뚜렷이 드러나는 경우를 제외하고는 대체적인 경향성을 파악할 수 있는 것이다. 결국 앞에서 언급한 한문 문법의 영향 중에서 특히 Ⅲ의 경우를 중심으로 한 계량적 분석이 필요하다고 할 것이다. 물론 이러한 계량적 분석 결과를 바탕으로 한 유형 분류에는 전형적 텍스트의 분석 결과가 대비자료로 제공되어야 할 것이다. 앞으로 해결해야 할 과제라 할 것이다.

4. 태동기 국한혼용문의 사용 양상과 관련된 문제

태동기 국한혼용문에 대한 연구는 아직까지 연구 결과가 축적된 것이 그리 많지 않다. 그만큼 해결해야 할 과제가 많다고 할 것이다. 여기서는 그 중에서 태동기 국한혼용문과 현대 한국어 문체의 상관성이라는 문제에 대해서만 언급해 두기로 한다.

현대 한국어의 문체가 태동기의 국한혼용문과 유관할 것이라는 견해는 김상대(1985:8~9)에서 처음 언급된 이래, '현토체懸吐體 〉 직역언해체直譯諺解體 〉 의역언해체意譯諺解體 〉 현대 한국어 문체'라는 발달 과정을 밟았다는 심재기(1992:192~194)의 견해가 당연한 것으로 받아들여지고 있다. 김형철(1994), 민현식(1994), 김흥수(2004), 김주필(2007) 등이 그러한 견해를 보인다. 그러나 태동기 국한혼용문의 사용 양상을 검토한 결과는 이와는 다른 가능성을 시사한다.

우선, 이 글에서 검토 대상으로 삼았던 태동기 국한혼용문의 4 유형 중에서 이른바 현토체로 불리었던 태동기의 『신단공안』류 국한혼용문의 사용 양상이 그러하다.

아직 초기의 태동기 국한혼용문 텍스트 전체를 대상으로 한 검토가 끝난 것이 아니어서 단언하기는 어렵지만, 『신단공안』류 국한혼용문은 태동기 국한혼용문이 출현한 초기(1885~1897)에는 거의 쓰이지 않았던 것으로 보인다. 이 시기에 최초 국한혼용문의 용례를 보여주는 출판물인 『한성주보漢城周報』나 초기 국한혼용문 잡지인 『대조선독립협회회보大朝鮮獨立協會會報』, 『친목회회보親睦會會報』에서는 이러한 유형의 국한혼용문이 거의 쓰이지 않으며,[28] 최초의 국한혼용문 신문인 『황성신문皇城新聞』에서도 그 간행 초기(1898~1899)에는 관보를 전재하는 경우에나 쓰일 뿐,[29] 논설·별보·잡보 등 자체에서 작성한 기사에는 한문이나『시일야방성대곡』류,『서유견문』류에 속하는 국한혼용문이 주로 사용된다.『신단공안』류 국한혼용문이 1900년대에는 그 사용폭이 서간문까지 확대되는 것을 고려하면(3절 1)의 ①-나의 예문), 태동기 국한혼용문의 연원 및 사용 분포와 관련하여 기억해 두어야 할 점이라 할 것이다.

이와 함께, 국어사 연구자들이 간과하고 있는 사실을 하나 지적해 두어야 하겠다. 그것은 1880년대에 국한혼용문이 새로운 서사방식으로 등장하기 이전 약 150년간, 즉 18세기 중반 이후부터 19세기 중반까지는 국한혼용문으로 만들어진 자료가 없다는 점이다. 예외라면 16세기 말 이후 지속적으로 중간되는 사서삼경의 언해류가 있을 뿐이다.

따라서 국한혼용문은 개항 이후 새로운 서사방식으로 등장한다고 할 수 있는데, 이렇게 태동기에 들어서 간행된 최초의 국한혼용문 자료는 이수정의『신약 마가젼 복음셔 언히』(1885)인데(히로 다까시 2004), 이후『한성주보』(1886)의 국한혼용문 기사,『농정촬요農政撮要』(1886) 등을 초기 국한혼용문 자료로 볼 수 있다.

그러나 국한혼용문 텍스트가 본격적으로 등장하는 것은 1894년 갑오경장 이후라고 할 수 있다. 특히 보통교육의 실시에 따라 교과용 도서

---

28 1886년에 간행된『한성주보』와 1896년~1897년에 간행된『대조선독립협회회보(大朝鮮獨立協會會報)』에는 신단공안류 국한혼용문의 예가 하나도 없으며, 1896년에 창간되어 약 700쪽 분량의 자료가 남아 있는『친목회회보(親睦會會報)』에도 4호에 실린「時務之大要」단 하나뿐이었다(창간호에 실린「친목회서설(親睦會序說)」,「조선론(朝鮮論)」두 기사는 구결문이다). 전체 기사 수가 800개가 넘으므로 신단공안류 국한혼용문은 거의 쓰이지 않았다 해도 좋을 것이다.

29 관보(官報)의 전재에 쓰인 국한혼용문에 구결문이 더 많은지 아니면 신단공안류 국한혼용문이 쓰인 것인지 아직 검토가 끝나지 않았다. 전자일 가능성이 높은 것으로 보인다.

가 필요하게 되었는데, 『ᄉ민필지』, 『티셔신사』 등 일부 선교사에 의해 집필된 순한글 자료 이외에는 한문 혹은 국한혼용문으로 만들어진 교과용 도서가 대거 보급된다.

앞에서 정리한 바 있지만, 1894~1899년 사이에 학부 주관으로 모두 31종의 교과용 도서가 간행되고, 그중 16종이 국한혼용문으로 만들어지며, 그것들은 모두 『국민소학독본』류 국한혼용문으로 되어 있다. 이러한 점을 감안하면 '현토체 〉 직역언해체 〉 의역언해체 〉 현대 한국어 문체'라는 현대 한국어 문체와 태동기 국한혼용문의 상관성에 대한 기존의 견해는 그대로 받아들이기 어려운 부분이 있다. 어째서 『국민소학독본』류 국한혼용문이나 『서유견문』류 국한혼용문이 『시일야방성대곡』류 국한혼용문이나 『신단공안』류 국한혼용문보다 먼저 쓰였는지, 그리고 1900년대에 들어서면 오히려 『국민소학독본』류 국한혼용문을 사용한 국한혼용문 텍스트의 존재를 확인하기 어려운가 하는 문제가 제기되는 것이다.

/ 제7장 /

『서유견문』 용언류의 분포와 구성

1. 태동기 용언류 분석과 『서유견문』

1) 왜 『서유견문』인가?

이 장에서는 『서유견문』에 사용된 용언류를 유형별로 분류하고 각 유형의 용언들이 보여주는 용법 상의 어휘적, 문법적 특징을 정리하기로 한다. 용언류의 『서유견문』 텍스트 안에서의 사용 분포와 함께 그 내적 구성 방식의 특징을 살핌으로써 태동기 국한혼용문에 사용된 용언류의 용법 상의 특징을 파악하려는 것이다.

이러한 목적의 연구에서 『서유견문』 텍스트를 일차 연구 대상으로 삼은 까닭은 세 가지다. 첫째는 『서유견문』이 이 시기에 국한혼용문을 사용한 대표적 저작의 하나로 인식되고 있다는 점을 고려한 것이고, 둘째는 태동기의 국한혼용문에 쓰인 용언류를 검토하는 데에 이 책의 6장에서 구분한 네 유형의 국한혼용문 중에서 『서유견문』류 국한혼용문이 용언류 용법을 검토하는 데에 가장 적합하다는 점이고,[1] 셋째는 태동기에서 환태기로 넘어가는 과정에서 국한혼용문의 여러 유형이 『서유견문』류

국한혼용문을 기본으로 하여 통합되는 것을 확인할 수 있기 때문이다.[2]

2) 분석 방법

태동기 국한혼용문에서의 용언류의 분포와 사용 양상 분석이라는 관점에서 보면 『서유견문』의 용언류는 형태에 따라 한글 표기(고유어) 용언, '한자어+ᄒᆞ-'형 용언, '-이-'계 술어구述語句 셋으로 나눌 수 있다. 이 중 '한자어+ᄒᆞ-'형 용언은 어기의 음절수에 따라 그 내적 구조 상의 특성과 용법이 달리 나타나기 때문에 음절수를 기준으로 살피는 것이 바람직하다.

구체적으로 논의를 진행하기 전에 『서유견문』 용언류의 유형별 빈도와 용언류 전체 대비 비율을 정리하면 〈표 7〉과 같다.[3]

표에서 확인할 수 있듯이 『서유견문』 텍스트에 쓰인 용언류의 99% 이상이 '한자어+ᄒᆞ-'형 용언이다.[4] 한글로 표기된 고유어 용언과 술어

1 　개괄적인 검토 결과 제1유형 『신단공안(神斷公案)』류 국한혼용문과 제2유형 『시일야방성대곡(是日也放聲大哭)』류 국한혼용문에서는 용언이 술어부를 구성하는 다른 요소들과 통합되어 한문구로 나타나는 경우가 대부분이어서 용언류를 따로 추출하기 어렵고, 제4유형 『국민소학독본(國民小學讀本)』류 국한혼용문은 『서유견문』류 국한혼용문에 비해 한문구 용언이 해체되어 나타나는 경우가 많아 이 시기 국한혼용문에 나타나는 다양한 유형의 용언류를 검토하기에 부족한 부분이 있다. 이에 비해서 『서유견문』에 쓰인 용언류가 지니고 있는 내적 구조 및 용법 상의 특성은 태동기 국한혼용문에 나타나는 용언류의 특성을 전반적으로 드러내 줄 수 있을 것으로 판단한 것이다.

2 　태동기 국한혼용문의 문체 통합에 대해서는 이 책의 9장 참조.

3 　〈표 7〉의 용언류 전체의 빈도에는 '豈不大且重ᄒᆞ-, 北行九十度ᄒᆞ-, 南行九十度ᄒᆞ-, 未曾見未曾聞ᄒᆞ-, 猛狠奇恠珍異ᄒᆞ-, 不學無賴蚩愚放蕩ᄒᆞ-' 등 語基가 5음절 이상인 용례 6개가 포함되어 있다. 이들은 별도로 구분하지 않고 관련되는 부분에서 함께 다루기로 한다.

4 　『서유견문』 원본은 띄어쓰기가 되어 있지 않다. 본 연구를 위한 텍스트의 전자화에서는 이한섭 외(2000)의 어휘 색인과 현대국어의 문법 범주를 기준으로 띄어 썼다. 그 결과 전체 텍스트는 총 78,768 어절로 확인되었다. 텍스트의 입력에는 연구보조원인 연세대학교 대학원생 신효련, 도은주 두 사람의 도움이 컸다. 그러나 두 사람의 직관이 달라 띄어쓰기가 달라진 부분들이 있어, 필자가 주석 과정에서 모두 수작업으로 수정하였다.

<표 7> 『서유견문』 用言類의 유형별 빈도 및 전체 대비 비율

	용례수	어종수	용언 어절 수 대비 비율(%)	용언 종수 대비 비율(%)
용언류 전체	25,121	7,090		
고유어 용언	1,076	11	4.28	0.16
한자어 용언	23,986	7,047	95.48	99.39
단음절 용언	9,109	847	35.72	11.95
2음절 용언	14,585	5,955	58.06	83.99
3음절 용언	90	48	0.36	0.68
4음절 용언	183	178	0.73	2.51
-이-계 술어구	61	33	0.24	0.47

명사述語名詞가 계사繫辭 '-이-'와 결합한 '-이-'계 술어구는 두 가지를 다 합해서 0.6% 남짓할 뿐이다. 그러나 고유어 용언과 '-이-'계 술어구도 용법상 태동기 국한혼용문에서의 고유한 특성을 보여주므로 별도로 다룰 필요가 있다.

'한자어+ᄒᆞ-'형 용언 중에서는 전체 어종 수와 대비할 때 특히 단음절 용언이 12%, 2음절 용언이 84%를 차지해서 이들 두 유형이 전체의 95% 이상을 차지한다. 이 중에 단음절 한자 용언은 그 생성과 빈도, 분포라는 면에서 『서유견문』류 국한혼용문의 문체가 현대 한국어 문체와 달라진 까닭을 설명할 수 있게 해 준다. 또한 2음절 이상의 다음절 용언류는 그 내적 구성 방식에서 이 시기 국한혼용문이 지니고 있는 한문 문법과 한국어 문법의 혼효적 성격을 뚜렷이 보여준다. 이러한 사실을 염두에 두고 유형별로 장을 나누어 살피기로 한다.

물론 연구자의 직관에 따라 띄어쓰기가 달라질 수 있으므로 여기에 제시한 語節 수가 절대적인 것은 아니다.

2. 고유어 용언의 유형과 특징

1) 고유어 용언의 계량적 특성

『서유견문』에서 한글로 표기된 용언은 모두 고유어 용언이다. 표기만으로도 한자어 용언과 구분되므로 계량적 분석도 상대적으로 수월하다. 〈표 7〉에 전체 용언류 중 고유어 용언이 차지하는 비율을 제시하였으므로 그 이외의 사항만 정리한다.

『서유견문』에 쓰인 고유어 용언은 11종으로 'ᄀᆞᆺ-(같-), 되-, (病)드리-(들게 하-), 듯 / 듯ᄒᆞ-, 말-, 못ᄒᆞ-, 아니-, 아니ᄒᆞ-, 없-, 잇-(있-), ᄒᆞ-' 등이다. 현대 한국어의 문어 텍스트와 비교할 때『서유견문』텍스트에 나타난 고유어 용언의 사용 비율은 지나치다고 할 정도로 낮다. 그러나 이것이 바로 태동기 국한혼용문의 중요한 특성 중 하나다. 나아가 고유어 용언의 점유율 및 유형에 대한 계량적 분석 결과는 근대계몽기 국한혼용문의 유형 분류를 위한 준거의 하나로 활용될 수 있을 것으로 판단된다. 6장에서 구분한 태동기 국한혼용문의 세 가지 대표적인 유형(『시일야방성대곡』류,『서유견문』류,『국민소학독본』류 국한혼용문)을 구분하는 데에 적용할 수 있을 것이기 때문이다. 간단히 요약하면『시일야방성대곡』류 국한혼용문에는 고유어 용언이 거의 나타나지 않고,『국민소학독본』류 국한혼용문에서는 고유어 용언의 비율이『서유견문』류 국한혼용문의 약 두 배에 이르며 사용되는 고유어 용언의 종류도 훨씬 다양하다. 태동기 국한혼용문의 유형별 계량적 특성은 이 글의 내용과 직접적인 관련을 가지는 것이 아니므로 여기서는 더이상 논의하지 않는다.

2) 고유어 용언의 유형과 용법

고유어 용언 중에서 가장 대표적인 것은 'ᄒᆞ-'이다. 'ᄒᆞ-'의 용례는 모두 625개로 고유어 용언 용례의 60% 이상을 차지한다. 간단히 정리해 가기로 한다.

①

가. 法律을 固守ᄒᆞ야 人民으로 寃抑ᄒᆞᆫ 事가 無ᄒᆞ게 홈과 06

　실狀은 窮民 救恤ᄒᆞ기에 不在ᄒᆞ고 窮民이 無ᄒᆞ게 ᄒᆞ기에 在ᄒᆞᆫ지라12-01[5]

나. 大槪 如此ᄒᆞᆫ 規則을 酌定코져 ᄒᆞ면 其 條目이 夥多ᄒᆞ야 決言ᄒᆞ기 甚 難ᄒᆞᆫ지라 06

　外國 海關稅를 逃免코져 ᄒᆞ든지 外國人과 物貨 換賣에 欺詐ᄒᆞᄂᆞᆫ 弊가 有ᄒᆞ든지 12-01

다. 幼穉가 父母 업셔 養育ᄒᆞᆯ 者가 不存ᄒᆞ거나 ᄒᆞ야 06

　苛法이라 ᄒᆞ든지 虐政이라 ᄒᆞ든지 ᄒᆞ면 07-02, 冊을 見失ᄒᆞ든지 致傷ᄒᆞ든지 ᄒᆞᄂᆞᆫ 時ᄂᆞᆫ 09-01

라. 行脈홈이 延長ᄒᆞ기도 ᄒᆞ며 連合ᄒᆞ기도 ᄒᆞ고 01_04

　江河와 通ᄒᆞ기도 ᄒᆞ고 02_03

　政府의 館舍에 拘留ᄒᆞ기도 ᄒᆞ고 12_01

마. 或 曰 二十二種이라 ᄒᆞ되 02-04

　海島로 爲主ᄒᆞ다 ᄒᆞ되 01-01

　來世를 惠홈이 願이라 ᄒᆞ거놀 20_03

5　예문의 마지막에 붙인 15-03 등의 숫자는 이 책의 부록으로 정리한 『서유견문』의 편과 장을 가리킨다.

曰호딕 我는 朝鮮人이로라 호딕 17-06

바. 二人이 均分호면 一人의 所受가 幾 箇 되는가 호야 17-03

사. 先細音도 호며 或 追後細音도 호고 17-12

아. 甁枳 병마기 호는 나모 02-05

자. 東에 向호는 故로 日月星辰이 皆 西行호는 듯홈이니 此 理를 欲證홀딘딕
01-01

如此호 等事를 政府가 關涉홈이 或 煩劇호 듯호나 然호나 06

天賦호 自由는 減減호는 듯호나 04-01

先生馬가 敎授호는 體도 호며 呵責호는 體도 호다가 16-03

가.는 '~게 호-' 사역 구성, 나.는 '~코져 호-' 의도 구성, 다.은 'V
거나 / 든지 호-' 구성으로 둘 이상의 앞에 나열된 동사 대신 쓰인 대동
사적 용법, 라는 'V기도 호-' 구성으로 앞에 나온 동사에 대한 긍정 표
현의 대동사적 용법, 마.는 '~다 / 라 호-' 인용 구성, 바.는 '~ㄴ가 호
-' 인용 구성에 쓰인 것들이다. '~게 호-' 사역 구성의 용례는 155개,
'~코져 호-' 의도 구성의 용례는 11개, 다과 라의 대동사적 용법의 용
례는 78개, '~다 / 라 호-' 인용 구성의 용례는 210개, '~ㄴ가 호-' 인
용 구성에 쓰인 예는 1개다. 이들의 용례가 전체 '호-'의 용례 625개 중
455개로 70% 이상을 차지한다. 가~바의 '호-'는 어휘적 의미로 쓰인
것이 아니라 문법적 기능을 지니는 것들이다.

사.아.는 『서유견문』에서는 유사한 용례는 확인되지 않지만, 흥미로
운 예이다. '細音호-'의 '호-'는 술어명사와 결합하여 용언을 만든다는
점에서 이른바 기능동사로서의 용법을 보이는 것이다. 통시적 관점에서

'ᄒᆞ-'의 기능상의 변화라는 점에서 주목할만하다 할 것이다. 한편 '병마기 ᄒᆞ-'의 'ᄒᆞ-'는 실체명사와 결합한 예이다. 이 예에서의 'ᄒᆞ-'는 '만들-' 대신 사용되었다고 보아야 할 것이다. 자의 예는 '듯 / 듯(시)ᄒᆞ-' '體ᄒᆞ-' 구성을 이룬다. 『서유견문』 텍스트에서는 조사 개재형만 확인되지만, '의존명사+ᄒᆞ-' 형 보조용언을 구성한 예로 볼 수 있을 것이다. 사~자의 예에서 확인한 'ᄒᆞ-'의 용법에 대해서는 아직 통시적으로 검토된 적이 없는 것으로 보인다. 이 시기 용언류의 확장 방식과 관련해서 앞으로의 연구가 필요한 부분이라 할 것이다.

이와 관련해서 한 가지 더 지적해 둘 것은 ①의 'ᄒᆞ-'의 용례 중에는 '어떤 일을 한다'는 현대 한국어에서의 '하-' 의미로 사용된 경우는 없다는 점이다. 이러한 의미로는 '行ᄒᆞ-'를 사용한다. ②의 예가 그 일부이다.

②

怨意를 懷ᄒᆞᄂᆞᆫ 者가 無ᄒᆞ고 公本된 政事를 行ᄒᆞ되 05_02

才를 學ᄒᆞ야 其 人으로뻐 其 事를 行홈이 可ᄒᆞ니 14_02

女子를 不敎ᄒᆞ면 人의 事를 行ᄒᆞ기 豈能ᄒᆞ리오 15_04

③의 예들은 『서유견문』에서 확인되는 고유어 용언에 의한 부정 표현이다. 가는 '~지 아니ᄒᆞ-' 구성, 나는 '~지 못ᄒᆞ-' 구성, 다은 '~지 말-' 구성이다. 가의 용례는 9개,[6] 나의 용례는 11개, 다의 용례는 단 한

6 　그 중 둘은 '아니ᄒᆞ-'가 아니라 '아니-'로 나타난다. 經年ᄒᆞᆫ 客心이 엇지 深感ᄒᆞ며 樂從치 아니리오 00-00; 其 權勢의 茫迷ᄒᆞᆫ 限界라도 先犯치 아니면 不能ᄒᆞ고 05-02.

개다.[7]

그런데 여기서 한 가지 유의할 것은 다의 부정 구성에 쓰인 '말-'이 현대어의 용법과 다르다는 점이다. 현대어라면 '아니하-'가 쓰일 자리에 '말-'이 쓰인 것이다. 현대 한국어의 용법을 기준으로 '말-'이 기대되는 자리에는 모두 '勿ᄒ-'가 쓰였다. ④에 간단히 몇 예만 들어 둔다.

③

가. 我邦의 孩嬰 敎育ᄒᄂᆫ 道를 顧ᄒ건ᄃᆡ 慨然치 아니ᄒ리오 12-02

　　貸用ᄒᄂᆫ 者ᄂᆫ 其 利息을 加出ᄒ지 아니ᄒ고 06

나. 他人의 權利를 顧護ᄒ야 敢히 侵犯ᄒ지 못ᄒᄂᆫ지라 04-01

　　外國 文字ᄂᆫ 天主學이라 ᄒ야 敢히 就近ᄒ지 못ᄒ며 14-02

다. 良民을 保護ᄒ야 窮民 되지 말게 ᄒᄂᆫ 深意니 06

④

窮民을 救濟코져 ᄒ거든 貧者에게 私授ᄒ지 勿ᄒ고 06

國人의 出斂ᄒ 公財를 一毫라도 私用ᄒ지 勿ᄒ고 07_01

是를 敬從ᄒ야 敢히 擾ᄒ지 勿ᄒ고 敢히 犯ᄒ지 勿ᄒ야 10_02

⑤의 예는 'NP + 아니-' 구성의 '아니-'이다. 용례는 총 219개로 'ᄒ-' 다음으로 그 용례가 많은데, 그 용법은 현대 한국어와 다르지 않다.

7　3절에서 다시 검토할 것이지만, '~지 아니ᄒ-'에 대응하는 '不Xᄒ-' 형은 그 종수가 340개, 용례가 1,900개 이상이고, '~지 못ᄒ-'에 대응하는 '未Xᄒ-' 형이 36종 82예, '~ 말-'에 대응하는 '勿Xᄒ-' 형이 22종 55개이다. 부정 표현에 고유어 용언을 사용한 것은 예외적이라고 할 수 있다.

계사 '-이-'의 부정^{否定}에 쓰인 것이다. 계사 '-이-'와 쌍을 이루는 것이라고 할 수 있다.

⑤

大概 氣候의 寒熱이 太陽의 遠近을 因홈이 아니오 01-01

古人은 陸地 往來에 代步ᄒᆞᄂᆞᆫ 物이 馬 아니면 車라 14-02

⑥-가~⑥-라의 '잇-, 없-, ᄀᆞᆺ-(같-), 되-'는 명사와 직접 결합하는 '잇-, 없-, ᄀᆞᆺ-(같-), 되-' 구성이다. 파생접사화 과정에 있는 예라고 할 것이다. 'ᄀᆞᆺ-'의 용례는 14개, '잇-'의 용례는 20개, '없-'의 용례는 16개로 조사의 개재 없이 모두 명사와 직접 결합한다. '되-'의 경우는 명사와 직접 결합하는 예가 140개, 체언이 주격조사와 결합한 'N이 / 가'와 결합한 예는 14개이다. 조사가 생략된 형태의 사용 비율이 훨씬 높은 것은 이들이 접사화 과정에 있음을 보여주는 한 방증이라 할 것이다. ⑦은 '명사+용언'형 합성구의 유일한 예다.

⑥

가. 部下의 將帥를 指揮ᄒᆞ야 智慧 잇기를 崇尙ᄒᆞᄂᆞᆫ 故로 09_02

　　物貨 去來와 財物 與受에 條理 잇게 治簿ᄒᆞᄂᆞᆫ 法과

　　外國人 接待ᄒᆞᄂᆞᆫ 事도 愛國誠 잇ᄂᆞᆫ 者ᄂᆞᆫ 極臻히 謹愼ᄒᆞᄂᆞ니 12-01

나. 是ᄂᆞᆫ 權利 업ᄂᆞᆫ 贈貢國이라, 屬國과 無異ᄒᆞ니 03-01

　　幼穉가 父母 업셔 養育홀 者가 不存ᄒᆞ거나 ᄒᆞ야 06

　　心中에 主見 업시 一箇 開化의 病身이라 14_02

다. 平原ᄒ야 半月 ᄀᆞᆺ기도 ᄒ야 02-02

弓背 ᄀᆞᆺ치 屈曲ᄒ야 01_04

我國의 夷脊 ᄀᆞᆺ튼 者 05_01

의 就燥홈 ᄀᆞᆺ튼지라 14_01

라. 凡 人이 其 國의 民이 되고 其 國을 向ᄒ야 忠義의 氣性이 無ᄒᆞᆫ 則 12-01

貧賤을 不關ᄒ고 證人이 되거나 公談人이 되야 15-03

不幸ᄒᆞᆫ 命道로 病身 되거나 06

貴族 아니면 政府의 官吏 되기 不許ᄒᆞᆫ 國은 05_02

⑦

强暴ᄒᆞᆫ 敵軍에 難比ᄒ야 其 人種을 病 드리고 06

　　지금까지의 고유어 용언에 대한 검토 결과를 종합하면 ⑦의 한 예를
제외한 나머지 즉 ①, ③, ⑤, ⑥의 예들은 모두 어휘적 의미를 가지는
것이 아니라 문법적 기능을 지니고 있다는 점을 지적할 수 있다. 용언만
을 대상으로 분석한 결과이지만, 구결문에 더해지는 한국어의 요소가
문법적 기능을 지닌 것들에 한정되었던 것과 무관하지 않은 것으로 보
인다. 그러나 문법적 기능을 가지는 단어라고 해서 한글로만 표기되는
것은 아니다. 문법적 단어를 한자어 용언으로 나타나는 예들이 적지 않
은 것이다. 이에 대해서는 뒤에서 다시 다룰 것이므로 여기서는 우선 이
시기 지식인들이 한국어 문법을 토대로 한 글쓰기를 시도할 때에도 한
문 학습 내지 한문 독법의 영향에서 자유로울 수 없었음을 방증하는 것
이라 할 만하다는 점만 지적해 두기로 한다.

3. 단음절 한자 용언의 용법과 특징

1) 단음절 한자 용언의 분포와 그 특징

우선 『서유견문』에서 나타나는 단음절 한자 용언의 빈도 분포와 점유율을 정리하기로 한다. 〈표 8〉은 『서유견문』에 사용된 단음절 한자 용언의 종수와 빈도 그리고 용언 용례 중에서의 사용 비율을 그 빈도 구간별로 정리한 것이다.

〈표 8〉에서와 같이 『서유견문』 텍스트에 쓰인 단음절 한자 용언은 현대 한국어 문어 텍스트와 비교할 때 그 종수도 많고 용례도 많다. 이렇게 단음절 한자 용언의 비율이 높은 것은 『서유견문』 텍스트에서만

〈표 8〉 단음절 한자 용언 빈도별 비율

구분 빈도	구간별 종수	누적 종수	구간별 빈도합계	누적 빈도	구간별 점유율(%)	누적 점유율(%)
500 이상	1	1	662	662	7.27	7.27
300~499	3	4	1,243	1,905	13.65	20.91
200~299	3	7	635	2,540	6.97	27.88
100~199	10	17	1,288	3,828	14.14	42.02
50~99	14	31	961	4,789	10.55	52.57
40~49	12	43	541	5,330	5.94	58.51
30~39	11	54	363	5,693	3.99	62.50
20~29	26	80	609	6,302	6.69	69.18
10~19	74	154	961	7,263	10.55	79.73
5~9	131	285	855	8,118	9.39	89.12
4	51	336	204	8,322	2.24	91.36
3	76	412	228	8,550	2.50	93.86
2	124	536	248	8,798	2.72	96.59
1	311	847	311	9,109	3.41	100.00

보이는 양상은 아니다. 안예리(2013)에서 정리한 바와 같이 한문 문법의 영향이 큰 시기의 텍스트에서는 현대 한국어와 대비해서 전반적으로 단음절 한자 용언의 점유율도 높고, 그 종류도 많았던 것이다.

〈표 8〉에서 주목되는 것은 사용 빈도가 50 이상인 31종의 용언이 단음절 한자 용언 전체 용례의 50% 이상을 차지하는 점과, 빈도 1, 2의 저빈도 단음절 한자 용언류가 435개로 전체 단음절 한자 용언 847개의 50% 이상을 차지하는 점이다. 고빈도 단어들의 점유율이 아주 높은 한편 저빈도 용언들의 종수가 생각보다 많은 것을 확인할 수 있는 것이다. 이들 모두를 한 편의 글에서 다루기는 어려우므로 여기서는 빈도 50 이상의 31개 동사를 중심으로 논의를 진행하고, 필요한 경우 이들 이외의 예를 살피기로 한다. 〈표 8〉에서 확인한 바와 같이 이들 31개 용언이 차지하는 비율이 단음절 한자 용언의 용례 중 50%를 넘으므로, 이들의 검토를 통해서 단음절 한자 용언의 어휘적, 문법적 특성의 대강을 파악할 수 있을 것으로 기대하기 때문이다.[8]

2) 단음절 한자 용언의 어휘적, 문법적 특성

이 절에서 검토할 단음절 한자 용언의 목록과 빈도는 다음과 같다. 이는 31개의 고빈도 용언 중에서 접사 'ᄒ-' 없이 쓰이는 '曰'을 제외한 30개다.

---

8 빈도 1, 2의 저빈도 용언의 용법에 대한 분석은 좀더 확장된 규모의 태동기 코퍼스를 대상으로 할 필요가 있다.

⑧

*有ᄒ-(662), *無ᄒ-(498), *然ᄒ-(393), 至ᄒ-(352), *行ᄒ-(235), 在
ᄒ-(200), *爲ᄒ-(200), *可ᄒ-(171), *作ᄒ-(145), 從ᄒ-(143), 同ᄒ
-(132), 多ᄒ-(124), 成ᄒ-(118), 立ᄒ-(114), *由ᄒ-(106), 隨ᄒ
-(101), *因ᄒ-(99), *定ᄒ-(83), *求ᄒ-(80), 起ᄒ-(78), 受ᄒ-(76),
用ᄒ-(75), *當ᄒ-(69), *合ᄒ-(66), 實ᄒ-(60), *過ᄒ-(58), *稱ᄒ
-(57), *設ᄒ-(56), 出ᄒ-(54), *比ᄒ-(50), 曰(134)

우선 지적해 둘 것은 이들 고빈도 30종의 '단음절 한자+ᄒ-'형 용언
중에서 17개는『표준국어대사전』에 등재되었고, 미등재어는 13개라는
사실이다(⑧의 예 중 *를 붙인 것이『표준국어대사전』에 등재된 것이다). 이를 통
해서『서유견문』텍스트에 쓰인 단음절 한자 용언 중에서 어떤 것이 현
대 한국어로 이어지는가가 사용 빈도와는 크게 관계가 없다는 사실을 알
수 있다. 물론 현대 한국어에서의 사전적 정의와 이 시기의 용례를 통해
서 파악되는 의미가 다른 경우가 적지 않고, 상대적으로 후자에서의 의
미의 폭이 넓다. 어쨌든 이 시기의 사용빈도가 단음절 한자 용언의 존속
을 결정하는 것이 아니라는 사실을 확인한 데에 의미를 두기로 한다.

『서유견문』텍스트에서의 '단음절 한자 +ᄒ-'형 용언은 생성 방식,
통사, 의미 세 가지 측면에서 그 특징을 정리할 수 있다.

첫째는 단음절 한자 용언의 생성이다.

『서유견문』텍스트에서 확인되는 단음절 한자 용언의 생성 방식은
다양하다. 중요한 점은 단순히 고유어 표현을 한자로 바꾼 것이라고 생
각하기 어려운 양상을 보인다는 사실이다. 이는 이 시기 텍스트에서의

단음절 한자 용언의 사용 비율이 높은 것과도 무관하지 않은데, 단음절 한자 용언의 생성 방식은 다음 세 가지로 대별된다.

① 술목구조述目構造 혹은 주술구조主述構造로 이루어진 2음절 한자어의 해체에 의해서 만들어지는 경우이다.

이런 경우에는 '炭氣燈이 世에 出ᄒᆞ기 前에ᄂᆞᆫ〈='出世', 行實과 學業이 衆에 出ᄒᆞ거든〈='出衆', 死中에도 生을 求ᄒᆞ고〈='求生', 徒善ᄒᆞᆫ 心으로 惻隱ᄒᆞᆫ 端을 起ᄒᆞ야〈='起端', 和蘭國과 其 交를 通ᄒᆞᆷ이〈='通交' 등의 경우처럼 2음절 한자어에서의 의미를 그대로 지닌 채 쓰이게 된다. 이 때 해체되는 2음절 한자어는 한문 문법에 따라 형성된 것들이 대부분이어서(4절 참조), 2음절 한자어의 해체를 통해 생성되는 단음절 한자 용언은 한문에서의 의미 그대로 쓰이는 것들이 적지 않다. 앞에서 언급한 단음절 한자 용언의 의미의 폭이 넓은 것이나, 『표준국어대사전』에 등재된 단음절 한자 용언의 사전적 정의와 이 시기의 용례를 통해 확인되는 의미에 차이가 있다고 한 것도 이와 무관하지 않다. 태동기 단음절 한자 용언과 고유어 용언의 대응 양상에 대한 검토가 향후의 연구 과제로 남는 것이다.

② 한국어의 양태 표현에 해당하는 한문구 용언이 해체되면서 양태적 의미를 나타내는 요소가 하나의 단음절 한자 용언으로 분리되어 쓰이는 경우가 있다. 이 경우의 단음절 한자 용언은 한국어의 문법적 단어로 쓰인다고 할 것이다.

'無ᄒᆞ-'는 한문구 용언이 해체되면서 문법적 단어로 쓰이는 단음절 한자 용언이 만들어지는 대표적인 예다. 『서유견문』 텍스트에서 확인할 수 있는 '無ᄒ-'의 용례는 모두 498개인데, 그 중에서 58개가 이러한 용법에 해당한다.

⑨

가. 酒茶와 烟草와 綾錦의 種類니 人生의 日用에 無ᄒ야도 可ᄒ고 07_01

若 世間에 政府가 無ᄒ면 08_01

身을 終ᄒ도록 求婚ᄒᄂ 者가 無ᄒ면 15_01,

나. 朝廷의 位로 人을 輕蔑히 視홈이 無ᄒ야 05_03

著述ᄒ 主人의 生時에ᄂ 擧論홈이 無ᄒ고 11_02

此ᄂ 幼少時로 習慣의 成홈이 無ᄒ면 12_02

廉恥와 義氣으로 是를 節制홈이 無ᄒ면 禁止ᄒᄂ 道理가 不立ᄒ리니
14_01

⑨-가의 '無ᄒ-'는 현대 한국어로는 '없-'으로 옮길 수 있지만, ⑨-나의 '無ᄒ-'는 '없-'으로 옮길 수 없다. 부정 표현의 '~지 않-'이나 '~지 못하-'에 대응하는 것으로 보아야 하는 것이다.[9] 즉 ⑨-나의 '無ᄒ-'는 '없-'이라는 어휘적 의미로 쓰이는 것이 아니라 부정 표현을 담당하는 한문 문법에서의 허사로서의 용법을 그대로 보여주고 있는 것이

9　현대어역을 보이면 다음과 같다. 가. 술·차·담배·비단과 같은 종류들이니, 일상생활에는 없어도 좋고(허경진 2004:214), 만약 세상에 정부가 없으면(허경진 2004:227), 평생 구혼하는 자가 없으면(허경진 2004:403); 나. 조정의 지위로 남을 경멸하지 않는다(허경진 2004:179), 저술한 주인이 살아 있을 때에는 거론하지 않는 법이다 (허경진 2004:307), 이는 어린 시절에 습관이 되지 않으면(허경진 2004:336), 염치와 의기로 이를 절제하지 못하면 금지할 도리가 없으니(허경진 2004:390)

다. 또 한 가지 중요한 점은 이 두 가지 용법에서 연어 구성의 차이를 확인할 수 있다는 점이다. 전자의 경우 즉 '없-'으로 옮길 수 있는 경우는 'N+조사' 구성이 선행하는 경우이며, '~수 없-, 않-'으로 옮겨야 하는 경우는 'V홈이 / 도 無ㅎ-'와 같은 구성이 되는 것이다. 후자의 경우는 원래의 '無X' 구성이 한국어의 부정 표현을 한문구로 나타낸 것이며, '無'에 후행하는 요소가 용언으로 쓰이는 것과 무관하지 않다. 한문 문법의 영향이 이 시기 국한혼용문에 반영되는 한 예인 것이다.

③ 한문 원전의 번역(언해)에서 자주 사용되는 표현이 그대로 국한혼용문에 섞여 쓰인 경우가 있다.

한문 원전의 번역에 자주 쓰이던 표현이 반영된 예로는 '然ㅎ-'가 대표적이다. 『서유견문』에서 확인되는 '然ㅎ-'의 용례는 412개인데, 그 중에서 '~ㅎ나 然ㅎ나'의 예가 132개이고, '然흔 故로'의 예가 165개이다. '~ㅎ나 然ㅎ나'는 역접逆接의 연결 어미 '-(으)나'와 '然ㅎ나'가 중첩되는 표현으로 국어 문법과 한문 문법의 혼효를 보여주는 것이며, '然흔 故로'는 국어 접속부사 '그러므로'에 대응하는 표현이다. 이 '然흔 故로'는 '然홈으로'로 나타나기도 하는데, '然흔 故로'는 '~홈이니 然흔 故로' 구문에서 쓰이고, '然홈으로'는 '~라 然홈으로' 구문에 쓰인다. 그 용례는 12개이다. 이 이외에 '~라 / ~니 然흔 則(7)', '~니 然ㅎ기(11)' 등의 예가 빈도가 높은 '然ㅎ-'의 예다. 예로 열거한 5개 용법의 용례가 모두 327개이므로 '然ㅎ-'의 전체 용례 412개의 80%에 달한다. 이러한 '然ㅎ-'의 용법과 관련해서는 심재기(1992:193)에서의 전이어에 대한 논의를 참조할 수 있다. '상황의 전변을 나타내는 접속사나 부사에 해당'한다고 이야기하고 있는 바, 앞에서 예로 든 '然ᄒ-'의 활용형의 용법이 바로 그에 해당하는 것이다.

둘째는 통사적 특성이다.

①『서유견문』텍스트에 쓰인 단음절 한자 용언은 자·타동사의 구분이 없다. 문맥에 따라서 통사 기능이 결정되는 한문 문법의 영향을 그대로 반영하는 것이다.

이 예로는 '有ᄒ-, 行ᄒ-, 作ᄒ-, 成ᄒ-' 등을 들 수 있다. 하나씩만 예를 들어둔다.

⑩

領事의 互派ᄒᄂ 權이 有ᄒ디 03_01

魚의 水를 有홈 ᄀ치 07_02, 東으로 從ᄒ야 西으로 行ᄒᄂ지라 02_01

分合ᄒᄂ 法을 行ᄒ고 16_03, 懶惰흔 風俗이 作ᄒ야 12_01

地面을 定ᄒ야 葬地를 作ᄒ야 15_02

自然히 競勵ᄒᄂ 習慣이 成ᄒ야 04_02

溪谷의 天然흔 形勢를 成ᄒ고 19_02

② 의미적으로 대응되는 고유어 용언과 격틀이 다른 경우가 있다. 이는 구결문의 현결懸訣 방식과 무관하지 않을 것으로 생각된다. 이 글에서는 다루지 못했지만 후속 연구가 필요한 부분이다. 여기서는 『서유견문』의 원문과 번역문의 대응을 보이는 것으로 대신하기로 한다.

⑪

地面이 六 方里에 過ᄒ니(6평방리를 넘으니), 一張의 價를 一兩에 定ᄒ고(한

냥으로 정하고), 其 不犯홈은 事勢의 不敢홈과 處地의 不能홈을 有홈이오(처

지가 불가능한 바가 있기 때문이오)

③ 단음절 한자 용언에 대응하는 고유어 용언을 포함한 현대어 표현
이 문법적 연어가 되거나, 문법화된 형태인 경우가 있다. '~에 따라'로
해석되는 '~을 從 / 由 / 隨ᄒ-'나 '~으로부터'로 해석되는 '~을 因ᄒ
야' 같은 표현이 대표적이다.

⑫

政治의 獨立이 各國의 政治를 相對ᄒ고 此를 因ᄒ야 和戰間에 其 交涉ᄒᄂ 關
係를 保執ᄒᄂ 者라 ᄒ니 03_01
此ᄂ 累載의 舋習을 從ᄒ야 其 功을 獲奏ᄒᄂ 者오 00_00

셋째는 의미적 특성이다.
① 빈도가 높은 단음절 한자어일수록 의미가 고정되는 경향이 있다.
이는 다음에 다룰 중·저빈도 용언의 경우 선행하는 요소에 따라서 해
당 용언의 의미가 결정되는 경향이 있는 것과 대조적이다.
'有ᄒ-'는 단음절 한자 용언 중 가장 사용 빈도가 높다. 용례가 662개
에 달한다. 그런데 그 의미는 모두 '있-'이다. 이러한 경우의 가장 대표
적인 예라 할 것이다.

⑬

가. 時勢가 古今의 異홈이 有흔 則 14_01

나. 此戱는 泰西에만 有흘 ᄯᅳᆷ 아니라 16_03

다. 此의 有흔 바를 擧ᄒᆞ야11_02, 假令 此에 一人이 有ᄒᆞ니

라. 男子가 其 戀愛ᄒᆞᄂᆞᆫ 女子가 有호ᄃᆡ 15_01

　男女間에 二三ᄒᆞᄂᆞᆫ 德이 有ᄒᆞ야 不相適ᄒᆞᄂᆞᆫ 恨이 起ᄒᆞ면 15_01

　⑬-가는 '명사형+有ᄒᆞ-'의 예다. '다름이 있-' 정도로 풀 수 있다. ⑬
-나는 'N에 있-' 구성이고, ⑬-다는 'N가 / 이 있-' 구성이다. 두 경우
는 모두 '소재所在'의 '있-'이고 ⑬-라는 '소유所有'의 '있-'이다. 네 경우
가 '有ᄒᆞ-'의 용례의 대표적인 예들인데 모두 '있-'으로 풀 수 있다. 이
이외에 빈도 상위 10위안에 드는 '無ᄒᆞ-, 然ᄒᆞ-, 至ᄒᆞ-, 行ᄒᆞ-, 在ᄒᆞ-,
爲ᄒᆞ-, 可ᄒᆞ-, 作ᄒᆞ-, 從ᄒᆞ-' 등은 모두 2~3가지 의미로 쓰인다. 상대
적으로 고정적인 의미를 지니고 있는 것이다.

　② 빈도수 10~100 사이의 중·저빈도 단음절 한자 용언들은 선행하
는 요소에 따라 단음절 한자 용언의 의미가 결정되는 경향을 볼 수 있다.
『서유견문』 텍스트에서의 단음절 한자 용언의 의미는 그 연어 구성을
살펴야 의미를 올바로 파악할 수 있는 것이다.

　이러한 예로 '下ᄒᆞ-'를 들 수 있다. '下ᄒᆞ-'는 용례가 모두 12개에 불
과한데, 그 현대어 역은 '(물이) 흘러내리-, (명령을 / 닻을) 내리-, (손을)
대-' 등 다양한 것을 확인할 수 있다.[10]

10　인용이 좀 길어지지만 '下ᄒᆞ-'의 몇 용례와 그 현대어 역을 제시한다.
　"南阿美利加洲의 海邊으로 下ᄒᆞ고" : 남아메리카주의 해변을 흘러 내려가지만(채훈 200:67),

③ 단음절 한자 용언은 논항이 되는 명사의 의미 범주에 따라 그 의미와 문형이 달라지는 경우가 적지 않다.

이 경우의 예로 '成ᄒ-, 立ᄒ-, 作ᄒ-, 設ᄒ-'를 들 수 있다.

'成ᄒ-'는 '~이(의) 成ᄒ-'와 '~을/를 成ᄒ-'라는 구문으로 쓰이는데, 전자는 '이루어지다' 후자는 '이루다'로 옮길 수 있다. 이 때 논항은 '習俗/習慣/風俗, 形/體/基/部, 功' 등이 높은 빈도를 보인다. '立ᄒ-'는 '~이 立ᄒ-'와 '~을/를 立ᄒ-' '~에 立ᄒ-' 구문으로 사용되는데, '~이 立ᄒ-'는 대체로 '성립하다'의 의미로 쓰이고, '~을/를 立ᄒ-'는 '만들다', '~에 立ᄒ-'는 '세우다/서다'로 옮길 수 있다. '法/制度' 등이 전자의 논항으로 나타나며, '구조물, 건축물' 등이 후자의 논항으로 나타난다. '作ᄒ-'의 경우는 '~으로 作ᄒ-'와 '~을 作ᄒ-'라는 두 가지 구문으로 쓰이는데, '~으로 作ᄒ-'는 '~로 만들다'는 의미로 쓰이며 이때의 논항은 대개 工作物이 된다. '~을 作ᄒ-'는 '삼다, 되다/이루다'의 의미로 쓰이는 경우가 많다. '設ᄒ-'는 '~을/를 設ᄒ-' 구문으로 쓰이는데, '(會, 所)를 열다, (法, 制度)를 만들다' 등이 논항으로 나타난다. 특이한 예로 '譬喩/譬辭를 設ᄒ-'를 들 수 있다. 대개 '베풀다'의 의미로 쓰인 것으로 보

남아메리카주의 바닷가로 흘러 내려가고(허경진 2004:70); "北流ᄒ야 下ᄒ다가": 북쪽으로 흘러내려 오다가(채훈 2003:67), 북쪽으로 흘러 내려오다가(허경진 2004:68); "政府가 其 工役에 手룰 下ᄒ야或 扶助ᄒ기도 ᄒ며(08-01)": 정부가 그 공사에 손을 대어 부조하거나(김태준 1976:230), 정부가 그 공사에 손을 대어 돕거나(최근덕 1986:197), 정부가 그 공사에 개입하여 도와주거나(채훈 2003:219), 정부가 그 공사에 참가하여 도울 수도 있고 허경진 2004:240); "大槪 如此히 슈을 下ᄒ기는(08-02)": 대개 이러한 명령을 내리는 데에는(김태준 1976:238), 대개 이와 같이 명령을 내리는 데에는(최근덕 1986:204), 이처럼 명령을 내려서 하는 데에는(채훈 2003:225), 이와 같이 명령을 내리는 것은(허경진 2004:248); "碇을 下ᄒ는 道와(11-02)(7)": 닻을 내리는 방법이라든가(채훈 2003:280), 닻을 내리는 방법 허경진 2004:312); "男子에게 辦備ᄒᄂ 슈을 下ᄒ야(15-01)(19)": 남자에게 마련하라는 영을 내려서(채훈 2003:367), 남자더러 변상 하라고 명령을 내린다(허경진 2004:412).

인다. 이러한 경향성을 어느 정도 범주화할 수 있을 것인가 하는 문제가 제기된다. 현대 한국어 용언의 문형 기술에서 논항 명사의 하위범주화가 중요한 과제가 되는 것과 같은 성격의 문제라 할 것이다.

4. 2음절 한자어 용언의 용법과 유형

1) 2음절 한자어 용언의 계량적 분포와 그 특징

『서유견문』에 쓰인 두 음절 한자어 용언의 용례는 모두 14,585개이고, 인쇄 상태가 좋지 않아 제대로 읽어낼 수 없는 것 13개를 제외한 어종수는 5,955개이다. 용언의 전체 종수가 7,068 개이고, 용언의 전체 용례 수가 23,978 개이므로 종수 대비로는 84.2%, 용언 전체의 용례와 대비할 때에는 60.8%를 차지한다. 『서유견문』 용언류 중에서 가장 비중이 큰 것이다.

〈표 9〉는 2음절 한자어 용언의 빈도별 분포를 정리한 것인데, 이를 〈표 8〉의 단음절 한자 용언의 분포와 대비해 살펴보면 상당한 차이가 있음이 눈에 띈다.

첫째는 단음절 한자 용언의 경우와는 달리 고빈도 용언의 점유율이 상대적으로 낮다는 점이다. 단음절 한자 용언의 경우에는 단음절 한자 용언 311개의 약 10%를 차지하는 상위 31개 용언의 점유율이 50%를 넘었지만, 2음절 용언의 경우에는 두음절 용언 종수의 15%를 차지하는 빈도 5 이상인 549개 용언까지 합해도 누적 점유율이 50%에 미치지 못한다. 그만큼 다양한 2음절 용언이 사용된 것이다.

<표 9> 2음절 한자 용언 빈도별 비율

구분\빈도	구간별 종수	누적종수	구간별 빈도합계	누적 빈도	구간별 점유율(%)	누적 점유율(%)
200 이상	1	1	206	206	1.41	1.41
100-199	1	2	146	352	1.00	2.41
50-99	3	5	195	547	1.34	3.75
40-49	5	10	329	876	2.25	6.00
30-39	15	25	523	1,399	3.58	9.59
20-29	31	56	755	2,154	5.17	14.76
15-19	49	105	658	2,812	4.51	19.27
10-14	36	141	1,451	4,263	9.95	29.22
9	32	173	288	4,551	1.97	31.19
8	53	226	424	4,975	2.91	34.10
7	62	288	434	5,409	2.97	37.07
6	104	392	624	6,033	4.28	41.35
5	157	549	785	6,818	5.38	46.73
4	230	779	920	7,738	6.31	53.04
3	419	1,198	1,257	8,995	8.62	61.65
2	923	2,121	1,846	10,841	12.65	74.30
1	3,749	5,870	3,749	14,590	25.70	100.00

둘째는 사용 빈도가 1, 2인 용언의 점유율이 상대적으로 높다는 점이다. 빈도 1인 용언 3,749개의 구간 점유율이 25.70%이고 빈도 2인 용언 923개의 구간 점유율이 12.65%이다. 즉 이들 두 구간의 용언의 용례가 차지하는 비율이 전체 2음절 용언 용례의 38.35%를 차지하는 것이다. 단음절 한자 용언의 경우는 빈도 4 이하의 것들을 모두 합해도 그 점유율이 10%를 넘지 못한 것과 대조적이다. 이렇게 저빈도 용례가 많은 것은 단음절 한자 용언과는 달리 2음절 한자어 용언의 경우에는 임시적으로 만들어 사용한 용례들이 많았기 때문이리라고 추정할 수 있다. 직접적인 증거라고 할 수는 없지만『서유견문』에 쓰인 2음절 용언 중에는

『표준국어대사전』에 등재되지 않은 항목이 2,850여 개에 달하는 것이 한 방증이 될 것이다. 2음절 한자 용언 중 『표준국어대사전』에 등재된 것과 그렇지 않은 것이 반반인 것이다. 2음절 한자 용언류의 구성 방식과도 무관하지 않다. 이에 대해서는 절을 달리해서 살피기로 한다.

2) 2음절 한자어 용언의 유형과 그 내적 구성

2음절 한자어 용언의 내적 구성과 관련해서는 송민(2013:18~23)에서 지적한 2음절 한자어의 형태론적 특성을 상기할 필요가 있을 듯하다. 즉 '본래 그 뜻이 서로 가깝거나 대립적이거나 그렇지 않으면 문법적으로 결합될 수 있는 한자형태소 두 개가 병렬형竝列形으로 쓰이면서 처음에는 각 한자의 의미가 모두 살아 있었으나 나중에는 어느 한쪽의 의미로 단순해지면서 어형 또한 점차 한 단어처럼 굳어진 결과'라고 하면서 '동의同義 병렬어, 반의反意 병렬어, 편정偏正 병렬어,[11] 술목述目 병렬어, 주술主述 병렬어'의 다섯 유형으로 나누었다. 송민(2013)의 기술은 물론 용언류만을 대상으로 한 것도 아니고, 한국 한자어 형성에 한정된 기술도 아니지만, 현대 한국어 태동기 국한혼용문에 쓰인 2음절 용언의 내적 구성도 송민(2013)에서의 2음절 한자어의 형태론적 특성을 보여주는 것을 확인할 수 있다. ⑭~⑱이 그 예의 일부다.

⑭ 동의(同義) 병렬어 : 具備ᄒᆞ-, 救恤ᄒᆞ-, 富饒ᄒᆞ-, 占據ᄒᆞ-, 便易ᄒᆞ-, 婚姻ᄒᆞ-, 稀少ᄒᆞ-, 生活ᄒᆞ-, 設立ᄒᆞ- ; 附近ᄒᆞ-, 斷定ᄒᆞ-,[12] 保守ᄒᆞ-[13]

---

11 '편정 병렬어'는 한문 문법의 용어다. 수식-피수식 구조로 이루어진 병렬어를 가리킨다.
12 『서유견문』에 쓰인 '斷定ᄒᆞ-'의 용례는 4개이다. 그 예는 다음과 같다. 本國의 歲出ᄒᆞᄂᆞ

⑮ 반의(反意) 병렬어 : 肥瘦ᄒ-, 分合ᄒ-, 散合ᄒ-,

⑯ 편정(偏正) 병렬어 : 極多ᄒ-, 豈能ᄒ-, 難避ᄒ-, 能行ᄒ-, 大成ᄒ-

⑰ 술목(述目) 병렬어 : 過冬ᄒ-, 待賓ᄒ-, 得中ᄒ-, 利國ᄒ-, 乘船ᄒ-, 殖利
ᄒ-, 愛人ᄒ-

⑱ 주술(主述) 병렬어 : 名高ᄒ-, 群集ᄒ-, 相接ᄒ-, 雲集ᄒ-, 有五ᄒ-,[14] 人
造ᄒ- 互競ᄒ-

그런데 『서유견문』에 쓰인 2음절 용언 중에는 송민(2013)의 구분에
포함되지 않은 예들이 다수 나타난다. 그 중에도 다음 두 가지 유형이
대표적이다.

첫째는 '雙雙ᄒ-, 洋洋ᄒ-, 猗猗ᄒ-, 濂濂ᄒ-, 紬紬ᄒ-'와 같은 첩어
류이다. 이런 첩어류 역시 한문 문법의 조어법에 따라 만들어진 것이라
고 할 수 있는데, 『서유견문』에서 확인되는 것은 앞에 예를 든 것이 전
부다.

둘째는 양태 표현의 한문구 용언류다. 이것은 한국어에서 '가능 / 불
가능, 의도 / 목적, 부정' 등 양태를 나타내는 '~을 수 있 / 없-', '~으
려 / 고자 ᄒ-', '~지 않- / ~지 못ᄒ- / ~지 말-' 등이 '不, 未, 末, 可,

經費를 椎檢ᄒ야 其歲入ᄒ는 賦領을 斷定ᄒ는 者라 19_03, (一國의 主權은) 內外關係의 眞的
ᄒ 形象을 依據ᄒ야 斷定ᄒᄂ니, 人種의 始初를 推溯ᄒ건ᄃᆡ (…중략…) 猜度ᄒ는 論辨으로
斷定ᄒ기不能ᄒ 者니 02_04, 名譽는 人의 等品을 隨ᄒ야 其 才ᄃᆞᆷ 及 性質의 實像을 斷定ᄒ는
聲價인 則 04_01," 모두 '정하다, 정해지다' 정도의 의미를 가진다. 현대 국어의 '斷定하
다'와는 다른 의미를 지닌 것이다.

13 『서유견문』에 쓰인 '保守ᄒ-'의 용례는 32개다. 모두 '權利, 制度, 道理, 獨立, 自由, 國家'
등을 목적어로 하면서 '지키-'의 의미로 사용되었다.

14 '有五ᄒ-'는 주술 구성이지만 어순은 술어가 앞에 나온다. 태동기의 이러한 구문이 지니
는 특성에 대해서는 한영균(2013a:229, 이 책의 6장 3절 1)항) 참조.

難, 勿, 無, 莫, 非, 使, 欲, 願' 등의 한자로 표현되면서 본동사에 해당하는 한자와 결합하여 양태를 표현하는 구문 전체가 2음절 한자어 용언을 이루는 것이다. 이러한 방식으로 만들어지는 용언은 총 530종에 용례가 2,340여 개에 확인되어 2음절 한자어 용언의 용례 14,585개 중 16%, 어종수 5,955개 중 8.9%를 차지한다. ⑲ ⑳이 그러한 예들이다.

⑲

가. 他人의 室中에 入ᄒᆞᄂᆞᆫ 時ᄂᆞᆫ 男子ᄂᆞᆫ 其 冠을 免ᄒᆞ딕 女子ᄂᆞᆫ 不免ᄒᆞ더라 15_03,

나. 無君ᄒᆞᆫ 逆臣과 無父ᄒᆞᆫ 悖子의 罪ᄅᆞᆯ 未免ᄒᆞᆯ디라 05_01
故國의 念이 萬里 重溟을 隔ᄒᆞ야 往來ᄒᆞ되 奔問ᄒᆞᄂᆞᆫ 義ᄅᆞᆯ 未伸ᄒᆞ고 00-00

다. 人作의 霹靂은 抵敵ᄒᆞ기 不能ᄒᆞ며 避免ᄒᆞ기 末由ᄒᆞᆫ지라 09_02

라. 道路의 修築도 條理가 非然ᄒᆞ야 人道와 馬道의 分別이 有ᄒᆞ니 18_08

마. 東北으로 美時干湖ᄅᆞᆯ 濱ᄒᆞ야 水路의 轉輸가 使易ᄒᆞ며 19_02

⑳

가. 其 寢食ᄒᆞᄂᆞᆫ 時間을 勿違ᄒᆞ고 12_02
敢히 犯ᄒᆞ지 勿ᄒᆞ야 君民 上下가 一體 遵守홈이 10_02

나. 禁例에 無違ᄒᆞᆫ 時ᄂᆞᆫ 制止홈이 不可ᄒᆞ니 04_01
人의 生이 有ᄒᆞ고ᄂᆞᆫ 法의 無홈이 不可ᄒᆞᆫ 者인 則 05_01

다. 其 廣濶홈이 三千人을 可容ᄒᆞ고 19_02
學業이 衆에 出ᄒᆞ거든 上等에 升홈이 可ᄒᆞ니 08_01

라. 童稚의 遊戲는 難禁홀 者며 09_01

　　業에 不巧ᄒ면 俸金을 得ᄒ기 難ᄒ지라 13_02

마. 火藥을 埋ᄒ야 此 獅子를 欲毁ᄒ다가 20_06

바. 偕老ᄒᄂ 佳緣을 願結호디 15_01

　　婦人이 有ᄒ면 百年의 佳約을 結ᄒ기 願ᄒ노니 15_01

　⑲-가와 ⑳-가의 '不免ᄒ더라, 勿違ᄒ고'는 한국어의 'V지 아니ᄒ-'
구성의 '~지 아니ᄒ-'를 '不, 勿'로, 용언 V를 그에 대응하는 한자로 바
꾼 후(벗- → 免, 어기- → 違), 둘을 합해 하나의 한자구로 만들고 거기에
용언화 접사 '-ᄒ-'를 붙여 서술어로 기능하게 한 것이다. 이때 한자구
를 구성하는 요소의 배열 순서는 한국어의 어순과 달라진다. 한자의 결
합과 배열에서 한문 문법을 따르기 때문이다. 한국어에서는 부정소否定素
가 부정 대상에 후행하지만, 한문 문법에서는 선행한다. 이에 따라 '不,
勿'이 V에 대응하는 漢字 앞에 와서 '不免, 勿違'라는 한문구가 이루어지
고, 거기에 '-ᄒ-'가 결합하는 것이다. 한영균(2011:244)에서는 이를 보
조용언 구성의 한문구 용언화라고 지칭하면서『서유견문』텍스트에서
나타나는 '구조적 변형'의 한 가지로 보았다. ⑲, ⑳에 제시한 예들은 모
두 여기에 속한다. 차이가 있다면 ⑲의 예들은 한문구 용언이 해체된 예
들을 확인할 수 없었던 것인 데 비해서 ⑳의 예들은 그 해체형이 동일한
문헌에 쓰인 것들이라는 점이다. 용례를 통해 쉬 확인할 수 있는 것이기
도 하고, 3음절어의 경우에 더 분명히 드러나므로 4절 2)에서 함께 다
루기로 한다.

　이러한 구조적 변형에 의해 생성된 2음절 한자 용언을 제외하고 태동

기의 국한혼용문에서 관찰되는 2음절 용언 중에서 그 생성 및 사용이라는 관점에서 주목되는 것으로 다음 세 유형을 추가할 수 있다.

㉑

가. 百姓이 **艱困**ᄒ야 歲入ᄒᄂ 賦稅가 **些少**ᄒᆯ딘다 其 償期를 失信 아니키 **極難**
ᄒ거늘 08_02

主人ᄒᄂ 旅閣을 設立ᄒ야 18_07

나. 學校를 設立ᄒᆯ 地方에 設立ᄒ고 08_01

如此히 大學校의 工夫를 **卒業**ᄒ 後에 學成ᄒ 者가 其 成就ᄒ 才操로
09_01

各地의 天生物을 **輸入**ᄒ야 製作 改正ᄒ 工을 加ᄒ야 **輸出**ᄒᄂ 主意를 執ᄒ
고 20_01

다. 利用ᄒᄂ 法과 **厚生**ᄒᄂ 道 08_01

天文을 **上通**ᄒ고 地理를 **下達**호디 自己의 身名을 顧惜ᄒ며 12_01

車路ᄂ 百折ᄒ 坂과 千回ᄒ 谷 19_03

㉑의 예 중 가은 태동기 이전부터 사용되었음을 확인할 수 있는 예들이다. '艱困하-, 些少하-, 極難하-'는 가장 늦은 시기의 자료를 다룬 고어사전인 『필사본고어대사전』과 현대국어의 『표준국어대사전』에 표제항으로도 등재되어 있는데, '艱困ᄒ-'와 '些少ᄒ-'는 송민(2013)의 동의 병렬어의 예이고, '極難ᄒ-'는 편정 병렬어의 예이다. 태동기 이전부터 이미 한문 문법의 영향하에서 2음절 한자어 용언의 생성이 이루어진 것을 보여준다. '主人ᄒ-'는 현대국어에서는 쓰이지 않지만 16세기 자

료에서도 용례를 확인할 수 있다.[15] 나는 『서유견문』에서 새로 쓰이기 시작했을 것으로 판단되는 것들이다. 예로 든 '設立ㅎ-, 卒業ㅎ-, 輸入ㅎ-, 輸出ㅎ-'의 용법과 의미는 현대국어에서의 그것과 다르지 않은데, 이전 시기에는 쓰이지 않았을 것으로 생각된다. 지시하는 개념 자체가 새로운 것이기 때문이다. 그러나 이들의 조어법은 송민(2013)에서 다룬 다섯 유형에서 벗어나지 않기 때문에 『서유견문』 필자가 만든 단어들인지 태동기의 새로운 차용어로 보아야 할 것인지가 문제로 남는다. 후자일 가능성이 높다고 할 것인데, 『서유견문』의 어휘에 대한 검토는 주로 체언류를 중심으로 이루어져 왔기 때문에 이러한 유형의 용언류에 대해서는 그 차용 연원에 대한 검토가 이루어진 적이 없다. 앞으로의 연구가 필요한 부분이라고 할 것이다. 다의 예는 '上通天文下達地理'라는 한문구의 해체를 통해 만들어진 한자어 용언이다. 이러한 성구류의 해체에 의한 한자어 용언의 생성에 대해서는 한영균(2011:252~255, 이 책의 5장, 192~197면)에서 다루어진 바 있으므로 길게 논의하지 않는다.

⑲, ⑳의 예들이 한국어 표현을 한문구로 바꾸는 과정에서 구조적 변형을 통해 만들어진 것이고, ㉑-가, ㉑-나의 예들이 필자의 머릿속 사전에 이미 어휘적으로 등재되어 있는 것들 중에서 선택하는 과정을 통해 사용된 것[16]이라면, ㉑-다의 것들은 흔히 사용하는 성구를 해체하는

---

15 쟝춫 쥬인ᄒᆞ 집의 갈식 求홈을 구틔여 말며(將適舍ᄒᆞ식 求毋固ᄒᆞ며)(小學諺解 3:10a). 주로 18~19세기 자료의 어휘를 정리한 『필사본고어대사전』에도 '쥬인ᄒᆞ-'로 등재되어 있다.

16 이러한 생각에 대해 반론을 제기할 수도 있다. 특히 3절에서 다룬 단음절 한자 용언에 대해서 구어에서는 고유어 용언을 사용하면서도 문어에서만 '고유어=〉한자화'의 과정을 거쳐 표현된 것이라고 생각할 수도 있다. 그러나 필자는 이들 단음절 한자 용언 중 많은 것이 당대 지식인들의 어휘부에 등재되어 있었으리라고 생각한다. 19세기의 한국어 어휘자료를 기록한 글에 일반 서민조차 '됴타(좋다)'라는 기본적인 고유어 단어 대신

방식을 통해 새로이 만들어진 것으로 볼 수 있다. 단음절 한자 용언의 생성 방식과 함께 『서유견문』 텍스트에 쓰인 용언류가 단일한 생성 배경을 가진 것이 아니라는 사실을 보여준다고 할 것이다.

5. 3음절 한자어 용언의 용법과 유형

1) 3음절 한자어 용언의 사용 양상과 그 의미

『서유견문』 텍스트에 쓰인 3음절 한자어 용언은 그 종류나 용례가 그리 많지 않다. 앞의 〈표 7〉에서 보인 바와 같이 어종수는 48개, 용례는 90개에 불과한 것이다. 이렇게 3음절 한자어 용언의 종류나 용례가 적은 것은 3음절 한자어 용언의 내적 구성과 밀접한 관련을 가지고 있다. 3음절 한자 용언은 '1음절+2음절' 혹은 '2음절+1음절'의 구조를 지닌 것이 많은데, 『서유견문』 텍스트에는 3음절 한자어가 해체되어 단음절 용언 혹은 2음절 용언으로 쓰인 경우가 많기 때문이다. ㉑에 예를 든 2음절 용언이 해체되어 단음절 한자 용언으로 쓰인 것과 같은 이유다. 한문 문법의 영향을 벗어나 국어 구문으로의 전환이 이루어지는 과도적 양상을 보이는 것으로 해석할 수 있는 것이다.

이러한 사실을 구체적으로 드러내는 것이 2음절 한자어 용언의 구성 방식과의 차이다. 4절 2항의 ⑭~⑱에 예시한 2음절 한자 용언과 비교하면 『서유견문』 텍스트에 나타나는 3음절 한자어는 그 내적 구성이 상

에 '好타'라는 한자 용언을 사용했다는 기록이 남아 있는 것이 한 방증이 될 것이다(한영균 2013b:285~286).

당히 다르다. 가장 큰 차이로는 주술 병렬어와 술목 병렬어에 해당하는 예들이 하나도 없다는 점이다. 그 대신 주술 구성이나 술목 구성이 해체된 예들만 확인되는 것이다. 다음이 그러한 예의 일부다.

㉒

가. 一 大塊 水晶이 天半에 湧現홈이라 是以로 **其名**을 **得홈**이니 19_03

何事를 行ᄒᆞ든지 何業을 從ᄒᆞ든지 12_02

今에 **汽車**를 **乘**ᄒᆞ고 屈羅秀古에 向ᄒᆞᆯ시 19_03

治國ᄒᆞᄂᆞᆫ 大道에 **政**을 **不知**ᄒᆞᄂᆞᆫ 小惠로 07_01

人이 飛鳥 아닌 則 **翼**을 **不要**ᄒᆞᄂᆞᆫ 者며, 此를 由ᄒᆞ야 言ᄒᆞ건딕 人이 人을

刑殺ᄒᆞᄂᆞᆫ 權이 無ᄒᆞ고 04_01

英吉利의 政府가 **民**을 **保護**ᄒᆞ야 10_02

나. 其 **氣**가 **漸增**ᄒᆞᄂᆞᆫ 딕로 其 隣近에 **地震**이 **作**ᄒᆞ고 01_01

一婦의 織ᄒᆞᆫ 바를 **十人**이 **依**ᄒᆞ기에 至ᄒᆞᆫ 則 11_02

外國의 **慢侮**가 **至**ᄒᆞ든지 **戰伐**이 **侵**ᄒᆞ든지 17_11

士者가 以ᄒᆞᄃᆡ **人**이 **取利**ᄒᆞᄂᆞᆫ 方道를 從ᄒᆞ면 14_01

國이 **富饒**ᄒᆞ고 **民**이 **蕃殖**ᄒᆞ면 07_01

㉒-가에 제시한 예들은 '得其名ᄒᆞ-, 行何事ᄒᆞ-, 從何業ᄒᆞ-, 乘汽車ᄒᆞ-, 不知政ᄒᆞ-, 不要翼ᄒᆞ-, 刑殺人ᄒᆞ-, 保護民ᄒᆞ-'와 같은 '술목구성 한자어+ᄒᆞ-'로 표현할 수도 있는 예들이고, ㉒-나에 제시한 예도 '地震作ᄒᆞ-, 一婦織ᄒᆞ-, 十人依ᄒᆞ-, 慢侮至ᄒᆞ-, 戰伐侵ᄒᆞ-, 人取利ᄒᆞ-, 國富饒ᄒᆞ-, 民蕃殖ᄒᆞ-'와 같은 '주술구성 한자어 + ᄒᆞ-'로 표현할 수 있는 예들이다.

실제로 18~19세기에 필사되었을 것으로 추정되는 한글 필사본 고소설을 검토해 보면 이런 방식으로 구성된 한문구를 확인하기 어렵지 않다. ㉓에 『윤하정삼문취록尹河鄭三門聚錄』에서 확인한 몇 예를 들어 둔다.[17]

㉓

가. 윤태부의게 유됴ᄒᆞ샤 보태ᄌᆞ(保太子)ᄒᆞ라 ᄒᆞ시다(권1 3a)

　　홍이 ᄀᆞ장 경아ᄒᆞᄂᆞᆫ 빗치 이셔 문기고(問其故)ᄒᆞ니(권3 2b)

　　텬성대효로 오십의 종부모(從父母)ᄒᆞ여 실가의 ᄋᆞ모ᄒᆞ미 업스나(권2 7b)

나. 장부의 호긔도 쇼삭ᄒᆞ여 양뎨 곳 만나면 두용직(頭容直)ᄒᆞ고 슈용공(手容恭)ᄒᆞ여(권 67 16b)

　　셰인이 쳐어셰ᄒᆞ여 유ᄌᆞ숀(有子孫)ᄒᆞ미(권 101 31a)

　　여등은 이러ᄒᆞᆯᄉᆞ록 ᄒᆡᆼ필신(行必信)ᄒᆞ고 언필찰(言必察)ᄒᆞ여 조물의 싀긔를 만나지 말나(권 48 6b-7a)

　　쇼뎨 위인부(爲人父)ᄒᆞ야 ᄌᆞ식의 불인ᄒᆞᆷ믈 긔이고(권 67 23b)

㉓-가의 예는 술목구성의 한문구에 'ᄒᆞ-'가 결합한 예이고, ㉓-나의 예는 주술구성 한문구에 'ᄒᆞ-'가 결합한 예이다. 순한글 창작 필사본 고소설에서 이러한 예들을 확인할 수 있다는 것은 그만큼 한문구의 사용이 익숙한 것이었음을 의미하는 것으로 『서유견문』 텍스트에서는 이러한 유형의 한자어 용언류는 발견되지 않는다. 모두 해체된 형태로만 쓰이는 것이다. 『서유견문』의 필자인 유길준이 의도적으로 이런 유형

17　이해를 돕기 위해 해당되는 부분의 한자를 ( ) 속에 제시한다.

의 한자어 사용을 피하고, 한국어 문법에 따라 구문을 재구성하였음을
보여주는 것이라고 할 수 있다.

한편 『서유견문』 텍스트에서 확인되는 3음절 한자 용언은 비록 그 종
수나 용례가 적을지라도, 이 시기 국한혼용문의 문장 구성 방식의 실례
를 보여준다는 점에서 중요한 의미를 가진다. 이에 대해서는 절을 달리
하여 살피기로 한다.

2) 3음절 한자어 용언의 유형과 그 내적 구성

『서유견문』에서 확인된 3음절 한자어 용언의 내적 구성 방식을 살펴
보면 2음절 한자어 용언의 구성 방식과 상당한 차이를 보인다. 앞에서
주술 병렬어나 술목 병렬어가 나타나지 않는다는 사실을 지적한 바 있
지만, 반의 병렬어도 쓰이지 않았으며, 동의 병렬어는 허사가 개재한 형
태로 나타난다. 구성 방식에 따라 정리하면 3음절 한자어 용언은 다음
세 유형으로 대별된다.

첫째는 한문의 허사가 개재된 경우이다.

㉔

均且精ᄒ-, 大且凸ᄒ-, 富且貴ᄒ-, 小且斜ᄒ-, 深且大ᄒ-, 以自守ᄒ-, 以相敬
ᄒ-, 以相愛ᄒ-, 乃公平ᄒ-, 乃一定ᄒ-; 猶且可ᄒ-, 猶且行ᄒ-, 猶或可ᄒ-

㉔의 예들은 허사虛辭 '且, 以, 乃' 등이 한문 구성에서의 기능과 의미
를 그대로 지닌면서 단음절 한자 두 개 혹은 2음절 한자어와 결합하여
3음절 한자어를 이룬 예들이다. '猶且可ᄒ-, 猶且行ᄒ-, 猶或可ᄒ-' 등

은 그 구성을 어떻게 분석하는가에 따라 허사 개재형으로 볼 수도 있고 편정 병렬어형으로 볼 수도 있다. 여기서는 '且, 或'을 허사로 보고, '猶'를 하나의 용언으로 보아 허사 개재형으로 다루었다.

둘째는 편정 병렬어의 조어법이 적용된 경우이다.

㉕

新出板ㅎ-, 新發造ㅎ-, 最盛行ㅎ-, 最可矜ㅎ-, 最簡便ㅎ-, 半開化ㅎ-, 頗壯麗ㅎ-, 遂大變ㅎ-, 實出藍ㅎ-,

㉕의 예는 피수식어가 2음절어여서 3음절 한자어를 이룬 것일 뿐 4절 2항에서 검토한 2음절 한자어 용언의 편정 병렬어와 그 내적 구성방식은 같다.

셋째는 양태 표현 구성의 한문구 용언화에 의해 만들어진 경우이다.

㉖

不可屈ㅎ-, 不可無ㅎ-, 不可行ㅎ-, 不得已ㅎ-, 不獲已ㅎ-, 不如此ㅎ- ; 未曾有ㅎ-, 未曾聞ㅎ-, 未曾見ㅎ- ; 欲不屈ㅎ-, 欲不困ㅎ- ; 不公平ㅎ-, 不當行ㅎ-, 不世出ㅎ-, 不相適ㅎ-, 不善用ㅎ-, 不忍見ㅎ-, 不自由ㅎ-, 未開化ㅎ-, 莫相犯ㅎ-

㉖의 예는 4절 2항에서 검토한 2음절 한자어 중 양태 표현의 한문구 용언류와 다르지 않다. '不可X, 不得X, 不獲X'나 '未曾X' '欲不X'의 경우는 양태 표현을 담당하는 한자 구성이 2자여서 3음절어가 되었고, 그 이

외에는 후행하는 용언어 2음절어여서 3음절 한자어가 되었을 뿐이다.

유의할 것은 이들 3음절 한자어가 해체되어 쓰이는 예가 함께 나타난다는 점이다 예를 들어 '不可無'는 '無홈이 不可ㅎ-'의 형태로 해체되어 나타나기도 하며, 이 경우 모두 '없을 수 없-'으로 번역되는 것을 확인할 수 있다.[18] '不可無ㅎ-'가 '無홈이 不可ㅎ-'와 함께 쓰이는 것은 유길준이 『서유견문』의 서문에서 이야기하고 있는 새로운 글쓰기 방식이라는 것이[19] 한문 구문의 해체 및 재배열을 통해서 우리말에 가까운 문장을 사용하는 것이었음을 보여주는 예라고 할 수 있을 것이다. 前者가 한문 문법의 영향을 반영한 것이라면, 後者는 한국어 문장 구성 방식에 한 걸음 더 접근한 것이라고 할 수 있는데, 양자가 하나의 텍스트에서 공존

---

18 "余의 此 遊에 一記의 無홈이 不可ㅎ다 ㅎ야(『서유견문』序)" : 나의 이 여행에 기록하여 둠이 없을 수 없다 하여(김태준 1976:10), 내가 이 遊覽에 기록이 없을 수 없다 해서(최근덕 1986:3), 나의 이번 여행에 한 편의 기록물이 없을 수 없다 하여(채훈 2003:19), 나는 이번 여행에 한 편의 기록이 없을 수는 없다고 생각하였다(허경진 2004:18).

19 유길준은 그 서문에서 『서유견문』의 문체를 국한혼용문으로 택한 이유를 다음과 같이 기술하고 있다. 요약하면 우리나라 말이 다른 나라 말과 다른 것처럼 문자로 표현할 때에도 그런 방식으로 쓰겠다는 것이다. "宇內의 萬邦을 環顧ㅎ건디 各 其邦의 言語가 殊異 ㅎ 故로 文字가 亦從ㅎ야 不同ㅎ니 盖 言語는 人의 思慮가 聲音으로 發홈이오 文字는 人의 思慮가 形像으로 顯홈이라 是以로 言語와 文字는 分ㅎ 則 二며 合ㅎ 則一이니 我文은 卽 我 先王朝의 創造ㅎ신 人文이오 漢字는 中國과 通用ㅎ는 者라 余는 猶且 我文을 純用ㅎ기 不能홈을 是歎ㅎ노니 外人의 交를 旣許홈애 國中人이 上下 貴賤 婦人 孺子를 毋論ㅎ고 彼 의 情形을 不知홈이 不可ㅎ 則 拙澁ㅎ 文字로 渾沌ㅎ 說語를 作ㅎ야 情實의 齟齬홈이 有ㅎ 기로는 暢達ㅎ 詞旨와 淺近ㅎ 語意를 憑ㅎ야 眞境의 狀況을 務現홈이 是可ㅎ니(또 세계 여러 나라를 둘러보면 각 나라의 말이 다르기 때문에 글자도 따라서 같지 않으니, 무릇 말은 사람의 생각이 소리로 나타난 것이요, 글자는 사람의 생각이 형상으로 나타난 것이다. 그러므로 말과 글자를 나누어 보면 둘이지만 합하면 하나가 되는 것이다. 우리나라 의 글자는 우리 선왕께서 창조하신 글자요, 한자는 중국과 함께 쓰는 글자이니, 나는 오히려 우리 글자만을 순수하게 쓰지 못한 것을 불만스럽게 생각한다. 외국 사람들과 국교를 이미 맺었으니, 온 나라 사람들—상하·귀천·부인·어린이를 가릴 것 없이 저들의 형편을 알지 못해서는 안 될 것이다. 그러니 서투르고도 껄끄러운 한자로 얼크러진 글을 지어서 실정을 전하는 데 어긋남이 있기보다는, 유창한 글과 친근한 말을 통하여 사실 그대로의 상황을 힘써 나타내는 것이 올바르다고 생각한다(허경진 2004:26)."

하고 있기 때문이다. 5절 1)에서 기술한 바와 같이 『서유견문』에 쓰인 3음절 한자어 용언류 중에는 주술 병렬어나 술목 병렬어가 없는 것과 함께 한문구 용언류의 해체 과정을 보여주는 것이라고 생각된다.

또 각주 3에 제시한 6개의 다음절 한자 용언 중에서 '豈不大且重ᄒ-, 未曾見未曾聞ᄒ-'는 이러한 3음절 한자어의 구성 방식이 확대된 것이라고 할 수 있다. '未曾見未曾聞ᄒ-'는 3음절어가 반복된 것이고, '豈不大且重ᄒ-'는, '大且重'에 '豈'와 '不'이 접두한 형식인 것이다.

6. 4음절 한자어 용언의 용법과 유형

1) 4음절 한자어 용언의 계량적 특성

앞의 〈표 7〉에서 보인 바와 같이 『서유견문』에 쓰인 4음절 한자어 용언류는 용례가 183개, 어종수는 178개이다. 어종수와 용례 수에 별 차이가 없는 것이다. 실제로 '不公不平ᄒ-, 俱收並蓄ᄒ-, 日用常行ᄒ-, 日異月新ᄒ-, 晝夜不絶ᄒ-'의 다섯 가지만 2번씩 용례가 확인될 뿐 나머지 173종은 한 번씩 쓰이고 있다. 종수는 많지만 한 번씩 쓰인 예들이 많은 까닭은, 의미는 유사하면서 형태만 조금씩 다른 예들이 적지 않은 것과 현대 한국어의 4자 한자어가 상대적으로 굳어진 표현인 것에 비해서 『서유견문』의 4자 한자어 용언류는 한문의 수사법을 차용해서 만들어지는 임시적인 것이 많기 때문일 것이다. 같은 표현을 반복 사용하는 것을 피하는 것이 한문 수사법의 기본이기 때문이다. 이 역시 『서유견문』 텍스트의 구성이 한문 문법의 영향을 크게 받은 것임을 보여주는 것이라 할 수 있다.

2) 4음절 한자어 용언의 유형과 그 내적 구성

우선 『서유견문』의 4음절 한자어 용언은 현대 한국어의 사자성어류와
는 성격이 다르다는 점을 지적해 두어야 할 것 같다. 현대 한국어의 사자
성어는 기본적으로 체언적 성격을 지닌 것이고, 그 중에서 일부가 '하-'
와 결합하여 용언으로 쓰인다. 따라서 현대 한국어의 4자 한자어 용언은
사자성어의 내적 구성과 밀접하게 관련된 것이 많다. 이에 비해서 이 장
에서는 모두 용언으로 쓰인 예를 검토 대상으로 한다. 따라서 현대 한국
어의 사자성어나 4자 한자어 용언과 직접 대비하기 힘들다. 이를 고려하
여 우선 『서유견문』에서만 발견되는 유형을 먼저 정리하고, 현대 한국어
의 사자성어 및 4자 한자어 용언류와 대비되는 것을 정리한다.

4음절 한자어 용언 중에서 그 내적 구성이 가장 특징적인 것은 한문
의 허사가 개재한 형태들이다. 필자가 확인할 수 있었던 것은 다음 세
유형이다.

㉗

가. '姑且~, 尙且~, 猶且~, 亦且~'류 : 姑且未明ㅎ-, 姑且未有ㅎ-, 姑且不
明ㅎ-, 姑且盡善ㅎ-, 尙且怠惰ㅎ-, 亦且乖常ㅎ-, 亦且益盛ㅎ-, 亦且快活
ㅎ-, 猶且落成ㅎ-, 猶且未整ㅎ-, 猶且不及ㅎ-, 猶且不信ㅎ-, 猶且相蒙ㅎ
-, 猶且勇斷ㅎ-, 猶且遺存ㅎ-, 猶且寂寞ㅎ-,

나. '復乃~, 始乃~, 又乃~'류 : 復乃嚴禁ㅎ-, 始乃執手ㅎ-, 又乃木製ㅎ-,

다. 偏正語＋3음절 한자어 용언形 : 益精且巧ㅎ-, 最廣且大ㅎ-, 最澄且高ㅎ-,

㉗의 예들은 2음절 혹은 3음절 용언에 수식어가 접두한 유형이다. ㉗-가 ㉗-나는 2음절 한자어에 부사적 의미를 지닌 '姑且, 尙且, 猶且, 亦且 ; 復乃, 始乃, 又乃'가 접두한 것이며, ㉗-다는 '且'가 개재한 3음절 어에 '益, 最'가 접두한 것이다. 앞 절에서 본 3음절 한자어 용언류의 세 가지 조어 방식과 함께 한문 문법의 영향을 직접적으로 반영한 예의 하나라 할 것이다.

㉘

目不識丁ᄒ-, 不相往來ᄒ-, 必皆若玆ᄒ-, 實其勤苦ᄒ-, 若其烹飪ᄒ-, 誠一名 勝ᄒ-, 緖餘輟拾ᄒ-, 並皆鐵造ᄒ-,

㉘의 예들은 4음절 한자어 용언이 한문 문장의 節인 예들이다. ㉗의 예와 마찬가지로 한문 문법의 영향이 그대로 반영된 것이다. 그러나 이런 형식의 4음절 한자어 용언의 사용은『서유견문』텍스트에서는 예외적이라고 할 수 있다. '緣木求魚ᄒ-'를 '木을 緣ᄒ야 魚를 求ᄒ- 12_02'로, '惑世誣民ᄒ-'을 '世를 惑ᄒ고 民을 誣ᄒ- 11_02'으로 해체하는 것이 더 일반적이기 때문이다. 이 역시 3음절 한자어 용언 중에는 해체된 형태와 공존하는 예가 확인되는 것과 함께 새로운 글쓰기 방식을 모색하는 과정을 보이는 과도적 양상이라고 할 수 있을 것이다.

『서유견문』의 4음절 한자어 용언류에서 가장 비중이 높은 것은 2음절 한자어 용언을 중첩함으로써 만들어진 것들이다. ㉙는 2음절 한자어 용언을 유형별로 나누어 예시한 것이다.

㉙

가. **댓구형** : 大同小異ᄒ-, 損人益己ᄒ-, 有進無退ᄒ-, 有害無益ᄒ-, 夙興夜寐ᄒ-

나. **유사어 반복형**

㉠ ABA′B′ 형: 高飛遠走ᄒ-, 狂奔亂集ᄒ-, 俱收並蓄ᄒ-, 具收畢集ᄒ-, 極善盡美ᄒ-, 大公至正ᄒ-, 萬殊千異ᄒ-, 四通五達ᄒ-, 相爭互競ᄒ-, 相教互學ᄒ-, 相爭互鬪ᄒ-, 月加歲增ᄒ-, 日變月異ᄒ-, 日用常行ᄒ-, 日異月新ᄒ-, 日就月進ᄒ-, 至善極美ᄒ-, 盡美極善ᄒ-, 千辛萬苦ᄒ-

㉡ ABCD 형: 東轉西曲ᄒ-, 東馳西驅ᄒ-, 不學無識ᄒ-, 龍盤虎踞ᄒ-, 左指右揮ᄒ-;

㉢ X+Y형 : 巨大堅美ᄒ-, 寬宏幽深ᄒ-, 寬厚仁慈ᄒ-, 奇異美妙ᄒ-, 論議爭詰ᄒ-, 非法縱恣ᄒ-, 星羅碁布ᄒ-, 星羅絲織ᄒ-, 延醫服藥ᄒ-, 雄偉華麗ᄒ-, 幽雅明媚ᄒ-, 遊戱行樂ᄒ-, 陰森繁茂ᄒ-, 利用厚生ᄒ-

다. **단순중첩형** : 苛戾壓制ᄒ-, 角立迭掎ᄒ-, 感激自勵ᄒ-, 剛緻柔脆ᄒ-, 開進資益ᄒ-, 來往寄寓ᄒ-, 妄意自重ᄒ-, 愛國有爲ᄒ-, 紆回散合ᄒ-

㉙의 예들은 모두 2음절+2음절 형식으로 나눌 수 있다. 그런데 ㉙-가의 것들은 선행요소와 후행요소가 서로 대립적 의미를 지닌 것이고, ㉙-나의 예들은 ㉠ ㉡ ㉢ 별로 형식은 다르지만 선행요소와 후행요소가 유사한 의미를 지닌 것이다. 한영균(2011:257~258)에서 다룬 한문 수사법의 영향이 문장 차원의 것이었다면, ㉙-가 ㉙-나의 예들은 조어 방식에 한문 수사법이 영향을 준 것이라고 할 수 있을 것이다. ㉙-다의 예는 의미상 유의관계에 놓이거나 대립관계에 있는 것은 아니지만 문맥상 연관이 있는 2음절 한자어 용언을 중첩해 사용한 예이다.

㉙-가 ㉙-나에 예를 든 유형의 4음절 한자어는 현대 한국어로 전승
되는 것이 적지 않다. 댓구형이나 유사어 반복형 중의 '大同小異, 四通五
達, 日就月將(進), 千辛萬苦, 不學無識, 利用厚生' 등은 『표준국어대사
전』에도 등재되어 있는 것이다. 이와는 대조적으로 ㉙-다 유형의 것은
4음절 한자어 전체가 현대어 사전에 등재되는 경우는 거의 없고, 그 대
신 2음절 단위로 나뉘어 표제항으로 등재되는 것들이 대부분이다.

㉚

    疊語形 : 不公不平ㅎ-, 不恥不惡ㅎ-, 相競相勵ㅎ-, 日有日無ㅎ-, 自暴自棄
    ㅎ-, 忽起忽絶ㅎ-, 或方或圓ㅎ-, 或長或短ㅎ-, 或縱或橫ㅎ-, 或坐或跳ㅎ-

㉚의 예들은 전형적인 첩어와는 그 조어 방식이 조금 달라 첩어로 다룰
수 있는가 하는 의문이 제기될 수 있다. 여기서는 남미혜(2007:146-148)
의 처리를 따랐다. 이런 형식의 첩어는 한국어 조어법에 존재하지 않는
것이므로 ㉚의 예 역시 한문 문법의 영향 속에서 만들어진 것으로 볼 수
있다.

㉛

    가. **目述 구조형** : 酒店排鋪ㅎ-, 衣服洗濯ㅎ-, 國民敎育ㅎ-, 蟲災救除ㅎ-
    나. **主述 구조형** : 古色蒼然ㅎ-, 友朋談笑ㅎ-, 二水會流ㅎ-, 諸船零瑣ㅎ-, 周
        圍峭厲ㅎ- ; 一望無際ㅎ-, 晝夜不絶ㅎ-

㉛의 예들은 4음절 한자어 용언으로 다룰 수도 있고, 2음절 한자어

체언과 2음절 한자어 용언이 통합한 것으로 다룰 수도 있다. 특히 ㉛-가의 예에서 목적어+술어로 배열되어 한국어 어순을 따른 점이나, 3음절 한자어 용언 중에 주술, 술목 구조를 가진 것이 없는 것을 감안하면 2음절 한자어 체언과 2음절 한자어 용언이 통합한 것으로 다루어야 할지 모른다. 그러나 3음절 한자어 용언이 해체된 경우에는 조사가 개재되는 점과(예 ㉒ 참조), '國民敎育, 古色蒼然, 一望無際' 등이 『표준국어대사전』에 표제항으로 등재되어 있는 것을 고려하여 4음절 한자어 용언으로 처리하였다. 또 '一望無際ㅎ-, 晝夜不絶ㅎ-'는 주술 구조형이 아니라 부사어+용언 구조이지만 예가 많지 않아서 함께 보였다.

7. '-이-'계 술어구의 용법과 그 특징

1) '-이-'계 술어구의 정의

여기서의 '-이-'계系 술어구述語句란 '漢字語+-ㅎ-'형 용언의 변형이라고 보아야 할 것들이다. 태동기 한자어 용언 구성 방식에 따른다면 '-ㅎ-'가 쓰일 자리에 '-이-'가 쓰인 것을 가리키는 것이다. 『서유견문』 텍스트에서도 '체언+이-'로 구성되는 일반적인 체언 서술어가 나타난다. 그러나 여기서 주목하려는 것은 ㉜의 강조한 예와 같은 것이다.[20]

---

20 구결문에서도 '-ㅣ-'는 계사적 용법으로 사용된 것과 구절내 동사의 서술성을 표현하는 것 두 종류가 나타난다(윤용선 2003:25).

㉜

其業은 可毁언뎡 此名은 難毁라 外國人을 對홈애 行實을 端正히 ᄒᆞ며 12_01
時間을 酌定ᄒᆞ야 事爲上에 勉勵ᄒᆞᄂᆞᆫ 時ᄂᆞᆫ 極臻히 勉勵로딕 休息ᄒᆞᄂᆞᆫ 暇ᄂᆞᆫ 休
息홈이 可ᄒᆞ거니와 16_03

'其業은 可毁언뎡 此名은 難毁라'의 경우는 '可毁其業이언뎡 難毁此名
이라'라는 漢文句가 해체된 것으로 볼 수 있다. 문제는『서유견문』텍스
트에서는 '可毁, 難毁'와 같은 한문구가 국어 문장의 서술어로 쓰이는 경
우에는 '-ᄒᆞ-'가 결합하는 것이 일반적인데 ㉜의 예에서는 '-이-'가
결합하였다는 점이다. 이와 함께 '極臻히 勉勵로딕'의 경우에는 같은 문
장 안에 '勉勵ᄒᆞᄂᆞᆫ'이라는 '-ᄒᆞ-'형 용언이 쓰이는 것을 볼 수 있다.

이렇게 술어적 의미를 지닌 한문구와 '-이-'가 결합하는 형식은 구결
문에서 그 기원적 모습을 볼 수 있는데,『두시언해杜詩諺解』주석문註釋文에서
도 적지 않게 쓰이며 그것은 한문 문법과 한국어 문법이 혼효된 결과라는
것이 이미 오래 전에 밝혀졌다(남풍현 1973:82~84). 또한 윤용선(2003:27)
에서는 구결문에는 '-이-'가 현결懸結되지만 언해문에는 동사로 옮겨지는
예들을 들면서, 한문 원문에 현토되는 'ᄒᆞ-'의 출현을 문법적 의식의 발
달과 연관해 설명하였고, 술어적 기능을 가지는 한문구에 '-이-'가 현결
되는 예들이 특히 주석문에 많이 나타난다고 지적하고 있다.

아러한 구결문의 현토 방식에 대한 연구 결과를 감안하면, 용례가 많
지는 않지만『서유견문』에서 '-이-'계 술어구가 쓰인다는 것 역시 '-
ᄒᆞ-'형 한문구 용언의 형성 방식과 함께『서유견문』텍스트가 지니고
있는 한문 문법과 한국어 문법의 혼효적 성격을 드러내는 것이라고 할

수 있을 것이다.

2) '-이-'계 술어구의 유형

〈표 7〉에서 보인 것처럼 『서유견문』에서 확인되는 '-이-'계 술어구는 33종이고, 그 용례는 61개이다. 전체 용언류와 비교할 때 0.5%도 되지 않는 작은 비율이다. '-이-'계 술어구는 크게 다음 세 가지 유형으로 구분할 수 있다.

① 양태樣態 표현의 한문구에 결합한 경우
② 한문 구문에 '-이-'가 결합한 경우
③ 기타

①에 속하는 예들의 용례는 39개이다. '-이-'계 술어구의 용례 61개의 60%를 넘는 비율이다. 이 중에는 '不可(4), 不掩(1), 不收(1), 無他(18), 無比(1), 無用件(1), 莫測(1), 非此(1)'[21] 등의 부정 표현의 한문구가 31개로 예가 가장 많고, 나머지가 '可保, 可奪, 可容, 可慮, 可毁, 難奪, 難必, 難毁' 등 '~을 수 있-, ~기 어렵-'에 해당하는 표현들이 각각 한 번씩 쓰였다.

②의 예들은 '如何其可(1), 奈何其可(3), 然則奈何(1)' 등이 있다. 표현 방식은 다르지만 모두 '어찌 가능하겠는가?; 그러니 어쩌겠나?' 정도로 옮길 수 있다. 수사의문에 의한 강조의 의미를 나타내는 구문이라는

---

21 ( ) 안의 숫자는 용례의 수를 나타낸다. 이하 같다.

점이 눈에 띈다. 한문 구문과 결합하는 이 시기 '-이-'계 술어구의 용법이 지니고 있는 특징이라고 할 수 있을 것인지는 확장된 자료를 바탕으로 한 검토가 필요한 부분이다.

③의 예는 '竟成이라(1), 自取라(1), 兩截이라(2), 亦無라(1), 勉勵로디(1), 毁滅이니(1)' 등 유형화하기 어려운 것들이다. 모두 7개의 용례를 볼 수 있다.

8. 용언류 분석의 결과와 그 함의

『서유견문』 텍스트에 쓰인 용언류의 어휘적, 문법적 특성을 검토한 결과를 요약하면 다음과 같이 정리할 수 있다.

① 고유어 용언은 문법적 기능을 가진 예들만 확인된다. 본동사로 쓰인 예는 보이지 않는 것이다. 이는 한문 원문에 현결되는 구결문이나 주석문에서 문법적 요소만을 한글로 표기하는 것과 통한다.

② 단음절 한자 용언 중에는 문법적 단어로 쓰이는 것이나 전이어로 나타나는 것이 많다(ex. 無ᄒ-, 然ᄒ-). 이와 함께 단음절 한자 용언은 다음절 한자어 용언 혹은 혹은 한문구의 해체를 통해 만들어지는 예가 많고, 그러한 것들은 대부분 용례 빈도가 높은 부류다. 이는 『서유견문』 텍스트에 쓰인 단음절 한자 용언이 단순히 고유어를 의미적으로 대응하는 한자로 바꾸는 방식으로 만들어진 것이 아님을 방증한다고 할 것이다.

③ 다음절 한자어 용언류는 그 내적 구성이라는 면에서 보면 대부분

한문 문법의 조어법이나 수사법을 차용한 것이다. 또한 2음절, 3음절 한자어 중 한국어의 양태 표현 구성 전체를 한문 문법을 바탕으로 한문구로 바꾸고 그 한문구에 '호-'를 결합해 사용하는 것들의 비중이 큰 것도 주목할 만하다.

④ 용례를 검토해 보면 3음절, 4음절 한자어 용언으로 쓰일 것으로 기대되는 것 중에서 그 구성 요소를 해체하여 국어 문장 구성 방식에 따라 재배열한 것이 적지 않다. 필사본 고소설에 쓰인 한문구 용언류와 대조해 보면 『서유견문』 용언류 중 3, 4음절 한자어 용언이 지니고 있는 특징이 잘 드러난다. 『서유견문』 용언류의 중요한 특징의 하나인 것이다. 3음절, 4음절 한자어 용언 중에 어기가 술목 구성을 이루는 예가 없는 것은 이 때문이다.

⑤ '-이-'계 술어구가 쓰인다. '-이-'계 술어구의 70% 이상이 한국어 양태 표현 구성을 한문구화한 것이거나 한문 구절을 그대로 사용한 예다.

①~⑤로 정리한 이 글에서의 용언류 검토 결과를 종합하면, 『서유견문』의 용언류는 기본적으로 한문 문법에 의해서 만들어진 것들이고, 나아가서 한국어의 술어부 전체를 한문구로 만들고 거기에 '-호-'를 통합하여 용언의 기능을 발휘하도록 만든 것도 적지 않다고 이야기할 수 있다. 이러한 『서유견문』의 국한혼용문 용언류의 어휘적, 문법적 특성은 "한문 문장의 구성 요소들을 우리말 단어 수준의 형태로 분단하여 그 배열 순서에 따라 조정한 다음 각 형태들의 문법적 기능을 나타내는 조사나 어미를 첨가하여 만들어졌다. (…중략…) 통사적으로 우리말 문장과

차이가 없지만, 형태론적으로 한문 구설, 비자립적인 1음절 한자어 어근, 부사어의 사용 등에 있어서 한문 문장에서 사용되던 흔적이 상당수 남아 있는, 이른바 '한문투'의 문체적 특성을 보여준다(김주필 2007:205)"는 주장과 기본적으로 크게 다르지 않다.

그런데 여기서 우리는 한 가지 의문을 제기하게 된다. 19세기의 국한혼용문이 김주필(2007)의 주장과 같은 과정을 통해서 만들어지는 것이라면, 『서유견문』의 국한혼용문은 어떻게 만들어졌을까 하는 점이다. 김주필(2007:203~205)의 논의는 같은 내용을 한문, 국한혼용문, 순한글세 가지로 표기한 자료인 〈大君主展謁宗廟誓告文〉을 대상으로 한 분석결과로, '한문漢文〉국한혼용문國漢混用文〉순한글'의 순으로 만들어진 것으로 보고 있다. 그런데 잘 알려진 바와 같이 『서유견문』은 국한혼용문 텍스트만 남아 있다. 유길준의 서문에서도 현전하는 국한혼용문 텍스트 이외에 다른 텍스트가 있다는 이야기는 없다. 결국 『서유견문』의 국한혼용문은 어떻게 만들어진 것인가에 대한 검토가 필요한 것이다.

앞에서 언급했듯이 현전하는 1985년 간행본 이외의 다른 텍스트가 남아 있지 않으므로 『서유견문』의 내용을 먼저 다른 서사방식으로 문자화하고 그것을 국한혼용문으로 전환했을 가능성은 거의 없는 것으로 생각된다. 그러면 그렇다면 유길준은 글을 구상할 때에부터 국한혼용문으로 구상했을까?

여기서 지적해 둘 것은 19세기 끝 무렵 『서유견문』류의 텍스트가 출현하기까지는 19세기 사대부, 지식인들이 글을 쓸 때에 택한 서사방식은 한문이 아니면 순한글이었다는 점이다. 현전하는 18, 19세기 자료 중에서 한글과 한자를 섞어 쓴 국한혼용문으로 된 것은 필사본이건 간본이건 시가집과 역학서 등 일부 특수한 텍스트에 한정되는 것이다(이호권 2008).[22] 실제로 국한혼용이라는 서사방식은 당대 지식인, 사대부들로서는 상상하기 어려운 것이었다. 이는 유길준이 『서유견문』의 저술이 끝나고 친우에게 평을 청했을 때 "子의 志는 良苦ᄒ나 我文과 漢字의 混用홈이 文家의 軌度를 越ᄒ야 具眼者의 譏笑를 未免ᄒ리로다(그대가 참으로 고생하기는 했지만, 우리글과 한자를 섞어 쓴 것이 문장가의 궤도를 벗어났으니, 안목이 있는 사람들에게 비방과 웃음을 면치 못할 것이다)(허경진 2004:25~26)"라는 평을 받았다는 사실에서도 잘 알 수 있다. 국한혼용문으로 글을 쓰는 것을 생각하기도 어려운 상황이었다면 유길준이 처음부터 국한혼용방식으로 글을 구상했을 가능성은 배제된다고 할 것이다.

그렇다면 유길준은 순한글로 글을 구상하고 그것을 국한혼용문으로 변환하는 방식으로 저술에 임했던 것인가? 이는 『서유견문』 용언류의 분석 결과를 바탕으로 할 때 그렇게 보기 어렵다. 특히 3절 2)에서 다룬 단음절 한자 용언의 생성 양상에 대한 분석이나, 4절 및 5절에서 다룬 한자어 용언 및 한문구의 해체를 보여주는 예들을 볼 때 『서유견문』 텍스트는 한문 문법을 기반으로 만들어진 텍스트를 해체하고 재배열하는 방식으로 만들어진 것임을 확인할 수 있는 것이다. 게다가 "一은 語意의 平順홈을 取ᄒ야 文字를 略解ᄒᄂ 者라도 易知ᄒ기를 爲홈이오 二ᄂ 余가 書를 讀홈이 少ᄒ야 作文ᄒᄂ 法에 未熟ᄒ 故로 記寫의 便易홈을 爲홈이

---

22 전자의 예로는 『해동가요(海東歌謠)』, 『청구영언(靑丘永言)』, 『가곡원류(歌曲源流)』가 있으며, 후자의 예로는 『역어유해(譯語類解)』, 『역어유해보(譯語類解補)』, 『동문유해(同文類解)』, 『팔세아(八歲兒)』 『소아론(小兒論)』, 『청어노걸대(淸語老乞大)』, 『몽어유해(蒙語類解)』, 『첩해몽어(捷解蒙語)』, 『왜어유해(倭語類解)』, 『인어대방(隣語大方)』 등이 있다.

오 三은 我邦 七書諺解의 法을 大略 倣則ᄒᆞ야 詳明홈을 爲홈이라"하는『서유견
문』서문의 내용도 그것을 뒷받침해 준다. 이 부분은『서유견문』을 국
한혼용문으로 집필한 까닭을 기술한 것인데 특히 강조한 부분이 주목된
다.『서유견문』텍스트가 만들어진 과정을 설명해 주는 것으로 생각되
기 때문이다.

'언해諺解'는 한문 원전을 국어로 옮기는 것이다. 그런데 유길준은 서
문에서 스스로 '언해'의 방식을 '효칙效則'했다고 밝히고 있다. 이런 점들
을 고려하면『서유견문』의 저술은 구상은 한문으로 이루어지고, 그것
을 글로 옮기는 과정에서 한문 요소를 해체하여 재배열함으로써 국한혼
용문이라는 이전까지 존재하지 않던 새로운 서사방식을 만들어 낸 것으
로 볼 수 있다.[23] 3절~7절의 분석을 통해 필자가 지적한『서유견문』용
언류가 지니고 있는 중요한 특성 중의 하나가 '한문 문법과 한국어 문법
의 혼효'의 결과를 반영한다는 것이었는데, 이는 '한문 구상 =〉 국한혼
용문화'라는 과정을 거치면서 생기는 필연적인 양상이었다고 이야기할
수 있을 것이다.

---

[23] 이러한 상황은 18~19세기의 사대부들이 이중적 언어생활을 영위했다는 사실을 상기
하면 이해할 수 있다. 말은 조선말을 하되 글은 한문으로 썼기 때문이다. 또한 이는 1930
년대 김동인이 소설을 쓸 때 구상은 일본말로 하고 문자화하는 단계에서 조선글로 쓰려
할 때 어려움을 겪었다고 회고한 것을 떠올리게 한다(김철 2008:18).

제8장

국한혼용문 텍스트와
순한글 텍스트 공존의 한 양상

1. 번역물에 있어서의 국한혼용문 텍스트와 순한글 텍스트

1) 논의의 배경과 필요성

이 장에서는 태동기에 출판된 다중 번역[1] 서사물을 대상으로 그 번역 저본을 확인하는 한편, 국한혼용 텍스트와 순한글 텍스트의 상관 관계를 확인하기로 한다. 다중 번역 서사물이란 동일한 원전을 대상으로 한 번역물이 둘 이상 존재하는 문예물을 가리키는데, 이 글에서는 이 중에서도 국한혼용 텍스트와 순한글 텍스트가 함께 전해지는 자료에 초점을 둔다.[2]

---

[1] 여러 번 번역이 이루어진 것에 대해 '이종(異種) 번역' 혹은 '이중(二重) 번역'이라는 용어를 사용하는 경우도 있다. 그러나 필자는 다음 세 경우를 포괄하는 용어로 '다중 번역'이 적합하다고 판단한다. ① 국한혼용문 번역물과 순한글 번역물이 공존한다. ② 순한글 번역물은 대부분 중역(重譯)이다. ③ 국한혼용문 번역물이나 순한글 번역물이 각각 둘 이상 존재하는 경우도 있다. 이종 번역, 이중 번역이라는 용어로는 이렇게 복합적 의미를 담기 어렵다고 판단되는 것이다.

[2] 여기서의 논의는 번역 문예물에 한정했지만, 창작물 중에도 국한혼용문 텍스트와 순한글 텍스트가 대응되는 것들이 적지 않다. 또 교과용·계몽용 도서 중에도 다중 번역물이

이 글에서 태동기에 간행된 다중 번역 서사물에 초점을 둔 것은 이들이 이 시기의 다른 자료들과 비교할 때 국어사적 측면에서 활용 가능성이 높다고 판단했기 때문이다. 여기에는 두 가지 배경이 있다. 하나는이 시기의 문체사적 특성과 관련된 문제이고, 둘째는 이 시기의 어휘사적 특성과 관련된 문제다.

태동기는 국한혼용문 텍스트와 순한글 텍스트가 각기 그 나름의 영역을 가지고 병렬적으로 사용된 시기다. 현대 한국어 문체의 형성 과정에 대한 연구에서는 이들 국한혼용문 텍스트와 순한글 텍스트를 구성하는 문법 및 어휘 요소의 차이를 파악하고 그 사용 양상을 구체적으로 대비하는 작업이 필요하다(한영균 2008; 2009; 안예리 2013; 2014). 그런데 이글에서 다루는 다중 번역 서사물은 동일한 원전을 국한혼용문과 순한글로 옮긴 것이므로, 이러한 목적의 연구에 다른 자료에 비해 활용 가능성이 높다고 할 수 있다.

또 태동기는 어휘의 확장이 급격하게 이루어진 시기다. 이러한 어휘의 확장은 번역을 통한 새로운 지식과 개념의 전달을 통해 이루어진 경우가 많다. 그런데 여기서 다루는 다중 번역 서사물은 대부분 한·중·일 삼국에서 공통으로 유통된 것들이다. 이렇게 동양 삼국에서 공통적으로 유통된 텍스트 사이의 관계를 파악하는 일은 서사물이 동양 삼국에서 번역 혹은 번안이라는 과정을 거치면서 어떤 변용을 겪으며, 한국에서는 어떻게 정착되는가를 관찰하기 위해서는 우선적으로 거쳐야 하

적지 않게 존재한다. 또 문예물로는 역사물도 포함하였다. 모든 역사물을 문예물로 다루는 것은 문제라는 생각(김영민 1996; 2002)에 필자도 동의하지만 김병철(1975)를 비롯해서 이 시기 문학 자료를 다룬 이들이 역사물도 문예물로 다루어 온 것을 존중했다.

는 작업이다. 한·중·일 삼국의 어휘 교류사 연구를 위한 기초 작업의 하나라고도 할 수 있다.

아울러 이 시기를 대상으로 한 문학을 비롯한 다른 여러 영역에서는 이 글에서 다루는 자료에 대해서 상당히 깊은 수준의 논의가 이루어졌음에도 불구하고 국어사 연구자에게는 그 존재조차 알려지지 않은 것들이 대부분이라는 사실도[3] 이 글을 집필하게 된 동기의 하나다. 이 시기에 대한 국어사적 연구에 관심을 둔 이들에게 이 시기 언어 연구에 활용도가 높은 자료를 소개할 필요가 있다고 판단한 것이다.

2) 논의의 범위

다중 번역 서사물 중에는 국한혼용문으로 번역한 것과 순한글로 번역한 것이 함께 전해지는 것이 많지만, 국한혼용문 번역물만 둘 이상 전해지는 경우도 있다. 이 글에서는 이들 중에서 국한혼용문 번역물과 순한글 번역물이 함께 전해지는 것만 다루기로 한다.[4] 앞에서 밝힌 바와 같이 국한혼용문 텍스트와 순한글 텍스트의 공존 양상과 함께, 국한혼용문 텍스트와 순한글 텍스트의 대조 분석에 활용할 수 있는 자료를 확인하는 것이 일차적 목적이기 때문이기도 하고, 지면상의 제약 때문에 다중 번역 서사물 모두를 한 편의 논문에서 다루기 어렵기 때문이기도 하다. 이 글에서 다룰 자료는 다음 15종이다.[5]

3　국어학적 관점의 개별 연구로 들 수 있는 것은 정승철(2006), 안명철·송엽휘(2007), 이병기(2013) 정도이다.

4　국한혼용문 번역물만 2가지 이상 전하는 것은 다음 8종이다. ① 로빈슨 표류기(漂流記), ② 법국혁신전사(法國革新戰史), ③ 법란서신사(法蘭西新史), ④ 비스마르크전(傳), ⑤ 이태리독립사(伊太利獨立史), ⑥ 파란쇠망국사(波蘭衰亡國史) / 파란말년전사(波蘭末年戰史), ⑦ 피터대제전(大帝傳), ⑧ 흉아리애국자(匈牙利愛國者) 갈소사전(噶蘇土傳).

① 걸리버여행기, ② 경국미담經國美談, ③ 나폴레옹 전기, ④ 루터의 종교개혁(루터개교기략), ⑤ 미국독립사 ⑥ 윌리엄텔 이야기(서사건국지瑞士建國誌), ⑦ 애국정신담愛國精神談, ⑧ 월남망국사越南亡國史, ⑨ 이태리건국삼걸전, ⑩ 중동전기中東戰記(청일전쟁기), ⑪ 중국혼中國魂, ⑫ 동물담動物談, ⑬ 멸국신법론滅國新法論 ⑭ 일본의 조선 ⑮ 파란혁명당波蘭革命黨의 기모궤계奇謀詭計†

①~⑪은 단행본으로도 간행된 것들이고, ⑫~⑮는 원고지 10~30매 분량의 짤막한 글이다. 글의 길이에는 차이가 있지만, 자료로서의 활용 가능성에는 차이가 없다고 보아 함께 다루었다. 물론 이들 이외에도 더 많은 다중 번역 서사물이 발견될 가능성이 있다. 앞에서 언급했듯이 이 목록은 현재까지 필자가 확인할 수 있었던 것일 뿐이다.[6] 2장에서는 이들 15종에 대해서 필자가 확인한 현전하는 1890년대~1900년대[7] 자료의 목록과 서지 사항을 정리하면서 다음 세 가지 사항을 확인한 범위 안에서 함께 다룬다.

5 이 시기 번역이 가장 여러 번 이루어진 것은 이솝우화라고 할 수 있는데 이 글에서는 이솝우화는 다루지 않았다. 허경진·표언복·유춘동(2009)에서 한 권의 책으로 다루고 있기 때문이다. 또 이 글에서 다룬 자료는 둘 이상의 한국어 번역본이 전해지고 있는 것에 한정하였다. 따라서 번역본이 하나인 것들은 논의에 포함하지 않았다. 여타의 것은 김병철(1975:176~309)를 참조하기 바란다.

6 이병기(2013:356)에서는 양계초(梁啓超)의 『음빙실자유서(飮冰室自由書)』에 실린 '무명지영웅(無名之英雄)'의 번역이 『태극학보』 18호와 『신한민보』에 실린 것으로 분석하고 있다. 『신한민보』 1909년 6월 16일자에 실린 「무명지영웅(無名之英雄)(일홈 업는 영웅)」은 양계초의 글을 순한글로 직역한 것이지만, 『태극학보』 18호의 1~2에 실린 정제원의 국한혼용문 「무명(無名)의 영웅(英雄)」은 제목은 같지만 양계초의 '무명지영웅(無名之英雄)'을 번역한 것으로 보기 어렵다는 것이 필자의 판단이다. 양계초의 글을 읽고 그 내용을 빌어 자신의 주장인 것처럼 서술한 일종의 번안으로 보아야 할 것이다. 따라서 다중 서사 번역물에 포함하지 않았다.

7 1910년대에도 많은 번역·번안물이 출간된다(박진영, 2011). 1910년 이후의 자료에 대해서도 이 글에서는 다루지 않는다.

① 한국어 역본의 원전 : 이는 다중 번역 서사물의 생성 과정이 다양하기 때문에 필요한 작업이다. 이 시기의 다중 번역 서사물은 원전을 직접 번역한 것도 있지만 두 번 이상의 번역을 거친 중역인 경우가 많고, 번역 원전이 외국어(중국어, 일본어, 영어)인 경우도 있지만 국한혼용문 번역물을 저본으로 해서 순한글 번역이 이루어지는 경우도 있기 때문에 국한혼용문 번역본과 순한글 번역본 각각에 대해 번역 저본이 무엇인가를 확인할 필요가 있는 것이다. 이는 번역 텍스트에 나타나는 어휘적 요소들의 연원을 파악하는 데에도 중요하지만, 국한혼용문 텍스트와 순한글 텍스트 사이에 나타나는 문체 상의 차이가 가지는 의미를 파악하는 데에도 전제가 되어야 할 작업이다.

② 국한혼용문 번역물과 순한글 번역물 사이의 상관 관계

③ 국한혼용문 텍스트의 문체 유형

②와 ③은 국한혼용문 텍스트와 순한글 텍스트 사이의 언어적 대응을 분석하는 데에 다중 번역 서사물 중에서 어떤 자료가 유용한지를 결정하는 데에 필요하기 때문에 논의에 포함한다. ③의 국한혼용문의 문체 유형 분석에는 이 책의 6장에서 논의된 국한혼용문 유형 구분 기준을 바탕으로 한다.[8]

---

8 6장는 다룬 이 시기 국한혼용문의 유형을 문장 안에 나타나는 한문 문법과 국어 문법의 혼효 정도를 바탕으로 제1유형 『신단공안』류, 제2유형 『시일야방성대곡』류, 제3유형 『서유견문』류, 제4유형 『국민소학독본』류로 나누었다. 이 중에서 순한글 번역물과의 대응을 검토할 수 있는 것은 제3유형과 제4유형 국한혼용문 자료다. 제1유형과 제2유형 국한혼용문은 구절이 문장 구성의 기본 단위가 되기 때문에 순한글 텍스트와의 어휘적 대비가 어렵다. 보다 구체적인 것은 책의 6장 참조.

2. 태동기 다중 번역 서사물의 서지·번역 저본·문체

이 절에서는 다중 번역 서사물을 널리 알려져 있는 이름의 가나다 순으로 배열하고, 한국어 역본의 산출과 관련된 사항을 정리하면서 그 번역 원전에 대해 기술한다. 이때 소장처 정보가 필요하다고 판단되는 경우 필자가 이용한 자료를 중심으로 소개한다. 앞에서 서술한 국한혼용문 텍스트와 순한글 텍스트 사이의 관계와 국한혼용문 텍스트의 문체 유형에 대해서는 논의의 진행에 따라 필요한 부분에서 서술한다.

1) 걸리버여행기 : 거인국표류기巨人國漂流記 / 샐늬버유람긔

한국어 번역본은 「거인국표류기巨人國漂流記」라는 제목으로 『소년少年』 창간호(1908년 11월) 42~47면과 『소년』 제2호(1908년 12월) 21~31면에 두 차례에 걸쳐 연재된 것과 신문관新文館에서 1909년 십전총서十錢叢書의 하나로 출판한 단행본 『썰늬버유람긔葛利寶遊覽記』가 있다.[9] 물론 번역 대상이 원전인 Swift의 영어본이 아니라 일본어 개자본이어서 완역이 아닌 것을 포함해 지금 알려진 '걸리버 여행기'와는 많이 다르다.

일본어 개작본은 동경東京 박문관博文館에서 1899년과 1908년에 간행한 이와야 사자나미巖谷小波의 『세계의 동화世界お伽噺』 제십이편 「대인국大人國」이다.[10] 저자가 표지에는 사자나미小波, 판권에는 이와야 스에오巖谷季雄,

---

9 한글본 『썰늬버유람긔(葛利寶遊覽記)』의 한자 표기 '葛利寶'는 그 연원을 알 수 없다. 일본어 원전에서는 걸리버를 가타가나 'ガリバア'로 적고 있다. 필자가 참고한 단행본 『썰늬버유람긔(葛利寶遊覽記)』는 연세대학교 도서관 국학자료실 소장이다(청구번호 한결 (O) 823 Sw55g 신).

10 일본 국립국회도서관 디지털컬렉션에 이미지 자료가 공개된 1908년 본을 참조했다. http://dl.ndl.go.jp/info:ndljp/pid/1874017

제십이편 「대인국大人國」의 모두冒頭에는 오오에 사자나미大工小波로 되어 있
는데 모두 동일인물이다.

『소년』에 연재된 「거인국표류기」는 일부가 국한혼용문인데,[11] 이 시
기의 다른 국한혼용문과는 달리 현대 한국어의 문체와 비슷하고,[12] 단
행본 『썰늬버유람긔葛利寶遊覽記』는 한글본이다. 『소년』 소재의 「거인국표
류기」는 비교적 원전에 충실한 번역이고,[13] 한글본은 일본어 원전이 아
니라 『소년』 연재분을 다시 옮긴 것으로 보이는데, 군데군데 괄호 안에
한자를 병기하고 있으며 축자역은 아니다. 또 단행본 『썰늬버유람긔葛利
寶遊覽記』는 '알사람 나라(小人國)' 편과 '왕사람 나라(巨人國)' 두 부분으로
이루어져 있는데, 『소년』 연재본에는 '소인국小人國' 편이 없다.[14] ①에 거
인국 편의 첫 부분을 대조해 보인다. 강조한 부분이 달라진 부분이다.

①

가. 그러나 이 사람은 旅行으로 생긴 사람이라 機會만 잇스면 아모 데라도

　　갈 것이오 쏘 小人島에 잇슬 쌔에 온갓 奇奇妙妙흔 求景을 다 하얏난 故로

11　『소년』 2호에 실린 글은 순한글이다. 따라서 여기서의 서술은 1호에 실린 글에 한정된다.
12　『소년』에 실린 기사의 문체는 다양하다. 그 중에는 인용문에 보인 국한혼용문과 같은 유
　　형의 비중이 높다. 임상석(2008:33), 한영균(2013a)에서는 이러한 『소년』의 국한혼용
　　문을 이 시기 자료에서 유사한 예가 없는 특수한 유형으로 보아 이 시기 국한혼용문의 유
　　형 분류에 포함하지 않았다. 그러나 인용문의 문체 유형은 『종고성회(宗古聖會) 교회월
　　보(敎會月報)』 7호(1909년 1월)~30호(1910년 9월)에 실린 「교리소과(敎理小課)」의 문
　　체 유형과 같은 것을 확인할 수 있다(한영균 2013c). 요약하면 문장 안에 나타나는 한자
　　어만 한자로 표기하는 방식인데, 이러한 방식의 국한혼용문은 1910년대에 들어서면서
　　사용이 확대된다. 이에 대해서는 이 책의 1장 및 2장에서 구체적으로 다루었다.
13　'비교적'이라는 수사를 붙인 것은 이 시기 독자의 이해를 돕는 수준의 내용 변개가 있기
　　때문이다.
14　따라서 여기의 서술은 '巨人國' 편에 대한 것이다.

滋味가 잇서서 스사로 깃븐 마음을 抑制티 못할디라 이에 한번 더 異常스러운 곳에 가서 異常스러운 求景을 하리라 하고 또 배를 타고 東印度島를 向하야 볼 것을 탸더러 갓소.

나. 그러나 이 사람은 나그네질노 생긴 사람이라 틈만 잇스면 아모 데라도 갈 것이오 또 알사람 나라에 잇슬 째에 온갖 긔긔묘묘한 구경을 다한지라 이에 한번 더 이상스러운 곳에 가서 이상스러운 물색(物色)을 보리라 하고 또 배를 타고 동(東)인도서음(島)를 향하야 볼 것을 차지려 갓소

'旅行 : 나그네질, 機會 : 틈, 小人島 : 알사람 나라, 島 : 서음, 求景을 하- : 물색을 보-'의 경우는 한자어의 표현이 고유어 혹은 다른 한자로 바꾸었지만, '奇奇妙妙하- ; 기기묘묘하-, 異常스럽- ; 이상스럽-, 向하- ; 향하-'의 경우는 한자 표기를 한글로 바꾸기만 하였다. 이러한 한자어 -> 고유어의 대치가 지니는 의미를 파악하기 위해서는 다른 자료와의 대비가 필요한 것으로 판단된다.

2) 경국미담經國美談

경국미담은 아테네와 스파르타의 역사를 바탕으로 한 일종의 가상역사소설이다. 지금까지 알려진 경국미담의 한국어 번역은 1904년 10월 4일부터 11월 2일까지 『한성신보漢城新報』에 연재된 국한혼용문으로 된 번역과 1908년 8월 상·하 두 권을 한 책으로 묶어 우문관에서 간행한 현공렴 번역의 순한글 『경국미담』이 있다. 『한성신보』 연재본은 현재 1904년 10월 4, 6, 7, 8, 9, 11, 12, 14, 15, 16, 21, 22, 28, 29일자와 11월 1, 2일자 연재분 16회만 남아 있는 미완의 것으로 번역자는 미상

이다.[15] 순한글본 『경국미담』은 상권이 64면, 하권 95면인데 한 책으로 묶었다. 세로쓰기로 띄어쓰기도 하지 않고 문장부호도 사용하지 않았다. 연활자본이지만 전통적인 방각본과 같은 형식인 것이다.[16]

그런데 필자는 최근 앞에서 언급한 『한성신보』 연재물 이외에 국한혼용문 번역본이 한 종류 더 전하고 있음을 확인할 수 있었다. 이는 지금까지 알려지지 않았던 간본인데 추인秋人 정교鄭喬의 번역으로 고금서해관古今西海館에서 1908년 간행된 『經國美談 一』이다.[17] 현재 전하는 것은 권1뿐이지만, 원래 4권으로 분책되어 간행된 것으로 추정된다. 중국어 역본의 상권이 20회, 하권이 19회로 이루어져 있는데 정교 역본譯本『經國美談 一』은 그 중 상권 10회까지의 번역이고, 마지막에 "欲知後事如何된 且聽下回分解ᄒ라"라는 글귀가 실려 있는데 이는 여러 책으로 이루어진 고소설에서 한 책이 끝날 때 나오는 표현이기 때문이다.

한국어 번역 '경국미담經國美談'의 저본에 대한 연구로는 호테이 도시히로布袋敏博(1998)과 노연숙(2009)가 있다. 두 연구에 따르면 한국어 역 '경국미담'의 저본이 되었을 가능성이 있는 것은 일본어 원전과 그것을 중

---

15 『한성신보』 소재 「경국미담」은 김영민(2008)에 활자화 되어 있다.

16 필자가 활용한 순한글본 『경국미담』은 연세대 국학자료실 소장(청구기호 O 320.9495 현공렴 경)이다.

17 연세대 도서관 국학자료실 소장으로 동일본이 2권 전한다(청구번호 O 398.22 38가, O 398.22 38가=2). 판권 부분에도 출판년도는 기록되어 있지 않지만 같은 면의 「본관최신발간서적발수광고(本舘最新發刊書籍發售廣告)」에 『민족경쟁론(民族競爭論)』(양계초 저 유호식 역), 『국민자유진보론(國民自由進步論)』(유호식 역, 정교 교열), 『동언고략(東言攷略)』(정교 찬술, 김인규 교열), 『세계문명산육신법(世界文明産育新法)』(이상익 역, 유병필 교열), 『신미서증기(辛未西証記)』의 다섯 종류의 책명이 기록되어 있어 간행 연도를 1908년으로 추정했다. 이 다섯 책 중 『민족경쟁론』, 『국민자유진보론』, 『동언고략』, 『세계문명산육신법』의 간행연도가 1908년 3월 이후인 것을 확인할 수 있었기 때문이다.

국에서 번역한 것 두 종류다. 일본어 원전[18]은 야노 류케이矢野龍溪의『제무명사경국미담齊武名士經國美談』(초판 상권 1883년 報知新聞社 간행, 하권 1884년 報知新聞社 간행, 저자 수정본 1907년 文盛堂書店 간행)[19]이며, 중국어 번역은 야노 류케이의 일본어 본을 번역한 것으로 역자 미상인『청의보淸議報』제 36책(1900년 1월 21일)∼제69책(1900년 11월 21일) 연재분「정치소설경국미담政治小說經國美談」과 역시 역자 미상으로 1902년 상해상무인서관上海商務印書館에서 간행한 단행본『경국미담經國美談』이 있다.[20]『한성신보』에 실린「經國美談」은 역자가 야노 류케이의 글을 번역한다고 밝혔으므로 저본이 분명한데, 현공렴의 순한글『경국미담』은 아직 그 번역 저본이 제대로 밝혀지지 않았다고 할 수 있다. 노연숙(2009:330)에서는 현공렴의 『경국미담』이 상권은 일어본을, 하권은 중국어본과 일본어본을 함께 참조하였으리라고 추정하고 있는데 이는 재고할 필요가 있기 때문이다 (후술 참조).

우선『한성신보』소재 번역문과 일본어 원문을 대조해 보인다. 이『漢城新報』소재「經國美談」의 국한혼용문은 이 시기 국한혼용문 텍스트의 형성과 관련해서 흥미로운 양상을 보이기 때문이다.

---

18 1883년본에 纂譯이라는 표현이 있는데, 서문을 보면 希臘의 역사를 다룬 글들을 보고 소설로 엮었다는 뜻이다. 따라서 일본어 본은 소설로는 원전으로 볼 수 있다.
19 일본어 원전의 초판과 1907년(명치 40년) 간행의 수정본은 일본 국립국회도서관 디지털컬렉션에서 이미지를 볼 수 있다.
    초판 : http://dl.ndl.go.jp/info:ndljp/pid/1083620(전편), 896821(후편)
    수정본 : http://dl.ndl.go.jp/info:ndljp/pid/896823
20 필자는『청의보(淸議報)』에 연재된 중국어 번역본을 참조했다. 1902년 간행의 上海商務印書館本은 직접 확인하지 못하고 臺北의 博遠出版有限公司에서 1984년(民國 73年) 활자본으로 번각 간행한『中國近代小說全集 第一輯 晚淸小說全集』에 실린『經國美談』을 볼 수 있었다.

②

가. 斜陽이 ㉠傾於西山ᄒ야 今日工程를 畢了ᄒ고 衆多ᄒ 學童들은 ㉡皆歸去ᄒ

얏는디 十六歲를 ㉢爲首ᄒ야 ㉣至於十歲ᄒ 學童이 七八人이 ㉤尚爲殘留ᄒ

얏스니 盖敎師의게 何等質問코자 홈이요 ㉥鬚眉旣雪ᄒ 六十老翁이 現出

ᄒ며 學堂一隅에 粧飾ᄒ ⓐ一肖像을 指示ᄒ면셔 學童들을 對ᄒ야 曰 ⓑ抑

此肖像은 格德이란 古代聖王인디 其蹟이 미우 富多ᄒ야 ㉦不遑枚擧ᄒ니

ⓒ唯其大畧을 陳述ᄒ노니

—「經國美談」1回 첫부분, 『漢城新報』, 1904.10.4.

나. 斜陽㉠′西嶺ニ傾キ 今日ノ課程モ終リシニヤ 衆多ノ兒童ハ㉡′皆歸リ去リ

ケル㉢′跡ニ尙キ殘リ留リシハ年ノ傾十六歲ヲ㉢首ラトシテ㉣′十四歲マ

テナル七八名ノ兒童ナリ一群ノ兒童ヲ向ヒ敎師ト見エテ其ノ齡六十餘リ

㉥′鬚眉共に雪白ナル老翁ガ□堂ノ隅ニ飾付ケクル一個ノ偶像ヲ指シテ

語リケルハ御身等ノ聞キタシト云フハ近頃修覆セシ此ノ像ノ事ナルが

抑□此ハ格德(コドリユス)ト云ヘル古代ノ賢王ノ像ニシテ此王ノ事蹟

ハ㉦′語ルモ長キゴトナルハ唯其ノ大畧ヲ說キ聞カス可シ

—「矢野龍溪」제1부 첫부분, 『齊武名士經國美談』, 1883.

②-가와 ②-나는 『漢城新報』에 연재된 「經國美談」과 그 번역 저본인
일본어 원전의 첫 부분이다. 대비해 보면 축자역은 아니지만 비교적 원
전에 충실한 번역임을 알 수 있다. ②-가의 국한혼용문은 한영균(2013a,
이 책의 6장)의 분류에 따르면 제2유형 『시일야방성대곡是日也放聲大哭』류 국
한혼용문이다. '미우'라는 고유어 부사를 사용하고 있는 점은 일반적인
제2유형 국한혼용문과 다르지만, 체언구에 한문 문법의 영향이 그대로

남아 있는 것이다(ⓐ~ⓒ).

　여기서 주목되는 것은 '(斜陽)西嶺ニ傾キ=〉(斜陽이)傾於西山ᄒ야, (十六歲ᄏ)首ラトシテ=〉(十六歲ᄅᆯ)爲首ᄒ야, 十四歲マテナル=〉至於十歲ᄒᆫ, 鬚眉共に雪白ナル=〉鬚眉旣雪ᄒᆫ' 등 소위 명치기明治期 한문해체문漢文解體文으로 한국어와 유사한 문법 구조를 지닌 일본어 원전의 술어부를 국한혼용문으로 옮기면서 한문구로 변형한 것이 확인되는 점이다(㉠~㉣). 한영균(2011, 2013a)에서 구조적 변형이라 지칭했던 한문 문법을 바탕으로 한 한문구의 사용을 보여주는 것이다. 이러한 『漢城新報』 연재 「經國美談」의 국한혼용문의 문체는 명치기 한문해체문으로 된 일본어 원전을 번역하는 경우에도 번역자의 한문 문식력과 취향에 따라서 국한혼용문의 문체 유형이 달라짐을 보여 주는 예인 것이다.

　『漢城新報』 소재 「經國美談」 국한혼용문의 문체상 특성은 중국어 역본을 번역 저본으로 한 정교의 번역본과 대조해 보면 분명히 드러난다. 대조해 볼 수 있도록 앞에서 든 예문과 같은 부분을 인용하기로 한다.[21]

　　③
　가. 話說 古時 歐羅巴(유롭)洲 中에 希臘(그리스) 聯邦 齊武(데비)都에 ㉮ᄒᆫ 學堂이 ㉤잇ᄂᆫ디 鬚眉ㅣ 晧白ᄒᆫ 年 六十餘 歲ㅣ 된 先生이 衆多ᄒᆫ 學徒ᄅᆯ 敎授ᄒ더니 一日은 夕陽은 ⓐ在山ᄒ고 學課ㅣ ⓑ已完ᄒᆷ애 學徒ᄂᆫ 各歸其家ᄒ고 ㉯오즉 年不過十餘齡 學徒 七八人이 ⓒ落後ᄒᆫ지라 先生의 請ᄒ되

────────────
21　중국어 역본의 예문 ③-나의 첫부분의 강조된 부분은 중국어본 역자가 임의로 추가한 것이다. 따라서 ②에 예를 든 일본어 원전이나 『漢城新報』 소재 국한혼용문 번역에는 없고, 중국어본을 번역한 鄭喬 譯本에만 나타난다. ②-가의 국한혼용문과 ③-가의 국한혼용문의 문체 상의 차이는 그 이후 부분부터 대조가 가능하다.

一二故事를 講ᄒ와써 ⓓ破寂ᄒ소셔 ᄒ딕 時에 學堂 中에 幾個 塑像이 ⓒ

잇ᄂ지라 先生 | 其中에 一個를 指ᄒ야 學徒드를 對ᄒ야 ⓓ니르딕 此人의

名은 格德(코드러스)이니 ㉮우리 鄰國 ㉠雅典 (아덴)의 賢君이니 其事蹟

이 人口에 膾炙ᄒ야 ㉯참 可히 羨慕홀만ᄒ지라 今에 其大槪를 講ᄒ야 諸

君의게 語ᄒ리라

— 鄭喬 역,『經國美談』, 1回 첫부분, 1908.

나. 却說。昔日希臘國齊武都有個學堂。那學堂的敎習。鬚眉晧白。年約六十餘

歲。學生七八人。都不過十餘齡。一日夕陽西傾。學課已完。那些學生一

齊向先生道。今日功課旣完。閒暇無事。請先生講一二故事聽聽。時學堂塑

有幾個偶像。先生因指着內中一個道。這人名係格德乃我鄰 ㉡阿善國的賢

君。他那些事跡。膾炙人口。眞可羨慕。今講其大槪與你們聽聽。

—「經國美談前篇」第一回 첫부분,『청의보(淸議報)』第三十六冊.

③-가의 정교 번역본은 기본적으로 ③-나의 중국어 역본을 저본으
로 한 의역이다. 이 정교 번역본의 국한혼용문은 한영균(2013a, 이 책의
6장)의 유형 분류로는 제3유형『서유견문』류 국한혼용문에 속하는 것
으로 볼 수 있다. 체언구에는 한문 문법의 영향이 남아 있지 않고, 용언
구에만 한문 문법의 영향이 남아있는 것이다(ⓐ~ⓓ). 다만 전형적인
『서유견문』류 국한혼용문이라면 한자어가 쓰일 것들이 고유어가 쓰인
예가 있다. 이러한 예는 관형사(㉮ ᄒ, 우리), 부사(㉯ 오즉, 참), 용언(㉰ 잇
ᄂ딕, 잇ᄂ지라, 니르딕) 등 다양한데, 고유어 관형사나 부사는 제4유형 국
한혼용문에서 나타나는 것이 일반적이다.

중국어 역본을 번역 저본으로 한 정교 번역본의 문체가 제3유형 국한혼용문이라는 사실은 『한성신보』 연재 「경국미담」의 문체가 제2유형 국한혼용문이라는 것과 함께 이 시기 국한혼용문의 연원 혹은 생성이라는 관점에서 주목할 만하다. 이 시기 국한혼용문이 일본의 한문해체문을 본뜬 것이라고 보는 이들은 제3유형 국한혼용문을 그 증거로 드는데(민현식 1994; 배수찬 2008), 『한성신보』 연재 「경국미담經國美談」의 문체는 제2유형 국한혼용문이기 때문이다.

제2유형 국한혼용문은 이 시기 국한혼용문이 한문의 해체를 통해 만들어진다는 견해에 따르면 한문의 제1단계 해체 결과물에 대응된다. '구절현토형 국한혼용문'(민현식 1994) 혹은 '한문구형 국한혼용문'(홍종선 2000)과 유사한 것이다. 그러나 『한성신보』 연재 「경국미담」의 번역 저본은 한문이 아닌 명치기 한문해체문이다. 이 명치기 한문해체문은 해체를 통한 국한혼용문 생성 단계에 대입해 보면 한문의 제2단계 해체의 결과인 '어절현토형 국한혼용문'(민현식 1994), '직역언해체'(심재기 1992), '한문어체'(홍종선 2000)에 해당하는 문체다. 따라서 명치기 한문해체문을 제2유형 국한혼용문으로 옮기는 작업은 한문을 해체하는 작업이 아니라 한문 구조에 더 가깝게 환원하는 작업이 된다. 이렇게 보면 『漢城新報』 연재 「경국미담」의 국한혼용문 문체는 태동기 국한혼용문이 한문의 단계적 해체에 의해서 만들어졌다거나 명치기 한문해체문을 모방한 것이라는 견해에 대한 반증 자료가 된다.

한편 정교 번역본의 번역 저본과 관련해서는 인명 및 지명의 표기에 유의할 필요가 있다. 중국어 역본의 것을 따르지 않는 것이다. 이러한 정교 번역본의 인명 및 지명의 표기는 역자가 일본어 원전의 수정본을 참조했을 가능성을 시사한다. 야노 류케이의 1907년 수정본에는 본문 앞에 중요한 인명·지명의 영문자 표기 대조표가 있는데, 거기에 사용된 한자 표기 중에는 초판의 것과 달라진 부분이 있다. 물론 중국어 역본은 초판의 표기를 따르므로 중국어 역본만 보았다면 이러한 차이를 반영할 수 없을 것이다. 그런데 정교 번역본의 인명·지명 표기는 1907년 수정본의 것을 따르고 있다. 인용문 ③-가의 고딕체로 보인 '㉠雅典(아덴)'과 ③-나의 고딕체로 보인 '㉡阿善'이 한 예다. 해당 한자어에 부기한 한글음이 영문 표기를 따른 것과 함께 정교가 중국어 역본만이 아니라 일본어 수정본을 보았으리라고 추정하게 되는 까닭이다. 게다가 중국어 역본에 없는 내용을 추가한 부분이 있는데(강조한 부분), 이들 표현도 일본어 수정본의 내용을 참고한 것이다.

현공렴이 번역한 순한글『경국미담』은 앞에서 살핀 두 종류의 국한혼용문 역본과 직접적인 연관은 없는 것으로 보인다.

④

화설 구라파쥬 희랍 경니의 옛적 제무라 ᄒᆞᄂᆞᆫ 나라이 잇스니 그 셩즁의 학당이 잇고 그 학당의 한 교ᄉᆞ 잇시니 년긔 육십여셰라 슈미호빅ᄒᆞ고 풍치헌앙ᄒᆞ며 흉즁의 제세경뉸지지를 품엇고 학도ᄂᆞᆫ 십여셰식 되ᄂᆞᆫ 아ᄒᆡ 칠팔인이라 <u>ᄆᆡ일 강논ᄒᆞ기를 게을니 아니ᄒᆞ더니</u> 일일은 강논ᄒᆞ기를 필ᄒᆞᄆᆡ 셕양이 직산이라 학도 등이 션ᄉᆡᆼ긔 엿ᄌᆞ오ᄃᆡ 금일은 못ᄎᆞᆷ 한극이 잇ᄉᆞ오니 쳥컨ᄃᆡ 션ᄉᆡᆼ은 ᄒᆞᆫ 두 가지 고담이나 말ᄉᆞᆷᄒᆞ야 들니시길 바라옵ᄂᆡ이다 ᄒᆞ거늘 그 ᄶᅥᆨ 못ᄎᆞᆷ 학당 안의 두 낫 우상이 잇ᄂᆞᆫ지라 션ᄉᆡᆼ이 인ᄒᆞ여 손을 드러 한편 우상을 가라쳐 갈오ᄃᆡ 져 사ᄅᆞᆷ의 일홈은 격덕이니 우리 이웃 나라 아션국의 어진 인군이

라 그 인군의 ㅅ젹을 디강 말홀 터이니 너희 등은 ㅈ셔히 드르라

— 현공렴 역본, 『경국미담』 1회 첫 부분.

④의 순한글 번역본 인용문과 ③-나의 중국어 역본 인용문을 비교해 보면, 현공렴의 순한글 번역본은 중국어 역본을 번역의 저본으로 하고 있음을 확인할 수 있다. ②-가의 『한성신보』 소재 국한혼용문이나 ②-나의 일본어 원전의 것과는 시작하는 내용이 전혀 다른 반면 중국어 역본의 내용과 일치하는 것이다. 앞에서 노연숙(2009)의 견해를 재검토할 필요가 있다고 한 것은 이러한 점 때문이다. 특히 강조한 부분은 ②-가, 나에는 없는 내용으로 回章體(회장체) 백화소설白話小說 및 그 한글 번역본의 시작 방식과 유사하며, 강조한 부분은 중국어 역본에 없는 내용이다. 고전 소설에서 흔히 사용하던 표현을 번역 저본의 내용과 무관하게 삽입했다고 할 수 있을 것이다. 또 현공렴의 『경국미담』은 정교의 『經國美談 一』과도 직접적인 연관은 없는 것으로 판단된다. 두 역본이 중국어 역본을 번역 저본으로 하고 있어서 내용은 대체로 일치하지만, 현공렴 역본의 인명과 지명 표기는 정교 번역본과는 달리 중국어 역본의 한자를 한국음으로 읽어 표기한 것이다.

3) 나폴레옹 전기

나폴레옹 전기는 이 시기에 여러 차례 번역되었다. 국한혼용문 번역으로는 『한성신보』 잡보雜報란에 1895년 11월 7일부터 1896년 1월 26일까지 36회에 걸쳐 「나파륜전拿破崙傳」이라는 제목으로 연재된 것이 처음이고,[22] 1908년 1월 박문서관博文書館에서 편집부 번역으로 간행한 『나

파룬사拿坡崙史』,[23] 1908년 8월 유문상劉文相의 번역으로 의진사義進社에서 단행본으로 간행한『나파륜전사拿破崙戰史』,[24] 공륙公六이라는 필명으로 최남선이『少年』1권 2호(1908년 12월)부터 3권 6호(1910년 6월)까지 12차례에 걸쳐 연재한「나폴네온 대제전大帝傳」등 지금까지 알려진 것만 4종이다. 국한혼용문 번역본 중에서 저본을 확인할 수 있었던 것은 유문상의『나파륜전사拿破崙戰史』뿐인데, 1894년(明治27년)에 동경 박문서관博文書館에서 간행된 노노무라 긴고로野々村金五郎의『나파륜전사拿破崙戰史』가 번역 저본이다.[25]

⑤

가. 〈歐洲大爭亂의 發端〉權力平均의 四字로 歐洲天地를 管理홈이 極히 微弱
   ㅎᄂ 外觀的으로 安靜혼 平和를 裝飾혼 時에 俄然히 其中間에서 一大事變
   이 起ᄒ니 (卽「푸루폰」王家의 顚覆이라) 佛國 皇帝 루이 十六世가 革命
   黨에게 被害혼 事實에 急激혼 現象은 實로 歐洲 天地를 震撼ᄒ며 攪拌홀
   지라

                          ─劉文相,『拿破崙戰史』제1장 첫 부분.

나. 〈第壹 歐洲大爭亂の發端〉權力平均の四語、歐洲の天地を支配し極めて微

---

22 『漢城新報』연재분은 김영민(2008)에 활자화되어 있다.
23 이 책의 제목은 혼동되기 쉽다. 표지에는『拿破崙史』로 되어 있고, 본문에는 나폴레옹이
   모두 '拿坡崙'으로 표기되기 때문이다. '拿坡崙'은 주로 중국본에서 나타나는 표기이고,
   '拿破崙'은 일어본에서 나타나는 표기이다.
24 『나파륜사(拿坡崙史)』와『나파륜전사(拿破崙戰史)』는 1979년 아세아 문화사에서 개화
   기문학자료총서 Ⅱ 역사전기소설 제9권으로 영인 출판하였다. 이 중 유문상의『나파륜
   전사』는 상·하권 중 상권만 전한다.
25 노노무라의 1894년본『나파륜전사(拿破崙戰史)』는 일본 국립국회도서관 디지털컬렉
   션에서 이미지를 제공하고 있다.
   http://dl.ndl.go.jp/info:ndljp/pid/776825

弱ながらも外觀的寧靜平和を裝へる時に俄然として其の中腹に一大事變
起れり他なしでブルボン王家の顛覆是れなり、佛國皇帝ルイ十六世革命
黨の爲めに刑臺一片の露と化し去りたるの事實是れなり、この急激な
るい實に歐洲の天地を震撼せり、攪拌せり、

— 野々村金五郎,『拿破崙戦史』第一章 첫 부분.

　⑤-가와 ⑤-나를 비교해보면 거의 일대일 대응을 이룰 정도로 직역
인데, ⑤-가의 문장은 제3유형 국한혼용문이다. 명치기 한문해체문을
직역한 대표적 유형이라고 할 수 있다.

　순한글 번역본으로는 學部에서 간행한『태서신사람요^{泰西新史攬要}』[26] 卷
二의「법황나파륜행장^{法皇拿坡崙行狀}』을 번역한「법황나파륜의 힝젹이라」
가 역시 학부에서 출판한『틔셔신사』권상의 권이 부분에 실려있다.[27]
앞에서 살핀 유문상^{劉文相}의 국한혼용문 번역본은 노노무라의『拿破崙戦
史(나파륜전사)』를 옮긴 것이고, 학부 간행『틔셔신스』에 실린 순한글 번
역본은 李提摩太(이제마태)의『태서신사람요』를 번역한 것이다. 따라서
나폴레옹 전기라는 공통점은 있지만 번역 텍스트 사이에 직접적인 연관
성은 없다.

26　『泰西新史攬要(태서신사람요)』는 1880년 영국의 로버트 맥켄지(Robert Mackenzie, 중
　　국명 馬懇西(마간서))가 지은 The 19th century : A history를 1895년 중국에서 티모시 리
　　처드(Timothy Richard, 중국명 李提摩太(이제마태))가 번역하여 광서(光緖) 21년
　　(1895년)『泰西新史攬要』라는 이름으로 상해 미화서관(美華書館)에서 출판한 것을
　　1897년 순한글본『틔셔신사』와 함께 학부에서 그대로 복각하여 간행하였다.

27　순한글본『틔셔신사』는 권상에『태서신사람요』의 권일부터 권십습까지, 권하에『태서
　　신사람요』의 권십스부터 권이십까지를 번역하여 실었다. 한문본『태서신사람요』상하
　　2책과 순한글본『틔셔신사』상하 2책은 모두 국립중앙도서관 디브러리에 그 이미지가
　　공개되어 있어 누구나 확인할 수 있으므로 굳이 예문을 들지 않는다.

4) 路得改教紀略(로득개교기략) / 누터기교긔략

Martin Luther의 전기다. 한국어 번역본으로는 현채玄采의 번역으로 1908년 5월 일한인쇄주식회사日韓印刷株式會社에서 간행한 국한혼용문 『路得改教紀略(로득개교기략)』[28]과 긔일(게일)의 번역으로 1908년 12월 광학서포에서 간행한 순한글 『누터기교긔략』이 있다.[29]

현채 역본과 게일 역본 모두 상해광학회上海廣學會에서 林樂知(임락지)의 번역으로 1903년(광서25년) 간행한 『路得改教紀略(로득개교기략)』과 깊은 관련이 있지만 직접적인 번역 저본이라고 보는 것은 문제가 있다.[30] 임락지의 중국어 역본은 면당 14행 27자(자수는 행에 따라 조금씩 다르다), 199면에 이르는 데에 비해서 현채의 번역본은 목차가 1면, 본문 36면의 작은 책자이다. 번역본 『路得改教紀略』의 첫 페이지에 미국 林樂知(임락지) 저, '韓國 玄采 譯'이라고 밝히고 있어서 중국어 본을 번역한 것처럼 보이지만 실은 축역본인 것이다. 이 현채 번역본의 국한혼용문은 제3유형 국한혼용문이다.

긔일 역 리챵직 교열로 되어 있는 순한글 『누터기교긔략』은 리챵직

---

28 연세대학교 국학자료실 소장(청구기호 O(CH) 270.6 Al53 노)이다.

29 연세대학교 국학자료실 소장(청구기호 O(CH) 270.6 G131o 광)이다. 책 본문 첫머리에 '대영국 문학박스 목스 긔일 져술 대한국 황성스인 리챵직 교열'이라는 기록이 있다. 그러나 번역본이다. 후술 참조.

30 林樂知 譯 『路得改教紀略』은 연세대학교 국학자료실 소장본을 참조했다(청구기호 O(CH) 270.6). 연세대학교 도서관의 서지 정보에는 영어본 제목이 *The life of Martin Luther*, 영어본의 저자가 Allen, Young John으로 되어 있다. 林樂知가 Young John Allen 의 중국명이므로 영어로 저술하고 본인이 중국어로 번역한 것이다. 영어 원전은 아직 보지 못했지만, 국내에 수입되었을 가능성이 높다. 게일의 순한글 번역본이 중국어본 『路得改教紀略』과 다른 부분이 적지 않은 것이 영어본을 직접 번역했기 때문일 가능성이 있다는 점도 영어본이 있었으리라고 상정하게 되는 까닭의 하나다(후술 참조).

의 서문 2면, 목차 2면, 본문 20장 195면으로 이루어져 있다. 그런데 임락지의 『路得改敎紀略(로득개교기략)』은 본문이 23장이고, 장의 구성과 체제도 조금 다르다(〈표 10〉). 게일 역『누터기교기략』은 임락지 역본의 23장 중에서 '第一章 總引大綱, 第二章 未改正前敎務情形, 第二十二章 印度

〈표 10〉 林樂知 譯 『路得改敎紀略』과 게일 역『누터기교기략』 차례 비교

林樂知『路得改敎紀略』차례	긔일『누터기교기략』 차례
第一章 總引大綱	없음
第二章 未改正前敎務情形	없음
第三章 路得早歲情形	뎨일쟝 루터 션싱의 어렷슬 째ᄉ적
第四章 在安福德讀書情形	뎨이쟝 어버드에서 공부ᄒ던 졍형
第五章 路得爲修道士情形	뎨삼쟝 슈도ᄉ된 졍형
第六章 在韋登盤時情形	뎨ᄉ쟝 위든벽에 잇슬 째 졍형
第七章 遊羅馬情形	뎨오쟝 로마에 유람ᄒ 졍형
第八章 改敎之始基	뎨륙쟝 션싱이 교를 곳친 긔초
第九章 敎皇赦罪之事	뎨칠쟝 교황의 샤죄ᄒᄂ 일
第十章 辨駁大赦之非	뎨팔쟝 교황의 샤죄ᄒᄂ일을 변박ᄒ
第十一章 在羅馬受敵情形	뎨구쟝 로마에셔 딕덕ᄒ을 밧음
第十二章 在奧斯盤審訊情形	녜십쟝 오사반에서 시판ᄒ
第十三章 敎皇婉勸情形	뎨십일쟝 교황의 권면ᄒ
第十四章 焚毁敎皇諭旨情形	뎨십이쟝 교황의 칙지를 불살음
第十五章 完墨斯大會情形	뎨십삼쟝 워움스 대회의 졍형
第十六章 在槐盤保情形	뎨십ᄉ쟝 괴반보에 잇슬 째 졍형
第十七章 回韋登盤情形	뎨십오쟝 위든벽에 도라온 졍형
第十八章 路得娶妻家境	뎨십륙쟝 취쳐ᄒ 졍형
第十九章 新敎定立情形	뎨십칠쟝 교를 곳쳐 일신케 홈
第二十章 路得臨死情形	뎨십팔쟝 션싱의 죽을 째 졍형 뎨십구쟝 교회를 새로 세운 졍형
第二十一章 路得品行功夫	뎨이십쟝 션싱의 힝실과 공부
第二十二章 印度亞宜情形	없음
第二十三章 振興維新之法	없음

㽰宜情形, 第二十三章 振興維新之法' 네 장에 해당하는 부분이 없고, '二十章 路得臨死情形'에 해당하는 부분이 '뎨십팔쟝 션칭의 죽을 째 졍형, 뎨십구쟝 교회를 새로 세운 졍형'으로 쟝이 나뉘어 있어 모두 20장이다. 영어본을 보지 못했기 때문에 단언할 수는 없지만, 번역되지 않은 부분의 내용이 루터에 대한 이야기가 아니라는 점과, 원전의 제목이 *The life of Martin Luther*라는 점을 고려하면 게일 역본은 영어본을 번역한 것일 가능성이 있다. 게일본에 번역되지 않은 임락지 번역본의 1장~2장, 22장~23장은 한문본에만 있는 내용이어서 게일 역본에 포함되지 않았으리라고 추정하는 것이다.

이와 관련해서 주목할 것이 『누터긔교긔략』의 인명과 지명 표기다. 장의 제목에 나타나는 것만 보아도 '安福德 : 어버드, 韋登盤 : 위든벅, 完墨斯 : 워움스' 등 영어 원문을 보지 않았다면 사용하기 힘든 음사 표기를 보여준다. 게일의 번역이라고 되어 있다는 점과 함께 영어본을 참조했으리라고 생각하는 이유이다. 현채 번역본이 축약본이라는 점을 함께 고려하면, 국한혼용문 번역본과 순한글 번역본 사이에는 직접적인 관련은 없다고 보아야 한다.

5) 美國獨立史 / 미국독립ᄉ

한국어 번역본으로는 1899년 황성신문사에서 시오카와 이치타로鹽川一太郞의 번역으로 펴낸 국한혼용문 단행본 『美國獨立史(미국독립사)』[31]와 『대한ᄆᆡ일신보』에 1909년 9월 11일부터 1910년 3월 5일까지 75회에

---

31 노연숙(2011:41)에서는 이 황성신문사 간본을 玄采의 번역이라고 적었다. 그러나 그 근거는 밝히지 않았다.

걸쳐 연재한 순한글 번역 「미국독립〈」가 있다.[32]

　시오카와의 『미국독립사』는 시부에 다모츠渋江保가 1895년 펴낸 『米國獨立戰史(미국독립전사)』가 그 번역 원전이다.[33] 축자역은 아니지만 비교적 원전에 충실한 번역이라고 할 수 있고, 제3유형 국한혼용문이다. 다만 일본어 원전에 가타가나로 표기한 인명과 지명을 한자로 바꾸었는데, 그 한자 표기는 역자가 한국 한자음을 고려하여 임의로 선택한 것으로 볼 수 있다.[34]

　『대한믹일신보』에 연재된 순한글 번역본은 그 역자가 밝혀지지 않았는데 시오카와의 국한혼용문 역본을 번역 저본으로 한 것으로 보인다. 거의 일대일 대응을 보이는 것이다. 국한혼용문 번역본의 인명·지명을 한국 한자음으로 읽어 옮긴 것이 단적인 예다. ⑥-가, 나의 '全億: 전억〈 = 'ジョン、ノックス John Knox' '其蘭瑪: 구란마〈 = クランマ Cranmer'가 그것이다.[35]

32　비슷한 제목으로 같은 시기에 간행된 순한글본 『미국〈기』가 있다. 1907년 존즈 부인의 번역으로 간행된 49면의 작은 책자인데 간행지는 불명이다. 원본이 Henry Miller Mattie의 *Elementary history of the United States*여서 여기서 논의하는 미국독립사와는 전혀 다른 책이다.

33　일본 국립국회도서관 디지털컬렉션에 이미지가 공개되어 있다. http://dl.ndl.go.jp/info:ndljp/pid/776941

34　인명·지명의 한자 표기에 중국어 역본을 참조했을 가능성은 없다. 시부에의 『미국독립전사』를 중국어로 번역해 낸 것이 1903년이기 때문이다(作新社 譯, 作新社 圖書局 刊, 『美國獨立戰史』). 거기에서의 이 두 인명의 표기는 각각 '約翰諾克司(약한락극사)' '古拉馬(고랍마)'인 것도 참고할 수 있다. 중국어 역본은 북경대학교 도서관 소장본을 이용해 확인했다(청구기호. 941.29 / 2036).

35　그런데 '其蘭瑪: 구란마〈 = クランマ(Cranmer)'는 문제가 된다. '구란마'라는 순한글 역본의 표기가 일본어 원전의 'クランマ'를 음사한 것일 수도 있기 때문이다. 순한글본의 번역자가 국한혼용문 번역본과 함께 일본어 원전을 참조했는지는 좀더 검토가 필요하다.

⑥

가. 西歷 一千六百年 以後로브터[36] 歐洲 宗教의 改革이 곳 歐洲 政治 改革과 ▽ 치 一時 竝起ᄒ야 天地를 震動ᄒ실시 是時에 全億이라 ᄒᄂ 人은 耶蘇教의 盟主라 教의 革新을 唱說ᄒ야 曰 上帝 外에ᄂ 다 宗教의 元師가 아니라 ᄒ 고 且曰 其蘭瑪의 創立ᄒ 監督教會ᄂ 비록 耶蘇新教의 一派로ᄃᆡ 오히려 賤劣ᄒ 儀式을 行하야 偶像教와 類似ᄒ니 此ᄂ 神聖을 汚穢ᄒᆷ이라 밋당 히 此弊를 一掃ᄒ야 往時의 純潔을 恢復ᄒᆷ이 可ᄒ다 ᄒ고

—『美國獨立史』緒言 일부, 1899.

나. 서력 일천륙빅년 이후로브터 구라파의 종교기혁이 곳 구라파의 정치 기혁과 일시에 병긔ᄒ야 텬디를 진동홀시 이때에 전억이라 ᄒᄂ 사ᄅᆷ 은 예수교의 밍쥬라 교회를 긔혁ᄒ기를 창□ᄒ야 ᄀᆯ ᄋᄃᆡ 샹뎨밧긔ᄂ 다 종교의 대원슈가 아니라 ᄒ고 ᄯᅩ ᄀᆯ ᄋᄃᆡ 구란마 씨의 창셜ᄒ 감독교 회ᄂ 비록 예수교 신교의 일파로ᄃᆡ 오히려 쳔누ᄒ고 용렬ᄒ 례식을 ᄒᆡᆼ ᄒ여 우샹을 위ᄒᄂ 교와 ▽ᄒ니 이거슨 춤신의 거룩ᄒ심을 더럽게 ᄒᆷ 이라 맛당히 이런 폐를 쓰러트려 이왕의 슌결ᄒ든 거슬 회복ᄒᆷ이 올타 ᄒ고

—『대한민일신보』, 1909.9.11.

다. 一六世紀ノ初葉ヨリ宗教改革ノ風雲、政治改革ノ激浪卜相結デ歐洲ノ天 地ヲ震動シ飄飄浩浩漸ク大不列顚島ヲ襲フ。是ノ時ニ當リテ、**ジヨン'** **ノックス(John Knox)**ナルモノアリ。不勒斯比得(プレスビリアン)教

---

36 시부에의 일본어 본의 첫머리는 '一六世紀ノ初葉ヨリ(16세기의 초엽부터)'로 시작되는 데, 국한혼용문 번역본과 그를 저본으로 한 순한글 번역본은 이를 '西歷 一千六百年 以後 로브터 / 서력 일천륙빅년 이후로브터'로 옮기고 있다. 서력의 '世紀' 단위를 잘못 이해 했기 때문일 것이다.

會ノ牛耳ヲ執リテ、宗教上ニ於ケル根本的革新ノ說ヲ唱へ、上帝の外何
モノモ宗教ノ元首タルベカラズト信セリ。而シテ其ノ徒ハ、彼ノ**クラ**
ンマー(Cranmer)ノ創立ニ係レル監督教會(エビスコバン)ガ基督新教ノ
一派ニテアリナガラニ、猶賤劣ナル儀式ヲ重ンジ、偶像敎ノ臭味ヲ帶
ブルヲ見テ、甚之ヲ嫌忌シ、以爲ラク。「是レ敎會ノ神聖ヲ汚スモノナ
リ。須ラク此ノ弊習ヲ一掃シテ往時ノ純潔ニ復セザルベカラズ」ト。

6) 瑞士建國誌 / 셔스건국지

'瑞士建國誌(서사건국지)'는 쉴러의 희곡『윌리엄 텔Wilhelm Tel』이 그 연
원이다. 이것을 일본에서 소설화한 것을 다시 중국어로 번역하였다.[37]
한국어 역본의 번역 저본은 鄭哲(鄭貫公)의 번역으로『政治小說瑞士建國
誌(정치소설서사건국지)』라는 제목으로 간행한 중국어 역본이다.[38]

한국어 번역본으로는 박은식朴殷植이 국한혼용문으로 번역하여 大韓每
日申報社에서 1907년 7월『政治小說(정치소설) 瑞士建國誌(서사건국지)』라
는 이름으로 간행한 단행본과 김병현이 순한글로 번역하여 1907년 11월
에 박문서관에서 단행본으로 간행한『정치쇼셜 셔스건국지』가 있다.[39]

---

37 한·중·일 삼국에서의 번역과 수용에 대해서는 서여명(2007), 徐黎明(2010:97~105)
   과 윤영실(2011)을 참조할 수 있다. 서여명(2007; 2010)은 주로 한국어 역본의 저본이
   된 중국어 역본 문제를 다루고 있고, 윤영실(2011)은 쉴러 원전의 일본에서의 수용 양
   식과 관련된 문제와 중국어 역본과의 관계를 다루고 있다.
38 중국어 역본은 북경대학교 조선어문학과 왕단 선생의 도움으로 북경대학교 도서관 소
   장본을 구해볼 수 있었다. 이 자리를 빌어 감사를 표한다.
   이 북경대학교 도서관 소장본은 판권 부분이 없어 간년 및 간행자, 간행지를 알 수 없다.
   본문의 冒頭에 있는 鄭哲貫公 著라는 기록을 통해 번역자를 확인할 수 있을 뿐이다. 서여
   명(2007:163)에서는 1902년 中國華洋書局(중국화양서국)에서 간행했다고 이야기하고
   있는데, 그 근거는 밝히지 않았다.
39 이 두 자료는 모두 연세대학교 도서관 국학자료실에 소장된 것을 참조했다. 둘 다 복본이

박은식 번역본은 현대적 직관으로는 번역이라고 하기 어려울 정도로 중국어 역본의 문장과 비슷하다. 그러나 현토문口訣文과는 달리 중국어 문장의 구조를 국어 문법에 따라 바꾼 것이 확인된다. '在ᄒ지라, 當ᄒ면, 克致ᄒᄂ니' 같은 '한자+ᄒ-' 구조의 용언의 사용과 어순의 변화 등이 나타나는 것이다. 문맥에 따라 불필요하다고 생각되면 원문의 구성요소를 생략하기도 한다. ⑦-가와 ⑦-다의 굵은 글씨로 보인 것들이 그러한 예이다. 이러한 양상은 제1유형 『신단공안神斷公案』류 국한혼용문[40]의 전형적인 모습이다.

⑦

가. 話說自開天闢地以來로 ㉠世界上에 不知幾多邦國이오 其中興衰隆替로 旋强
旋弱ᄒ며 或存或亡者가 亦不知凡幾라 ㉡惟興亡之理ᄂ 全히 在其國中人民의
愚智와 愛國心志가 如何홈에 在ᄒ지라 危急存亡之際을 當ᄒ면 許多 英雄好
漢이 生於其間ᄒ야 危而復安ᄒ며 亡而復存ᄒ며 死而復生을 克致ᄒᄂ니 此
英雄好漢의 本領이오 國家의 洪福이라

나. 화셜 텬기디벽ᄒ 후로 ㉠셰계상에 허다ᄒ 나라의 흥망셩쇠ᄂ 낫낫치 긔록
ᄒ기 어려우나 오작 흥망의 관계ᄂ 젼혀 그 나라 인민에게 잇스니 ㉡인
민이 어리셕으면 그 나라이 망ᄒ고 인민이 지혜롭고 이국심이 근졀ᄒ면 그
나라이 흥홀 뿐 아니라 왕왕이 허다ᄒ 영웅이 그 ᄉ이에 나셔 위티ᄒ다

다. 『政治小說 瑞士建國誌』 ○ 832 sch33w 07가, ○ 832 sch33w 07가=2, ○ 832 sch33w
07가=3, 『정치쇼셜셔ᄉ건국지』 열운(○) 832 sch33w 07갸, ○ 832 sch33w 07갸
순한글본은 국립중앙도서관 디브러리(dibrary)에 이미지가 공개되어 있다.

40 『신단공안』류 국한혼용문은 외형상 구결문(口訣文)과 유사하지만 부분적으로 국어 문
법의 요소가 삽입된 국한혼용문이다. 한문에 현토한 것과 유사한 외형이지만 한글 부분
을 삭제한다고 해서 한문으로 환원되지는 않는다. 자세한 것은 이 책의 6장 3절 1) 참조.

가 다시 평안ᄒ고 망ᄒ다가 다시 보존홈을 일우ᄂ니 이ᄂ 다 영웅호걸의 본식이며 ᄯᅩᄒ 국가의 힝복이라.

다. 話說自開天闢地以來。世界上不知幾多邦國。其中興衰隆替。旋强旋弱。或存或亡者。又不知凡幾。惟興亡之理。全在其國中人民之愚智與及愛國的心志如何。有等當危急存亡之際。往往有許多英雄好漢生於其間。以致危而復安。亡而復存。死而復生。此皆英雄好漢之本領。而亦國家之洪福。

김병현 번역본은 박은식 번역본을 참조했다고 볼 수도 있고 중국어 번역본을 직접 번역했다고 볼 수도 있다. 박은식 번역본의 문장이 중국어 번역본과 크게 다르지 않은 데다가 김병현 번역본의 번역이 의역에 가깝기 때문에 번역 원전을 특정하기 힘든 것이다. ⑦-가와 ⑦-나의 고딕체로 된 부분을 비교해보면 김병현 역본이 의역임을 확인할 수 있다. "世界上에 不知幾多邦國이오 其中興衰隆替로 旋强旋弱ᄒ며 或存或亡者가 亦不知凡幾라"를 "세계샹에 허다ᄒ 나라의 흥망셩쇠ᄂ 낫낫치 긔록ᄒ기 어려우나"로 요약했고, ⓛ"惟興亡之理ᄂ 全히 在其國中人民의 愚智와 愛國心志가 如何홈에 在ᄒ지라"를 "인민이 어리셕으면 그 나라이 망ᄒ고 인민이 지혜롭고 익국심이 근졀ᄒ면 그 나라이 흥홀 ᄲᅮᆫ 아니라"로 바꾼 것이다.

이러한 점들을 고려하면 서사건국지의 경우 국한혼용문 번역본이 제1유형 국한혼용문인데다가 순한글 역본이 의역 부분이 적지 않기 때문에 양자를 직접 대조하여 이 시기 언어 단위의 용법을 비교하는 데 활용하기에는 무리가 따른다.

7) 愛國精神談 / 이국정신담

애국정신담愛國精神談은 1870년~1871년 프랑스와 독일 사이에 일어
난 普佛戰爭(보불전쟁)을 배경으로 한 프랑스 작가 Émile Charles
Lavisse(1855-1915, 중국명 愛彌兒 拉)[41]의 원작소설『너는 군인이다 : 어느
프랑스 군인 이야기』("*Tu seras soldat", Histoire d'un soldat français : récits et
leçons patriotiques*(1889 초간)』를 번역한 소설이다. '愛國精神談(譚)'이라는
제목[42]은 원작의 부제 récits et leçons patriotiques를 제목으로 삼은
것이다. 번역자들의 의도가 드러나는 부분이라 할 수 있다.

이 시기 한국어 번역은 국한혼용문 번역이 3종, 순한글 번역이 1종
전한다. 가장 이른 것은 노백린盧伯麟의 번역으로『서우』제7호(1907년 7
월호)~제10호(1907년 10월호)에 4회에 걸쳐 연재된 「愛國精神談애국정신담」
인데, 전체 12장 중에서 2장까지만 번역된 미완본이다. 번역 원전을 밝
히지는 않았지만 제목에 '談'을 쓴 것과 인명·지명의 표기가 중국어 역
본의 한자를 그대로 사용하고 있는 것으로 보아 중국어 역본을 번역 저
본으로 한 것으로 보인다. 이 국한혼용문 번역은 4회의 번역물의 문체
가 다르다. 1회 번역물은 제3유형 국한혼용문에 가깝지만, 나머지 것들
은 대체로 제2유형 국한혼용문에 가깝다.

두 번째 국한혼용문 번역은『조양보朝陽報』제9호(1907년 10월)~제12
호(1907년 12월)에 「(愛彌兒拉의) 愛國精神談」이라는 제목으로 네 차례에

---

41 지금까지는 愛彌兒拉(애미아랍)을 작자명으로 다루어 왔다. 그러나 Émile을 옮긴 것이
     愛彌兒, Lavisse를 옮긴 것이 拉이므로 띄어썼다. 음사 방식으로 보아 중국인이 옮긴 것
     으로 생각되어 중국명으로 다루었다.
42 '愛國精神談'은 중국어 역본에서 사용한 제목이고, '愛國精神譚'은 일본어 역본에서 사용
     한 제목이다.

걸쳐 번역자를 밝히지 않고 연재한 것이다.[43] 이『조양보』연재분도 번역 원전을 밝히지는 않았지만 중국어 역본을 번역 저본으로 한 것으로 보인다. 노백린 번역본과 마찬가지로 인명·지명의 표기에 중국어 역본의 한자를 그대로 사용하고 있기 때문이다. '제3장 波德利貴國鼓吹青年之愛國心'의 중간에서 끝난 미완본이다.『조양보』번역본도 노백린 번역본과 마찬가지로 회에 따라 문체가 달라지는데, 노백린 번역본과 비교할 때 좀더 제2유형의 문장이 많이 쓰인 것을 볼 수 있다.

국한혼용문 완역본은 1908년 1월 이채우李埰雨 역 장지연張志淵 교열로 중앙서관中央書館에서『愛國精神』이라는 제목으로 간행한 86면 분량의 단행본이다.[44] 순한글 번역으로는 역시 리치우李埰雨 역술[45]로 1908년 1월 중앙서관에서『이국정신담』이라는 제목으로 간행한 78면 분량의 단행본이 있다.[46]

국한혼용문 번역본의 번역 저본이 되었을 가능성이 있는 것으로는 일본어 역본과 중국어 역본이 각각 하나씩 전한다. 일본어 역본은 大立目克寬, 板橋次郎 두 사람이 공동으로 번역하여 偕行社에서 1891년 간행한『愛国精神譚』이고,[47] 중국어 역본은 愛國逸人이라는 필명으로 번역하여 상해 광지서국廣智書局에서 광서28년(1902년) 7월에 간행한『愛國精神談』이다.[48] 원작자의 이름이 '愛彌兒拉'으로 확인되는 것은 이 廣智書

---

43 '愛彌兒拉의'라는 수식어는 1회에만 사용했다.
44 이 단행본은 아세아문화사에서『韓國開化期文學叢書 II 歷史·傳記小說 6』으로 영인 간행하였다.
45 본문의 처음에는 '대흔이국인'이라고만 되어 있고, 판권 부분에 '리치우'라는 이름이 나온다.
46 필자가 이용한 것은 연세대학교 국학자료실 소장본(청구기호 O 944.081 애미아 애)이다.
47 일본 국립국회도서관 디지털컬렉션에 이미지가 공개되어 있다.
　　http://dl.ndl.go.jp/info:ndljp/pid/754602

局(광지서국) 간본이다.[49] 중국어 역본은 앞에서 기술한 일본어 역본을 번역한 것으로 판단된다. 축자역은 아니지만 직역에 가깝다.

이채우의 국한혼용문 번역본『애국정신愛國精神』은 중국어 역본을 저본으로 한 것이다. 이『愛國精神』의 국한혼용문은 제2유형 국한혼용문과 제3유형 국한혼용문이 섞인 것인데 제3유형 국한혼용문이 조금 더 사용되었다. 순한글 번역본은 국한혼용문의 역자인 이채우가 한글로 옮긴 것이다. 따라서 이채우의 국한혼용문『愛國精神』과 순한글『이국졍신담』은 국한혼용문과 순한글의 대응을 보여 주는 다중 서사 번역물의 전형적인 예라고 할 수 있다. 같은 사람이 두 가지 서사방식을 사용해서 번역한 텍스트이기 때문이다.

8) 越南亡國史 / 월남망국ᄉ

이 시기 가장 많이 번역되고 널리 읽힌 양계초梁啓超의 저작물 중 하나다. 이 '越南亡國史'의 국내에서의 번역과 유통에 대해서는 이미 많은 논의가 있었고,[50] 국한혼용문 번역본을 대상으로 한 현대어 역주본까지 나와 있다(안명철·송엽휘 2007). 번역 저본, 번역본의 내용 구성, 번역자 등에 대한 논의는 앞선 연구에 미루고, 여기서는 국한혼용문 번역본 및 순한글 번역본의 문체와 그 대응관계와 관련된 문제만 다루기로 한다.[51]

---

48 필자가 이용한 것은 연세대학교 국학자료실 소장(청구기호 O 944.081 애미아 애광)이다.
49 일본어 역본에서는 원작자 이름이 エミール·ラキッス로 되어 있다.
50 김주현(2009); 박상석(2010); 송명진(2010); 송엽휘(2006); 우림걸(2001); 이종미 (2006); 정환국(2004) 등
51 한국어 번역물과 그 저본에 대해서는 송엽휘(2006), 송명진(2010)에서 구체적으로 검토되고 정리되었다. 다만 이들의 국한혼용문 문체에 대한 견해에는 따르기 어려운 부분이 있다.

이 시기의 한국어 번역으로는 국한혼용문 번역이 2종, 순한글 번역이 2종 전한다. 국한혼용문 번역물은 『황성신문』 1906년 8월 28일~9월 5일 사이에 7회에 걸쳐 연재된[52] 「독월남망국사讀越南亡國史」와 현채의 번역으로 간행된 단행본 『월남망국사越南亡國史』가 있고, 순한글 번역물로는 주시경이 박문서관에서 1907년 11월에 펴낸 『월남망국ᄉ』와 이상익 역, 현공렴 교열 발행으로 1907년 12월에 펴낸 『월남망국ᄉ』가 있다.[53]

「독월남망국사讀越南亡國史」는 양계초의 『越南亡國史』가 주목을 받게 되는 계기를 만들었다는 의미는 있지만 다시 한글로 번역되지는 않았다. 양계초의 『월남망국사』의 내용을 요약하고 마지막에 감상평을 붙인 글이다. 이에 대해서는 김주현(2009)에 자세한 분석이 있다.[54]

현채의 국한혼용문 번역본은 1906년 11월 보문관普文館에서 처음 간행하였고, 1907년 현공렴가에서 재간되었다.[55] 또 현채의 『유년필독석의幼年必讀釋義』(1907) 권4에 다시 실려 모두 4차례 간행된 것으로 알려져 있다(박상석 2010:89). 그런데 번역 원전과 현채 번역본 사이에는 서문 및 부록의 내용에 차이가 있고,[56] 본문 중에도 현채의 『월남망국사』에

---

52 정환국(2004:12)에서는 8회 연재되었다고 했으나, 실제 7회 연재되었다.
53 순한글본 2종도 1979년 아세아문화사에서 영인·출판한 『한국개화기문학총서 Ⅱ, 역사·전기소설 5』에 포함되어 있다.
54 「독월남망국사」의 구체적 연재 상황, 내용, 문체등을 검토하고, 그 필자가 장지연이리라고 추정하였다.
55 대구에서 간행된 간본도 있는 것으로 알려져 있는데, 필자는 보지 못했다. 재간본은 1979년 아세아문화사에서 『한국개화기문학총서 Ⅱ, 역사·전기소설 5』로 영인·출판하였다.
56 필자는 연세대학교 국학자료실 소장본(청구기호 O 959.7 소남자 월보)을 참조했다. 이 玄采의 1906년본 『월남망국사』는 중국어 원전의 부록 「越南小志(월남소지)」 중 「越法兩國交涉(월법양국교섭)」만을 싣는 대신 양계초의 「멸국신법론(滅國新法論)」과 「일본지조선(日本之朝鮮)」을 번역해 싣고 「越南提督劉永福檄文(월남제독유영복격문)」을 한문 원문으로 실었다.

는 양계초의 『월남망국사』의 내용 중에서 불필요하다고 판단한 부분은 생략하고 필요하다고 생각한 내용을 추가한 부분이 적지 않다. 일종의 재편집본인 셈이다.[57] 다음 ⑧의 예문이 그 한 예이다.

⑧

가. 年月日에 飲氷室 主人、梁啓超가 丈室에 獨坐ᄒ야 日本 有賀長雄 氏의 滿洲 委任統治論을 讀ᄒᆯ시 忽然히 一人이 入謁ᄒ고 并히 一書를 進ᄒ니 其書 發 端에 曰 吾儕亡人은 南海遺族이라. 豺狼鷹虫로、더브러 日夕相處ᄒ더니 僕이 磨眼、望天ᄒ고 拔劍、擊地ᄒ야 鬱鬱格格ᄒᆫ 心이 生活ᄒᆯ 意가 全無 ᄒ니 吾가 且死ᄒᆯ지라、엇지 生人의 趣가 有ᄒ리오、ᄒᆞ얏거ᄂᆞᆯ 予가 其 書를 接ᄒ고 愕然ᄒ야 其人을 見ᄒ니 形容이 憔悴ᄒ나 俊偉ᄒᆫ 態度가 顔外 에 溢見ᄒ야 其凡常人이、아님을 知ᄒ겟더라

— 玄采, 『越南亡國史』, 2면.

나. 年月日主人兀座丈室。讀日本有賀長雄氏之滿洲委任統治論。　忽有以中國式 名刺來謁者。曰□□□。且以一書自介紹。其發端自述云。『吾儕亡人。南 海遺族。日與豺狼鷹虫爲命。每磨眼望天拔劍斫地。輨[58]鬱鬱格格不欲生 噫。吾且死矣。吾不知生人之趣矣』　次乃述其願見之誠曰。『吾必一見此人 而後死無憾。』且爲言曰。『落地一聲哭卽已相知讀書十年眼逐成通家』援此 義以自信其無因至前之不爲唐突也。得刺及書。遽肅人。卽一從者俱。從者

---

57 현채의 번역본 중 초간본과 재간본 사이에도 내용에 차이가 있다. 재간본에서는 초간본 의 부록 중에서 「越南提督劉永福檄文(월남제독유영복격문)」을 삭제했다. 부록의 내용 을 당시 조선의 실정에 비추어 재구성한 것으로 보고 있다(우림걸 2001; 박상석 2010; 송명진 2010; 정환국 2004).
58 원전에는 '車+取'인데 입력 상의 문제로 이체자 '輨'로 입력했다.

盖間關於兩奧二十年。粗解奧語者也。客容憔悴、而中含俊偉之態。望而知
爲異人也。

— 양계초, 『越南亡國史』, 越南亡國史前錄 1면.

⑧-가와 8-나의 인용문 중 강조한 부분이 양계초의 『월남망국사』와
현채의 『월남망국사』에서 서로 다른 부분이다. ⑧-가의 강조한 부분이
현채의 번역에서 임의로 추가한 부분이고 ⑧-나의 강조한 부분이 현채
의 번역에서 생략된 부분이다. 또 양자를 대비해보면 원전의 중국어 문
장을 한문구 용언으로 바꾸면서 다른 어휘를 사용한 경우(日與豺狼鷹羆爲
命 ⇒ 豺狼鷹羆로더브러 日夕相處ㅎ더니, 吾不知生人之趣矣 ⇒ 엇지 生人의 趣가 有ㅎ
리오, 而中含俊偉之態 ⇒ 俊偉흔 態度가 顏外에 溢見ㅎ야 등)도 있어 원문과 달라
진 부분이 많다. 이러한 변화가 있지만 현채의 『월남망국사』의 국한혼
용문은 전형적인 제3유형 국한혼용문이다.

현전하는 두 종류의 순한글 번역본은 모두 이 현채의 『월남망국
사』를 저본으로 했다. 다음 ⑨-가, 나의 예문과 ⑧-가의 예문을 비교해
보면 현채의 『월남망국사』을 번역 저본으로 하였고 중국어 원전의 내용
은 들어있지 않음을 알 수 있다. 다만 ⑨-가의 주시경 역은 거의 축자역
에 가까운 직역인 데 비해서 이현석 역은 내용 상의 변화가 있다는 점이
다르다.

⑨

가. 하로는 음빙실 쥬인 량계초가 한 방에 혼자 안자셔 일본 사람 유하쟝
   웅 씨의 만쥬통치론을 보더니 홀연히 한 사람이 (들어와 칙 한 권을 내

게 주니)⁵⁹ 그 첫 장에 ᄒ엿스되 도망ᄒ여 온 우리들은 월남에 ᄶ친 사람이라 즘싱과 함긔 거쳐ᄒ다가 눈을 들어 하늘을 처다보고 칼을 ᄲ여 쌍을 치며 답답ᄒ ᄆᄋᆷ은 살고 십흔 ᄠᅳᆺ이 도모지 업스니 우리가 죽을지라. 엇지 산 사람의 ᄠᅳᆺ이 잇스리오 하엿거늘 쥬인 (음빙실 쥬인 량계초)이 이 글을 보고 감작 놀라 그 사람을 바라보니 형샹은 초췌ᄒ나 쥰결스러온 ᄐᆡ도가 얼골에 나타나 범샹ᄒ 사람이 아닌 줄 알겟더라

—주시경, 『월남망국ᄉᆞ』, 2면.

나. 모년 모월 모일에 청국 사ᄅᆞᆷ 음빙실 쥬인 양계초가 집에 홀로 안졋더니 홀연히 ᄒ 사람이 드러와 글을 주어 뵈이ᄂᆞᆫ지라 그 글 첫머리에 ᄒ얏스되 나ᄂᆞᆫ 월남국 사ᄅᆞᆷ 쇼남ᄌᆞ라 나라이 망ᄒ고 호랑과 시랑 가튼 법인들과 갓치 잇더니 니가 분을 이기지 못ᄒ야 눈을 썻고 하늘을 보며 칼을 ᄲᆡ야 ᄯᅡ에 던져 울울격격ᄒ 마음이 살고 시푼 ᄠᅳᆺ 젼혀 업스니 엇지 산 사ᄅᆞᆷ의 지취가 잇스리오 ᄒ얏거늘 쥬인이 그 글을 보고 놀나워 그 사ᄅᆞᆷ을 보니 형용이 초췌ᄒᄂᆞᆫ 쥰위ᄒ ᄐᆡ도가 범샹ᄒ 사ᄅᆞᆷ이 아닐너라

—이상익, 『월남망국ᄉᆞ』, 1면.

⑨-가, 나의 인용문을 ⑧-나의 것과 비교해 보면 번역 원전은 현채의 『월남망국사』로 같지만 두 가지 순한글 번역문에 상당한 차이가 있음을 알 수 있다. 따라서 '월남망국사'의 경우는 다른 예들과 비교할 때 국한혼용문 텍스트와 순한글 텍스트의 대조를 통한 변이 양상의 분석에서 좀더 다양한 접근이 가능할 것으로 보인다. 두 가지 순한글 번역문을 함

---

59 이 부분의 괄호는 주시경 역본에 있는 그대로다. 실제 건네준 것은 '책'이 아니라 자기를 소개하는 글이었는데, 그것 때문인지 알 수 없다.

께 이용할 수 있기 때문이다.

9) 伊太利建國三傑傳 / 讀意太利建國三傑傳(이태리건국삼걸젼)

매리어트^{J. A. E. Marriot}의 *The Makers of Modern Italy*(London, MacMillian & Co., 1889)를 明治25年(1892년) 平田久(히라타 히사시)가 일본어로 번역하여『伊太利建國三傑』이라는 제목으로 東京 民友社에서 간행하고,[60] 그것을 다시 梁啓超가 중국어로 번역하여『意大利建國三傑傳』이라는 이름으로 1903년(光緒29년) 上海 廣智書局에서 출판하였다.[61] 국내에 소개된 것은 양계초의『意大利建國三傑傳』인데, 이를 저본으로 한 이 시기 한국어 번역으로 국한혼용문 번역이 2종, 순한글 번역이 1종 전하고,[62] 현대어 역주본으로 류준범·장문석(2001)이 있다.

국한혼용문 번역은 1906년 12월 18일부터 12월 28일까지 10차례에 걸쳐『황성신문』에 연재된 「讀意大利建國三傑傳」이 처음이고, 신채호 역 장지연 교열로 1907년 10월 광학서포廣學書舖에서 단행본으로 간행한『이태리건국삼걸젼伊太利建國三傑傳』이 있다.[63] 순한글 번역으로는 주시경의 번역으로 박문서관에서 1908년 단행본으로 간행한『이태리건국삼걸젼』이 있다.[64]

---

60 平田久 역본은 일본 국립국회도서관 디지털컬렉션에 이미지가 공개되어 있다. http://dl.ndl.go.jp/info:ndljp/pid/777020
61 廣智書局本은 연세대학교 중앙도서관 소장본(청구기호 945 양계초 의)을 이용했다.
62 이 이외의 관련 자료로 양계초 번역의『意大利建國三傑傳』과의 직접적인 연관성을 확인할 수 없는 순한글「의퇴리국 아마치젼」(『대한미일신보』1905.12.14.~12.21에 연재)과 국한혼용문「이탈늬를 통일식힌 까리발듸」(『소년』2권 4호(1909.4), 2권 6호(1909.7), 2권 10호(1909.11)에 연재)가 있다.
63 신채호 역본은 1979년 아세아문화사에서『한국개화기문학총서Ⅱ 역사·전기소설 5』로 영인·출판했다.
64 정승철(2006)에서는 고려대 도서관 소장본이 유일본이라 했는데 한국학중앙연구원에

『황성신문』에 연재된 「독의대리건국삼걸전^{讀意大利建國三傑傳}」은 양계초 역본의 내용을 축약하기도 하고 장의 편성을 바꾸기도 하면서 변개된 부분이 많다. 그런 까닭에 새로운 국한혼용문 번역이 나오게 된 것으로 보인다. 「독의대리건국삼걸전」의 국한혼용문의 문체는 제1유형 국한 혼용문이고, 한글로 번역된 적은 없는 것으로 보인다.

신채호 역 『이태리건국삼걸전^{伊太利建國三傑傳}』은 양계초의 원전에 상대적으로 충실하지만 역시 생략된 구절이 적지 않다. 이해하기 어려운 부분은 생략하면서 임의의 내용을 추가한 부분도 있다. 문체 유형으로는 제3유형 국한혼용문이다. 순한글 『이태리건국삼걸전』을 신채호 역본에서 생략하거나 임의로 추가한 부분과 비교해 보면 순한글 『이태리건 국삼걸전』은 신채호의 국한혼용문 번역본이 아니라 양계초의 『意大利建國三傑傳』을 저본으로 번역한 것임을 확인할 수 있다. 예문을 통해 구체적으로 보이기로 한다.

⑩

가. 今之意大利。古之羅馬也。㉠自般琶西沙兒以來。以至阿卡士大帝之世。
併吞歐羅巴亞細亞阿非利加之三大陸。而建一大帝國。爲宇宙文明之宗主
者。非羅馬乎哉。當此之時。天下者羅馬之天下。於戱。何其盛也。何圖
一旦爲北狄所蹂躪。日削月蹙。㉡再軛於回族。三軛於西巴尼牙。四軛於
法蘭西。五軛於日耳曼。㉢迎新送舊。如老妓之歡情郎。朝三暮四。如畜
犬之依簑主。支離憔悴。年甚一年。直至十九世紀之初期。而山河破碎。

도 한 권이 소장되어 있다. 필자는 후자를 이용했다. 이 순한글본 『이태리건국삼걸전』의 번역자가 주시경인지 이현석인지에 대해 정승철(2006)의 논의가 있다.

益不可紀極。

—梁啓超, 『意大利建國三傑傳』 제1절 앞부분.

나. 今之伊太利는 古之羅馬也니 歐洲 南部에 突出흔 半島國也라 ⑤船琶西沙兒
以來로 阿卡士大帝의 時에 至ᄒ기까지 歐羅巴 亞細亞 阿非利加의 三大陸을
倂呑ᄒ고 大帝國을 建設ᄒ야 宇宙文明의 宗主가 되던 羅馬로셔 一朝에 北
狄의 蹂躪을 經흔 以後로 日削月瘻ᄒ야 ⓛ今日에는 西班牙, 明日에 法蘭
西, 又 明日에는 日耳曼 等國의 前虎後狼이 彼退此進ᄒ고 左刀右鋸가 朝割暮
剝ᄒ야 及十九世紀 初期에 至ᄒ야는 山河破碎에 慘狀이 尤極ᄒ니

—신채호 역, 『伊太利建國三傑傳』 제1절 첫 부분.

다. 오날 의태리는 옛젹 로마국이라 유롭과 아셰아와 아비리가 세 큰 륙디
를 아울러 한 큰 뎨국을 세워 세계 상에 문명의 조종이 될 쑨 안이라
이쌔를 당ᄒ여 텬하는 로마국의 텬하라 흘만흔지라 엇지 그리 번셩ᄒ
엿스며 엇지 하로 아츰에 북방 오랑캐의 짓밟힘이 되어 날로 싹기고
달로 줄어질 것을 헤아렷으리오 ⓛ둘재로는 회회교 족쇽에게 매인 바 되
고 새재로는 셔비리아에 매인 바 되고 넷재로는 법란셔에 매인 바 되고 다섯
재로는 일이만에 매인 바 되엿으니 ⓒ새 것을 맛고 옛것을 보냄은 늙은 기ᅌ
이 졍든 산ᄋ히를 관디흠과 ᄀᆺ고 아츰에는 셋을 주고 져녁에는 넷을 줌은 짓
는 개가 먹이는 주인을 의지흠과 ᄀᆞ터서 길이 쇠패흠이 년년이 더욱 심ᄒ여
한갈ᄀᆞ티 십구 셰긔의 쵸년에 이르러 산하가 쇠패흠이 더욱 다 긔록흘 수 업
스니

—주시경 역, 『이태리건국삼걸젼』 제1절 첫 부분.

⑩-가의 ⑤부분은 신채호 역본의 인용문인 ⑩-나에는 있지만(강조한

㉠) ⑩-다의 주시경 역본에는 없는 부분이고, ⑩-가의 ㉡부분은 ⑩-다의 주시경 역본에는 그대로 번역되었지만 ⑩-나의 신채호 역본에서는 임의로 그 내용을 줄이면서 '前虎後狼이 彼退此進ᄒ고 左刀右鋸가 朝割暮剝ᄒ야' 라는 내용을 추가하였다. ⑩-가의 ㉢부분은 ⑩-나의 신채호 역본에서는 아예 생략하였는데 ⑩-다의 주시경 역본에서는 ⑩-가의 내용을 그대로 번역했다. 주시경 역본이 중국어 본을 번역한 것이라는 결정적인 증거인 것이다.

결국 신채호의 국한혼용문 번역본과 주시경의 순한글 번역본은 둘 다 양계초의『의대리건국삼걸전』을 저본으로 한 번역이지만 각각 독자적으로 번역된 것으로 보아야 할 것이다. 따라서 신채호 역『이태리건국삼걸전』의 문체 유형이 제3유형 국한혼용문이기는 하지만 순한글본과의 대비에서는 주의를 요한다고 할 것이다.

10) 中東戰紀本末 : 中東戰紀 / 청일전긔

『中東戰紀本末(중동전기본말)』은 청일전쟁의 배경부터 그 결말까지를 서술한 본편本篇 8책, 속편續篇 4책, 3편篇 4책 모두 16책으로 되어 있는 방대한 저술이다.[65] 林樂知(임락지)가 지은 영문본을 임락지와 蔡爾康(채이강)이 함께 번역하고 편집한 것으로 알려져 있다. 한국어 역본은『中東戰紀本末(중동전기본말)』8책과 속편續篇 4책을 현채가 국한혼용문 상·하 두 권으로 요약하여 1899년 황성신문사에서 간행한『중동전기中東戰

---

65 필자가 이용한 것은 연세대학교 국학자료실 소장본(청구기호『中東戰紀本末』O 950 중동전 1~8;『中東戰紀本末續編』O 950 중동전 속 1~4;『中東戰紀本末三編』O 950 중동전 삼 1~4)이다.

紀』와[66] 이승만이 현채의 국한혼용문 번역본을 다시 요약하여 1900년 순한글로 번역한 것을 사정상 바로 출판하지 못하고 나중에 하와이에서 1917년 단행본으로 간행한 『청일전긔』가 있다.[67]

현채 역본의 문체는 대체로 제3유형 국한혼용문으로 볼 수 있는데, 이승만 번역의 순한글본은 현채 역본에서 번역자가 필요하다고 판단한 부분만 선별하여 한글로 옮기면서 현채 역본에 들어 있지 않은 내용을 추가한 부분이 적지 않다. 현채 역본을 번역한 부분은 축자역에 가깝다.

11) 中國魂 : 중국혼

『越南亡國史(월남망국사)』『意大利建國三傑傳(의대리건국삼걸전)』과 함께 이 시기에 널리 읽히고 많은 영향을 준 양계초의 저작이다. 원래는 『청의보淸議報』『新民叢報(신민총보)』 등에 실었던 글을 권상 권하 두 권을 단행본으로 묶어 간행한 것이다.[68]

한국어 번역본으로는 장지연張志淵이 국한혼용문으로 번역하여 1908년 2월 대구 석실포石室舖에서 단행본으로 간행한 『중국혼中國魂』[69]과 『공립신문』에 1907년 12월 20일부터 1908년 11월 18일까지 47회에 걸

---

66 이 현채의 번역본은 1979년 아세아문화사에서 『한국개화기문학총서 Ⅱ 역사·전기소설 3』으로 영인·간행하였다.

67 연세대학교 현대한국학연구소에서 1998년 영인 출판한 『梨花莊 所藏 雩南 李承晩 文書 : 東文篇』, 第2卷에 실려 있다. 번역·출판 경위에 대해서는 『청일전긔』의 이승만 서문에 자세히 기술되어 있다.

68 필자는 단행본 『中國魂』의 실물은 보지 못했다. 그러나 『中國魂』이 단행본으로 국내에 유입되었음은 최석하의 글(『太極學報』 第五號 「朝鮮魂」 1906.12)을 통해 짐작할 수 있다. "飮氷室主人 梁啓超는 淸國에 有名한 志士라. 일즉 淸國人의 自國魂이 無함을 慨嘆하고 中國魂이라 하는 一書를 著作하여 새로 淸國魂을 造作하쟈고 疾聲大叫하얏스니⋯⋯."

69 1979년 아세아문화사에서 『한국개화기문학총서 Ⅱ 역사·전기소설 8』로 영인·출판하였다.

쳐 연재한 순한글 번역본이 있다. 『공립신문』 연재분은 양계초의 『中國魂』의 각 장을 연재 기사의 제목으로 삼고, 그 옆에 괄호 안에 역중국혼 譯中國魂이라고 번역 원전을 밝혔다. 예를 들어 중국혼의 세 번째 장 「中國積弱溯源論(중국적약소원론)」을 「아국의 쇠약흔 근원」(譯中國魂)으로 제목을 붙여 연재하는 방식이다.[70]

이 중국혼의 한국어 번역본은 다른 다중 서사 번역물과는 번역 상황이 조금 다르다. 장지연의 국한혼용문 『中國魂』이 1908년 2월에 간행되었는데, 『공립신문』의 순한글 연재는 1907년 12월 20일 시작된다. 순한글 번역이 국한혼용문 번역보다 먼저 이루어진 것이다. 따라서 이 두 한국어 번역본은 서로 독립적으로 번역된 것으로 보아야 한다. 그러나 두 번역이 모두 직역에 가깝고, 장지연 역본의 국한혼용문 문체가 제3유형 국한혼용문이어서 국한혼용문 텍스트와 순한글 텍스트의 대조 연구에 활용하기에는 부족함이 없다. 참조를 위해 「少年中國說(소년중국설)」의 두 번역문을 인용해 둔다.

⑪

가. 日本人이 我中國을 稱ᄒ되 一曰 老大帝國이오 再曰 老大帝國이라 ᄒ니 是語ᄂᆞᆫ 歐西人의 言을 襲譯홈이라 嗚呼라 我中國이 其果然 老大ᄒ냐 任公이 曰 惡라 是何言이며 是何言고 我 心目 中에ᄂᆞᆫ 一少年中國이 在ᄒ도다

나. ▲쇼년 듕국셜 △일본사ᄅᆞᆷ이 듕국을 칭ᄒᆞ야 늙은 나라이라 ᄒ니 이 말은 틱셔 사ᄅᆞᆷ의 말ᄒᆞᄂᆞᆫ 바를 번역홈이라 오호—라 이 우리 듕국이

---

70 「아국의 쇠약흔 근원」이라는 제목으로 7차례 연재하고, 8회부터는 제목을 「中國積弱溯源論」으로 붙여 15회까지 8번 연재하였다.

과연 늙엇는가 아니라 이 무슴 말이뇨 내 마음 속에는 흔 쇼년 둉국이
라 흐리로다

12) 動物談(動物論)

원전은 양계초의 「動物談(동물담)」이다.[71] 원문이 『서우』 3호(1907년 2
월), 34~36면에 전재되어 있어 내용을 확인할 수 있다.[72] 국한혼용문
번역본은 『조양보朝陽報』 8호(1906년 10월)의 21, 22면과 『대한협회회보
大韓協會會報』 1호(1908년 4월) 56, 57면에 실려 있다. 전자는 『서유견문』류
국한혼용문이고, 후자는 『신단공안』류 국한혼용문이다. 번역 시기는
전자가 2년쯤 앞서지만, 한문을 해체한 수준으로는 전자의 방식이 후자
보다 훨씬 국어 문법 구조에 가깝다. '한문구체〉한문어체〉한자어체'(홍
종선 2000) 혹은 '구결문〉직역언해체〉의역언해체'(심재기 1992)의 순서
를 밟았다고 보는 국한혼용문의 단계적 발달설과는 시간적으로 상반되
는 양상이다.

순한글 번역본은 『제국신문』 1906년 11월 20일자와 21일자에 연재

---

71 우림걸(2002a), 이유미(2005)에는 1896년 『時務報(시무보)』에 실린 것으로 되어있지
만 잘못인 듯하다. 『시무보』 1책부터 56책까지의 기사를 검토해 보았지만 어디에도 「動
物談」은 실려있지 않다. 또 이병기(2013:357)에는 『시무보』 1899년분에 실려있는 것
으로 되어있는데 이 역시 잘못이다. 『시무보』는 1898년까지만 발행되었다. 우림걸
(2002)에는 또 『대한협회회보(大韓協會會報)』 1호에 실린 글이 원문이라고 되어 있지
만 역시 잘못된 것이다. 『대한협회회보』 게재분은 제1유형 국한혼용문이다. 예문 ⑫-나
참조.

72 1904년 일본 동경에서 펴낸 『음빙실문집류편(飮冰室文集類編) 하』 624~625면에 실린
「동물담」 원문과 대조한 결과 동일함을 확인할 수 있었다. 『음빙실문집류편』 상, 하는
일본 국립국회도서관 디지털컬렉션에 이미지가 공개되어 있다.
http://dl.ndl.go.jp/info:ndljp/pid/898410(上),
http://dl.ndl.go.jp/info:ndljp/pid/898411(下)

되었다.『제국신문』에 실린 순한글 번역은『朝陽報』번역본을 참조한 것으로 보이지만 완전히 일치하지는 않는 의역이다. 고딕체로 강조한 부분이 그 예이다.

⑫

가. 原文 :「動物談」支那哀時客稿 / 哀時客隱几而臥隣室有甲乙丙丁四人者咄咄 爲動物談客傾耳而聽之甲曰吾輩遊日本之北海道與捕鯨者爲伍鯨之體不知其 若干里也其背之凸者暴露於海面面積且方三里 捕鯨者刳其背以爲居食於斯寢 於斯日割其肉以爲膳夜燃其油以爲燭如是者殆五六家焉

나.『大韓協會會報』本 :「動物談」梁啓超著 / 梁啓超隱几而臥러니 有甲乙丙丁四 人者ㅣ 咄咄爲動物談ᄒᆞ니 客이 傾耳而聽之ᄒᆞᆫ대 甲曰 吾가 昔遊日本之北海 道ᄒᆞ야 與捕鯨者로 爲伍ᄒᆞ니 鯨之體不知其若干里也라 其背之凸者ㅣ 暴露 於海面ᄒᆞ니 面積且方三里라 捕鯨者ㅣ 刳其背以爲居ᄒᆞ야 食於斯寢於斯ᄒᆞ야 日割其肉ᄒᆞ야 以爲膳ᄒᆞ고 夜燃其油ᄒᆞ야 以爲燭ᄒᆞ니 如是者ㅣ 殆五六家오

다.『朝陽報』本 :「動物談」梁啓超著 / 梁啓超 一几에 依ᄒᆞ야 臥ᄒᆞ얏더니 甲乙 丙丁四人이 有ᄒᆞ야 咄咄히 動物談을 ᄒᆞ거늘 客이 耳를 傾ᄒᆞ고 聽ᄒᆞ니 甲 ㅣ 曰 吾가 昔에 日本 北海道에 遊ᄒᆞ애 捕鯨者로 더부러 居ᄒᆞ니 鯨의 體가 [其幾許里인 줄은 不知ᄒᆞ깃고] 其背의 凸ᄒᆞᆫ 것이 海面에 暴露ᄒᆞ얏ᄂᆞᆫ듸 面 積이 方三里라 捕鯨者가 其背를 刳ᄒᆞ고 居ᄒᆞ야 斯애셔 食ᄒᆞ며 斯애셔 寢ᄒᆞ 고 日로 其肉을 割ᄒᆞ야 膳을 ᄒᆞ고 夜에 其油를 然[73]ᄒᆞ야 燭을 ᄒᆞ니 是와 如ᄒᆞᆫ 者ㅣ 殆五六家오

---

73 '燃'의 誤植이다.

라. 『제국신문』本 : 「동물론(動物論)」 [청국 국ᄉ범으로 일본 가 잇는 량계쵸 씨가 동물론이라고 긔록ᄒ얏는디 그 말이 미우 ᄌ미 잇기로 자에 긔지ᄒ노 라] 량씨가 일일은 셔안을 의지ᄒ야 누엇더니 손임 네 사름이 잇셔셔 돌돌 탄식ᄒ고 즘싱니이기를 ᄒ는디 귀를 기우리고 들은 즉 한 사름이 말ᄒ기를 늬가 일즉 일본 북희도에 유람홀식 고릐 잡는 쟈로 더부러 함긔 거류ᄒ는디 고릐 한 마리의 몸톄가 엇지 크던지 그 잔등이가 물 밧그로 나왓는디 그 들어는 쟝광이 스면 삼리라 고릐 잡는 쟈가 그 고 리고기를 버혀먹고 거긔셔 ᄌ고 밤이면 그 길음으로 불켜는 쟈 ᄌ못 오륙집 이오

13) 滅國新法論 : 「滅國新法論」 / 「나라를 멸ᄒ는 새 법」

14) 日本之朝鮮 : 「日本의 朝鮮」 / 「일본의 조션」

이 두 자료는 원래 각각 『청의보淸議報』에 연재된 것을 앞의 8)에서 다룬 『월남망국사』를 번역하면서 현채가 국한혼용문 『월남망국사(越南亡國史)』의 부록으로 번역해 실은 것이다. 현채 번역본을 저본으로 해서 순한글로 번역한 주시경 역본과 이상익 역본[74]에도 실렸다. 따라서 8항에서 다룬 『월남망국사』의 역본에 대한 서술이 이 두 자료에도 그대로 적용된다.

15) 波蘭革命黨의 奇謀詭計 / 아라ᄉ 혁명당의 공교ᄒ 계교

「파란혁명당波蘭革命黨의 기모궤계奇謀詭計」는 『조양보』 2호(1906년 7월 10

---

74 이상익 역본은 현채 역본의 절 구분을 반영하지 않았다. 부록의 경우도 구분되지 않는다.

일)의 23면에 실렸다. 글의 길이는 반 페이지가 조금 넘을 정도이므로 이 글에서 다룬 다른 자료들보다 훨씬 짧다. 그러나 다중 번역 서사물 중에서 국한혼용문 텍스트와 순한글 텍스트를 직접 대비할 수 있는 자료가 많지 않으므로 가능한 한 많은 텍스트를 확보한다는 의미에서 함께 다루었다. 이 『조양보』 소재의 글은 같은 달(7월) 『제국신문』의 3면 「이어기담理語奇談」란에 25일과 26일 두 차례에 나뉘어 연재되었다. 『조양보』 소재 국한혼용문 번역의 번역 원전은 아직 확인하지 못했는데 그 문체는 제3유형 국한혼용문이다. 『제국신문』 소재의 순한글 번역은 『조양보』의 국한혼용문 번역을 저본으로 한 것인데, 모두冒頭의 '혁명당'에 대한 설명을 제외하면 직역으로 볼 수 있다. 간단히 제일 앞부분의 일부를 인용해 둔다.

⑬

가. 波蘭 首府 와루소-는 露國 革命黨의 巢窟되는 地라 同地 監獄은 히항 國事犯者로써 塡充ᄒ더니 去四月二十三日에 싹 革命黨 十人을 押來ᄒ니라

나. [혁명당이란 거슨 곳 그 나라 정부를 뒤집고 시 정부를 조직ᄒ던지 제정치를 곳쳐 공화정치나 립헌정치를 만들쟈는 무리라 아라ᄉ에는 그 혁명당이 만은 즁 더구나 이젼] 파란국 셔울 와루소란 곳은 로국 혁명당의 와굴인고로 그곳 감옥셔는 그곳 국ᄉ범으로 치우더니 지나간 ᄉ월 이십삼일에 쏘 혁명당 십명을 잡아 왓는디

독자의 이해를 돕기 위해 앞에서 검토한 내용을 바탕으로 15종 다중 번역 서사물의 국한혼용문 번역본 및 순한글 번역본의 번역 저본과 국

한혼용문 번역본의 문체 유형, 번역 방식(직역, 의역, 축약역 등), 국한혼용문 번역본과 순한글 번역본 사이의 상관 관계 등을 정리하면 〈표 11〉과 같다.

〈표 11〉 한국어 번역본의 문체 유형, 번역 저본, 번역 방식

제 목		국한혼용문 번역물			순한글 번역물	
		문체 유형	번역 저본	번역 방식	번역 저본	번역 방식
걸리버여행기	①	제5유형	일본어개작	직역	한국어역본	직역
경국미담	②	제2유형	일본어	직역	중국어	의역
	③	제3유형	일본어저본 중국어, 일어본참조	의역		
나폴레옹전기	④	제3유형	일본어	직역	중국어	직역
路得改敎紀略	⑤	제3유형	영어저본 중국어	축약역	영어본? 중국어본?	직역
미국독립사	⑥	제3유형	일본어	직역	한국어역본	직역
서사건국지	⑦	제1유형	일본어저본 중국어	직역	중국어본	의역
애국정신담	⑧	제2유형 제3유형	일본어저본 중국어	직역	한국어역본	직역
월남망국사	⑨	제3유형	중국어	직역	한국어역본	직역
이태리건국 삼걸전	⑩	제3유형	일본어저본 중국어	직역	중국어	직역
중동전기	⑪	제3유형	영어저본 중국어	축약	한국어역본	축약
중국혼	⑫	제3유형	중국어	직역	중국어	직역
동물담	⑬	제3유형	중국어	직역	한국어역본	의역
멸국신법론	⑭	제3유형	중국어	직역	한국어역본	직역
일본의 조선	⑮	제3유형	중국어	직역	한국어역본	직역
파란혁명당	⑯	제3유형	X	X	한국어역본	직역

3. 논의 결과의 활용 방안

이 장에서의 논의는 '현대 한국어 태동기'에 출판된 동일한 원전을 번역한 한국어 번역물이 둘 이상 존재하는 문예물 중에서 국한혼용문 번역과 순한글 번역이 공존하는 것들을 대상으로 그들의 국어사 자료로서의 특징을 살피는 것을 목적으로 하였다. 검토 대상이 된 자료는 모두 15종인데, 그 목록은 다음과 같다. ① 걸리버여행기 ② 經國美談 ③ 나폴레옹 전기 ④ 路得改教紀略 ⑤ 미국독립사 ⑥ 瑞土建國誌 ⑦ 愛國精神 (談) ⑧ 越南亡國史 ⑨ 伊太利建國三傑傳 ⑩ 中東戰記(청일전긔) ⑪ 中國魂 ⑫ 動物談 ⑬ 滅國新法論 ⑭ 일본의 조선 ⑮ 波蘭革命黨의 奇謀詭計.

이들 중에서 중국어 창작물을 번역한 『越南亡國史』, 『中國魂』, 『動物談』, 『滅國新法論』, 『日本의 朝鮮』과 일본어 창작물을 번역한 『걸리버여행기巨人國漂流記』, 『經國美談(1)』, 『拿破崙戰史』, 『美國獨立史』는 국한혼용문 번역본의 한자어와 순한글 번역본의 대응어를 대비해 봄으로써 이 시기 한국어 어휘부의 확장 양상을 확인하는 기초 자료가 될 것이며, 일본어본의 중국어 역본을 번역한 『經國美談(2)』, 『瑞土建國誌』, 『愛國精神』, 『伊太利建國三傑傳』의 경우는 일본-중국-한국의 어휘를 대비하는 자료가 될 수 있을 것이다.

현대 한국어 문체의 형성 및 정착 과정을 확인하는 데에는 국한혼용문 번역본과 순한글 번역본의 대비를 통해서 어휘 및 문체의 변화를 밝히는 작업이 필요할 것이다. 이러한 관점에서 직접 대비를 통한 활용이 가능한 자료는 『월남망국사越南亡國史』, 『中國魂-(中國魂)』, 『동물담動物談』, 『멸국신법론滅國新法論』, 『日本의 朝鮮』, 『미국독립사美國獨立史』, 『愛國精神愛國精神』 등이다.

제9장

태동기 국한혼용문의 문체 통합

1. 문체 통합을 논의하기 전에

1) 논의의 배경 및 목적

1900년대 말 대한제국은 1894년의 『공문식公文式』에서 국문 사용이 제자리를 잡기까지 잠정적으로 그 사용을 허한다고 했던 국한혼용문을 공문서에 사용할 공식 문체로 재공포한다(관보 3990호, 1908.2.6).[1] 이 시기는 통감정치가 시행되던 시기였기 때문에 이러한 조치에 대해 대한제국의 문자 생활을 일본문의 영향 아래 두려는 통감정치 하의 일관된 시도의 일부라고 보는 견해도 있다. 그러나 국한혼용문이 공문서에 사용할 공식 문체로 등장하게 되는 것은 통감정치라는 언어 외적 요인에 의한 것이라기보다는 1894년의 『공문식』에서 국문을 기본으로 한다고 공포했음에도 불구하고 국한혼용문이 순국문보다 훨씬 널리 쓰이게 된 현실을 반영한 것으로 보는 편이 합리적일 것이다. 이두나 한문을 배제

---

1 관보에 실린 것은 1908년 2월 6일자인데, 각의(閣議)를 거쳐 내각총리대신이 조회(照會)를 각부(各部)에 보낸 것은 1월 25일자이다. 〈그림 4〉 참조.

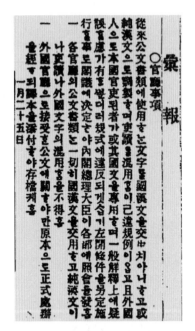

〈그림 4〉 1908년 2월 6일자 관보 2면
彙報 중 官廳事項

하는 것은 물론, 외국어로 공문서를 작성하는 경우 일어나는 해석의 문제가 이러한 규정을 새로 공포한 배경임을 관보에 게재된 기사의 내용을 통해 알 수 있는데(〈그림 4〉 참조), 이 규정에 들어 있는 '외국인으로 본국 관리가 된 자'란 그 시기에는 대부분 일본인을 가리키는 것이고, 따라서 공포에서 이야기하는 '其國文' 은 결국 일본어를 가리키는 것이어서, 공문서에 일본어를 사용하는 것을 금한 규정이기도 한 것이다. 통감정치가 문자 사용에 관한 규정을 새로 공포하는 데에 영향을 주었고, 그것이 순국문보다 화한혼용문和漢混用文으로 전환하기 편한 국한혼용문을 공식적으로 공문서에 사용하게 하려는 데에 목적이 있는 것이었다면 일본문의 사용을 금지하는 규정까지 넣을 까닭이 없기 때문이다.

한편 이 시기 국한혼용문의 문체는 19세기 말부터 1900년대 초·중반까지 혼란스럽다고 할 정도로 다양한 양상을 보이던 것과는 달리 어느 정도 통합을 향한 방향성을 보인다. 특히 1910년 『대한매일신보大韓每日申報』 사설의 국한혼용문은 이전 시기에 쓰였던 여러 유형의 국한혼용문이 지니고 있는 문체 특성을 하나의 텍스트에 포괄하는 양상을 보여준다.

현대의 국한혼용문이 수사법적 차이는 있을지라도 기본적으로 동일한 문체를 가지고 있다고 할 수 있다면, 1910년 사설 텍스트도 그 안에 태동기에 쓰인 다양한 유형의 국한혼용문의 특성을 담고 있다고는 해도 문체 자체는 현대화를 향하는 방향성을 보인다고 이야기할 수 있을 것으로 보인다(2절 참조). 이러한 방향성은 다양한 문체를 하나로 통합하는 문체 통합을 전제로 하게 되는데, 문체 통합을 전제로 한 현대화라는 방향성이 세워지는 것은 한국어 문체 형성 과정이라는 측면에서 보면 태동기 국한혼용문이 근대적인 국한혼용문으로 전환하기 위한 준비 과정이라고 생각할 수 있다.

그러나 우리는 19세기 말에 출현한 여러 유형의 국한혼용문이 19세기 말에서 1910년에 이르는 사이 어떤 방향성을 가지고 어떻게 서로 영향을 주고 받았는지 잘 알지 못한다.[2] 이 장에서는 1910년의 신문 사설에 쓰인 국한혼용문이 지니고 있는 문체 특성을 확인하고, 그러한 문체 특성이 현대 한국어 문체 형성 과정의 이해라는 측면에서 지니는 의의를 논의하는 데에 목적을 둔다. 논의는 다음과 같이 진행된다.

2절에서는 태동기 국한혼용문 유형론에서 유형 구분의 근거로 삼았던 요소들이 1910년의 사설 텍스트에서 어떻게 쓰이고 있는지를 분석하여, 분석 대상이 된 사설 텍스트에는 이전 시기의 여러 유형의 국한혼용문이 지니고 있던 특성이 섞여 있지만, 전체적인 문체는 이전 시기의 국한혼용문보다 한문 문법의 영향을 벗어나는 모습을 보임을 확인한다. 3절에서는 『대한매일신보』의 사설과 19세기 말 국한혼용문의 대표적 문체를 보여준다고 할 수 있는 『서유견문西遊見聞』 텍스트를 용언류의 사용 양상을 중심으로 대조하여, 두 국한혼용문이 보여주는 차이가 문체

---

2   이 시기 국한혼용문의 문체를 다룬 대표적 업적으로는 임상석(2008)과 배수찬(2008)을 들 수 있다. 그런데 이들 연구는 1900년대 후반의 논설문에서 확인되는 문체 변화의 방향성에 대해서는 주목하지 않았다.

현대화의 중요한 특징인 한자어 용언의 고유어화 및 한문구 용언의 해체에서 기인한 것임을 확인한다. 4절에서는 2절과 3절의 논의를 바탕으로 19세기 말에서 1900년대 말에 걸친 시기에 일어난 문체 변화가 보여주는 방향성을 정리하면서 그 의미를 살피는 한편, 이러한 문체 변화의 방향성과 1920년 이후의 다시 등장하는 신문 사설의 문체 연구와 관련된 문제를 살핀다.

2) 분석 대상 자료

이 글에서 분석 대상으로 이용한 자료는 『대한매일신보』 국한문판의 1910년 사설이다. 대한제국기에 간행된 신문 사설에 쓰인 국한혼용문의 마지막 단계의 모습을 보여줄 것을 기대한 것으로, 1월~4월까지 간행된 것 중에서 판독이 가능한 사설 전체를 전자화하여 자료로 삼았다. 총 69건으로 약 21,500어절 분량인데, 어절 수가 적은 감이 있지만 이는 1910년 간행된 『대한매일신보』 사설 전체의 약 1/2에 해당한다. 자료를 검토한 결과 이 정도의 자료만으로도 1910년 국한혼용문 사설의 문체 특성과 방향성을 파악하는 데에 충분하다고 판단하였다.

2. 『대한매일신보』 사설의 문체 통합과 그 방향

1) 왜 국한혼용문의 문체 통합을 이야기하는가?

태동기에 등장한 국한혼용문의 유형에 대한 연구는 김상대(1985) 심재기(1992) 민현식(1994) 김형철(1994) 등 초기의 논의를 거쳐 홍종선

(1996, 2000) 김흥수(2004) 임상석(2008) 김영민(2012) 등에서 대체로 서너 가지 유형으로 나눌 수 있다는 합의에 도달했다고 볼 수 있다. 이들 기존의 연구에서는 이 시기 국한혼용문 문체가 한문의 해체 정도에 따라 구분할 수 있는 것으로, 대체로 '구결식 국한혼용문 〉 이두식 국한혼용문'(김상대 1985) '구절 현토체 〉 어절 현토체'(민현식 1994), '한문구체 〉 한문어체'(홍종선 2000) '한문 문장체 〉 한문 구절체 〉 한문 어절체'(임상석 2008) 등의 과정을 밟는 것으로 이해해 왔던 것이다.

그러나 이 책의 6장에서 밝힌 것처럼, 이 시기 국한혼용문은 한문 해체의 정도가 시간의 흐름에 따라 확대되는 것도 아니고, 각 유형이 출현하는 시기나 실제 사용되는 양상이 순차적으로 시간의 흐름에 따르는 것도 아니다. 여기에, 국어 문체 형성사라는 관점에서 더욱 중요한 것은 이 시기의 국한혼용문의 문체에 대한 연구는 그 유형을 구분하는 데에서 그치는 것이 아니라, 이들 다양한 유형의 국한혼용문이 일제강점기를 거치면서 어떻게 현대의 국한혼용문으로 변전되는가를 설명할 수 있어야 한다는 점이다.

이 장에서는 이러한 관점에서 1910년 『대한매일신보』 사설 텍스트의 문체가 그 이전 시기의 다양한 국한혼용문의 문체를 하나로 통합하는 방식으로 만들어졌다는 사실을 확인하려 한다. 그러나 이러한 문체의 통합은 상대적으로 짧은 기간에 진행된 것이어서 과정 자체를 밝히기는 쉽지 않다.[3] 이를 고려해서, 여기서는 통합의 결과로 만들어진 텍

---

3 지금까지의 검토 결과를 바탕으로 하면 문체의 통합은 급격하게 진행된 것으로 판단된다. 대체로 1900년대 말기에 진행된 것으로 보이는데, 자세한 것은 1900년대 사설 전체를 대상으로 한 검토가 이루어져야 확인할 수 있을 것이다.

스트의 문체 특성을 살피는 데에 초점을 둔다. 우선 1910년 『대한매일신보』 사설 텍스트에서 기존의 유형 분류 방법론에서 유형 분류의 근거가 된다고 이야기된 요소들이 어떻게 나타나는가를 확인한다. 이 분석을 바탕으로, 1910년 사설 텍스트에는 하나의 텍스트에 태동기의 국한혼용문 유형 논의에서 언급되었던 여러 유형의 특징이 복합적으로 나타나서, 기존의 유형 분류의 기준에 따라 어떤 한 유형에 속한다고 보기 어렵다는 사실을 확인하고, 이는 문체 현대화를 향해 나아가는 과정에서 여러 유형의 국한혼용문이 지니고 있는 문체 특성을 하나의 텍스트에 통합했기 때문이라고 해석할 근거를 찾는다.

2) 태동기 국한혼용문 유형과 유형별 특징

여기서는 1910년 『대한매일신보』의 사설 69건을 문체 유형론의 관점에서 분석할 때 적용할 태동기 국한혼용문의 유형별 문체 특성을 정리한다. 이는 기본적으로 이 책의 6장의 논의가 바탕이 되는데, 6장에서 구분한 국한혼용문의 유형과 각각의 문체상의 특징, 그리고 각 유형의 특징을 나타내는 요소를 요약하면 다음과 같다.

① 『신단공안神斷公案』류 : 한문 구문법을 기반으로 하되 국어 문법의 간섭 결과가 섞인다. 중요한 문체상의 특성은 한문의 요소(한문 문장, '有XX' 구문, 한문 부사, 감탄사, 접속사, 종결사 등)를 그대로 사용한다는 점이다.

② 『시일야방성대곡是日也放聲大哭』류 : 국어 문법이 기본이나 구문적·어휘적으로 한문 문법의 간섭을 보인다. 특히 구문적으로 한문 관형

구성이 국어의 관형 구성(용언의 관형사형, 속격조사) 대신 쓰인 경우, 한문 용언(구)에 국어 조사가 결합한 경우, '-이-'계 술어구가 사용되는 것 등이 특징적이다.

③『서유견문西遊見聞』류 : 구문적으로는 한문 문법의 간섭이 해소되고, 어휘적으로만 한문 문법의 간섭 결과가 남는다. 특징적인 요소로는 '2음절 한자+2음절 한자+ㅎ-'형 용언과 '술목述目 구성 한문구+ㅎ-'형 용언, 양태 표현의 한문구 용언의 사용 등을 들 수 있다.

④『국민소학독본國民小學讀本』류 : 『서유견문』류와 유사한 문체이지만 한문구 용언이 쓰이지 않고, 고유어 혹은 한글 표기 한자어가 사용된다.

이러한 유형별 특성이 텍스트에 어떻게 반영되었는가를 살펴려면 이 책의 6장에서 보인 것과 같은 주석이 필요하다. 그런데 그러한 주석 작업에는 지나치게 많은 시간과 노력이 소요된다. 이를 고려해서 6장에서는 특정 언어 단위의 출현 여부만으로 분석 대상 국한혼용문의 유형을 확인할 수 있는 특징들을 정리하였다. 다음 다섯 가지가 그 대표적으로 것이다.

첫째, 한문 부사와 부사화 접사의 출현 여부는『신단공안』류나『시일야방성대곡』류 국한혼용문에서는 부사화 접사 '-히'가 나타나지 않는다. 따라서 이의 출현은『서유견문』류,『국민소학독본』류 국한혼용문과『신단공안』류나『시일야방성대곡』류를 구분해 주는 준거가 될 수 있다.

둘째, 한문 감탄사, 한문 접속사, 한문 종결사의 사용도『신단공안』류,『시일야방성대곡』류에서만 나타난다.

셋째, 한문 관형 구성도는『시일야방성대곡』류 국한혼용문과『서유견문』류 국한혼용문를 구분하는 지표가 될 수 있다.

넷째, 한문 용언(구)에 국어 조사가 결합하는 용례는『시일야방성대곡』류 국한혼용문에서 주로 나타난다.『서유견문』류 국한혼용문에서는 '-ㅎ(하)-'와 결합한 형태로 나타나는 것이 일반적이고,『국민소학독본』류 국한혼용문에서는 나타나지 않는다.

다섯째, '-이-'계 술어구述語句는『시일야방성대곡』류 국한혼용문에서 주로 확인되고, 드물게『서유견문』류 국한혼용문에도 나타난다. 그러나『국민소학독본』류 국한혼용문에서는 나타나지 않는다.

3) 1910년『대한매일신보』 사설 텍스트의 문체 유형

이 절에서는 각 일자별로 사설 텍스트의 문체가 어떤 양상을 보이는가를 검토하고, 그를 바탕으로 검토 대상이 된『대한매일신보』1910년 사설에는 태동기의 여러 유형의 국한혼용문의 문체가 방향성을 지니고 통합되는 것을 보이기로 한다. 이는 2절의 2항에 보인 다섯 가지 유형별 특징이 1910년 사설 텍스트에 구체적으로 어떻게 나타나는지를 확인하는 데에서 출발한다.

이 작업은 두 가지에 주안점을 둔다. 첫째는 네 가지 유형의 국한혼용문 중에서 어떤 유형이 1910년 사설 텍스트의 기본이 되는가를 확인하는 작업이다. 그런데 텍스트를 일별해도『신단공안』류의 문체를 사용한 텍스트는 없는 것이 확인되므로[4] 실제로는『시일야방성대곡』류와

---

4   이는『신단공안』류가 이른바 한문현토체로 보이는 문장으로 이루어진 것이기 때문이다.『대한매일신보』1910년 사설에 이런 형태의 문장으로 이루어진 텍스트는 없다.

『서유견문』류,『국민소학독본』류 중에서 어떤 유형이 기본이 되는가를 확인하는 작업이라고 할 수 있다. 둘째는『신단공안』류의 문체를 가진 텍스트는 확인되지 않는다 하더라도,『신단공안』류 텍스트가 지니고 있는 문체 특성이 반영되는 경우가 있는가를 확인하는 작업이다. 이는 앞에서 언급한 것처럼 1910년 사설의 문체가 태동기에 쓰인 네 가지 유형의 국한혼용문의 특성을 통합하는 모습을 보인다는 사실을 실제 텍스트의 분석을 통해 확인하기 위한 것이다.

첫째,『시일야방성대곡』류와『서유견문』류 국한혼용문의 구분이다.[5]

1910년대 사설이 어떤 유형의 국한혼용문을 기본으로 하는가를 확인하기 위해서는 69건의 사설 텍스트 중 어떤 유형에 속하는 것의 비중이 큰가를 확인할 필요가 있을 것이다. 이 작업은 '-이-'계 술어구의 사용과 부사화 접사 '-히'의 용례가 어떻게 나타나는가를 통해 확인될 것으로 기대할 수 있다. 전자는 주로『시일야방성대곡』류 국한혼용문에 주로 나타나는 것이고, 후자는『서유견문』류 국한혼용문에서만 나타난다고 확인되었기 때문이다.[6] 그런데 텍스트를 분석한 결과는 의외라고 할 정도이다. '-이-'계 술어구의 사용이라는『시일야방성대곡』류 국한혼용문의 특성과 부사화 접사 '-히'의 사용이라고 하는『서유견문』류 국한혼용문의 특성이 하나의 텍스트에서 복합적으로 나타나는 예들이

---

5 여기서 왜『국민소학독본』류 국한혼용문은 고려하지 않는가 하는 의문을 제기할 수 있다. 간단히 말해『국민소학독본』류 국한혼용문과 같은 문체를 지닌 텍스트 역시 1910년 사설에는 보이지 않기 때문이다.『국민소학독본』류의 문체 특성 중에서 가장 두드러진 것은 체언류를 한글로 표기한 예들이 등장하는 것인데, 1910년 사설 텍스트에는 이런 예가 없는 것이다.

6 여기서 유의할 점이 있다.『서유견문』의 간행 연대는 1895년이고『시일야방성대곡』은 1905년 간행된 것이라는 점이다. 근대 계몽기의 국한혼용문의 변천이 시간의 흐름에 따르는 것이 아니라는 사실을 극명히 보여 주는 예인 것이다.

많기 때문이다. 요약하면 다음과 같다.

'-이-'계 술어구는 전체 69건의 사설 중에서 39건에서 그 용례를 확인할 수 있다. 한편 69건의 사설 중 부사화 접사 '-히'가 확인되는 것은 64건이고, '-히'가 쓰이지 않은 것은 5건이다.[7] '-이-'계 술어구의 사용이라는 측면에서는『시일야방성대곡』류의 특성을 가진 국한혼용문의 비중이 크고, 부사화 접사 '-히'의 사용이라는 측면에서 보면『서유견문』류의 특성을 가진 국한혼용문의 비중이 더 크다고 할 것이다. 문제는 이렇게 단순히 빈도를 바탕으로 문체 유형의 비중을 이야기할 수 없다는 점이다. '-이-'계 술어구의 사용이라는『시일야방성대곡』류 국한혼용문의 특성과 부사화 접사 '-히'의 사용이라고 하는『서유견문』류 국한혼용문의 특성이 함께 나타나는 텍스트가 전체의 50%를 넘기 때문이다. 즉 '-이-'계 술어구가 확인된 39건의 사설 중에서 부사화 접사 '-히'의 용례가 확인되지 않는 것은 3건에 불과하고, 나머지 36건의 사설에서는 '-이-'계 술어구와 부사화 접사 '-히'의 용례가 함께 확인되는 것이다.

이러한 결과는 태동기 문체 유형론의 관점에서는 쉽게 설명되지 않는다. '-이-'계 술어구는 이전의 문장 구성 방식, 특히 구결문의 영향을 보이는 문장 구성 요소이고, 부사화 접사 '-히'의 사용은 한문의 영향에서 벗어나는 모습을 보여주는 예이기 때문이다. 달리 말하면 '-이-'계 술어구와 부사화 접사 '-히'의 출현 여부는『시일야방성대곡』류와『서유견문』류 국한혼용문을 구분해 주는 지표 중의 하나인 것이다. 그런데

---

7   1월(3건), 2월(1건), 3월(1건).

1910년 사설 텍스트의 분석 결과는 이들 지표의 사용 양상을 바탕으로 『시일야방성대곡』류 국한혼용문인지 『서유견문』류 국한혼용문인지를 구분할 수 없음을 보여 준다. 두 국한혼용문의 문체 특성이 하나의 텍스트에 함께 포함되어 있기 때문이다. 혹자는 이를 문체의 혼란으로 해석하려 할 수도 있다. 그러나 필자는 이러한 양상을 문체의 혼란이 아니라 여러 유형의 국한혼용문의 특성을 하나의 텍스트 안에 포괄하는 문체의 통합을 반영하는 것으로 해석한다. 결국 1910년 『대한매일신보』 사설 텍스트는 『서유견문』류 국한혼용문을 기본으로 하되 『시일야방성대곡』류 국한혼용문의 특성이 포함된 것으로 볼 수 있다. 굳이 특정한 유형의 국한혼용문(『서유견문』류 국한혼용문)을 기본으로 한다고 보는 것은 이렇게 보지 않으면 설명이 어려운 경우가 이 이외에도 또 확인되기 때문이다. 하나는 한문 감탄사, 접속사, 종결사의 사용 양상이고, 다른 하나는 한자어의 고유어화를 보여 주는 예이다. 각각에 대해 간단히 정리하기로 한다.

앞에서 설명한 대로, 유형론적 기준으로는 한문 감탄사, 접속사, 종결사는 『신단공안』류와 『시일야방성대곡』류에서 나타나는 요소이다. 임상석(2008)에서는 이렇게 한문 감탄사나 접속사가 사용된 문장의 문체를 '한문 문장체'로 구분하기도 한다. '한문 문장체'란 '한문 구절체'보다 한문의 해체가 덜 진행된 문체를 가리키는 것으로 이 글의 분류에서는 『신단공안』류에 속하는 것이다. 그런데 1910년 사설 텍스트에서의 한문 감탄사, 접속사, 종결사의 사용 양상을 검토한 결과는 예상과는 전혀 다르다.

1910년 『대한매일신보』 사설 69건을 대상으로 한문 감탄사(嗚乎, 嗚呼, 嗟乎, 宜乎, 惜乎, 於是乎, 吁嗟乎 등), 접속사(又, 及), 종결사(哉, 也)의 쓰임을 확인한 결과, 단 한 건(1910년 3월 22일자)를 제외한 68건 모두에서 이들 한문 감탄사, 접속사, 종결사의 용례가 확인된다. 여기서 더 나아가서 같은 일자의 사설에 두 가지 이상의 용례가 함께 나타나는 예들이 많다는 점도 언급해 두어야 할 부분이다. 용례가 확인되는 68건 중, 종결사(哉), 접속사(及, 又), 감탄사(X呼라, X乎라)'가 모두 쓰인 경우가 15건이고,[8] 접속사와 감탄사만 쓰인 경우가 51건, 접속사만 쓰인 경우가 2건이다. 이러한 한문 감탄사, 접속사, 종결사의 사용 양상은 이들 형태의 사용이 더 이상 『신단공안』류 국한혼용문에 한정되지 않음을 보여준다. 앞에서 이야기한 대로 『대한매일신보』의 1910년 사설은 기본적으로 『서유견문』류 국한혼용문을 바탕으로 하고 있기 때문이다.[9] 이렇게 한문 문법적 요소가 한문 문법을 기반으로 하는 유형에 한정되지 않고 폭넓게 사용된다는 사실을 어떻게 볼 것인가?

필자는 사설 텍스트에서 이들 한문 허사虛辭를 사용한 것이 일종의 수사법의 차원이었을 것으로 이해한다. 한문적 요소를 사용함으로써 '논설論說'다운 문채文彩를 띠려는 『대한매일신보』 사설 필자의 의도가 작용한 것으로 보는 것이다. 한문 문법의 요소를 국어 구문법에 따르는 문장에 사용하는 경향이 일반화한다는 것은 결국 한문 구문법을 바탕으로 하는 『신단공안』류 국한혼용문은 잘 쓰이지 않게 되는 한편, 그 문체 특성이 다른 유형의 국한혼용문에 수사법적 요소로 흡수되는 것을 의미하며, 이러한 현상 역시 문체 통합의 한 예로 받아 들일 수 있을 것이다.

---

8 이 중에서 '哉, 及, 又, 呼, 乎'가 모두 나타난 것은 한 건이다(1910.2.3).
9 『서유견문』류 국한혼용문이 『대한매일신보』의 1910년 사설 텍스트의 바탕이 된다는 것은 3절에서 보다 구체적으로 다룬다.

『황성신문皇城新聞』에 소설 『신단공안神斷公案』의 연재가 시작된 것이 1906년 5월이고 끝난 것이 같은 해 12월인데, 이 『신단공안』의 영향으로 이이후 한동안 같은 문체의 소설이 제법 유행하게 된다.[10] 이를 고려하면 1910년 사설에서 나타나는 국한혼용문의 문체 통합은 이르게 잡아도 1907년 이후에 본격적으로 시작된다고 보아야 할 것이다. 불과 3~4년 사이에 『신단공안』류 국한혼용문의 고유한 문체 특성으로 다루어졌던 한문 허사가 신문 사설에서 폭넓게 쓰이게 된 것이다. 앞에서 문체의 통합이 빠르게 진행되었으리라고 이야기한 것도 이 때문이다.

이와 함께 고려할 것이 '如히'와 그에 대응되는 고유어 'ㅈ치'의 용례이다. 이 예는 문체의 통합과 함께 한자어의 고유어화라는 국한혼용문의 현대화를 향한 또다른 변전을 실현하는 예로 판단되기 때문이다.

'如히'는 주로 '~와 / 과 如히' 구성으로 사용되는데, 문체 현대화의 진행과 함께 모두 'ㅈ치(같이)'로 교체된다. 물론 '如히'의 출현 빈도는 시대에 따라 크게 달라진다. 1920년대 후반에도 종종 사용되지만, 대체로 1920년대 말에는 모두 'ㅈ치'로 교체된다. 그런데 1910년 사설에서 'ㅈ치'의 용례가 57개, '如히'의 용례가 20개 확인된다. 고유어화한 용례의 빈도가 높은 것이다. 여기에 더해서 1910년 사설 텍스트 중에서 같은 날짜의 사설에서 '如히'와 'ㅈ치'가 함께 나타나는 예도 두 건이 확인된다. ①의 예가 그것이다.

---

10 우리가 잘 알고 있는 대로, 1906년은 『혈의루』라고 하는 새로운 문체의 소설이 『만세보(萬歲報)』에 연재된 해이기도 하다. 1906년은 문학어라는 사용역에서 전혀 다른 문체의 두 소설이 유행된 해인 것이다.

①

帝王이 羅馬 敎皇에게 加冠을 受함과 {如히} 支那를 待흠이오, 韓人이 日本의 擧動을 {明淸ズ치} 視ㅎ지 아니ㅎ며

—1910.1.7.

엇지 人으로셔 彼 物類와 {如히} 遇ㅎ뇨, 鴉片 戒絶의 丸藥 廣告가 {雪ズ치} 新紙에 □ㅎ나니

—1910.1.28.

　이렇게 '~如히'와 'ズ치'가 한 텍스트에 섞여 쓰인다는 것은 필자의 인식 속에 두 형태가 수의적隨意的으로 교체될 수 있는 형태로 자리했다는 것을 의미한다. 이러한 '~如히'와 'ズ치'의 교체는 19세기 말~20세기 전·중반에 사용된 국한혼용문이 현대화의 도정에서 한 단계 더 나아간 모습을 보이는 것이라고 할 수 있다. 한국어화하지 못한 한자어는 고유어로 교체된다는 현대적 국한혼용문 형성의 일반적 원리를 따르는 것이기 때문이다(구체적인 것은 이 책의 2장 참조).

　이러한 변화는 용언류의 사용 양상 분석을 통해서도 확인할 수 있다. 다음 장에서 다룰 『대한매일신보』의 1910년 사설에서의 용언류 사용 양상은 『서유견문』의 용언류 사용 양상과 비교할 때 한문구의 해체나 고유어 용언 사용의 확대 등에서 문체 현대화의 또다른 단계를 보여주는 것이다.

　지금까지의 검토 결과를 요약하면 다음과 같다.

　『대한매일신보』 1910년 사설은 태동기에 상대적으로 널리 쓰인 국한혼용문의 유형 중에서 『서유견문』류 국한혼용문의 문체를 바탕으로

한다. 이러한 바탕에 『신단공안』류 및 『시일야방성대곡』류 국한혼용문의 특성이 섞여 한문 문법의 영향이 커지는 것으로 보이기도 하지만, 한자어의 고유어화가 진전되는 예를 보면 『서유견문』류 국한혼용문보다한걸음 더 문체의 현대화가 진전된 모습을 보인다고 정리할 수 있다.

3. 『서유견문』과 『대한매일신보』 사설의 용언 용법 비교

2절에서 얻은 결론 중 하나는 『대한매일신보』의 1910년 사설 텍스트는 『서유견문』류 국한혼용문과 비슷하지만 한문 문법적 요소의 극복과 고유어 사용의 증가라는 측면에서는 문체 현대화가 한걸음 더 진전된 모습을 보인다는 것이었다. 이 장에서는 그러한 사실을 용언류의 사용 양상의 분석을 통해 구체적으로 확인하기로 한다.

1) 용언류의 사용 양상 변화의 대강

우선 두 텍스트에서의 용언류가 어떻게 쓰이고 있는지를 계량적으로정리하여 대조해 보이기로 한다. 〈표 12〉가 그것이다.

표에서 확인할 수 있듯이 『서유견문』 텍스트와 『대한매일신보』 사설텍스트는 용언류의 사용 양상에서 유사한 모습을 보이지만 의미있는 차이도 보여준다. 우선 용언류의 99% 이상이 '한자어+ᄒ-'형 용언이라는 점이 중요한 공통점이다. 한자어 용언의 고유어화가 본격적으로 진행되지는 않고 있다는 것을 보여주기 때문이다. 그런데 한글로 표기된고유어 용언과 '-이-'계 술어구의 빈도에서는 제법 차이를 보인다.

〈표 12〉『서유견문』과『대한매일신보』사설의 용언류 사용 양상

	서유견문				대한매일신보 사설			
	용례수	어종수	용례 대비 비율(%)	종수 대비 비율(%)	용례수	어종수	용례 대비 비율(%)	종수 대비 비율(%)
용언류	25,121	7,090			6,217	2,314		
고유어	1,076	11	4.28	0.16	791	23	12.72	0.99
한자어	23,986	7,047	95.48	99.39	5,426	2,291	87.28	99.01
단음절	9,109	847	35.72	11.95	2,872	616	46.20	26.62
2음절	14,585	5,955	58.06	83.99	2,316	1,468	37.25	63.44
3음절	90	48	0.36	0.68	63	54	1.01	2.33
4음절	183	178	0.73	2.51	93	91	1.50	3.93
-이- 계 술어구	61	33	0.24	0.47	82	62	1.32	2.68

고유어 용언의 종수 대비 어종의 비율은 0.16%에서 0.99%로 늘어 난다. 미미하지만 의미있는 변화라고 할 수 있다. 한자어 용언의 고유어 화가 시작되었음을 보여주는 것이기 때문이다. 고유어 용언의 사용 비 율 증가를 보면 이러한 변화는 더 확실해진다.『서유견문』텍스트에서 는 용례에서의 고유어 어절의 비율이 4.28%였던 것이『대한매일신보』 사설에서는 12.72%로 근 세 배로 늘었다. 그만큼 텍스트 안에서의 한 글 표기 어절 수가 늘어난 것이고, 이는 문체의 현대화가 진전되고 있음 을 보여주는 증좌의 하나라고 할 수 있다.

'-이-'계 술어구의 빈도가 늘어난 것은 앞에서 이야기한 바와 같이 『시일야방성대곡』류 국한혼용문의 문체 특성을 보여주는 요소가 텍스 트에 대폭 수용된 것이 계량적으로 확인되는 것이라고 볼 수 있다.

'한자어+ᄒ-'형 용언 중에서 전체 어종 수와 대비할 때 특히 단음절 용언과 2음절 용언이 차지하는 비율에 큰 차이가 있는 점도 주목할 만 하다.『서유견문』텍스트에서 11.95%를 차지하던 단음절 한자어 용언

의 종수 대비 비율이『대한매일신보』사설에서는 26.62%로 두 배 이상 늘어난다. 그런데 2음절 용언의 종수 대비 비율은『서유견문』텍스트에서 83.99%이던 것이 63.44%로 20% 이상 줄어든다. 단음절 한자어 용언의 종수 비율은 늘어나는 데에 비해, 2음절 한자어 용언의 종수 비율은 줄어든 것이다. 이러한 변화는 양태 표현을 위해 사용하던 2음절 한문구 용언 특히 부정 표현의 한문구가 해체된 데에 기인하는 것으로 보이는데, 한문구 용언의 해체가 국한혼용문 현대화의 첫 단계라는 점을 생각하면(이 책의 10장 참조), 그만큼 문체 현대화가 진전된 양상을 보인다고 이야기할 수 있는 것이다.

표에는 들어 있지 않지만 용언류가 텍스트 전체에서 차지하는 비중이 달라진 점도 유의할 부분이다.『서유견문』의 경우, 텍스트의 총어절 수는 78,768개이고, 그 중 용언류가 차지하는 비율은 31.89%이다. 이에 비해『대한매일신보』의 1910년 사설 텍스트의 총 어절수는 21,506 어절, 그 중 용언류가 차지하는 비율은 28.73%이다. 하나의 용언구가 용언과 용언 이외의 문장 구성 요소로 해체되면 당연히 용언류가 전체 문장 구성 요소 중에서 차지하는 비율이 줄어들게 되므로, 용언류가 텍스트 전체에서 차지하는 비율이 줄어든 것도 19세기 말부터 1910년에 이르는 사이에 상당한 정도로 용언구 해체가 진행되었음을 보여준다고 할 수 있는 것이다.

2) 부정 표현 방식의 변화와 고유어 용언 사용의 증가

여기에서는 앞에서 논의한 용언류 사용 양상의 변화가 의미하는 바를 좀더 폭을 좁혀 검토하려 하는데, 우선 고유어 용언이 사용되는 비율의 증가와 관련된 문제부터 다루기로 한다. 고유어 용언의 사용 비율의 증가와 부정 표현 방식의 변화, 바꾸어 말해서 한문 문법에 기반을 둔 한문구용언을 국어 문법에 따라 해체하는 과정은 서로 연관된 것이기 때문이다.

분석 대상 자료에서 확인된 고유어 용언은 23가지로 용례는 791개이다. 그 목록을 용례 수와 함께 보이면 다음과 같다.

②『대한매일신보』1910년 사설에서의 고유어 용언과 그 빈도(빈도순)
하-(336), 아니-(142), 되-(123), 못하-(77), 말-(39), 아니하-(33),
듯하-(9), 같-(7), 않-(4), 만하-(3), 있-(3), 못되-(2), 삼-(2), 시키
-(2), 가지-(1), 다하-(1), 듸듸-(1), 먹-(1), 벌-(1), 볼-(1), 없-(1),
잘하-(1), 죽이-(1)

제시한 고유어 용언의 목록과 빈도를『서유견문』의 고유어 목록 및 빈도와 대비해 보면 두 가지가 주목된다.

첫째는 부정 표현에 쓰이는 용언의 용례가 대폭 늘어난다. 못하-(77), 말-(39), 아니-(142), 아니하-(33), 않-(4) 등 총 295개가 확인되는 것이다. 이는 고유어 용언의 전체 용례 791개 중 37%를 차지한다.[11] 이러한 양상은『서유견문』텍스트에서 부정 표현에 고유어를 사용하는 것이 예외적이라고 지적할 정도로 적었던 것과 대조적인 양상이다.

---

11 '하-'의 용례도 비중은 크지만 전체 고유어 용언 용례 중에서 차지하는 비중은 줄어든다.『서유견문』텍스트에서는 '하-'의 용례가 625개로 전체 1,076개 58.09%를 차지했는데,『대한매일신보』1910년 사설에서는 용례가 336개로 전체의 42.48%를 차지하는것이다. 이렇게 '하-'의 비중이 감소한 것은 부정 표현에 사용되는 고유어 용언의 사용이 늘어난 데에 기인한다.『대한매일신보』사설에서 '하-'와 부정 표현에 쓰이는 고유어 용언의 용례를 합하면 근 80%에 달한다.

둘째, 『서유견문』 텍스트에서는 나타나지 않던 어휘적으로 쓰인 고유어 용언이 등장한다. '가지-(1), 디디(듸듸)-(1), 먹-(1), 벌-(1), 보-(1), 삼-(2), 시키-(2), 잘하(ᄒ)-(1), 죽이-(1)' 등이 그것이다. 종수도 9종에 불과하고 용례도 11개뿐이지만, 『서유견문』 텍스트에 쓰인 고유어 용언이 모두 문법적 단어였다는 점을 생각하면(이 책의 7장 2절 1) 참조) 의미 있는 변화라고 이야기할 수 있을 것이다.

고유어 용언의 용법 중에서 두 번째 경우는 한자어 용언의 고유어화를 통해 만들어졌을 것이기는 하지만 아직은 산발적인 사용에 불과하다고 할 수 있다. 고유어화에서 특정 경향성을 확인할 수도 없고, 왜 이들이 고유어로 표기되었는지도 체계적으로 설명하기 어렵기 때문이다. 그러나 부정 표현에 쓰이는 용언의 용례가 늘어난 것은 한문구 용언의 해체와 직접적인 관련이 있다. 『서유견문』 텍스트의 부정 표현 방식과 『대한매일신보』1910년 사설 텍스트의 부정 표현 방식을 대조해 보면, 그 변화가 분명하게 드러난다.

『서유견문』 텍스트에 쓰인 고유어 용언을 통한 부정 표현의 용례는 '~지 아니ᄒ-' 구성이 9개, '~지 못ᄒ-' 구성이 11개, '~지 말-' 구성이 1개로 총 21개에 불과하다. 그런데 한문구 용언이 부정 표현에 쓰인 용례는 비교가 되지 않을 정도이다. '~지 아니ᄒ-'에 대응하는 '不Xᄒ-' 形은 그 종수가 340개, 용례가 1,900개 이상이고, '~지 못ᄒ-'에 대응하는 '未Xᄒ-' 형이 36종 82예, '~ 말-'에 대응하는 '勿Xᄒ-' 형이 22종 55개이다. 이렇기 때문에 부정 표현에 고유어 용언을 사용한 것이 예외적이라고까지 지적되었던 것이다(이 책의 7장 3절 참조).

『대한매일신보』1910년 사설 텍스트에서 나타나는 부정 표현 방식은 이와는 큰 차이가 있다. 고유어 용언으로 부정을 표현한 예는 '~지 아니하-/않-' 구성의 용례가 181개, '~지 못하-' 구성의 용례가 77 개이며, '~지 말-' 구성도 40개로『서유견문』텍스트에서의 용례보다 대폭 늘어난다. 이에 비해 한문구 구성의 용례는 그 비중이 줄어든다. '不X호-'형은 종수가 99개이고 용례가 266개, '未X호-'형은 8종 10 예, '勿X호-'형은 9종 15예이다. '~지 않-' 구성과 '不X하-' 구성의 경우는 그 용례가 각각 256개, 181개로 그래도 한문구 용언에 의한 부 정 표현의 예가 더 많지만, '~지 못하-'와 '未X하-' 구성은 각각 77 개, 10개, '~지 말-'과 '勿X하-' 구성은 각각 40개, 15개로『서유견 문』텍스트와는 달리 부정 표현에 한문구 용언을 이용하는 것보다 고유 어 용언을 이용한 표현이 더 많아지는 것이다.

이상의 논의를 통해『대한매일신보』의 1910년 사설 텍스트가 지니 고 있는 문체 특성을 어느 정도 밝힐 수 있었다고 본다.

4. 문체 통합의 방향성

여기서는 2절과 3절의 논의를 바탕으로 19세기 말에서 1900년대 말 에 걸친 시기에 일어난 문체 변화가 보여주는 방향성을 요약·정리하면 서 그 의미를 살피는 한편, 이러한 문체 변화의 방향성과 1920년 이후 의 다시 등장하는 신문 사설의 문체 연구에서 유념해야 할 문제를 살핌 으로써 이 장에서의 논의를 마무리하기로 한다.

이 장은 19세기 말에 출현한 여러 유형의 국한혼용문이 19세기 말에서 1910년에 이르는 사이 어떤 방향성을 가지고 어떻게 서로 영향을 주고 받았는지 1910년의 신문 사설에 쓰인 국한혼용문이 지니고 있는 문체 특성을 확인하고, 어떻게 해서 그러한 문체 특성을 가지게 되는지, 그리고 그러한 특성이 현대 한국어 문체 형성 과정의 이해라는 측면에서 지니는 의미를 살피는 데에 목적을 두었다.

2절에서는 태동기 국한혼용문 유형론에서 유형 구분의 근거로 삼았던 요소들이 1910년의 사설 텍스트에서 어떻게 쓰이고 있는지를 분석하여, 분석 대상이 된 사설 텍스트에는 이전 시기의 여러 유형의 국한혼용문이 지니고 있던 특성이 섞여 있지만, 전체적인 문체는 이전 시기의 국한혼용문보다 한문 문법의 영향을 벗어나려는 모습을 보임을 확인하였다. 3절에서는 『대한매일신보』의 사설과 19세기 말 국한혼용문의 대표적 문체를 보여준다고 할 수 있는 『서유견문』 텍스트를 용언류의 사용 양상을 중심으로 대조하여, 두 국한혼용문이 보여주는 차이가 문체 현대화의 특징인 한자어 용언의 고유어화 및 한문구의 해체에서 기인한 것임을 확인하였다. 한문구의 해체는 특히 부정표현의 방식이 한문구 용언를 이용하는 방식에서 고유어 용언을 이용한 표현으로 바뀐 것이 대표적인 예로, 이를 통해 텍스트 안에서의 한글 표기 어절의 비율이 대폭 늘어난 것을 확인하였다.

제3부
국한혼용문의 현대화 과정

제10장

국한혼용문의 현대화 과정에 대한 시론

1. 논의의 목적

이 장에서는 현대의 국한혼용문이 근대 계몽기에 등장한 국한혼용문에 뿌리를 두고 있다는 사실을 확인하기로 한다. 이를 위해서는 ① 근대 계몽기의 국한혼용문이 어떻게 만들어졌는가를 밝히고, ② 그것이 어떤 과정을 거쳐 현대의 국한혼용문으로 변전되었는가를 설명하는 작업이 필요한데, 이 글에서는 논설문을 중심으로 이 문제를 다루려 한다.

논의를 진행하기 전에 앞으로 이 글에서 사용할 용어에 대해 간단히 설명해 두기로 한다. '태동기 국한혼용문'과 '현대적 국한혼용문'이라는 용어는 한영균(2015a, 이 책의 1장)에서 처음 사용한 것인데, '태동기 국한혼용문'은, 예외가 없는 것은 아니지만, 기본적으로 문장 구성에 쓰인 모든 실사實辭를 한자화하는 방식으로 만들어진 텍스트를 가리키고 '현대적 국한혼용문'은 이와 달리 문장 안에 나타나는 한자어만 한자로 적는 방식을 사용하여 만들어진 국한혼용문을 가리킨다고 하였다.

그런데, 앞으로의 논의를 통해 밝혀질 것이지만, 한영균(2015a, 이 책의 1장)에서의 기술은 '태동기 국한혼용문'과 '현대적 국한혼용문'의 차이를 분명히 드러내기에는 부족한 부분이 있다. 양자의 차이는 단순히 표기 문자 내지 사용 어휘의 차이에 그치는 것이 아니기 때문이다. 또 두 유형의 국한혼용문 이외에, 환태기의 논설문에서는 두 유형의 국한혼용문이 지닌 문체 특성이 혼효된 국한혼용문도 쓰이고 있음을 확인할 수 있다는 점도 언급해 둘 필요가 있다. 이 환태기에 주로 쓰인 국한혼용문을 앞으로 '근대적 국한혼용문'이라고 부르려 하는데, 이 근대적 국한혼용문의 존재는 '태동기 국한혼용문'과 현대 국한혼용문의 상관성을 밝히는 데에 중요한 고리가 된다. 문장의 구성과 어휘 사용 등이 태동기 국한혼용문에서 현대적 국한혼용문에 이르는 과정에 징검다리 역할을 하는 것을 확인할 수 있기 때문이다.

이 글은 다음과 같이 구성된다.

우선 태동기 국한혼용문의 문장 형성 원리를 이 시기 국한혼용문의 유형과 함께 정리하고(2절), 태동기 국한혼용문이 앞에서 이야기한 '근대적 국한혼용문'으로 변전되는 방식을 태동기 국한혼용문과 환태기 신문 사설 텍스트의 문장을 구성하는 요소들에 대한 비교 분석을 통해 확인한다(3절). 이와 함께 태동기 국한혼용문에서 근대적 국한혼용문을 거쳐 현대적 국한혼용문이 등장하는 과정에는 '언문일치'를 실현하는 방법에 대한 인식의 변화가 관여하였을 가능성을 검토한다(4절). 이러한 논의를 통해서 현대 한국어의 국한혼용문 문체가 형성되는 과정과 배경을 밝히려는 것이다.

2. 태동기 국한혼용문은 어떻게 만들어지는가?

지금까지의 연구에서는 현대 국한혼용문의 성립이 '현토체懸吐體 〉 직역 언해체直譯諺解體 〉 의역언해체意譯諺解體'(심재기 1992) 혹은 '구절현토체句節懸吐體 〉 어절현토체語節懸吐體 〉 전통국한문체傳統國漢文體'(민현식 1994), '한문체漢文體 〉 한문구체漢文句體 〉 한문어체漢文語體 〉 한자어체漢字語體'(홍종선 2000), '한문문장체漢文文章體 〉 한문구절체漢文句節體 〉 한문단어체漢文單語體'(임상석 2008) 등의 단계를 거치는 것으로 보았다.[1] 이러한 기술은 기본적으로 현대 한국어 문체 형성 과정이 한문의 해체 과정이라고 이해한 결과라고 할 것이다. 그러나 이 책의 1장에서 논의한 바와 같이 근대 계몽기의 국한혼용문은 앞선 연구에서 생각한 것처럼 순차적인 단계를 밟는 것도 아니고 한문의 해체라는 방식을 통해서만 만들어지는 것도 아니다. 같은 시기에 여러 유형의 국한혼용문이 병렬적으로 사용된다는 사실이 순차적 단계를 밟은 것이 아니라는 단적인 증거가 되며, 태동기 국한혼용문의 유형에 따라 문장을 구성하는 방식과 문체가 다른 것으로 보아야 하는 것이다. 우선 이 글에서 검토 대상으로 할 태동기 국한혼용문의 유형을 분명히 하기 위해서 1장에서 논의한 근대 계몽기의 국한혼용문의 유형과 문체 특성을 요약한 후 논의를 진행하기로 한다. 그것은 다음과 같다.

㉮ 한문 구문법을 기반으로 하되 국어 문법의 간섭 결과가 섞인 경우
  (『신단공안』류)

---

1 홍종선(2016:598)에서는 한문을 현토했다기보다 우리 글 안에 한문식 구절이나 단어를 우리말 단어처럼 사용한 것이라고 하고 있다.

ⓝ 국어 구문법이 기본이지만 구문적으로나 어휘적으로 한문 문법의
간섭 결과가 개재되는 경우(『시일야방성대곡』류)

ⓓ 구문적으로는 한문 문법의 간섭이 해소되지만 어휘적으로 한문
문법의 간섭 결과가 남아 있는 경우(『서유견문』류)

ⓡ ⓓ에 속하는 텍스트와 유사한 문체이지만 한문구 용언이 쓰이지
않고, 고유어 혹은 한글 표기 한자어가 사용되는 경우(『국민소학독
본』류)[2]

ⓖ, ⓝ 유형에 속하는 태동기 국한혼용문은 구문적으로 한문 문법의
영향이 남아 있고, 또 한문 문장에나 쓰일 문법적 요소가 쓰이고 있다는
점에서 직접적으로 한문 원전을 해체한 것이 아니더라도 한문의 해체
과정과 밀접한 관계를 가진다고 할 수 있다.[3] 문제는 이런 방식으로 만
들어진 국한혼용문은 현대 국한혼용문과의 연관성을 논의하기 어렵다
는 점이다. 한문을 어떤 방식으로 해체하든 한국어 문장이 될 수는 없기
때문이다. 이에 비해 ⓓ, ⓡ 유형의 태동기 국한혼용문은 기본적으로 한
국어 문장을 바탕으로 만들어진 것으로 볼 수 있다. 그 생성 방식이 한
국어 문장 구조를 토대로 하였기 때문에, 한국어 문장으로의 환원이 수
월했다고 보는 것이 이후 국한혼용문의 현대화 과정을 합리적으로 설명
할 수 있는 것이다. 이 4가지 유형 중에서 ⓓ의 『서유견문』류 국한혼용

---

2 한문구 용언에 대해서는 이 책의 6장 및 7장 참조.
3 한문의 해체 과정은 일차적으로는 구결문에 반영되고 이차적으로는 언해문에 반영된
다. 태동기 국한혼용문에서 구결문의 영향이 확인된다는 점도 태동기 국한혼용문의 생
성에 한문의 해체 과정이 영향을 주었다는 방증이 된다. 태동기 국한혼용문에 미친 구결
문의 영향에 대해서는 후술 참조.

문이 1900년대에 들어서 국가의 시책에 따라 공적인 문체로 인정되기도 하고 태동기의 말기에 이르러 진행되는 국한혼용문 문체 통합에서 기본이 되기도 한다.[4] 이러한 점을 고려하여 태동기 국한혼용문의 형성에 대한 논의는『서유견문』류 국한혼용문을 중심으로 한다.

이 절에서는 우선 앞에서 언급했던 태동기 국한혼용문이 문장 구성에 쓰인 모든 실사實辭를 한자화하는 방식으로 만들어진 텍스트를 가리킨다는 기술이 충분하지 않다는 점을 지적하는 데에서 출발하려 한다. 근대 계몽기에 널리 사용된 태동기 국한혼용문과 환태기에 들어서서 본격적으로 나타나는 근대적 국한혼용문의 문장 구조의 차이를 이해하는 데에 필요하다고 판단되기 때문이다.

요약하자면, 태동기 국한혼용문은 실사實辭만이 아니라 문장을 구성하는 모든 요소를 한자어 내지 한문구로 바꾸는 방식으로 만들어진다. 간단한 문장을 예로 들어 설명하기로 한다.

①
가. 이 물은 마실 수 있다.

가′. 此水는 可飮이라.

가″. 此水는 飮홈이 可하다.

나. 이 물은 마실 수 없다.

나′. 此水는 不可飮이라.

나″. 此水는 飮홈이 不可하다.

---

4   이에 대해서는 이 책의 9장 참조.

대부분의 태동기 국한혼용문은 ①-가, ①-나의 문장에서 '이, 물, 마시-,'와 같은 고유어로 표현할 수 있는 실사들을 모두 '此, 水, 飮'과 같은 한자어로 표기한다. 이런 방식은 일부 국어학자들이 태동기 국한혼용문 문장이 비정상적인 것이라고 비판했던 까닭이기도 하다.[5] 실제 언어 생활에서는 사용되지 않는 표현이기 때문이다. 그런데 이보다 더 주목해야 할 것은 ①-가와 ①-나의 강조 부분을 한자를 이용해 표현하는 방식이다. 즉 ①-가의 '可飮이라'나 ①-나'의 '不可飮이라'는 실사實辭만 한자화한 것이 아니라, '-ㄹ 수 있-' '-ㄹ 수 없-'과 같은 문법 구성을 통째로 한문구漢文句로 바꾼 것이다.[6]

이러한 한문구의 구성 방식에 대해서는 한영균(2011:244~248; 2014b: 423)에서는 '양태 표현 구성의 한문구 용언화'라고 지칭하고,[7] '가능 / 불가능, 의도 / 목적, 부정' 등을 나타내는 '~을 수 있 / 없-', '~으려 / 고자 ᄒ-', '~지 않- / ~지 못ᄒ- / ~지 말-' 등이 2음절 혹은 3음절 한문구로 재구성된다고 설명하면서, '不能ᄒ-, 末由ᄒ-, 可保-', '不可屈ᄒ-, ; 未曾有ᄒ-, 未曾聞ᄒ-, ; 欲不屈ᄒ-, 欲不困ᄒ- ; 不公平ᄒ-, 不當行ᄒ- 不世出ᄒ-, 末開化ᄒ-, 莫相犯ᄒ-' 등을 예로 들었다.[8] 또 ①-가" ①-나" 와 같이 이들 한문구 용언이 해체된 형태도 함께 쓰인다고 밝히고 있다. 실제『서유견문』뿐만 아니라 태동기 국한혼용문에서는 예 ①에서 제시한 두 가지 국한혼용문화 방식이 함께 확인된다. 이 책의 4장에서 다룬

5　이러한 비판은 이미 1920년대 지식인의 글에서도 볼 수 있다. 4절 참조.
6　『서유견문』류 국한혼용문에서 한국어 문장의 구성 요소를 한문구로 전환하는 방법은 다양하다. 여기서는 논의의 진행을 위해 가장 대표적인 예를 든 것이다.
7　이 책의 5장, 183~185면; 7장 271~273면.
8　이 책의 6장 2절 4) 및 7장 4절 2) 참조. 양태 표현 구성을 이루는 보조용언의 한자화에 대해서는 이 책의 13장 4절 1)에서 중점적으로 다루고 있다.

단음절 한자어 용언의 분포와 빈도가 문체 현대화의 한 준거로 활용될 수 있다는 것도 바로 이러한 한문구 용언의 해체를 통해 생성된 단음절 한자어 용언이 태동기 국한혼용문에 많이 쓰이기 때문인데, 한문구의 해체라는 과정에 주목하는 또다른 이유는 태동기 국한혼용문이 현대적 국한혼용문으로 전환되는 과정에도 이러한 해체 방식이 영향을 주기 때문이다.

두 번째로 지적할 것은 ①-가'의 '可飮이라' 및 ①-나'의 '不可飮이라'와 같은 한문구의 존재다. 한영균(2014b:429~431)에서는 이들을 "'-이-'계 술어구述語句"라고 지칭하면서 ㉮양태 표현의 한문구에 결합한 경우와 ㉯ 한문 구문에 '-이-'가 결합한 경우 두 유형으로 대별할 수 있다고 하였다.[9] 또한 술어적 의미를 지닌 한문구에 '-하-' 대신 '-이-'가 결합하는 방식은 구결문口訣文에서 그 기원적 모습을 볼 수 있는 것으로 한문 문법과 한국어 문법이 혼효된 결과임을 앞선 연구에 기대어 설명하였다(남풍현 1973:82~84). 이러한 '-이-'계 술어구의 사용은 태동기 국한혼용문의 문장의 특성 중의 하나로, 앞으로 다룰 용언구의 해체에서도 나타나며 용언구의 해체에서 나타나는 명사형 어미의 사용과 함께 구결문이 태동기 국한혼용문에 미친 영향을 보여주는 것이라고 할 수 있다.

---

9 '-이-'계 술어구에 대해서는 이 책의 여러부분에서 언급하고 있지만 7장 7절의 기술이 가장 구체적이고 포괄적이다.

3. 태동기 국한혼용문의 현대화 과정

1) 태동기 국한혼용문의 근대적 국한혼용문화

앞에서 언급한 대로 근대적 국한혼용문은 현대 국한혼용문과 태동기 국한혼용문의 혼효적 문체를 보이는 것들을 가리킨다. 환태기의 논설문에서 흔히 쓰인 문체인데, 앞에서 살핀 태동기 국한혼용문의 문장을 구성하는 요소를 단계적으로 현대화하는 방식으로 만들어진다. 태동기 국한혼용문의 현대화 과정은 대체로 다음 다섯 단계로 정리할 수 있다.

㉮ 양태를 표현하는 한문구 용언을 해체한다. 이는 2음절 혹은 3음절 한문구 용언을 '한자어 명사 + 한자어 용언' 혹은 '한자어 용언의 명사형 + 한자어 용언' 구성으로 해체하는 방식으로 이루어진다.

㉯ ㉮의 구성에서 양태를 나타내는 한자어를 한국어 문법의 양태 표현으로 환원한다.

㉰ ㉮의 구성에서 보조용언으로 쓰인 한자어 용언을 고유어로 환원한다.

㉱ 본용언으로 쓰인 한자어 용언 중 우리말로 굳어지지 않은 것을 고유어로 환원한다.

㉲ 체언구에서 우리말로 굳어지지 않은 한자어를 고유어로 환원한다.

이 중에서 ㉱와 ㉲는 태동기 국한혼용문이 현대의 국한혼용문으로 변전되는 마지막 단계에서 나타나는 것으로 '근대적 국한혼용문'에서는 잘 나타나지 않지만, 국한혼용문의 현대화 과정을 보여 주는 것이어서 함께 다룬다. 다시 말해서 ㉣ ㉤의 과정이 완성되는 단계에 이르렀을 때 국한혼용문의 현대화가 완성된다고 할 수 있는 것이다.[10]

㉮은 '可見하-, 可歸하-, 不可無하-' 등의 2음절 혹은 3음절 한문구가 '見함이 可하-, 歸함이 可하-, 無함이 不可하-' 등으로 해체되는 것을 가리킨다. 여기서 주목되는 것은 명사형 어미의 사용이다. 현대어로 옮기면 '~지 않-, ~지 못하-, ~ㄹ 수 없-, ~ㄹ 수 있-' 등으로 표현할 수 있는 것인데, 태동기 국한혼용문에서는 '-ㅁ / 음+한자어 용언' 명사형 어미, '-기 명사형 어미+한자어 용언' 등으로 나타나는 것이 일반적이다. 명사화소로 '-ㅁ, -기'를 사용하는 것은 구결문口訣文의 영향으로 볼 수 있어서, 앞에서 언급한 '-이-'계 술어구의 존재와 함께 태동기 국한혼용문이 전통적 문자 생활과 무관하지 않다는 것을 보여주는 예라고 할 것이다.

이렇게 '한자어 용언의 명사형+한자어 용언' 형으로 해체된 용언구는 ㉯의 과정에서 한국어의 양태 표현을 되살려 '見할 수 有하-, 歸할 수 有하-, 등으로 나타나며, ㉰의 과정에서 보조용언 위치의 한자어 용언을 고유어로 바꾸어 '見할 수 있(잇)-, 歸할 수 있(잇)-, 無할 수 없(업)-' 등으로 나타난다. ㉮ ㉯의 과정은 태동기 국한혼용문에서도 일부 텍스트에 나타나지만, ㉰의 과정은 환태기에 들어서서야 부분적으로 확인된다고 할 수 있다.[11]

태동기 국한혼용문의 용언구가 현대화하는 마지막 단계는 ㉱다. 용언구의 본용언 중 우리말로 굳어지지 않은 것을 고유어로 환원하는 것이다. '볼 수 있-, 돌아갈 수 있-, 없을 수 없-' 등으로 표현되는 것이다.

---

10 현대적 국한혼용문의 출현 및 확산에 대해서는 이 책의 12장에서, 이 책의 보조용언의 환원에 대해서는 13장에서 다시 다룬다.
11 보조용언 중 '가, 보- 오-, 주-, 지-' 정도가 나타나는 것을 확인할 수 있다. 자세한 것은 11장의 3절 및 13장 참조.

국한혼용문 현대화의 마지막 과정은 ㉺의 과정에서 '此, 水, 飮'과 같은 '우리말로 굳어지지 않은 한자어'를 '이, 물, 마시-,'와 같은 고유어로 환원하는 단계다. 예에는 관형사, 명사, 용언만 제시되었지만, 대명사, 부사 등에도 같은 방식이 적용된다. 물론 어휘 범주에 따라, 그리고 개별 어휘에 따라 고유어로 환원되는 속도에는 차이가 있다.

다음에서 이러한 한문구 용언의 환원 과정을 1920년의 『동아일보』 사설의 예와 함께 살피기로 한다.

②

가. 이 苦痛과 負擔에 對하야 相當한 便宜로 報酬를 與함이 可하며 公明正大하다 하노라

— 1920.4.17.

人民이 自主하야 國家를 經營함은 그의 權利이어늘 이 權利를 認定하며 保證함이 無함에 엇지 民主政治가 有하다 하리오

— 1920.5.17.

識者는 이에 對하야 細心의 注意를 加함이 可하다 하노라.

— 1920.4.7.

나. 記憶力이 乏少한 幼年 兒童에게 學問을 敎함도 兒童에게는 堪當키 難한 事이거든

— 1920.4.11.

民衆 輿論의게 批難 밧을 바이 無하여야 하겟스니 公明正大는 그 期하기 難하도다.

— 1920.4.17.

②-가, ②-나의 예들은 '태동기 국한혼용문'의 한문구 용언을 근대적 국한혼용문에서 해체하는 방식을 보여 주는 예들이다. ②-가는 2음절 혹은 3음절 한문구 용언을 '한자어 용언+-음 명사형 어미+한자어 용언'으로 해체한 예이며, ②-나는 '한자어 용언+ -기 명사형 어미+한자어 용언'으로 해체한 예이다. ②와 같은 방식으로 해체한 예는 태동기 국한혼용문에서도 나타나며 근대적 국한혼용문(1920년대의 사설)에서는 ②의 예보다는 명사형 어미를 사용하지 않고 양태 표현을 구체적으로 드러내는 ③과 같은 예가 더 흔하다.

③

가. 信敎 自由의 侵害에 對한 苦痛을 모다 *忍耐*할 수가 有하다 할지라도 朝鮮語의 壓迫 卽 敎育用語를 日本語로써 强制하는 弊害와 苦痛에 對하야는 吾人은 *忍耐*할 수가 無하도다.

— 1920.4.11.

靑年과 老年의 別을 반다시 年齡으로 標準할 수 無하도다.

— 1920.5.26.

故로 恐慌은 多少間 緩和할 수 有하나 競爭과 信用制가 産業界를 支配하는 現時代에 在하야는 根本的으로 防禦할 수 無하니

— 1920.5.30.

나. 政治的 自由가 有할지라도 *社會的* 自由가 無할 수 잇스며 *社會的* 自由가 有할지라도 *政治的* 自由가 無할 수 有하니라.

— 1920.4.3.

然則 歷史를 離하야 民族을 思할 수 업스며 民族을 離하야 個人을 思할 수

업슴이 맛치 個人을 離하야 民族을 思할 수 업는 것과 갓하도다.

—1920.4.6.

藝術이나 科學의 發達 업시 엇지 前者의 發達을 몔할 수 잇스리오?

—1920.4.13.

回收하는 方法도 너무 急遽하다고 云치 아니치 못할지니라.

—1920.4.14.

다. 破産과 廢止의 悲運에 陷함을 免치 못할지니

—1920.4.15.

或은 世界에 膨脹한 人道的 精神으로 因하야 可히 期할 수 잇거니

—1920.6.25.

勿論 寺內 長谷川 時代와 毫末도 變치 아니하야

—1920.4.9.

日本銀行에서도 兌換券 回收를 朝鮮銀行과 如한 比例로 行치 아니하나니

—1920.4.15.

身骨이 粉碎될지라도 義 아니면 屈치 아니하야

—1920.5.18.

③-가의 예는 '단음절 한자어 용언+ㄹ 수(가) 있-／없-' 구성에서 보조용언 위치에 여전히 한자어 용언이 쓰인 예이고, ③-나와 ③-다의 예는 모두 고유어 '있(잇)-, 없(업)-'으로 환원된 예들이다. 차이가 있다면 ③-나의 예는 본용언 위치의 선행 단음절 한자어 용언이 오늘날에는 쓰이지 않게 된 예이고 ③-다의 예는 지금도 사용되는 것들이라는 점이다. 이러한 ③의 예문과 대조적인 예가 ④의 예들이다. ④와 같은 예들은

⑤와 같이 후행하는 한문구 용언이 고유어로 환원되기도 하지만, 양태 표현을 한문구로 바꾸어 용언처럼 사용하던 '不可하-, 不變하-, 不能하-'와 같은 한문구 용언이 그대로 한국어 어휘로 굳어져 현대 한국어로 전승되기도 한다. 현대 한국어의 어휘 중 '不-, 未-, 非-, 反-' 등의 파생접사에 의해 만들어졌다고 하는 많은 서술성 명사들은 이러한 예에 속하는 것으로 볼 수 있다.

④

가. 何等의 苦痛이 無하며 何等의 困難을 不感하거니와

— 1920.4.11.

生活의 安全을 不得하는 無産者의 歡心을 買하며

— 1920.5.12.

日本 政局의 推移는 또한 朝鮮 政局이 緊切한 關係가 不無하니

— 1920.5.23.

一部 中國人은 如此한 憂慮를 抱한 者 不無하나 그러나

— 1920.5.24.

著書 出版에 對하야 亦 許可主義를 不變하니

— 1920.5.29.

나. 故로 此 時期에 兒童에게 對하야 語學을 課함은 不可하다.

— 1920.4.12.

知識은 非常히 發達하되 體格은 不健하야 맛참내 病廢者됨을 不免하는 個人을 吾人은 間或 實見하나니

— 1920.5.26.

直接 日本과 靑島 問題를 協議함이 不便하며

－1920.6.24.

다. 事物의 觀念을 形造할 수가 無함으로 記憶하기 不能하니 外國語를 敎함은
자못 兒童의 頭腦를 困苦케 할 뿐이라.

－1920.4.12.

우리는 如此한 借來物에 對하야 何等의 敬意를 表하기 不能하도다.

－1920.5.15.

⑤

結局 自體의게 幸福이 만히 도라올 것을 豫想하야 樂從하는 事實도 업지 아니
하나니

－1920.4.8.

일로 말미아마 經濟界의 攪亂을 招할 念慮가 업지 아니하니라

－1920.4.15.

世界 各國 가온대 物價 問題로 焦慮치 안이하는 者ㅣ 업지 못하나

－1920.4.15.

朝鮮 父老들은 義務에 對한 觀念은 秋毫도 잇지 아니하고

－1920.5.7.

2) 현대적 국한혼용문의 등장

태동기 문체의 변화에서도 느낄 수 있는 점이지만, 태동기에서 환태
기 로 넘어가는 사이에는 국한혼용문의 문체 상의 변화가 급격히 일어

난다. 3절의 1)의 예들은 『동아일보』가 창간되던 해인 1920년의 사설 중에서 약 5개월분 사설에서 나타나는 예들을 보인 것인데, 불과 15년 후인 1935년의 사설에서는 이들 양태 표현의 한문구 용언이 거의 쓰이지 않게 된다. 전체적으로 한국어 문법 구성으로 환원되는 것이다. 다음 ⑥의 예가 그런한 사실을 잘 보여준다.

⑥

가. 比較的 冷靜하게 朝鮮의 事態를 注視할 수 잇엇고

— 1935.1.4.

民衆의 利益을 增進할 수 잇는 대 잇는 것이다.

— 1935.1.17.

나. 이 새해를 맞음에 잇어서 우리가 非常한 決心을 다시 굳게 하지 안흘 수 없는 所以도 여기에 잇다.

— 1935.1.2.

그들은 더욱 비웃지 안흘 수 없엇을 것이니

— 1935.1.3.

七十餘의 高齡에 達하엿은즉 人生으로서의 餘年도 만타고 할 수 없는 터이라.

— 1935.1.5.

不干涉條約의 提議가 果然 "나치스" 獨逸의 歡諾을 얻을 수 잇을 것이며

— 1935.1.9.

어찌 不安한 생각을 暫時라도 이저 버릴 수 잇으랴.

— 1935.3.7

⑥-가의 예는 한국어의 단어로 굳어진 한자어 용언이 그대로 쓰인 문장의 예이고, ⑥-나의 예는 용언구 전체가 고유어로 환원된 예들이다. 한자어 용언을 그대로 사용한 문장이든 고유어로 환원된 문장이든 표기법 상의 미세한 차이를 제외하고는 현대 한국어의 국한혼용문과 다름이 없다.

3절의 검토 결과를 바탕으로 하면 '태동기 국한혼용문'은 1920년과 1935년 사이의 어느 시기엔가 '근대적 국한혼용문'의 단계를 거쳐 현대적 국한혼용문으로 자리잡는다고 이야기할 수 있다. 물론 필자의 개별적 선호도에 따라서 보수적인 문체를 사용할 수도 있고 좀더 현대화한 문체를 사용할 수도 있지만, 대체로 1935년 이후에는 현대 국한혼용문의 문체가 확립되었다고 보아도 무방할 것이다.

4. 국한혼용문 현대화의 유인

유길준이 『西遊見聞』의 집필을 마치고 원고를 친구에게 보여주며 비평을 구했을 때, 그 친구가 "그대가 참으로 고생하기는 했지만, 우리글과 한자를 섞어 쓴 것은 문장가의 궤도를 벗어났으니, 안목이 있는 사람들에게 비방과 웃음을 면치 못할 것(허경진 2004:25~26)"이라고 했다는 서문에 나오는 유길준의 술회는 1890년대 중반 국한혼용문이 어떤 평가를 받았는지 잘 보여준다. 그러나 불과 10여 년 후인 1908년 태동기 국한혼용문은 공문에 사용할 문체로 공인된다(이 책의 9장 1절 1) 참조). 그런데 다시 채 20년도 지나기 전에 같은 태동기 국한혼용문은 "우습고, 조선말도 아니고 중국말도 아닌, 국어의 발전에 장애가 되는 문체"

라는 비판을 받게 된다.[12] 우리 문자 생활사에서 같은 문체에 대한 평가가 이렇게 급격히 바뀌는 경우는 아마 찾아보기 어려울 것인데, '태동기 국한혼용문'이 '근대적 국한혼용문'을 거쳐 '현대 국한혼용문'으로 자리잡는 데에는 이러한 '태동기 국한혼용문'에 대한 평가의 변화도 작지 않은 영향을 주었을 것이다. 여기서 우리는 왜 '태동기 국한혼용문'에 대한 평가가 달라지게 되었을까 하는 의문을 제기하게 된다.

태동기 국한혼용문이 1908년 공문서에 사용할 문체로 인정되기는 하지만, 국어 문법이나 글쓰기 방식에 관심을 가지고 있었던 지식인들 사이에는 1900년대 후반에 이르면 글쓰기 방식과 관련해서 이 문체가 문제적이라는 인식이 있었던 것으로 보인다. 글쓰기 방식의 일관성 문제과 관련해서는 신채호의 "文法을 宜統一"(1908년 11월 7일 대한매일신보)이라는 글이 널리 알려져 있지만, 이 글에서 다루는 태동기 국한혼용문의 현대화를 가져온 유인과 관련해서는 글쓰기 방식의 정비가 아니라 이른바 '언문일치言文一致'의 필요성과 언문일치의 구현 방식에 대한 인식을 보이는 글들에 주목할 필요가 있다. 이 문제에 대해서는 이 책의 2장에서 전반적으로 검토한 바 있어서 다시 다루지 않고, 논의의 진행을 위해서 그 내용을 간단히 요약하면서 태동기 국한혼용문의 현대화와 관련

---

12 이러한 비판은 1990년대 근대 계몽기의 국한혼용문이 '기형적인 문체'라고 한 현대 국어학자들의 평가와 크게 다르지 않은 것인데, 비판의 배경이 '조선말도 중국말도 아니'라는 데에 있다는 점이 현대 학자들과 좀 다르다. 이윤재 선생의 비판을 담은 전문을 인용하면 다음과 같다.
"국한문혼용법은 지금도 어떠한 대든지 많이들 쓰나 가장 웃읍게 된 문체다. 가령 '봄에 꽃이 열다'라는 말을 한문음에 좇아서 '춘에 화가 개한다'라 읽으면 이는 조선말도 아니요 중국말도 아니니 이러한 문체를 우리가 늘 쓰게 되면 장래에는 우리의 말까지도 왼통 그리되고 말 것이니 이러한 것이 국어 발전상에 막대한 저장을 주게 될 것이다(이윤재 1926:42)."

된 사항을 더해서 살피기로 한다.

태동기 말기에서 환태기에 걸치는 시기는 언문일치에 대한 인식이 급변한 시기다. 1890년대의 국문론에서는 언문일치에 대한 인식이 나타나지 않으며, 1906년 이능화의 「국문일정법의견서國文一定法意見書」(1906)에서 처음 언문일치에 대한 언급이 나타난다. 그런데 이능화는 이 글에서 '한문측 부서언문漢字側附書諺文' 즉 부속국문체를 언문일치를 구현할 수 있는 방법으로 보았다.[13] 이능화의 주장에 뒤이어 나타나는 것이 이인직의 '소설'에서의 부속국문체 사용인데, 한영균(2017a, 이 책의 2장)에서는 박승빈의 『言文一致 日本國 六法全書 分冊 第三 商法』(1908년)을 새로 소개하면서, 번역서이면서 그 제목에 '언문일치'를 표방한다는 점에 주목하였다.[14] 이 책은 소설이나 독본류를 제외하고는 소위 부속국문체를 전면적으로 보여주는 자료라는 점이 중요한데, 우리말로 굳어졌다고 판단되거나 새로이 수입되어 우리말로 쓸 수 없는 개념어는 한자로만 표기하고 우리말로 굳어지지 않은 즉 고유어로 표기할 수 있는 한자에는 한글로 그에 해당하는 고유어를 부기하고 있다. 그런데 이 부기 방식은 같이 쓰인 한자의 음으로는 읽을 수 없게 되어 있다. 다음 ⑦의 문장이 그 예이다.

---

13 부속국문체가 일본의 후리가나의 용법을 흉내낸 것이라는 비판을 받는다는 사실을 감안하면 이러한 인식은 의외라고 할 수 있다. 그러나 여기에는 한자를 어떻게 읽느냐 하는 문제(음독과 훈독)와 국어의 문법적 구성을 한자로 표기하느냐 아니면 한글로 그대로 표기하느냐 하는 두 가지 문제가 관련된다. 이 두 문제를 어떻게 처리하는가에 따라서 언문일치를 실현할 수 있는가 그렇지 않은가가 결정되는 것이다.
14 이는 이 책의 2장 2절에서 다룬 내용이다.

⑦

會社가 아니고 商號 中에 會社임을 示(보)이는 文字를 用(쓰)口 得(으)ㄷ지 못함. 會社의 營業을 讓受(재)한 時에라도 亦(조)한 同(가)틈.

—『商法』, 第三章 商業登記 第十八條.

이러한 표기 방식은 표기상으로는 한자가 주±인 것처럼 보이지만 실제는 '보示이는, 씀用, 읏得지 못함, 쏘亦한, 가同틈'처럼 한글 표기가 독법의 중심에 있음을 보여준다. '언문일치'를 이룬 글이라고 주장한 까닭이 여기에 있다. 이는 이각종의 『실용작문법實用作文法』(1912)에서도 ⑧과 같은 문장을 언지諺字와 한자를 교용하였으되 그 한자는 "諺字의 思想을 表하는 參考用"이라고 한 데에서도 잘 드러난다.

⑧

學(비)와셔 此(비)를 時(재)로 習(익)키면 亦(또)흔 悅(깃브)지 不(아)니흔가

여기서 주목되는 것은 우리가 3절 1)에서 국한혼용문 현대화 단계에 관여한다고 본 양태 표현의 한문구 및 그 대응 고유어 표현 부분이다. 부속국문체에서는 고유어의 실사에는 그에 대응하는 한자를 표기하지만(쓰- ; 用, 읏- ; 得-, 깃브- ; 悅), '-지 못하-, -지 아니하-' 등 양태 표현의 용언구 전체를 한문구로 바꾸지는 못하는 것이다. 이는 한국어와 한문의 문법적 차이 때문인데, 한국어 고유의 문법적 표현을 그대로 한글로 적는 방식이 부속국문체를 언문일치체라고 인식한 이유의 하나가 되는 것으로 볼 수 있다.

이 시기의 국어 표기법과 관련해서 주목할 또 한 가지 주장은 우리말로 굳어진 한자어와 그렇지 않은 한자어를 구분해서 우리말로 굳어진 한자어는 국어 문장에 그대로 사용해도 좋지만 우리말로 굳어지지 않은 한자어는 사용하지 말자는 주장이다. 가장 먼저 이런 주장을 펼친 이는 주시경인데,『독립신문』1897년 9월 28자에 실린 글 중에서 사전(옥편)에 실을 단어로 문門, 음식飮食, 강江, 산山 등의 한자어의 예를 들면서 "다 한문 글즈의 음이나 쏘한 죠션말이니 이런 말들은 다 쓰는 것이 무방홀 쏜더러 뭇당"하다고 하면서 "한문 글즈의 음이 죠션말이 되지 아니흔 것은 쓰지 말아야 올을 것"이라는 주장하고 있다.

유길준도 이와 유사한 논의를 하지만(『대한문전』(1909) 자서), 이 시기 국한혼용문에서의 한자로 표기할 대상의 한정과 관련해서는 이광수의 주장이 주목에 값한다. 즉「今日我韓用文에 對하야」(『황성신문』3,430호~3,432호, 1910.7.24~1910.7.27)에서 "固有名詞나, 漢文에셔 온 名詞, 形容詞, 動詞等 國文으로 쓰지 못홀 것만" 한자로 쓰고 나머지는 모두 국문으로 쓸 것을 주장한 것이다. 이미 1910년에 태동기 국한혼용문에서 고유어 표기로 바꾸어야 할 부분이 무엇인지를 분명히 지적하고 있는 것이다.

⑨

今日에 通用ᄒᆞᄂᆞᆫ 文體ᄂᆞᆫ 名은 비록 國漢文幷用이나 其實은 純漢文으로 懸吐혼 것에 지ᄂᆞ지 못ᄒᆞᄂᆞᆫ 것이라, 今에 余가 主張ᄒᆞᄂᆞᆫ 것은, 이것과ᄂᆞᆫ 名同實異ᄒᆞ니, 무엇이뇨, 固有名詞나, 漢文에셔 온 名詞, 形容詞, 動詞 等 國文으로 쓰지 못홀 것만, 아직, 漢文으로 쓰고, 그 밧근 모다 國文으로 ᄒᆞ쟈흠이라

이광수가 이러한 주장을 펼치게 된 배경은 알 수 없다. 그러나 앞에서 살핀 것처럼 1890년대 후반에 주시경이 이와 유사한 주장을 하고 있다는 점, 이광수가 조선광문회 및 신문관의 활동을 통해 주시경 및 최남선과 밀접한 연관을 가졌다는 점 등을 감안하면, 주시경의 생각이 이광수의 주장에 영향을 끼쳤을 가능성을 생각할 수 있다. 다만 주시경은 순한글의 사용을 주장한 데에 비해, 이광수는 한자를 아예 사용하지 말자고까지는 주장하지 않았다는 점이 다르다.

이광수의 이러한 주장이 발표 이후 일반 사회에 어느 정도 영향을 주었는지는 확인할 수 없지만, 중요한 것은 이광수 자신이 잡지 『청춘靑春』에서의 시문체時文體의 사용을 통해 이러한 방식의 글쓰기를 보급하는데에 힘을 쏟는다는 점이다. 잡지 『청춘』의 문예 공모가 한국문단의 형성에 미친 영향에 대해서는 이미 잘 알려져 있는데(권두연 2016), 다른 한편으로는 규범적 글쓰기 방식의 보급 및 국한혼용문의 현대화에도 작지 않은 영향을 미쳤다고 할 수 있는 것이다.

시문체가 주로 문학적 글쓰기의 현대화에 영향을 준 것이기는 하지만(임상석 2009; 안예리 2012), 1920년대 초반에 들어서면 태동기 국한혼용문의 문체가 지니고 있는 문제점에 대한 인식의 폭을 넓히는 데에 상당한 영향을 미쳤다고 할 수 있다. '시문체'는 기본적으로 우리말로 굳어지지 않은 한자어의 사용을 피하는 것이기 때문이다. 이는 앞에서 언급한 이윤재(1926)에서 '언문일치'를 구현한 문장으로 예시한 문장이 여기에 해당한다는 점에서도 확인할 수 있다.

다른 한편으로 이 시기에 유행한 강연록講演錄류가 구어와 문어의 불일치에 대한 인식을 강화하는 데에 적지 않은 영향을 미친 것으로 보인다.

특히 광문사廣文社에서 주관하고 강연의 내용을 5권의 책으로 펴낸『시사강연록時事講演錄』(1921년~1922년)은 1920년 초반의 글쓰기에서의 언문일치의 구현이라는 문제와 관련하여 주목할만하다. 편마다 조금씩의 문체 상의 차이가 있지만, 용언의 활용형은 대부분 구어를 그대로 반영하는 양상을 보이면서, 체언 실사의 경우는 태동기 국한혼용문과 현대적 국한혼용문의 방식이 섞인 것이 확인되기 때문이다. 머릿속으로 구상한 글의 문어화가 아니라, 실제 강연 내용을 문어화하면서 겪게 되는 문제가 잘 드러나 있는 것이다. 이러한 과정을 통해서 언문일치에 대한 인식이 변화하였음을 잘 보여주는 것이 이 장의 각주 12에서 예를 든 이윤재(1926)에서 구체적으로 나타났다고 볼 수 있는 것이다.

5. 논의의 요약

이 장은 현대의 국한혼용문이 근대 계몽기에 등장한 국한혼용문에 뿌리를 두고 있다는 사실을 확인하는 것을 목적으로 하였다. 이를 위해 2절에서는 간단히 태동기 국한혼용문의 문장 구성 원리를 보이고, 3절에서 태동기 국한혼용문이 다섯 단계의 환원 과정을 거쳐 현대의 국한혼용문으로 변전되는 것으로 보았다. 그것은 다음과 같다.

㉮ 양태를 표현하는 한문구 용언을 해체한다.
㉯ 양태를 나타내는 한자어를 한국어 문법의 양태 표현으로 환원한다.
㉰ 보조용언으로 쓰인 한자어 용언을 고유어로 환원한다.

㉔ 본용언으로 쓰인 한자어 용언 중 우리말로 굳어지지 않은 것을 고유어로 환원한다.

㉕ 체언구에서 우리말로 굳어지지 않은 한자어를 고유어로 환원한다.

이 중에서 ㉮~㉰은 태동기 국한혼용문에서도 나타나는 예들이 있지만 ㉯, ㉱은 1920년대에 널리 쓰이는 근대적 국한혼용문에서 본격적으로 확인되는 것이며, ㉔, ㉕는 근대적 국한혼용문이 현대적 국한혼용문으로 변전되는 마지막 단계로 보았다. 물론 경우에 따라서는 ㉔, ㉕의 과정을 겪은 이른 시기의 글도 없지 않지만, 그것은 체계적 변화라고 보기는 어렵다.

4절에서는 이러한 태동기 국한혼용문의 현대화 유인을 살폈다. 그것은 한마디로 '언문일치'에 대한 인식이 달라진 때문인 것으로 보았는데, 대체로 1920년대의 중반에 이르러 태동기 국한혼용문의 이상성異常性을 깨닫고 그러한 문장을 강력히 비판하게 되지만, 실제로는 이러한 태동기 국한혼용문의 한자어 사용과 관련된 논의는 이미 1910년경부터 있었다는 것을 확인하였다.

제11장

환태기 중기 국한혼용문의 문체 특성

1. 논의를 시작하면서

1) 환태기 중기의 언어 상황과 논의의 내용

1910년 대한제국이 멸망하면서 한반도 안에서의 조선인이 주체가 된 언론 활동은 강제적으로 정지된다. 이런 상태로 10년이 지난 시점, 조선어가 국어로서의 자격을 상실한 시기에 창간된 『동아일보』 사설이 어떤 문체 특성을 지니고 있는지를 밝히는 일은 현대 한국어의 문체 형성 과정의 이해뿐 아니라, 일제 강점기의 국한혼용문 사설이 지니고 있는 문체사적 위상을 정립하기 위해서는 반드시 필요한 작업이다.

이렇게 이야기하는 것은 현대 한국어의 문체 형성이라는 관점에서 볼 때에 이 문제와 관련해서 아주 상반된 접근이 가능하기 때문이다. 일제 강점이 시작된지 10년이 흘렀고 그 사이 신문이라 하면 일본어 신문을 떠올릴 수밖에 없는 상황이므로, 초창기 국한혼용문이 화한혼용문和漢混用文의 영향을 받은 것이라고 주장하는 일부 연구자의 관점에서는 당연히 일본 신문의 문체나 일본문의 영향을 이야기할 수 있는 한편, 19

세기 말에 출현해서 대한제국 말기에 이르러는 공문서 작성에 사용할 문체로 공인된 국한혼용문이 이 1920년에 다시 등장하는 신문 사설의 국한혼용문과 밀접한 관련이 있다고 볼 수도 있다. 이는 한국어 문체 형성 과정을 기술하는 데에 있어 합의가 필요한 사항이라고 할 것이다. 그런데 우리는 아직 이 문제를 구체적으로 검토해 본 적이 없다. 일제 강점기에 발간된 신문 사설에 쓰인 국한혼용문의 문체가 지니고 있는 특성을 확인하고, 그 문체사적 위상을 정립하는 작업은 한국어 문체의 형성 과정 연구의 새로운 과제가 되는 것이다.

이 장에서의 논의는 이러한 문제 인식에서 출발한다. 창간된 해의 『동아일보』 사설의 문체가 대한제국 말기에 간행된 신문 사설의 문체를 계승한 것이라는 사실을 확인함으로써 일본 신문의 문체 혹은 화한혼용문과 관련이 없음을 밝히는 한편, 일제 강점 초기 10년간의 단절을 극복하고 대한제국 말기의 신문 사설에 쓰인 국한혼용문의 현대화의 방식을 이어 받고 있다는 사실을 구체적으로 확인하는 것이 이 장에서의 논의의 일차적 목적이다. 이와 함께 1920년 사설의 국한혼용문에는 대한제국 말기의 국한혼용문이 지닌 문체 특성과 현대적 국한혼용문의 문체 특성이 복합되어 있어 문체 형성 과정에서 양자의 중간 단계에 자리하며, 대한제국 말기의 국한혼용문과 현대적 국한혼용문을 이어 주는 연결고리 역할을 한다는 사실을 확인하는 것이 이 장에서의 이차적인 목적이다.

이 장은 다음과 같이 구성된다.

2절에서는 1920년 사설의 문체가 대한제국 말기의 신문 사설에 쓰인 국한혼용문의 문체 특징, 즉 근대 계몽기 국한혼용문의 문체를 통합한 것이면서 국어화된 문장을 바탕으로 한 문체의 현대화라는 변전의 방향성을 계승한 것이라는 사실을 확인하는 데에 논의의 초점을 둔다. 3절에서는『동아일보』1920년 사설이 지니고 있는 문체 특성을 계량적 분석을 통해 확인한다. 계량적 분석은 한자어 및 고유어의 사용 비율을 확인하는 한편, 어휘 범주별로 현대화되는 방식과 정도가 다르다는 점을 확인한다. 4절에서는『동아일보』1920년 사설의 문체 형성 과정에서의 위상을 살핀다. 즉 시기적으로 1900년대 말의 국한혼용문과 현대적 국한혼용문 사이에 쓰인 것이기 때문이 아니라, 그 문체 특성이 양자의 특성을 함께 지닌 혼효적인 양상을 보이며, 현대화의 방향성이라는 측면에서 대한제국 말기의 국한혼용문이 현대적 국한혼용문으로 변전되는 도상途上에서 징검다리 역할을 한다는 사실을 확인한다.

2) 분석 대상 자료

이 장의 논의에 사용한 기본 자료는 1920년 4월부터 6월 사이에 간행된『동아일보』의 사설 81건이다. 어절 수로는 약 54,200 어절인데,[1] 이는 1920년 동아일보 사설 159건의 약 1/2이다. 이와 함께 1900년대의 학회지 9종[2]에 실린 논설문을 이 책의 5장에서의 분류 기준에 따라『서유견문西遊見聞』류 및『국민소학독본國民小學讀本』류에 속하는 것들만 선별한[3] 자료 127건 62,000여 어절과 1910년 1월~4월 사이에 발행된

1　이 시기에는 전혀 띄어쓰기가 사용되지 않기 때문에 여기서 제시한 어절 수는 현대 맞춤법에 따라서 띄어 쓴 결과이다.

2　『대한유학생회학보』(1907.3~5);『대한자강회월보』(1906.7~1907.7);『대한학회월보』(1908.2~11);『대한협회회보』(1908.4~1909.3);『대한흥학보』(1909.3~1910.5);『서북학회월보』(1908.6~1910.1);『서우』(1906.12~1908.5);『태극학보』(1906.8~1908.11);『호남학보』(1908.6~1909.3). 이상 가나다순.

3　한영균(2013)의『신단공안』류 및『시일야방성대곡』류 국한혼용문은 술어부가 한문구로 이루어진 경우가 많아 용언류만을 따로 검토하기 어려워 대상 자료를『서유견문』류

『대한매일신보大韓每日申報』국한문판의 사설 중 판독이 가능한 것만 전자화한 자료 69건, 약 21,500어절(이는 1910년 간행된『대한매일신보』사설 전체의 약 1/2에 해당한다)을 보조 자료로 이용한다.

2. 대한제국 말기 국한혼용문의 문체 특성의 계승

이 책의 9장에서는『대한매일신보』1910년 사설 텍스트가 지니고 있는 문체 특성으로 두 가지에 주목한 바 있다. 첫째는 19세기 말~1900년대 초·중반에 사용되었던 여러 유형의 국한혼용문의 문체가 이 때에 이르러 통합되는 양상을 보인다는 것이고, 둘째는 일제 강점기 및 그 이후의 문체 변전의 방향성도 이미 이 때에 결정된다는 것이다. 이러한 대한제국 말기의 신문 사설에 쓰인 국한혼용문의 두 가지 문체 특성은 1920년『동아일보』사설에 그대로 계승되는 것으로 보인다. 각각에 대해서 절을 나누어 검토하기로 한다.

1) 문체 통합 방식의 계승

이 책의 9장에서 논의했던『대한매일신보』1910년 사설에서 확인되는 대한제국 말기 국한혼용문의 문체 통합은『서유견문』류 국한혼용문의 문체를 바탕으로 하면서, 이전 시기에는『신단공안』류나『시일야방

와『국민소학독본』류에 한정했다. 검토 대상이 된 자료는 근대계몽기 국한혼용문 유형론을 다룬 다른 연구에서의 분류로는 대체로 '직역언해체(심재기 1992), 어절현토체(민현식 1994), 한문어체(홍종선 2000), 한문 단어체(임상석(2008)' 등에 속하는 부류라고 할 수 있다.

성대곡』류 국한혼용문에만 쓰던 한문 구문의 요소들을 섞어 쓰는 방식이었다고 요약할 수 있다. 이렇게 한문 구문의 구성 요소들을 국어 문법을 바탕으로 한 문장에 섞어 쓸 수 있었던 까닭은 이 시기에 이르면 한문 구문을 구성하는 요소들이 근대계몽기 국한혼용문의 유형적 특성을 나타내는 요소가 아니라 글쓰기에 있어서의 수사법적 요소로 바뀌었기 때문이라고 보고, 이것이 국한혼용문의 문체가 대한제국 말기에 이르러서 통합된다는 사실을 방증하는 것으로 보았다.

이 절에서는 1920년 『동아일보』 사설의 문체와 1910년 『대한매일신보』 사설 문체의 연관성을 확인할 것인데, 문체 통합이 『서유견문』류 국한혼용문의 문체를 바탕으로 한다는 문제는 『동아일보』 1920년 사설에는 적용할 수 없으므로[4] 여기서는 문체 통합의 방증으로 들었던 한문 구문의 구성 요소들을 섞어 쓰는 방식과 '-이-'계 술어구의 사용이 1920년 사설 텍스트에서는 어떤 양상을 보이는지 확인하기로 한다.

(1) 한문 구문의 구성 요소의 사용

이 책의 9장에서는 1910년 『대한매일신보』 사설 69건을 대상으로 한문 감탄사(嗚乎, 嗚呼, 嗟乎, 宜乎, 惜乎, 於是乎, 吁嗟乎 등), 접속사(又, 及), 종결사(哉, 也)의 쓰임을 검토하여 단 한 건(1910년 3월 22일자)를 제외한 68건 모두에서 이들 한문 감탄사, 접속사, 종결사의 용례를 확인하였다.

한편 검토 대상이 된 『동아일보』 1920년 사설에서도 81건 중 41건

---

4 이렇게 이야기하는 것은 『동아일보』 1920년 사설이 근대계몽기의 국한혼용문 중 어떤 유형의 문체와도 비슷하다고 할 수 없을 정도로 변전된 모습을 보이기 때문이다. 이러한 사실은 2절 및 3절의 논의를 통해 밝혀질 것이다.

에서 한문 감탄사, 접속사, 종결사의 용례를 확인할 수 있다. 1910년 『대한매일신보』 사설에서의 사용 비율이 99.5% 이상이었는데, 1920년 『동아일보』 사설에서는 거의 절반으로 줄어 들었다는 점이 주목되는 부분이다. 이 한문 구문의 구성 요소 중 특히 종결사(哉, 也)의 용법은 두 시기 사설에서 그 사용 양상이 크게 달라진다. 『대한매일신보』 1910년 사설에서는 '也'의 용례가 4건, '哉'의 용례가 11건인데, 중복 사용된 사설이 있어 실제로는 14건에서 한문 종결사가 확인된다. 『동아일보』 1920년 사설의 경우 '也'가 11건, '哉'가 5건에서 사용되었는데, 역시 중복된 사설이 있어 14건의 사설에서 한문 종결사가 확인된다. 사용 비율로는 『대한매일신보』 사설에서는 20.29%에서 용례가 확인되고, 『동아일보』 사설에서는 17.28%에서 용례가 확인된다. 두 사설에서의 한문 종결사의 사용 비율이 크게 다르지 않은 것이다.

그러나 1910년 사설과 1920년 사설에서의 한문 종결사의 사용 양상에는 주목할 만한 차이가 있다. '也'의 경우 1910년 사설에서는 4건에서 쓰인 반면, 1920년 사설에서는 11건으로 늘어나고, 반면 '哉'의 경우 1910년 사설에서는 11건, 1920년 사설에서는 5건에서 그 용례가 확인된다. 두 시기의 사설에서 '哉'와 '也'의 사용 빈도가 역전되는 것이다. 그런데 이보다 더 중요한 점은 『대한매일신보』 1910년 사설과 『동아일보』 1920년 사설의 한문 종결사를 사용하는 방식이 크게 달라진다는 점이다. 즉 『대한매일신보』 1910년 사설에서는 필자가 자신의 글에 사용한 예가 대부분인데, 『동아일보』 1920년 사설의 경우에는 대부분이 고전을 인용한 예에서 나타나는 것이다. 사설 전체를 예로 들면 용례가 너무 길어지므로, 각 형태가 사용된 부분을 중심으로 두 사설에서의 예를 각각 들어 보인다.

① 『대한매일신보』 1910년 사설의 한문 종결사 용례.

가. 哉 : 高麗 大兵으로 羅唐을 抗ᄒᆞ엿스면 可히 七百年 故國이 復完ᄒᆞ엿슬지

어늘 惜哉라 孤拳渴竿으로 强敵을 奈何오

—1월 13일자

嗚乎 哀哉 李鳳來여 何處 地獄으로 入코ᄌ ᄒᆞ나뇨.!!!

—2월 3일자

菱角이 鷄頭를 作흠은 何哉오. 文化가 不足ᄒᆞᆫ 故니라.

—2월 19일자

日本은 地上國이 아니라 天上國인 줄노 思하고 又 曰 幸哉라 日本이 我國

을 保護흠이여 하거늘

—3월 30일자

異哉라 爾 所謂 實業 開發이여

—3월 30일자

吾儕가 □悶을 不勝ᄒᆞ야 一言 提醒흔 바이어날 惜哉라 爾여 面을 掩하고

無數 惡罵를 發ᄒᆞ엿도다.!!!

—4월 1일자

英, 德, 法, 淸 等 各 語學교에ᄂᆞᆫ 入學ᄒᆞᄂᆞᆫ 者가 無하야 春草 滿庭의 嘆을

發케 흔다 ᄒᆞ니 惜哉라.

—4월 10일자

나. 也 : 國民은 必也 新年을 迎흠에 新知識을 發揮홀 心으로 以ᄒᆞ며

—1월 1일자

他人의 敎科書 稿本을 長久 靳持흠은 必也 學部가 此等 稿本 中에셔 敎科書

材料를 攫取키 爲흠이라

何方에 同主義者가 有ᄒ던지 必也 情意를 疏通ᄒ며 機關을 聯絡ᄒ고

—4월 3일자

古人의 云흔 바 天飜地覆也 不管國亡家破也 不管我只管講學이란 一念만 頑

守흔 故로

—2월 8일자

② 『동아일보』 1920년 사설의 한문 종결사 용례

가. 哉 : 樊遲 出커날 子ㅣ 갈아사대 小人哉라 樊須也여

—4월 29일자

孔夫子 일즉이 갈아사대 吾ㅣ 有知乎哉아 無知也ㅣ로라 有鄙夫ㅣ / 孔夫子

曰 (…중략…) 言不忠信하며 行不篤敬이면 雖州里나 行乎哉아 하심이

—6월 25일자

孔夫子 일즉이 갈아사대 吾ㅣ 有知乎哉아 無知也ㅣ로라

—5월 18일자

나. 也 : 或이 問 禘之說한대 子ㅣ 曰 不知也로라 知其說者之於天下也에 其如示

諸斯乎인뎌 하시고

—4월 24일자

子貢이 欲去告朔之餼羊한대 子曰 賜也아 爾愛其羊가 我愛其禮하노라 하섯

나니라 / 樊遲 出커날 子ㅣ 갈아사대 小人哉라 樊須也여

—4월 29일자

396 제3부_ 국한혼용문의 현대화 과정

孔夫子 일즉이 갈아사대 其爭也 君子로다 하섯나니

—5월 17일자

孔夫子 일즉이 갈아사대 "吾ㅣ 有知乎哉아 無知也ㅣ로라

—5월 18일자

孔夫子 갈오대 "殷因於夏禮하니 所損益을 可知也며 周因於殷禮하니 所損益을 可知也ㅣ니

—5월 19일자

　두 사설에서의 한문 종결사를 사용한 방식을 요약하면『대한매일신보』사설에서는 필자가 자신의 감정을 표현하기 위해서 사용하는 경우가 많은 반면(①-가 및 ①-나),『동아일보』1920년 사설은 사설 필자가 자신의 표현 중 하나로 사용하는 예가 없고, 고전을 인용한 경우만 확인된다(②-가 및 ②-나).

　이를 좀더 구체적으로 살펴 보면, 필자가 자신의 감정을 표현하기 위해 사용하는 것은『대한매일신보』의 경우는 '也'의 용례 4개 중 3개, '哉'의 용례 11개 모두가 이러한 용법이다. 반면에『동아일보』사설의 경우는 '也'의 용례 38개, '哉'의 용례 7개 중 하나도 자신의 감정을 표현하기 위해 사용한 예가 없다. 고전을 인용한 용례는『대한매일신보』의 사설의 경우 전체 15개 중 1개인 데 비해(①-나 마지막 예문),『동아일보』사설의 경우는 '也' 38개 '哉' 7개 모두가 인용문에 쓰인 것이다.

　필자 자신의 감정을 표현하기 위해 사용하든, 고전을 인용하든 두 방식은 모두 한문의 문채文彩를 비는 수사법적인 것이지만, 10년 사이에 필자가 자신의 감정을 표현하기 위해 사용한 예가 크게 줄어 든다는 것은

이 시기에 들어서서는 한문 구문의 구성 요소를 직접 국어 문장에 섞어 쓰지 않는 경향이 지배적임을 의미하며, 그 대신 고전을 인용하는 예가 증가하는 것으로 볼 수 있다. 고전을 인용하는 것은 독자들이 고전에 대해 가지고 있는 신뢰를 바탕으로 자신의 글의 신뢰도를 높이거나 권위를 부여하려는 데에서 나온 방식이라고 할 것인데, 이 역시 한문의 자장 안에서나 유효한 수사법의 일종이라고 보아야 할 것이다.[5] 그러나 시간의 흐름에 따라서 고전에 대한 독자의 인식이 달라지거나, 고전을 이해하는 독자의 비율이 줄면 이 방식도 자연히 사라지게 된다. 문체 현대화의 또다른 한 측면이라고 이야기할 수 있는 것이다. 여하튼 이러한 예들은 『동아일보』 1920년의 사설이 『대한매일신보』 1910년 사설의 문체 통합 방식을 계승하면서도 그 나름의 현대화 방식을 구현해 가고 있다는 방증으로 보아도 좋을 것이다.

(2) '-아'계 술어구의 사용

서유견문 용언류를 분석한 이 책의 7장에서는 '-이-'계 술어구란 '한자어+-ㅎ/하-'형 용언의 변형이라고 보아야 할 것들로 근대계몽기 한문구 용언 형성 방식에 따른다면 '-ㅎ/하-'가 쓰일 자리에 '-이-'가 쓰인 것을 가리킨다. ③의 강조한 예와 같은 것이다.

---

5 현대 수사법에서 이런 방식이 거의 쓰이지 않는 것에서 알 수 있듯이, 동양 고전에 대한 독자의 인식이 달라지거나 고전을 이해하는 독자의 비율이 줄면 이 방식도 자연히 사라지게 된다. 수사법의 변화도 현대화의 또다른 측면이라고 이야기할 수 있는 것이다.

③

其業은 可毁언뎡 此名은 難毁라 外國人을 對흠애 行實을 端正히 흐며 / 時間

을 酌定흐야 事爲上에 勉勵흐는 時는 極臻히 勉勵로디 休息흐는 暇는 休息홈

이 可흐거니와

　예로 든 '其業은 可毁언뎡 此名은 難毁라'는 '可毁其業이언뎡 難毁此名

이라'라는 한문구가 해체된 것으로 볼 수 있다. 문제는 '可毁, 難毁'와 같

은 한문구가 국어 문장의 서술어로 쓰이려면 '-흐-'와 결합하는 것이

일반적인데 ③의 예에서는 '-이-'와 결합하였다는 점이다. 술어적 의

미를 지닌 한문구와 '-이-'가 결합하여 서술어로 기능하는 방식은 구결

문口訣文에서 그 기원적 모습을 볼 수 있는 것인데, 이것이 한문 문법과 한

국어 문법이 혼효된 결과라는 사실은 이미 오래 전에 밝혀졌다(남풍현

1973:82~84). 이러한 '-이-'계 술어구의 사용은 근대계몽기 국한혼용

문이 지니고 있는 중요한 특성 중의 하나인데, 대한제국 말기의 1910년

사설 텍스트에서도 검토 대상 69건의 사설 중 39건에서 '-이-'계 술어

구가 사용되었다.

　한편 『동아일보』 1920년 사설 텍스트에서도 검토 대상 81건 중 53

건에서 용례를 확인할 수 있다. 사설 총건수 대비 사용 비율로 보면 『대

한매일신보』 사설의 경우 56.52%인 데 비해 『동아일보』 사설의 경우

는 65.43%가 되어 오히려 '-이-'계 술어구의 사용이 늘어나는데, 이는

2장 1절 1항에서 언급한 것처럼 고전을 인용한 표현이 늘어난 데에서

기인한 것이다.[6] ①-나와 ②-나를 비교해 보면 이러한 점이 분명히 드

러난다. 『대한매일신보』 사설의 경우 '也'의 용례는 모두 '必'이라는 한

자와 결합한 것인 데 비해(①-나),『동아일보』 사설의 용례는 모두 인용문에 포함된 구와 결합한 예이며, 이 예들이 모두 '-이-'계 술어구로 이루어진 것이다(②-나).

2) 문체 변전의 방향성 계승

여기서 이야기하는 문체 변전의 방향성이란 한국어로 굳어지지 않은 한자어를 고유어로 교체하는 방식을 가리키는 것으로 근대계몽기 국한혼용문이 현대적 국한혼용문으로 변전하는 방향이 이미『대한매일신보』1910년 사설에서 드러나고 있다고 한 것을 가리킨다. 이는『대한매일신보』1910년 사설의 고유어화된(한글로 표기된) 어절의 용례가『서유견문』에 비할 때 거의 3배에 이른다는 점과 부정 표현에 한문구 용언을 사용하던 것을 한문구를 해체하는 동시에 부정을 나타내는 고유어 용언을 사용하는 예가 급격히 늘어난다는 점이 논거가 되었다. 따라서『동아일보』1920년 사설의 문체가『대한매일신보』1910년 사설의 문체 변전의 방향성을 계승한다는 것은 한국어로 굳어지지 않은 한자어를 고유어로 교체하는 방향을 이으면서 그 범위가 더 확대되는 것을 가리킨다고 요약할 수 있다.

이러한 사실은 일차적으로는 텍스트 안에서의 한글 표기 어절 수의 비율이 커지는 것을 통해 확인할 수 있다.『동아일보』1920년 사설 텍스트를 분석한 결과는 부정 표현에 사용되는 한문구 용언의 해체와 부정을 표현하는 고유어 용언의 사용 확대에 그치지 않는다. 어휘 범주 전

---

6   용언류 용법상의 '-이-'계 술어구의 비율은『대한매일신보』 사설에서는 1.32%이고 『동아일보』 사설에서는 1.72%로 크게 다르지 않다(3절 〈표 14〉 참조).

반에 걸친 고유어화가 상당히 진행된 것을 확인할 수 있는 것이다. 우선 이 절에서는 검토 대상으로 삼은 세 종류의 자료에서 한글 표기 어절의 비율이 어떻게 변화하는지만 간단히 살피고, 장을 달리하여 동아일보 1920년 사설에서의 한자어의 고유어화를 바탕으로 한 문체 현대화 양상을 구체적으로 검토하기로 한다.

〈표 13〉은 여기서 분석 대상으로 삼은 1900년대 학술지 소재 논설문, 『대한매일신보』 1910년 사설, 『동아일보』 1920년 사설에서의 한글 표기 어절의 비율을 정리한 것이다. 각 자료의 어절 수가 달라서 절대 빈도를 비교하는 것은 의미가 없고, 총 어절수 중 한글로 표기된 어절의 비율을 대조함으로써 그 전반적 경향을 살핀다.

우선 『대한매일신보』 1910년 사설.

한글로 표기된 어절은 전체의 약 7%를 차지한다(음영 표시를 한 부분). 이를 1900년대 학술지의 경우와 비교해 보면 약 0.5%의 미세한 차이를 보인다. 그런데 『동아일보』 1920년 사설과 비교해 보면 그 차이는 상당하다. 『동아일보』 1920년 사설 텍스트는 한글 표기 어절이 전체의

〈표 13〉 세 시기 논설문의 표기 문자별 어절의 비율

	1900년대 학술지 논설		1910년 대한매일 사설		1920년 동아일보 사설	
	어절수	비율(%)	어절수	비율(%)	어절수	비율(%)
총 어절수	63,264	100	21,491	100	54,287	100
한글 표기 어절	4,159	6.57	1,523	7.08	12,408	22.86
한자 표기 어절	58,856	93.03	19,853	92.37	41,756	76.92
기타7	78	0.12	115	0.54	122	0.22

7 여기에는 한자 이외의 외국 문자(로마자, 일본 가나)로 표기된 어절, 판독이 불가능한 부분이 포함된 어절, 기호 등이 포함된다.

약 23%를 차지하므로 『대한매일신보』와 비교하면 세 배 이상 늘어난 것이다. 『대한매일신보』의 한글 표기 어절의 비율이 19세기 말 『서유견문』 텍스트와 비교했을 때 약 3배 늘어난 것을 확인할 수 있었으므로(한영균(2018b) 3장 〈표 1〉), 『동아일보』 1920년 사설의 한글 표기 어절은 『서유견문』 텍스트의 9배, 『대한매일신보』 1910년 사설의 3배가 되는 것이다. 이러한 통계치는 『대한매일신보』의 문체 변전의 방향성을 『동아일보』 1920년 사설이 계승하면서 더 진전된 모습을 보인다고 할 수 있는데, 이러한 확대 계승의 경향은 어휘 범주에서의 한자어의 현대화 정도를 보면 더 분명해진다.

3. 『동아일보』 1920년 사설에서의 어휘 현대화[8]

『대한매일신보』 1910년 사설 텍스트에서는 한글로 표기된 어절이 부사와 본용언, 보조용언 일부 등 극히 일부에서만 확인되었는데, 『동아일보』 1920년 사설 텍스트에서는 모든 어휘 범주에서 한글로 표기되는(고유어화 한) 단어가 확인된다. 이 장에서는 어휘 범주별로 한자로 표기된 어절과 한글로 표기된 어절의 용례수, 어종수, 전체 대비 비율을 정리하고(〈표 14〉), 범주별로 절을 나누어 중요한 사항을 설명하기로 한다.

8　논의는 기본적으로 한글로 표기된 어절의 비율을 중심으로 진행하면서 현대화라는 용어를 사용하는 것은, 체언이나 용언의 경우와는 달리 관형사나 부사류의 경우 현대화가 한글화(고유어화)를 통해서만 드러나는 것이 아니기 때문이다. 관형사 중에서 '-的' 파생어는 현대 한국어에서도 고유어화하지 않는 것이 일반적이며, 부사 중에도 이 시기의 한자어 부사어가 현대 한국어에서도 그대로 사용되는 예들이 많은 것이다. 후술 참조.

<표 14> 『동아일보』 1920년 사설의 어휘 범주별 한글 표기 비율

	전체		한자 표기		한글 표기		용례 대비 비율(%)	어종 대비 비율(%)
	용례	어종	용례	어종	용례	어종		
일반명사	22,732	5,648	22,152	5,503	580	145	2.55	2.56
고유명사 (외래어)	1,878	438	1,705	325	173	113	9.21	25.80
의존명사	2,358	54	738	34	1,620	20	68.70	37.03
대명사	1,444	43	550	20	894	23	61.91	53.49
한문구	572	469	572	469				
용언류	17,237	3,562	11,968	3,296	5,269	266	30.57	7.47
관형사	2,782	380	1,436	366	1,346	14	48.38	3.68
부사	5,001	442	2,354	330	2,647	112	52.93	25.33
계	54,004	11,048	41,475	10,351	12,529	697	23.20	6.31

1) 체언의 고유어화(한글화)

체언의 경우 어종 수 대비 한글화의 비율은 대명사 〉의존명사 〉일반 명사 순이다. 대명사의 고유어화 비율이 가장 높은데, 이는 대명사라는 어휘 범주가 그 수가 한정적인 폐쇄집합을 이룬다는 점과 현대 국어의 대명사가 '자기自己, 당신當身'을 제외하고는 모두 고유어라는 사실과 무관하지 않은 것으로 보인다. 다음에 1920년 사설 텍스트에서 확인되는 대명사의 목록과 빈도를 제시한다.

④ 한자어 대명사 및 고유어 대명사 목록 및 빈도(자모순)

가. 한자어 : 其(1), 己(1), 誰(7), 是(8), 我(7), 予(1), 余(57), 余等(1), 吾(2), 吾人(244), 吾輩(2), 爾(2), 自(3),[9] 諸君(72), 此(107),

---

9   이 용례는 다음과 같다.

此等(9), 彼(1), 彼等(1), 何(19), 何時(5)

　나. 고유어 : 그(84), 그것(6), 그네(3), 그대(11), 그이(1), 나(5), 내(1),
　　　너(10), 네(4), 누(6), 누구(7), 무엇(60), 분(1), 분네(1),
　　　아무(1), 어디(2), 얼마(2), 우리(47), 이(596), 이것(13),
　　　이곳(14), 이놈(1), 저(15), 저이(1)

　④의 예시에서 주목할 것은 한자어 대명사 중 1인칭의 빈도다. 인칭
대명사 중 1인칭만 한자어 '我(7), 予(1), 余(57), 余等(1), 吾(2), 吾人
(244), 吾輩(2)' 등의 용례가 고유어의 용례('나(5), 내(1), 우리(47)')보다
많은 것이다. 이러한 일인칭 한자어 대명사 사용은 1930년대까지 이어
지는 것을 볼 수 있는데(이 책의 12장 2절 참조), 이들이 현대 한국어에서는
모두 고유어로 교체되었다는 점을 고려하면 한자어 고유어화의 예외적
인 경우라고 할 것이다. 또 고유어 지시 대명사 '이'의 사용 빈도가 높은
데, 이는 한자어 대명사 '是'를 그대로 '이'로 옮기기 때문이다. 한문 구
문이 국어 문장으로 변전되면서도 그 영향을 남긴 것으로 볼 수 있는데,
이러한 용법의 '이'는 현대 국한혼용문에서는 '이것'으로 교체되는 예가
많다. 이해를 돕기 위해 한자어 대명사 '是' 및 고유어 대명사 '이'의 용
례를 몇 개 들고, 대명사 '이'의 굴절형 목록과 그 빈도를 함께 제시한다.

　⑤ 대명사 '是'와 '이'의 용례

　가. 社會道德과 政治道德 等이 是니 / 世界 各國을 操縱함이 是ㅣ라 / 行動을 取

　　　自가 他에게 對하야 要求함이 아니요 / 自가 他에 對하야 要求하는 바 解放이요 / 處事接
　　物에 能히 自로 自活할 만한 境遇에 達하얏다

하는 露西亞의 過激派가 是ㅣ오 / 形式은 二이니 陰과 陽이 是이라

나. 天下 政務의 機密에 參與함이리오 이 吾人이 同 課長의 交遞를 當하야 / 違法과 秕政을 問責치 못하면 이는 政治의 原理에 反하는 것이라 / 各般 國家의 機關을 通하야 이를 發達시기며 / 總督 政治에 服從함이 이에 지나리오 / 減刑의 恩赦令을 下하시니 일로 말미아마 朝鮮 全道에

⑥ 고유어 대명사 '이'의 굴절형 목록 및 빈도
이(101), 이가(2), 이는(126), 이도(4), 이라(1), 이로(8), 이로부터(2), 이로써(2), 이를(112), 이뿐만(2), 이뿐이리오(1), 이에(137), 이에까지(1), 이에는(1), 이에서(4), 이오(1), 이와(78), 이의(1), 일노써(1), 일로(8), 일로써(3)[10]

의존명사의 고유어화는 3절의 〈표 14〉를 보면 어종 대비 비율이 37.03%이다(음영 부분). 그러나 구체적으로 의존명사의 목록을 검토해 보면 고유어화할 수 있는 것은 대부분 고유어화한 것으로 보아도 좋을 것으로 판단된다. 다음 예시 ⑦의 한자어 의존명사 중 음영으로 표시한 '間, 事, 者, 平方英哩'를 제외하면 모두 오늘날에도 쓰이는 것들이다.

'間'은 고유어 '사이'와 유의관계에 놓이지만 요즈음도 한자어 다음에 접사처럼 사용하기도 한다. '평방영리平方英哩'는 근대계몽기에만 쓰인 특수한 단위 명사이므로 논외로 할 수 있을 것이다. 결국 고유어화하지

---

10 대명사 '이'의 굴절형 중 'ㄹ' 앞에서 '일'로 나타나는 것은 근대 이전의 굴절형이 그대로 반영된 것이다.

않은 의존 명사 중 '事, 者'만 문제가 되는데, 문맥에 따라 '것, 일' 혹은 '사람, 놈' 등으로 고유어화될 것인데 아직 고유어화하지 않은 것으로 볼 수 있다. 특히 '事'는 이두문에 흔히 쓰이던 것이어서 그 영향을 생각할 수 있을 듯하다. 대명사에서 일인칭 한자어 대명사와 마찬가지로 현대 한국어에서는 모두 고유어로 교체되는 것인데, 이렇게 고유어화하지 않은 예가 많이 나타나는 것은 한문 문법 혹은 이두문의 영향으로 볼 수 있을 것이다. 다음에 한자어 및 고유어 의존명사의 목록과 그 용례의 빈도를 제시한다.

⑦ 한자어 의존명사의 목록과 빈도

間(54), 個(25), 個國(2), 個年(5), 個月(2), 個處(1), 箇(1), 箇條(2), 件(4), 君(10), 斤(1), 年(27), 等(86), 等地(2), 等級分(1), 名(20), 倍(2), 番(1), 步(1), 事(88), 歲(2), 式(7), 氏(46), 元(9), 圓(21), 以來(24), 者(273), 初(3), 平方英哩(1), 割(3), 項(2), 戶(5), 戶式(1), 回(1)

⑧ 고유어 의존명사의 목록과 빈도

가지(1), 것(758), 곳(7), 대로(2), 덩어리(5), 데(7), 따름(18), 때(32), 때문(24), 만치(1), 바(362), 밖에(4), 번(5), 뿐(168), 수(206), 줄(11), 터(11)

일반명사의 고유어화는 이제 막 시작되는 단계를 보여준다고 할 수 있다. 고유어 명사는 145개가 확인되는데, 사설 텍스트에 쓰인 일반명사가 5,600여 개이므로 그 어종 대비 비율이 2.56%이고, 전체 용례 수에서 차지하는 비율도 2.55%이므로 일반명사는 극히 일부만 고유어화 했다고 이야기할 수 있을 것이다. 간단히 다음에 용례가 5개 이상인 일 반명사의 목록과 용례의 빈도를 제시한다.

⑨ 용례가 5개 이상인 일반명사(27종)
가운데(31), 까닭(6), 꽃(6), 눈(5), 마음(6), 말(43), 몸(14), 사이(6), 사람(65), 사랑(12), 생각(6), 서로(34), 소리(5), 속사람(5), 손(12), 스 스로(32), 아직(6), 앞(6), 어디(8), 위(6), 일(15), 장난(6), 조금(9), 하 나(12), 하늘(6), 하나님(16), 힘(6),

체언 중 수사는 이 시기에는 한글로 표기되는 경우가 없고 수관형사 가 두 개(한, 두어) 쓰였다. 한글로 표기된 고유명사는 모두 외래어여서 한자의 고유어화와는 관련이 없다.

2) 용언의 고유어화

용언의 경우, 동아일보 1920년 사설 텍스트에서는 국한혼용문의 현 대화 과정에서 주목할 만한 몇 가지 추가적 변전을 보여준다. 『대한매 일신보』 1910년 사설에서는 한문구 용언이 해체되고, 그 안에 포함되 어 있던 극히 일부가 고유어화하는 수준이었지만, 1920년 사설에서는 보조용언류가 처음 나타난다. 또 고유어화한 본용언의 쓰임이 늘어나는 점, 합성용언이 등장하는 점 등이 그것이다. 이는 현대적 국한혼용문에 서 쓰이는 용언의 여러 하위 범주가 이 시기에 이르면 대부분 나타나기 시작하는 것을 의미하며, 문장 구조의 현대화에서 1920년 사설이

1910년 사설과 비교할 때 한 단계 더 진전된 모습을 보여주는 것이라고 할 수 있다. 한문구 용언의 해체를 통한 문장 구조의 현대화와는 다른 측면의 현대적 변전이기 때문이다.[11] 이 절에서는 용언류 사용 양상을 개괄적으로 살핀 후, 보조용언의 출현, 본용언의 고유어화 및 합성용언의 출현 등을 각각 검토한다.

(1) 용언류 사용 양상 개관

다음에 보이는 〈표 15〉는 『대한매일신보』 1910년 사설과 『동아일보』 1920년 사설을 대상으로 각 텍스트에 사용된 용언류의 사용 양상을 분석한 결과를 정리한 것이다. 표를 바탕으로 1910년 사설과 1920년 사설의 용언의 사용 양상을 비교해 보면 크게 4가지 정도가 주목된다.

〈표 15〉 1910년 사설과 1920년 사설의 용언류 사용 양상의 대조

	대한매일신보 1910년 사설				동아일보 1920년 사설			
	용례수	어종수	용례 대비 비율(%)	종수 대비 비율(%)	용례수	어종수	용례 대비 비율(%)	종수 대비 비율(%)
용언류	6,217	2,314			17,237	3,562		
고유어	791	23	12.72	0.99	5,269	266	31.15	7.47
한자어	5,426	2,291	87.28	99.01	11,968	3,296	69.43	92.53
단음절	2,872	616	46.20	26.62	4,613	483	26.76	13.56
2음절	2,316	1,468	37.25	63.44	6,248	2,091	36.21	58.70
3음절	63	54	1.01	2.33	140	85	0.81	2.39
4음절	93	91	1.50	3.93	483	382	2.80	10.72
-이- 계 술어구	82	62	1.32	2.68	298	170	1.72	4.77

---

11 체언구의 현대화와 용언구의 현대화 사이에는 중요한 차이가 있다. 체언 및 체언구의 현대화는 주로 어휘적 교체가 중심이 되지만, 용언구의 현대화에서는 문장 구성 방식의 변전 즉 통사 구조의 조정이 일어나는 것이다. 부정 표현의 한문구 용언을 해체하고 부정 표현에 고유어 용언을 사용하는 것이 대표적이다.

① 고유어 용언의 용례 및 어종 수의 증가

② 단음절 및 2음절 한자어 용언의 비중 감소

③ 4음절 한자어 용언의 비중 증가

④ '-이-'계 술어구의 비중 증가

고유어 용언의 종수 대비 어종의 비율은 0.99%에서 7.47%로 늘어난다. 그리 크다고 할 수는 없지만 의미있는 변화라고 할 수 있다. 한자어 용언의 고유어화가 본격화되었음을 보여주기 때문이다. 고유어 용언의 사용 비율 증가를 보면 이러한 변화는 더 확실해진다. 『대한매일신보』 1910년 사설 용례에서의 고유어 어절의 비율은 12.72%였던 것이 『동아일보』 1920년 사설에서는 31.15%로 늘었다. 비율로는 2.5배 가량 늘어난 것이지만, 한글 표기 어절이 31.15%를 차지한다는 것은 큰 변화라고 할 수 있다. 고유어화를 통한 문체의 현대화가 상당히 진전되었음을 보여주는 것이다.

단음절 용언과 2음절 용언이 차지하는 비율의 변화도 주목할 만하다. 『서유견문』 텍스트에서 11.95%를 차지하던 단음절 한자어 용언의 종수 대비 비율은 『대한매일신보』 1910년 사설에서는 26.62%로 늘어나는데(한영균 2018b:255), 『동아일보』 1920년 사설에서는 그것이 다시 13.56%로 줄어들었다. 또한 단음절 한자어 용언의 용례가 차지하는 비율도 크게 줄어든다. 이러한 단음절 한자어 용언의 어종 및 용례의 감소는 한자어 용언의 고유어화와 밀접한 관련이 있는 것으로 볼 수 있을 것이다. 한자어 용언의 고유어화는 많은 경우 단음절 한자어 용언을 고유어화하는 것이기 때문이다. 다만 현대 한국어에도 많은 수의 단음절 한자어 용언이 쓰이고 있어서,[12] 구체적으로 단음절 한자어 용언의 비율만으로 현대화 정도를 논하기는 어렵다.

이와 함께 2음절 한자어 용언도 종수 대비 비율이나 용례의 비율이 줄어든다. 이는 『대한매일신보』 1910년 사설에서 나타나는 2음절 한자어 용언의 사용 양상과 마찬가지로 한문구 용언의 해체와 관련이 있는 것으로 볼 수 있을 것이다. 『대한매일신보』 1910년 사설에서는 근대 계몽기 국한혼용문에서 널리 쓰였던 '不X하-, 未X하-, 勿X하-' 등 부정표현에 사용되는 한문구 용언이 'X하지 아니하-, X하지 못하-, X하지 말-' 등의 형식으로 해체되면서 2음절 한자어 용언의 비율이 줄어드는 것으로 해석되는 것이다.[13] 차이가 있다면 『대한매일신보』 1910년 사설에서는 2음절 한자어의 비율이 줄어들면서 단음절 한자어 용언의 비율이 커진 데 비해, 『동아일보』 1920년 사설에서는 단음절 한자어 용언의 비중이 함께 줄어든다는 점이다. 이는 앞에서 이야기한 것처럼 1911년~1920년 사이에 단음절 한자어 용언의 고유어화가 함께 진행되었기 때문이라고 볼 수 있다. 고유어 용언의 비중이 1910년 사설 텍스트에서는 0.99%에 불과했던 것이 1920년 테스트에서는 7.47%로 늘어난 것이 그 방증이라고 할 수 있을 것이다.

---

12 1999년 간행된 종이판 『표준국어대사전』에는 단음절 한자어 용언이 365개가 등재되어 있다.
13 단음절 한자어 용언과 마찬가지로 현대 한국어에서도 많은 수의 2음절 한자어 용언이 쓰이고 있다. '不X하-'형의 경우 많은 것들이 해체되지만 1999년 간행의 『표준국어대사전』에는 '不X하-'형 한자어 용언만 208개가 등재되어 있다. 이와는 대조적으로 '勿X하-'형은 '勿拘하-, 勿禁하-, 勿念하-, 勿慮하-, 勿廉하-, 勿論이-, 勿問하-, 勿捧하-, 勿施하-, 勿浸하-' 10개가 등재되어 있는데, 이 중 '勿論이-'를 제외하고는 실제로 사용되지 않는 형태이다. 거의 모두가 해체된 것이다. '勿論이-'의 경우 '勿論하-'가 아니라 '勿論이-'가 '-ㅣ-'계 술어구의 화석형으로 남은 것도 시사적이다.

(2) 보조용언의 출현

보조용언 구성은 한국어 문장 구성이 다른 언어와 구분되는 중요한 특징 중 하나다. 그런만큼 국어의 보조용언 구성에 대한 논의는 다양한 측면에서 이루어졌고, 국어사적 연구이건 현대 국어를 대상으로 한 연구이건 이견의 폭도 넓다. 특히 어떤 것을 보조용언으로 인정할 것인가 하는 문제에 대해서는 아직 합의에 도달하지 못했다고 할 수 있다. 이러한 점을 감안하여 이 글에서는 보조용언 구성과 관련된 이론적 문제는 다루지 않는다. 국한혼용문의 현대화 과정에서 보조용언 구성이 지니는 문체사적 의의에 초점을 두는 것이다.

이 글에서 다루는 보조용언 목록은 『한글맞춤법』에서의 처리를 기준으로 한다.[14] 『동아일보』 1920년 사설 텍스트의 용언의 고유어화에서 주목되는 것 중의 하나가 앞선 시기의 국한혼용문에서는 전혀 나타나지 않던 보조용언의 용례가 확인되는 점이다. 대한제국기의 국한혼용문에서는 보조용언이 전혀 나타나지 않으므로 보조용언의 사용은 그 자체가 국한혼용문의 현대화를 보여주는 중요한 징표의 하나가 되는 것이다. 1920년 사설 텍스트에서 확인되는 보조용언의 목록과 빈도 그리고 용례를 각각 하나씩 제시해 둔다.

⑩ 『동아일보』 1920년 사설의 보조용언 목록과 그 빈도.

---

14 『한글맞춤법』에서의 보조용언 관련 규정은 띄어쓰기에 보이며, '용언+용언' 구성에서 후행하는 용언이 '~가다(진행), ~가지다(보유), ~나다(종결), ~내다(종결), ~놓다(보유), ~대다(강세), ~두다(보유), ~드리다(봉사), ~버리다(종결), ~보다(시행), ~쌓다(강세), ~오다(진행), ~지다(피동)' 등인 경우와 '의존명사+하다' 구성의 '법하다, 척하다, 듯싶다, 뻔하다' 등 두 유형의 보조용언을 인정하고 있다.

{가-}(1), {버리-(바리-)}(1)[15], {보-}(3), {오-}(25), {주-}(14), {지-}(5), {듯하-}(9), {만하-}(13)

cf. {아니하-}(483), {않-}(16) {못하-}(480), {말-}(34), {없-(업)}(96), {있-(잇-)}(92)[16]

⑪ 각 보조용언의 용례[17]

{가-} : 事務에 統一이 못되야서 內饍을 내여 가지 못하엿다 하니

—4월 24일자

cf. 어대로 오며 어대로 가는고?!

—4월 2일자

{버리-(바리-)} : 모든 罪惡의 뿌리를 찍어 바리옵소서.

—4월 7일자

cf. 偏狹함을 一切 바리게 하시고

—4월 7일자

{보-} : 總督府의 政治를 現代政治에 比하야 볼진대

—5월 13일자

---

15 이 시기의 자료에는 같은 단어의 표기가 달리 나타나는 경우가 많다. 이를 고려하여 {
} 안에 해당 단어의 표준어형을 제시하고, 실제 사설 텍스트에서 확인되는 이표기의 예
를 ( ) 안에 제시한다. 이표기가 확인되지 않으면 그냥 표준어형을 제시한다. ( ) 다음
의 빈도는 이표기어를 모두 합한 것이다.
16 참조 표시(cf.) 다름에 제시한 것들은 보조용언으로 다루지 않기도 한다. 그러나 부정
표현에 쓰이는 {아니하-} {않-} {못하-} {말-}과 가능·불가능 표현에 쓰이는 {없-(업)}
{있-(잇-)}은 한자어 용언의 고유어화 과정에서 가장 먼저 나타나는 예이며, 이들 용언
의 문장 구성 방식은 ⑩에 제시한 보조용언류와 다르지 않다고 보아 함께 제시했다.
17 참조 표시(cf.) 다음의 예는 본동사로 쓰인 것을 보였다. {지-}, {듯하-} {만하-}는 본동
사로 쓰인 예가 없다.

cf. 이제 紅蔘專賣主義를 보건대 其 目的이 果然 那邊에 在한고

—4월 16일자

{오-} : 官吏 間에 從來로 橫在하야 오든 差別 待遇를 撤廢하리라 聲明하고

—6월 13일자

cf. 英國 外交家는 이미 이에 와 握手하기를 提議하얏스며

—5월 28일자

{주-} : 하나님의 恩惠를 豊富히 내려 주옵소서.

—4월 7일자[18]

cf. 歡喜를 주섯고 福祉를 주섯건만은 學치 아니하고 食치 아니하야

—4월 20일자

{지-} : 社會의 風紀는 紊亂하야 지며

—5월 8일자

{듯하-} : 最後 第三者에 在한 듯하도다.

—4월 16일자

{만하-} : 朝鮮人의 中央機關이 될 만한 銀行을 設立됨이 緊急하고 必要하다

—4월 15일자

『한글맞춤법』규정 및 국립국어원의 해설에 제시된[19] 보조용언 목록과 비교해 보면 현대의 보조용언 중 일부만 확인되지만, 두 유형의 보조용언이 모두 확인된다. 대한제국 말기의 국한혼용문에서는 대부분 부정

---

18 보조용언 '주-'의 용례는 14개 모두 4월 7일자에서만 확인되는데, 하느님께 기도하는 내용의 사설이다. 기독교의 영향을 생각할 수 있는 부분이다.

19 http://korean.go.kr/front/page/pageView.do?page_id=P000075&mn_id=30

표현에서 고유어 용언이 쓰이던 것이 1920년 사설 텍스트에서는 일반적 보조용언류가 쓰인다는 것은 문장 구성 방식이 그만큼 현대 국한혼용문과 가까워졌음을 의미한다고 할 것이다.

(3) 본용언의 고유어화와 합성용언의 출현

고유어 용언은 『동아일보』 1920년 사설에서 252종이 확인되었다. 용언 전체 어종 수와 대비하면 약 7.5%, 용례 수는 5,269개로 31.15%를 차지한다. 일반 명사의 고유어화 정도와 비교해 보면 그리 큰 차이는 아니지만 용언의 경우가 고유어화의 속도가 조금 빠르다고 이야기할 수 있다. 이는 앞에서 이야기한 어휘의 교체(체언구)와 구문 구조의 조정(용언구)이라는 현대화 방식의 차이가 영향을 준 것으로 판단된다. 한문구 용언의 해체라는 문장 구조의 현대화가 한자어 용언의 고유어화를 촉진했다고 판단되는 것이다. 그러나 이 시기에는 아직 본용언의 고유어화도 본격화하지는 못했다고 이야기할 수 있을 것이다. 간단히 빈도 10 이상인 예들을 들어 둔다.

⑫ 『동아일보』 1920년 사설의 고빈도 용언 30종(빈도순)
하-(1,513), 아니-(489), 되-(369), 있-(243), 없-(134), 보-(111), 알-(97), 같-(93), 말하-(58), 그리하-(38), 그러하-(29), 생각하-(29), 받-(27), 다르-(25), 가로되(23), 바라-(20), 따르-(19), 만하-(19), 이러하-(18), 주-(18), 그렇-(16), 이르-(16), 가라사대(15), 가르치-(15), 삼-(15), 아름답-(15), 적-(14), 가지-(13), 들-(10), 어떠하-(10)

본용언의 고유어화에서 주목되는 것은 합성 용언이 출현한 것이다. 모두 20종이 확인된다. 예를 하나씩 제시해 둔다

⑬『동아일보』1920년 사설의 합성 용언

가. 용언+용언 형(15종)

{깊어지-(깁허지-)} 信仰이 더욱 깁허지고 넓어지며

—4월 7일자

{나타나-(낫타나-)} 그 精神은 반드시 敎育方針에 낫타날 것이오

—6월 3일자

{나타내-(나타내-)} 天下 人民 압헤 빗을 나타내게 하야 주옵소서

—4월 7일자

{내려오-(나려오-)} 存在 以來로 繼續 不斷하야 나려오는 歷史를 一言以蔽之하면 解放의 運動이라 할지니

—4월 17일자

{넓어지-} 信仰이 더욱 깁허지고 넓어지며

—4월 7일자

{넘어지-(너머지-)} 그대의 兄弟 吾人은 너머질가 두려워 하노라

—6월 8일자

{달아나-(다라나-)} 압헤 선 民族은 살갓치 다라나지 아니하는가

—6월 16일자

{돌아보-(도라보-)} 民衆의 所望과 意思를 조금도 도라보지 아니하얏나니

—5월 13일자

{돌아오-(도라오-)} 結局 自體의게 幸福이 만히 도라올 것을 預想하야

{떠나-} 噫라, 朝鮮歷史를 떠나 어데 朝鮮人이 存在하리오

{떨어지-(떠러지-)} 或은 罪를 지어 地獄에 떨어지는 者도 잇고

{쏟아지-(쏘다지-)} 奴隷的 文字가 무덕이로 쏘다지지 안이하얏는가

{올라가-(올나가-)} 一層 더 올나가서는 文藝復興이며

{일어나-(이러나-)} 巴里講和會議의 山東 問題로 因하야 이러난 全國 學生團의 排日 運動은

{자라나-(잘아나-)} 吾人은 漢江 沿岸에 잘아나서 서로 言語가 갓지 아니하며 歷史가 다르나

나. 명사+용언 형(5종)

{건방지-} 不良하다 그러치 아니하면 傲慢無禮하다 {_건방지다_} 할 뿐이니

{덩어리지-} 오즉 굿고 굿게 {_덩어리지기를_} 이가 곳 諸君의 依支할 바요

{뒤지-} 數百 步를 임의 뒤젓도다

{맛보-} 國民的 苦樂을 한가지로 맛본 經驗과 國民的 運命을 한가지로 開拓

한 事實이

—4월 6일자

{빛나~(빗나~)} 地球가 돌고 太陽이 빗나는 것이 모다 一定한 法을 좃차 行하는

—4월 29일자

3) 관형사와 부사의 현대화

(1) 관형사의 현대화

관형사의 한글화 비율에 대해서는 특히 언급해 둘 점이 있다. 관형사 전체의 용례수는 2,782개이고 어종수는 380종이 확인되는데, 고유어 관형사는 14종에 불과해서 어종 대비 고유어화의 비율이 아주 낮다 (3.68%). 그러나 이는 '-的' 파생 한자어 관형사(177개) 및 한자로 표기된 수관형사(168개)가 많아서 그런 것이고, 이 두 유형을 제외한 순한자어 관형사는 17종이다. 고유어 관형사의 종수가 14개이므로 이들만을 대상으로 했을 때, 관형사의 고유어화 비율은 종수 대비 45.16%가 된다. 실제로는 대명사 다음으로 고유어화 비율이 높은 것이다. 고유어화한 관형사의 어종수 대비 비율이 높을 뿐 아니라 용례에 있어서도 그 수가 압도적으로 많다. 현대적 국한혼용문에서 모두 고유어화하는 대표적 한자어 관형사는 '此(71), 其(65), 彼(2), 我(4)'를 들 수 있는데 이에 대응하는 고유어 관형사로 '이(97), 그(1,084), 저(10), 우리(46)' 등이 쓰여 고유어화가 상당한 비율로 진행된 것을 확인할 수 있다. 다음에 간단히 1920년 사설 텍스트에서 확인되는 순한자어 및 고유어 관형사의 목록과 용례의 빈도를 제시해 둔다.

⑭ 순한자어 관형사 및 고유어 관형사 목록 및 빈도(자모순)

가. 各(55) , 去(10), 故(3), 其(65), 來(2), 同(18), 兩(8), 某(2), 我(4),
約(2), 一大(84), 全(4), 此(71), 他(9), 彼(2), 該(7), 現(9)

나. 그(1,084), 그런(4), 두어(1), 무슨(26), 새(6), 아무(36), 어느(3),
어떤(8), 오랜(2), 우리(46), 이(97), 저(10), 첫(1), 한(22)

(2) 부사의 현대화

부사의 고유어화에 대한 분석에서도 관형사의 고유어화를 살필 때와
유사한 문제가 있다. 뿐만 아니라 이 절에서 검토한 다른 범주의 어휘들
과는 달리, 부사에는 한자어와 고유어만 있는 것이 아니라 '-히' 파생접
사에 의해 만들어진 것들이 많다. 따라서 부사의 현대화를 논의하기 위
해서는 순한자어 부사와 고유어의 대응, '-히' 파생 한자어 부사와 고유
어의 대응, 그리고 현대 한국어에 전승된 순한자어 부사와 '-히' 파생
한자어 부사까지 고려하여야 한다. 한자어의 고유어화(한글화)만으로
현대화를 이야기하기 어려운 것이다. 이 절의 첫머리에 제시한 〈표 14〉
를 보면 한자어 부사가 330개, 고유어 부사가 112개로 고유어화 비율
이 25% 남짓한 것으로 되어 있지만, 이 한자어 부사 330개 중에는 '-
히' 파생부사가 207종, 이 이외에 '決코, 實로, 例컨대, 全혀'처럼 한자
와 한글이 복합된 부사류도 18종이 포함되어 있어, 이들을 제외한 순한
자어 부사는 105종이다. 이 순한자어 부사 중에도 오늘날 그대로 쓰이
는 것들이 더 많다(후술 참조). 이런 문제를 염두에 두고, 한글로 표기된
부사를 살피기로 한다.

한글로 표기된 부사는 모두 115종인데 크게 네 부류로 나눌 수 있다.

㉮한자어를 그대로 한글음으로 표기하는 경우 ㉯고유어 부사에 대응하는 한자어 부사를 상대적으로 쉽게 찾을 수 있는 경우 ㉰'-히' 파생 부사에 대응하는 경우 ㉱고유어에 대응하는 한자어 부사를 특정하기 어려운 경우.

㉮에 속하는 것은 '만약(3), 만일(30), 설령(2), 장차(4), 지금(9), 항상(6)' 6종이다. 이것들은 지금도 그대로 쓰인다.

㉯에 속하는 예들은, 모두 그런 것은 아니지만, 대부분 여러 종의 고유어 부사가 여러 종의 한자어 부사에 대응하는 양상을 보인다. 고유어 부사에 대해 대응하는 한자어 부사를 어느 정도 확인할 수 있었던 것은 115종 중 20여 종이다. 다음 ⑮에 제시한 것들이 그것이다. / 로 나눈 것은 유사한 의미를 지니는 것들을 묶어 보이기 위한 것이고, : 로 나눈 것은 고유어 부사와 그에 대응하는 한자어 부사를 구분하는 표지이다.

⑮ 다(多) 대 다(多) 대응을 보이는 부사류

그러나(213) / 그런데(61) : 然이나(0), 그러면(34) / 그러므로(113) / 그런즉(29) /따라(39) / 따라서(9) : 故로(137) / 然卽(92), 곳(134) : 卽(57), 다시(24) / 또(166) / 또다시(13) / 또한(202) : 更히(9) / 又(25) / 亦(28) / 亦是(1), 더(7) / 더욱(50) / 갈수록(2) : 一層(28) / 益益(12) / 又益(16), 도리어(18) / 오히려(41) / 하물며(7) : 況(33) / 又況(3) / 況且(7), 먼저(16) : 爲先(17), 반드시(95) : 畢竟(4), 오직(249) / 다만(23) : 唯(4) / 唯唯(1)

이렇게 고유어와 대응하는 한자어 부사 중에도 오늘날 그대로 쓰이는 것들이 있다.

앞에서 예로 든 것 이외에 1920년 사설에서 확인되는 고유어 부사는 80종인데, 이 들 중에는 1920년 사설에서 확인되는 '-히' 파생 부사와 대응하는 것들도 있고, 문증되지는 않아도 같은 의미를 지닌 '-히' 파생 접사를 상정할 수 있는 것들도 있다. 1920년 사설에서 확인되는 '-히' 파생 부사와 대응하는 것 중에서 현대 한국어에서 쓰이지 않는 '-히' 파생 부사와 대응하는 예를 몇 들어 둔다.

⑯ 1920년 사설에서 문증되는 '-히' 파생 부사와 대응하는 고유어 부사류
가장(10) : 最히(2), 같이(101) : 如히(45), 거의(1) / 거진(1) / 겨우(7) : 僅히(2), 그대로(10) : 如斯히(5) / 如此히(18), 깊이(7) : 深히(1), 널리 (1) / 넓이(3) : 廣히(1), 다(12) / 모두(46), : 全히(1), 많이(5) : 多數히 (2), 밝히(2) : 明히(2), 새로(1) / 새로이(1) : 新히(1), 없이(36) : 無히 (11), 오로지(1) / 오즉(2) : 單히(4) / 單獨히(1), 이미(45) / 일즉이(1) / 일찌기(9) / 일찍(1) : 旣히(1)

그러나 이렇게 '-히' 파생부사와 고유어 부사의 대응을 찾는 것은 별 의미가 없다. 고유어 부사 중 많은 것은 그에 대응하는 '-히' 파생 부사가 1920년 사설 텍스트에서는 문증되지 않는다 하더라도 어느 정도 그 대응형을 상정할 수 있기 때문이다.

한편, '더불어, 말미암아, 하여금' 같이 딱히 대응하는 순한자어 부사나 '-히' 파생 부사를 상정하기 어려운 것들은 이 시기의 국한혼용문에 미친 한문 문법의 영향을 보여준다. 예를 들어 '余ㅣ **두어 벗들로 더불어**

散步ᄒᆞ엿노라'라는 표현은, 이는 '余ㅣ 與幾友로 散步ᄒᆞ엿노라'라는 문장에서 '與幾友로'라는 한문 문법에 기반을 두고 만들어진 한문구가 국어 문법의 문장 구성 방식에 따라 '두어 벗들로 더불어' 해체된 것으로 볼 수 있는데, 이 때 '~로 더불어'에 직접 대응하는 부분은 '與'라고 할 것이다. 그러나 이 '與'는 국한혼용문에 단독으로 부사로 쓰이지는 않기 때문에 고유어 부사 '더불어'에 대응하는 한자어 부사를 특정할 수 없는 것이다.[20] 다음에 ⑮, ⑯에 예시한 것들을 제외한 고유어 부사를 제시하는 것으로 부사의 한글화(고유어화)에 대한 검토를 마무리하기로 한다.[21]

⑰ 1920년 사설에서의 고유어 부사류

갈수록(2), 그다지(1), 그리(7), 기꺼이(1), 길이(1), 날로(6), 날마다(3), 낱낱이(1), 널리(1), 넓이(3), 높이(5), 다못(5), 다음(1), 더구나(11), 더군다나(1), 더불어(4), 도무지(1), 드디어(2), 따듯히(1), 또는(12), 마땅히(20), 마치(12), 마침내(28), 많이(5), 말미암아(14), 매우(5), 모름지기(2), 무릇(1), 문득(1), 바야흐로(1), 밝히(2), 배불리(1), 비로소(20), 비록(27), 살같이(1), 새로(1), 새로이(1), 써(6), 아니(5), 아무리(3), 아울러(1), 아직(13), 어찌(284), 언제든지(2), 얼마나(11), 얼마든지(1), 오랫동안(1), 오로지(1), 오즉(2), 이러므로(7), 이렇듯(1), 이른바(1), 이미(45), 이야말로(1), 이제(71), 일즉이(1), 일찌기(9), 일찍(1), 자못(1), 잘(11), 잘못(2), 조금(1), 좀(3), 좋게(3), 즉

---

(3), 차라리(1), 참으로(3), 처음으로(1), 튼튼히(2), 하물며(7), 하여금 (67), 하여는(1), 하여도(13), 하여서만(1), 한갓(18), 함부로(1).

부사의 현대화와 관련해서는 앞에서 언급했던 것과 같이 현대화가 반드시 고유어화를 의미하지 않는다는 점을 지적해 두어야 할 것이다. 『동아일보』1920년 사설에서 문증되는 '-히' 파생부사와 순한자어 부사 중에는 상당한 양이 오늘날에도 사용되는 것으로 보아야 할 것들이 있기 때문이다. 이 글에서는 『표준국어대사전』 등재 여부를 오늘날에도 사용되는 것으로 판정하는 기준으로 삼고, 다음에 1920년 사설에 쓰인 부사류를 등재 여부에 따라 구분해서 제시하는 것으로 부사류의 현대화에 대한 논의를 마무리하려 한다.

'-히' 파생부사 중에는 오늘날 쓰이지 않는 것(『표준국어대사전』 미등재어)들이 62종, 『표준국어대사전』에 등재된 것이 145종이다.

⑱ 『표준국어대사전』 미등재 '-히' 파생부사 62종 목록 및 빈도(자모순) 各各히(1), 客易히(1), 輕히(2), 共通히(2), 公平正直히(1), 共同히(6), 廣히(1), 僅히(2), 旣히(1), 寄히(1), 寧히(1), 單히(4), 單獨히(1), 大히(1), 徒히(4), 獨히(2), 同一히(4), 明히(2), 無히(11), 無慮히(1), 物物히(1), 慨惜히(1), 反히(2), 潑潑히(1), 服從히(1), 先히(5), 善히(6), 殊히(1), 熟히(1), 純實히(1), 諄諄然히(1), 新히(1), 深遠히(1), 深히(1), 深切히(1), 安固히(1), 暗히(1), 暗暗然히(1), 如彼히(2), 銳敏히(1), 雄辯히(1), 殷盛히(1), 一括히(1), 一槪히(1), 一般히(2), 一히(1), 仍히(1), 將히(1), 適히(1), 全히(1), 精密確正히(1), 直히(5), 最히(2), 快心히(1), 殆히(5), 頗頗

히(1), 膨然히(1), 平均히(1), 顯殊히(1), 恰히(2), 洽히(1), 一切히(1)

⑲『표준국어대사전』등재 '-히' 파생부사 141종 목록 및 빈도(자모순)

可惜히(2), 可憐히(1), 可히(83), 各히(10), 懇切히(1), 感謝히(1), 敢히(33), 强硬히(1), 更히(9), 倨然히(2), 遽然히(1), 健實히(1), 规规히(1), 堅固히(6), 堅確히(1), 決然히(1), 困히(1), 公平無私히(1), 共히(9), 空然히(1), 巧妙히(1), 苟且히(1), 蹶然히(2), 貴히(2), 劇烈히(1), 極히(32), 急急히(1), 急激히(1), 急速히(1), 急히(1), 汲汲히(1), 緊急히(1), 呶呶히(2), 累累히(7), 能히(56), 多幸히(1), 多數히(2), 斷然히(1), 當然히(4), 當當히(1), 到底히(36), 徒然히(1), 突然히(2), 烈烈히(1), 滿足히(2), 驀然히(1), 明白히(9), 明瞭히(1), 無事히(1), 紊亂히(2), 敏速히(1), 勃然히(2), 別히(1), 不幸히(4), 卑近히(1), 非常히(3), 頻頻히(4), 相當히(2), 詳細히(1), 生生히(1), 徐徐히(1), 鮮明히(1), 盛히(2), 誠勤히(1), 誠實히(1), 細密히(1), 細細히(1), 昭瞭히(1), 速히(12), 純然히(2), 諄諄히(1), 深刻히(2), 甚히(15), 暗暗히(1), 哀憐히(1), 哀然히(1), 愛惜히(1), 儼然히(5), 嚴正히(3), 嚴然히(1), 如何히(18), 如前히(11), 如實히(5), 如斯히(5), 如此히(18), 如히(45), 熱心히(1), 永久히(3), 永遠히(3), 傲然히(1), 完全히(9), 往往히(1), 容易히(9), 圓滿히(3), 喟然히(1), 有效히(1), 依例히(2), 依然히(23), 毅然히(1), 自然히(25), 適切히(1), 全然히(1), 切切히(6), 切實히(3), 正當히(5), 正히(3), 精密히(1), 足히(3), 尊重히(4), 卒然히(1), 從容히(3), 周密히(1), 重히(2), 止當히(1), 至急히(1), 賤히(2), 徹底히(7), 總히(1), 充分히(24), 充實히(3), 忠實히(1), 親히(1), 駸駸히(2), 快히(1), 坦坦히(1), 痛切히(1), 痛憤히(1), 特別히(2), 特히(47), 頗히(1), 豊富히

(2), 豐富히(2), 必然히(1), 必히(2), 赫然히(1), 懸殊히(2), 確實히(5), 確
然히(1), 活潑히(1), 欣然히(2), 恰然히(3)

cf. 簡簡히(1), 期於히(2), 別로히(1), 散散히(1)[22]

한글과 한자의 복합으로 만들어진 부사 18종은 '代代層層으로, 腫處
에' 2종을 제외하고는 모두 『표준국어대사전』에 등재되어 있다. 목록과
빈도는 다음과 같다.

⑳ 한자와 한글의 복합으로 만들어진 부사 18종 목록과 빈도
決코(36), 故로(137), 古來로(1), 代代層層으로(1), 代代로(1), 別로(1),
實로(101), 抑志로(1), 然이나(11), 例컨대(3), 要컨대(16), 一一이(4), 玆
에(12), 全혀(2), 腫處에(1), 眞實로(10), 何如間에(1), 或은(79)

순한자어 부사는 모두 105종이 확인되는데, 그 중 89종은 『표준국어
대사전』에 등재되어 있고, 등재되지 않은 한자어 부사는 16종이다. 목
록 및 빈도는 다음과 같다.

㉑ 『표준국어대사전』 등재 한자어 부사 89종 목록 및 빈도
假令(4), 假使(1), 可謂(5), 各其(4), 各各(6), 間或(2), 個個(1), 距今(1),
結局(10) / 決局(1), 兼(1), 果然(76), 及(18), 旣爲(1), 曩者(1), 乃至(6),
年年(1), 屢次(1), 累次(4), 多少(17), 但(1), 斷然(1), 當分間(1), 當初(1),

22　이 4종은 접사 '-히'가 '-이'로 바뀌어 등재된다.

大凡(3), 大抵(5), 大概(87), 大略(5), 都是(5), 萬一(24), 萬若(9), 無論(1), 勿論(82), 方今(6), 本來(3), 不得已(2), 尙今(1), 尙此(3), 庶幾(1), 設令(1), 設使(1), 設想(10), 設或(8), 所謂(37), 甚至於(3), 若干(1), 如何間(8), 如干(9), 亦(28), 亦是(4), 然則(92), 永永(1), 又況(3), 元來(64), 爲先(17), 唯唯(1), 一切(8), 一層(28), 一旦(1), 一時(10), 將次(23), 再三(1), 全然(9), 漸次(15), 漸漸(2), 第一(15), 從此(3), 從來(13), 終乃(1), 卽(50), 卽(1), 只今(4), 至今(1), 直接(16), 就中(2), 畢竟(4), 何如間(14), 恒常(9), 或(43), 況且(7)

cf. 決然(1), 公公然(1), 公然(1), 紛然(1), 徐徐(1), 如此(4), 依然(1), 悖悖然(1), 欣然(1)[23]

㉒『표준국어대사전』미등재 한자어 부사 16종 목록 및 빈도

夫(1), 紛紛然(1), 雖(1), 伸伸然(1), 實(1), 若(3), 然而(1), 尤益(6), 又復(1), 又(25), 唯(4), 惟(1), 益益(2), 玆今(1), 且(8), 況(3)

우리말로 굳어진(『표준국어대사전』에 등재된) '-히'파생부사와 순한자어 부사를 모두 현대화된 것으로 보면 부사류의 현대화는 한자어 부사의 경우 등재된 것이 360종이고 등재되지 않은 것이 80종이다. 여기에 고유어 부사가 112종이므로 부사의 현대화 비율은 대체로 80%를 넘는 것으로 볼 수 있다.[24]

---

23 이 9종은『표준국어대사전』에는 모두 '-하다' 파생 용언의 어근으로 등재되어 있다.
24 물론 순한자어 부사를 사용한 것을 현대화한 것으로 볼 수 있는가 하는 의문을 제기할 수 있으나, 이 문제는 여기서 다룰 수 있는 범위를 넘어서는 것으로 보인다. 이 문제는 앞으로의 연구 과제로 남긴다.

4. 『동아일보』 1920년 사설의 문체사적 위상

이 절에서는 1절에서 밝힌 바와 같이 『동아일보』 1920년 사설의 현대 한국어 문체 형성사에서의 위상을 살피기로 한다. 현대 한국어 국한혼용문의 문체를 근대계몽기의 국한혼용문의 문체와 비교할 때 드러나는 차이에 초점을 두어 정리하고, 그러한 차이가 1920년 국한혼용문 사설에서는 어떤 모습을 보이는지를 정리함으로써 1920년에 다시 등장하는 국한혼용문 사설의 문체가 대한제국 말기의 국한혼용문이 현대적 국한혼용문으로 변전되는 도상途上에서 징검다리 역할을 한다는 사실을 확인하려는 것이다.

지금까지의 연구를 바탕으로 하면, 근대계몽기의 국한혼용문과 현대의 국한혼용문 사이의 가장 큰 차이는 근대계몽기 국한혼용문에서는 문장을 구성하는 모든 요소를 한문구 내지 한자어를 사용해 표현하는 데에 비해, 현대의 국한혼용문에서는 한자어만 한자로 표기하고 나머지 모든 문장 구성 요소는 한글로 표기한다고 요약할 수 있다. 그런데 문제는 어떻게 해서 이러한 차이가 생기게 되었는가 하는 국한혼용문의 문체 변전 과정을 좀더 구체적으로 밝힐 필요가 있는 것이다. 이 절에서는 이러한 관점에서 근대계몽기의 국한혼용문과 현대 국한혼용문이 구체적으로 어떤 문체 상의 차이를 지니고 있는지를 ① 문장 구성 방식의 차이 ② 어휘적 구성의 차이라는 두 측면에서 살피고, 그러한 차이가 1920년 『동아일보』 사설에서는 어떤 모습을 보이는가를 정리함으로써, 1920년 국한혼용문 사설의 문체 형성사에서의 위상을 확인하기로 한다.

1) 문장 구성 방식의 차이

근대계몽기 국한혼용문과 현대의 국한혼용문의 문장 구성 방식의 차이는 여러 측면에서 살필 수 있다. 구체적인 내용은 한영균(2013; 2014)의 연구를 통해 확인할 수 있으므로 여기서는 가장 특징적인 두 가지만 언급하기로 한다. 하나는 체언구 구성에서 한문 문법의 간섭을 보이는 예이고, 다른 하나는 용언구 구성에서 한문 문법의 간섭을 보이는 예이다. 전자의 예 중에서 현대의 국한혼용문과 큰 차이를 보이는 것은 한문 관형 구성이 국어의 관형 구성(용언의 관형사형, 속격조사) 대신 쓰인 경우를 들 수 있고, 후자의 예 중에는 '부사+한자+ㅎ-' 형 용언, '술목 구성 한문구+ㅎ-' 형 용언, 양태 표현의 한문구 용언 등을 들 수 있다.

한문 관형 구성에 쓰인 관형어가 문장 구성 방식의 현대화에 따라 용언의 관형사형+피수식 명사 구성이나 속격 구성(명사+의 명사 구성)으로 바뀐다는 사실은 안예리(2013)에서 구체적으로 다루어진 바 있다. 이런데 『동아일보』 1920년 사설에서는 이러한 문장 구성 방식이 거의 나타나지 않는다. 특히 안예리(2013:63)에서 지적하고 있는[25] 20세기 전반기 문장 구성의 특성 중 하나로서의 연속적 속격 구성은 아예 나타나지 않는다. 이는 1920년 사설 텍스트가 아직 한문 문법의 영향에서 벗어나지 못했기 때문이라고 할 수 있다. 실제 체언구의 현대화는 한문구 용언의 해체가 어느 정도 진행된 후에 확인되기 때문이다.

---

25 안예리(2013:63)의 기술 내용을 인용하면 다음과 같다.
  "하나의 명사구 수식 구성 안에 세 개나 네 개의 명사구가 수식관계로 얽혀 있는 경우가 많았고, '이 땅의 문화사상의 有爲의 인물의 하나로서의 朱耀翰〈1936-08-삼천리 08-08-167〉'과 같이 최대 여섯 개의 명사구가 하나의 상위 명사구 안에서 수식 관계를 이루기도 했다."

후자의 예와 관련해서는 이 책의 10장에서 다룬 한문구 용언의 해체를 통한 국한혼용문의 현대화 과정을 참조할 수 있다. 이 책의 10장에서는 한문구 용언의 해체를 통한 용언구의 현대화 과정을 다섯 단계로 정리하고 있는데, 이는 다음과 같이 요약할 수 있다.

㉮ 양태를 표현하는 한문구 용언을 해체한다.

㉯ ㉮의 결과 중 양태를 나타내는 한자어를 한국어 문법의 양태 표현으로 환원한다.

㉰ ㉮의 구성에서 보조용언으로 쓰인 한자어 용언을 고유어로 환원한다.

㉱ 본용언으로 쓰인 한자어 용언 중 우리말로 굳어지지 않은 것을 고유어로 환원한다.

㉲ 체언구에서 우리말로 굳어지지 않은 한자어를 고유어로 환원한다.

현대의 국한혼용문은 이 다섯 단계를 모두 거쳐 형성된다고 할 수 있다. ㉲의 단계를 거친 텍스트는 미세한 차이를 제외하고는 현대의 국한혼용문과 비슷한 문체이기 때문이다. 중요한 것은 ㉮~㉲의 다섯 단계의 현대화를 향한 변전이 전면적, 일률적으로 진행되는 것이 아니라 점진적으로 진행되며 그러한 사실은 『동아일보』 1920년 국한혼용문 사설에서도 확인된다는 사실이다.

근대계몽기 국한혼용문에서는 ㉮, ㉯는 해체되지 않은 한문구 용언과 함께 쓰이며 상대적으로 그러한 변전을 보이는 예를 쉽게 확인할 수 있지만, ㉰, ㉱단계의 경우는 일부 어사에서만 확인된다. 이 책의 9장에서의 논의에 따르면 『대한매일신보』 1910년 사설 텍스트에는 한글로 표기한 어절 수가 19세기 말의 국한혼용문(『서유견문』)에 비해 3배 가량 늘어나는데, 그것은 주로 부정 표현에 사용된 보조용언이 고유어화한 데에서 기인한 것이고, 본용언이 고유어화한 예는 극히 일부에서만 확인되는 것이다. 그런데 ㉣, ㉤의 단계는 시기별, 어휘 범주별로 상당한 차이를 보인다. 대한제국 말기의 신문 사설 텍스트는 ㉮, ㉯ 단계의 변전은 거의 완결된 모습을 보이고, ㉰, ㉣는 막 시작된 단계라고 할 수 있는 데 비해, 1920년 사설 텍스트는 ㉰의 변전은 상당히 진행된 단계를 보이지만 ㉣, ㉤의 변전은 그 초기의 모습을 보인다고 이야기할 수 있는 것이다. 이는 용언구의 현대화 과정에서 1920년 『동아일보』 사설이 근대계몽기의 국한혼용문 사설과 현대의 국한혼용문의 중간 단계의 모습을 보이는 것이라고 이야기할 수 있는 것이다.

2) 어휘 구성 방식의 차이

어휘의 현대화에 대해서는 이 책의 3장에서 어휘 범주별로 현대화 양상을 간단히 검토한 바 있고, 또 이 장의 3절에서도 1920년 사설 텍스트에 나타나는 어휘의 현대화 정도를 품사별로 분석한 결과를 보였다. 여기서는 개별 어휘 범주의 현대화에 대한 3절의 논의에서 다루지 않았던 단어형성과 관련된 두 가지만 언급해 두기로 한다. 하나는 '-的' 접사에 의한 관형사의 형성과 관련된 문제이고, 다른 하나는 부사화 접사 '-히'에 의한 한자어 부사의 형성과 관련된 문제이다.

우선 '-的' 접사에 의해 만들어지는 관형사는 1900년대에는 거의 나타나지 않는다는 사실을 지적해 둘 필요가 있다. 이는 이 책의 3장에서 언급한 바 있는데, 요약하면 근대계몽기의 국한혼용문에서는 한자어 관형사는 접사가 개재하지 않은 형태로 직접 피수식명사와 결합하는 양상을 보이는 데 1920년대 이후에 '-的'과 결합한 형태가 등장한다는 것이다.[26] 부사화 접사 '-히-'는 기본적으로 한문 문법의 영향 아래에서 만들어진 근대계몽기 국한혼용문에서 잘 나타나지 않는 것인데, 1920년 사설 텍스트에서는 상대적으로 활발히 사용됨을 확인할 수 있었는데(이 장의 3절 3) 참조), 이는 이 시기에 이르면 문장 구성 방식뿐 아니라, 어휘 형성 방식에서도 한문 문법의 영향에서 벗어나려는 의식이 작용한 것으로 볼 수 있다.

5. 논의의 요약

이 장에서의 논의는 창간된 해(1920년)의 『동아일보』 사설의 문체가 대한제국 말에 발행된 신문 사설의 문체 특성과 문체 변전의 방향성을 이어 받은 것이며, 다른 한편으로는 일제강점기를 거치는 동안 현대적 국한혼용문의 문체를 형성하는 바탕이 되었음과, 근대계몽기의 국한혼용문의 문체와 현대적 국한혼용문의 문체가 복합되어 있어 양자를 연결하는 징검다리 역할을 하는 '근대적 국한혼용문'임을 밝히는 것을 목적으로 하였다.

2절에서는 『동아일보』 1920년 사설이 1900년대 말에 나타난 문체

---

26 이러한 '的'의 출현은 안예리(2013)에서 20세기 전반기 명사구의 한 특징으로 지적된 바 있다.

통합을 이어 받고 있다는 사실을 한문 구성 요소의 사용과 '-이-'계 술어구의 사용 양상에 대한 검토를 통해 살폈고 다른 한편으로는 어휘의 현대화를 통해 문체 현대화라는 문체 변전의 방향성을 계승하고 있음을 확인하였고, 3절에서는 구체적으로 각 어휘 범주에서 어휘 현대화가 어느 정도 구현되고 있는가를 확인함으로써 1910년 『대한매일신보』 사설 텍스트가 보여주는 문체 변전의 방향성을 계승하였다는 사실을 확인하였다. 4절에서는 2절과 3절의 논의에서 언급하지 않았던 문장 구조의 현대화와 어휘 형성 방식의 현대화라는 측면에서도 역시 1920년대 사설 텍스트가 지니고 있는 연결고리로서의 특성을 보임을 확인하였다.

/ 제12장 /

현대적 국한혼용문의 출현 및 확산

1. 환태기 국한혼용문을 살피는 까닭

1) 논의의 목적

이 장에서는 환태기(일제 강점기) 신문 사설에서 현대적 국한혼용문이 출현하고 확산되는 과정을 확인하고, 확산이 진행되는 과정에 투영된 의미를 살피기로 한다. 1920년부터 1940년까지 간행된 동아일보 사설 전체를 대상으로 현대적 국한혼용문이 처음 출현한 시기를 특정함으로써 신문 사설에서의 문체 현대화의 출발점을 확인하고, 21년간의 사설에서 현대적 국한혼용문이 사용된 비율이 어떻게 변화하는가를 분석하여 현대적 국한혼용문의 확산 양상을 확인하는 한편, 이렇게 현대적 국한혼용문의 사용이 확대되는 과정에서 나타나는 몇 가지 특이한 사항들에 대해 그것이 내포하고 있는 현대 한국어 문체 형성 과정 상의 의미가 무엇인가를 나름대로 해석해 보는 데에 기본적인 목적을 두는 것이다.

이와 함께 작업의 효율화를 위해 문체 현대성 판별을 위한 자료 분석 방법을 모색한다. 20여 년에 걸쳐 간행된 사설을 일일이 수작업으로 분석하여 문체 현대성을 판별하는 작업은 시간과 노력이 지나치게 많이 소요되므로 자료 분석에서의 수작업을 가능한 한 줄이려는 것인데, 다른 한편으로는 이렇게 모색된 자료 분석 방법이 향후 신문 사설 이외의 장르를 대상으로 한 현대 한국어 문체 형성 과정을 검토하는 데에도 적용이 가능할 것을 기대하는 것이다.

2) 논의의 배경

현대 한국어는 오늘날 우리가 사용하는 말과 글을 가리킨다. 그런데 국어사적 관점에서는 이 '현대 한국어'라는 용어가 가리키는 대상을 분명히 정의하기는 쉽지 않다. '현대 한국어'가 가리키는 대상의 한정과 관련하여 해결되어야 할 문제가 아직 많이 남아 있기 때문이다. 그 중의 하나가 문체와 관련된 것인데, 현대 한국어의 문체 형성 과정과 관련해서 풀어야 할 문제는 대개 다음 세 가지로 나누어 생각할 수 있을 것이다.

첫째, '현대 한국어'의 문체와 그 이전 시기의 문체는 무엇이 어떻게 다르기에 한국어 모어 화자가 '현대적' 혹은 '비현대적'이라고 감지하는가 하는 문제, 즉 문체 현대성 판별의 준거 요소를 확인해야 한다..

둘째, '현대적'인 문체를 지닌 글이 언제 처음 출현하고, 그것은 어떻게 확산되는가 하는 문제, 즉 현대적 문체가 출현하고 확산되는 과정을 확인해야 한다.

셋째, 어느 시기에 이르렀을 때 당대의 텍스트가 전반적으로 '현대적'이라고 느끼게 되는가 하는 문제, 즉 현대적 문체가 안정적 위상을 확보하는 시기 및 그에 연관된 기준의 확인해야 한다.

그런데 여기서 한 가지 중요한 문제가 있다. 문체와 관련된 이 세 가지 문제는 근대 계몽기에 출현한 국한혼용문과 현대 국한혼용문 사이의 관계를 어떻게 파악하는가에 따라서 문제 해결을 위한 접근 대상과 방법이 전혀 달라진다는 점이다. 근대 계몽기의 국한혼용문과 현대 국한혼용문이 아무런 관련이 없다는 일부 연구자의 관점을 따르면 이 세 가지 문제를 풀기 위해 선결되어야 할 문제, 즉 무엇을 현대 국한혼용문과 대조할 것인가조차 정하기 어려운 것이다. 그러나 19세기 말 국한혼용문의 형성 방식이나 그것이 1920년대~1930년대의 국한혼용문으로 변전되는 과정을 보면, 현대 국한혼용문은 근대 계몽기에 출현한 국한혼용문에 뿌리를 두고 있다고 보는 것이 합리적이다. 국한혼용문의 현대화는 기본적으로 근대 계몽기의 국한혼용문에 쓰인 한문 문법의 영향을 받은 요소를 한국어 문법에 따라 표현 방식을 바꾸는 한편, 비현대적인 어휘와 문법 형태소를 현대적인 것으로 교체하는 과정을 통해 진행된다는 것을 확인할 수 있기 때문이다.

본 연구는 이러한 관점에서 출발한다. 즉 현대적 국한혼용문은 그 이전에 사용된 국한혼용문에 포함된 다양한 비현대적 요소를 현대적인 것으로 교체하는 과정을 통해 형성된다는 전제를 바탕으로 하는 것이다. 따라서 본 연구에서 현대 국한혼용문과의 차이를 분석할 직접적인 대상은 1920년~1940년의 사이의 국한혼용문 사설이지만, 이들 1920년~1940년의 사이의 국한혼용문은 근대 계몽기의 국한혼용문에 뿌리를 둔 것이라고 전제한다.

3) 분석 대상 자료와 분석 방법

여기서 논의의 배경에서 제시한 세 문제에 대해 접근하는 방법은 다음과 같다.

첫째 문제를 푸는 데에는 비현대적 텍스트와 현대적 텍스트의 차이를 인식하게 하는 언어 단위 중에서 코퍼스 언어학적 접근으로 유의미한 결과를 얻을 수 있는 것을 중심으로 그 사용 양상을 확인하는 방법을 취한다. 지금까지의 연구를 통해 밝혀진 바에 따르면 종결어미, 대명사, 관형사, 부사, 단음절 용언 등이 이러한 요소가 될 가능성이 높은데, 상대적으로 한정적인 규모의 코퍼스를 분석하는 작업이므로, 이들 다섯 범주의 언어 단위 중에서 사용 빈도가 높아 개별 사설 텍스트에서 용례가 확인될 가능성이 높은 것들을 대상으로 한다.

둘째 문제는 가장 앞서서 문체 현대화를 시현한 문학어 및 종교어에서 현대적 국한혼용문이 1910년대에 들어서야 등장한다는 사실을 감안하여[1] 1920년~1940년 사이의 동아일보 사설 전체를 분석 대상으로 한다.[2] 첫째 문제의 해결을 위해 확인한 준거 요소로서의 비현대적 언어 단위가 이 시기 신문 사설에서 언제 그리고 어떻게 현대적인 언어 단위로 교체되는가를 살핀다. 이를 통해 현대적 문체를 보이는 텍스트가 언제 처음 출현하고, 그 사용 양상이 어떻게 확산되는가를 21년간의 사설 텍스트를 대상으로 분석해 보려는 것이다.

셋째 문제는 비현대적 언어 단위가 현대적 언어 단위로 교체되는 속

---

1 문학어에서의 현대적 국한혼용문의 출현에 대해서는 한영균(2015) 및 한영균·유춘동(2016)에서 다루었으며, 종교어에 대해서는 유경민(2011)에서 1913년에 처음 현대적 국한혼용문이 쓰인 성경이 출간된 것을 밝혔다.

2 사설 텍스트는 상대적으로 보수적인 경향이 보이는데, 굳이 사설을 분석 대상으로 삼은 까닭이 무엇인가를 의문을 제기할 수 있다. 필자는 오늘날의 문어의 격식성과 비격식성의 연원이 신문 논설문(주장하는 글)과 보도기사(전달하는 글) 및 해설기사(설명하는 글)의 차이에 있다고 보며, 격식성을 지닌 문어의 기본이 논설문이라고 판단했기 때문에 사설을 분석 대상으로 삼았다.

도가 범주에 따라 다른지 여부를 확인하는 한편, 현대적 국한혼용문이 어느 정도의 비율을 차지할 때 국한혼용문의 현대화가 완성되었다고 이야기할 수 있는가를 확인함으로써 해결할 수 있다. 이는 필요에 따라서는 앞에서 논의한 두 문제에 대한 검토 과정과 함께 다룰 것이다.

이 장에서 분석에 사용한 연도별 동아일보 소재 사설의 수는 〈표 16〉과 같다. 표에서 확인할 수 있듯이 순한글 사설은 1920년대에는 단 2건에 불과하고 1930년대에는 조금 늘기는 하나 17건에 불과하다. 따라서 순한글 사설의 통시적 문체 변화를 논의하기는 어렵다. 이 장에서의 논의는 1920년대의 3,255건과 1930년대 3,391건 총 6,646건의 국한혼용문 텍스트를 검토 대상으로 한다.

〈표 16〉 1920년~1940년 동아일보 사설 수

연도	전체 사설수	순한글 사설수	국한혼용 사설수	연도	전체 사설수	순한글 사설수	국한혼용 사설수
1920	127	0	127	1930	304	1	303
1921	295	0	295	1931	401	2	399
1922	350	0	350	1932	375	2	373
1923	357	1	356	1933	371	2	369
1924	360	0	360	1934	367	2	365
1925	363	0	363	1935	378	4	374
1926	287	0	287	1936	244	0	244
1927	363	0	363	1937	180	2	178
1928	371	0	371	1938	301	2	299
1929	384	1	383	1939	301	0	301
				1940	186	0	186
소계	3,257	2	3,255	소계	3,408	17	3,391
				합계	6,665	19	6,646

2. 1920년~1940년 사설 텍스트의 현대성 판별

1) 현대적 국한혼용문과 문체 현대성

이 장에서는 1920년~1940년 사이에 간행된『동아일보』사설을 대상으로 현대적 국한혼용문과 비현대적 국한혼용문을 구분하고, 양자의 비율의 변화를 통해 사설의 현대화 과정을 살핀다.

현대적 국한혼용문은 이전 시기의 국한혼용문에서 문장을 구성하는 여러 언어 단위 중에서 비현대적 요소라고 할 만한 것들이 모두 현대적인 것으로 교체된 국한혼용문을 가리킨다. 표기 수단의 측면에서는 앞에서(한영균 2015; 2017a; 2017b) 논의한 바[3]와 같이 문장을 구성하는 요소 중 한자어만 한자로 표기하고 그 외의 것은 모두 한글로 표기한 문장을 가리키는데, 여기에는 어휘적 측면의 교체가 전제된다. 즉 비현대적 국한혼용문에 쓰인 어휘 중 우리말로 굳어지지 않은 한자어는 모두 고유어로 교체된다. 이와 함께 한문 문법을 바탕으로 만들어진 한문구 용언도 국어 문법에 바탕을 둔 표현으로 해체되면서 보조용언류는 양태적 의미를 나타내는 고유어 용언으로 바뀌고, 어미, 조사, 접사 등도 현대적인 것으로 교체된다.

이렇게 비현대적 국한혼용문이 현대적 국한혼용문으로 변전되는 데에 관여하는 요소가 여러 가지이면서 다양한 층위에 속하기 때문에, 한국어 모어 화자가 어떤 국한혼용문이 현대적인 것인지를 구분하는 문체 현대성 판별도 여러 요소의 영향을 받는다. 일반적으로 현대성 판별에

---

3   이 책의 1장, 2장, 9장에 해당한다.

영향을 크게 주는 요소일수록 이른 시기에 현대적 형태로 교체되는데, 현대화가 어느 정도 진행되면 문법형태소의 현대화는 거의 완료되고 어휘적인 요소만 남게 된다. 이 단계에 이르면 문장의 현대화와 관련된 문제보다 필자의 취향에 따른 어휘 선택의 문제로 남는 경향이 있다.

2) 문체 현대성 판별의 준거 요소

여기서 말하는 준거 요소란 1절의 2)에서 언급한 첫째 문제 즉 어떤 텍스트가 현대적인 것인지 비현대적인 것인지를 판별하는 데에 영향을 주는 어휘 단위 및 문법 형태소를 가리키는데, 이 글에서는 선행 연구를 참조하여 여러 요소 중에서 필자 나름으로 그 중요도가 높다고 판단한 것들을 선별하였다. 다음에 이 글에서 문체 현대성 판별의 준거로 활용한 언어 단위의 목록과 그의 설정 근거를 기술해 둔다. 1920년~1940년 사설 텍스트 중에서 비현대적 문체를 지닌 것을 가려내는 준거로 활용한 언어 단위는 다음 다섯 유형이다.

제1류는 종결어미이다.

종결어미는 비현대적 특성을 보이는 준거 요소 중에 가장 먼저 현대적 종결어미로 교체된다. 비현대적 텍스트에 쓰인 종결어미류에 대해서는 김형철(1997), 김미형(1998; 2002), 안예리(2014; 2015) 등의 선행 연구 결과를 참조할 수 있는데, 본 연구에서는 종결어미 중 상대적으로 사용빈도가 높은 '-노라, -더라, -도다, -지니라, -지이다'를 비현대적 텍스트에 쓰인 종결어미의 준거 요소로 삼았다.

제2류는 한자어 대명사다.[4]

이 시기에 쓰인 대명사는 아주 다양한데, 비현대적 텍스트에서는 주로 한자어가 사용되다가 현대화 과정에서 고유어 대명사로 교체된다. 이 글에서는 한자어 대명사 중 사용 빈도가 높은 '吾人, 吾等, 余'를 비현대적 텍스트에서 나타나는 대명사류의 대표 준거 요소로 삼았다. 이들은 가장 늦게까지 쓰이는 유형이기도 하다. 이들은 '나, 우리'로 교체된다.

제3류는 한자어 관형사다.

대명사와 마찬가지로 비현대적 텍스트에는 한자어 관형사가 쓰이다가 고유어로 대체되는 과정을 겪는다. 대표적인 것으로 한자어 '此, 其, 彼' 등이 '이, 그, 저'로 교체되는 것을 들 수 있다. 본 연구에서는 '此, 其, 彼'를 관형사류의 대표적인 준거 요소로 삼았다.

제4류는 한자어 부사이다.

한자어 부사류는 양상이 조금 복잡하다. 단음절 한자어가 용언과 결합하여 두 음절 혹은 세 음절 한자어 용언을 구성하기도 하기도 하고, 명사류와 구분이 힘든 경우도 있다. 이 글에서는 단음절 한자어가 부사로 쓰이는 예 중에서 그 빈도가 높고, 현대적 텍스트에는 쓰이지 않는 '如히'와 '然이나'를 준거 요소로 삼았다. '如히'는 '~과 / 와 如히' 구성으로 쓰이는 경우가 많은데, 의미와 기능이 동일한 고유어 '같이'로 교체되며, '然이나' 역시 의미와 기능이 같은 '그러나'로 교체되어 그 사용 여부가 문체 현대성을 잘 드러내준다고 판단하였기 때문이다.

제5류는 단음절 한자어 용언이다.

비현대적 텍스트일수록 단음절 한자어 용언의 종수가 많고 빈도가 높은 것은 잘 알려진 사실이다. 여기서는 한문구 용언이 해체되면서 생성된

---

4 한자어 대명사를 포함한 어휘적 준거에 대해서는 한영균(2009)의 연구 결과를 주로 참조하였다.

단음절 한자어 용언 중 반드시 고유어로 대체되는 것으로 사용 빈도가 높은 용언에 초점을 두었다.[5] 준거 요소로 택한 것은 '有하-, 在하-, 無하-, 如하-, 然하-' 다섯 가지이다. '有하-, 在하-'는 '있-'으로, '無하-'는 '없-'으로, '如하-'는 '같-'으로 '然하-'는 '그러하-'로 교체된다.

이들 다섯 유형에서 준거 요소로 든 것들은 각 유형에서 확인되는 형태 중에서 상대적으로 빈도가 높고 문체의 현대성을 인식하는 데에 더 영향을 준다고 판단한 것들이다. 당연히 이들 이외에도 많은 비현대적 형태가 현대화 과정에서 현대적인 것으로 교체된다. 여기서 분석에 사용한 형태들은 현대적 국한혼용문의 출현 및 확산을 이해하는 데에 필수적이라고 판단된 것들만을 대상으로 한 것이다.

3) 연도별 사설의 현대적 국한혼용문 사용 양상

이 절에는 연도별 사설 텍스트를 대상으로 현대적 국한혼용문을 확인한 방법을 간단히 기술한 후, 그러한 방법을 통해 확인된 현대적 국한혼용문 사설이 각각의 해에 출현한 빈도와 전체 사설 대비 사용 비율을 보이기로 한다.

1920년~1940년 사이의 사설 텍스트를 대상으로 현대적 국한혼용문 사설을 추출한 방법은 다음과 같다.

① 전체 사설 텍스트를 연도별로 정리한다.
② 연도별 사설을 사설 건별로 정렬한다.

---

[5] 비현대적 텍스트에 쓰인 단음절 고빈도 용언의 선정은 한영균(2014b, 이 책의 7장)의 결과를 참조하였다.

③ 에디터[6]와 정규식[Regular Expression]을 이용하여 앞에서 설명한 다섯
  유형의 준거 요소가 사용된 연도의 사설 텍스트를 구분하고, 그것
  을 따로 잘라낸다.[7]

④ 비현대적 요소를 포함하지 않은 텍스트를 현대적 국한혼용문으로
  보고,[8] 전체 사설에서 그것들이 차지하는 비율을 확인한다.

이렇게 분석한 결과를 정리한 것이 〈표 17〉이다. 〈표 17〉의 분석 결
과를 보면 몇 가지 특징적인 현대적 국한혼용문 출현 양상이 드러난다.

첫째, 1920년~1922년 3년 사이의 사설 중에는 현대적 국한혼용문
이 확인되지 않는다. 즉 현대적 국한혼용문은 1923년 9월 이후의 사설
에서 처음 출현한다.[9]

둘째, 1924년의 경우가 예외적이기는 하나,[10] 이후 1920년대 사설
에서 현대적 국한혼용문이 사용되는 비율은 20~30% 정도이다.

---

6 에디터로는 Editplus 3.0을 이용하였다. 필자가 알고 있는 한, 윈도우즈에서 특정 문자
   열이 포함된 텍스트를 따로 표시하고 그것을 삭제, 이동, 복사가 가능한 Keep & Drop
   기능을 가진 유일한 에디터이다.
7 이렇게 추출된 텍스트는 비현대적 국한혼용문으로 다룬다. 그런데 1920년~1940년 사
   이에 쓰인 비현대적 국한혼용문은 19세기 말~1900년대에 쓰인 국한혼용문과 대조해
   보면 문체상의 차이가 크다. 또 이 1920년대의 비현대적 국한혼용문과 1930년대의 비
   현대적 국한혼용문 사이에도 상당한 차이가 있다. 대표적인 예가 용언의 쓰임이다. 이
   에 대해서는 이 책의 13장 참조.
8 다섯 유형의 준거 요소가 전혀 쓰이지 않은 사설 텍스트도 현대 국한혼용문과는 다른
   부분이 있다. 용언의 활용 패러다임이나 조사, 어미의 용법, 맞춤법의 적용 여부 등이 대
   표적이다. 그러나 전반적으로 한문 문법의 영향에서 벗어나 있다든가, 원칙적으로 한자
   어만 한자로 표기한다든가, 현대적 종결어미를 사용한다든가 하는 현대 국한혼용문의
   특성을 모두 지니고 있다. '현대적'이라는 용어를 사용한 것은 현대 국한혼용문과 완전
   히 같지는 않다는 점을 고려한 것이다.
9 정확히는 1923년 9월 5일자 일본 관동대지진 관련 사설이 처음이다.
10 1924년의 사설에서 현대적 국한혼용문이 차지하는 비율과 관련된 문제에 대해서는 3절
   2)에서 다시 다룬다.

〈표 17〉 1920년~1940년 동아일보 사설의 현대적 국한혼용문 사용 비율

연도	국한혼용 사설수	현대적 국한혼용 사설수	비율(%)	연도	국한혼용 사설수	현대적 국한혼용 사설수	비율(%)
1920	127	0	0.00	1930	303	138	45.54
1921	295	0	0.00	1931	399	201	50.38
1922	350	0	0.00	1932	373	232	62.20
1923	356	24	6.74	1933	369	212	57.45
1924	360	155	43.06	1934	365	291	79.73
1925	363	73	20.11	1935	374	306	81.82
1926	287	62	21.60	1936	244	186	76.23
1927	363	115	31.68	1937	178	107	60.11
1928	371	82	22.10	1938	299	194	64.88
1929	383	96	25.07	1939	301	205	68.11
				1940	186	106	56.99

셋째, 1930년대에 들어서면 현대적 국한혼용문의 사용 비율이 크게 늘어나서 전체의 50%를 넘어선다. 특히 1934년~1936년 3년 사이에는 그 비율이 80%에 가까워, 현대적 국한혼용문의 사용 비율이 어느 정도일 때 문체 현대화가 확립되었다고 해석하느냐에 따라서는 이 시기에 이미 문체 현대화가 확립 과정에 들어선 것으로 볼 수도 있다. 문제는 1937년 이후 현대적 국한혼용문의 사용 비율이 60% 정도로 20%가량 줄어든다는 점이다. 그런데 이렇게 현대적 국한혼용문의 사용 비율이 줄어드는 1937년~1940년 사이의 비현대적 국한혼용문에는 한자어 대명사 및 한자어 관형사 이외의 다른 준거 요소는 나타나지 않는다. 이들 한자어 대명사 및 한자어 관형사의 출현이 지니는 의미를 어떻게 해석하느냐 하는 문제도 문체 현대화가 확립된 시기를 확정하는 데에 고려할 문제가 된다는 의미로 해석할 수 있다.

〈표 17〉의 현대적 국한혼용문의 출현 양상에 대한 분석 결과를 바탕으로 신문 사설의 문체 현대화에 대해 다음과 같은 잠정적인 결론을 얻을 수 있다.

① 사설 문체의 현대화는 일률적, 전면적으로 일어나는 것이 아니라, 점진적으로 진행된다.

② 사설에서 현대적 국한혼용문은 1923년 처음 출현하지만, 문체 현대화는 1930년대에 들어서서 본격적으로 진행된다고 볼 수 있다.

③ 1930년대 중반에 들어서면 현대적 국한혼용문의 비율이 대폭 늘어나지만 1940년 폐간될 때까지도 동아일보 사설의 문체 현대화는 여전히 진행형이다.[11]

그런데 여기서 한 가지 언급해 둘 것이 있다. 자료 분석 과정에서 비현대적 국한혼용문이라고 판별된 텍스트들을 살펴보면 그것들의 문체가 동질적이지 않다는 점이다. 이는 다섯 유형의 비현대적 요소가 현대적인 것으로 교체되는 시기, 그리고 각 요소들의 사용 비율이라는 면에서 상당한 차이가 있기 때문이다. 예를 들어 1923년 사설 중에서 비현대적 국한혼용문으로 구분된 텍스트에는 다섯 유형의 비현대적 요소가 모두 포함되어 있지만 1930년대 사설에서 비현대적 국한혼용문으로 구분된 것들에는 다섯 유형의 비현대적 요소 중에서 일부만 포함된 경우도 있는 것이다. 이러한 사실은 각 연도별 사설에서 비현대적 요소가

---

11 앞에서 언급했듯이 이러한 결론은 한국어 문체 현대화의 완결을 무엇을 기준으로 판단하는가에 따라 달라질 수도 있다. 이에 대해서는 2절 4)에서 다시 다룬다.

각각 어떤 쓰임새를 보이는지를 별도로 검토할 필요가 있음을 의미한다. 이 문제는 절을 달리하여 검토하기로 한다.

4) 연도별 사설에서의 비현대적 요소의 출현 양상

각 연도별 사설에서 비현대적 요소의 출현 양상을 분석한 방법은 다음과 같다.

① 2절 2)에서 현대적 국한혼용문을 추출하기 위해 별도로 구분해 두었던 비현대적 국한혼용문을 연도별로 정렬한다.
② ①의 결과를 대상으로 에디터와 정규식을 이용하여 다섯 유형의 비현대적 요소가 사용된 사설 텍스트를 각각 그 출현 빈도를 구한다.
③ 각 연도별로 전체 국한혼용문 사설 건수와 다섯 유형의 비현대적 요소가 출현한 사설 건수의 비율을 구한다.

이런 방식으로 얻어진 연도별 사설 건수 대비 다섯 유형의 비현대적 요소가 사용된 비율을 정리한 것이 〈표 18〉이다.

표가 일견 복잡해서 통계에 내포된 의미를 읽어 내기가 쉽지 않다. 이해를 돕기 위해 중요하다고 생각되는 부분을 음영으로 표지를 해 두었고, 그 부분을 중심으로 국한혼용문의 현대화 과정의 완성을 판단하려 할 때에 무엇이 문제인지에 대한 필자의 생각을 밝히기로 한다.

우선 2절 3)에서 현대적 국한혼용문이 처음 출현한다고 했던 1923년의 자료이다.

앞의 〈표 17〉에서 보인 바와 같이 1923년의 국한혼용문 사설은 356

건이고, 그 중 현대적 국한혼용문은 24건으로 그 전체 사설 대비 사용 비율은 6.74%다. 그런데 〈표 18〉에서 1923년 사설 중에서 비현대적 국한혼용문을 사용한 사설 322건에서의 다섯 유형의 비현대적 요소 출현 양상을 보면 흥미로운 모습을 보인다. 다섯 유형 중 종결어미류의 출현 비율은 전체 대비 20.22%이다. 즉 비현대적 국한혼용문을 사용한 322건 중에서 종결어미가 현대화하지 않은 것은 72건 남짓이라는 의미

〈표 18〉 1920년~1940년 사설에서의 비현대적 요소의 출현 양상

연도	사설 수	종결 어미류	비율 (%)	대명 사류	비율 (%)	관형 사류	비율 (%)	부사 류	비율 (%)	단음절 용언	비율 (%)
1920	127	73	57.48	112	88.19	112	88.19	61	48.03	126	99.21
1921	295	170	57.63	269	91.19	281	95.25	89	30.17	284	96.27
1922	350	303	86.57	330	94.29	276	78.86	55	15.71	340	97.14
1923	356	72	20.22	271	76.12	183	51.40	122	34.27	284	79.78
1924	360	15	4.17	93	25.83	59	16.39	11	3.06	27	7.50
1925	363	5	1.38	165	45.45	152	41.87	72	19.83	59	16.25
1926	287	5	1.74	163	56.79	68	23.69	16	5.57	12	4.18
1927	363	1	0.28	178	49.04	84	23.14	2	0.55	9	2.48
1928	371	3	0.81	191	51.48	10	2.70	1	0.27	31	8.36
1929	383	2	0.52	174	45.43	77	20.10	3	0.78	46	12.01
1930	303	4	1.32	103	33.99	55	18.15	0	0.00	24	7.92
1931	399	1	0.25	141	35.34	51	12.78	0	0.00	8	2.01
1932	373	0	0.00	91	24.40	54	14.48	1	0.27	11	2.95
1933	369	0	0.00	114	30.89	49	13.28	0	0.00	11	2.98
1934	365	1	0.27	42	11.51	27	7.40	0	0.00	0	0.00
1935	374	0	0.00	28	7.49	38	10.16	0	0.00	2	0.53
1936	244	0	0.00	28	11.48	24	9.84	0	0.00	1	0.41
1937	178	0	0.00	46	25.84	32	17.98	0	0.00	4	2.25
1938	299	0	0.00	53	17.73	38	12.71	3	1.00	3	1.00
1939	301	0	0.00	60	19.93	31	10.30	3	1.00	0	0.00
1940	186	0	0.00	53	28.49	25	13.44	3	1.61	0	0.00

이다. 이에 비해 비현대적 단음절 한자어 용언을 사용한 것은 322건 중 284건으로 1923년 사설 전체의 79.78%를 차지한다. 사설 10건 중 8개에 비현대적 단음절 한자 용언 즉 '有하-, 在하-, 無하-, 如하-, 然하-' 중 하나 이상의 용례가 있다는 의미인 것이다. 이는 1923년의 사설 중 현대적 국한혼용문의 비율이 7%를 넘지 못한 것이 실상은 단음절 한자 용언의 사용이 많았던 데에 기인한다는 것을 보여주는 것으로, 단음절 한자 용언의 고유어로의 교체가 어느 정도 진행되는가가 국한혼용문 현대화의 관건이 될 가능성이 있음을 의미한다. 이런 관점에서 단음절 한자어 용언의 사용에 초점을 두고 자료 전체를 살펴 보면 1924년부터 1933년까지의 10년간이 단음절 한자어 용언의 고유어화가 본격적으로 진행된 시기이다. 즉 1934년 이후는 단음절 한자어 용언의 고유어화는 이미 완성되는 것으로 볼 수 있다. 사설 전체의 98%~99%에서 고유어로 교체되기 때문이다.[12]

비현대적 국한혼용문을 가려낸 준거 요소의 개별적인 출현 양상이라는 관점에서 1934년 이후의 자료를 살펴보면, 국한혼용문의 현대화가 완성된 시기를 결정하려 할 때 문제가 되는 요소가 무엇인지도 어느 정도 파악할 수 있다. 즉 1934년 이후에는 비현대적 국한혼용문을 가려내는 준거 요소 중 종결어미류, 부사류, 단음절 한자 용언류가 사용된 사설 건수의 비율이 전체 사설 건수 대비 1%에도 미치지 못한다(음영 부분). 따라서 〈표 17〉에서 1930년대 중반 이후에도 현대적 국한혼용문

---

[12] 1937년은 예외적이다. 현대 국한혼용문에서는 고유어로 나타나는 단음절 한자어 용언이 사용된 사설이 4건 확인되기 때문이다. 4건에서 '如한'이 3개, '有하야, 有한'이 각각 1개씩 용례가 확인된다.

의 출현 비율이 80%를 넘어서지 못하는 것은 한자어 대명사류 및 한자어 관형사류의 사용 비율이 높기 때문이라고 이야기할 수 있다. 특히 한자어 대명사의 고유어로의 교체가 완성되면 다른 비현대적 요소는 나타나지 않는다고 이야기할 수 있을 정도이다. 물론 본 연구에서 검토한 자료에서는 그러한 단계까지 이른 자료는 확인되지 않는다.

2절 3)과 2절 4)의 논의를 바탕으로 〈표 17〉과 〈표 18〉을 다시 검토해 보면, 국한혼용문의 현대화가 확립되는 시기를 결정하는 데에는 몇 가지 기준을 세워볼 수 있다.

① 현대적 국한혼용문의 비율이 일정 수준을 넘어서는 것을 기준으로 하는 방법, ② 비현대적 국한혼용문을 추출하는 준거 요소 중 특정 단위의 출현 여부를 기준으로 삼는 방법, ③ 현대적 국한혼용문의 비율과 함께 특정 유형의 준거 요소를 함께 고려하는 방법.

필자로서는 세 번째 방법을 택하는 것이 합리적이지 않은가 하는데, 이 경우에도 현대적 국한혼용문의 사용 비율이 어느 정도에 도달했을 때를 기준으로 할 것인가를 결정하기 쉽지 않다. 현재로서는 현대적 국한혼용문의 사용 비율이 80%를 넘고,[13] 단음절 한자어 용언은 모두 고유어로 대치되는 시기를 국한혼용문의 현대화가 확립된 시기로 판단한다면 무리가 없을 것으로 생각한다. 그러나 국한혼용문의 현대화가 확립되었다고 해서 문체 현대화 과정이 완결되었다고 보는 것은 아니다.

---

13 80%라는 수치를 기준치로 보는 것은, 현대적 국한혼용문의 사용 비율이 이 정도가 되면 한자어 대명사 및 한자어 관형사를 제외한 다른 비현대적 요소는 모두 현대적 단위로 교체되는 양상을 보이기 때문이다. 〈표 16〉의 1934년~1936년의 현대적 국한혼용문의 사용 비율과 〈표 17〉의 비현대적 요소의 사용 양상에서 같은 해의 것을 대조해 보면 이를 확인할 수 있다.

문체 현대화의 완결은 현대적 국한혼용문의 비율이 확립 시기보다 훨씬 높아야 할 것이고, 한자어 대명사와 한자어 관형사가 고유어로 대치되는 비율도 더 높아져야 할 것으로 생각되기 때문이다.[14] 여기서 '확립'이라는 용어를 사용한 것은 글을 쓰는 사람의 선택에 따라서 얼마든지 현대적 표현을 사용할 수 있는 데에도 문체에 대한 취향에 따라 비현대적 표현을 사용하는 경우도 있을 수 있다는 점을 고려한 것이다.

3. 신문 사설에서의 현대적 국한혼용문의 출현 및 확산의 배경

1) 왜 배경 문제를 이야기하는가

2절에서의 검토를 통해 현대적 국한혼용문이 동아일보 사설에 언제 처음 출현하는가를 확인하였고, 시기별로 비현대적 요소가 사용된 양상을 분석해서 현대적 국한혼용문이 확산되는 과정의 대강을 파악할 수 있었다. 그런데 이러한 사설 텍스트의 분석 결과를 보면서 신문 사설에 쓰인 국한혼용문의 현대화 과정과 관련해서 제기하게 되는 의문이 있다. 그것은 다음 두 가지다.

첫째, 신문 사설이라는 사용역에서 왜 창간된 해가 아니라 창간 3년

---

14 한자어의 영향력을 생각하면, 한자어 대명사가 완전히 고유어로 대치되는 시기는 상정하기 쉽지 않을 것으로 보인다. 어떤 글에서 '余가'라는 표현을 사용했을 때 독자는 그것을 '의고적(擬古的)' 표현으로 받아들일 수도 있고 '내가' 대신 사용한 일반적 어휘 선택의 문제로 여길 수도 있다. 전자의 단계라면 현대화가 완결된 것이라 할 수 있겠지만, 후자인 경우에는 그렇게 이야기할 수 없을 것이다.

후인 1923년에 현대적 국한혼용문이 처음 나타나고, 그것이 또 불과 몇 년 사이에 급속히 확산되는 배경은 무엇인가?

둘째, '有하-, 在하-, 無하-, 如하-, 然하-' 등의 용언류나 '如히, 然이나' 등 부사류는 대부분 고유어로 교체되어 1930년대 이후에는 거의 쓰이지 않게 된 데에 비해, '吾人, 吾等, 余' 등 한자어 대명사류나 '此, 其, 彼' 등 한자어 관형사는 1940년까지 일정 비율 이상으로 쓰인다. 왜 이런 차이를 보이는가?

첫째 의문은 신문 사설에서 나타나는 국한혼용문의 현대화 과정이 순수히 언어 내적인 추력推力에 의해서만 진행되는 것이 아니지 않은가 하는 의구심에서 제기하게 된 것이다.

『동아일보』가 창간된 1920년은 현대 한국어 문체 형성 과정에서 일종의 전환을 겪던 와중이었다고 이야기할 수 있다. 『청춘』(1914~), 『학지광』(1914~), 『여자계』(1917~) 등 동경 유학생들이 중심이 되어 간행한 잡지류의 국한혼용문 문체는 1900년대의 국한혼용문과는 꽤 거리가 있는 것이었고, 또 1910년대 후반은 최남선의 『시문독본』(1915) 간행 및 잡지 『청춘』의 문예 공모 등으로 이른바 시문체時文體가 보급되어 1900년대의 국한혼용문과는 다른 새로운 문체 사용이 강조되던 시기였다. 그럼에도 불구하고 『동아일보』의 사설은 초창기 3년간 예외없이 비현대적 국한혼용문을 사용하였다. 창간이라고 하는 새 출발의 계기를 맞고도 새로이 대두된 문체가 아니라 10년 전에 주류였던 문체를 선택하게 된 배경이 무엇인가가 궁금하지 않을 수 없는 것이다.

둘째 문제는 비현대적 국한혼용문이 현대적 국한혼용문으로 변전될 때에 작용하는 언어 내적인 추력推力이 무엇인가 하는 것과 관련된다. 한자어 대명사와 단음절 한자어 용언의 고유어로의 교체는 과연 동일한 기제에 의해 이루어지는 것으로 볼 수 있는가? 한자어 관형사와 한자어 부사의 고유어로의 교체에서 확인되는 현대화 정도와 교체 시기가 다른 것이 함의하는 바는 무엇인가 등을 검토해 볼 필요성을 느낀 것이다.

물론 이 두 문제에 대해 직접적인 답을 구하기는 어렵다. 명시적으로 이에 대해 언급한 자료는 찾을 수 없기 때문이다. 따라서 이 장에는 1920년~1940년 사이라는 시대적 배경과 당대 지식인들의 글쓰기 방식에 대한 인식이 문체에 미친 영향, 그리고 국어 사용과 관련된 여건의 변화 등을 통해 간접적이나마 현대적 국한혼용문의 출현 및 확산의 배경을 검토하기로 한다.

2) 동아일보 사설에서의 현대적 국한혼용문의 출현 시기와 그 배경

한 신문의 사설의 문체는 대체로 주필을 포함한 사설 집필에 관여하는 이들의 문체 선택 성향에 따라 결정된다고 보아야 할 것이다. 동아일보의 연표를 보면 창간 당시의 주필은 장덕수, 편집국장 겸 편집인이 이상협으로 되어 있고, 유근과 양기탁이 편집 고문이었다. 주필인 장덕수는 유학생 잡지『학지광』의 편집부장을 역임했고, 이상협은『매일신보』의 기자를 거쳐 편집을 담당한 인물로 두 사람 모두 일본 유학생 출신이다. 한편 유근과 양기탁은 이들보다 20년 이상 연상인 인물로 유근은『황성신문』을 창간하고 주필을 역임했으며, 양기탁은 1900년대『대한매일신보』의 주필을 지낸 인물이다. 이런 경력을 바탕으로 추론해 보면 유근과 양기탁은 1900년대의 국한혼용문에 익숙한 인물이었던 반면, 장덕수, 이상협은 한 세대 다음의 인물이며, '조선어'적 문체에 적합하다고 했던 이른바 시문체時文體에 익숙했을 이들이다.

이러한 사실을 염두에 두고 초창기 동아일보 사설의 문체를 살펴보면, 이들 두 세대로 나뉘는 사설 집필 관련 인사들의 개인적인 경험과 취향, 그리고 신문사 안에서의 위상이 『동아일보』 사설의 초창기 문체를 결정하는 데에 어느 정도 영향을 주었을 것으로 보인다. 현대적 국한혼용문이 전혀 사용되지 않은 1920년~1922년 사이의 동아일보 사설의 문체는 『황성신문』 혹은 『대한매일신보』의 문체에 이어지는 것으로 볼 수 있는데, 이는 이 시기 사설 문체에는 유근 혹은 양기탁의 영향이 컸던 것으로 볼 수 있는 한편, 1923년 처음 등장하는 현대적 국한혼용문은 한편으로는 1914년 이후의 유학생 잡지에 보이는 국한혼용문의 문체에 이어지는 것이며, 다른 한편으로는 1910년대 후반부터 그 영향력을 키우기 시작한 시문체의 영향을 받은 것인데, 이러한 문체로 씌여진 사설들은 장덕수, 이상협의 글이거나 그 영향 아래에 있었던 것으로 생각되는 것이다.

사설 집필을 담당한 이의 문체 선택 성향과 현대적 국한혼용문의 사용 비율의 상관성은 1924년 사설에서의 현대적 국한혼용문 사용 비율의 이상성異常性을 통해서도 감지된다. 1924년은 동아일보 사설에서 현대적 국한혼용문이 처음 출현한 다음 해인데, 현대적 국한혼용문의 사용 비율이 43%를 넘는다(〈표 17〉). 그러나 이러한 비율은 그대로 유지되지 못하고, 1925년 이후 1920년대 후반에는 대체로 20%를 조금 넘는 수준에 그친다. 여기서 주목되는 것은 「임꺽정」의 작가인 홍명희가 동아일보의 주필을 담당한 시기가 1924년 5월부터 1925년 3월말까지였다는 사실이다. 홍명희는 한문에 능했으나 문학적 역량도 뛰어났고,

그의 국어 문장력과 어휘력은 잘 알려져 있다. 여기에 일본 유학도 경험한 인물이기 때문에 신문 사설의 문체 선택에서 진보적 성향을 보였을 가능성을 생각할 수 있는 것이다. 물론 이러한 생각은 현재로서는 추론에 그칠 수밖에 없는 것이어서 앞으로 더 천착해 볼 문제로 남기고 이 글에서는 더 이상 논의하지 않는다.

3) 문체 현대화의 두 기제 – 문장 구조의 현대화와 어휘 선택

이 절에서의 논의는 우선 이 글에서 비현대적 국한혼용문을 선별하는 데에 이용한 다섯 유형의 문체 현대성 판별의 준거 요소가 동일한 층위의 것이 아니라는 점을 지적하는 데에서 시작하기로 한다. 즉 이들은 크게 두 층위로 구분되는 것이다. 하나는 문장 구조의 현대화와 관련된 것으로 종결어미의 교체 및 단음절 한자어의 고유어 용언화가 그에 속한다. 반면 대명사 및 관형사의 고유어화는 문체 현대화와 무관하다고는 할 수 없으나, 문장 구조의 현대화와는 다른 층위의 문제이다. 단적으로 말해 필자 개인의 어휘 선택의 문제인 것이다. 부사 '如히, 然이나'의 고유어화는 양자의 성격을 복합적으로 가지고 있는 것으로 판단된다.

우선 문장 구조의 현대화와 관련된 교체.

종결어미가 현대의 것으로 바뀌는 것이 문장 현대화의 중요한 한 징표라는 사실은 이미 앞선 연구에서 논의된 바 있다. 이러한 어미의 현대화는 순한글 고전소설에서 사용되던 비현대적 종결어미들이 신소설의 등장 이후 새로 쓰이기 시작한 종결어미로 교체되는 것처럼 상대적으로 이른 시기에 진행된다. 국한혼용문 사설에서의 종결어미도 교체도 마찬가지다. 2절에서 검토한 바와 같이 사설에서의 종결어미의 현대화도 1920

년대 말에 이미 완성 단계에 이르는 것이다. 이는 문장의 현대성 판별에 어미 사용이 가장 크게 영향을 준다는 점과 무관하지 않을 것이다.

한편 단음절 한자 용언의 고유어화, 특히 본 연구에서 다룬 '有하-, 在하-, 無하-' 등이 '있-, 없-'으로 교체되는 것은 문장 구조가 현대화한 것을 직접 반영한 것이다. 즉 19세기 말의 국한혼용문이 구문적 층위나 어휘적 층위에서 한문 문법을 토대로 했던 것을, 국어 문법을 토대로 한 문장 구조와 표현으로 바꾸는 체계적, 구조적 문체 현대화 과정의 한 부분인 것이다.

한문 문법을 토대로 한 문장 구성 혹은 표현 방식이란, 예를 들어 '사회적 자유가 있을지라도 정치적 자유는 없을 수 있다'는 표현을 '社會的 自由가 **雖有하야도** 政治的 自由는 **可無하다**' 등으로 표현하는 방식을 가리킨다. 국어 어미 '-ㄹ지라도'가 지니고 있는 양보의 의미를 한자 '雖'로 나타내면서 그것을 한자 '有'를 수식하는 부사적 용법으로 써서 '雖有하-'라는 한문구 용언[15]으로 표현하고, '-ㄹ 수 있-'이라는 국어의 가능을 나타내는 표현을 한자 '可'로 나타내면서 역시 '無'를 수식하는 부사적 용법으로 사용하여 '可無'하-'라는 한문구 용언으로 표현한 것이다.[16] 이러한 문장 구성 방식은 한문이 문자 생활의 기본이었던 19세기 말의

---

15 '雖有'와 같이 부사적 기능을 가지는 한자와 단음절 한자를 결합하여 두 음절 한자어를 형성하는 방식은 한문 문법에서는 편정(偏正) 병렬어라 한다. 한문 문법에 적용되는 일반적 조어법의 하나이다. 초창기 국한혼용문이 한문 문법의 영향 아래에 형성되었다는 증좌의 하나다. 송민(2013), 이 책의 7장 참조.

16 '雖有하-' '可無하-'를 한문구 용언이라고 지칭하는 것은 한문 문법에서 성구(成句)를 만드는 방식으로 만들어진 '雖有, 可無'를 국어 문장에 수용하면서 '-하-'와 결합하여 용언으로 사용한 데에 초점을 둔 표현이다. 한국어 문법으로 만들어진 용언이 아닌 것이다. 이런 류의 용언은 일부 예외를 제외하고는 현대 한국어로 전승되지 않고 해체되고, 뒤이은 고유어화로 소멸하는 것이 일반적이다.

지식인들에게는 상대적으로 자연스러운 것이었다고 이야기할 수 있다.

한문 문법에 토대를 둔 한문구 용언 '雖有하-'가 '있을지라도'로,[17] '可無하-'가 '없을 수 있-'으로 교체되어야 완전히 국어화(현대화)한 것으로 이야기할 수 있을 터인데, 이러한 변전은 단번에 이루어지지는 않는다. 일차적으로 '社會的 自由가 有할지라도 政治的 自由가 無할 수가 有하니라'와 같이 한문구 용언은 해체하되,[18] 한자어 용언은 그대로 사용하는 단계를 거치는 것이다. 이렇게 동사 '有'는 그대로 사용하되 부사적 기능을 담당한 '雖'의 의미를 어미 '-ㄹ지라도'로 표현하고, 또 '可無'가 '無할 수 有하-'로 해체되어 '可'가 나타내던 가능의 의미를 '-ㄹ 수 有하-'와 같은 양태 표현의 용언구로 풀어서 표현하는 것은 1900년대 후반 국한혼용문에서 흔히 나타나는 문장 구성 방식이다.

단음절 한자어 용언 '有하-, 無하-'가 '있-, 없-'으로 교체되는 것은 '한자어만 한자로 적고 고유어로 적을 수 있는 것은 고유어로 적는' 것이 조선식 글쓰기의 올바른 방법이라고 인식하게 된 후[19]에 일어나는

---

17 이 때, '雖'가 가지고 있는 의미를 반영하여 '비록 X가 有하-'로 표현하는 경우를 심재기(1992)에서는 중첩 표현이라고 지칭하고, '-ㄹ지라도'라는 어미만으로도 양보의 의미를 충분히 나타낼 수 있는데 양보 부사 '비록'을 반복해 사용한 것은 한문 문법의 영향이라고 보았다.

18 근대 계몽기의 국한혼용문은 표현하려는 내용을 모두 한자로 적는 것이 원칙이었다. 우리말을 표현하려고 선택한 것이지만, 그 때 선택된 한자의 문법적 기능은 한문 문법을 따른다. 따라서 한자의 조합으로 만들어진 구(句)는 한문구가 된다. 그러나 이러한 한문구 표현이 국어의 문장 구성 방식(어순 등)에 어긋난다는 사실을 인식하게 되면 한문구를 해체하게 된다. 그러면서도 개별 어휘는 여전히 구 구성에 쓰인 한자어를 그대로 사용한다. '緣木求魚'를 해체하여 '木을 緣하여 魚를 求한다'로 푸는 식이다. 이러한 까닭에 비현대적 국한혼용문에는 단음절 한자어 용언의 비중이 높아지는데, 그 중에서도 '有하-, 無하-'는 현대어의 '있-, 없-'에 대응되는 양태 표현의 용언구를 구성하는 요소로 사용되기 때문에 특히 그 빈도가 높을 수밖에 없다.

19 이러한 인식의 결과가 이른바 시문체(時文體)의 사용 권장으로 이어진다.

또다른 문장 현대화 과정의 한 부분이다. 결국 단음절 한자어 용언의 고유어화는 한문 문법을 토대로 만들어진 한문구 용언을 한국어 문법을 토대로 한 표현으로 교체하는 변전 과정 중의 마지막 단계에 해당하는 것으로 문장 구성 방식을 한국어 문법의 것으로 바꾸려는 구조적 변전의 한 부분이라고 할 수 있는 것이다.

그러나 한자어 대명사를 고유어로 교체하는가 그렇지 않은가 하는 것은 텍스트의 문체 현대성에 대한 인식에는 영향을 줄지언정 문장 구조의 현대화와는 직접적인 관계가 없다. 「기미독립선언문」의 첫머리의 표현 '吾等은 玆에 我 朝鮮의 獨立國임과 ……'에서 '吾等'을 쓰느냐 '우리'를 쓰느냐는 글을 읽는 사람이 비현대적 혹은 현대적 문장이라고 느끼는 데에는 영향을 주겠지만, 문장의 구조적 현대성과는 무관한 것이다. 즉 한자어 대명사의 사용은 문장 구조의 현대화와 관련된 문제가 아니라 어휘 선택의 문제인 것이다.

한자어 부사의 고유어화와 한자어 관형사의 고유어화가 그 속도와 시기에 차이가 있는 것도 단음절 한자어 용언의 고유어화와 한자어 대명사 사용 사이의 관계와 유사하다고 할 수 있다.

한자어 부사는 이미 1920년대 후반에 이르면 그 사용 비율이 1% 미만이 된다.[20] 이에 비해 한자어 관형사의 사용 비율은 1930년대 후반에 이르러서도 10%를 넘는 양상을 보인다. 우선 고유어 관형사 '이, 그 저'를 사용하는가 한자어 '此, 其, 彼'를 사용하는가는 한자어 대명사와 마찬가지로 어휘 선택의 문제라고 할 수 있다. 문제는 부사 '如히, 然이나'

---

20 1938년 이후 그 비율이 1%가 되지만, 한자어 관형사의 사용 비율과는 다른 차원의 문제이다.

의 사용 양상인데, 실제로 '然이나'는 이미 1920년대 말에 이르면 쓰이지 않게 된다.[21] 〈표 18〉의 부사의 빈도 중 1930년대 이후의 것은 그 용례가 모두 '如히'인 것이다. 그런데 '如히'는 2장 1절에서 기술한 바와 같이 주로 '~와 / 과 如히' 구성으로 쓰였다. 이때의 '如히'는 독립된 용법이라기보다 구 구성으로 인식되는 것이며, 이 경우 구 구성의 후속 요소인 '如히'가 고유어 '같이'로 적을 수 있는 것을 한자어를 사용하였다는 인식이 이른 시기에 고유어화를 이룬 배경일 것이다.

여기서 〈표 17〉와 〈표 18〉을 다시 검토해 보면, 1934년~1936년 사이 현대적 국한혼용문의 사용 비율이 80%까지 높아졌다가 1937년~1940년 사이 60%대로 하락하는 것은 문체 현대화 과정의 퇴보를 의미한다기보다 사설의 필자가 고유어와 한자어 중에서 한자어를 선택하는 비율이 늘어났기 때문이라고 이야기할 수 있을 것이다.

4. 논의의 요약과 남은 문제들

지금까지 1920년부터 1940년까지 간행된 동아일보의 사설 전체를 대상으로 현대적 국한혼용문의 출현과 확산 과정을 검토하고, 신문 사설의 문체 현대화 과정이 국어 문체 형성 과정에 대해 함의하는 바에 대하여 검토하였다. 앞에서의 논의를 요약하고 자료 검토 과정에서 제기

---

21 이는 접속 부사의 고유어화라 할 것인데, 접속 부사의 현대화도 종결어미와 마찬가지로 문장 현대성을 판별하는 데에 중요한 징표가 된다. 현대적 문장을 구현하려면 접속 부사류를 현대적인 것으로 교체하여야 하는 것이다.

된 문제들을 정리하는 것으로 이 장을 마무리하기로 한다.

1) 논의 결과의 요약

이 장에서의 논의를 통해 확인할 수 있었던 국한혼용문 사설의 현대화 과정과 관련된 사항은 다음과 같이 요약할 수 있다.

첫째, 비현대적 국한혼용문의 판별을 위한 준거 요소 및 그 사용 양상.

1920년~1940년 동아일보 사설에서 비현대적 국한혼용문을 구별하는 데에 이용한 준거 요소는 종결어미, 한자어 대명사, 한자어 관형사, 한자어 부사, 단음절 한자어 용언 등 다섯 유형이었는데, 이들의 현대적 표현으로 교체되는 시기는 차이가 있다. 대체로 '종결어미 〉 단음절 한자어 용언 〉 한자어 부사 〉 한자어 대명사 및 한자어 관형사'의 순으로 현대적 표현(고유어)으로 교체된다.

그런데, 비현대적 국한혼용문을 구분해 주는 준거 요소의 현대화는 문장 구성 방식의 현대화와 현대적 어휘의 선택이라는 두 가지 기제에 의한 것을 구분하여야 한다고 보았다. 예를 들어 단음절 한자어 용언의 고유어화는 국어 양태 표현 구성을 한문구 용언에 의존하던 것을 국어 문법에 따른 표현으로 바꾸는 과정의 한 부분으로 문장 구성 방식의 현대화라는 구조적 변전에 필수적으로 요구되는 것이었던 반면, 한자어 대명사와 고유어 대명사 중 어떤 것을 사용하느냐 하는 어휘 선택의 문제로 본 것이다. 문체 현대화가 진행됨에 따라서 한자어 대명사를 사용에 대한 독자의 감각이 달라지기는 하지만, 구조적 변전과는 관계가 없는 교체라고 할 수 있다는 것이다.

둘째, 국한혼용문 사설 문체의 현대화 양상.

동아일보 사설에서 현대적 국한혼용문이 처음 출현한 것은 1923년 9월이다. 그 이후 1920년대 후반에는 20%~30%의 출현 비율을 보이다가, 1930년대에 들어서서야 50%를 넘어선다. 이후 1934년~1936년 사이에는 80%에 달하기도 하는데, 1937년 이후 다시 60%대로 낮아진다. 따라서 국한혼용문의 현대화가 언제쯤 완결된다고 할 것인가에 하는 문제는 여러 요소를 함께 고려할 수밖에 없다. 기본적으로 국한혼용문의 현대화가 확립된 시기를 확정하는 데에는 현대적 국한혼용문의 사용 비율과 비현대적 국한혼용문을 추출하는 준거 요소 중 특정 단위의 출현 여부를 함께 고려하여야 할 것이다. 다만, 현대적 국한혼용문 사용의 확립과 국한혼용문 문체 현대화의 완결은 구분할 필요가 있다고 보았다.

2) 남은 문제들

국어사적 관점에서 일제 강점기의 국한혼용문 사설의 문체 변화와 관련된 문제는 지금까지 한 번도 논의된 적이 없었다. 일제 강점기의 국한혼용문 사설은 국어 문체사 연구의 새 자료인 것이다. 새로운 자료를 다루는 것은 흥미로운 일이지만, 자료의 검토를 통해 얻어지는 결론만큼이나 그와 관련해서 새로 제기되는 문제도 더 쌓인다는 것이 글을 정리하면서 느끼는 소회이다. 여기서는 이 장에서의 논의와 관련해서 제기되는, 앞으로 해결해야 할 문제들을 정리하는 것으로 마무리하기로 한다. 이런 작업이 필자 자신의 앞으로의 연구를 위해서도 그렇고, 앞으로 다른 사용역의 자료를 이용해서 이와 유사한 연구를 계획하는 경우나 신문 기사의 문체 현대화 과정을 새로 다루려는 이들에게도 필요할 것이기 때문이다.

첫째, 20세기 전반기의 비현대적 국한혼용문 사설의 문체와 관련된 문제이다.

일제 강점기 초기 10년 사이, 우리는 우리 손으로 신문을 발행하지 못했다. 따라서 20세기 초반 신문 사설의 문체 연구를 위한 자료는 1910년부터 1919년까지 10년동안 공백이라고 할 수 있다.[22] 그런 까닭인지 1900년 말엽의 신문 사설과 1920년대 초반 신문 사설은 둘 다 비현대적 국한혼용문이라고 이야기할 수 있음에도 불구하고, 그 사이에는 감각적으로 상당한 거리가 느껴진다. 그러한 느낌을 받게 한 까닭이 무엇인지 밝힐 수 있어야 국한혼용문 현대화 과정에 대한 좀더 구체적인 이해가 가능할 것이다. 여기에 1930년대에 간행된 사설 중에도 이 글에서의 자료 분석에서 비현대적 국한혼용문으로 구분된 것들이 적지 않다. 그러나 이들 역시 1920년~1922년 사이의 사설의 문체와는 상당히 다르다. 결국 20세기 전반기의 자료로 '비현대적 국한혼용문 사설'이라고 지칭할 수 있는 대상은 최소한 세 가지 부류로 나뉘는 셈이다. 1900년대 말엽의 자료, 1920년~1922년의 자료, 1930년대 후반의 비현대적 국한혼용문 자료. 이 세 부류의 문체를 대조하여 그 이동異同을 밝히는 것이 국한혼용문 사설 현대화 과정을 좀더 구체적으로 이해하기 위한 첫째 과제가 될 것이다.

둘째, 검토 대상 자료의 사용역 확대와 관련된 문제이다.

국한혼용문을 사용한 장르는 다양하지만 여기서는 신문 사설과 일반

---

22 물론 1910년부터 간행된 『매일신보』가 있지만, 그 문체는 10년간 거의 변화가 없다. 1900년말의 신문 사설과 유사한 것이다.

평론의 문체에 대한 대조 분석의 필요성에 대해서만 언급해 두기로 한다.

1920년대에 들어서면 이미 상당량의 문학, 연극, 영화, 기타 예술 활동에 대한 평론이 신문, 잡지에 기고되는 것을 확인할 수 있다(양승국 2006; 백문임 2016). 이들 평론은 신문 사설과 같은 논설문 범주로 다루어질 수도 있겠지만, 신문 사설의 문체와 평론의 문체 사이에는 작지 않은 차이가 있다. 평론이 개인의 문체라고 한다면 신문 사설은 신문사의 입장을 표명하는 것이라는 차이에서 오는 것일 수도 있는데, 구체적으로 그 대조가 이루어진 적은 없다. 이 역시 앞으로 현대 한국어 문체 형성 과정을 밝힌다는 관점에서의 연구가 필요하다고 할 것이다.

셋째, 현대성 판별의 준거 요소 이외의, 현대적 혹은 비현대적 국한혼용문 텍스트를 구성하는 언어 단위에 대한 분석의 필요성이다.

이 장에서의 분석에서는 논의의 초점을 분명히 하기 현대적 국한혼용문과 비현대적 국한혼용문을 구분하는 데에 다섯 유형의 준거 요소를 이용하였다. 그러나 실제 이 시기 텍스트에는 미처 언급되지 않은 많은 비현대적 언어 단위들이 포함되어 있으며, 그들의 사용 양상도 시기에 따라 차이가 있다. 국한혼용문의 문체 현대화에 대한 좀더 심도있는 논의가 이루어지기 위해서는 이들에 대한 추가적 분석이 필요하다고 할 것이다.

제13장

국한혼용문의 현대화와
보조용언 구성의 변화

1. 왜 보조용언 구성을 살피는가

1) 논의의 목적과 배경

이 장에서는 국한혼용문이 현대화하는 과정을 용언구 구성의 변화를 통해 살피기로 한다. 즉 국한혼용문의 현대화가 한문구 용언[1]의 해체 및 그에 수반된 어휘 및 구문 구조의 변화를 통해 점진적으로 진행된다는 사실을 근대 계몽기부터 일제 강점기의 후반에 이르는 시기의 국한혼용 논설문 자료를 바탕으로 확인하려는 것이다.

대한제국기에 널리 쓰였던 근대 계몽기의 국한혼용문[2]은 국어사적

---

1 일반적으로 한국어 문장 구성에서 용언이 이루는 구를 술어구(述語句) 혹은 용언구(用言句)라고 한다. 그런데 근대 계몽기 국한혼용문에는 현대 한국어에서 구로 볼 만한 것들이 한 단어처럼 쓰인 예들이 많다. '한문구 용언'이라는 용어는 이러한 구들을 용언이 이루는 일반적인 술어구 / 용언구와 구분할 필요가 있다고 판단해서 사용한 용어이다. 한문구 용언의 형성 방식에 대해서는 이 책의 6장 2절 및 3절 참조.
2 1894년의 『공문식(公文式)』에서 잠정적으로 그 사용을 허한다고 했던 국한혼용문을 1908년에 이르러 공문서에 사용할 공식 문체로 재공포했다는 사실은 대한제국기 국한혼용문의 위상을 잘 보여준다(이 책의 9장 1절 참조).

연구의 초창기에는 "언문일치와는 도시 거리가 먼, 한문을 풀어서 거기에 토를 단 정도에 지나지 않는 것이었다(이기문 1970:17)"는 평가를 받았고, 1990년대에는 일본 메이지明治기의 화한혼용문和漢混用文을 본뜬 기형적 문장이었다는 견해가 대두되면서 현대의 국한혼용문과는 전혀 무관한 것으로 평가되었다(민현식 1994 등). 그러나 홍종선(1996; 2000) 김흥수(2004) 임상석(2008) 김영민(2009) 한영균(2013) 등의 논의를 통해 근대 계몽기의 국한혼용문도 그 나름대로의 문장 구성 방식과 유형성을 지니고 있다는 사실이 밝혀졌다. 한편 한영균(2018a; 2018b; 2019)[3] 등에서는 근대 계몽기의 국한혼용문이 현대 국한혼용문의 뿌리가 된다고 보았다. 근대 계몽기의 국한혼용문이 현대 한국어의 문체가 형성되는 과정에서 차지하는 위상에 대한 시각이 달라지게 되었다고 이야기할 수 있을 것이다.

문제는 근대 계몽기의 국한혼용문이 만들어진 방식이나 그것이 어떤 과정을 거쳐 현대의 국한혼용문으로 변전되는가에 대한 연구는 아직 미진한 부분이 적지 않다는 점이다. 특히 여기서 다루려는 보조용언류의 사용 양상 변화와 국한혼용문의 현대화 과정의 상관성에 대해서는 관심조차 둔 적이 없다고 이야기할 수 있다.[4] 이 글은 이러한 현실에 대한 반성에서 출발한 것이다. 한국어 문장의 용언구를 구조적 변형과 한자화를 거쳐 생성되는 한문구 용언을 이용해 표현하던 것을 고유어 보조용

---

3 각각 이 책의 9장, 12장, 11장에 해당한다.
4 정은정(2000)에서는 1894~1980 사이를 세 시기로 나누어 각 시기의 보조용언을 다루고 있다. 그러나 정은정(2000)의 논의는 순한글 텍스트만을 대상으로 한 것이어서 이 글에서 다루는 국한혼용문에서의 보조용언 사용 양상과는 상당히 다르다. 물론 현대 국한혼용문의 성립 과정에 대해서는 언급하지 않고 있다.

언 구성으로 환원하는 과정에 대한 검토를 통해서 국한혼용문이 현대화하는 과정의 한 축을 밝히려는 것이다.

보조용언이란 술어구의 구성 성분을 이루는 용언이지만 술어적 기능은 가지지 않고 의존적으로만 쓰이는 동사와 형용사를 가리킨다. 이렇게 보조용언이 본용언에 후행하는 형식의 보조용언 구성은 한국어의 문장 구성 방식에서 다른 언어와 구별되는 중요한 특징 중 하나라고 할 수 있다. 그런만큼 국어의 보조용언 구성에 대한 논의는 다양한 측면에서 이루어졌고, 그 문법적 기능과 특징도 어느 정도 확인되었다. 그러한 한편 보조용언 구성 및 보조용언의 기능에 대한 이견도 없지 않다.[5] 그러나 이 글에서는 보조용언 구성과 관련된 이론적 문제는 다루지 않는다. 국한혼용문의 현대화 과정에서 보조용언 구성의 출현 및 확산이 지니고 있는 문체사적 의미를 확인하는 데에 일차적 목적을 두는 것이다.

이러한 연구가 필요한 배경은 다음과 같이 정리할 수 있다.

첫째, 현대의 국한혼용문과 달리 근대 계몽기~일제 강점기에 걸친 시기에 사용된 국한혼용문에서는 보조용언 구성을 표현하는 방식이 두 가지다. 하나는 한문 문법을 바탕으로 국어의 용언구를 변형한 한문구 용언 안에 보조용언의 의미를 나타낼 수 있는 한자를 사용하여 표현하는 것이고, 다른 하나는 한글로 해당 보조용언을 직접 드러내는 방식이

---

5 가장 큰 것으로 연구자에 따라서 보조용언으로 인정하는 목록과 범주 설정에 차이가 보이는 점과 함께, '의존명사+용언'으로 이루어진 단위를 보조용언으로 인정하는가 여부를 들 수 있다. 『한글맞춤법』, 『표준국어대사전』 등에서 우리말의 규범을 제시할 때에는 '듯하다, 만하다, 법하다' 등을 보조용언으로 들고 있는데, 규범문법서라고 할 수 있는 『표준한국어문법』 『표준국어문법』 등에서는 보조용언 항목에 포함하지 않고 있는 것이다. 이러한 보조용언의 이론적 처리와 관련된 문제는 민현식(1999:119~156)에 자세히 정리되어 있다.

다. 현대 한국어 문장에서는 국한혼용문이라 할지라도 보조용언은 한글로 표기하므로 국한혼용문의 문체 변화라는 측면에서는 보조용언 구성을 한글로 표현하는 방식이 일반화되는 단계를 국한혼용문의 현대화가 완성된 시기로 볼 수 있다. 따라서 보조용언 구성이 오늘날과 같은 모습을 보이게 된 것이 언제인가를 확인하는 일은 현대 한국어의 문체가 확립된 시기를 확인하는 중요한 논거의 하나가 되는 것이다.

둘째, 근대 계몽기 이후의 국한혼용문을 살펴 보면 한글로 표기되는 보조용언의 목록이 시기별로 차이를 보인다. 이는 초창기(근대 계몽기)의 국한혼용문에서는 한문구 용언에 포함되는 한자로 보조용언의 의미와 기능을 표현하던 방식이 주를 이루었는데, 점진적으로 고유어(한글)로 직접 보조용언을 표기하는 방식으로 바뀌게 됨을 의미한다. 국한혼용문의 현대화 과정을 이해하려면 이러한 보조용언 사용의 변화가 구체적으로 어떻게 나타나는가를 살필 필요가 있는 것이다.

근대 계몽기의 국한혼용문이 현대화하는 과정을 보여주는 보조용언 목록의 변화를 확인하는 데에는 몇 가지 자료를 바탕으로 하였다. 첫째로는『한글맞춤법』에서의 처리를 참조하였고[6]『우리말 문법론(고영근·구본관 2008)』과『한국어 표준문법(유현경 외 2018)』,『새로 쓴 표준국어문법(남기심 외 2019)』의 기술, 그리고『표준국어대사전』에서 보조동사 및 보조형용사로 다루어진 표제항을 참조하였다.

---

6 『한글맞춤법』에서의 보조용언 관련 규정은 띄어쓰기에 보이며, '용언+용언' 구성에서 후행하는 용언이 '~가다(진행), ~가지다(보유), ~나다(종결), ~내다(종결), ~놓다(보유), ~대다(강세), ~두다(보유), ~드리다(봉사), ~버리다(종결), ~보다(시행), ~쌓다(강세), ~오다(진행), ~지다(피동)' 등인 경우와 '의존명사+하다' 구성의 '법하다, 척하다, 듯싶다, 뻔하다' 등 두 유형의 보조용언을 인정하고 있다.

2) 분석 대상 자료와 논의의 구성

이 장에서 보조용언의 사용 양상을 분석하는 데에 이용한 자료는 기본적으로 세 가지다. ① 1910년 『대한매일신보』 국한문판의 사설 ② 1920년 4월부터 6월 사이에 간행된 『동아일보』의 사설 ③ 1935년 1월부터 5월 사이에 간행된 『동아일보』의 사설이다.[7]

1910년 『대한매일신보』 국한문판의 사설 텍스트는 1월~4월까지 간행된 것 중에서 판독이 가능한 사설 전체를 전자화하여 자료로 삼았다. 총 69건으로 약 21,500어절 분량인데, 1910년 간행된 『대한매일신보』 사설 전체의 약 1/2에 해당한다. 1920년 『동아일보』의 사설 텍스트는 4월부터 6월 사이에 간행된 『동아일보』의 사설 81건 약 54,200어절인데, 이는 1920년 동아일보 사설 159건의 약 1/2이다. 1935년 『동아일보』 사설 텍스트는 1935년 1월~5월 사이에 간행된 사설 133건 50,934어절이다. 세 시기의 자료 모두가 띄어쓰기가 없거나 일정하지 않기 때문에 필자 자신이 현대어의 띄어쓰기 기준에 따라서 다시 정리하였다. 각 자료의 어절 수는 그 결과를 반영한 것이다.

이와 함께 1895년에 간행된 『서유견문』 텍스트와 1900년대의 학회지 9종[8]에 실린 논설문을 한영균(2013)의 분류 기준에 따라 『서유견문』류 및 『국민소학독본』류에 속하는 것들만 선별한[9] 자료 127건 62,000여

---

7 1930년대 자료 중에서 1935년의 자료를 검토 대상으로 한 것은 한영균(2018b, 이 책의 12장)을 통해 신문 사설에서는 1930년대에 들어서면 그 이전 시기의 국한혼용문과 질적으로 다른 현대적 국한혼용문이 쓰이는 것을 확인할 수 있었기 때문이다.

8 『대한유학생회학보』(1907년 3월~5월), 『대한자강회월보』(1906년 7월~1907년 7월), 『대한학회월보』(1908년 2월~1908년 11월), 『대한협회회보』(1908년 4월~1909년 3월), 『대한흥학보』(1909년 3월~1910년 5월), 『서북학회월보』(1908년 6월~1910년 1월), 『서우』(1906년 12월~1908년 5월), 『태극학보』(1906년 8월~1908년 11월), 『호남학보』(1908년 6월~1909년 3월). 이상 가나다순.

어절을 보조 자료로 활용하였다.

이 장은 다음과 같이 구성된다.

2절에서는 국한혼용문의 현대화 과정에서 보조용언 구성이 구현되는 방식을 세 시기의 신문 사설 텍스트에서 확인되는 용언류의 사용 양상에 대한 계량적 분석을 바탕으로 살핀다. 이는 ①한글로 표기된 용언이 전체 용언류에서 차지하는 비율을 바탕으로 어휘의 교체를 통한 용언구의 현대화가 점진적으로 진행됨을 보인 후, ②시기별 자료에서 한글로 표기된 용언 중 보조용언이 차지하는 비율을 검토하여 용언구의 현대화 정도가 시기별로 달라짐을 확인하는 방식으로 논의를 진행한다. 3절에서는 한글로 표기된 보조용언이 구체적으로 어떤 것들인지를 용례와 함께 확인한다. 이와 함께 근대 계몽기의 국한혼용문에서는 신문 사설만이 아니라 지식인들의 글에서는 고유어 보조용언을 한정적으로 사용했다는 사실을 『서유견문』 및 1900년대 학술지 논설문에 대한 검토를 통해 확인한다. 4절에서는 근대 계몽기 및 그 이후의 국한혼용문에 쓰인 한문구 용언의 구성에서 한국어의 보조용언을 어떻게 다루었는가 하는 문제와 함께 한문구 용언에 포함하여 표현하던 보조용언을 오늘날과 같이 고유어를 이용하여 표현하게 된 배경을 살핀다.

---

9 한영균(2013, 이 책의 5장)의 『신단공안』류 및 『시일야방성대곡』류 국한혼용문은 술어부가 한문구로 이루어진 경우가 많아 용언류만을 따로 검토하기 어려워 대상 자료를 『서유견문』류와 『국민소학독본』류에 한정했다. 검토 대상이 된 자료는 근대 계몽기 국한혼용문 유형론을 다룬 다른 연구에서의 분류로는 대체로 '직역 언해체(심재기 1992), 어절 현토체(민현식 1994), 한문어체(홍종선 2000), 한문 단어체(임상석(2008)' 등에 속하는 부류라고 할 수 있다.

2. 국한혼용문에서의 용언류의 사용 양상 분석

1) 세 시기 자료에서의 용언류의 어종별 사용 비율 변화

여기서 이야기하는 용언류의 어종이란 한글과 한자 중 어떤 것을 용언을 표기하는 데에 사용하는가를 바탕으로 구분한 것을 가리킨다. 이러한 분석 방법을 택한 것은 이 시기에는 표기 수단이 문체 현대화에 상당한 영향을 주기 때문이기도 하고, 근대 계몽기 국한혼용문의 형성 방법과 그것이 현대의 국한혼용문으로 변전되는 과정에서 겪게 되는 변화와도 깊은 관련이 있기 때문이다.

〈표 19〉는 세 시기 자료에서 한자어 용언류 및 한글 용언류의 용례수 및 각각이 전체 용언류의 용례 중에서 차지하는 비율을 보인 것인데, 세 시기 자료에서 확인되는 한글 용언의 용례 수와 그것의 전체 대비 비율이 크게 달라지는 것을 확인할 수 있다. 신문 사설이라는 동일한 사용역에서 한글로 표기된 용례의 수가 791개(1910년) 〉 5,269개(1920년) 〉 9,940개(1935년)으로 늘어나면서 한글 용언의 용례가 차지하는 비율도 12.72%(1910년) 〉 31.15%(1920년) 〉 63.25%(1935년)로 크게 늘어난

〈표 19〉 1910년, 1920년, 1935년 사설의 용언류 용례 및 전체 용례수 대비 비율

	대한매일신보 1910년 사설		동아일보 1920년 사설		동아일보 1935년 사설	
전체 어절수	21,500		54,200		50,934	
	용언 용례수	용례수 대비 비율(%)	용언 용례수	용례수 대비 비율(%)	용언 용례수	용례수 대비 비율(%)
용언류	6,217		17,237		15,715	
한글용언	791	12.72	5,269	31.15	9,940	63.25
한자용언	5,426	87.28	11,968	69.43	5,775	36.75

다. 1935년에 이르면 국한혼용문에 한글로 표기되는 고유어 용언의 용례가 전체 용언 용례의 60% 이상을 차지함을 확인할 수 있는 것이다. 이러한 변화는 용례 수에서만 나타나는 것이 아니다. 어간 종수 및 그것이 차지하는 비율의 변화에서도 유사한 양상을 확인할 수 있다.

〈표 20〉은 세 시기 자료에서 한자어 용언류와 한글 용언류의 어간형의 수와 그 각각이 전체 용언 어간 종수에서 차지하는 비율을 보인 것이다.

한글로 표기된 용언 어간의 종수는 24개(1910년) 〉268개(1920년) 〉624개(1935년)로 늘어나는 한편 그것들이 전체 어간 종수에서 차지하는 비율도 1.04%(1910년) 〉7.52%(1920년) 〉22.90%(1935년)로 증가한다. 이와는 대조적으로 한자어 용언의 어간 종수가 차지하는 비율은 98.96%(1910년) 〉92.48%(1920년) 〉76.95%(1935년)로 줄어든다. 점진적이지만 한자로 표기되던 용언류가 한글(고유어)로 바뀌는 경향을 분명하게 보여주는 것이다.

그런데 이러한 점진적 변화 속에서도 몇 가지 특이한 점을 지적할 수 있다. 우선 두 표에서 확인할 수 있는 것처럼 용례 중에서 한글 용언류가 차지하는 비율과 전체 용언 어간 종수 중에서 한글 용언류가 차지하는 비율에 상당한 차이가 있는 점을 지적할 수 있다. 1920년 자료에서

〈표 20〉 1910년, 1920년, 1935년 사설의 용언류 어간의 종수 및 어간 종수 대비 비율의 대조

	대한매일신보 1910년 사설		동아일보 1920년 사설		동아일보 1935년 사설	
	어간 종수	어간 종수 대비 비율(%)	어간 종수	어간 종수 대비 비율(%)	어간 종수	어간 종수 대비 비율(%)
용언류	2,315		3,564		2,725	
한글용언	24	1.04	268	7.52	624	22.90
한자용언	2,291	98.96	3,296	92.48	2,097	76.95

는 한글 용언의 용례가 전체 용언 용례에서 차지하는 비율이 31.15%인데 비해 한글 용언 어간 종수가 전체 어간 종수에서 차지하는 비율은 7.52%에 불과하다. 이러한 양상은 1935년 자료에서는 더 두드러져서 한글 용언류의 용례가 차지하는 비율은 63.25%에 달하는데, 전체 용언 중에서 한글 용언류가 차지하는 어간 종수 대비 비율은 22.90%에 지나지 않는다. 1920년과 대비할 때에 한자어 용언은 1,200여종이 줄어드는데, 한글 용언의 어간 종수는 겨우 356개가 늘어나는 것이다. 이러한 사실은 한글로 표기한 보조용언류는 그 사용 빈도가 상대적으로 높은 한편, 한문문법을 바탕으로 한국어 용언구를 한문구 용언으로 바꿀 때에 필자에 따라서 다양한 방법이 사용되었음을 의미하는 것으로 판단된다. 달리 말하면 한자어 용언의 다양성은 우리말로 굳어지지 않은(혹은 새로 만들어진) 한문구 용언이 많이 쓰인 데에서 기인한다고 이야기할 수 있는 것이다. 이렇게 보면 1910년~1920년 사이에는 임시어적 성격의 한자어 용언이 많이 쓰였으며, 그것들이 1930년대에 들어서서 문체의 현대화와 함께 임시어 중에서 현대까지 이어지는 것들과 도태되는 것들의 선별이 진행되었다고 이야기할 수 있는 것이다.

두 번째로 지적할 수 있는 것은 1920년~1935년 사이에 일어난 한자어 용언이 한글 용언으로 바뀌는 교체의 폭이 1910년~1920년 사이에 일어난 교체의 폭보다 훨씬 크다는 사실이다. 이는 국한혼용문의 현대화가 1920년대 이후 빠른 속도로 진전되었음을 의미하는 해석할 수 있는데, 여기에는 국문으로 글쓰기라는 명제를 실현하는 구체적 방법 즉 언문일치에 대한 인식의 변화가 영향을 준 것으로 보인다(한영균 2017a). 이에 대해서는 4절에서 다시 다룬다.

2) 한자어 용언류의 유형별 사용 비율 변화

한자어 용언의 유형별 검토는 어간부를 구성하는 한자의 음절 수를 바탕으로 한다. 이러한 방식을 택한 데에는 두 가지 까닭이 있다. 첫째는 근대 계몽기 국한혼용문에서 한문구 용언은 기본적으로 용언구를 구성하는 요소를 한자로 표기하면서 전체 용언구를 하나의 단어처럼 다루기 때문에 국어 보조용언 및 기타 요소를 용언구 안에 어떻게 포함하는 가에 따라 한문구 용언의 음절 수가 달라지는 점이고, 둘째는 일제 강점기에 들어서서 점차 확대되기 시작하는 한문구 용언의 해체도 한자어 용언류의 음절 수에 반영되기 때문이다. 음절 수에 따른 어간 종수의 변화는 한문구 용언의 해체 정도를 보여준다고 할 수 있는 것이다. 이러한 한문구 용언의 해체는 한자로 표현되는 요소 중에서 국어로 굳어지지 않은 것들을 고유어 즉 한글로 바꾸는 과정을 통해 진행되는데, 이것이 국한혼용문의 현대화 과정인 것이다. 이에 대해서는 앞선 글에서 다룬 바 있어서(한영균 2018b, 이 책의 12장), 이 글에서는 이 문제는 다시 논의하지 않고 한자어 용언의 사용 양상만 정리해 두기로 한다.

〈표 21〉 1910년, 1920년, 1935년 사설의 한자어 용언의 유형별 용례수 대비

	대한매일신보 1910년 사설		동아일보 1920년 사설		동아일보 1935년 사설	
한자어 용언의 전체 용례수	5,426	✕	11,968	✕	5,775	
단음절 용언	2,872	52.93%	4,613	38.54%	1,210	20.95%
2음절 용언	2,316	42.68%	6,248	52.21%	4,343	75.20%
3음절 용언	63	1.16%	140	1.19%	120	2.08%
4음절 용언	93	1.71%	483	4.04%	85	1.47%
-이- 계 술어구	82	1.51%	298	2.49%	3	0.05%
계	5,426	99.99%	11,782	98.47%	5,761	99.75%

〈표 21〉은 각 시기 텍스트에서 확인된 한자어 용언의 전체 용례수와 음절별 용례수를 대비해 보인 것이다. 단음절 및 2음절 한자어 용언의 용례수는 크게 변화한 데 비해(음영 부분), 나머지 한자어 용언의 용례수 변화는 상대적으로 작은 것을 확인할 수 있다.

이러한 경향은 어간 종수의 변화에서도 확인할 수 있다(〈표 22〉). 특히 1935년 자료에서는 단음절 한자어의 비율이 대폭 줄어든 데에 비해 2음절 용언의 비중이 상당히 커진 것을 확인할 수 있다(음영 부분). 이러한 사실은 간접적이나마 현대 한국어의 단음절 한자어 용언과 2음절 한자어 용언의 비율을 통해서도 확인할 수 있다.[10] 본 연구는 한글로 표현된 보조용언 구성의 변화를 살피는 데에 주안점을 두므로 한자어 용언의 텍스트 구성 비율 변화에 대해서는 더이상 논의하지 않는다.[11]

〈표 22〉 1910년, 1920년, 1935년 사설의 한자어 용언의 어간 종수 대비

	대한매일신보 1910년 사설		동아일보 1920년 사설		동아일보 1935년 사설	
한자어 용언의 어간 종수	2,291	✕	3,296	✕	2,097	✕
단음절 용언	616	26.89%	483	14.65%	125	5.96%
2음절 용언	1,468	64.08%	2,091	63.44%	1,801	85.88%
3음절 용언	54	2.36%	85	2.58%	84	4.01%
4음절 용언	91	3.97%	382	11.59%	72	3.43%
-이- 계 술어구	62	2.71%	170	5.16%	2	0.10%

10 종이판 『표준국어대사전(1999)』에 등재된 한자어 용언 중 단음절 한자어 용언은 365개, 2음절 한자어 용언은 32,383개 이다.

11 한문구 용언의 해체 과정 및 근대 계몽기에 쓰였던 한자어 용언이 한국어 어휘부 구성 요소로 정착하는 과정과 그 특징에 대해서는 자료의 확대와 함께 좀더 면밀한 검토가 필요한 것으로 보인다.

3) 고유어 용언류의 유형별 사용 비율 변화

〈표 23〉은 한글로 표기된 용언류 중에서 본용언으로 쓰인 것과 보조 용언으로 쓰인 것들의 비율을 보인 것이다.[12] 본용언의 경우 1910년 자료에서 15종에 불과하던 것이 1920년 자료에서는 251종, 1935년 자료에서는 601종으로 대폭 증가한 것을 볼 수 있다. 한자로 표기하던 용언류 중 많은 것이 고유어 용언으로 교체됨을 보여준다고 할 것이다. 이와 함께 보조용언의 수는 9종(1910년) 〉 17종(1920년) 〉 24종(1935년)으로 점차 늘어난다. 보조용언류가 폐쇄집합을 이루는 부류라는 것을 감안하면 증가하는 보조용언의 종수가 작은 것이 아니라고 할 수 있다. 이렇게 보조용언의 사용이 확대되는 양상에 대해서는 절을 달리하여 살피기로 한다.

〈표 23〉 1910년, 1920년, 1935년 사설의 본용언과 보조용언의 비율

	대한매일신보 1910년 사설		동아일보 1920년 사설		동아일보 1935년 사설	
	어간 종수	어간 종수 대비 비율(%)	어간 종수	어간 종수 대비 비율(%)	어간 종수	어간 종수 대비 비율(%)
전체	24(+8)	✕	268	✕	625	✕
본용언	15	62.5	251	93.66	601	96.16
보조용언	9	37.5	17	6.34	24	3.84

---

12 『표준국어대사전』에서는 본용언과 보조용언을 묶어 하나의 표제항 아래에서 다룬다. 그러나 여기서는 각각을 독립적인 것으로 처리하였다. 따라서 같은 형태가 본용언과 보조용언으로 쓰이는 경우 각각을 전체 용언수에 포함하였다.

3. 보조용언류 사용의 확대 양상

1) 시기별 자료에서 확인되는 보조용언류

이 절에서는 신문 사설 텍스트를 중심으로 대한제국기의 마지막 해부터 일제 강점기 후반에 이르는 시기에 보조용언류의 사용이 점진적으로 확대된다는 사실을 목록 및 용례를 통해 확인하기로 한다.

    ①

가. 1910년 자료 : 되-, 듯하-, 만하-, 말-, 못하-, 보-, 아니하-, 않-, 하-

나. 1920년 자료 : 가-, 나-, 되-, 듯하-, 만하-, 말-, 못하-, 버리-, 보-, 아니-, 아니하-, 않-, 없-, 오-, 있-, 주-, 지-, 하-

다. 1935년 자료 : 가-, 가지-, 나-, 나가-, 나오-, 내-, 놓-, 되-, 두-, 듯하-, 만하-, 말-, 못하-, 버리-, 법하-, 보-, 아니하-, 않-, 없-, 오-, 있-, 주-, 지-, 하-

①-가의 1910년 자료에서 확인된 보조용언류는 크게 네 부류로 구분된다. 부정 표현의 보조용언 '말-, 못하-, 아니하-, 않-'. 통사적으로 본용언이 지닌 기능의 변환을 가져오는 보조용언 '(~게) 되-, 하-'. 통사적 기능과는 무관하게 의미를 추가하는 '~아/어 보-', 그리고 '의존명사+하다' 형 보조용언(듯하-, 만하-). 이 시기 신문 사설에서는 '(~ㄹ 수) 있/없-'으로 쓰이는 가능/불가능 표현의 보조용언이 쓰이지 않은 점이 주목된다.[13] 각각의 용례를 하나씩 제시해 둔다.

② 1910년 『대한매일신보』 논설문에서의 보조용언 용례

되- : 君의 名譽가 此校로 由ᄒᆞ야 將光케 되더니

—2월 3일자

듯하- : 檀君 遺史를 重光홀 時代가 又有홀 듯하나

—2월 20일자

만하- : 一種 新國民을 養成홀 만흔 文化를 振興홀지어다

—2월 19일자

말- : 記者의 易言을 責ᄒᆞ지 말고

—3월 13일자

못하- : 該 地方 儒林이 覺醒치 못ᄒᆞ며

—3월 4일자

보- : 金을 得ᄒᆞ야 商業이나 ᄒᆞ여 볼짜

—1월 5일자

아니하- : 此로 由ᄒᆞ야 韓人이 日本을 崇拜치 아니할지며

—1월 7일자

않- : 金錢만 愛ᄒᆞ며 學徒는 愛치 안코

—2월 3일자

하-[14] : 現世界 國民的 宗敎의 地位를 得케 ᄒᆞ며

—3월 3일자

---

13 뒤에서 검토하겠지만 『서유견문』이나 학술지 논설문에서는 이들이 쓰인다.
14 'ᄒᆞ- / 하-'는 다양한 용법을 보여 준다. 'ᄒᆞ- / 하-'의 용법에 대해서는 한영균(2014, 이 책의 4장)에서 다룬 바 있는데, 『서유견문』에서 확인되는 'ᄒᆞ- / 하-'의 용법은 『대한매 일신보』 1910년의 용례보다 더 다양하다. 이를 고려하여 여기서는 자세히 다루지 않는다.

①-나의 1920년 자료에 쓰인 보조용언류[15]에는 1910년 자료에 쓰인 네 부류의 보조용언에 목록이 추가되는 한편 범주가 조금 다른 한 부류가 추가된다. 가능 / 불가능을 나타낼 때 쓰이는 '있-, 없-'이 그것이다. 물론 의미를 추가하는 기능을 지닌 '가-, 나-, 오-, 버리-, 주-'나 통사적 기능을 변환해주는 '(-아 / 어) 지-'의 등장도 언급해 둘 필요가 있다. 이들 1920년 자료에서 새로 추가된 보조용언들은 대체로 한문구 용언에는 포함되지 않았던 것들이다. 한문 문법을 반영하면서 한자로 표현하기는 쉽지 않은 것들이라고 할 수 있기 때문이다. 한문구 용언에서의 한자로 표현하기 어려운 보조용언류의 처리와 관련해서는 4절에서 다시 다룰 것이다.

③ 1920년 『동아일보』 사설의 보조용언 용례

가- : 事務에 統一이 못되아서 內饍을 내여 가지[16] 못하엿다 하니

—4월 24일자

나- : 새가 空氣를 버서 나지 못함과 同然하니

—6월 11일자

되- : 國家經營의 一部 責任을 다하게 되앗스니

—4월 2일자

듯하- : 最後 第三者에 在한 듯하도다.

---

15 1920년 『동아일보』 사설에서 확인되는 보조용언류에 대해서는 한영균(2019, 이 책의 12장)에서 다룬 적이 있다. 그런데 그 글은 보조용언에 초점을 둔 연구가 아니어서 보조용언의 목록에 누락도 있고, 논의가 충분하지 않았다. 이 글에서는 한영균(2019)의 목록 및 용례 일부를 그대로 인용하면서, 새로 확인된 것들을 추가한다.

16 이 용례는 합성동사로 볼 수도 있다. 그런데 『표준국어대사전』에는 '내가다'만 등재되어 있다. 이를 고려하여 후행하는 '가-'를 보조용언으로 다룬다.

만하- : 朝鮮人의 中央機關이 될 만한 銀行을

―4월 15일자

말- : 日本은 그 狹隘하지 말고

―6월 25일자

못하- : 義로 안다 하면 知치 못하거니와

―5월 13일자

버리(바리-)¹⁷ : 모든 罪惡의 뿌리를 찍어 바리옵소셔.

―4월 7일자

보- : 總督府의 政治를 現代政治에 比하야 볼진대

―5월 13일자

아니- : 其 民族의 自由에 放任치 아니면¹⁸ 不可한 理由의 一이며

―4월 12일자

아니하- : 兒童에게는 無限한 苦痛이라 謂치 아니치 못할지로다

―4월 11일자

않(안)- : 人民이 義務를 施行치 안는 境遇에는

―4월 18일자

없(업)- : 自主自立的 精神을 養成할 수 업고

―5월 5일자

---

17 이 시기에는 표기법이 안정되지 않아서 동일한 용법의 보조용언이 다양하게 표기된다. 이 글에서는 『표준국어대사전』에 등재된 현대어를 대표형으로 삼고 ( ) 안에 이표기를 보이는 방식을 사용한다.
18 이 용례는 '않으면'의 이표기로 볼 수도 있다. 그러나 앞선 시기의 자료에서 '아니-'가 용언으로 쓰인 것을 고려하여 별개의 용언으로 다룬다.

오-： 朝鮮文은 諺文이라 自賤하야 왓스니

—5월 18일자

있(잇)-： 諸君의 任務를 다할 수 잇스리오(6.16) / 陋習은 依然히 中心思想
이 되고 잇나니

—5월 9일자[19]

주-： 하나님의 恩惠를 豐富히 내려 주옵소셔[20]

—4월 7일자

지-： 民族의 健康은 低劣하야 지고

—5월 8일자

하-： 民衆의 生活을 安定케 하고

—4월 14일자

①-다의 1935년 자료에 쓰인 보조용언의 목록을 보면 새로운 부류
는 확인되지 않으며, 각 부류에 새로운 보조용언들이 추가된다. '가지-,
나가-, 나오-, 내-, 놓-, 두-, 버리-'는 의미를 추가하는 부류에 속하
는 것으로 볼 수 있으며, '법하-'는 '의존명사+하다' 형 보조용언이다.
의미를 더하는 부류는 상적 의미를 나타내는 것과 한자로 표현하기 어
려운 것들이 많다는 것이 특징이라고 할 수 있다. 양이 조금 많지만 용
언별로 용례를 하나씩 들어둔다.

---

19 '있-'의 보조용언으로서의 용법 주 가지를 함께 보인다.
20 한영균(2019,이 책의 12장)에 지적한 대로 보조용언 '주-'의 용례는 14개 모두 4월 7일
자에서만 확인되는데, 하느님께 기도하는 내용의 사설이다. 기독교의 영향을 생각할 수
있는 부분이다.

④ 1935년『동아일보』사설의 보조용언 용례

가- : 生活苦가 더욱 深刻하게 되어 가고 보니

—3월 16일자

가지- : 日本까지를 包含한 國際借欵團을 組織하여 가지고

—3월 4일자

나- : 이 民族的 危懼에서 잘 버서 날 수 잇을 것인가

—5월 9일자

나가- : 家族 中心 主義로부터 버서 나가는 배 잇어야

—1월 22일자

나오- : 質的으로 向上 發達의 길을 밟아 나오게 되엇다

—4월 1일자

내- : 航空軍의 根據地 設定說을 끄집어 내게 되엇으며

—3월 5일자

놓- : 來年 末까지에 左右間 成案을 내어 노치 안흘 수 없는 것이나

—3월 5일자

되- : 意思가 잇다는 것을 傳하게 되거니와

—5월 1일자

두- : 戰術의 大膽한 動員이 잇기만을 希望하여 두고저 하는 바이다

—5월 9일자

듯하- : 答辯이 서로 틀리는 點이 잇는 듯하니

—2월 6일자

만하- : 甲申政變은 朝鮮史 上에 記憶될 만한 事實이라 하겟다

—1월 4일자

말- : 緩漫한 態度를 取하지 말고

—2월 4일자

그로 말미암아 入學試驗期조차 노치고 마는 일이 非一非再이엇으며

—3월 19일자[21]

못하- : 맛잇게 먹어 볼 機會를 가지지 못하게 된다

—3월 8일자

버리- : 影響을 우리에게 미치는 것을 우리는 이저 버려서는 아니될 것이

—3월 23일자

법하- : 更生의 길을 發見하려고 할 것은 잇을 법한 當然之事라고 할 수 잇다

—5월 7일자

보- : 理解치 못하는 사람만으로 이뤄진 社會를 생각해 보라

—5월 6일자

아니하- : 그 藥材를 얻기 爲하여서는 手段을 가리지 아니하게 된다

—4월 27일자

않- : 少數로 떠러지고 말리라는 것도 念慮되지 안는 바는 아니다

—1월 23일자

없- : 畢竟 强力 手段을 使用하지 아니할 수 없게 事勢가 窮迫되엇던 것이엇다

—1월 5일자

오- : 傍若無人한 行動을 取하야 오다가

—4월 15일자

---

21 앞의 예는 금지를 나타내는 '말-'의 용례이고, 뒤의 예는 "앞말이 뜻하는 행동이 끝내 실현됨을 나타내는" '말-'이다. 『표준국어대사전』에 하나의 보조용언으로 다루고 있어서 용례를 묶어 제시하지만, 의미의 차이가 커서 별개의 단어로 보아야 하는 것이 아닌가 싶다.

있- : 農家의 現金 支出上 重要 部分을 構成하고 잇거늘

—2월 3일자

多少의 變動이 잇는 것을 볼 수 잇거니와

—4월 18일자

주- : 마침내 局部 恐慌의 憂患을 덜어 줄 것이라면

—4월 25일자

지- : 더욱더 그 團束이 嚴重하야 젓다는 말을 듣는다

—3월 19일자

하- : 華府條約의 最高限度를 따르려 하거니와

—3월 5일자

2) 근대 계몽기의 보조용언 사용 양상

이 절에서는 보조용언을 한문구 용언 안에 포함하여 표현하는 방식이 주류를 이루던 근대 계몽기의 자료를 분석한 결과를 보이기로 한다. 이는 1910년 신문 사설 자료에서 고유어 보조용언이 일부만 확인되는 것이 신문 사설에 한정된 것이 아니라 근대계몽기 국한혼용문의 일반적인 경향이었음을 확인하기 위한 것이다.

〈표 24〉에서 볼 수 있듯이, 『서유견문』 텍스트에서는 한글로 표기되

〈표 24〉『서유견문』 용언류의 어종별 빈도 및 전체 대비 비율

	용례수	용언 어절수 대비 비율(%)	어종수	용언 종수 대비 비율(%)
용언류 전체	25,121		7,090	
고유어 용언	1,076	4.28	11	0.16
한자어 용언	23,986	95.48	7,047	99.39

는 고유어 용언 자체의 비율이 아주 낮다. 용례 비율로는 4% 남짓하고, 어종수의 비율로는 0.16%에 불과한 것이다. 한글로 표기된 고유어 용언 11종 중 보조용언은 '듯/듯ᄒ-, 말-, 못ᄒ-, 아니-, 아니ᄒ-, 없-, 잇-(있-), ᄒ-'의 8종이다. '말-, 못ᄒ-, 아니-, 아니ᄒ-'는 부정否定, '없-, 잇-'은 대개 '~수 잇-/없-'이라는 가능/불가능을 나타내는 표현에, '듯/듯ᄒ-'는 추량 표현에 쓰인 것이다.

이러한 양상은 1900년대 학회지 논설문의 경우에도 비슷하다. 〈표 25〉은 본 연구에서 보조 자료로 사용한 9종 학회지의 논설문을 분석한 결과를 정리한 것인데, 고유어 용언의 용례수의 비율은 11.76%, 어종수 비율은 1.08%이다. 『서유견문』의 고유어 용언 사용 양상과 비교할 때 비율이 조금 늘어나며, 그 중 보조용언은 '되-, 듯하-, 만하-, 말-, 못하-, 보-, 아니-, 아니하-, 않-, 없-, 있-, 하-' 12종이다. 이 중 『서유견문』에 쓰이지 않았고 새로이 확인되는 것은 '되-, 만하-, 보-' 세 가지다.

학술지 논설문에서의 용언류의 사용 양상을 〈표 21〉, 〈표 22〉의 『대한매일신보』 1910년 사설에서의 용언류 사용 양상과 비교해 보면 두 가지가 눈에 띈다. 하나는 용례나 어종수 면에서 그 비율이 상당히 유사하다는 점이다. 한글로 표기된 보조용언의 종수나 비율이 1910년 신문

〈표 25〉 1900년대 학술지 9종 논설문 용언류의 어종별 빈도 및 전체 대비 비율

	용례수	용언 어절수 대비 비율(%)	어종수	용언 종수 대비 비율(%)
용언류 전체	20,376		6,372	
고유어 용언	2,396	11.76	69	1.08
한자어 용언	17,980	88.24	6,303	98.92

사설과 유사하다는 것은 1910년 사설의 보조용언 사용 양상은 1890년 후반~1900년대 후반의 국한혼용문의 일반적 경향을 그대로 반영하고 있다고 이야기할 수 있는 것이다.

다른 하나는 신문 사설에서는 쓰이지 않던 '가능 / 불가능'을 나타내는 '~ㄹ 수 있 / 없-'의 예가 확인되는 점이다. 『서유견문』 텍스트에서도 이러한 용법의 '있 / 없-'이 쓰인 점을 고려하면 1910년의 신문 사설 텍스트가 좀더 한문구 용언의 해체 즉 문체 현대화에 보수적이었다고 이야기할 수 있을 것이다.[22]

4. 한문구 용언에서의 보조용언의 한자화와 그 현대화 과정

1) 한문구 용언에서의 보조용언의 수용과 그 한계

한문구 용언의 형성 방식을 파악하는 일은 근대계몽기 국한혼용문의 발생을 이해하는 데에 중요한 요소라고 할 수 있다. 한문구 용언의 형성과 해체는 바로 용언구를 구성하는 어휘와 구문 구조에 변화를 가져 오는데, 한문구 용언의 생성 방식은 근대 계몽기 국한혼용문이 만들어지는 방식을 보여주는 것이고, 그의 현대화는 바로 국한혼용문의 현대화 정도를 판별하는 준거가 되는 것이기 때문이다. 근대 계몽기 국한혼용

---

22 이렇게 보면 1895년에 간행된 『서유견문』 텍스트의 한글 보조용언 사용 양상은 당시로서는 파격적인 것이었다. '可, 不可' 등을 이용해서 쉽게 한문구 용언에 포함할 수 있는 '가능 / 불가능' 표현이나('~ㄹ 수) 있(잇)- / 없(업)-' 등, '不, 無, 勿' 등으로 표현되는 부정 표현을 해체하여 한글로 표기한 것('아니-, 않-, 없(업)-, 말-' 등)을 한글로 표기한 것은 문체 현대화라는 관점에서 보면 이후의 국한혼용문보다 훨씬 앞서 있다고 이야기할 수 있는 것이다.

문의 형성 방식에 대해서는 여러 논의가 있었지만, 이 글에서는 한영균(2017b, 이 책의 10장)에서 논의를 바탕으로 한다. 근대 계몽기 국한혼용문의 형성과 대한 기존의 견해와 필자의 견해는 근본적인 차이가 있기 때문이다.

한영균(2017b, 이 책의 10장)의 내용을 요약하면 근대 계몽기의 국한혼용문은 실사實辭만이 아니라 가능한 한 문장을 구성하는 모든 요소를 한자 내지 한문구로 바꾸는 방식으로 만들어진다는 것이다. 이러한 설명은 지금까지 근대계몽기의 국한혼용문을 한문의 해체라는 관점에서 이해하려 했던 것과 비교할 때 한국어 문장을 한문 문법을 바탕으로 재구성한 것이라고 보는 점이 크게 다른 점이라고 할 수 있을 것이다.

문제는 이 글에서 다루는 보조용언 구성을 한문구 혹은 한자로 표현하는 것이 용이하지 않다는 사실이다. 이는 한국어 보조용언의 문법적 특성에 기인한다. 즉 보조용언 구성을 이룰 때에는 본용언으로 사용될 때의 의미 그대로 쓰이지 않기 때문에 한자로 보조용언의 의미를 나타내기 어렵고, 또 보조용언이 나타내는 문법 범주나 의미가 한문에서 잘 나타나지 않는 경우가 있어서 한자로 보조용언이 나타내는 의미나 문법적 기능을 전하기 쉽지 않은 것이다. 한문구 용언의 구성에 포함되는 보조용언은 한자로 표현할 때 한자의 기본 의미가 보조용언을 통해 추가되는 의미와 유사한 경우에 한정된다고 할 수 있는 것이다.

예를 들어 '역사를 읽고 **싶어서**'의 '싶-', '논하여 **보라**'의 '보-' 등을 한문구 용언에 포함하려는 경우, 전자는 자주 쓰이는 한자의 기본 의미와 보조용언의 의미가 크게 다르지 않아 '역사를 읽고 싶-' 전체를 '欲讀史'로 표현할 수 있지만 '보-'는 '見, 看, 觀' 등의 한자로는 보조용언으로 쓰일 때의 의미를 제대로 전할 수 없고, 보조용언으로서의 쓰일 때의 의미가 기본 의미인 다른 한자, 예를 들어 '試'를 써서 '試論하라' 등으로 표현하게 되는 것이다.

분석된 자료를 바탕으로 할 때 근대 계몽기의 국한혼용문에서 보조용언 구성을 한문구 용언으로 표현할 때 가장 수월하게 수용되는 것은 양태적 의미를 나타내는 경우라고 할 수 있다. '가능 / 불가능, 의도 / 목적, 부정否定' 등을 나타내는 '~을 수 있 / 없-', '~으려 / 고자 ㅎ-', '~지 않- / ~지 못ㅎ- / ~지 말-' 등이 그러한 부류이다. 이에 비해서 한자 혹은 한문구 용언으로 수용하기 힘든 것들은 ① 의미를 첨가해 주는 보조용언류의 일부 ② 본용언의 통사 기능을 바꾸는 역할을 하는 데 한문구로 표현하면 그 기능과 의미를 충분히 살리기 어려운 부류 ③ '의존명사 + 하다' 형 보조용언을 이용해 표현되는 부류 등을 들 수 있을 것이다.

①에 속하는 것들로는 '~가지다(보유). ~대다(강세), ~두다(보유), ~드리다(봉사), ~버리다(종결), ~보다(시행), ~쌓다(강세)' 등을 들 수 있다. 그러나 엄격히 보면 꼭 ( ) 안의 의미[23]만을 더해 주는 것이 아니다. ( ) 안의 의미는 대표적인 용법을 나타내는 것일 뿐이다. 한 예로 '~가지다, ~두다, ~버리다' 등은 상적 의미를 함께 지니고 있어서, 정확히 어떤 의미로 쓰이는가는 문맥을 통해 확인할 수 있을 뿐이다. ②에 속하는 것으로는 '~가다(진행), ~오다(진행), ~나다(종결), ~내다(종결), ~놓다(보유)' 등 상적 의미를 지니는 것과 '~게 하다(사동), ~게

---

23 이것들은 국립국어원의 『한글맞춤법』 해설에 들어 있는 내용이다.

되다(피동), ~어 지다(피동)' 등 태의 변환을 가져 오는 것들을 들 수 있다. 이들도 '진행, 종결, 보유'라는 의미로 규정할 수 있는지나 이들에 의해 표현되는 사동·피동이 이른바 단형 사피동과 어떤 차이를 가지는지가 한때 국어학의 중요한 논의의 대상이 되었다는 것을 상기하면 그 기능과 의미를 정의하기 쉽지 않은 것을 알 수 있다. ③에 속하는 것들은 추량을 나타내는 것이 많은데(듯하-, 듯싶-, 법하-, 모양이- 등), 한국어의 추량 표현은 다른 수단을 사용하는 경우도 많다. 따라서 어떻게 한자화하는 것이 이들 '의존명사+하-'형 보조용언의 의미 기능을 충분히살릴 수 있을 것인가를 결정하는 것은 쉽지 않다.

이러한 어려움 때문에 한문 문법을 기반으로 하는 한문구 용언에는 대응 표현이 포함되지 않는 것이 일반적이다. 한국어 보조용언류의 한문구 용언화에서 나타나는 한계라고 할 것이다.

2) 보조용언 구성의 현대화 방식과 그 배경

국한혼용문의 문체 현대화에 따른 보조용언의 사용 확대는 두 방향으로 진행된다고 할 수 있다.

하나는 한문구 용언에 포함된 보조용언의 의미를 나타내는 한자를 고유어로 바꾸는 방식이다. '可X, 不可X'로 나타하던 '가능 / 불가능' 표현을 'X할 수 있- / 없-'으로 해체하거나 금지를 나타내는 '勿X'를 'X하지 말-'로 환원하는 방식이 대표적이다. 다른 하나는 한문구 용언에 포함되지 않지만 한국어다운 글을 쓰려 할 때에 한문구 용언의 해체와 함께 살릴 필요가 있는 표현들인데, 앞에서 이야기한 세 가지 부류의 보조용언류가 대표적이라고 할 것이다. 이러한 관점에서 3절에서 확인했던 보조용언류의 사용 양상을 순한글 텍스트에 쓰인 보조용언류와 비교해 보면 순한글 텍스트에서의 보조용언 사용에 가까워지는 것을 확인할 수 있다. 즉 정은정(2000)에서는 1894년~1918년까지의 한글 텍스트를 분석해서 그 시기에 쓰인 보조용언으로 '가다, 오다, -(고) 있다, (-어) 있다, 두다, 놓다, 버리다, 내다, 주다(드리다), 보다, 지다, 싶다, 먹다, 가지고'의 15개를 들고 있다.[24] 이것을 3절 1)에서 제시한 1920년 및 1935년 『동아일보』 사설에 쓰인 보조용언류와 비교해 보면, 1920년 자료와는 목록의 차이가 많으나 1935년 자료와는 거의 차이가 없는 것을 볼 수 있다. 결국 국한혼용문 텍스트에서의 보조용언의 사용 양상은 1920년과 1935년 사이에 순한글 텍스트에서의 보조용언 사용 양상과 유사해진 것이라고 할 수 있는 것이다.

이러한 점들을 감안하면, 한문구 용언의 해체 및 한문구 용언에 포함되지 않은 보조용언의 환원을 통해 진행된 국한혼용문 텍스트에서의 보조용언 사용 확대는 궁극적으로 순한글로 글을 쓸 때와 다르지 않은 용언구 구성을 지향한 것이라고 볼 수 있을 것이다. 순한글 텍스트의 문장 구현 방식이 국한혼용으로 글쓰기에 직접 영향을 준 것인가는 단언하기 어렵지만, 1920년대에 본격화되기 시작한 언문일치에 대한 인식의 변화가 이에 영향을 주었을 것으로 볼 수 있을 것이다.

여기서 한 가지 언급해 둘 것은 이 시기에 진행된 한문구 용언의 해체가 완성에 이르지는 못한다는 점이다. 현대 한국어에 이 시기에 만들어

---

24 '지다'를 보조용언으로 제시하면서 동일하게 통사적 기능의 변환을 가져 오는 '되-, 하-'는 포함하지 않은 점, '의존명사+하다'형을 보조용언으로 다루지 않은 점, 가능/불가능 표현의 '있-/없-'을 포함하지 않은 점 등은 본 연구에서의 분석과 다른 점이다.

진 것으로 볼 수 있는 많은 한자어 용언들이 쓰이고 있는 점이 그것을 방증한다.

예를 들어 종이판『표준국어대사전』에 등재된 2음절 한자어 중 가능을 나타내는 '가可'를 어두에 가지고 있는 것들은 '가회可嘉, 가감可堪, 가결可決, 가경可驚, 가고可攷, 가공可恐, 가괴可怪, 가교可教, 가긍可矜, 가기可期, 가념可念, 가능可能, 가당可當, 가려可慮, 가린可憐, 가석可惜, 가승可勝, 가신可信, 가애可愛, 가의可疑, 가증可憎, 가취可取, 가탄可歎/可嘆, 가통可痛, 가합可閤' 등 25개에 달하고, 부정否定의 '불／부不'를 어두에 가지고 있는 것들은 208개에 달한다(예가 많으므로 일일이 들지 않는다). 이 중에는 오늘날 거의 쓰이지 않는 것들도 적지 않게 포함되어 있는데(부중不中, 부지不持, 불간不幹, 불감不堪, 불군不群, 불긍不肯 등), '가可X하-, 부／불不X하-' 형 용언들은 대부분 근대계몽기의 한문구 용언 생성 방식에 따라 만들어진 것이라는 점을 감안하면 이들은 한문구 용언의 해체가 이루어지지 않은 예들이라고 볼 수 있을 것이다.

한문구 용언의 해체가 완성되지 않은 데에는 여러 이유를 생각할 수 있겠으나, 필자는 일제 강점기 말기에 강화된 조선어 말살 정책의 영향이 작지 않았을 것이라고 본다. 1930년대에 본격화한 국한혼용문 텍스트의 현대화는 한글／국한혼용 텍스트의 생산이 금지된 시기에는 더이상 진행될 수 없었을 것이기 때문이다.

5. 논의의 요약

이 장에서는 국한혼용문이 현대화하는 과정을 용언구 구성의 변화를 통해 살폈다. 근대 계몽기부터 일제 강점기의 후반에 이르는 시기의 국한혼용 논설문 자료에 사용된 보조용언류의 목록과 유형이 점차 확대되는 양상을 보이는 것을 구체적 자료를 대상으로 확인한 것이다. 지금까지의 논의를 요약하는 것으로 이 장에서의 논의를 마무리한다.

2절에서는 국한혼용문의 현대화 과정에서 보조용언 구성이 구현되는 방식을 세 시기의 신문 사설 텍스트에서 확인되는 용언류의 사용 양상에 대한 계량적 분석을 바탕으로 살폈다. 이를 통해 한글로 표기되는 용언의 용례와 종수가 크게 확대되는 것을 알 수 있었다. 3절에서는 한글로 표기된 보조용언이 구체적으로 어떤 것들인지를 시기별로 용례와 함께 확인하였다. 이와 함께 근대 계몽기의 국한혼용문에서는 신문 사설만이 아니라 고유어 보조용언을 한정적으로 사용하는 것이 일반적이었다는 사실을 『서유견문』 및 1900년대 학술지 논설문에 대한 검토를 통해 확인하였다. 4절에서는 근대 계몽기 및 그 이후의 국한혼용문에 쓰인 한문구 용언의 구성에서 확인되는 한국어의 보조용언의 수용 방식을 정리하고, 한문구 용언에 포함하여 표현하던 보조용언을 오늘날과 같이 고유어를 이용하여 표현하게 된 배경이 순한글 텍스트에서의 보조용언 사용 및 언문일치에 대한 인식의 변화에 있을 가능성을 논의하였다.

〈부록〉『서유견문』의 편과 장 구성 및 약호

참고문헌

강범모, 『한국어의 텍스트 장르와 언어 특성』, 고려대 출판부, 1999.

강윤호, 『개화기의 교과용 도서』, 교육출판사, 1973.

고영근, 『한국어문운동과 근대화』, 탑출판사, 1998.

_____, 「개화기의 한국 어문 운동」, 『관악어문연구』 25, 서울대 국어국문학과, 2000.

_____, 「유길준의 국문관과 사회사상」, 『어문연구』 32-1, 한국어문교육연구회, 2004.

구자황, 「최남선의 『시문독본』 연구」, 『과학과 문화』 3-1, 서원대 미래창조연구원, 2006.

국립국어연구원, 『10월의 문화인물 이윤재』, 국립국어연구원, 1992.

권두연, 『신문관의 출판 기획과 문화운동』, 고려대 민족문화연구원, 2016.

권보드래, 『한국 근대소설의 기원』, 소명출판, 2000.

권순긍, 「1910년대 활자본 고소설 연구」, 성균관대 박사논문, 1991.

권영민, 「개화 계몽 시대의 국문체」, 『문학 한글』 9, 한글학회, 1995.

_____, 「신소설 〈일념홍〉의 정체」, 『문학사상』 6월호, 문학사상사 1997.

_____, 『서사양식과 담론의 근대성』, 서울대 출판부, 1999.

권영철·이윤석, 「『홍길동전』 필사본 89장본 해제」, 『한국전통문화연구』 제7집, 효성
여대 한국전통문화연구소, 1991.

권용선, 「1910년대 '근대적 글쓰기'의 형성과정 연구」, 인하대 박사논문, 2004.

김경남 편, 『(이각종편저) 실용작문법』, 경진출판, 2015.

김동언, 「개화기 번역 문체 연구 - '텬로력뎡'을 중심으로」, 『한국어학』 4, 한국어학회,
1996.

김문웅, 『15세기 언해서의 구결 연구』, 형설출판사, 1986.

김미형, 「한국어 문체의 현대화 과정 연구-신문 문장을 중심으로」, 『어문학연구』 7,
상명대 어문학연구소, 1998.

_____, 「국어 텍스트의 장르별 초기 문체 특징과 비교-문장 종결 양상을 중심으로」,
『텍스트언어학』 13, 한국텍스트언어학회, 2002.

_____, 「논설문 문체의 변천 연구」, 『한말연구』 11, 한말연구학회, 2002.

_____, 「한국어 언문일치의 정체는 무엇인가」, 『한글』 265, , 한글학, 2004.

김민섭, 「기독청년」 연구, 연세대 석사논문, 2010.

김병문, 발화기원 소거로서의 언문일치체의 의미에 관하여, 『사회언어학』 16-2, 한국
사회언어학회, 2008.

_____, 「근대계몽기 한자 훈독식 표기에 대한 연구」, 『동방학지』 165, 연세대 국학연구원, 2014.

김병욱, 「從『西遊見聞』談晚近時期漢語詞語(『서유견문』에서 보는 최근세 한어 어휘(中文))」, 上海師範大學 博士學位論文, 2002.

김병철, 『한국 근대 번역 문학사 연구』, 을유문화사, 1975.

김봉희, 『한국 개화기 서적문화 연구』, 이화여대 출판부, 1999.

김상대, 『중세국어 구결문의 국어학적 연구』, 한신문화사, 1985.

_____, 「구결문의 설정에 대하여」, 『국어학』 16, 국어학회, 1987.

_____, 『구결문의 연구』, 한신문화사, 1993.

_____, 『중세 국어 구결문의 국어학적 연구』, 한신문화사, 1985.

김승렬, 「근대전환기의 국어 문체」, 홍일식 외, 『근대전환기의 언어와 문학』, 고려대 민족문화연구소, 1991.

김영민, 「역사·전기 소설 연구-양식의 발생과 소설사적 맥락을 중심으로」, 『애산학보』 19, 애산학회, 1996.

_____, 『한국 현대 소설사』, 솔, 1997 / 2003.

_____, 「〈역사·전기소설〉의 형성과 전개」, 『동양학』 32, 단국대 동양학연구원, 2002.

_____, 『한국 근대소설의 형성과정』, 소명출판, 2005.

_____, 「〈만세보〉와 부속국문체 연구」, 『대동문화연구』 64, 성균관대 대동문화연구원, 2008.

_____, 『한국의 근대신문과 근대소설 2, 한성신보』, 소명출판, 2008.

_____, 「근대 계몽기 문체 연구-유길준을 중심으로」, 『동방학지』 148, 연세대 국학연구원., 2009.

_____, 「근대 유학생 잡지의 문체와 한글체 소설의 형성 과정-『여자계』를 중심으로」, 『현대문학의 연구』 41, 39-69, 한국문학연구학회, 2010.

_____, 『문학제도 및 민족어의 형성과 한국근대문학(1890-1945) - 제도, 언어, 양식의 지형도 연구』, 소명출판, 2012.

김완진, 「한국어 문체의 발달」, 이기문 외 6인, 『한국 어문의 제문제』, 일지사, 1983.

김인선, 「갑오경장 전후의 국문 한문 사용 논쟁 -그 논의를 시작한 인물들을 중심으로」, 『새국어생활』 4-4, 국립국어연구원, 1994.

김재영, 「『대한민보』의 문체 상황과 독자층에 대한 연구」, 『현대문학의 연구』 40, 한국문학연구학회, 2010.

김주필, 「19세기말 국한문의 성격과 의미」, 『진단학보』 103, 진단학회, 2007.

김주현, 「『월남망국사』와 『이태리건국삼걸전』의 첫 번역자」, 『현대문학연구』 29, 한국현대문학회, 2009.

김중하, 「개화기 신문소설 의틱리국 아마치전 연구」, 『한국문학논총』 1, 한국문학회, 1978.

김지영, 「학문적 글쓰기의 근대적 전환─구한말 학회보의 학해면을 중심으로」, 『우리어문연구』 27, 우리어문학회, 2006.

_____, 「최남선의 시문독본 연구」, 『한국현대문학연구』 23, 한국현대문학회, 2007.

김창섭, 「한자어 형성과 고유어 문법의 제약」, 『국어학』 31, 국어학회, 2001.

김철, 『복화술사들 : 소설로 읽는 식민지 조선』, 문학과지성사, 2008.

김치홍, 「서사건국지연구─개화기 역사 전기문학연구 (2)」, 『비교문학』 11, 한국비교문학회, 1986.

김태준, 「유길준의 『서유견문』에 대하여」, 『한힌샘 주시경 연구』 17, 탑출판사, 2004.

_____ 역, 『서유견문(西遊見聞)』, 『박영문고』 92, 박영사, 1976.

김한샘, 『현대 국어 사용 실태 조사 2』, 국립국어원, 2004.

김현정, 「근대계몽기 국문 담론 양상과 언문일치」, 『어문연구』 60, 어문연구학회, 2009.

김형중, 「개화기 한문소설 연구─신문 연재소설을 중심으로」, 『한국언어문학』 40, 한국언어문학회, 1998.

_____, 「근대전환기 한문소설의 성격 연구」, 『한어문교육』 24, 한국언어문학교육학회, 2011.

김형철, 「갑오경장기의 문체」, 『새국어생활』 4권 4호, 국립국어연구원, 1994.

_____, 『개화기 국어 연구』, 경남대 출판부, 1997.

김흥수, 「이른바 개화기의 표기체 유형과 양상」, 『국어문학』 39, 국어문학회, 2004.

남궁원, 「개화기 글쓰기 교재 『실지응용작문법(實地應用作文法)』과 『문장지남(文章指南)』 연구」, 『한문고전연구』 12, 한국한문고전학회, 2006.

남기심, 「개화기의 국어 문체에 대하여」, 『연세교육과학』 12, 연세대, 1977.

남미혜, 「사자성어(四字成語)의 유형과 문법」, 『어문연구』 35-1, 한국어문연구회, 2007.

남풍현, 「15세기 언해 문헌에 나타난 정음표기의 중국계 차용어사 고찰」, 『국어국문학』 39·40 합병호, 국어국문학회, 1968.

_____, 「'ᄒᆞ다가'고─국어에 미친 중국어의 문법적 영향의 한 유형」, 『어학연구』

7-1, 서울대 어학연구소, 1971a.

_____, 「십오세기 문헌에 나타난 중국어의 문법적 영향과 호응관계 형성에 대한 고찰」, 『한양대 논문집』 5, 한양대, 1971b.

_____, 「국어에 미친 중국어 인과관계 표현법의 영향」, 『김형규박사송수기념논총』, 일조각, 1971c.

_____, 「중국어 차용에 있어서 직접차용과 간접차용의 문제에 대하여」, 『이숭녕박사 송수기념논총』, 을유문화사, 1971d.

_____, 「『두시언해』 주석문의 '-로'에 대한 고찰」, 『한양대 논문집』 6, 한양대, 1972.

_____, 「중세국어의 중국어 차용 연구-단음절 체언을 중심으로」, 『한양대 논문집』 7, 한양대, 1973a.

_____, 「『두시언해』 주석문의 문법적 고찰」, 『동양학』 3, 단국대 동양학연구원, 1973b.

_____, 「한자차자표기법의 '兀'자고」, 『국어학』 3, 국어학회, 1975.

노명희, 「구에 결합하는 접미한자어의 의미와 기능」, 『한국어 의미학』 13, 한국의미학회, 2003a.

_____, 「어근류 한자어의 문법적 특성」, 『어문연구』 31-2, 한국어문교육연구회, 2003b.

_____, 「한자어의 어휘 범주와 내적 구조」, 『진단학보』 103, 진단학회, 2007.

노연숙, 「개화 계몽기 국어국문운동의 전개와 양상-언문일치(言文一致)를 둘러싼 논쟁을 중심으로」, 『한국문화』 40, 서울대 규장각 한국학원구원, 2007.

_____, 「20세기 초 동아시아에 유통된 『경국미담』 비교 고찰」, 『어문연구』 37-4, 한국어문교육연구회, 2009.

류대영·옥성득·이만열, 『대한성서공회사II-번역·반포와 권서사업』, 대한성서공회, 1994.

류준범·장문석 역, 『이태리 건국 삼걸전』, 도서출판 지식의풍경, 2001.

류준필, 「구어의 재현과 언문일치」, 『문화과학』 33, 문화과학사, 2003.

문혜윤, 「조선어 문장 형성 연구의 향방」, 『상허학보』 42, 상허학회, 2014.

_____, 「1930년대 국문체의 형성과 문학적 글쓰기」, 고려대 박사논문, 2006.

_____, 「조선어 문장 형성 연구의 향방」, 『상허학보』 42, 상허학회, 2007.

민경모, 「국어 어말어미류의 텍스트 장르별 사용 양상에 대한 연구」, 연세대 석사논문, 2000.

_____, 「한국어 지시사 연구」, 연세대 박사논문, 2008.

민현식, 「개화기 국어 문체 연구」, 『국어국문학』 111, 국어국문학회, 1994a.

_____, 「개화기 국어 문체에 대한 종합적 연구(1)」, 『국어교육』 83, 한국국어교육연구회, 1994b.

_____, 「개화기 국어 문체에 대한 종합적 연구(2)」, 『국어교육』 84, 한국국어교육연구회, 1994c.

_____, 「개화기 국어 문법」, 『국어의 시대별 변천 연구 4 – 개화기 국어』, 국립국어연구원, 1999.

_____, 「개화기 국어 변화의 계량적 이해」, 『한국어문학연구』 39, 한국어문학연구학회, 2002.

_____, 「19세기 국어에 대한 종합적 검토」, 『국어국문학』 149, 국어국문학회, 2008.

_____, 「20세기 초 한중일에 통용된 정치적 텍스트의 굴절 양상 고찰」, 『국제어문』 53, 국제어문학회, 2011.

박경현, 「개화기 화법 교육의 편린 – 안국선의 『연설법방』을 중심으로」, 『기전어문학』 8·9, 수원대 국어국문학회, 1994.

박상석, 「『월남망국사』의 유통과 수용」, 『연민학보』 14, 연민학회, 2010.

박성란, 「근대 계몽기 교과용 도서와 언문일치」, 『한국학연구』 13, 인하대 한국학연구소, 2004.

박소현, 「과도기의 형식과 근대성 – 근대계몽기 신문연재소설 『신단공안(神斷公案)』과 형식의 계보학」, 『중국문학』 63, 중국어문학회, 2010.

박일용, 「개화기 서사문학의 일연구 – 황성신문, 대한매일신보에 나타난 몽유록 우화 토론을 중심으로」, 『관악어문연구』 제5집, 서울대 국어국문학화, 1986.

박재연 주편, 『필사본 고어 대사전』, 학고방, 2010.

박주원, 「1900년대 초반 단행본과 교과서 텍스트에 나타난 사회 담론의 특성」, 이화여대 한국문화연구원 편, 2006.

박진영, 「최남선의 『시문독본』 초판과 정정 합편」, 『민족문학사연구』 40, 민족문학사학회, 2009.

_____, 『번역과 번안의 시대』, 소명출판, 2011.

박해남, 「척독 교본을 통해 본 근대적 글쓰기의 성격 재고」, 『비교어문연구』 36, 비교어문학회, 2014.

배개화, 「백화 양건식과 근대적 문체의 실험」, 『한국현대문학연구』 18, 한국현대문학회, 2005.

배수찬, 「근대적 글쓰기의 형성 과정 연구」, 서울대 박사논문, 2006.

_____,『근대적 글쓰기의 형성 과정 연구-논설문의 성립 환경과 문장 모델을 중심으로』, 소명출판, 2008.

백문임,『조선영화란 하오-근대 영화비평의 역사』, 창비, 2016.

백채원,「20세기 초기 자료에 나타난 '언문일치'의 사용 양상과 그 의미」,『국어국문학』166, 국어국문학회, 2014.

사에구사 도시카쓰,「이중표기와 근대적 문체 형성-이인직 신문 연재 혈의누의 경우」,『현대문학의 연구』15, 한국문학연구학회, 2000.

서여명,「한, 중『서사건국지』에 대한 비교 고찰」,『민족문학사연구』35, 민족문학사학회, 2007.

_____,「중국을 매개로 한 애국계몽서사 연구-1905~1910년 번역작품을 중심으로」, 인하대 박사논문, 2010.

손성준,「국민국가와 영웅서사-『이태리건국삼걸전』의 서발동착(西發東着)과 그 의미」,『사이』3호, 국제한국문학문화학회, 2007.

_____,「영웅 서사의 동아시아 수용과 중역의 원본성-서구 텍스트의 한국적 재맥락화를 중심으로」, 성균관대 박사논문, 2012.

송명진,「『월남망국사』의 번역, 문체, 출판」,『현대문학의 연구』42, 한국문학연구학회, 2010.

송   민,「언어의 접촉과 간섭 유형에 대하여-현대 한국어와 일본어의 경우」,『성심여자대학 논문집』10, 성심여대, 1979.

_____,「한자어에 대한 어휘사적 조명」,『국어학』66, 국어학회, 2013.

송민호,「시각화된 음성적 전통과 언문일치라는 물음-〈만세보〉의 부속 국문 표기를 중심으로」,『인문논총』73-1, 서울대 인문학연구원, 2016.

송엽휘,「『월남망국사』의 번역 과정에 나타난 제문제」,『어문연구』34-4, 한국어문교육연구회, 2006.

송철의 외,『일제 식민지 시기의 어휘-어휘를 통해 본 문물의 수용 양상』, 서울대 출판부, 2007.

_____ 외,『한국 근대 초기의 어휘』, 서울대 출판부, 2008.

_____,「한국 근대 초기의 어문운동과 어문정책」,『韓國文化』34, 서울대 규장각 한국문화연구원, 2004.

신명선,「개화기의 국어 생활 연구-독립신문의 광고를 중심으로」,『국어교육』119호, 한국어교육학회, 2006.

신중진,「개화기 신문과 잡지 자료의 국어사적 현황과 분류」,『국어사연구』13, 국어사학회, 2011.

심재기, 「개화기 문체 양상에 대한 연구-독립신문과 한어문전의 고담을 중심으로」, 『한국문화』 13, 서울대 규장각 한국문화연구원, 1992.

_____, 「개화기의 교과서 문체에 대하여」, 『국어국문학』 107, 국어국문학회, 1992.

_____, 『국어 문체 변천사』, 집문당, 1999.

안대회, 「조선 후기 이중 언어 텍스트와 그에 관한 논의들」, 『대동한문학』 24, 대동한문학회, 2006.

안명철·송엽휘, 『역주 월남망국사』, 태학사, 2007.

안병희, 『중세국어 구결의 연구』, 일지사, 1977.

안예리, 「시문체의 국어학적 분석」, 『한국학논집』 46, 계명대 한국학연구원, 2012.

_____, 「'1음절 한자어+하다' 용언의 통시적 변화-말뭉치 언어학적 접근」, 『한국어학』 58, 한국어학회, 2013a.

_____, 「20세기 전반기 국어의 문장 구성에 대한 연구」, 연세대 박사논문, 2013b.

_____, 「20세기 초기 종결어미의 분포와 용법-표기체와 사용역을 중심으로」, 『시학과 언어학』 28, 시학과 언어학회, 2014a.

_____, 「사라진 '2음절 한자어+하다' 용언의 유형」, 『국어사연구』 18호, 국어사학회, 2014b.

_____, 「보도기사 전언(傳言) 종결 표현의 변화」, 『한국어학』 66, 한국어학회, 2015.

_____, 『근대 한국어의 변이와 변화』, 소명출판, 2019.

양승국, 『한국 근대 연극 영화 비평자료집』 1~20권, 역락, 2006.

연세대 근대한국학연구소 기초학문팀, 『한국 근대 서사양식의 발생 및 전개와 매체의 역할』, 소명출판, 2005.

연세대 언어정보연구원 HK사업단, 『(풀어쓰는) 국문론 집성』, 박이정, 2012.

우림걸, 「양계초 역사·전기소설의 한국적 수용」, 『한중인문학연구』 6, 한중인문학연구학회, 2001.

_____, 「개화기 소설장르의 형성과 양계초의 관련양상-토론체소설과 역사전기소설을 중심으로」, 『비교문학』 29, 한국비교문학회, 2002a.

_____, 「20세기초 양계초 애국계몽사상의 한국적 수용」, 『국제학술대회 논문집』, 중한인문과학연구회, 2002b.

유경민, 「국한 혼용문 성경의 정착 과정-『간이 선한문 신약성서(1913 / 1936)』를 중심으로」, 『국어사연구』 13, 국어사학회, 2011.

_____, 「국한혼용문 성경과 현대 한국어 문체의 상관성」, 『반교어문연구』 38, 반교어

문학회, 2014.

유동준, 『유길준전』, 일지사, 1987.

유춘동, 「근대 계몽기 조선의 이솝 우화」, 『연민학지』 13, 연민학회, 2010.

윤영실, 「동아시아 정치소설의 한 양상―서사건국지번역을 중심으로」, 『상허학보』 31, 상허학회, 2011.

윤용선, 『15세기 언해 자료와 구결문』, 역락, 2003.

이각종, 『실용작문법』(1912), 김경남 편(영인), 유일서관, 2015.

이경선, 「단재 신채호의 역사전기소설연구―이태리건국삼걸전과의 비교를 중심으로」, 『한국동방문학비교연구총서』 3, 한국동방문화비교연구회, 1997.

이기문, 『개화기의 국문 연구』, 일조각, 1970.

_____, 「개화기의 국문 사용에 관한 연구」, 『한국문화』 5, 서울대 규장각 한국문화연구원, 1984.

_____, 「독립신문과 한글문화」, 『주시경학보』 4집, 탑출판사, 1989.

이병근, 「애국계몽주의 시대의 국어관」, 『한국학보』 4-3, 일지사, 1978.

_____, 「주시경」, 『국어연구의 발자취(I)』, 서울대 출판부, 1985.

_____, 「개화기의 어문정책과 표기법 문제」, 『국어생활』 4, 국립국어연구원, 1986.

_____, 「유길준의 언문 사용과 〈서유견문〉」, 『진단학보』 89, 진단학회, 2000.

_____, 「근대국어학의 형성에 관련된 국어관―대한제국 시기를 중심으로」, 『한국문화』 32, 서울대 규장각 한국문화연구원, 2003.

_____ 외, 『한국 근대 초기의 언어와 문학』, 서울대 출판부, 2005.

_____ 외, 『일제 식민지 시기 한국의 언어와 문학』, 서울대 출판부, 2006.

이병기, 「『음빙실자유서』의 국한문체 번역에 대하여」, 『어문논집』 54, 중앙어문학회, 2013.

이석주, 「개화기 국어의 표기 연구―서유견문과 국민소학독본을 중심으로」, 『한성대 논문집』 3, 한성대, 1979.

_____, 「개화기 국어 문장 연구―당시 국어 교과서와 신문 문장을 중심으로」, 『한성대 논문집』 14, 한성대, 1990.

이윤석, 「『홍길동전』 필사본 89장본에 대하여」, 『애산학보』 9, 애산학회, 1990.

_____, 「고소설의 표기방식」, 『고소설연구』 32, 한국고소설학회, 2011.

_____, 『홍길동전 연구―서지와 해석』, 계명대 출판부, 1997.

이윤재, 「조선말은 조선적으로」, 『신민』 제2권 제5호(1926), 『10월의 문화인물』 국립국어연구원 재수록, 1992.

이종미, 「『월남망국사』와 국내 번역본 비교 연구-현채본과 주시경본을 중심으로」, 『중국인문과학』 34, 중국인문학회, 2006.

이주영, 『구활자본 고전소설 연구』, 월인, 1998.

이철찬, 「대한제국시대 학부의 도서편찬 및 간행에 관한 연구」, 상명대 박사논문, 2008.

이청원, 「언문일치운동의 재검토」, 『한국언어문학』 20, 한국언어문학회, 1981.

이한섭, 「서유견문에 받아 들여진 일본의 한자어에 대하여」, 『일본학』 6, 일본학회, 1989.

_____·최경옥·정영숙·강성아 편, 『西遊見聞 語彙索引』, 박이정, 2000.

이현희, 「19세기 국어의 문법사적 고찰」, 『韓國文化』 15, 서울대 한국문화연구소, 1994.

_____, 「개화기 국어자료」, 『국어의 시대별 변천연구 4』, 국립국어연구원, 1999.

_____, 「개화기와 국어학」, 『한국어학』 29집, 한국어학회, 2005.

이호권, 「조선시대 한글문헌 간행의 시기별 경향과 특징」, 『한국어학』 41, 한국어학회, 2008.

이홍식, 「〈서유견문〉의 품사론적 고찰」, 『관악어문연구』 25, 서울대 인문대학 국어국문학과, 2000.

이화여대 한국문화연구원 편, 『근대계몽기 지식의 발견과 사유지평의 확대』, 소명출판, 2006.

이효정, 「윤치호의 우순소리 소개」, 『국어국문학』 153, 국어국문학회, 2009.

임경순, 「개화기 문답체 산문의 언술 연구-『대한매일신보』를 중심으로」, 『현대소설연구』 8, 한국현대소설학회, 1999.

임상석, 「국한문체 작문법과 계몽기의 문화 의식-최재학(崔在學)의 실지응용작문법(實地應用作文法)을 중심으로」, 『한국언어문화』 33, 한국언어문화학회, 2007.

_____, 『20세기 국한문체의 형성과정』, 지식산업사, 2008.

_____, 「〈시문독본〉의 편찬 과정과 1910년대 최남선의 출판 활동」, 『상허학보』 25, 상허학회, 2009.

_____, 「1910년대 초, 한일 실용작문의 경계」, 『어문논집』 61, 민족어문학회, 2010.

임형택, 「근대계몽기 국한문체의 발전과 한문의 위상」, 『민족문학사연구』 14-1, 민족문학사학회, 1999.

_____, 「한민족의 문자생활과 20세기 국한문체」, 『창작과 비평』 20-1, 창작과비평사, 2000.

_____·한기형·류준필·이혜령 편, 『흔들리는 언어들-언어의 근대와 국민국가』, 성균관대 대동문화연구소, 2008.

장윤희, 「근대어 자료로서의 『증수무원록언해』」, 『한국문화』 27, 2001.

정병설, 「조선후기 동아시아 어문교류의 한 단면-동경대 소장 한글번역본 『옥교리(玉嬌梨)』를 中心으로」, 『한국문화』 27, 서울대 규장각 한국학연구원, 2001.

_____, 「조선후기 한글·출판 성행의 매체사적 의미」, 『진단학보』 106, 진단학회, 2008.

정선태, 『개화기 신문 논설의 서사 수용 양상』, 소명출판, 1999.

정승철, 「주시경과 언문일치」, 『한국학연구』 12, 인하대 한국학연구소, 2003.

_____, 「순국문 『이태리건국삼걸전』(1908)에 대하여」, 『어문연구』 34-4, 한국어문교육연구회, 2006.

정한나, 「1910년대 전반기 『매일신보』 문체 연구」, 연세대 석사논문, 2011.

정혜영, 「번역과 근대적 문체의 형성-1918년부터 1921년까지 김동성의 번역 및 창작 과정을 중심으로」, 『외국문학연구』 59, 한국외대 외국문학연구소, 2015.

정환국, 「애국계몽기 한문현토소설의 존재방식-신문연재소설의 경우」, 『고전문학연구』 24, 한국고전문학회, 2003.

_____, 「근대계몽기 역사전기물 번역에 대하여-『월남망국사』와 『이태리건국삼걸전』의 경우」, 『대동문화연구』 48, 성균관대 대동문화연구원, 2004.

조규태, 「서유견문의 문체」, 『들메 서재극박사 회갑기념논문집』 계명대 출판부, 1991.

주승택, 「국한문 교체기의 언어생활과 문학활동」, 『대동한문학』 20, 대동한문학회, 2004.

채 훈 역, 『서유견문』, 신화사, 1983.

최경봉, 「근대 학문 형성기, 구어(口語)의 발견과 문법학적 모색」, 『우리어문연구』 49, 우리어문학, 2014.

최기숙, 「언문소설의 문화적 위치와 문자적 근대의 역설-근대초기 '춘향전'의 매체 변이와 표기문자, 독자층의 상호관련성」, 『민족문화연구』 60, 고려대 민족문화연구원 2013.

최낙복, 『개화기 국어문법의 연구』, 역락, 2009.

최운호·김동건, 「'십장가' 대목의 어휘 사용 유사도와 계층적 군집 분석 방법을 이용한 판본 계통 분류 연구」, 『한국정보기술학회논문지』 10-2, 한국정보기술학회, 2012.

최현배, 『한글갈』, 정음사, 1942 / 1975.

하동호 편, 『국문론집성』, 탑출판사, 1985.

한기형 외, 『근대어·근대매체·근대문학-근대매체와 근대 언어질서의 상관성』, 성균관대 대동문화연구소, 2006.

한영균, 「현대 국한혼용문체의 정착과 어휘의 변화-단음절 한자+하(ᄒ)-형 용언의 경우」, 『국어학』 51, 국어학회, 2008.

_____, 「문체 현대성 판별의 어휘적 준거와 그 변화-1890년대~1930년대 논설문의 한자어 사용 양상을 중심으로」, 『구결연구』 23, 구결학회, 2009.

_____, 「〈서유견문〉 문체 연구의 현황과 과제」, 『국어학』 62, 국어학회, 2011.

_____, 「근대계몽기 국한혼용문의 유형·문체 특성·사용 양상」, 『구결연구』 30, 구결학회, 2013a.

_____, 「19세기 서양서 소재 한국어 어휘자료와 그 특징」, 『한국사전학』 22, 한국사전학회, 2013b.

_____, 「종고성교회 간행의 국어사 자료에 대하여」, 『언어사실과 관점』 32, 연세대 언어정보연구원, 2013c.

_____, 「『서유견문』 용언류 연구」, 『구결연구』 33, 구결학회, 2014a.

_____, 「다중 번역 서사물에 대한 기초적 연구」, 『국어사연구』 19, 국어사학회, 2014b.

_____, 「〈순천시립 뿌리깊은나무 박물관〉 소장 자료의 국어사적 가치」, 『열상고전연구』 41, 열상고전연구회, 2014c.

_____, 「현대 한국어 성립기의 설정과 하위 구분」, 『한민족어문학』 70, 한민족어문학회, 2015a.

_____, 「한글 필사 자료의 국어사를 위하여-후기 근대국어 시기를 중심으로」, 『국어사연구』 20, 국어사학, 2015b.

_____·유춘동, 「고소설의 서사 방식 변화와 필사 시기 추정의 상관성에 대한 시론」, 『열상고전연구』 54, 열상고전학회, 2016.

_____, 「언문일치에 대한 인식의 변화와 그 구현-국한혼용문의 현대화 과정과 관련하여」, 『언어사실과 관점』 41, 연세대 언어정보연구원, 2017a.

_____, 「국한혼용문의 현대화 과정에 대한 시론」, 『언어와 정보사회』 31, 서강대 언어정보연구소, 2017b.

_____, 「신문 사설에서의 현대적 국한혼용문의 출현 및 확산」, 『국어국문학』 184, 국어국문학회, 2018a.

_____, 「『대한매일신보』 1910년 사설의 문체 특성」, 『국어사연구』 27, 국어사학회, 2018b.

_____, 「『동아일보』 1920년 사설의 문체」, 『구결연구』 42, 구결학회, 2019.

_____, 「국한혼용문의 현대화와 보조용언 구성의 변화」, 『국어학』 97, 국어학회, 2021.

한재영, 「유길준과 『대한문전』」, 『어문연구』 32-1, 한국어문교육연구회, 2004.

허경진 역, 『조선 지식인 유길준 서양을 번역하다-서유견문』, 서해문집, 2004.

_____, 「유길준과 『서유견문』」, 『어문연구』 32권 1호, 한국어문연구회., 2004.

_____ · 표언복 · 유춘동, 『근대계몽기 조선의 이솝우화』, 보고사, 2009.

허재영, 「근대 계몽기의 어문정책(1)-개화기 『한성순보(주보)』를 중심으로」, 『한민족문화연구』 14, 한민족문화학회, 2004.

_____, 「근대 계몽기 여성의 문자생활」, 『사회언어학』 14-1, 한국사회언어학회, 2006.

_____, 「근대 계몽기 언문일치의 본질과 국한문체의 유형」, 『어문학』 114, 한국어문학회, 2011.

_____, 「근대 계몽기 교과서를 대상으로 한 연구의 경향」, 『국어사연구』 13, 국어사학회, 2011.

홍기원, 『혜경궁의 읍혈록 상, 하』, 민속원, 2009.

홍일식, 『근대 전환기의 언어와 문학』, 고려대 민족문화연구소 출판부, 1991.

홍종선, 「개화기 시대 문장의 문체 연구」, 『국어국문학』 117, 국어국문학회, 1996.

_____, 「현대 국어 문체의 발달」, 『현대 국어의 형성과 변천 3-문체, 어휘, 표기법』, 박이정, 2000.

_____, 「현대국어 초기 구어체의 실현과 문학적 수용」, 『한국언어문학』 92, 한국언어문학회, 2015.

_____, 「근대 전환기 개화 지식인의 국문 / 언문에 대한 인식과 구어체 글의 형성」, 『우리어문연구』 54, 우리어문학회, 2016a.

_____, 「유길준의 국문 인식과 근대 전환기 언문일치의 실현 문제」, 『한국어학』 70, 한국어학회, 2016b.

_____ 외, 『현대국어의 형성과 변천 3-문체, 어휘, 표기법』, 박이정, 2000.

황지영, 「1910년대 잡지의 특성과 유학생 글쓰기-『학지광(學之光)』을 중심으로」, 연세대 석사논문, 2010.

황호덕, 「한국 근대 형성기의 문장 배치와 국문 담론-타자 · 교통 · 번역 · 에크리튀르, 근대 네이션과 그 표상들」, 성균관대 박사논문, 2002.

히로 다까시, 이수정 역, 「『마가전』의 저본과 번역문의 성격」, 『국어사연구』 4, 국어사학회, 2004.

Biber, D. · E. Finegan, "Drift and the evolution of English Style : A history of three genres", *in Language* 65, 1989.

Biber, D., *Variation in Speech and Writing,* Cambridge : CUP, 1988.

_____, *Dimentions of Register Variation : A Cross-linguistic Comparison,* Cambridge, CUP, 1995.

布袋敏博,「二つの朝鮮語譯經國美談について」,『近代朝鮮文學における日本との關聯樣相, 日本:1995~1997年度科學硏究費補助金基礎硏究B(1) 硏究成果報告書』, 1998.

『時務報』영인본 : 台北 京華書局 영인 권1~권6, 1967.

『淸議報』영인본 : 台北 : 成文出版社 영인, 第1冊(1898년 11월)-第100冊(1901년 11월), 1967.

초출일람

　새 천 년이 시작된 지도 벌써 몇 해가 지났다. 식민지와 분단국가로 지낸 20세기 한국 역사의 외중에서 근대 민족국가 수립과 민족 문화 정립에 애써온 우리 한국학계는 세계사 속의 근대 한국을 학술적으로 미처 정리하지 못한 채 세계화와 지방화라는 또 다른 과제를 안게 되었다. 국가보다 개인, 지방, 동아시아가 새로운 한국학의 주요 대상이 된 작금의 현실에서 우리가 겪어온 근대성을 다시 한번 정리하고 21세기에 맞는 새로운 모습으로 탈바꿈시키는 것은 어느 과제보다 앞서 우리 학계가 정리해야 할 숙제이다. 20세기 초 전근대 한국학을 재구성하지 못한 채 맞은 지난 세기 조선학·한국학이 겪은 어려움을 상기해 보면, 새로운 세기를 맞아 한국 역사의 근대성을 정리하는 일의 시급성은 아무리 강조해도 지나치지 않다.

　우리 근대한국학연구소는 오랜 전통이 있는 연세대학교 조선학·한국학 연구 전통을 원주에서 창조적으로 계승하고자 하는 목표에서 설립되었다. 1928년 위당·동암·용재가 조선 유학과 마르크스주의, 그리고 서학이라는 상이한 학문적 기반에도 불구하고 조선학·한국학 정립을 목표로 힘을 합친 전통은 매우 중요한 경험이었다. 이에 외솔과 한결이 힘을 더함으로써 그 내포가 풍부해졌음은 두말할 나위가 없다. 연세대학교 원주캠퍼스에서 20년의 역사를 지닌 매지학술연구소를 모체로 삼아, 여러 학자들이 힘을 합쳐 근대한국학연구소를 탄생시킨 것은 이러한 선배학자들의 노력을 교훈으로 삼은 것이다.

이에 우리 연구소는 한국의 근대성을 밝히는 것을 주 과제로 삼고자 한다. 문학 부문에서는 개항을 전후로 한 근대계몽기 문학의 특성을 밝히는 데 주력할 것이다. 역사 부문에서는 새로운 사회경제사를 재확립하고 지역학 활성화를 위한 원주학 연구에 경진할 것이다. 철학 부문에서는 근대 학문의 체계화를 이끌고 사회과학 분야에서는 학제 간 연구를 활성화시키며 근대성 연구에 역량을 축적해 온 국내외 학자들과 학술 교류를 추진할 것이다. 이러한 연구들은 일방성보다는 상호 이해와 소통을 중시하는 통합적인 결과물의 산출로 이어질 것이다.

　근대한국학총서는 이런 연구 결과물을 집약적으로 정리하기 위해 마련한 총서이다. 여러 한국학 연구 분야 가운데 우리 연구소가 맡아야 할 특성화된 분야의 기초 자료를 수집·출판하고 연구성과를 기획·발간할 수 있다면, 우리 시대 연구자들뿐만 아니라 학문 후속세대들에게도 편리함과 유용함을 줄 수 있을 것이다. 새롭게 시작한 근대한국학총서가 맡은 바 역할을 충분히 할 수 있도록 주변의 관심과 협조를 기대하는 바이다.

2003년 12월 3일
연세대학교 원주캠퍼스 근대한국학연구소